Für Anette

Henrik B. Nilsson

Das geheime Manuskript *des* Hermann Freytag

Roman

Deutsch von Hanna Granz

btb

Die Originalausgabe erschien 2009 unter dem Titel
»Den falske vännen« bei Norstedts, Stockholm.

FSC
www.fsc.org
MIX
Papier aus verantwortungsvollen Quellen
FSC® C014496

Verlagsgruppe Random House FSC® N001967

1. Auflage
Genehmigte Taschenbuchausgabe November 2016,
btb Verlag in der Verlagsgruppe Random House GmbH,
Neumarkter Str. 28, 81673 München

Umschlaggestaltung: semper smile, München
Covermotiv: © Roy Bishop/Arcangel Images
Satz: Uhl + Massopust, Aalen
Druck und Einband: GGP Media GmbH, Pößneck
LW · Herstellung: sc
Printed in Germany
ISBN 978-3-442-71388-2

www.btb-verlag.de
www.facebook.com/btbverlag
Besuchen Sie unseren LiteraturBlog www.transatlantik.de

Wien im Jahre 1910. Hermann Freytag, pensionierter Verlagslektor, wird von seinem ehemaligen Verleger gebeten, mit dem Erfolgsautor Boris Barsch an dessen neuem Buch zu arbeiten. Barsch akzeptiert keinen anderen, denn es ist Freytag, dem es in all den Jahren gelungen ist, seine stets sehr unfertigen Manuskripte in Form zu bringen und damit der Stimme des Autors zu ihrem vollen Klang zu verhelfen. Widerwillig nimmt Freytag diesen letzten Auftrag an, da taucht plötzlich ein gewisser Herr Signori auf. Er weiß etwas über das Manuskript, das es zu politischem Sprengstoff macht. Ein gefährliches Spiel beginnt, bei dem es am Ende um Leben und Tod geht …

Henrik B. Nilsson, geboren 1971, verbrachte einen Großteil seiner Kindheit in Deutschland. Nach seinem Bachelor of Business Economics gründete er den Verlag Minotaur. Er machte seinen Master of Arts in Creative Writing an der Universität Lund und lebt heute mit seiner Familie in der Nähe von Malmö. »Das geheime Manuskript des Hermann Freytag« ist sein erster Roman.

NIHIL OBSTAT
IMPRIMATUR

Falsche Freunde: Wörter, die Wörtern aus anderen Sprachen ähneln, jedoch etwas vollkommen anderes bedeuten, als man denkt.

Wer nie sein Brot mit Tränen aß,
Wer nie die kummervollen Nächte
Auf seinem Bette weinend saß,
Der kennt euch nicht, ihr himmlischen Mächte.

Ihr führt ins Leben uns hinein,
Ihr laßt den Armen schuldig werden,
Dann überlaßt ihr ihn der Pein:
Denn alle Schuld rächt sich auf Erden.

Johann Wolfgang von Goethe

Jetzt pfiff der Teekessel.

Die ausgehende Post war sortiert, und in der Postzentrale in Rom stärkte sich die Nachtschicht mit den üblichen Tassen Kaffee für die Flut der eingehenden Briefe, die in wenigen Stunden an die angegebenen Adressen in und um die Stadt zugestellt werden sollten. Die Sortierer achteten nicht auf ihren Kollegen, der mit dampfendem Teekessel in der Hand und Brotbüchse unter dem Arm an ihnen vorbeiging.

Er wurde *der Apostel* genannt, weil er für die Postsäcke aus dem Vatikan und dem benachbarten Stadtviertel Borgo zuständig war, und er folgte seit Jahren der gleichen Routine. Er war ein schweigsamer Mann. Neben seiner traurigen Miene und der gestrickten Weste, die er bei jedem Wetter trug, waren seine roten Finger das einzig Auffällige an ihm. Niemand beachtete ihn, als er jetzt auf den Flur hinaustrat.

Der Mann verschwand auf einer unbeleuchteten Treppe, die zu den Kellergewölben hinunterführte. Er schien den Weg gut zu kennen. Im Halbdunkel der Katakomben bewegte er sich sicher – kein einziges Mal stolperte er über die Postsäcke und Kisten. Am Ende eines schmalen Korridors blieb er vor einer Tür stehen und steckte den Schlüssel in das Schloss.

Schwaches Licht drang durch die Öffnung – der Widerschein einer Straßenlaterne, der durch das kleine Kellerfenster fiel. Er drehte den Lichtschalter. Eine nackte Glühbirne knisterte unter der Decke. Der kleine Raum musste einmal als Putzkammer gedient haben. Ein verlassener Wischmopp steckte in einem Eimer in der Ecke, vergessene Behälter mit Seife und Sägespänen waren neben dem Abfluss am Boden aufgestapelt.

Der Mann schloss die Tür von innen ab und zog sich einen Hocker heran. Auf dem kleinen Tisch, an dem er sich niederließ, stand eine Teetasse neben einer Flasche Leim und etwas, das aussah wie eine Nagelfeile.

Er nahm einen Stapel Briefumschläge aus der Brotbüchse. Anschließend führte er systematisch ein Kuvert nach dem anderen über die Tülle des Kessels, bis die Verklebung sich löste und er es öffnen konnte. Er verbrühte sich die Finger am Dampf und fluchte, schüttelte sie in der Luft. Einmal musste er die Nagelfeile zu Hilfe nehmen. Die päpstlichen Schlüssel auf dem Umschlag wiesen darauf hin, dass es sich um einen Brief aus dem Inneren des Vatikans handelte. Adressiert an irgendein unbekanntes Nest in Österreich.

Während er seinen Tee schlürfte, überflog er gähnend die Briefe. Er hatte bereits den Großteil seines Frühstücks verzehrt und sich eine zweite Tasse eingeschenkt, als er sich plötzlich verschluckte.

Erschrocken sprang er vom Hocker auf und hustete, wischte sich die Hosenbeine ab – er hatte auf den Brief gekleckert. Teeflecken verunzierten den gedruckten Briefkopf: *Bibliotheca Apostolica Vaticana.*

Einen Moment lang blieb er mit offenem Mund stehen und betrachtete das beschmutzte Papier. Was sollte er jetzt tun? Schließlich setzte er sich wieder hin und holte Bleistift und Notizblock heraus. Hin und wieder warf er einen Blick zur Tür. Er bekreuzigte sich, dann schüttelte er den Kopf.

Er zog die Weste enger um sich. Als ob ein kalter Luftzug ihn streifte. Dann kritzelte er weiter.

ERSTER TEIL

Meine Finger sind wie seismologische Instrumente, dachte Freytag und schenkte sich Kaffee ein. Er füllte die Tasse bis zum Rand, stellte die Kanne mit der Vorsicht eines Antiquitätenhändlers auf dem Tisch ab und sog den Mokkaduft ein. Dann gab er Zucker dazu, rührte sacht und klopfte den Löffel vorsichtig auf dem Tassenrand ab, bevor er ihn auf sein Wasserglas legte. Anschließend saß er eine Weile da und betrachtete den blanken Kaffeespiegel, der sich durch die Oberflächenspannung beinahe wölbte: Obenauf breiteten sich Ringe aus, als wäre in dem dunklen Sumpf soeben ein kleiner Fisch erwacht.

Freytag sah sich um, um sich zu vergewissern, dass niemand ihn beobachtete, schüttelte seine Hände aus und hielt den Atem an. Dann beugte er sich vor, fasste den Henkel der Tasse und führte sie ohne Eile an die Lippen. Mitten in der Bewegung hielt er inne – seine Hand zitterte bereits bedenklich.

Ein paar Kaffeetropfen fielen auf das Exemplar der *Reichspost*, das aufgeschlagen auf dem Tisch lag, und flossen über einen Leserbrief des Grafen Karl Lanckorónski-Brzezie zu der Abrissepidemie, die die Stadt befallen hatte, und den zu lesen er sich schon gefreut hatte. Freytag, der ein ordentlicher Mann war, räusperte sich und bemühte sich, seine Finger unter Kontrolle zu bringen, aber wie so häufig in letzter Zeit, weigerten sie sich, ihm zu gehorchen – es war, als zitterten sie absichtlich.

In meinem alten Körper findet ein Bürgerkrieg statt, dachte er und spürte die Wärme in seinem Gesicht, den Schweiß unter seinen Achseln. Als er mit der Kaffeetasse in der Hand dasaß und die Blicke von den anderen Tischen ahnte, verspürte er eine Art Schwindel. Er begann am ganzen Körper zu zittern. Sogar das Porzellan fing an zu klirren, der Löffel hüpfte wie in Todeszuckungen auf dem Wasserglas, und er dachte bei sich: Du musst aufhören zu rauchen, Freytag, und du darfst nicht mehr so viel Kaffee trinken.

Auch der Tisch und der Stuhl zitterten, und die Deckenlampen klirrten bedenklich. Der ganze Raum schien wie von Krämpfen geschüttelt. Der Boden schwankte unter seinen Füßen, als befände er sich in einer Seilbahn, was unmöglich der Fall sein konnte. Ein Schauer lief ihm den Rücken hinunter, eine Angst, die unter der Oberfläche gelauert hatte und jetzt sein Gehirn erreichte. Er merkte, dass er dabei war, den Halt zu verlieren, und dachte: Jetzt ist es geschehen, Freytag. Jetzt bist du wahnsinnig geworden.

Für einen Augenblick begrüßte er diesen Gedanken. Er war einladend wie eine warme Frauenbrust, und Freytag ließ sich bereitwillig in das sanfte Weiß sinken. Rings umher hörte er entfernte Stimmen, jemand stieß ihn in den Rücken und er bekam vage mit, wie ihm die Kaffeetasse entglitt, wie sie auf dem Boden zerschellte und dass die Leute auf die Straße rannten. Freytag saß da wie gelähmt und zitterte, während er vergeblich versuchte, mit den Füßen den Boden zu erreichen. Jemand schrie: »Was ist los?«, oder bildete er sich das nur ein? Er wollte sagen, er wüsste, woher das Beben käme, es gäbe keinen Grund zur Flucht, es käme von innen, das Epizentrum sei seine Brust, aber seine Lippen zitterten zu sehr.

Er versuchte seine Gedanken zu ordnen, glaubte zu wissen, dass er sich an einen Tisch im Café Sperl klammerte und dass er eben in der *Reichspost* gelesen hatte, dass Cartago zerstört worden wäre. Aber während er noch über das Schicksal dieser weit entfernten Stadt nachdachte, befand er sich plötzlich an einem Ort über der Erde, und ihm gegenüber saß seine Frau. Jetzt hielt er ein Sektglas in der Hand, es war Abend. In der Ferne ahnte er die Sterne über den Dächern, und er hörte ihre Stimme, die kalt und fremd klang, als sie sagte: *Es ist vorbei.*

»Es ist vorbei«, wiederholte sie hartnäckig, und er bemerkte ihre Pupillen, die schwarz geworden waren, als wären sie von einem dünnen Trauerflor überzogen. »Ich habe einen Mann kennengelernt«, sagte sie, »und er ist alles, was du nie gewesen bist.«

Freytag versuchte zu verstehen, was sie meinte, doch sie redete nur unverständliches Zeug. Sie sagte etwas von Glück, dass sie mit ihm nie glücklich gewesen wäre. Sie behauptete, er sei nicht fähig, sich zu freuen, er sei so schwer vor Ernst, als ruhe eine unaussprechliche Last auf seinen gebeugten Schultern. Dass sie ihre Jugend weggeworfen hätte und nun leben wolle, bevor es zu spät wäre.

Freytag spürte einen unerklärlichen Kloß im Hals. Er hob das Kristallglas, doch der Sekt rann ihm aus den Mundwinkeln und tropfte auf sein Hemd. Die Laute aus ihrem schmalen Mund prallten auf sein Trommelfell und verwandelten sich in ein anhaltendes Pfeifen. Er wandte den Blick ab und bewunderte die Aussicht. Draußen vor dem Fenster zogen ein paar Schleppkähne träge die Donau hinunter; mit ihren wehmütigen Laternen schienen sie ihm Zeichen zu geben. Er schaute auf die Perlenkette der Straßenlaternen und dachte an all die einsamen Menschen hinter den erleuchteten Fenstern.

Er versuchte sich einzureden, sie hätte Höhenangst, obwohl auch sie zwischen Bergziegen aufgewachsen war. Dass dies der Grund dafür wäre, dass sie an ihrem Haar zupfte und ein so verkniffenes Gesicht machte. Was konnte es sonst für eine Erklärung für ihr unbegreifliches Geschwätz geben? Er hatte sie ja fast zwingen müssen, an Bord der Kabine zu steigen, es war seine große Überraschung gewesen: ihre eigene Jubiläumsloge im Riesenrad, in der Kristallgläser darauf warteten, aneinander zu klingen. Bald würden sie wieder den Boden erreichen, und dann würde alles sein wie zuvor. Sie würden ihren Hochzeitstag mit einer Gondelfahrt in Klein Venedig weiterfeiern, wie sie es jedes Jahr taten, seit sie geheiratet hatten, zu einer Zeit, die sich so weit entfernt anfühlte, dass sie vielleicht niemals stattgefunden hatte. Er dachte daran, wie ihre Augen geleuchtet hatten, als er sich das erste Mal vorgebeugt hatte, um ihre Lippen zu küssen. Du solltest beten und betteln, Freytag, auf die Knie fallen, sie daran erinnern, dass die Ehe von Gott gestiftet ist, in guten wie in schweren Tagen.

Doch als er blinzelte und sie in Gedanken noch einmal küsste, waren ihre Lippen kalt und abweisend. Und er hörte erneut ihre Stimme: *Du lebst in einer alten Welt. Einer Welt, die es nicht mehr gibt.*

Sie hatte recht. Alles war vorbei. Ihm blieb nur noch der einsame Spaziergang von der Oper nach Hause, im strömenden Regen, eiskalte Tropfen im Frackkragen und das Echo der Blechbläser als letzten Zapfenstreich im Ohr. Die Vorstellung war längst zu Ende. Er hatte sie nie verdient. *Es war sehr schön,* dachte er. *Es hat mich sehr gefreut.*

In diesem Moment hatten seine Finger angefangen zu zittern, und er hatte das Glas losgelassen, in dem Glauben, dass er es auf dem ausklappbaren Tisch hoch über dem Boden abgestellt hätte, doch es fiel auf die Erde hinunter. Und er wusste mit der Überzeugung eines zum Tode Verurteilten, dass seine Hände nun für immer zittern würden, als Erinnerung an diesen Abend.

Freytag sank über der harten Platte des Marmortischchens zusammen und hörte um sich herum Gläser herunterfallen. Es klang wie Millionen von Kristallsplittern, als ob alle Sterne vom Himmel fielen, und er dachte an die Kathedrale von Cartago, dort drüben in Amerika, die zerstört worden war, noch ehe sie fertig gebaut war. Es schien ihm so unerhört traurig, dass etwas, das noch nicht vollendet war, von etwas so Sinnlosem wie einem Beben eingerissen werden sollte. Er dachte, dass das ein schöner Name sei, Costa Rica, während er gleichzeitig spürte, wie die Zeitung mit ihrer salzigen Druckerschwärze an seinem Gesicht klebte.

»Herr Lektor Freytag!«

Paolo, der Piccolo, zog ihn am Ärmel und weckte ihn aus seinen Gedanken. Freytag stolperte hinter dem Jungen her auf die Straße, wo die anderen schon vor dem Kaffeehaus standen. Da waren die jungen Künstler von der Kunstakademie, die wild mit den Armen gestikulierten, die dicken Bürger, die nach Luft schnappten, dass ihre Westen sich spannten, da standen die Artilleristen, wohlbehalten und stolz in ihren braunen, mit Orden versehenen Uniformen, und hielten ihre Säbel so fest, dass ihre Knöchel weiß hervortraten – und rings umher standen weiterhin die Gebäude der Gumpendorfer Straße, prachtvoll und ohne Risse in den Fassaden.

»Das ist ein Omen ...«, hörte er jemanden murmeln, während die Fensterscheiben im Wind jammerten. »Weltuntergang ... Die Ankündigung einer neuen Weltordnung.«

»Unsinn«, sagte jemand, der dem Tonfall nach Offizier sein musste. »Das ist nur ein Erdbeben. Noch dazu eins von der schwächeren Sorte. Nichts, was einen Artilleristen erschüttern könnte. Ihr habt noch nie das Donnern von Kanonen gehört, Männer!«

Dann ließ das Beben allmählich nach, und Ruhe kehrte ein. Freytag spürte wieder Boden unter seinen Füßen. Erst jetzt merkte er, dass er sich an dem Jungen festhielt.

»Es ist vorbei, Herr Freytag«, sagte der Piccolo und sah mit seinen großen, unschuldigen Augen zu ihm auf. »Es ist vorbei.«

»Ich weiß, Paolino«, sagte er und fuhr dem Jungen durch das Haar. Dann bekreuzigte er sich und suchte in seiner Tasche nach dem Rosenkranz.

Sixtinische Kapelle, Rom, 2. August 1903

Die Unterbringung im Apostolischen Palast ließ einiges zu wünschen übrig.

Kardinal Puzyna de Kosielsko, Erzbischof von Krakau, war vom Ernst der Stunde gezeichnet. Das Urteil der Geschichte schien über ihm zu schweben. Er blätterte in den Papieren, die vor ihm auf dem Pult lagen. Seit ihn die Nachricht vom Hinscheiden des Papstes erreicht hatte und er eilends nach Wien beordert worden war, sah er aus wie einer, der die Last der Welt auf seinen Schultern trägt. Die stolze Nase und die hohe, galizische Stirn wirkten schamumflort. Unter den Augen hatte er dunkle Ringe.

Mit seinem Goldring klopfte er auf das Pult, dann erhob er sich vor dem Heiligen Kollegium. Alle Köpfe drehten sich zu ihm. Einige der Männer schienen bereits zu ahnen, was kommen würde. Schon den zweiten Tag in Folge saßen sie unter ihren Thronhimmeln in der Kapelle und schrieben Wahlzettel. Zweimal hatten sie sich erhoben und waren unter den Augen des Allwissenden zum Altar gegangen, um ihre Stimme abzugeben, in der Hoffnung, dass es zum letzten Mal geschähe. Und dann mussten sie doch wieder zusehen, wie die Zettel, nachdem sie in der Urne geschüttelt und ausgezählt worden waren, zusammen mit dem Stroh verbrannten.

Kardinal Puzyna räusperte sich. Es war an der Zeit.

Er richtete sich auf und gab dem Kardinalssekretär ein Zeichen. Rampollas Blick war leer. Als wäre ihm bereits genommen worden, was nie sein gewesen war.

Kardinal Puzyna hielt die Macht in seinen Händen. In fehlerfreiem Latein verlas er die kaiserliche Botschaft: das Veto, das ein für allemal verhindern sollte, dass der Favorit Rampolla den Heiligen Stuhl bestieg und zum Papst gewählt wurde. Und das, obwohl diese Rolle für ihn als Kardinalstaatssekretär des Vatikans in den letzten Jahren, in denen Leo XIII. immer mehr von hohem Alter gezeichnet gewesen war, vorherbestimmt erschien.

Die Worte hallten in der Kapelle wider. Beinahe zuckte er selbst vor dem Klang seiner Stimme zusammen. Während er das Dekret verlas, wurde das Gemurmel immer lauter.

Er zog sein Messgewand zurecht und setzte sich. Dabei achtete er darauf, den Blick nicht zu heben. Als wollte er dem Anblick des Altars ausweichen, nicht vor das Jüngste Gericht gestellt werden.

Rings um ihn her wurden Proteste laut. Der alte Staatssekretär machte ein verkniffenes Gesicht. Seine selbstgerechte Miene war verschwunden.

Dann zerschnitt Kardinal Rampollas Stimme die Luft, sie klang schrill wie die eines Chorknaben. Die Selbstsicherheit, die er noch bei der Morgenmesse an den Tag gelegt hatte, war wie weggeblasen, seine gewöhnlich so weiche und einschmeichelnde Stimme kreischend. Einige der Wahlberechtigten stimmten in den Protest ein. Seine Anhänger, die Frankophilen, unterstützen ihn in der Ablehnung der weltlichen Macht. Sie verbaten sich diese Einmischung.

Doch das waren leere Worte, reines Theater. Der Favorit würde niemals Papst werden. Sie würden ihren Kompromiss bekommen. Alles deutete auf den Sohn des Briefträgers hin. Der Patriarch von Venedig würde zum Papst gewählt, und sie hätten endlich wieder einen Hirten.

Kardinal Puzyna lehnte sich in seinem Stuhl zurück, faltete die Hände und schloss die Augen. Nur noch ein paar Nächte hinter verschlossenen Türen, eine weitere geheime Abstimmung, dann wären sie sich einig. Dann käme er endlich heraus aus diesem Gefängnis und könnte wieder schlafen. Er sehnte sich nach den weichen Federbetten der österreichischen Botschaft; unter dem Bild des Kaisers zu liegen, endlich nicht mehr unter dem Kreuz zu ruhen.

Als Freytag einige Tage nach dem Beben die Anzeige entdeckte, saß er wie gewöhnlich im Café Sperl und las Zeitung. Er hatte seinen dritten Zigarillo zu Ende geraucht und eben gelesen, dass der Komet Halley sich der Sonne näherte, als er die kleine Notiz entdeckte:

Esperanto – Ihr Schlüssel zur Welt.
Anfängerkurs.

Freytag konnte nicht sagen, warum ihm das so gut gefiel: Ihr Schlüssel zur Welt. Vielleicht, weil er sich in letzter Zeit eingeengt fühlte, als ob seine Welt geschrumpft und inhaltsleer geworden wäre. Vielleicht, weil er die eigentliche Welt nie gesehen hatte. Weil er sein Leben in der Phantasie gelebt hatte, in der verzauberten Welt der Bücher und nicht in der Wirklichkeit. Oder weil er wieder Post von seiner Frau bekommen hatte, einen Umschlag, der in Venedig abgestempelt worden war und eine Ansichtskarte des Markusplatzes an einem nebligen Morgen enthielt. Das Bild war noch frisch auf seiner Netzhaut: Ein Mann und eine Frau umarmten sich auf der Piazza, eine Schar Tauben flog zum Himmel auf, unscharf, als hätte jemand sie auf einer Bleistiftzeichnung mit dem Daumen verwischt.

Neben der Postkarte seiner Frau hatte er in einem braunen, widerspenstigen Umschlag mit dem Emblem des kaiserlichen Elektrizitätswerkes die obligatorische Nachricht von Herrn Schlink erhalten: *Melden Sie sich umgehend im Verlag.* Es war dieselbe Nachricht, die er am vorhergehenden Tag bekommen hatte, so wie auch am Tag davor. Wenn er es richtig bedachte, hatte er sie wohl auch schon am Tag vor dem Tag vor dem Vortag bekommen. Der Cheflektor hatte eigentlich schon die ganze Woche versucht, ihn zu erreichen. Unverdrossen und mit geradezu preußischer Pünktlichkeit waren die Eilnachrichten eingetroffen, und ebenso regelmäßig und stur hatte Freytag sie in den Papierkorb geworfen, ein Ritual, das er als festen Bestandteil seines routinierten Alltags zu schätzen lernte.

Freytag warf einen Blick auf die Wanduhr über dem Spiegel. Die Zeiger standen immer noch auf Viertel vor sieben, wie sie es seit dem Abend taten, als die Erde gebebt und sie zu Tode erschreckt hatte. Er rückte die Brille zurecht und kehrte zum Kometen zurück. Zuletzt hatte er sich 1835 gezeigt. Dieses Mal, 75 Jahre später, würde der Himmelskörper so nah an der Erde vorbeiziehen, dass sie irgendwann im Mai in dessen gewaltigen Schweif gehüllt würden. Es gebe keinen Grund zur Beunruhigung, behaupteten die Wissenschaftler, es bestehe keinerlei Gefahr eines Zusammenstoßes mit der Erde. Im Gegenteil, es bestünden Aussichten auf spektakuläre Sonnenuntergänge. Die Teleskopverkäufer hätten bereits eine wachsende Nachfrage festgestellt. Ist das zu glauben, dachte Freytag und schlürfte seinen Kaffee.

Er saß an seinem gewohnten Platz am Fenster, mit zugezogenen Gardinen und dem Rücken zum Tisch der Genies, an dem die Künstler sich aufhielten. Von dort hatte er einen Blick auf den Eingang und auf die wohlhabenden Bürger, die die Börsenseiten des *Kapitalist* lasen und nervös an ihren goldenen Uhren fummelten, während sie über die drohende Finanzkrise lasen.

Die Tür ging auf. Freytag blickte über den Rand seiner Zeitung. Herein kam Leopold Trebitsch mit seinem Buckel, und Freytag versteckte sich schnell hinter der *Reichspost*, die für diesen Zweck sehr geeignet war. Er kannte Trebitsch aus der Zeit im Griensteidl, wo der große dünne Mann mit der schlechten Haltung Stammgast gewesen war, bevor es zugemacht hatte und die dort versammelte Kulturelite heimatlos wurde. Genau wie Freytag hatte er sich nie so recht für das Café Central in der Herrengasse erwärmen können, wohin die ganze Horde kurze Zeit später umgezogen war. Trebitsch war ein Herumtreiber geworden, ein Kaffeehausnomade. Nach eigener Aussage frequentierte er das Orleans, das Landtmann, das Museum, das Sperl und sogar das Westend drüben am Westbahnhof. Und das Central natürlich, das ließ sich ja nicht vermeiden. Freytag verstand nicht, wie man so leben konnte. Was ein Kaffeehaus ausmachte, war doch, dass man dort seinen festen Punkt im Leben hatte. Aber Trebitsch zog offensichtlich das Tuaregdasein vor, und heute hatte die Kamelroute ihn hierhergeführt, um zu lauschen. Nicht umsonst wurde er hinter seinem Rücken als Langohr bezeichnet: Er hatte die Angewohnheit, dazusitzen und die Ohren zu spitzen, was seiner Tätigkeit bei der *Neuen Freien Presse* sehr zupasskam, wo er auf der ersten Seite schrieb, unterm Strich. Er hatte seine Tentakel überall; was er nicht wusste, lohnte sich nicht zu wissen. Hartnäckig hielt sich das Gerücht, er stecke hinter dem Pseudonym *Dromedar*, unter dem die boshaftesten und treffsichersten aller Feuilletons erschienen, aber niemand konnte es beweisen. Aus dem Augenwinkel sah Freytag dankbar, wie Trebitsch mit dem *Figaro artistique* vom Vortag an ihm vorüberging, ohne Notiz von ihm zu nehmen. Er hatte offenbar einen Platz in der Nähe der Expressionisten ins Auge gefasst; die Literatur konnte warten.

Freytag blätterte weiter in der Zeitung. Anna Pulitzer, eine enge Freundin des Autors Scipio Slataper, hatte sich vor dem Spiegel erschossen. Sie hatte den Glauben an das Leben verloren. Es lief ihm kalt den Rücken herunter, als er von dieser Wahnsinnstat las. Es musste eine unmenschliche Arbeit sein, so einen Spiegel zu putzen, dachte Freytag.

Wie er so dasaß und vor dieser äußersten aller Sünden erschauerte, erinnerte er sich, dass er einmal etwas über eine Gruppe Wiener Psychoanalytiker gelesen hatte, die auf einer Konferenz erörterten, warum so viele junge Leute beschlossen, ihr Leben zu beenden – denn es waren offensichtlich vor allem junge Leute, die den Glauben an das Leben verloren. Er erinnerte sich so deutlich an den Artikel, weil er ihn einerseits unendlich traurig und andererseits beruhigend gefunden hatte. Was trieb einen Menschen dazu, so etwas zu tun? Soweit er wusste, hatten die Psychologen noch keine Antwort gefunden, und er war überzeugt, dass sie auch keine finden würden. Er fand schon die Frage falsch gestellt. Was brachte so viele Leute dazu, sich *nicht* das Leben zu nehmen? Das war eine viel interessantere und bedeutsamere Frage. Denn jeden Tag, an dem er Zeitung las, entdeckte er mehr Unheil verheißende Zeichen. Täglich wurde von steigendem Alkoholismus und Drogenmissbrauch berichtet, die Zahl der Todesfälle durch Krebs oder Schwindsucht stieg rasant, Wahnsinn breitete sich aus wie eine Seuche, die Bevölkerung litt unter nervöser Erschöpfung.

Das Tempo ist zu hoch, dachte Freytag. Telefon und Automobil und seltsame Luftfahrzeuge … Gott allein mochte wissen, welche wahnsinnigen Apparate sie als Nächstes erfinden würden. War es da verwunderlich, dass die Leute die Hoffnung aufgaben? Sie konnten einfach nicht Schritt halten mit all diesen Entwicklungen. Alles musste heute so schnell gehen.

Er seufzte tief.

Einer der Offiziere der Militärschule hatte ihm in der Schlange vor der Toilette erzählt, dass sie gezwungen waren, die Standards bei der Rekrutierung zu senken. Die Jungen taugten nichts mehr, hatte der Mann entschieden behauptet und seinen gewachsten Schnurrbart gezwirbelt. Erstaunlich oft seien sie kurzsichtig, was der Offizier auf das übertriebene Lesen von Zeitungen und Zeitschriften oder gar Büchern zurückführte. Freytag trug, fast solange er sich erinnern konnte, eine Brille – und er konnte sich sehr weit zurückerinnern. Er erinnerte sich sogar an seine Geburt, auch wenn seine Eltern immer behauptet hatten, das hätte er sich ausgedacht. Er wusste bestimmt, dass er mit einer Reife, die ihn immer noch verblüffte, gleich wieder in den sicheren Schoß zurückkriechen wollte, als er das schrumplige Gesicht seines alten Vaters zum ersten Mal erblickte. Der kurzsichtige Freytag also hatte sich gehütet, den Offizier darauf hinzuweisen, dass ohne Literatur kein Militär der Welt sie retten konnte, sie wären auf immer verloren.

Beunruhigend viele hatten dem Offizier zufolge schwache Nerven. Dem konnte Freytag sofort zustimmen. Auch in der Kunst sah man Auswirkungen davon. Albträume, die Visionen Wahnsinniger und verrenkte Glieder schienen das Motto der Zeit zu sein. Nur Verrückte konnten etwas so Krankhaftes und Verabscheuungswürdiges hervorbringen. In der Nähe des Schwarzenbergplatzes hatte er eine Ausstellung junger Künstler besucht, in der er das farblose Porträt eines gebeugten alten Mannes mit hohlem Blick und krummen Fingern gesehen hatte. Dieses Gemälde hatte ihn derart aufgebracht, dass er es am liebsten von der Wand gerissen hätte. Ihm war, als blickte er in sein eigenes verlorenes Inneres, er meinte darin sein zerknittertes Spiegelbild wiederzuerkennen. Als hätte der Künstler ihm seine dreckige Faust in den Hals gestoßen, ihm die Seele aus der Brust gerissen und sie auf eine schmutzige Leinwand geschmiert. Derselbe Künstler, Oskar Kokoschka, hatte auch eine winterliche Alpenlandschaft gemalt, die ihn mit ihren schwarzen Tannen und dem drohenden Himmel an seine Kindheit in den Bergen erinnerte, die er sein ganzes Leben zu vergessen versucht hatte. Diese Künstler gruben zu tief im Bewusstsein der Menschen, wühlten in ihren verborgensten Winkeln. War es da verwunderlich, dass die Leute sich das Leben nahmen?

Für Freytag war die Antwort klar: Sie lebten ohne Gott. Ohne Unseren Herrn gab es keine Erklärung für das Unerklärliche. Sie befanden sich an der Grenze zwischen Altem und Neuem, es war der Tod einer Epoche. Moral und Glaube waren in ihren Grundfesten erschüttert worden, und als diese Fundamente des Menschseins ins Wanken gerieten, hatten die Leute in sich hineingeschaut und eine unerträgliche Leere entdeckt. Das bedrückte ihn. Er nahm sich vor, mit Pater Anton darüber zu sprechen, der ein ungewöhnlich verständiger junger Mann war.

Freytag nahm noch einen Bissen Mohnstrudel und stellte fest, dass das Sperl immer noch die besten Kuchen der Stadt machte, sogar bessere als das Landtmann, dessen Esterházytorte allerdings unübertroffen war. Anschließend wischte er sich die Finger an der Serviette ab und riss, indem er sorgfältig darauf achtgab, dass niemand ihn bei der Beschädigung des Kaffeehauseigentums beobachtete, vorsichtig die kleine Annonce aus der Zeitung, faltete sie in der Mitte und steckte sie in seine Westentasche. Dann schlürfte er den Rest Kaffee in sich hinein und wollte gerade aufstehen, um seine schmerzende Blase zu entleeren, als Paolo ihm auf die Schulter klopfte.

»Entschuldigen Sie, Herr Freytag …«

»Ja?«

»Telefon für Sie.«

Der Piccolo sah ihn mit seinem unwiderstehlichen Gesicht an, das ihm schon unverschämt viel Trinkgeld eingebracht hatte.

Auf dem Weg zur Telefonzelle warf Freytag begierige Blicke in Richtung der gläsernen Glocke mit Gebäck und wich Frau Herzogs Blick aus, die dasaß und Rechnungen in ihr Kassenbuch sortierte. Er ging an den Billardtischen vorbei, über die sich zwei junge Artilleristen mit ihren langen Queues lehnten. Dann schlüpfte er in die Kabine und schloss die Hand um den Hörer. Sofort erkannte er seinen Irrtum – der Hörer war ebenso kalt und unbarmherzig wie die Stimme, die ihm entgegenschlug.

»Hier verstecken Sie sich also! Warum sind Sie nicht im Central, wie alle anderen?«

»Herr Schlink, wie schön, Ihre freundliche Stimme zu hören. Was haben Sie auf dem Herzen?«

»Lesen Sie Ihre Post nicht, Menschenskind?«

»Ich versuche, es zu vermeiden. Es sind meist sowieso nur schlechte Nachrichten.«

»Ihr Telefon funktioniert nicht. Sie haben doch nicht vergessen, Ihre Rechnung zu bezahlen?«

»Der Kaiser hat kein Telefon«, sagte Freytag, »warum sollte ich eines haben?«

Schlink murmelte etwas Unverständliches und sagte: »Wir brauchen Ihre Expertise. Barsch hat eben sein Manuskript abgegeben.«

»Ach ja? Und was hat das mit mir zu tun?«

»Sie wissen genau, was er für den Verlag bedeutet, Herr Freytag. Es ist der wichtigste Titel des Jahres.«

»Aber mein Nachfolger kann sich doch um ihn kümmern? Dieser selten begabte junge Mann, wie sagten Sie noch? Wurst hieß er doch?«

»Wirst, er heißt Wirst.«

»›Brillant‹ war, glaube ich, das Wort, das Sie nannten.«

»Sie sind der Einzige, den Barsch akzeptiert. Er ist unerbittlich.«

»Ich habe keine Zeit«, sagte Freytag, »heute Abend gehe ich zur Messe, und dann habe ich noch meine Texte.«

»Lesen Sie doch wenigstens das Manuskript, bevor Sie sich entscheiden! Ihre eigenen Texte können doch sicherlich warten …«

»Ich lese keine Manuskripte mehr, das wissen Sie.«

»Sie können doch eine Ausnahme machen, Menschenskind.«

»Bedaure.«

»Ist das der Dank, nach all den Jahren …«

»Adieu, Herr Schlink«, sagte Freytag, legte auf und sagte Herrn Klaus, dem Oberkellner, er sei nicht erreichbar. Und weil er nun schon einmal am Buffet war, bestellte er eine weitere Kanne Kaffee sowie ein Stück Mohnstrudel und eilte zur Toilette.

Als er mit seinem Mohnstrudel fertig war und sich die Krümel von den Hosenbeinen gebürstet hatte, zündete er einen seiner unzähligen Zigarillos an, zog die Gardine auf und sah aus dem Fenster.

Boris Barsch war ein guter Autor, einer der besten, um die Wahrheit zu sagen. Und hätte er nicht sein Leben darauf verwandt, sein Lektor zu sein, er hätte ihn gewiss mit Freude und Genuss gelesen. So aber hatte er weder Lust, jemals wieder etwas von diesem berühmten Autor zu lesen, noch etwas mit ihm zu tun zu haben. Nicht dass Barsch ein unangenehmer Mensch gewesen wäre, im Gegenteil: Er war ein äußerst freundlicher und bescheidener Mann, wenn auch etwas rastlos, und verfügte über eine erfrischende Selbstironie, die den meisten anderen Autoren abging. Er, wenn überhaupt jemand, musste das wissen, schließlich hatte er im Laufe der Jahre genügend von ihnen getroffen.

Das Problem mit Barsch war schwer zu fassen. Freytag kam auf keine bessere Beschreibung als: anstrengend. Ja, *anstrengend*, das war er. Nicht wie ein Lateinlehrer oder eine schwangere Ehefrau, nein, eher wie ein Schäferhundwelpe oder ein verwöhntes kleines Kind: Er brauchte ständig Zuspruch und Betreuung. Und Freytag war zu alt, um hinter Welpen her zu wischen, auch wenn es sich dabei um literarische Genies handelte. Freytag war pensioniert.

Ich hätte meine Arbeit im Verlag schon viel früher aufgeben sollen, dachte er, während er verwundert einen langbeinigen Hund auf der Straße beobachtete, der einen Karren mit Ziegelsteinen hinter sich herzog. Das war eine richtige Hundearbeit, und es war eine Befreiung, nicht mehr die Texte anderer herausputzen zu müssen, damit sie sich in seinem Glanze sonnen konnten. Auch blieb es ihm nun erspart, sich all den Perversionen auszusetzen, welche die Literatur neuerdings verpesteten; nein, er verstand die modernen Strömungen der Dichtkunst nicht. Es war, als wollten alle nur noch provozieren, in die Fußstapfen von Kraus und dem Walrossschnurrbart treten und vor ihrem Altar im Central niederknien. Sie prostituierten die Kunst, und daran wollte er sich nicht beteiligen.

Es erstaunte Freytag deshalb auch immer wieder, dass so viele ein so falsches Bild vom Beruf des Lektors hatten. Der war nicht im Mindesten glamourös. Eher unendlich undankbar. Die Verleger, ja, die waren die Nutznießer. Sie verkehrten in den gehobenen Kreisen, stießen mit Champagner an, aßen Kaviar und nannten die Autoren ihre Freunde; sie ernteten die Lorbeeren. Die Lektoren dagegen lebten im Schatten. Sie machten ihre Arbeit, ohne beachtet zu werden – solange sie keinen Fehler machten. Doch eine einzige unaufmerksame Sekunde konnte schwerwiegende Konsequenzen haben – dann mussten ganze Auflagen neu gedruckt werden. Wenn sie aber dem Verlag hohe Lagerkosten ersparten und den Autoren ewige Scham, dann hieß es nur, sie machten ihre Arbeit.

Was ihn selbst anging, so hatte es Freytag nichts ausgemacht, im Verborgenen zu wirken. Er war ein bescheidener Mann, verlangte nicht viel. Hochmut und Eitelkeit überließ er gern anderen. Es war nur so, dass die Zeit ihm davonzulaufen begann.

Er spiegelte sich im Kaffeehausfenster und stellte fest, dass sich die graumelierten Strähnen, die ihm einst eine distinguierte Eleganz verliehen hatten, mittlerweile über sein ganzes dünnes Haar verteilten. So ein verschlissener Silberfuchs musste ja Schmerzen in den Knien haben, dachte er. Und das bedeutete: Jetzt oder nie; schon bald konnte es zu spät sein.

Er hatte keine teuren Gewohnheiten. Die Wohnung in der Barnabitengasse im siebten Bezirk, zwei Zimmer und Küche, kostete lediglich 55 Kronen im Monat, obwohl sie – aus einem Grund, der ihm bis heute so unbegreiflich wie willkommen war, einer der wenigen Glücksfälle in seinem Leben, vielleicht der einzige – eine Badewanne hatte und in der Nähe der Gemeindekirche Mariahilf lag, einer seit Neuestem sehr beliebten Wohngegend. Das Telefon, um das seine Frau so lange gebettelt hatte, hatte er abstellen lassen; jetzt würde doch niemand mehr anrufen. Georg, der einzige Freund, den er je hatte, wusste, dass er ihn im Café erreichen konnte. Wenn er genügsam lebte, würden seine Ersparnisse reichen.

Wenn ich nur nicht zu alt werde, dachte Freytag, sonst muss

ich meine letzten Jahre im Männerheim verbringen, mit Säufern und Nichtstuern aus den entlegensten Winkeln des Kaiserreichs.

Doch damit rechnete er nicht. Es passte einfach nicht in seinen Plan. Seine Frau hatte immer behauptet, dass die Zigarillos ihm das Leben nehmen würden. Sein Rauchen sei Selbstmord auf Raten. Er hatte nur weitergemacht, um sich ihr zu widersetzen. Wie er so am Kaffeehaustisch saß und sich einen weiteren sauren Zigarillo ansteckte, wusste er gar nicht mehr, warum er eigentlich noch rauchte. Vielleicht aus dem gleichen Grund, aus dem er immer noch zur selben Zeit aufstand, obwohl er keine Arbeit mehr hatte, zu der er gehen musste.

Im Café Sperl hatte er sich eine Art Büro eingerichtet, wo er saß und seine Ideen in sein Notizheft schrieb. Seit ihn als Kind die Liebe zur Literatur erfasst hatte, hatte er davon geträumt, selber zu schreiben. Er las alles, was er finden konnte. Durch die Bibliothek seiner Mutter hatte er sich mehrfach gelesen, noch ehe er zehn Jahre alt war – sie besaß alle großen deutschen Meister. Da war er Goethe zum ersten Mal begegnet und hatte sich in die deutsche Sprache verliebt, eine Liebe, die niemals verblasst war, und ein Gedanke hatte sich festgesetzt, ein Lebensziel: Eines Tages würde auch sein Name im Regal stehen.

Er liebte Bücher, als wären sie seine Freunde. Vielleicht hatte er deshalb niemals richtige Freunde gehabt. Er war kein geselliges Kind gewesen, am besten kam man mit ihm allein zurecht; er mochte keine Gruppen, die brachten das Schlimmste im Menschen hervor. In jugendlichem Übermut hatte er sich eingebildet, es wäre ein Privileg, mit dem zu arbeiten, was er liebte, ein Schritt auf dem Weg zum endgültigen Ziel, und es hatte sich wie die Heimkehr aus einem unfreiwilligen Exil angefühlt, als er nach seinem abgeschlossenen Studium der Philologie in Bonn seinen Fuß in einen Buchverlag setzte. Heute wusste er es besser: Er hatte die Fähigkeit verloren, mit unschuldigen Augen zu lesen, sich dabei ganz verschlingen zu lassen.

Ich kann nur noch mit dem Rotstift lesen, dachte er, und dieser Gedanke machte ihn so traurig, dass er sich auf die Lippen biss. Er hatte die Mechanismen durchschaut, hatte die Autoren getroffen und festgestellt, dass sie bestenfalls wie alle anderen waren, und dabei war ihm etwas verloren gegangen, etwas Unersetzliches – etwas, das man für alles Gold der Welt nicht kaufen konnte. Wo sich ihm einst Welten auftaten, er den Wind im Haar spürte, den Geruch von Pferdeäpfeln wahrnahm, den Klang der Glocken hörte, sah er nun Baugerüste und Risse im Putz. Nach wie vor imponierte ihm geschicktes Handwerk, geistreicher Intellekt. Er konnte Sätze genießen – die exakte Beschreibung, das vollkommene Gleichnis –, aber niemals mehr wurde er gefangen, aus Zeit und Raum entführt: Niemals konnte er wieder der kleine Junge mit der Brille werden. Der Einzige, der ihn nach wie vor berührte, war der Held seiner Kindheit, Goethe. Und vielleicht – das musste er trotz allem zugeben – in seinen besten Momenten auch Barsch. Aber Barsch war kein Goethe. Weiß Gott nicht. Wenn er Goethe nicht hätte, wäre er verloren. Denn eine Seele, die nicht berührt wird, verwittert.

Er erinnerte sich an die Worte seiner Frau, sie hatten sich ihm eingegraben und schabten an der Innenseite seiner Schädeldecke: *Du hast niemals dieses Buch geschrieben, von dem du immer erzählst, und du wirst es auch nie tun. Du bist ein Träumer. Hörst du das? Ein Träumer!*

Sein Leben lang hatte er den Drang verspürt, zu erzählen – das Problem war, dass er nicht wusste, was.

Er dachte an den zwergenhaften Mann, den Zigeuner mit Geige und Papagei, der immer an der Straßenbahnhaltestelle stand, gleich neben der Litfaßsäule. Er war schon einige Male an ihm vorbeigegangen und hatte dabei über das Flüchtige der Stücke sinniert. Vor kurzem hatte er sich zu einer kleinen Gruppe von Menschen gesellt, die dastanden und den Klängen lauschten. Der Spielmann hatte ihn mit einer Frage überrumpelt, ausgerechnet ihn: »Was wünschen Sie zu hören? Ich kenne alle Melodien.«

»Ich weiß nicht«, hatte Freytag geantwortet. »Ich hatte gehofft, Sie wüssten …«

Wenn es ihm nur gelänge, das Unfassbare einzufangen, dachte er, dann würde es greifbar und er fände endlich seine Ruhe. Wenn er die Traumbilder in ein Muster, einen dramaturgischen Rahmen einfassen könnte, könnte er das Flüchtige einfangen, und die Last, die er seit all den Jahren in sich trug, würde von ihm genommen. Er könnte seinen Rücken strecken und es wieder wagen, sich selbst gegenüberzutreten, dieser Person, die ihm wie ein Fremdling auf einer verblassenden Fotografie geworden war. Wenn er sein Buch schriebe, wäre sein Leben nicht vergebens gewesen. Es war die Hoffnung, sich eines Tages zu der Schar der Autoren zu gesellen, die ihn durchs Leben getragen hatte. Wenn er nicht in seinem Innersten ein Autor war, einer, der aus leerer Luft Welten erschuf, was war er dann? Dann wäre sein ganzes Leben auf Lügen gebaut, und seine Frau hätte recht gehabt.

Er trug ein Bild in sich, so schmerzlich und zugleich großartig, dass es ihn blendete. Es war, als reichten Worte nicht aus, die Geschichte zu beschreiben, die sich in seinem Innern verbarg. Jedes Mal, wenn er einen Auftakt erahnte, verblich er wieder, sobald er sich dem Durchbruch nahe sah. Es ist wie die Flecken auf der Iris, wenn man in die Sonne schaut, dachte er. Man ahnt sie im Augenwinkel, aber wenn man sie mit dem Blick fixieren will, entfliehen sie einem wieder. Es war wichtig, dass es richtig wurde, dass der Ansatz stimmte – das war es, was den Ton setzen würde. Aus Angst, dass es klingen würde wie eine Geige nach einem Sommerregen, wagte er nicht, den Bogen zu heben. Seine Hände waren viel zu unsicher, deshalb widmete er sich dem Stimmen seines Instrumentes. Die Tonleitern spielte er zur Perfektion, das konnte er – es war das Stück, das ihm entglitt.

Eine Befürchtung regte sich in ihm, er spürte sie gleich unter dem Brustbein: der Gedanke, dass es ihm an Talent fehlte, dass er kein Schöpfer war. Er beherrschte die Sprache, daran gab es keinen Zweifel, er hatte sein ganzes Leben darauf verwendet, und das mit einem gewissen Erfolg. Aber womöglich war er doch nur ein Wortakrobat, der das Klavier stimmen, aber selber nicht darauf spielen konnte. Was nutzten die schönsten Sätze, wenn sie nichts von Bedeutung enthielten, keine Wahrheit über das Leben, wenn sie nicht das Besondere ins Allgemeine erhoben? Er war kein mit Phantasie begabter Mensch, er war ein langweiliger Realist, so erdverbunden wie eine Kartoffelpflanze. Ich bin ein Deutschlehrer, dachte Freytag, kein Märchenerzähler: Ich bin kein Barsch.

Er drückte den Stummel im Aschenbecher aus und verwünschte den berühmten Autor. Er drückte, bis ihm die Tränen kamen. Und da saß er mit einer ausgerissenen Annonce in der Tasche und schmerzendem Daumen und fasste einen Entschluss – er beschloss, sich den Schlüssel zur Welt zu beschaffen.

Apostolischer Palast, Rom, 31. Juli 1903

Monsignore del Val, der damit beauftragt war, die Papstwahl durchzuführen, blickte von der Bibel auf. Sein Lächeln war unangemessen eitel, selbst für jemanden, der so jung und unerfahren war wie er.

»Sie wünschten mich zu sprechen, Kardinal Puzyna?«

»Monsignore, ich komme in einer heiklen Angelegenheit ...«

»Wenn es ein Problem mit der Unterbringung gibt, müssen Sie das mit dem Kammerherrn besprechen.«

»Die Zelle lässt nichts zu wünschen übrig. Ich komme zu Ihnen in Ihrer Eigenschaft als Sekretär des Konklaves, Monsignor del Val, um Ihnen ein Dokument des österreichischen Kaisers zu überbringen ...«

Der Sekretär hob ruckartig den Kopf.

»Was für ein Dokument?«

»Ein Ersuchen darum, vor der Kardinalsversammlung das Veto Seiner Kaiserlichen Majestät Franz Joseph I. gegen Kardinal Rampolla kundzutun«, sagte Kardinal Puzyna und überreichte ihm das Papier.

Der Sekretär fuhr aus seinem Stuhl hoch und hob abwehrend die Hand.

»Kommt gar nicht infrage!«, sagte er. »Stecken Sie das sofort wieder ein! Ich weigere mich, es entgegenzunehmen.«

»Es ist meine Pflicht, den kaiserlichen Willen zu übermitteln.«

Die Pupillen des Monsignore verengten sich.

»Kardinal Puzyna, Ihre Pflicht als Mitglied der Kardinalsversammlung ist es, mit offenem Herzen ins Konklave zu gehen.

Hier soll Gottes Wille geschehen, nicht der des österreichischen Kaisers. Das wissen Sie ganz genau. Nur der Heilige Geist, nur das Gebet darf Sie leiten. Ich verbiete Ihnen hiermit, der Wahlkommission eine weitere Last aufzubürden. Jede äußere Einmischung in den heiligen Vorgang ist vollkommen ausgeschlossen!«

»Der Kaiser bedient sich lediglich seines angestammten Rechtes. Dass ich Monsignore erst darauf hinweisen muss, liegt gewiss an Ihrer mangelnden Erfahrung. Sie sind schließlich nur der Stellvertreter des verstorbenen Monsignore Volpini ...«

»Gehen Sie jetzt bitte zurück in Ihre Zelle, Kardinal Puzyna ...«, fauchte der Sekretär.

»Nun nehmen Sie es schon an ...«

»Verschwinden Sie!«

Die Hand des Sekretärs schlug nach dem Dekret. Das Papier segelte zu Boden, wo es sich zusammenrollte, als ob es fröre.

Kardinal Puzyna beugte das Knie. Die Schärpe straffte sich über seiner geschwellten Brust.

»Wenn Sie nicht so grün hinter den Ohren wären, dann wüssten Sie, dass Sie mich nicht aufhalten können«, sagte er mit zusammengebissenen Zähnen zum Spiegelbild des Sekretärs im blank polierten Marmor.

»Man wird es nicht gerne sehen, wenn Sie sich meinem Willen widersetzen, Kardinal Puzyna ... Die Kardinäle werden ungehalten sein.«

Kardinal Puzyna erhob sich. Mit gesenktem Blick verließ er den Raum. Das Gewand schlug ihm um die Beine.

»Sie werden es nicht tun! Sie haben gehört, was ich sage!«

Georg eröffnete die Partie, wie er es all die Jahre getan hatte: weißer Bauer auf e4. Um ihm entgegenzutreten, folgte Freytag ihm pflichtschuldig mit einem schwarzen Bauern, ein Zug, der ihm ebenfalls ins Mark übergegangen war.

Freytag sah sich in der engen Wohnung um. Manchmal wunderte er sich, wie sein Freund in diesem Chaos leben und in dieser Unordnung denken konnte, ohne sich dabei zu verlieren. Das Einzige, was aufgeräumt war, war der Zeichentisch, wo Bleistifte in verschiedenen Härtegraden ordentlich aufgereiht neben Tuschefedern, Buntstiften und dem Kartenzeichnerstift lagen, den Georg dazu benutzte, Konturen zu ziehen. Freytag sah ihn vor sich, wie er in seinem alten Kittel im Schein der Nachtlampe über den Tisch gebeugt dasaß und seine eleganten Linien zeichnete. Georg hatte eine ruhige Hand, trotz seines Alters und trotz seiner langen Finger. Er hätte Chirurg werden sollen, dachte Freytag, während er die Skalpelle betrachtete, die im Licht des schmutzigen Fensters glänzten, aber warum nicht auch Kartograph.

Georg hatte beim Entwurf seiner eigenen Schrift das Stadium der Formsuche, in dem Skizzen über die staubigen Dielen verstreut lagen, längst hinter sich gelassen; ein Stadium, das Freytag, was sein Schreiben anging, noch nicht überwunden hatte. Nachdem Georg sich mit Hilfe orientalischer Kalligraphietechnik vorgetastet hatte – er hatte zunächst unzählige Skizzen und Entwürfe mit Pinseln aus Marderhaar angefertigt, um zu einem funktionellen Jugendstil zu gelangen –, hatte er die moderne Linie schließlich verworfen und sich von Claude Garamonds und Anton Jansons *Antiqua* inspirieren lassen, um einen Typenschnitt für den Buchdruck zu entwerfen: Typenschnitt *Giorgio*. Es war eine großartige Arbeit, fand Freytag, der mit einem Mal einen drückenden Schmerz im Bauch verspürte. Es war eine Arbeit, die eines Sisyphos würdig war.

Sie spielten schweigend, während Freytags Figuren auf dem Brett immer weniger wurden und sein Magenkneifen zunahm. Zuweilen tauschten sie ein leichtes Grunzen aus, wie es nur gute Freunde oder resignierte Ehepartner tun.

Wie lange kannten sie sich nun schon? Georg mochte dreißig Jahre alt gewesen sein, als sie sich zum ersten Mal begegnet waren, und hatte bereits damals alt ausgesehen in seinem Arbeitskittel. Seitdem hatte er sich kein bisschen verändert. Er war früh gealtert und dann in den mittleren Jahren stehengeblieben. Er trug immer noch den gleichen diskreten Schnurrbart von unbestimmter Farbe, hatte die gleichen hohlen Augen mit den dunklen, schwermütigen Tränensäcken darunter, die gleichen flinken Augen eines Nagetiers, die unter der Haartolle hervorblitzten und Freytag von der anderen Seite des Tisches aus beobachteten. Und er war noch genauso dünn und ausgemergelt, wie er ihn das erste Mal gesehen hatte. Sein Aussehen war ebenso zuverlässig wie seine Freundschaft. Doch sie waren nicht gleich Freunde gewesen. Freytag erinnerte sich, als wäre es gestern gewesen: Georg, der als Faktor im Verlag neu angestellt worden war, hatte etwas zum Umfang eines Manuskripts angemerkt, das Freytag redigiert hatte. Es wäre zu lang, es müsste gekürzt werden, um auf die angegebene Anzahl Druckbögen zu passen, und er hatte trotz Freytags kategorischem Nein aus eigener Initiative eine große Anzahl von Adjektiven und Adverbien gestrichen, die er überflüssig fand. Freytag war so verärgert über diesen Eingriff, dass er ihn voller Wut in der Druckereiabteilung aufgesucht hatte, um ihm zu sagen, dass das Manuskript genau so lang wäre, wie es sein müsste, nicht mehr und nicht weniger, und er nutzte gleich noch die Gelegenheit, Georg zu sagen, was er von ungebildeten Druckern in schmierigen Arbeitskitteln hielt, die sich in seine Arbeit einmischten. Es ginge schließlich um Literatur, hatte er gerufen, nicht um einfache Flugblätter oder Pamphlete! Sie führten ein langes Streitgespräch über Literatur und Druckkosten und Hierarchien, in dem sie wild gestikulierten und fauchten und einander mit Schimpfwörtern überhäuften. Georg hatte Freytag unter anderem als aufgeblasenen Kretin und cholerische Xanthippe bezeichnet, daran erinnerte dieser sich genau, denn er hatte »Xanthippe« zu Hause im Synonymwörterbuch nachschlagen müssen – um dann, als ihnen schließlich die Argumente ausgingen, festzustellen, dass sie jeweils einen Seelenverwandten gefunden hatten. Seitdem waren sie unzertrennlich. Sie waren wie Lehm und Strohhalm, hatte seine Frau immer gesagt. Georg war der Strohhalm, das sah man ja an seinem großen, schlaksigen Körper. Was an Freytag so lehmig war, darauf war sie nie eingegangen.

»Der Briefträger war wieder da.«

Georg hob den Blick vom Spielbrett: Was war es diesmal?

»Venedig.«

Georg pfiff durch die Zähne und schaute wieder auf die Figuren.

»Ich habe gehört, es stinkt in Venedig«, murmelte er und fingerte an der Dame herum. Freytag merkte plötzlich, dass Georg ihn durch einen einfachen Zug mit der Dame in eine äußerst prekäre Situation bringen konnte.

»Um diese Jahreszeit soll der Gestank in den Kanälen unerträglich sein«, fuhr Georg fort. Er ließ die Dame los und machte einen unerwarteten Zug mit dem Springer, der nicht schlecht war, von dem aber sogar Freytag erkannte, dass er weniger vorteilhaft war: Georg war ein echter Freund.

Am Tag nach der schicksalhaften Fahrt im Riesenrad hatte Freytag es nicht geschafft, morgens aufzustehen, und er hatte ihr übliches Schachtreffen verpasst. Georg sagte später, dies wäre zuvor in fünfunddreißig Jahren nicht passiert, und Freytag hörte einen unterdrückten Stolz in seiner Stimme. Georg behauptete, drei Stunden gewartet zu haben – schließlich konnte die Straßenbahn sich verspätet haben, oder Freytags Uhr konnte stehengeblieben sein. Dann hatte er ihn mehrmals zu Hause angerufen, ohne dass jemand abhob. Erst sei er verärgert gewesen, das gab er gerne zu. Aber je mehr Zeit verstrich, desto unruhiger wurde er, denn es sah Freytag wirklich nicht ähnlich, so gar nicht aufzutauchen, ohne anzurufen und sich zu erklären, und schließlich war Georg zu Freytag nach Hause gefahren und hatte bei ihm geklopft.

Freytag lag im Bett, die Decke über den Kopf und die Vorhänge zugezogen, fest entschlossen, mit niemandem mehr zu reden, wie in seiner Kindheit. Er pfiff auf den Lärm: Hermann! Adele! *Bum, bum, bum!*

Er wusste, dass es Georg sein musste, niemand sonst nannte ihn Hermann, nicht, seit seine Mutter gestorben war, als er elf Jahre alt war, und ganz bestimmt nicht mit dieser heiseren Stimme, die nur dieser langen Bohnenstange gehören konnte, gebürtig aus der ungarischen Tiefebene, György. Bei Gott, selbst seine Frau nannte ihn Freytag, was ihm erst jetzt, da er die Wärme seiner eigenen feuchten Atemzüge auf seinem Gesicht spürte, merkwürdig vorgekommen war.

Als das Poltern aufgehört hatte, war er aufgestanden, um sich den Pflaumenschnaps zu holen, der für genau solche Gelegenheiten unter dem Küchentresen stand. Er ging Richtung Wohnzimmer, wo er sich in seinen Ohrensessel setzen wollte, bis die Flasche leer und der Hohlraum in seiner Brust mit Übelkeit und dem Gestank vergorener Pflaumen gefüllt wäre. Doch zufällig warf er einen Blick auf die Straße hinunter. Dort bückte sich Georg mit steifem Rücken und hob etwas aus dem Rinnstein auf. Freytag blieb stehen und sah zu, wie sein Freund Steinchen gegen das Schlafzimmerfenster warf. Georg, der unsportlichste Mensch, dem er je begegnet war, sah aus wie eine kreuzlahme Vogelscheuche; er konnte ja nicht ahnen, dass sein lieber Freund im Morgenrock vom Fenster aus das ganze Spektakel betrachtete. Beim Anblick des stolpernden Georg, der noch dazu den Hut verloren hatte, war ihm ganz warm ums Herz geworden. Freytag öffnete das Fenster und fragte, was um Himmels Willen er da unten mache.

Anschließend half Georg ihm, die Flasche zu leeren. Sie tranken schweigend, ohne ein Wort. Die einzige Erklärung, die Freytag gab, war: »Sie hatte die Koffer schon gepackt.«

Das hatte Georg genügt, es war die einzige Erklärung, die er brauchte. Sie saßen in der Wohnung, die noch schwach nach ihrem Parfüm duftete. Noch lebten die Topfpflanzen und wussten nicht, dass sie bald in Wohlwollen ertränkt würden, und die Staubkörner, die im Tageslicht vor dem Fenster tanzten, hatten sich noch nicht auf den Wohnzimmermöbeln niedergelassen, wo sie eine dicke Schicht bilden würden, bis Freytag eines Tages mit dem Zeigefinger ihren Namen auf den Wohnzimmertisch schrieb – *Adele* –, um dann vergeblich zu versuchen, sie mit dem Hemdärmel aus seinem Gedächtnis zu wischen.

»Du bist dran …«

Freytag betrachtete die Falle, in die er geraten war. Er begriff nicht, wie es ihm gelungen war, so früh im Spiel so schlecht dazustehen. Er musste sich konzentrieren. Meine Gedanken wandern ziellos herum, dachte er, ohne Kompass. Darum kommen sie auch nirgendwo hin. Und dann spürte er wieder die Messer in seinem Magen. Jetzt war es nahezu unerträglich.

»Ich habe wohl heute früh vergessen, meine Katharinen-Pflaumen zu essen.«

Freytag breitete entschuldigend die Arme aus und ging, sein Geschäft zu verrichten.

Er lief in den Hof hinunter, vorbei an den übel riechenden Mülleimern, zu dem Schuppen mit den Fliegen. Wie er auf dem Abtritt saß und auf die Befreiung wartete, kehrten seine Gedanken zu dem Gespräch zurück, das er früher am Tag mit Pater Anton geführt hatte. Pater Anton war wirklich ein außergewöhnlich klar denkender und umsichtiger Mensch, selbst für einen Dominikaner. Freytag betrachtete seine faltigen Knie, während er erfolglos drückte.

Pater Anton hatte die Nachfolge von Pater Horst angetreten, der an Schwindsucht erkrankt und jetzt in einem Sanatorium in den Bergen war. Mit der Zeit hatte Freytag Zuneigung zu dem jungen Mann gefasst. Sein sanftes Lächeln und die fein geschnittenen Gesichtszüge ließen an florentinische Marmorskulpturen denken. Es war Pater Anton, der ihm den Rosenkranz geschenkt hatte, um seine rastlosen Finger zu beruhigen und ihm zu helfen, Gott im Gebet näher zu kommen. Es war Pater Anton, der ihm von dem neuen Papst erzählt hatte. Pius X. sei ein Papst des Volkes, hatte er behauptet. Der seit sieben Jahren amtierende Stellvertreter Christi auf Erden sei ein einfacher Mann, bäuerlich, gebürtig aus einer armen, aber frommen Familie aus Norditalien. Freytag hatte in der *Reichspost* ein Bild von ihm gesehen und war von dem freundlichen, kugelrunden Gesicht des Heiligen Vaters sehr angetan gewesen. Nach allem, was er über Pius gelesen hatte, hatte dieser im Gegensatz zu seinem Vorgänger eine warme und herzliche Art, was seine Beliebtheit beim Volk erklärte. Denn beliebt war er, das hatte Pater Anton ihm versichert, und Freytag konnte es sich von einem Mann, der so mild und gütig aussah, auch gar nicht anders vorstellen. Er sei aber nicht nur ein Papst des Volkes, sondern auch einer der Priester, hatte Pater Anton betont. Das hatte Freytag nicht gewusst, und er verstand auch nicht, was Pater Anton damit meinte. Aber er dachte, es müsste gut sein; nicht nur das Volk, auch die Priester brauchten wohl ihren Papst, ihren Stellvertreter Gottes auf Erden. Dass der Kaiser Pius X. unterstützte und während des Konklaves sein Veto gegen Kardinal Rampolla eingelegt hatte, hatte Freytag ebenfalls nicht gewusst, aber der Gedanke erfüllte ihn mit einem solchen Stolz, dass er sich nun auf dem stillen Örtchen kerzengerade aufrichtete. Es freute ihn nicht zuletzt deswegen, weil laut Pater Anton mancherorts behauptet wurde, Rampolla sei Freimaurer.

Freytag überlegte, die Sache mit Georg zu diskutieren, wenn sie gleich ihre Partie fortsetzen würden, denn jetzt war es nicht mehr weit bis zur Erlösung. Aber er wusste, dass sein Freund dieses Veto als rein politischen Akt abtun würde. Es gab noch viel gewichtigere Dinge, über die er gerne mit Georg gesprochen hätte, etwa über den Messias und das Leben nach dem Tod. Er machte sich große Sorgen, wie es dem Freund im nächsten Leben ergehen würde. All diese Dinge würden bei Georg nicht auf fruchtbaren Boden fallen, dachte Freytag, als die Erleichterung sich endlich einstellte. Auf der ganzen Erde gab es nur einen einzigen Menschen, den er als Freund bezeichnete und der ihm wirklich etwas bedeutete – und dieser Freund war nicht gläubig. Schlimmer noch, er war bekennender Atheist.

Freytag bekreuzigte sich, bevor er sich erhob und beschwingten Schrittes die Treppe hinaufging.

»Du solltest mehr Roggenbrot essen und lange Spaziergänge unternehmen«, sagte Georg, als Freytag von seinem dringenden Geschäft zurückkehrte, denn er war eine ganze Weile weg gewesen.

»Ich esse doch meine Mohnstrudel.«

Georg hatte viel Zeit gehabt, einen Plan zu schmieden, während Freytag sich mit weltlichen Dingen und klerikalen Gedanken beschäftigte, und nun machte er einen brillanten Zug, der Freytag entweder einen Läufer oder einen Springer kosten würde. Es war eine verzwickte Entscheidung.

»Wusstest du, dass der Vater des Papstes Briefträger war?«, fragte er – vor allem, um Zeit zu gewinnen.

»Nein, das wusste ich nicht«, sagte Georg.

»Seine Mutter war eine einfache Näherin. War dein Vater nicht Briefträger?«

»Doch – worauf willst du hinaus?«

»Auf nichts Besonderes. Ich fand es interessant, dass der Vater des Papstes ungefähr gleichzeitig Briefträger in Norditalien war, wie dein Vater draußen in der Puszta.«

»Stimmt, das ist interessant. Und interessant ist auch, was du jetzt tun willst.«

Freytag strich sich über den Bart und setzte zu einem gewagten Zug mit seinem Turm an. Dann hielt er inne.

»Du behauptest doch immer, dass die Religion nur dazu dient, die Armen zu lenken. Aber der Papst ist Sohn eines einfachen Briefträgers. Er gibt sogar immer noch jeden Sonntagnachmittag Katechismusunterricht in der Cortile di San Damasio im Vatikan.«

»Und?«

»Er ist ein Papst des Volkes. Ebenso gut hätte dein Vater Papst werden können.«

»Du meinst wohl, ich hätte Papst werden können? Der Vater war doch Briefträger, nicht der Papst?«

»Ja, natürlich.«

»Aber du hast recht«, sagte Georg. »Mein Vater war ein Wichtigtuer. Und er soff. Er hätte einen ausgezeichneten Papst abgegeben. Einen viel besseren als ich allemal.«

»Du solltest so nicht reden. Weder über deinen eigenen noch über den Heiligen Vater.«

»Du redest doch ständig vom Papst. Und ich rede über meinen Vater, wie ich will«, sagte Georg und runzelte die Stirn, wie er es immer tat, wenn von der Kirche oder wie jetzt von seinem Vater die Rede war.

»Wir sind beide alt«, sagte Freytag. »Du solltest mehr über das Leben nach dem Tod nachdenken. Es ist nicht gesund, zu sterben, ohne das Abendmahl eingenommen und Gott um Vergebung gebeten zu haben. Es ist nie zu spät, seine Sünden zu bereuen.«

»Du klingst wie ein Jesuiten-Lehrer, Hermann, mit deinen sakralen Anspielungen. Seit fast einem Jahr, seit Adele ihren Koffer gepackt hat, hörst du nicht damit auf.«

»Nur weil sie ihr Gelübde vor Gott gebrochen hat, muss nicht auch ich vom rechten Weg abweichen.«

»Manchmal frage ich mich, ob du dir nicht ein bisschen zu sehr gefällst in der Märtyrerrolle. Sie gibt dir vielleicht ein gewisses Ansehen in der Gemeinde, aber wenn du mich fragst, ist das einfach nur dumm. Wie oft muss ich es dir noch erklären: Die Religion ist nur eine Erfindung des Menschen, weil er nicht wagt, die Welt so zu sehen, wie sie ist. Scheuklappen, weiter nichts. Dagegen habe ich auch zunächst nichts einzuwenden, ein gewisses Maß an Selbstbetrug ist durchaus gesund; Illusionen können sowohl dem Fleisch als auch dem Geist guttun. Wenn es nicht hinführte, wo es eben hinführt, hätte ich mich vielleicht selbst diesem Wahn angeschlossen. Aber das verbieten mir mein Anstand und meine Intelligenz. Die Konsequenzen wären zu schlimm.«

»Wenn die katholische Kirche nicht wäre«, sagte Freytag, »würden wir immer noch leben wie die Heiden. Die christlichen Werte sind die Grundlage der zivilisierten Gesellschaft. Das musst du doch zugeben?«

»Im Gegenteil! Im Namen der Religion werden die unchristlichsten Dinge getan. Man muss nur in die Geschichte zurückblicken, um all das Elend zu sehen, das sie hervorgebracht hat. Also verdirb uns nicht unsere Schachpartie mit deinen Predigten!«

»Aber du glaubst doch nicht im Ernst, dass es einfach nur schwarz wird, wenn wir sterben? Dass alles vergeblich war? Es muss doch einen Sinn im Leben geben.«

»Lass uns nicht in eschatologischen Gedanken versinken. Niemand weiß, was geschieht, wenn wir sterben, und das ist auch richtig so. Jetzt spielen wir lieber weiter.«

Eschatologische Gedanken … Wo hatte er das nur immer her? Georg hatte sein ganzes Leben mit Büchern gearbeitet, aber soweit Freytag wusste, hatte er kein einziges je geschätzt. Es war nicht der Inhalt, der ihn interessierte, es war die Form.

Sie spielten die Partie zu Ende und redeten über alles, außer Gott – über das Wetter in Serbien und die Kaffeepreise. Bald hatte Freytag nur noch einen Turm und ein paar Bauern übrig, um seinen König zu verteidigen. Es war ein Katz-und-Maus-Spiel, wie sie es schon viele Male zuvor gespielt hatten. Der Ausgang war immer der gleiche:

»Schach – matt.«

Er hätte es besser wissen müssen, Georg ließ sich nicht bekehren. Er war eigensinnig wie ein taubstummer Maulesel – aber er hatte ein Herz aus Gold. Wenn es Gerechtigkeit gab, dann würde es auch für ihn einen Platz im Himmel unter den Rechtgläubigen geben. Ein einzelner Freidenker konnte doch wohl nicht schaden?

Schönbrunn, 29. Juli 1903

Im Billardzimmer der Habsburger Sommerresidenz beugte sich Kardinal Puzyna über das Filztuch und wog eine Billardkugel in der Hand.

Er hatte schon eine ganze Weile auf dem Hocker gesessen und die Wanduhr betrachtet. Hatte mit den Füßen gewippt und bald die Hände in den Schoß gelegt, bald an seinem Goldring herumgenestelt. Um sich die Zeit zu vertreiben, hatte er die Ölgemälde betrachtet. Vor allem das eindrucksvolle Bild der Gründung des Maria-Theresia-Ordens, das fast die gesamte Rückwand einnahm.

»Sie sind auf Auszeichnungen fixiert«, murmelte er und ließ die Kugel aus der Hand gleiten – sie prallte gegen die Filzwand und rollte pflichtschuldig in seine Hand zurück.

Die Tür öffnete sich, und der Adjutant bat ihn einzutreten.

Kardinal Puzyna gab seiner schwarzen Kugel einen Stoß. Sie prallte mit mehreren weißen zusammen, es klang wie eine Exekution. Eine kardinalrote Kugel wurde in einem Loch am anderen Ende des Tisches versenkt und verschwand. Dann war es vollkommen still.

Mit verschränkten Händen ging er zur Audienz und verbeugte sich. Es war dunkel in dem Raum mit den Walnusspaneelen.

»Eure Kaiserliche Majestät.«

Kaiser Franz Joseph kam dem Kardinal ein paar Schritte entgegen und hielt vor einer unsichtbaren Linie, wo er während des gesamten Gesprächs wie angewurzelt stehen blieb.

»Es schmerzt mich, dass wir uns unter so betrüblichen Umständen treffen, Eure Eminenz«, sagte er. »Auch wenn es zu erwarten war, hat es uns doch alle sehr getroffen. Seine Heiligkeit war ein alter Mann. Es ist nicht leicht, die Welt auf seinen Schultern zu tragen. Nicht in diesem Alter. Jetzt bekommt er seinen Frieden.«

Kardinal Puzyna nickte andächtig. Er schielte auf den Uniformkragen, der unter dem gewaltigen kaiserlichen Schnurrbart hervorlugte – diese schmale Kante, die dem Kaiser das Leben gerettet hatte. Um Haaresbreite hätte man ihm den Kopf abgeschnitten – wenn die Uniform nicht gewesen wäre.

»Sein Staatssekretär hat ihm sehr geholfen.«

»Ach, Staatssekretäre … Minister …«, erwiderte der Kaiser. »Was haben solche Leute je bewirkt? Ich denke vor allem an das Volk. Ich bin sicher, dass er an die Menschen dachte, als er auf die andere Seite ging.«

Er runzelte die Stirn.

»Sie müssen entschuldigen, dass ich die Kandelaber nicht habe anmachen lassen«, sagte er. »Elektrisches Licht … Ich habe in meinem Leben vieles verschwinden sehen, aber ich hätte nie gedacht, dass sie mir auch die Kerzenflammen nehmen würden.«

»Wir leben in einer sich wandelnden Zeit, Eure Majestät. Das gilt auch für die Kirche.«

»Dieser Rampolla«, fragte der Kaiser, »dieser Staatssekretär … Es ist doch wahrscheinlich, dass er gewählt wird?«

»Die Lage ist beunruhigend.«

»Haben Sie deshalb um eine Audienz gebeten?«

»Das ist das Mindeste, was ich in einer solchen Situation tun kann.«

»Selbstverständlich …«

»Ich komme, um Eure Majestät um etwas zu bitten. Als kaiserlicher Erzbischof möchte ich Euch raten, Euch Eures uralten Rechtes zu bedienen, Eurer *jus exclusivae*, um den Staatssekretär vom Heiligen Amt auszuschließen.«

»Ich mische mich ungern in die Angelegenheiten der Kirche. Daraus entsteht selten Gutes.«

»Eure Majestät ist ein weiser Regent. Deshalb werdet Ihr vom Volk so verehrt. Aber dies hier ist von größter Bedeutung.«

»Ist er ein Feind Österreichs?«

»Es steht mir nicht zu, so etwas von einem Kirchenbruder zu behaupten ...«

»Aber er ist auf der Seite der Franzosen? Will er die Tripelallianz spalten?«

»Rampolla ist dem Zaren wohlgesinnt. Wenn er den Heiligen Stuhl einnimmt, stellt er eine Gefahr für die polnische Kirche dar. Der Zar will in den litauischen und polnischen Provinzen Russisch in die kirchliche Liturgie einführen. Das können wir nicht dulden. Als Erzbischof von Krakau einerseits und Eurer Kaiserlichen Majestät Repräsentant und Sprecher im Kardinalskollegium andererseits ist es meine Pflicht, die Kirche und das Volk des Kaiserreiches davor zu schützen, ungerecht behandelt zu werden.«

Kaiser Franz Joseph legte die Stirn in Falten.

»Russisch? In unseren Kirchen?«

Außer Freytag wünschten sich noch drei weitere Personen den Schlüssel zur Welt: eine füllige, stark schwitzende Dame mit Doppelkinn, ein bescheidener Jüngling mit rotem Haar und Unterbiss sowie ein gut gekleideter Herr mit kerzengeradem Rücken, zartvioletter Krawatte und Adlernase.

Sie trafen sich abends um kurz nach sieben in einer Wohnung zwei Treppen hoch am Rande des achtzehnten Bezirks, in der Blindengasse nahe dem Albertplatz, nicht weit vom Allgemeinen Krankenhaus, und ganz in der Nähe der Anstalt mit ihren ängstlichen Gärten. Das Zimmer, in dem die Lehrerin zur Untermiete wohnte, wurde von einer scheußlich modernen Deckenlampe erleuchtet, die ein ungesundes Licht auf die kleine Schar Neugieriger warf. Scharf wie Scherenschnitte zeichneten sich ihre Schatten auf der Wand ab. Freytag sah sich neugierig um.

Fünf Stühle standen auf dem Parkettboden im Kreis. Hinter dem Stuhl der Lehrerin, einem hochlehnigen Ding mit Armstützen und blutrotem Samtbezug, befand sich ein sorgfältig gemachtes Bett, darunter ein Koffer. Auf einer Staffelei an der Wand stand eine Schiefertafel und in der Mitte des Stuhlkreises ein kleiner Tisch – der Nachttisch, wie Freytag annahm – und darauf ein Tablett mit einer Wasserkaraffe und fünf Gläsern. Abgesehen von der seltsamen Fahne und dem gerahmten Bild eines ergrauten Mannes mit Bart und runden Brillengläsern an der Wand, waren dies die einzigen unbelebten Dinge im Raum.

»Ich möchte anfangen, indem ich mich vorstelle.«

Die Lehrerin, eine spatzenhafte Frau im heiratsfähigen Alter, hieß Rosita Nagy und war das Schönste, was Freytag je gesehen hatte. Er vermochte den Blick von dem Flaum auf ihrer Oberlippe nur zu lösen, um sich in ihren Augen zu verlieren, die ihn an Herbstkastanien erinnerten. Er stellte sich vor, dass sie, ganz wie ihr Name versprach, so lieblich duftete wie die Rosenrabatten von Schönbrunn, und er wünschte sich, er wäre eine Hummel.

Intruistino Rosita, wie sie genannt werden wollte, war eben erst von einem kleinen Dorf in der Nähe von Budapest in die kaiserliche Hauptstadt gezogen. Sie fände Wien so sauber und still, sagte sie, so luftig. Die Stadt hätte eine ganz andere Eleganz als die königliche ungarische Hauptstadt. Budapest sei laut und eng, die Menschen drängten sich auf den Straßen wie Vieh und hätten es immer eilig, irgendwo hinzukommen, die ganze Stadt brummte.

Sie beendete ihre Vorstellung, indem sie erklärte, sie unterrichte bereits seit zwei Jahren Esperanto. Anschließend waren die Schüler an der Reihe. Die beleibte Dame mit dem Doppelkinn hieß Rita Baumgarten, hatte drei erwachsene Kinder, zwei Königspudel und einen Mann, der auf der Mariahilfer Straße einen Eisenwarenladen betrieb. Der Junge, ein Rüdiger Breitner, verbrachte seine Tage damit, Pharmazie zu studieren, und der distinguierte Herr, der auf den Namen Dr. Rainer Signori hörte, gab kurz und knapp an, Geschäftsmann zu sein.

»Und Sie?«, fragte Intruistino Rosita.

Freytag versuchte, sein Notizheft zu ignorieren, tat, als würde er es absichtlich schütteln. Er räusperte sich und sagte: »Mein Name ist Hermann Freytag. Ich arbeite als Verlagslektor im Fischer & Wulff Verlag.«

Das stimmte zwar nicht mehr, aber er sah keinen Grund, auf diesen Umstand hinzuweisen.

»Wie spannend«, sagte Intruistino Rosita. »Ich lese so gerne! Haben Sie womöglich mit einem bekannten Autor gearbeitet?«

Freytag lächelte sein bescheidenstes Lächeln und sagte: »Die meisten sind recht unbekannt. Viel Lyrik.«

»Poesie – wie romantisch.« Intruistino Rosita beugte sich vor und schenkte ihm einen Blick, dass ihm schwindlig wurde. »Finden Sie nicht? Aber ich lese vor allem Prosa. Mein Lieblingsautor ist Boris Barsch. Kennen Sie ihn?«

»Interessant, dass Sie gerade nach ihm fragen«, sagte Freytag und streckte sich. Und dann fügte er mit sachlicher Stimme hinzu, als würde er einen Kommentar zum Wetter abgeben: »Zufällig bin ich sein Lektor.«

Das hatte den gewünschten Effekt. Sogar der distinguierte Herr zuckte zusammen, wie Freytag zufrieden feststellte.

»Wie ist er denn so?«, fragte Intruistino Rosita.

»Tja, er ist wohl ungefähr wie alle anderen«, sagte Freytag, und dachte, dass auch dies nicht ganz der Wahrheit entsprach.

»Das kann ich mir schwer vorstellen. Wer so ergreifend schreibt, muss einfach ein wunderbarer Mensch sein. Woran arbeitet er denn gerade? Schreibt er etwas, zur Zeit?«

»Dazu kann ich leider nichts sagen«, sagte Freytag und sah, wie sich ihre flaumige Oberlippe zu einem Schmollen verzog. »Aber ich glaube nicht, dass ich meine Befugnisse überschreite, wenn ich verrate, dass er bald mit etwas Neuem herauskommen wird«, fügte er deshalb schnell hinzu.

»Das ist ja wunderbar!«, rief Intruistino Rosita aus.

»Verzeihen Sie«, warf der gut gekleidete Dr. Signori ein. »Wann soll das Buch erscheinen?«

Offensichtlich war auch er literarisch interessiert.

»Das kann ich Ihnen so nicht beantworten«, sagte Freytag und begegnete seinem Blick. »Es kommt darauf an.«

»Schon bald? Können Sie wenigstens das sagen?«

»Frühestens im Herbst. Sonst im Frühjahr, spätestens im Frühjahr.«

»Schon im Herbst?«

Der Mann sah geradezu besorgt aus.

»Frühestens.«

Ab diesem Moment konnte Freytag sich des Gefühls nicht erwehren, dass Signori ihn beobachtete, ihn mit seinen scharfen, olivfarbenen Pupillen durchbohrte. Freytag wand sich auf seinem unbequemen Stuhl. Er suchte in der Hosentasche nach dem Rosenkranz; sicherlich hatte der Mann auf seine unruhigen Hände reagiert. Er wollte ungern den Eindruck erwecken, ein Opfer des Absinths zu sein. Aber jedes Mal, wenn er zu Signori aufsah, hatte dieser schon wieder den Blick gesenkt und betrachtete zerstreut das Muster im Eichenparkett oder spiegelte sich in seinen glänzenden Kalbslederschuhen.

Nachdem die Höflichkeitsfloskeln erledigt waren, ergriff Intruistino Rosita wieder das Wort. Zuallererst gratulierte sie ihnen zu dem Entschluss, Esperanto zu lernen.

»Von heute an gehören Sie zu den Esperantisten«, sagte sie und lächelte Freytag zu. »Oder zu den *esperantistoj*, wie wir sagen.«

Dann erklärte sie, dass Esperanto keineswegs nur eine phantastische Sprache sei, ein unübertreffliches Kommunikationsmittel, sondern dass es auch zu Frieden und Verbrüderung beitrage. Sie erzählte vom Erfinder der Kunstsprache, dem polnisch-jüdischen Augenarzt Dr. Esperanto – oder Ludwig Zamenhof, wie er eigentlich hieß –, der sie von seinem erhöhten Platz an der Wand aus betrachtete. Die grüne Fahne mit dem Stern, die auch dort hing, sei die offizielle Fahne der Esperantobewegung. Es gebe auf der Welt bereits Tausende, die diese Sprache beherrschten. Sie selbst hätte Briefkontakt zu Menschen aus zehn verschiedenen Ländern, auch aus weit entfernten Orten wie Havanna oder San Francisco, wozu die beleibte Dame so beeindruckt nickte, dass ihre beiden Kinne wackelten. In Zukunft würden alle Menschen einander verstehen, fuhr Intruistino Rosita fort. Alle Minoritäten im Kaiserreich würden dieselbe Sprache sprechen und lesen. Dann hätten endlich die ewigen Debatten ein Ende, ob Tschechisch denselben Status haben sollte wie Deutsch oder Ungarisch. Niemand müsste mehr Fremdsprachen lernen, es gäbe eine neutrale Sprache für alle. Die Menschen würden in Frieden leben, die ethnischen Spannungen auf der Welt würden verschwinden.

Das konnte Freytag sich wiederum nicht vorstellen. Die meisten, die er kannte, verstanden einander nicht, obwohl sie die gleiche Muttersprache hatten. Das galt nicht zuletzt auch für diejenigen, die mit der Sprache arbeiteten. Aber Intruistino Rositas Begeisterung rührte ihn, und er verspürte den starken Wunsch, sie in den Arm zu nehmen und vor allem Bösen in der Welt zu beschützen.

»Noch Fragen?«

Intruistino Rosita teilte Blätter mit dem Alphabet aus. Ein Alphabet, dem eine Reihe von Buchstaben fehlten, unter anderem X und Y, in Freytags Augen ungewöhnlich sympathische Buchstaben.

Der Jüngling, der seit seiner schüchternen Vorstellung kein Wort mehr gesagt hatte, hob die Hand.

»Ja?«

»Was tut eigentlich ein Lektor?«

Erneut spürte Freytag, wie der gut gekleidete Mann ihn beobachtete. Ganz gewiss tat er das, jetzt war er sich dessen sicher.

Am nächsten Morgen erwachte Freytag mit einem Ruck. Es war ein schöner Tag, die Sonne kitzelte ihn an der Nase. Sie schaute durch den Spalt zwischen den Gardinen herein und warf einen leuchtenden Pinselstrich über die Laken. In der Wohnung unter ihm nieste Lothar. Sein Nachbar nieste laut, als stünde er auf der Bühne des Volkstheaters. Schon im März hatte er damit angefangen, und Freytag wusste, dass es bis weit in den Juni hinein so weitergehen würde, wenn Hitzeschläge und Herzklopfen das Niesen ablösen würden.

Freytag setzte sich auf die Bettkante, rollte die Schultern, bis sie knackten, fuhr mit den Füßen in seine Pantoffeln, stellte sich vor das Kruzifix an der Wand und bekreuzigte sich. Anschließend trank er im Bad eine Tasse wohltuenden Kamillentee, kämmte sich den Bart und zog seinen feinsten und einzigen Leinenanzug an. Dann machte er sich auf den Weg, um sich der Aufgabe des Tages zu widmen.

Auf der Treppe stieß er mit der Concierge, Frau Weinheber, zusammen. Zu ihrer beider Erleichterung vermied er es zu dieser frühen Stunde, auf ihren mächtigen Busen zu starren, und begnügte sich mit einem fröhlichen *Guten Morgen!*. Sie sah ihn misstrauisch an. Was war ausgerechnet an diesem Morgen so gut? Und als er auf die Straße trat, hörte er die Tauben in den Ulmen vor der Mariahilfer Kirche gurren: *Rrruu, rruu, krutt, krutt*. Es war wirklich ein strahlender Morgen.

Freytag ging so beschwingt wie seit seiner Jugend nicht mehr. Seine alten Glieder folgten willig dem Spazierstock, den er auf der Gumpendorfer Straße zielstrebig vor sich her schwingen ließ. An der Haltestelle angekommen, setzte er sich nicht zum Ausruhen auf die Bank, wie er es sonst immer tat, sondern spazierte kurzerhand weiter in Richtung des ersten Bezirks: Dies war kein Tag für die Straßenbahn. Die Wärme war in die Stadt gekommen, der Flieder blühte, er quoll geradezu über die schmiedeeisernen Zäune, wie der Schaum auf einem Glas Bier; die Luft war sorgenfrei und schimmerte wie Glas.

Eine knappe Viertelstunde später war er schon an seinem geliebten Café Sperl vorbeigegangen, ohne seine *Reichspost* zu vermissen, hatte den Hut vor einer ganzen Reihe munterer Damen in weißen Kleidern und Sonnenschirmen gelüftet und war in keinen einzigen Hundehaufen getreten.

Auf dem Michaelerplatz rief ein Straßenverkäufer seine Ware aus: »Greifen Sie zu! Gasmasken von der Armee! Nur noch wenige auf Lager! Erste Ware!«

Das erschien Freytag merkwürdig, denn die Luft war ungewöhnlich frisch und rein, obwohl die Arbeiten auf der Baustelle hinter dem Zaun, wo das Dreilauferhaus gestanden hatte, bereits in vollem Gange waren; nur eine leichte Staubwolke war zu erahnen. Doch er wunderte sich nicht weiter darüber, nichts konnte ihn erstaunen, nicht einmal, dass man damit begann, nun auch im Herzen von Alt-Wien Häuser abzureißen. Er blieb vor einer Blumenverkäuferin mit einem Korb voller Rosensträuße stehen, kaufte eine einzelne dunkelrote Blüte und schob sie in sein Knopfloch. Nachdem er den Graben überquert hatte und durch die erfrischend schattigen, engen Gassen gegangen war, stand er endlich vor dem Haus am Judenplatz.

Freytag schaute die Fassade hinauf. Oberhalb der Markisen im dritten Stock, die den Balkon der Direktoren abschirmten, stand in großen Buchstaben *Fischer & Wulff Verlag*. Noch zwei Stockwerke höher, an der Balustrade, die das Dach begrenzte, standen zwischen zwei Römerstatuen in Togen die Zeiger der großen Uhr auf halb zehn. Er freute sich, dass er trotz seines Alters die Strecke in so kurzer Zeit bewältigt hatte, und trat durch das Tor. Als er den Fuß zuletzt hierhergesetzt hatte, hatte er sich anstrengen müssen, um es bis ins Büro hinauf zu schaffen. Seine Knie hatten geächzt, als befände sich der Verlag auf der Spitze des Großglockners. Jetzt glich der breite Treppenaufgang mit seinen Wandgemälden einer leichten Steigung, die man kaum bemerkt, wenn man nicht gerade einen schweren Rucksack trägt, und wäre es nicht so warm gewesen, hätte er noch nicht einmal sein Taschentuch zücken müssen, um sich den Schweiß von der Stirn zu wischen.

Freytag nickte der jungen Dame mit der merkwürdigen Frisur an der Rezeption zu. Es war ihm nie gelungen, sich ihren Namen zu merken – irgendetwas mit Topf oder Kopf musste es sein; aus irgendeinem Grund musste er immer an hohe Backformen denken.

Es war wirklich ein prächtiges Kontor, dachte er und schaute sich mit neu erwachtem Staunen um. Die ionischen Säulen und türkischen Teppiche im Foyer … Das wirkte alles sehr standesgemäß; gebaut, um Eindruck zu machen. Hier trat man mit der Mütze in der Hand ein.

Aber die Zeiten waren vorbei. Er behielt seinen Hut auf und bat, mit Herrn Schlink sprechen zu dürfen.

»Wenn er nicht gerade im Central ist, wie gewöhnlich.«

Der Cheflektor schien erstaunt, ihn zu sehen, wie Freytag befriedigt feststellte.

»Gut sehen Sie aus«, sagte Schlink und reichte ihm eine Hand, die Freytag an die Innenseite von Totengräbergaloschen denken ließ.

»Es geht einem halt, wie man es verdient«, antwortete Freytag und warf einen kurzen Blick auf die berühmte Nase des Cheflektors.

»Wie komme ich zu der Ehre? Ich dachte, Sie wollten nie wieder einen Fuß in dieses Büro setzen. Was führt Sie zu mir?«

»Sie scheinen ja ohne mich nicht auszukommen.«

»Ich wusste doch, dass Sie ein Einsehen haben würden«, lächelte Schlink und knetete seine Finger. »Ausgezeichnet. Barsch wird sich freuen.«

»Aber nur, wenn Sie mich zum Essen einladen. Und nicht in dieses Drecksloch unten bei der Börse, wo Sie immer mit den Übersetzern hingehen. Etwas mit Stil, wenn ich bitten darf. Und ich nehme den Auftrag nur zu meinen Bedingungen und nach meinem eigenen Zeitplan an. Ich bin zu alt, um mich zu hetzen; das Leben ist zu kurz, wissen Sie. Es gibt so viel zu tun, zum Beispiel, neue Sprachen zu lernen.«

»Wenn wir so viele Jahre warten konnten ...«

Der Verlag hatte bald fünf Jahre auf Barschs Manuskript gewartet. Mit beinahe übertriebenem Eifer hatte man ihm entgegengefiebert, als wäre es die Zusage einer Kreditverlängerung bei der Bank. Was es in gewisser Weise ja auch war: Der gute Barsch verhieß immer sichere Einkünfte.

»Sonst noch etwas?«

»Ich will einen Vorschuss.«

»Ich gehe davon aus, dass Sie mit dem Standardhonorar zufrieden sind? Wir haben keine Spielräume für höhere Bezahlung.«

»Ich bin kein gieriger Mensch, Herr Schlink«, sagte Freytag beleidigt. »Sonst hätte ich der Branche längst den Rücken gekehrt.«

Mit dieser Erklärung schien sich Schlink zufriedenzugeben

und ging in sein Büro am anderen Ende des Korridors. Freytag hatte lange den Verdacht gehegt, der Cheflektor hätte sich ausgerechnet dieses Zimmer ausgesucht, weil es in der Nähe der Kopierabteilung lag und der alte Lustmolch von hier aus einen guten Blick auf die schlanken Knöchel der Mädchen unter den Schreibmaschinen hatte. Jetzt nutzte Freytag die Zeit, um in der letzten Nummer des *Literarischen Zentralblatts* zu blättern, und er stellte fest, dass es um die Literatur genau so schlecht bestellt war, wie er befürchtet hatte.

Schlink kam mit einem Umschlag zurück, den er ihm überreichte wie ein kostbares Dokument aus der kaiserlichen Bibliothek. Freytag atmete auf; er war nicht so dick, wie er befürchtet hatte – dieser Tag fing wirklich gut an.

Das Konvolut war mit rotem Wachs versiegelt: Barschs Markenzeichen. Der berühmte Autor hatte mit den Jahren eine panische Angst davor entwickelt, sein Manuskript könnte in die falschen Hände geraten. Er war da sehr empfindlich. Diese unerklärliche Angst des Autors war es auch, die Schlink dazu gebracht hatte, ihm die ganze Woche hinterherzutelefonieren. Allein den zitternden Händen, die Freytag nun ausstreckte, um das Manuskript entgegenzunehmen, wollte Barsch sich anvertrauen, so sehr der Cheflektor auch wünschen mochte, es wäre anders.

Nachdem sie sich über den Umfang geeinigt hatten – lediglich zwei Daumennagel hoch –, verabredeten sie sich zur Mittagessenszeit vor dem Kontor.

Auf der Straße stieß Freytag mit seinem alten Kollegen Butterweck zusammen. Der Lexikonredakteur, dessen Wangen seit Langem einen vergeblichen Kampf gegen die Schwerkraft ausfochten, schien erfreut, ihn zu sehen. Vergnügt verzog er das Gesicht.

»Sind Sie zurück? Das wurde aber auch Zeit!«

»Ich habe nur ein Manuskript abgeholt.«

»Arbeiten Sie jetzt freiberuflich?«

»Eine Ausnahme. Barsch hat darauf bestanden. Sie wissen ja, wie er sein kann.«

»Ach, der Barsch … Schade, dass Sie nicht zurückkommen. Ihr Nachfolger, Herr Wirst, ist kaum trocken hinter den Ohren. Könnte genauso gut Lehrling sein. Er hat eine Menge radikaler Ideen, etwa, dass wir von Fraktur zu Antiqua wechseln sollten. Können Sie sich das vorstellen? Er behauptet, die Buchbranche sei eine ungewöhnlich veränderungsunwillige Branche.«

»Was für ein Unsinn!«, sagte Freytag. »Wie geht es mit dem Wissen?«

»Langsam voran; langsam, aber sicher. Man muss sich beeilen, aber langsam. Ich rechne damit, in ein paar Jahren fertig zu werden.«

»Nehmen Sie sich Zeit. Heute muss alles so schnell gehen. Das, was es wert ist, getan zu werden, sollte sorgfältig erledigt werden. Rom ist nicht an einem Tag errichtet worden.«

»Wie wahr, wie wahr …«

Während er darauf wartete, dass die Sonne ihren höchsten Stand erreichte, schlug Freytag die Zeit tot, indem er zwischen den Läden am Graben herumschlenderte und die Schaufenster betrachtete. Ihm knurrte der Magen, schließlich hatte er den ganzen Tag noch nichts gegessen, aber er wollte sich nicht vor dem Mittagessen satt machen – sein Bauch musste sich noch etwas gedulden.

Vor einer Buchhandlung blieb er stehen. Er formte die Hände zu einem Trichter und lehnte sich an die Scheibe: Unter einem Kupferstich der Peterskirche in Rom, gleich neben einem furchtbaren Buch, das scheinbar trotz allem einen Weg zur Publikation gefunden hatte, und einer Neuübersetzung des *Don Quixote*, lag ein dünnes, sonnengebleichtes Büchlein unter einer feinen Schicht Staub und Spinnenfäden, das seine Aufmerksamkeit erregte: *Esperanto – Grundlagen der internationalen Sprache.*

Freytag betrat den stickigen Laden. Die Türglocke weckte einen Mann, der aussah, als wäre er in der Hitze ohnmächtig geworden. Er wirkte verärgert über den rücksichtslosen Kunden, der es wagte, sich nach dem Preis für das Buch im Schaufenster zu erkundigen, und nun auch noch fragte: »Haben Sie noch mehr zu Esperanto? Vielleicht ein Wörterbuch?«

»Das kann ich mir nicht vorstellen.«

»Würden Sie bitte nachsehen?«

Der Buchhändler brummte und erhob sich von seinem Stuhl. Freytag folgte ihm in eines der Hinterzimmer, wo er in den Regalen kramte.

»Sie haben Glück«, sagte der Buchhändler nach einer Weile und kratzte sich am Kopf. »Wir haben tatsächlich noch ein Exemplar. Ich kann mich nicht erinnern, es je bestellt zu haben.«

Freytag kaufte das Wörterbuch – *Universala vortaro* – sowie das Büchlein aus dem Fenster, das der Buchhändler mit kaum verhohlener Anstrengung von Fliegendreck und Sonnenstrahlen befreite.

Er konnte es sich jetzt leisten. In diesem Augenblick, vermutete Freytag, würde Schlink sich beim Buchhalter einschmeicheln und sich dabei die feuchten Haarsträhnen über die Glatze streichen. Vorschüsse schätzte Kämmerer Klein überhaupt nicht. Aber Freytag wusste, dass er den Kassenschrank aufschließen würde, so unwillig dieser auch knarren mochte: Barsch war das Aushängeschild des Verlags, der Einzige, der ihm den Glanz vergangener Tage zurückgeben konnte. Bald würde er seinen Umschlag bekommen, und er freute sich schon darauf, Frau Herzog für all die ausgezeichneten Stücke Mohnstrudel zu bezahlen.

»Sie können sie zum halben Preis haben. Es sind nicht gerade Bestseller.«

»Das werden sie aber bald sein«, erwiderte Freytag und öffnete sein Portemonnaie. »Esperanto ist die Zukunft, wir leben in einer internationalen Welt. Sie täten gut daran, sich mit diesen Büchern einzudecken.«

Das Audienzzimmer, Schönbrunn, 29. Juli 1903

Kaiser Franz Joseph wedelte den Ordonnanzoffizier abwehrend mit der Hand fort.

Vor ihm auf dem Schreibtisch lag ein Bericht des Geheimdienstes. Er hatte ihn achtlos neben den Porträts seiner Frau und seines Sohnes abgelegt. Über diese Nachlässigkeit runzelte der Ordonnanzoffizier die Stirn, als er ihn nun daran erinnerte, dass sein Besuch wartete.

Der Bericht war in tadelloser Handschrift verfasst, er enthielt alles, was man erwarten konnte, und noch ein bisschen mehr. Die politischen Konsequenzen, die Risiken und taktischen Überlegungen angesichts der anstehenden Papstwahl sowie Überlegungen dazu, wie diese das internationale Spielfeld verändern konnte – alles wurde mit der üblichen Kompetenz dargelegt. Es fehlte sogar die Zweideutigkeit, die normalerweise jedes Schreiben des Evidenzbureaus prägte. Endlich einmal schien man sich der Folgen gewiss – und der Gefahren, die darin lagen.

Kaiser Franz Joseph hatte den Bericht am frühen Morgen während seines spartanischen Frühstücks mit Interesse gelesen. Erst gegen Ende, als er zu den Schlussfolgerungen kam, hatte sich ein verärgerter Ausdruck auf seinem Gesicht breitgemacht, der den Ordonnanzoffizier dazu brachte, schnell den Raum zu verlassen. Der Kaiser lief in seinem Arbeitszimmer auf und ab und brummte vor sich hin. Er war so aus der Fassung, dass er sich nicht in der Lage sah, seine Schreibtischarbeit zu verrichten. Die übrigen Briefe, die man ihm zu Beginn des langen Arbeitstages vorgelegt hatte – all die Bitten um Audienzen, diesen steten Strom von Ministern, hohen Offizieren und Generälen,

Kirchenmännern, Herzögen und Prinzen, die ihn mit ihren ewigen Anliegen bedrängten –, blieben liegen.

Franz Joseph beugte sich über den Tisch und nahm das Porträt seines Sohnes in die Hand. Während er die Fotografie betrachtete, fuhr er sich mit der Hand an den Hals und fingerte an seinem Kragen. Seine Hand wirkte, als fehle ihr etwas, woran sie sich festhalten konnte – ein Säbel, oder die Hand seiner Frau. Seine Augen ruhten starr auf dem Bild und schienen grau, weit weg von ihrem früheren Blau. Die Tränensäcke darunter waren schwer von den Verlusten.

Eine ganze Weile stand er so da, dann zuckte er zusammen und blinzelte, als hätte ein innerer Alarm ihn geweckt. Als hätte er noch einmal den schicksalhaften Schuss gehört, ein Knallen, das niemals verklang – den Schuss, der das Leben des Thronfolgers beendete.

Kaiser Franz Joseph rieb sich die Schläfen. Vorsichtig stellte er das Bild seines Sohnes neben das seiner Frau zurück.

»So ein Talent«, murmelte er in seinen Schnurrbart und bekreuzigte sich. »Einfach vergeudet.«

Dann atmete er tief durch, streckte sich und zog seine Uniform zurecht. Seine Miene glättete sich, als versuchte er, sich mit seinem Schicksal und seiner Einsamkeit zu versöhnen. Schließlich wandte er sich an den Adjutanten: »Sie können Seine Eminenz jetzt hereinrufen.«

Der Forellenkeller war entgegen seinem Namen kein feuchter Keller, sondern verfügte über ungewöhnlich große Fenster, die auf die Straße hinausgingen.

Es kam Freytag vor, als beträten sie ein ungemein wohlriechendes Aquarium: An den Wänden hingen allerlei Fische und schnappten nach Luft. Ihnen wurde ein Tisch unter dem Aquarell eines furchteinflößenden Seeungeheuers zugewiesen, das aus einem französischen Abenteuerroman hätte stammen können. Während sie die Stühle zurechtrückten und sich setzten, erklärte Schlink mit gewohnter Überlegenheit, dass es sich um einen Seeteufel handelte.

Es war kein Zufall, dass Schlink den Forellenkeller ausgesucht hatte. Die gesamte Kulturelite gab sich hier die Ehre. Schriftsteller, Philosophen, Künstler und Schauspieler drängten sich um die weißen Leinentischtücher, und ihre Gönner taten es ihnen gleich: Verleger, Galeristen, korpulente Theaterdirektoren, Mäzene jeglicher Couleur – sie waren zuständig, wenn es galt, die saftigen Rechnungen zu begleichen. Es waren vor allem Juden, wie Schlink wusste. Die würden bald den gesamten Kulturbetrieb kontrollieren, von den Zeitungen ganz zu schweigen.

»Aber doch nicht die *Reichspost?*«

»Nein, die *Reichspost* nicht – aber wer liest die schon?«

Ein sauertöpfischer Kellner mit traurigen Augen, dessen überheblicher Ausdruck eine besonders gute Küche verhieß, teilte ihnen mit, dass sie eine außergewöhnlich gute Ladung Austern hereinbekommen hätten. Schlink, der keine Gelegenheit ausließ, sich aufzuspielen, vor allem, wenn jemand anderes die Rechnung dafür bezahlte – Freytag konnte sich nie erinnern, ob nun Fischer oder Wulff der Vermögende war –, bestellte sogleich einen Teller davon als Vorspeise. Freytag wollte ihm in nichts nachstehen und tat es ihm gleich, obwohl er nie verstanden hatte, was daran so besonders war. Als Hauptgericht nahm Schlink Forelle blau mit Senfsauce, und Freytag entschied sich nach sorgfältiger Überlegung für den gekochten Karpfen mit zerlassener Butter und Kartoffeln. Dazu tranken sie einen Wein, von dem der Oberkellner behauptete, er sei trocken wie ein frisch gepuderter Kinderpopo.

»Es freut mich, dass Sie sich trotz allem entschieden haben, das Lektorat zu übernehmen.«

»Was tut man nicht alten Freunden zuliebe … Aber es ist eine Ausnahme«, sagte Freytag und hob einen Zeigefinger. »Nur dass Sie es wissen.«

»Wenn Barsch nicht so darauf bestanden hätte …«, sagte Schlink und schlürfte eine Auster. »Ich habe ihm gesagt, dass Sie sich zurückgezogen hätten, um Ihren Ruhestand zu genießen, aber er war nicht davon abzubringen. Er legt großen Wert auf Ihre handwerklichen Fähigkeiten.«

»Seine Manuskripte sind wirklich eine Herausforderung. Ganz bestimmt nichts für Grünschnäbel. Sie erfordern größte Sorgfalt.«

»Ja, zumindest dem Begleitbrief zufolge. Auch wenn Sie sich gewiss nicht durch das Manuskript hetzen müssen, muss ich wohl nicht betonen, dass Sie es nicht ewig hinauszögern dürfen?«

»Ich versichere Ihnen, Herr Schlink, meine Berufsehre bedeutet mir mehr als meine Bequemlichkeit.«

»Die Verleger hoffen sehr auf einen Erfolg, verstehen Sie. Es ist lange her, seit Barsch mit einem neuen Roman herausgekommen ist.«

»Wenn das Buch mit Verzögerung erscheint, wird dies gewiss nicht an seinem Lektor liegen – richten Sie ihnen das aus.«

»Das freut mich«, sagte Herr Schlink und schlürfte eine weitere Auster. Freytag hatte den Überblick verloren, die wievielte es war.

»Was dagegen die Autoren angeht«, fuhr Freytag fort, »das steht auf einem ganz anderen Blatt. Die sind von Natur aus empfindlich, man weiß nie, was passieren kann.«

»*Vous avez raison, mon cher. Vous avez raison*... Mögen Sie nicht mehr?«

»Bitte, nehmen Sie nur«, sagte Freytag, und schob ihm seinen Teller hinüber. »Ich muss mich daran übergessen haben.«

Der Karpfen machte dem Ruf der Küche alle Ehre. Er war frei von Schlammgeschmack und hatte genau die richtige Zeit in der Brühe gelegen, mürbe, zart und fest im Fleisch.

Auch Schlink schien mit seiner Forelle zufrieden zu sein. Obwohl er mehr Austern in sich hineingeschaufelt hatte, als so früh am Tage gesund sein konnte, schmauste er mit gutem Appetit. Dabei kaute er mit offenem Mund, zwischen seinen Zähnen bildeten sich zähe, gelbliche Fäden, und seine Kiefer knackten derart gierig, dass nur eine Mutter oder ein Seeteufel daran Gefallen finden konnten. Er kratzte mit seinem Messer über den Teller, und das durchdringende Geräusch ließ Freytag an sadistische Mathematiklehrer denken. Dann leckte er – ohne sich dabei in Zunge oder Lippen zu schneiden, wie Freytag sich später enttäuscht erinnerte – den letzten Rest Senfsauce von seinem Messer, schob den Teller von sich und sah mit einem Mal sehr ernst aus. Mit weicher Stimme sagte er, wie ein Freier zu einer jungen Witwe: »Ich habe die traurige Nachricht schon gehört. Meine Frau und ich sind sehr betroffen. Nach all den Jahren ... Es muss sehr schwer für Sie sein.«

»Was haben Sie gehört?«

»Tja ...«, sagte Schlink, lehnte sich zurück und wischte sich den Mund ab. »Dass Ihre Frau Sie verlassen hat ...«

Freytag leerte sein Glas und verfluchte seine Finger.

»Wenn Sie mit *verlassen* meinen, dass sie auf Auslandsreise ist«, sagte er, »dann ist das richtig. Sie schaut sich ein wenig in der Welt um. Ich finde, das hat sie sich verdient. Ich selbst bin nicht so für das Reisen. Es erschöpft mich zu sehr.«

Schlink lehnte sich über den Tisch, und Freytag hätte schwören können, dass er zischte wie eine Schlange.

»Ja, als alter Freund und Kollege muss ich Ihnen erzählen, dass man über Sie redet, Herr Freytag. Da gibt es welche, die behaupten, Frau Freytag hätte einen Mann kennengelernt, und zwar einen reichen, mit Einfluss. Einen ehemaligen Eisenbahndirektor. Frau Freytag soll seine Sekretärin gewesen sein, und sie werde nie wieder zu Ihnen zurückkehren.«

Freytag wollte sagen, dass das sicherlich die gleichen Leute waren, die im Central saßen und tratschten, dass der Cheflektor ein fleißiger Besucher der schäbigeren Bordelle der Stadt sei. Dass sein eingesunkenes Riechorgan nichts anderes wäre als eine waschechte Syphilisnase. Doch Freytag dachte an Pater Antons sanfte Gesichtszüge und hielt ihm noch die andere Wange hin.

»Es wird so viel geredet«, sagte er und starrte auf Schlinks Nase. »Alles loses Geschwätz. Darauf sollten Sie nichts geben.«

»Ich weiß nicht, ob ich so verständnisvoll wäre …«

»Eine edle Gesinnung ist nicht jedem gegeben«, antwortete Freytag. Er stocherte mit der Gabel in seinem Fisch und schob ihn auf seinem Teller hin und her. Der Karpfen schmeckte plötzlich fad, und er hätte schwören können, dass er durch die verbrannte Butter einen leicht modrigen Geschmack wahrnahm.

»Was tun Sie denn den ganzen Tag? Sie sitzen doch wohl nicht tagein tagaus an Ihren … *Werken?*«

Freytag war das höhnische Lächeln des Cheflektors nicht entgangen, der nun mit dem Zahnstocher in den sich lichtenden Reihen nach verbliebenen Austernfetzen zu suchen schien.

»Ich nutze die Zeit, um in die Kirche zu gehen«, sagte Freytag. »Jetzt, wo meine Frau auf Reisen ist, empfinde ich das Alleinsein als willkommenen Frieden. Und ich denke viel nach. Das kann ich nur empfehlen, man sieht ein, was wirklich wichtig ist im

Leben. Das Tempo ist heute viel zu hoch. Der Mensch braucht Stille, verstehen Sie, Nähe zu Gott, keine elektrischen Straßenbahnen und Automobile. Ich wünschte, wir alle hätten mehr Zeit und Ruhe, unser Leben zu betrachten, in Harmonie mit Gott zu leben. Dann sähe die Welt ganz anders aus.«

»Wie sieht sie denn jetzt aus, Herr Freytag?«

»Wir leben in einer Zeit der Auflösung. Die Menschen benehmen sich heutzutage, wie sie wollen. Es gibt keinen Respekt mehr vor dem Alten.«

»Ein Glück, dass Sie wieder arbeiten! Sie reden schon wie ein Pensionär.«

»An der Kunst sieht man es besonders deutlich. Sie ist der Lackmustest der Zustände in der Gesellschaft, kann man wohl sagen. Man braucht nicht weiter zu gehen als bis zu den Gotteslästerern im Central mit ihrem Größenwahn. Solche wie die regen zu liederlichem und gottlosem Verhalten an.«

»Sie werden doch wohl nicht behaupten, die Schriftsteller und Künstler seien schuld daran, dass die Welt nicht so ist, wie Sie es sich wünschen? Das nennt man Entwicklung, Herr Freytag, und das hat es schon immer gegeben.«

»Ich habe eine ganze Menge darüber nachgedacht, und ich bin überzeugt, dass sie einen schädlichen Einfluss auf die Menschen haben. Sie appellieren an ihre niedersten Triebe.«

»Und auf welcher Grundlage kommen Sie zu dieser faszinierenden Theorie?«

»Das werde ich Ihnen erklären. Hören Sie gut zu, es ist wichtig.«

Es gehe um Auflösung, erläuterte Freytag. Durch die Auflösung der Bilder, die Verzerrung der Wirklichkeit bis zur Unkenntlichkeit, würden die Grundfesten der Gesellschaft erschüttert. Im Falle der Dichtkunst handele es sich dabei insbesondere um die Auflösung literarischer Konventionen. Diese führe zu einer allgemeinen Lockerung, einer Auflösung der Moral. Sie lebten in einer Welt, die sich im moralischen Verfall befinde.

»Wir müssen die Werte verteidigen, den Anstand«, fuhr er fort. »Die Tugenden, die Monarchie, unsere Sprache und, nicht zuletzt, die Kirche.«

»Müssen wir das?«

»Ich bin nicht allein mit diesen Gedanken«, sagte Freytag, »viele sind derselben Meinung. Etwas ist dabei, verloren zu gehen. Ich hatte neulich ein langes Gespräch mit einem Dominikanerbruder, und der stimmte mir vollkommen zu. Er fand, ich besäße eine beeindruckende Einsicht in diesen Fragen, eine Einsicht, die aus meiner langen beruflichen Erfahrung mit höchster Kunst herrühre. Denn was ist die Literatur anderes als eine Analyse der menschlichen Natur?«

»Aber sind diese Weisheiten, diese Einsichten, nicht den Autoren vorbehalten? Wir Lektoren sind doch nur bescheidene Facharbeiter, Herr Freytag. Wir haben uns damit abgefunden, der guten Sache zu dienen, der Literatur, wenn man so will. Eine Ente kann niemals ein Schwan werden, so sehr sie das auch möchte.«

Der Kellner trat an ihren Tisch und nahm die Teller weg. Wurde noch ein Dessert gewünscht? Kaffee?

»Haben Sie Mohnstrudel?«

Den hätten sie leider nicht, sagte der Ober. Freytag fand es bemerkenswert, dass ein so angesehenes Lokal eine solche Delikatesse nicht führte, was er das Personal auch wissen ließ. Stattdessen nahm er mit einer Apfeltarte vorlieb, dem Kellner zufolge eine sehr gute Wahl. Schlink gab vor, ins Büro zurückzumüssen, lehnte einen Nachtisch ab und bat um die Rechnung. Freytag hatte allerdings nicht den geringsten Zweifel, dass er beabsichtigte, seine Schritte in die Herrengasse zu lenken, um seinen Mokka im Central zu genießen, umgeben von dem üblichen Gesindel.

»Sie sollten versuchen, ihn so bald wie möglich zu treffen«, sagte der Cheflektor, als der Kellner mit der Rechnung und dem Kuchen kam.

»Wen?«

»Barsch natürlich.«

»Warum das?«

»Um das Manuskript durchzugehen, Menschenskind. Was haben Sie denn gedacht? In ein paar Tagen zieht er in die Berge. Die frische Alpenluft ruft. Kein Mensch bleibt freiwillig den Sommer über in der Stadt. Auch der Kaiser ist bestimmt schon nach Bad Ischl aufgebrochen.«

»Nicht nötig«, sagte Freytag und nahm einen Bissen Apfeltarte. »Soll er doch in die Berge fahren.«

Die Sahne war so fett und cremig, dass sie von einer besonders sorglosen Bergkuh stammen musste.

»Ich weiß, wie er denkt und schreibt.«

Und zwar gewiss nicht so wie andere, dachte er bei sich. Er kannte Papageien, die besser buchstabieren konnten, mit größerem Verständnis für den Satzbau. Das Gehirn dieses großen Autors musste außergewöhnlich unaufgeräumt sein – er wurde den Gedanken an summende Bienenstöcke nicht los.

»Ich glaube, er erwartet das von Ihnen.«

Freytag, dem es immer schwererfiel, sich Pater Antons Gesicht vorzustellen, spürte, wie ihm das Feuer in die Wangen schoss.

»Soll er erwarten, was er will. Ich habe keine Zeit für so etwas.« Er wedelte mit dem Löffel, als wollte er ein lästiges Insekt vertreiben.

»Aber finden Sie nicht, dass es angemessen wäre …«

»Wenn es dem großen Autor nicht passt, kann er sich einen anderen Lektor suchen, ganz einfach!«

»Was hat er Ihnen denn getan? Sie scheinen ihn ja geradewegs zu hassen.«

»Warum sollte ich ihn hassen? Er ist ein bezaubernder Mensch, wenn auch ein wenig rastlos. Ich habe bloß keine Lust, ihn zu treffen, das ist alles. Außerdem habe ich keine Zeit, ich bin mit meinem Roman beschäftigt.«

Schlink schüttelte den Kopf.

»Haben Sie Ihre eitlen Träume noch immer nicht aufgegeben? Sie sollten sich lieber auf Ihren Auftrag konzentrieren, niemand weiß, wie lange Ihre Frau noch verreist ist, soweit ich das verstanden habe. Sie sollten sich glücklich schätzen über die Ehre, mit einem so erfolgreichen Autor zusammenarbeiten zu dürfen, und diesen Kinderkram vergessen.«

Während Freytag seinen Tischgenossen betrachtete, der noch immer einen Rest Sauce im Mundwinkel hatte, wuchs ein Entschluss in ihm heran, der ihn schließlich ganz auszufüllen schien: Er würde seinen Roman schreiben, und wenn es das Letzte wäre, was er täte. Und er würde so anrührend sein, dass Schlink von seinem Bürostuhl fallen und wie ein Kind über seine Unzulänglichkeit weinen würde.

Als der Cheflektor sich zum Gehen anschickte, hielt Freytag ihn noch einmal zurück.

»Dies ist mein letzter Auftrag, Herr Schlink, vergessen Sie das nicht.«

Herr Schlink nickte und antwortete mit einer Zufriedenheit, die Freytag selbst für ihn ausgesprochen taktlos fand: »Ich versichere Ihnen, dies ist Ihr letzter Auftrag!«

Freytag blieb noch eine Weile sitzen und leerte die Flasche, während er seine Zigarillos rauchte. Sie kamen ihm plötzlich noch saurer vor als gewöhnlich, sogar saurer als der inzwischen lauwarme Wein. Schlinks Kommentar ärgerte ihn. Seit er angekündigt hatte, in den Ruhestand treten zu wollen, hatte der Cheflektor ihn aufs Korn genommen. Mit kaum verhohlenem Vergnügen hatte er ihm wegen des Porträts in den Ohren gelegen. Es war seit Langem Brauch und Tradition im Verlag, dass ehemalige langjährige Mitarbeiter ihre Laufbahn an der Wand im Repräsentationsraum weiterführten. Schlink schien ein Vergnügen daran zu finden, ihn darauf hinzuweisen. Es war, als könne er kaum erwarten, den Nagel einzuschlagen – wenn nicht in seinen Sarg, so doch zumindest in die Wand.

Wie aus dem Nichts legte sich plötzlich ein angenehmer Duft über Weißweinsauce und Aschenbecher. Er drehte sich um, um zu sehen, woher er kam: Ein Mann saß da, las Zeitung und rauchte Pfeife. Das sah gemütlich aus, fand Freytag. Der Mann hatte eine hohe Stirn; so eine Pfeife musste ein ausgezeichnetes Werkzeug zum Denken sein.

Freytag leerte sein Glas.

Als er in die frische Luft hinaustrat, verspürte er ein Völlegefühl. Gemächlich schlenderte er Richtung Volksgarten, während die Schatten schon länger wurden. Seine Schritte führten ihn den Kohlmarkt entlang, wo er vor einem Zigarrenladen direkt neben einem Hutmachergeschäft stehen blieb. Freytag nahm den Hut ab und ging hinein. Ein Geruch nach Zedernholz und fernen Tabakplantagen schlug ihm entgegen.

Freytag bat, sich die Pfeifen ansehen zu dürfen. Der Verkäufer, der aus irgendeinem Grund einen Fez auf dem Kopf trug – er sah kein bisschen türkisch aus –, zog eine Schublade aus dem Tresen.

»Das sind unsere erlesensten Pfeifen. Schauen Sie, was für eine Handwerkskunst!«

Es waren zweifelsohne schöne Pfeifen, keine Dutzendware, eher etwas, womit man sein Kaminsims dekorierte. Sollte er eine Pfeife mit geradem Stiel nehmen? Die würde ihm bestimmt einen verwegenen Anstrich geben. Oder lieber eine gebogene, die weltmännisch im Mundwinkel hing? Freytag, der noch immer vom Wein berauscht war, entschied sich für eine gerade Pfeife mit einem schönen, rot schimmernden Kopf, die gut in der Hand lag. Ihre glatte Oberfläche – feinstes Kirschbaumholz – fühlte sich angenehm an. Das sei eine ausgezeichnete Wahl, versicherte der Verkäufer und fragte, ob er ihm vielleicht auch etwas Tabak anbieten könne. Sie führten Tabaksorten von vier Kontinenten.

»Sehr gern.«

Freytag folgte dem Fez zu einer Mahagonitheke, hinter der

sich Regale mit glänzenden Blechdosen vom Boden bis zur Decke zogen. Der Mann öffnete einen der Behälter und schob ihn Freytag unter die Nase: Ein angenehm süßer, aprikosenähnlicher Duft umfing ihn. Freytag konnte sich nicht vorstellen, dass es irgendwo auf der Welt einen besseren Pfeifentabak geben könnte, nicht einmal im kaiserlichen Raucherzimmer in der Hofburg.

»Den nehme ich«, sagte Freytag.

»Dann haben wir noch diesen hier.«

Der Mann hielt ihm eine weitere Dose unter die Nase. Der Geruch war womöglich noch angenehmer und ließ Freytag an Indianer und Christoph Columbus denken.

»Formidabel«, sagte er. »Den nehme ich stattdessen.«

»Oder diesen hier?«

Diesmal war das Aroma würziger, raffiniert, mit einem Hauch Tauwerk; ein Geruch, der an Ostindien-Dampfer erinnerte.

»Ich kann mich nicht entscheiden.« Freytag breitete die Armen aus. »Die sind alle wunderbar.«

»Man kann sie gut mischen«, meinte der Tabakverkäufer. »Wir haben viele Stammkunden, die ihre eigene Rezeptur haben.«

Warum hatte er bisher kein eigenes Tabakrezept gehabt? Der Mann bückte sich hinter der Theke und zog einen in Leder gebundenen Ordner heraus.

»Wie wünschen Sie Ihre Mischung?«

»Lassen Sie mich überlegen.« Freytag blickte zur Decke, die vorbildlich sauber und frei von Spinnweben war. »Alle drei zu gleichen Teilen.«

Der Fez nickte und begann mit Hilfe einer kleinen Schaufel und einer Waage sorgfältig eine Tüte zu füllen.

»Nicht zu viel«, sagte Freytag und hob die Hand. »Ich brauche ihn nur, wenn ich denke.«

Ein selten dummer Kommentar, wie ihm auffiel.

»Wollen Sie Ihrer Mischung einen Namen geben?«

»Verzeihung?«

»Einige Kunden geben ihrer Mischung einen Namen, aber das ist natürlich kein Muss.«

Freytag suchte in seiner Erinnerung nach angenehmen Bildern und dachte, dass es ganz schön kompliziert sei mit diesen Titeln. Doch dann strahlte er und breitete noch einmal die Arme aus.

»Rosita!«

»Das ist wirklich ein schöner Name«, versicherte ihm der Verkäufer. »Sie wissen, wie man eine Pfeife stopft?«

Freytag sah den Mann mit der albernen Kopfbedeckung empört an, eine Miene, die er mit bewundernswerter Ausdauer, wie er fand, aufrechterhielt – bis es ans Bezahlen ging. Pfeiferauchen war wirklich ein teures Vergnügen!

Mit der Pfeife in der Jackentasche und der Tüte mit den Esperantobüchern unter dem Arm ging Freytag am Außenministerium am Ballhausplatz vorbei und durch das schmiedeeiserne Tor in den Volksgarten, über dem der Jasmin schwer und betäubend duftete. Er kam an dem kleinen Theseustempel vorbei und schritt weiter bis zum Denkmal des großen Dramatikers Franz Grillparzer, wo er mit einem Seufzer den Spazierstock an die Bank lehnte und sich auf die kühlen Steine setzte, um das Essen zu verdauen und den Amseln zu lauschen. Mit Blick über den Park musste er noch einmal festhalten, dass dies ein zauberhafter Tag war. Die Luft war so rein und sauber – wie dazu geschaffen, Pfeife zu rauchen.

Als er mit den Fingern in die Blätter fuhr, stieg ein süßlicher Geruch aus dem Tabaksbeutel. Er stopfte die Pfeife sorgfältig und dachte dabei an die alten Männer in seinem Heimatdorf, die auf der Bank vor der Kirche gesessen hatten, damals, als er noch Kind war. Wie passend es doch war, dass er nun, da er selbst ein alter Mann war, auch eine Pfeife besaß. Dann zündete er den Tabak mit einem Streichholz an und zog. Er saugte, bis seine Zunge brannte und ihm die Luft ausging. Ein befreiter Rülpser entrang sich seiner Kehle.

Vielleicht hatte Schlink ja recht, dachte er. Er sollte sich nicht mit solchen Kindereien abgeben. Seine Texte hatten keine Handlung. Es waren gut geschriebene Erzählungen, in denen aber einfach kein Leben war; Tableaus, blutleere Stillleben. Wie oft hatte er nicht selbst ein Manuskript zur Seite gelegt, weil es ihn nicht berührte? Er begriff nicht, warum er so darauf beharrte, in dieselbe Falle zu tappen.

Und warum fiel ihm das Erzählen so schwer? Lag es wirklich nur daran, dass er zu wenig erlebte, dass er nur durch seine Bücher an der Welt teilnahm, wie seine Frau immer behauptet hatte? Woher nahm Barsch seine verschlungenen, schwindelerregenden Geschichten? Soweit er wusste, führte auch der ein wenig spannendes Leben. Barsch war kein Abenteurer. Wenn er sich nicht in der kaiserlichen Hauptstadt aufhielt und sich mit seinesgleichen verbrüderte, sich, ganz Habitué, im führenden literarischen Salon in der Nähe des Burgtheaters mit all den anderen Freidenkern auf dem Diwan der gefürchteten Tante Olga drängte, dann saß er an einem Schreibtisch in seinem Haus am Wolfgangsee. Konnten Bergwanderungen, hochtrabende Diskussionen und intellektuelle Nabelschau wirklich die Quelle seiner überbordenden Phantasie sein? Führte er ein Doppelleben?

Er begriff einfach nicht, wie dieser zerstreute und weltfremde Mann, der so rastlos war, dass es Freytag in den Beinen juckte, wenn er nur an ihn dachte, und der seine Lesebrille immer dann vergessen hatte, wenn er sie am dringendsten benötigte, sich in das Leben anderer Menschen hineinversetzen konnte. Woher nahm Barsch dieses grenzenlose Einfühlungsvermögen? Seine Romanfiguren waren lebendig, sie fanden den Weg aus den Büchern direkt ins Herz des Lesers, wo sie wirklicher wurden als die Menschen um ihn herum; so echt, dass sie wie alte Bekannte in der Erinnerung fortlebten.

Ganz wie der Spielmann in Grillparzers berühmter Geschichte, dachte Freytag und paffte seine Pfeife, die zu erlöschen drohte. »Der arme Spielmann« war für Freytag so lebendig, als hätte er den Mann wirklich gekannt. Es war seine Lieblingserzählung von Grillparzer, der nun als Statue neben ihm stand, versteinert, als hätte er die Medusa erblickt, und auf ewig die Aussicht betrachtend, die Freytag gerade genoss. Als er an das Schicksal des armen Geigers dachte, der seine Geliebte an einen einfachen Schlachter mit hochgekrempelten Ärmeln und blutiger Schürze verlor, weil der sie mit den weltlichen Dingen des Lebens versorgen konnte, erinnerte sich Freytag an seine Frau. Er musste etwas ins Auge bekommen haben, vielleicht Asche oder ein Insekt, denn plötzlich lief ihm eine Träne über die Wange.

Der alte Spielmann entfloh der Wirklichkeit, streifte einsam durch Wien und spielte seine Geige, ohne mehr zu besitzen als die Kleider an seinem Leib. Er war kein großer Künstler, im Gegenteil, aber er lebte für die Kunst und durch sie, und er war stolz, trotz seiner Armut und seines Unglücks. Er starb einen ehrenvollen Tod, das konnte ihm niemand nehmen. Lieber mit geradem Rücken falsch spielen, als verzagt gar nicht erst zum Bogen zu greifen.

Freytags Gedanken schweiften zu Intruistino Rosita ab. Nachtfalter flatterten in seinem Bauch. Sie hatte etwas in ihm geweckt, etwas, das so lange geschlummert hatte, dass er gedacht hatte, es wäre für immer gestorben. Vielleicht lag hier der Schlüssel zur Welt, zur Schaffenskraft, hier, in diesem kribbelnden Gefühl. Wenn er sich nur traute.

Die Pfeife drohte immer wieder auszugehen, und nach mehrfachen Versuchen, die Glut am Leben zu erhalten, verschwand seine gute Laune, wie die Sonne hinter den Wolken. Mit einem Mal drückte es ihn im Magen, und er warf sich vor, dass er am Morgen versäumt hatte, seine Katharinen-Pflaumen zu essen. Schließlich fing er auch noch an zu frieren, obwohl die Schwalben noch hoch am Himmel flogen, und so stand er auf und trottete zur Straßenbahnhaltestelle hinüber.

Freytag fuhr die Ringstraße entlang bis zum Ende des Stadtparks, wo er ausstieg und zur Dominikanerkirche ging. Er hoffte, Pater Anton anzutreffen und mit ihm über Liebe, Tod und Eifersucht sprechen zu können, worüber ein alter Mann eben nachdachte. Er hatte das vage Gefühl, beobachtet zu werden, vielleicht sogar verfolgt, ein Gefühl, das sich bereits früher am Tag bei ihm eingestellt hatte und ihn jetzt voll und ganz ergriff, und er stellte sich vor, dass ein konturloser Mann ihm auf den Fersen war. Es ist die Zeit, die dich einholt, Freytag. Dreh dich nicht um, dachte er und eilte die Treppen hinauf und hinein in den Schutz des Kirchenraums.

Er tauchte seine Finger ins Weihwasser, beugte das Knie, bekreuzigte sich und setzte sich auf seinen Stammplatz in der letzten Reihe. Jemand spielte Orgel. Er schloss die Augen und überließ sich den Klängen, während sein Atem langsam in den gewohnten Rhythmus zurückfand. Ruhe breitete sich in ihm aus, sein Bauch tat nicht mehr weh. Wir haben bereits eine Weltsprache, stellte er fest. Eine Sprache ohne Worte, die deshalb auch nicht missverstanden werden kann. Sie spricht direkt zu uns, ohne grammatische Hindernisse. Das ist die Sprache der Seele.

Die klaren Töne tanzten durch den Kirchenraum und flogen zu den Deckengemälden hinauf, wo sie zwischen den goldenen Cherubim zu spielen schienen. Für einen Moment schien es ihm, als wäre er im Himmel, und er dachte, dass das ein wunderbarer Ort sei, der Himmel. Dann legte er die Stirn auf das Psalmbuch und schlummerte ein.

Als einer der Chorknaben ihn weckte, wusste er nicht, wie lange er geschlafen hatte. Vielleicht nur ein paar Minuten, vielleicht Stunden? Freytag legte eine Münze in den Opferstock für den Vatikan und ging widerstrebend hinaus und die Treppen hinunter in den dunklen Abend. Von Laterne zu Laterne wanderte er die verlassenen Straßen entlang, vorbei an offenen Baustellen und Löchern im Boden, die nach eitriger Wundflüssigkeit rochen. Seine Schritte hallten zwischen den Häusern wider.

Plötzlich stellten sich seine Nackenhaare auf. Eine unbestimmte Angst überkam ihn. Er ermannte sich und widerstand dem Drang, sich umzusehen. Er wusste, dass die Angst ihn überwältigen würde, wenn er ihr erst die Möglichkeit dazu gab. Du solltest deinen Dämonen ins Auge blicken, dachte er, dann werden sie sich vielleicht in Luft auflösen. Die Angst, das Gefühl, etwas vergessen zu haben, etwas Wichtiges, weigerte sich, ihn loszulassen.

Vielleicht sollte er die Straßenbahn nehmen; seine Beine waren bereits viel zu müde, und er wusste, dass sie ihm wehtun würden, wenn er am nächsten Morgen erwachte. Doch der Gedanke, den Schlüssel ins Schloss zu stecken und in die bedrückende Stille zu treten, deprimierte ihn. Er ertappte sich dabei, wie er Umwege lief und sich einbildete, wenn er nur spät genug nach Hause käme, stünde sie da in ihrer Schürze, als wäre sie nie weg gewesen.

Mal fand er sich plötzlich in einer unbekannten Seitenstraße, mal in einer nach Urin stinkenden Gasse zwischen Müllhaufen und ausgehungerten Katzen wieder, und nicht selten blieb er stehen und nahm die Reste dessen in sich auf, was dabei war, verloren zu gehen.

Die Stadt hatte sich seit seinen jungen Jahren stark verändert. Mauern waren gesprengt und Wien eine moderne Stadt geworden. Eine Weltstadt, wie einige behaupteten. In Massen waren sie herbeigeströmt. Und alle kamen aus demselben Grund: Sie wollten auch ein Stück vom Mohnstrudel. Dieser liebliche, verschlafene Ort war zur drittgrößten Metropole des Kontinents geworden. Der siebtgrößten der Welt, hatte er irgendwo gelesen, aber es fiel ihm schwer, das zu glauben. Zwei Millionen Menschen drängten sich hier. Freytag versuchte sich vorzustellen, wie viele Menschenleben das waren, zwei Millionen, doch ihm wurde schwindlig bei dem Gedanken. Er stellte sie sich vor wie Fische im Meer, Vögel am Himmel, wie den Klatschmohn auf den Wiesen seiner Kindheit. Bald würde vom wahren Wesen der Stadt nichts mehr zu sehen sein. Dieser Gedanke betrübte ihn.

Freytag kam an einer Straßenlaterne vorbei, die in der Dunkelheit flackerte, und er blieb einen Moment stehen, um sie zu betrachten. Er hatte Mitleid mit der armen Flamme, die sich nicht entscheiden konnte, ob sie aufgeben sollte oder weiterbrennen. Und plötzlich, als die Abendfeuchtigkeit die Oberhand über die Gasflamme zu gewinnen drohte und er fühlte, dass es Zeit war, sich nach Hause zu trollen, traf es ihn wie ein Donnerschlag: Er hatte das Manuskript vergessen. Die schweren Esperantobücher trug er immer noch bei sich, und die Pfeife steckte sicher in seine Weste, ebenso wie der Tabak und der Lohnumschlag – aber das versiegelte Kuvert war fort. Freytag versuchte, die Ereignisse des Tages Revue passieren zu lassen, verlor sich jedoch zwischen Spinnweben und dem Geruch nach alten Schlafsäcken. Er konnte sich nicht erinnern, wo er es liegengelassen hatte, ob im Restaurant oder im Tabakladen. Hoffentlich nicht auf der steinernen Bank im Park, dachte er, oder in der Straßenbahn. Dann wäre es mit Sicherheit verloren. Es war inzwischen viel zu spät, um zum Tabakladen zurückzugehen. Der Mann mit dem albernen Fez musste sich längst zurückgezogen haben, um mit seinen goldenen Fingern die Geldscheine zu zählen. Wenn es dagegen noch im Forellenkeller lag, so drohte sicher keine Gefahr: Das war ein angesehenes Restaurant, sie würden schon darauf achtgeben, schließlich waren sie an Schriftsteller und Verlagsmenschen gewöhnt. Da ließ bestimmt ständig jemand ein Manuskript liegen; er konnte mit ihrer Verschwiegenheit rechnen. Wenn nur nicht einer der Gäste es an sich genommen hatte. Wenn bekannt würde, in welchem Zustand der große Autor seine Manuskripte ablieferte, würde das wie eine Bombe einschlagen – eine Briefbombe, dachte er, eine ungewöhnlich schwer lesbare noch dazu. Es hatte schließlich seinen Grund, dass der Verlag gerade ihn mit der Redaktion betraut hatte, dass sie ihn so großzügig zum Essen eingeladen hatten. Das war bisher noch nie vorgekommen, und es war gewiss nicht Usus in der Branche.

Einen Moment spielte er mit dem Gedanken, zurück in den Park und zu Grillparzer zu gehen, doch er verwarf ihn wieder. Es war bereits dunkel, Gott allein mochte wissen, welches Gesindel sich dort im Schutze der Dunkelheit herumtrieb. Und wenn er es wirklich dort vergessen hatte, dann war es ohnehin zu spät. Vielleicht saß irgendwo gerade ein armer Teufel, der in den Park gegangen war, um die Tauben zu füttern, und las das Manuskript. Höchstwahrscheinlich würde der Vogelfreund nicht verstehen, welchen großen literarischen Fang er da gemacht hatte. Wie sehnlich man dieses Buch erwartete. Mit etwas Glück würde die infrage kommende Person es zur Seite legen, frustriert über all die Rechtschreibfehler und sonderbaren Tempuswechsel; er selbst war oft genug versucht gewesen, dies zu tun. Dann wäre der Skandal abgewendet. Und wenn die Rechtschreibfehler nicht genügten, so würden all die falschen Formen schon das ihre tun. Vielleicht würde es im Kamin landen. Oder als Einschlagpapier dienen. Vielleicht umhüllte das Titelblatt in diesem Augenblick schon eine Forelle. Etwas an diesem Bild erfüllte ihn mit seltsamer Genugtuung, und er fühlte sich gleich ein bisschen besser. Der Gedanke erfrischte ihn richtiggehend, sodass er zur nächsten Haltestelle lief und mit der Straßenbahn nach Hause fuhr. Mit etwas Glück wäre er daheim, bevor Frau Weinheber das Tor für die Nacht abschloss.

Zwischen hohläugigen Bürokraten in tristen Anzügen, die nach ihren traurigen Mienen zu schließen für immer mit Überstunden rechnen mussten, ließ er sich auf der Ringstraße heimwärts rütteln. Da entdeckte er plötzlich ein Stück Papier, das an seiner Schuhsohle klebte. Er beugte seinen alten Rücken und betrachtete den schmutzigen Lappen. Es war ein Flugblatt. Jemand verkündete, das Ende sei nah. Der Komet würde die Menschen ein für allemal für ihre Sünden bestrafen. Na, das kann ich mir vorstellen, dachte Freytag.

Er hatte keinen Appetit, als er an diesem Abend heimkam. Im Dunkeln setzte er sich ans Küchenfenster, schaute auf die

Straßenlaterne hinunter und rauchte seine Zigarillos, während seine Finger über die abgenutzte Fensterbank glitten. Bestimmt gab es noch eine Kopie, dachte er. So unvorsichtig würde Schlink doch nicht sein.

Dann fiel er ins Bett und schlief noch im Anzug ein – es war ein anstrengender Tag gewesen. Draußen vor dem Fenster funkelten die Sterne.

Als Freytag erwachte, hatte sich sein Jackett wie eine Zwangsjacke um ihn gewickelt. Er setzte sich auf und schnappte nach Luft. Das Hemd klebte ihm am Rücken. Er zerrte an seiner Krawatte, die ihm den Hals zuschnürte, und versuchte blinzelnd, die nächtlichen Bilder loszuwerden. Er hatte geträumt, er säße auf einem riesigen Rad, das durch die Nacht sauste. Seine Beine baumelten hoch über dem Boden, und er zappelte wie ein gefangenes Insekt in einem Spinnennetz. Ein scharfer Lichtstrahl aus den Wolken hatte ihn geblendet und war mit jeder Umdrehung näher gekommen, während sich um seinen Hals eine Schlinge immer enger zog.

Freytag bekreuzigte sich und öffnete das Fenster zur Straße. Seine Muskeln schmerzten, als hätte er im Schlaf einen Ringkampf geführt. Gegen einen Kraftmenschen, dachte er, so einen im engen Trikot, mit schwellenden Muskeln und lächerlichem Schnurrbart, wie sie im Prater für Geld posierten.

Der Regen trommelte auf das Fensterbrett, unten auf dem Trottoir zogen in langen Reihen die Regenschirme vorbei. Menschen mit Zeitungen über den Köpfen schlängelten sich von Hauseingang zu Hauseingang, ein paar Jungen mit hochgeklappten Schuluniformkragen suchten Schutz unter den Ulmen. Gern hätte er ein ausgiebiges Bad genommen, um dann zu seiner *Reichspost*, seinen Kipfeln und seinem hart gekochten Ei ins Sperl hinunterzugehen, aber das Frühstück musste warten. Das Manuskript ließ ihm keine Ruhe. Vom Fenster aus sah der Regen einladend aus, fand er, er versprach Reinigung. Nachdem er sich Wasser ins Gesicht geschöpft und die Schuppen von seinem Jackett gebürstet hatte, aß er eine Handvoll Katharinen-Pflaumen und zog dann rasch seine Galoschen über. Mit Regenmantel, Hut und Schirm machte er sich in seinem zerdrückten Anzug auf den Weg.

Im Treppenhaus stieß er mit Lothar zusammen, der sich einen dicken Schal mehrmals um den Hals gewickelt hatte, sodass nur noch die Nasenspitze unter seinem Hut hervorsah. Der Nachbar klagte über das Wetter. Freytag hatte genug mit seinen eigenen Sorgen zu tun und wandte ein, dass etwas Regen doch eigentlich schön sein müsste für Lothar, da er doch an Heuschnupfen litt. Lothar hustete und entgegnete, seine empfindlichen Atemwege vertrügen die Feuchtigkeit nicht, er spüre bereits eine beginnende Bronchitis. Freytag empfahl ihm ein Gebräu aus Honigwasser und Weizenöl, das bei niedriger Wärme leicht köcheln müsse.

Das würde sicher helfen, dachte er, während er weiter die Treppe hinunterging. Sein Nachbar hatte im vergangenen halben Jahr der Reihe nach Gicht, Sodbrennen, Migräne, geschwollene Füße, Augenkatarrh, Schlafstörungen, Rheuma und eingewachsene Nägel gehabt, dazu eine Anzahl namenloser und eher diffuser Beschwerden. Das Einzige, worüber er nicht geklagt hatte, war Onanie, was, wie Freytag glaubte, die eigentliche Ursache allen Übels war.

Seine Rüstigkeit vom vorigen Tag war wie weggeblasen. Bei jeder Stufe knirschten Freytags Gelenke, und seine Kniescheiben seufzten dankbar, als er auf ebener Erde anlangte.

An der Ecke Mariahilfer Straße wartete Freytag im Schutz einer Markise vor der Apotheke auf die Straßenbahn. Haydn stand wie immer auf seinem Marmorsockel und schaute ungerührt auf die Wartenden und Passanten herab, die mit hochgeschlagenem Kragen und trister Miene vorbeihasteten.

Der Wagen war voller morgenmüder Kontoristen. Ein junger Mann hatte Mitleid, als er sah, wie Freytag sich auf seinen

Regenschirm stützte, und bot ihm seinen Fensterplatz an. Noch gab es also anständige Menschen. Das freute ihn.

Die Scheiben waren beschlagen, und Freytag nickte für einen Moment ein, wachte jedoch rechtzeitig auf, um sich an Regenmänteln und Schirmen vorbeidrängen und am Neuen Markt aussteigen zu können. Am Donnerbrunnen blieb er stehen, obwohl der Regen unaufhörlich niederprasselte, und schöpfte sich zum zweiten Mal an diesem Morgen Wasser ins Gesicht. Er wollte die Reste des Alptraums und den Speichel loswerden, von dem er annahm, dass er ihm im Bart klebte.

Er ging vornübergebeugt, als stemme er sich gegen den Wind, hielt sich den Schirm über den Kopf und versuchte den Pfützen auszuweichen. Unversehens fand er sich vor der Peterskirche wieder. Wie eingeklemmt dieses Heiligtum zwischen den Häusern stand. Es schien ihm wie ein Sinnbild dafür, wie das Weltliche, wie äußerer Prunk sich in den Vordergrund schob und Frömmigkeit und Andacht immer mehr verdrängte. Er bekreuzigte sich rasch und lief weiter.

Der Forellenkeller war noch geschlossen, kein Lebenszeichen war hinter den Aquariumfenstern zu sehen, einzig ein nasser Sack stand auf der Straße und stank nach Fischabfällen, sorgsam bewacht von ausgemergelten Katzen mit erhobenen Schwänzen. Er ging auf dem gleichen Weg wie am Vortag hinüber zu Grillparzer, dabei erwiesen sich seine quietschenden Galoschen auf der feuchten Erde im Park als gefährlich rutschig.

Als er endlich an dem Denkmal anlangte, lag dort kein Manuskript. Und das war gut so, dachte er, denn die Bank war genauso nass wie der Rest der Stadt.

Mit der Hand wischte er das Wasser zur Seite und ließ sich nieder, wobei er sorgfältig darauf achtete, sich auf seine Mantelschöße zu setzen. Es gelang ihm, den Regenschirm so zwischen Rücken und Denkmal einzuklemmen, dass er einen Baldachin über ihm bildete. Dort saß er eine Weile und stellte fest, dass es ein richtig gemütlicher Ort war, um sich auszuruhen, während der Regen weiter herabströmte. Bald begann sein Magen zu knurren, und Freytag versprach sich selbst ein Stück Mohnstrudel zur Belohnung, wenn er das Manuskript erst gefunden hätte.

Während er mit seinem Regenschirm hantierte, fühlte er etwas Hartes in seiner Tasche, und da erinnerte er sich an die Pfeife, die er gekauft hatte. Ihr Preis erschien ihm nun, am Tag danach, unverschämt hoch. Freytag holte sie hervor. Es war wirklich eine sehr schöne Pfeife; das Kirschbaumholz schimmerte rötlich. Mit einem Streichholz kratzte er vorsichtig die verbrannten Tabakreste heraus und schlug den Kopf gegen seine Hand, bis dieser einen hohlen Klang von sich gab, als klopfe jemand von innen an die Wände eines Sarges. Dann stopfte er sie mit frischem Rosita-Tabak, und trotz des Regens gelang es ihm, sie mit dem ersten Streichholz zu entzünden.

Er sah den Tauben zu, die sich im Schutz der Rosenbüsche aufplusterten, und dachte, dass Grillparzer doch ein glücklicher Mann gewesen sein müsse. Immerhin war er Goethe begegnet, und dieses Denkmal war wahrhaftig ein prachtvolles Vermächtnis. War Grillparzer nicht sowohl ein Meister der Phantasie als auch ein großer logischer Denker gewesen, ein Mann der Vernunft? Dass sich diese scheinbar unvereinbaren Züge in ein und derselben Person fanden, stimmte ihn hoffnungsvoll.

Er überlegte, was er selbst zu Goethe gesagt hätte, wenn er ihn getroffen hätte. Zu so einem Mann konnte man schließlich nicht irgendetwas sagen, und er grübelte lange über die Worte nach: *Sie ruhen unter meinem Kopfkissen.*

Gern hätte er den großen Dichter nach seinen Schreibgewohnheiten gefragt. Schreiben Sie, wenn die Sonne aufgegangen ist oder im Schutze der Dunkelheit, im bleichen Mondeslicht? Sitzen Sie an einem Fenster mit Aussicht oder mit Blick auf eine kahle, leere Wand?

Wie wichtig doch feste Gewohnheiten waren, dachte er. So saß er eine Weile sinnierend da und lauschte auf die Regentropfen auf seinem Schirm, bis die Feuchtigkeit durch seine Hosen drang und er aufstand, um sich keinen Blasenkatarrh zu holen. So etwas hatte er schon einmal gehabt. Nie wieder! Noch immer konnte er spüren, wie es beim Wasserlassen brannte. Nicht dass es so endete wie bei seiner Frau; die bekam so regelmäßig Blasenkatarrh, wie der Glöckner im Stephansdom vorübergehend ertaubte.

Ihm wurde schwindlig, und er musste sich einen Moment an Grillparzer festhalten. Hatte er zu oft an seiner Pfeife gesogen oder zu viel an seine Frau gedacht?

Vielleicht wurde er auch krank. Er fühlte sich ein wenig fiebrig. Schließlich entschied er, dass es daran liegen musste, dass er seit dem gestrigen Mittag nichts mehr zu sich genommen hatte, und schweren Schrittes ging er zurück zum Forellenkeller.

»*Grüß Gott,* mein Name ist Freytag«, sagte er, als er dort ankam. »Sie erinnern sich vielleicht an mich? Ich war gestern hier, wir saßen an dem Tisch unter dem Seeteufel. Ich habe Karpfen mit Kartoffeln gegessen. Ich glaube, ich habe ein Manuskript vergessen.«

Während der Kellner durch die Schwingtür verschwand, atmete Freytag den Duft von Fischfond ein. Ihm lief das Wasser im Mund zusammen. Aber das Essen musste warten. Er konnte es sich nicht leisten, hier einzukehren, nicht, nachdem er die Pfeife gekauft hatte.

Der Kellner war anscheinend neu, ihm fehlte die erfrischende Schnoddrigkeit seines Kollegen. Leider hätten sie kein Manuskript gefunden, erklärte er. Hatte er es doch woanders liegenlassen?

Es gab nur noch eine Möglichkeit, dachte Freytag. Er hatte es in der Straßenbahn vergessen. Das Manuskript war einsam durch Wien gereist, wie ein ausgesetztes Kind. Vielleicht hatte sich eine gute Seele seiner erbarmt und es im Fundbüro abgegeben. Das Fundbüro war doch der beste Ort, um verloren gegangene Dinge wieder zu finden, dachte er, und fühlte sich gleich zuversichtlicher, als er an die Aussicht auf ein Stück Mohnstrudel im Sperl dachte. Er musste nur erst noch zum Bahnhof.

In der Straßenbahn nutzte Freytag die Gelegenheit, seine Knie auszuruhen. Die Wagen quietschten. Er vermisste das schläfrige Klappern der Hufe auf den Pflastersteinen. Die kräftigen Pferde mit ihren langen Mähnen, die früher die Wagen zogen, hatten immer ein gemütliches Tempo gehalten. Jetzt war der Geruch von Pferdeäpfeln durch den Rauch knisternder Leitungen ersetzt worden, durch etwas so Unbegreifliches wie elektrischen Strom, und alles ging wahnsinnig schnell. Er verstand nichts von Elektrizität. Es ging dabei unter anderem um Elektronen, hatte Georg erklärt – an diesen Begriff erinnerte sich Freytag, denn in seiner Kindheit bedeutete *Elektron* noch Bernstein auf Griechisch, nicht wie heute, wo es … nun ja, ehrlich gesagt wusste er nicht, was es bedeutete.

Seine Mutter hatte ein tropfenförmiges, silbern eingefasstes Elektron an einer Kette um den Hals getragen; es war das Kostbarste, was sie besaß. Als Kind war er oft eifersüchtig auf diesen Stein gewesen, der an ihrer warmen Brust ruhen durfte. In seinem rötlich schimmernden Inneren versteckte sich ein zusammengerolltes Insekt; es war in flüssigem Harz eingeschlafen und dann an einem winterlichen Strand bei Königsberg angeschwemmt worden, hatte sein Vater ihm erklärt. Er war es gewesen, der das Schmuckstück seinerzeit als Hochzeitsgeschenk für seine Frau gekauft hatte. Da hatte das Insekt schon eine Ewigkeit darin geschlummert, und es schlief dort auch weiterhin, soweit Freytag wusste, unberührt von seiner Reise durch die Welt, die es nicht nur in die Berge verschlug, sondern an zahllose andere Orte, zuletzt nach Venedig, und in all die anderen Städte, die sich daheim in der Küchenschublade verbargen. Auch Freytags Frau hatte nämlich dieses Elektron als Hochzeitsgeschenk erhalten. Und jetzt floss also Bernstein durch die Leitungen, dass es nur so knisterte.

Als sie an der Oper vorbeikamen, musste Freytag an den Architekten denken, der sich erhängt hatte, nachdem der Kaiser eine unbedachte Bemerkung über das Gebäude hatte fallen lassen, und an dessen Mitarbeiter, der kurze Zeit später vor Kummer gestorben war. Sie mussten gute Freunde gewesen sein. Freytag bekreuzigte sich, als er an diese äußerste Sünde dachte. Er überlegte, ob er selber vor Kummer sterben würde, wenn Georg nicht mehr wäre, und kam zu dem Schluss, dass dem wohl so sei. Wie sollte er bestehen, wenn Georg nicht mehr da war? Einen Menschen, den niemand mehr sah und hörte – woher sollte man wissen, dass es ihn gab?

Er betrachtete die anderen Fahrgäste in ihren nassen Kleidern, die seinem Blick auswichen. Er begriff nicht, wie sie so tun konnten, als wäre nichts. Man konnte einsam in seiner Wohnung mit eigener Badewanne sterben, und niemand hob auch nur die Augenbraue.

Wacht auf!, wollte er rufen.

Sie wussten nichts von ihm. Sie wussten nicht, dass er als Kind nicht gesprochen hatte, jedenfalls nicht mit Erwachsenen, und nicht, dass er nicht mehr zum Schweigen zu bringen war, wenn er einmal in Gang kam. Sie würden niemals erfahren, dass er ein unwillkommenes Wunder war, dass seine Mutter bereits über fünfzig war, als sie ihn bekam, und dass seine Brüder so alt waren, dass er sie Onkel nannte; dass sie alle längst gestorben waren, als Freytag noch ein Mann mit vollem Haar war. Oder dass sein Pate, der alte Herr Obermaier, zwei Tage nach der Taufe an den Schmerzen in seinem Arm gestorben war, die er zum ersten Mal bemerkt hatte, als er Freytag über das Taufbecken hielt. Sie wussten auch nicht, dass er als Kind mit seinen blonden Locken so süß ausgesehen hatte, dass alle ihn für ein Mädchen hielten, dass er im Kirchenchor daheim im Alpendorf so falsch sang, dass der Pfarrer meinte, selbst die Engel würden darüber weinen, oder dass er bis heute nicht begriff, was seine Frau in ihm gesehen hatte, als er damals mit bebender Stimme unter den Kastanien im Prater um ihre Hand anhielt – und dass er in fünfunddreißig Jahren keine einzige Partie Schach gegen seinen Freund Georg gewonnen, sondern lediglich ein einziges triumphales Remis erzwungen hatte. Wenn Georg nicht mehr wäre, würde all das niemand mehr wissen. Es gäbe dann nur noch einen Vermerk bei den Behörden, einen einfachen Steuervorgang als Beweis seiner Existenz. Dann würde nur Gott ihn noch sehen.

Wenn du vor der Himmelspforte stehst, Freytag, fragte er sich selbst, wirst du dann mit Freude auf dein Leben zurückblicken, zufrieden damit, wie du es gelebt hast? Besorgnis ergriff ihn, ein Gedanke schlug Wurzeln wie erstickendes Efeu: dass er ein bedeutungsloses Leben geführt haben könnte. Ein verpfuschtes Leben, geopfert auf dem Altar der Mittelmäßigkeit. Der Architekt, der sich das Leben genommen hatte, lebte weiter in seinem Gebäude, auch wenn manche behaupteten, es gliche einer versunkenen Kiste. Selbst Werther mit all seinen Leiden lebte fort, er war gleichermaßen unsterblich geworden. Wenn Freytag sich nicht zusammenriss, würde niemand Notiz davon nehmen, dass er je gelebt hatte. Freytag dachte daran, was Barsch einmal hinterlassen würde. Würden seine Bücher auch in Zukunft gelesen werden? Ach ja, das würde sich zeigen.

Sobald er daheim wäre, wollte er sich an seinen Schreibtisch setzen. Er würde die Wohnung nicht verlassen, ehe er nicht mit seinem Roman begonnen hätte, nicht einmal um einzukaufen oder seine Zeitung zu lesen. Doch erst musste er das Manuskript finden.

Die Räder quietschten, als der Fahrer vor dem Staatsbahnhof bremste. Freytag stieg aus und eilte mit langen, steifen Schritten direkt auf den Haupteingang zu, beschwingt von der Hoffnung, dort das Manuskript wiederzufinden. Ein Aushang verkündete die Schlagzeilen: »Lebensgefahr! Der Giftschwanz des Kometen!«

Freytag trat in die prunkvolle Halle, in der es nach Rauch und ausgeschüttelten Regenschirmen roch. Es wimmelte von Menschen, die mit unförmigen Koffern bepackt ameisengleich umherschwirrten. Er blieb einen Augenblick stehen und versuchte sich zu orientieren. Wieder wurde ihm schwindlig. Wo kamen bloß all die Menschen her, und wohin waren sie unterwegs?

Vor dem Fundbüro hatte sich eine Schlange gebildet. Offensichtlich war er nicht der einzige Vergessliche. Gleich fühlte er sich besser, ohne dass er hätte sagen können, warum. Der Hunger legte gerade eine Pause ein; Freytag war vor allem durstig, furchtbar durstig.

Zurzeit hätten sie kein Buchmanuskript vorrätig, erläuterte ihm der Mann hinter dem Schalter mit müder Stimme. Sie hätten Romane, Lyrik- und Essaysammlungen und verschiedene Briefe oder Tagebücher, ja, sogar eine vergoldete Bibel, aber kein Manuskript.

Freytag spürte einen Klumpen im Magen. Er wischte sich die Hände an seinen nassen Hosenbeinen ab. Er würde im Verlag anrufen müssen.

Man bat ihn, drei identische Formulare auszufüllen. »Besondere Kenzeichen« stand dort, und er unterdrückte den Impuls, ein Korrekturzeichen einzufügen, ehe er schrieb: *roter Siegellack, unleserliche Handschrift*. Dann fügte er noch hinzu: *Rechtschreibfehler*.

Nachdem er die Zettel mit der Sorgfalt des Lektors ausgefüllt hatte, stellte er sich erneut hinten an. Als er endlich wieder an der Reihe war, schaute ihn der Beamte unbeteiligt an, als hätte er ihn noch nie gesehen. Worum ging es? Freytag überreichte ihm mit nur leicht zitternder Hand die Formulare. Das Manuskript?

Wenn es auftauchen sollte, würde ihm dies postalisch mitgeteilt, sagte der Mann und stempelte jedes Formular dreimal. Er haute die Stempel auf den Tisch, dass der Schalter wackelte, als hätte er mit den Zetteln noch ein Hühnchen zu rupfen. Das ist einer von uns, dachte Freytag. Im Herzen ist er ein Schöngeist.

Widerwillig folgte er den Hinweisschildern zu den Telefonen. Zu seiner Erleichterung war der Cheflektor nicht da; sicherlich befand er sich im Central.

»Er wird bald zurück sein. Kann ich ihm etwas ausrichten?«

Freytag kaufte eine *Neue Freie Presse* und bestellte im Bahnhofsrestaurant ein Pils sowie ein Frankfurter Würstchen mit Senf und geriebenem Kren. Er überlegte, was er Schlink eigentlich sagen sollte, wenn er ihn erreichte, doch ihm fiel nichts ein. Zerstreut blätterte er in der Zeitung. Astronomen hätten im Schweif des Kometen das giftige Blausäuregas entdeckt, stand da. Dieser lebensgefährliche Stoff könne in die Erdatmosphäre eindringen und alles Leben vernichten, las er erstaunt. Der Kren trieb ihm Tränen in die Augen. Das war doch alles Unfug mit diesen Gasen, dachte Freytag und zündete einen seiner Zigarillos an.

Auf der Titelseite las er das Feuilleton des Dromedars, dieses Mal hatte er sich die Kunstakademie vorgenommen. Das Dromedar spottete über den berühmten Kunstprofessor Griepenkerl, seiner Ansicht nach ein wahrer Bremsklotz, ein moosbewachsener Rückwärtsgewandter der übelsten Sorte. Er hemme die jungen Talente in ihrer Entwicklung, und es wäre ein Tag für Sekt und Champagner, wenn er endlich in Pension ginge, ein großer Tag für die Kultur. Freytag fand die Kritik ungerecht. Die Fresken Griepenkerls in der Oper waren wunderschön, und dass er an uralten Lehrplänen festhielt, fand Freytag so löblich wie mutig. Es war ein Beweis seiner künstlerischen Überzeugung und seines Respekts vor der Vergangenheit. Ach, es gab doch wirklich keine Achtung mehr vor dem Alter.

Er stürzte sein Bier hinunter. Eigentlich hätte er zum Verlag gehen und Schlink erklären müssen, was mit dem Manuskript geschehen war. Der Cheflektor war sicher längst aus dem Kaffeehaus zurückgekehrt. Aber Freytag ertrug den Gedanken an dessen Nase nicht, und so nahm er, nachdem er sorgfältig einen hartnäckigen Senffleck von seinem Jackettaufschlag gerieben hatte, die Straßenbahn zum Getreidemarkt und spazierte durch den anhaltenden Regen ins Sperl. Dort bestellte er einen Mariloman – Mokka mit Cognac – und ein Stück Mohnstrudel, das er zwar nicht verdiente, das ihm aber gleichwohl vortrefflich schmeckte.

Paolo, der vorausschauende Piccolo, hatte ihm die *Reichspost* beiseitegelegt, und Freytag las verwundert eine Anzeige für Kometen-Pillen. Sie wurden als Vergiftungsprophylaxe empfohlen.

Die lassen wirklich nichts anbrennen, dachte er. Paolo war offensichtlich nicht der einzige vorausschauende Mensch. Bei näherer Betrachtung stellte Freytag allerdings fest, dass er diese Kometen-Pillen selbst schon einmal genommen hatte: Sie halfen effektiv gegen trägen Magen, wie er hätte bezeugen können. Doch der Preis schien in der Zwischenzeit beträchtlich gestiegen zu sein. Vielleicht sollte er sich dennoch bei Gelegenheit eine Schachtel davon zulegen. Sie würden auf jeden Fall ihren Dienst tun, wenn ihm die Katharinen-Pflaumen einmal ausgingen.

In der Oper führten sie den »Fidelio« auf, las er, während er den Rest seines Mohnstrudels aß. Was hätte er nicht für einen Abend im Opernhaus gegeben! Ein paar Stunden in Gesellschaft von Florestan und Leonore verbringen zu dürfen … Aber das würde ihm wohl nie mehr vergönnt sein. Er konnte es sich einfach nicht leisten. Und mit wem hätte er gehen sollen? Georg mied Gesangsdramen wie die Pest. Und der Gedanke, allein in seinem Frack dorthin zu gehen, erschien ihm so traurig, dass er ihn sich gleich wieder aus dem Kopf schlug.

Er dachte an den Komponisten, der über sein Unglück hinausgewachsen war. Keine Musik mehr hören zu können, auch nicht das Zwitschern der Vögel oder den Wind in den Ulmen – das erschien ihm eine unmenschliche Strafe. Man konnte sich aus minderen Gründen das Leben nehmen. Aber dann dachte er, dass es wohl noch schlimmer wäre, blind zu sein als taub. Denn wer sehen konnte, konnte zumindest noch lesen. Wer aber nur hörte und nichts sah, musste sich in der Dunkelheit mit dem leeren Geschwätz seiner Mitmenschen begnügen, oder bestenfalls mit einschläfernden Vorlesungen. Das geschriebene Wort sprach alle Sinne zugleich an, wer lesen konnte, konnte die Worte und Laute in seinem Innern vernehmen. So wie Beethoven, der am Ende einsam und stocktaub war, der trotz seiner Gebrechen und seiner berühmten Koliken nach seinem inneren Gehör komponierte und Töne erlauschte, die nur er selbst wahrnehmen konnte. Und welch liebliche Töne das waren!

Seine Gedanken kehrten zu dem alten Zigeuner mit dem Papagei zurück. Jetzt glaubte Freytag zu begreifen, was dieser gemeint hatte, und er fand, dass er etwas Wichtiges gelernt hätte. Was genau, vermochte er nicht zu sagen, aber wichtig war es, davon war er überzeugt.

Als Paolo ihm sein Wasserglas nachfüllte, steckte er dem Jungen ein paar Münzen zu und bat ihn um einen Gefallen, denn er hatte tagsüber wieder gespürt, wie sich ihm die Nackenhaare aufstellten: »Ich werde gleich aufstehen und gehen. Ich möchte, dass du auf die Straße gehst und schaust, ob mir jemand folgt.«

»Ist jemand hinter Ihnen her?«

»Wahrscheinlich nicht, Paolino. In meinem Alter schaut man sich nur nicht gern um, weißt du. Man weiß nie, wer da kommt, um einen zu holen. Ich will nur schnell noch telefonieren, dann gehe ich.«

Diesmal war der Cheflektor an seinem Platz. Freytag holte tief Luft.

»Wie ist das eigentlich mit Barschs Manuskript, Herr Schlink«, fragte er. »Sie haben doch eine Kopie gemacht?«

»Eine Kopie? Aber Menschenskind, das wissen Sie doch, er ist da vollkommen stur! Sie haben das Siegel ja selbst gesehen. Sie haben es sich doch wohl nicht anders überlegt? Verbringen Sie so viel Zeit mit Ihrem eigenen Werk? Das ist nicht gesund, gar nicht gut für die Seele. Es ist ja wohl mit dem Manuskript nichts passiert?«

»Nein, um Gottes Willen … Ich dachte nur, dass es vielleicht nützlich sein könnte. Ein extra Arbeitsexemplar.«

»Sie müssen sich schon mit dem einzigen Exemplar begnügen, das es gibt. Passen Sie gut darauf auf! Lassen Sie es nur nicht irgendwo liegen!«

»Ich habe in meinem ganzen Leben noch kein Manuskript

verlegt«, sagte Freytag empört. »Und ich habe auch nicht vor, es jetzt zu tun.«

»Das wäre sehr freundlich von Ihnen … Kommen Sie gut voran?«

Freytag legte auf und begab sich zum Ausgang. Vielleicht dauerte es ein paar Tage, bis Fundsachen im Fundbüro landeten.

Paolo zwinkerte ihm vielsagend zu, als er am Zeitungstisch vorbeiging und die Tür öffnete. Frau Herzog, die Kassiererin, schaute ihn an, als wollte sie etwas von ihm. Oder bildete er sich das nur ein?

Draußen nieselte es nur noch leicht, und er machte sich nicht die Mühe, den Regenschirm aufzuspannen. Langsam schlängelte er sich an den Pfützen entlang, die schon den Schein der eben entzündeten Straßenlaternen widerspiegelten. Er stellte seinen Kragen auf und fühlte sich mit einem Mal ganz ruhig. Regentropfen kitzelten ihn sacht an der Nase, und während er heimwärts schlenderte, betrachtete er seine glänzenden Galoschen und die Spuren, die die Menschen hinterließen: Zigarettenstummel, zerrissene Reklameblätter, ein Brett im Rinnstein, einen einsamen rechten Schuh und einen Handschuh, von dem er wusste, dass er ihn bereits mehrfach gesehen hatte – über einen hervorstehenden Zweig gezogen oder schlaff auf einem Zaunpfahl liegend, neben einer schneebedeckten Papiertüte mit einem Rest gerösteter Kastanien zusammengeknäuelt oder, wie jetzt, als Schatten eines vergessenen Handabdrucks im Matsch – sie alle hatten eine eigene Geschichte.

Es ist gar nicht so schwierig, dachte er, die Geschichten verstecken sich überall, selbst da, wo wir gehen und stehen. Selbst Hundehaufen, ja, selbst diese stinkenden Hinterlassenschaften haben ihre eigene, vierbeinige Geschichte.

Er schaute die Menschen nicht an, denen er begegnete, sah nicht nach, wem die Beine gehörten. Denn die Antwort lag nicht bequem auf Augenhöhe, sondern im Rinnstein; sie lag in den kleinen, unbedeutenden Dingen. In dem, was man als selbstverständlich ansah. Ja, die Wahrheit verbarg sich im Detail – in schiefgelaufenen Absätzen, in zu kurzen Hosenbeinen, die mit dem falschen Garn geflickt waren, in der Art und Weise, wie jemand, der keine Wohnung hatte, die Fersen aufsetzte, oder wie ein anderer auf Zehenspitzen trippelte, um die nicht zu stören, die unter dem Pflaster wohnten – das war es, was der Anonymität Leben einhauchte.

Die Seele wohnt im Besonderen, dachte er. Im Großen und Ganzen ertrinken wir, wir verblassen, bis wir nicht mehr zu sehen sind. Wieder fand er, dass er etwas gelernt hatte, was er gut behalten wollte.

Nur knapp konnte er vermeiden, mit einem Laternenpfahl zusammenzustoßen. Er erwachte aus seinen Gedanken und warf einen unruhigen Blick über die Schulter. Dann trat er in den Kolonialwarenladen an der Kirche und kaufte ein halbes Pfund Katharinen-Pflaumen, drei Päckchen Zigarillos und zwei Dosen Sardinen in Tomatensauce.

Nachdem er das Tor in der Barnabitengasse hinter sich geschlossen hatte, wurde er erneut von einer unerklärlichen Angst ergriffen. Er eilte die Treppen hinauf und verriegelte die Tür.

Im Flur versuchte Freytag wieder zu Atem zu kommen. Dann zog er sich aus, hängte den zerknitterten Anzug ordentlich auf einen Bügel und legte sich in die Badewanne. Nach dem Bad rieb er sich die schmerzenden Beine mit Rosmarinöl ein, warf seinen Bademantel über und deckte den Abendbrottisch. Er aß seine Sardinen mit einem Stück trockenen Brotes, das er in der Speisekammer gefunden hatte, und trank dazu ein Bier aus dem Eisschrank. Noch immer hatte er sich nicht daran gewöhnt, alleine zu essen. Der Gedanke an das Gulasch seiner Frau stimmte ihn missmutig, und er schluckte widerwillig die öligen Fischbrocken hinunter. Das Brot kratzte im Hals – er bereute es, nicht im Sperl gegessen zu haben, dort hatten sie vorzüglichen Schinken mit Ei. Dann hätte er auch nicht vergessen, bei Frau Herzog seine Schulden zu begleichen.

Nach dem Abendessen ging Freytag zum Bücherregal und zog Barschs Debütroman heraus, »Der unfreiwillige Debütant«. Beim Durchblättern erinnerte er sich, als wäre es gestern gewesen. War es denn wirklich schon so lange her?

Die Jahre ziehen unbemerkt an einem vorbei, dachte er. Die meisten jungen Schriftsteller waren überzeugt von ihrer eigenen Größe, hielten ihre Worte für in Stein gemeißelt, als hätte Gott selber sie ihnen diktiert. Barsch war da anders. Schon damals, als er noch Bernhard Bummelschröder hieß, konnte er Kritik annehmen und hörte auf guten Rat. Gewiss, auch sie beide hatten ihre Reibereien gehabt. Vor allem, wenn es um den Inhalt ging, war Barsch oft sehr stur gewesen. Wenn es dagegen um die Sprache ging, war er sehr einsichtig, fast anspruchslos. Freytag hatte damals eine ganze Reihe von Veränderungen durchgesetzt, nicht so viele, wie er wollte, aber mehr, als er zu hoffen gewagt hatte. Das Buch wurde damals kühl, aber nicht ablehnend aufgenommen. Es hatte ein Anliegen, und Barschs offensichtliches erzählerisches Talent hatte bereits durchgeschimmert. Mit den Jahren hatte Freytag seinem Stil mehr und mehr seinen Stempel aufgedrückt, und mittlerweile konnte Barsch von seinen Korrekturen gar nicht genug bekommen. Mit jedem Buch hatte Barsch ein wenig mehr von dem gestohlen, was ursprünglich nicht sein war. Und Freytag hatte sich mitschuldig gemacht. Sein eigenes Talent zu verschleudern – war das nicht das größte Verbrechen, das ein Mensch gegen sich selbst begehen konnte?

Er schlug das Buch am Schmutztitel auf, wo der junge Barsch mit seiner charakteristischen Handschrift geschrieben hatte: *Für meinen Freund und Wegweißer Freytag. Mein roter Faden in den Irgärten des Schreibens. Ihr dankbarer Leerling, Boris.*

Freytag klappte das Buch wieder zu und stellte es ins Regal zurück. Dann zündete er sich einen Zigarillo an. Er ging ins Schlafzimmer, das vollkommen im Dunkeln lag, und stellte sich ans Fenster. Der Regen hatte nachgelassen. In den Pfützen spiegelten sich die Straßenlaternen. Lange stand er da und dachte an das Manuskript. Er musste es einfach finden. Mit dem Finger fuhr er über einen kleinen Sprung in der Scheibe, den er bisher nicht bemerkt hatte; offenbar zielte Georg nicht so schlecht, wie er gedacht hatte.

Plötzlich sah er unter den Ulmen etwas aufleuchten. Außerhalb des Lichtkegels der Gaslampe erkannte Freytag die Umrisse eines Mannes, der dastand und rauchte, und ihn beschlich das ungute Gefühl, dass der Mann ihn beobachtete. Im Schutz der Dunkelheit und der Gardine sah Freytag zu ihm hinab. Er wusste, dass der Mann ihn unmöglich sehen konnte, denn er hatte selbst oft von diesem Platz aus zum Fenster hinaufgeschaut, in der vergeblichen Hoffnung, das Licht möge angehen. Aber warum starrte er zu ihm hinauf?

Als der Mann endlich ging, war er im Schein der Laterne kurz ganz zu sehen. Er kam Freytag bekannt vor. Die Art, wie er sich bewegte, geschmeidig, fast aristokratisch. Aber woher?

Rasch zog er die Vorhänge zu und legte sich hin – er brauchte dringend Schlaf. Ehe er das Licht ausmachte, schlug er die Bibel auf und betete. An einer Stelle im Matthäus-Evangelium blieb er hängen: *Und es werden sich viel falsche Propheten erheben und werden viele verführen. Und dieweil die Ungerechtigkeit wird überhandnehmen, wird die Liebe in vielen erkalten. Wer aber beharret bis ans Ende, der wird selig werden.*

Der Schlaf wollte sich nicht einstellen. Freytag drehte sich von einer Seite auf die andere, dass das Bett knarrte. Er schwitzte im Nacken und musste das Kissen mehrmals umdrehen. Auf dem Nachttisch tickte die Uhr ihr irritierendes *Tick-tack-tick-tack-tick-tack*… Freytag drehte sich auf die Seite, die Arme zwischen den Beinen, dann auf die andere, dann wieder auf den Rücken. Die Gedanken zerrten an ihm wie ein Zirkusbär an der Kette. *Tick-tack-tick-tack-tick-tack*… Was sollte er Schlink bloß sagen? Er betete zu Gott, dass sie doch eine Kopie des Manuskripts gemacht hatten. Doch vor seinen Augen tauchte ständig das Bild von Barschs Siegel auf. Wie hatte er nur so unaufmerksam sein können? Es musste am Wein gelegen haben. Momentan gab es nichts, was er tun konnte. Aber gleich morgen würde er im Fundbüro anrufen.

Es half nichts.

Freytag versuchte, an etwas Schönes zu denken. Er stellte sich Intruistino Rosita vor. Ihre schneeweiße Haut, der weiche Flaum auf ihrer Oberlippe, der Leberfleck im Mundwinkel, der die Form von Sizilien hatte und dunkel war wie belgische Pralinen. Verbotene Gedanken kamen ihm, und er versuchte vergebens, sie sich aus dem Kopf zu schlagen.

Schließlich gab er auf, schlug die Decke zur Seite, schlüpfte in seine Pantoffeln und ging zum Schreibtisch hinüber. Das Licht der Schreibtischlampe brannte in seinen Augen, als er sich setzte und ein Blatt in die Maschine spannte. Er zündete sich einen Zigarillo an und starrte auf die leere Seite. Dann nahm er ein paar lange tiefe Züge und verlor sich im Weiß, bis die Glut ihm die Finger versengte und er den Stummel im Aschenbecher ausdrückte. Schließlich tippte er mit eifrigen Zeigefingern: *Erstes Kapitel. Bericht über F.s rastlose Tage und Nächte.*

Als er sich in den frühen Morgenstunden erschöpft in seinem Bett zurücklehnte und den Kopf auf das Kissen sinken ließ, um sich endlich dem Schlaf zu überlassen, zuckte er zusammen und setzte sich kerzengerade auf: Jetzt wusste er, wem der Mann ähnlich gesehen hatte. Aber warum sollte ausgerechnet er zu Freytags Wohnung hinaufschauen? Er fand keine einleuchtende Erklärung.

Du bist müde, Freytag, sagte er laut zu sich selbst. Du bist ein alter Mann mit Wahnvorstellungen.

Vielleicht war es ja auch nur ein heimlicher Verehrer der Schauspielerin von oben gewesen. Er hatte weiß Gott oft genug gehört, was sie nachts trieben. Ganz bestimmt war es so.

Versuch jetzt zu schlafen, Freytag, sagte er zu sich selbst. Du musst schlafen, *dormo, dormo.*

Und dann schlief er ein, nicht lange, nachdem die Straßenkehrer ihre Runde gedreht hatten, und die Freudenmädchen vom Prater zu ihrer wohlverdienten Ruhe unter frische, fleckenlose Decken geschlüpft waren.

Außenministerium, Ballhausplatz, Wien, 28. Juli 1903

Außenminister Graf Agenor Goluchowski goss heißes Wasser ins Glas. Der Kaffee wirbelte vom Boden auf wie Rußflocken in einer Spielzeugglaskugel.

»Ich gehe davon aus, dass Sie Ihren Kaffee polnisch trinken, Eure Eminenz?«

»Richtig«, antwortete Kardinal Puzyna.

»Ja, wir Galizier haben keine Angst vor ein bisschen Kaffeesatz. Sie reisen bald nach Rom?«

»Die Zugfahrkarten sind bereits gelöst. Sobald der Kaiser mir eine Audienz gewährt hat, mache ich mich auf den Weg.«

Außenminister Goluchowski reichte ihm träge das silberne Tablett. Mit seinen verquollenen Augen und seiner sprichwörtlichen Langsamkeit erweckte er stets einen beinahe schläfrigen Eindruck.

»Sind das echte Paczki?«

»Vom besten polnischen Bäcker der Stadt, Eure Eminenz, aus Leopoldstadt.«

»Ich habe eine Schwäche für Krapfen …«

Während sie darauf warteten, dass der Kaffeesatz auf dem Boden der Gläser zur Ruhe kam, fuhr der Außenminister fort: »Ich habe gehört, dass die Lage für unsere Landsleute in den russischen Provinzen immer schwieriger wird. Wie steht der Erzbischof zu deren prekärer Situation?«

»Es betrübt mich außerordentlich, mit ansehen zu müssen, wie sie behandelt werden. Wir sind darüber tief bestürzt«, erwiderte Kardinal Puzyna und biss in den mit Marmelade gefüllten Krapfen. »Ich tue, was ich kann, aber meine Macht ist begrenzt.«

»Als Pole liegt mir diese Frage natürlich besonders am Herzen. Mein Vater war viele Jahre Statthalter in Galizien. Ich bin in Lemberg geboren und leide mit unseren Brüdern, die der Unterdrückung durch den Zaren ausgesetzt sind. Die Kirche ist in diesen Tagen ihre einzige Hoffnung. Deshalb wundert es mich, dass der Vatikan Russland gegenüber bislang so nachgiebig gewesen ist und seine Anhänger nicht besser schützt. Wenn ich richtig informiert bin, ist bereits davon die Rede, Russisch in der Liturgie einzuführen?«

»Es ist furchtbar.«

»Allerdings. Das kann auch im Kaiserreich Konsequenzen haben. Die Unstimmigkeiten zwischen unseren Landsleuten und den Ukrainern machen die Sache zusätzlich heikel. Es erfüllt mich mit großer Sorge, wenn ich daran denke, welche Auswirkungen dies auf die östlichen Teile unseres Reiches haben kann.«

»Ich habe diese Angelegenheit mehrfach beim Staatssekretär angesprochen«, sagte der Kardinal. »Aber der Heilige Stuhl hat bis dato eher zurückhaltend reagiert. Man gibt der Diplomatie den Vorzug. Leo war ein sehr vorsichtiger Papst. Und Staatssekretär Rampolla ist Sizilianer, er ist ein geduldiger Taktiker. Der Zar ist sehr mächtig …«

»Wir leben in unruhigen Zeiten, Eure Eminenz; es gilt, die Balance zwischen den verschiedenen Mächten aufrechtzuerhalten. Das Letzte, was wir jetzt brauchen können, ist ein Papst, der versucht, die Nationen gegeneinander auszuspielen und von ihren Streitigkeiten zu profitieren. Wir brauchen ein starkes Oberhaupt, das sich für die ewigen Werte einsetzt.«

Kardinal Puzyna nickte und schlürfte seinen Kaffee.

»Ich weiß, dass man mir Passivität und fehlende Tatkraft vorwirft«, fuhr Goluchowski fort. »Auch ich bevorzuge diplomatische Lösungen und wirke lieber im Hintergrund. Aber manchmal muss man einfach Stellung beziehen. Man kann sich nicht alles gefallen lassen.«

»Da bin ich ganz Ihrer Meinung.«

»Es wäre nicht gut, wenn der Vatikan weiterhin die Augen vor diesen Übergriffen verschließt. Kardinal Rampollas Einstellung gegenüber dem Zaren ist beunruhigend. Die Beziehungen zwischen Rom und dem russischen Zarenreich erscheinen mir allzu freundschaftlich. Wenn Rampolla Papst wird, ist das ein Unglück für unsere Landsleute. Wir sind viele, die auf einen Kurswechsel hoffen.«

»Ja, das wäre wirklich zu wünschen.«

»Ich bin überzeugt, dass der Erzbischof Seiner Majestät mit Vernunft wählen wird. Ihre Loyalität gegenüber dem Kaiser steht außer Frage, Eure Eminenz.«

Kardinal Puzyna lächelte höflich und trank noch einen Schluck Kaffee. Er hielt die Augen halb geschlossen.

»Glauben Sie, dass die anderen Erzbischöfe sich anschließen werden, Kardinal Puzyna?«

»Das ist eine Angelegenheit zwischen ihnen und dem Heiligen Geist. Und bei allem Respekt, Euer Exzellenz«, Kardinal Puzyna tauchte seinen Krapfen in den Kaffee, »die weltliche Macht erstreckt sich nicht weiter als so …«

Goluchowski schaute aus dem Fenster zur Hofburg, zum kaiserlichen Palast. Seinen Kaffee hatte er immer noch nicht angerührt. Gemächlich wandte er sich wieder dem Erzbischof zu.

»Haben Sie darüber nachgedacht, dem Kaiser vorzuschlagen, sich seines Vetorechtes zu bedienen?«

Kardinal Puzyna räusperte sich.

»Rom akzeptiert keine äußere Einmischung in die kirchlichen Angelegenheiten. Das ist ein Weg, den man nur im Notfall beschreiten sollte. Der missglückte Versuch, einen Papstkandidaten auszuschließen, könnte auf uns zurückfallen und den künftigen Papst gegen das Kaiserreich einnehmen. Es ist sicher am besten, den Dingen ihren Lauf zu lassen. Man weiß nie, wie ein Konklave ausgeht. Es gibt viele, die mit der liberalen Politik der letzten Jahre unzufrieden sind. Und es geschieht selten, dass ein vorzeitiger Favorit tatsächlich Papst wird, zumal ein amtierender Staatssekretär. Rampollas schamlose Propaganda in eigener Sache, sein offensichtliches Streben nach der Tiara, sind unwürdig. Die Italiener sind mehr und mehr gespalten in dieser Frage, der Ausgang des Konklaves ist daher vollkommen offen.«

Der Außenminister strich sich über den Schnurrbart. Seine Stimme nahm einen entschiedenen Klang an, den er normalerweise für die Scharmützel im Reichsrat reservierte.

»Ich kann von Regierungsseite nicht genug betonen, wie wichtig es ist, dass Rampolla den Heiligen Stuhl nicht einnimmt … Ich glaube, Sie tun gut daran, sich die Zustimmung des Kaisers zur Ausübung des Vetorechtes einzuholen. Sie müssen es tun – für unsere Brüder, für ihre Seelen.«

Kardinal Puzyna stellte vorsichtig das Glas auf den Teller, um seinen Mantel nicht zu bekleckern.

»Stimmt der Kaiser persönlich mit der Haltung der Regierung überein?«

»Der Kaiser ist natürlich über die Lage informiert. Er verfolgt die Ereignisse mit Interesse. Aber er ist ein einfacher und gottesfürchtiger Mann. Am besten reden Sie mit ihm nicht über weltliche Dinge, Kardinal Puzyna. Ich bin überzeugt, dass er mit unseren Landsleuten und mit der polnischen Kirche sympathisieren wird. Franz Joseph hat sich immer um Ihr Volk gekümmert. Er hegt großen Respekt für Eure Eminenz, müssen Sie wissen, er schätzt Ihre Loyalität. Bisher hatte er keinen Grund, die Wahl seines Fürsprechers im Vatikan zu bereuen …«

»Das freut mich zu hören.«

»Wir wollen hoffen, dass es so bleibt«, sagte der Außenminister streng und hob endlich sein Glas zum Mund. »Und dass Sie weiterhin zum Besten des Kaiserreiches wirken. Haben wir uns verstanden?«

Esperanto ist vergleichsweise leicht zu lernen. Wenn Sie nur immer Ihre Hausaufgaben machen, werden Sie sich bald miteinander verständigen und einfache Sätze austauschen können. Solange Sie sich nur an unkomplizierte Themen halten.«

Intruistino Rosita kam ihm noch schöner vor als in seinen Träumen. Ihr Haar war im Nacken zu einem Knoten zusammengebunden und ein paar ungehorsame Locken umspielten den Kragen ihrer Bluse, während sie das Wörterbuch auf ihren Knien balancierte, um zu betonen, wie wichtig es war, was sie sagte.

Am einfachsten seien simple Aufforderungen, erklärte Intruistino Rosita, dazu müssten sie den Verben einfach ein -u anhängen. Zudem bestünden diese außerordentlich praktischen Sätze oft nur aus einem einzigen Wort und führten meist dazu, dass man bekomme, was man verlange. Es sei wirklich eine sehr lustige Übung, versicherte sie, und sie stärke das Selbstbewusstsein.

Und so ermahnten sie sich also gegenseitig: Auf Kommando standen sie abwechselnd auf, reichten einander ihre Notizbücher und Stifte oder nahmen sie entgegen, wie Kriegskorrespondenten in einer Strafmaßnahme.

»*Sidu!*«

»*Staru!*«

»*Donu!*«

Als die Übung beendet war, wischte sich Freytag mit dem Taschentuch die Stirn: Esperanto war wirklich anstrengend. Er freute sich schon auf ein kaltes Bier.

»Nächstes Mal sprechen wir über Wortbildung. Weiß jemand von Ihnen nicht, was ein Suffix ist?«

Stuhlbeine scharrten über das Parkett. Der werdende Apotheker war bereits zur Tür hinausgeschlüpft, ehe Frau Baumgarten es unter lautem Protest ihres Stuhls geschafft hatte, sich in die Senkrechte zu schaukeln und zum Ausgang zu watscheln.

Freytag hatte es nicht eilig, er blieb sitzen und hantierte mit seinen Blättern – vollkommen glaubhaft, das war einer der wenigen Vorteile des unfreiwilligen Zitterns – in der Hoffnung, mit Intruistino Rosita ein paar Worte unter vier Augen wechseln zu können. Während der Stunde war es ihm nämlich vorgekommen, als wollte sie ihm mit ihren Blicken etwas sagen. Doch Dr. Signori schien ähnliche Absichten zu hegen, denn er blieb ebenfalls stehen, unerschütterlich wie eine korinthische Säule, und tat, als betrachtete er die Fotografie von Dr. Esperanto. Das gefiel Freytag gar nicht, denn Signori war der Typus höflicher Gentleman, auf den junge Frauen gerne hereinfielen. Blendend weißes Lächeln und intensive Augen. Freytag traute ihm nicht. Überhaupt traute er glatt rasierten Männern in diesem Alter nicht, wenn sie nicht gerade am Theater arbeiteten, und nicht einmal bei denen konnte man sicher sein, Illusion und Falschheit waren schließlich ihr täglich Brot. Zudem schien Signori auch noch wohlhabend zu sein, was ebenfalls nicht von Nachteil war, wenn man junge Damen beeindrucken wollte.

Schließlich hielt Freytag es nicht länger aus, den tatterigen Alten zu spielen. Er klemmte seine Tasche unter den Arm und verließ mit glühenden Wangen das Zimmer. Auf dem Weg nach draußen schenkte er Intruistino Rosita ein schüchternes Lächeln – *Gis la revido!* – und nickte Dr. Signori kurz zu.

Auf der Treppe näherten sich schon bald schnelle Schritte von oben. Freytag musste schmunzeln: Offenbar hatte Intruistino Rosita nichts für Schmeicheleien übrig. Dr. Signori holte ihn im Erdgeschoss ein, gerade rechtzeitig, um ihm die Tür aufzuhalten.

»*Dankon!*«, sagte Freytag und fasste sich an die Hutkrempe.

»Verzeihen Sie, Herr Lektor Freytag. Haben Sie einen Augenblick Zeit?«, fragte Signori, als Freytag schon in den Frühlingsabend trat.

»Worum geht es?«

»Ich wollte fragen, ob ich Sie zum Mittagessen einladen dürfte. Ich interessiere mich sehr für Literatur, und es wäre mir ein Vergnügen, ein Stündchen in Gesellschaft eines so gebildeten Mannes zu verbringen. Was halten Sie von morgen? Im Café Schwarzenberg?«

Freytag, der zu Hause nur noch eine einzelne Büchse Sardinen hatte, sagte: »Das passt ausgezeichnet.«

»Großartig«, antwortete Signori und setzte den Hut auf. Einen echten Borsalino, wie Freytag feststellte. »Dann sehen wir uns morgen um eins.«

Als sein Mitschüler sich zum Gehen wandte, hielt Freytag ihn kurz zurück: »Herr Dr. Signori, mir schien, ich hätte Sie neulich gesehen?«

Signori betrachtete ihn mit hochgezogenen Brauen.

»Ach so? Wann sollte das gewesen sein?«

»Gestern Abend. Mir war, als hätte ich Sie an der Mariahilfer Kirche vorbeigehen sehen.«

»Nein, das kann nicht sein. Ich war geschäftlich in Prag.«

»Dann muss ich mich geirrt haben.«

Freytag sah ihm nach, als er die Straße hinunterging. Ein Windstoß fuhr in die Kastanien, die schon in der Blüte standen, weiße Blätter rieselten leise vom Baum.

Er sieht aus wie ein Schneeleopard, dachte Freytag, der mit lautlosen Schritten über eine Decke frisch gefallener Flocken geht.

Ob wohl der Mohnstrudel im Schwarzenberg ebenso gut war wie der im Sperl? Das schien ihm unwahrscheinlich.

Auf seinem Heimweg traf er den Zigeuner und seinen Papagei an ihrem gewohnten Platz neben der Litfaßsäule. Während die Sonne hinter den Dächern verschwand, blieb Freytag einen

Moment stehen und lauschte dem Spiel des zahnlosen Mannes. Ein violetter Schein breitete sich aus, und liebliche Geigenklänge stiegen zum Himmel.

Der Zigeuner spielte an der Grenze zum Falschen, ein herzzerreißendes Quietschen, das sich mit reinen Tönen mischte und das Freytag an Schmetterlinge, Hummeln und welkende Rosen denken ließ. Der zwergenhafte Mann traktierte munter sein Instrument. Es sah beinahe nachlässig aus, wie er den Bogen über die Saiten hüpfen ließ und mit löchrigen Schuhen den Takt dazu stampfte.

Es bedarf eines Virtuosen, dachte Freytag, um das Schwierige so leicht aussehen zu lassen.

Der kleine Mann entblößte einen einsamen Goldzahn und nickte Freytag zu, als dieser eine Münze in seinen Hut warf.

»Das war eine hübsche Melodie. Wie heißt sie?«

»Ich weiß nicht«, sagte der Zigeuner. »Ich habe sie noch nie zuvor gehört.«

»Das verstehe ich nicht. Wie machen Sie das, dass Sie eine Melodie spielen, die Sie noch nie gehört haben?«

»Sie ist in einem drin. Man muss nur hinhören.«

»Aber man kann doch keine Melodie hören, die noch nie gespielt wurde? Man kann doch nicht etwas hören, was es gar nicht gibt!«

»Die Melodien sind im Wind«, sagte der Zigeuner und fuhr mit dem Bogen durch die Luft. »Man muss nur hinhören. Soll ich Ihnen Ihr Horoskop lesen?«

Freytag glaubte nicht an Horoskope, er glaubte nicht daran, dass Sterne, oder von ihm aus auch Kometen, das Schicksal eines Menschen beeinflussen konnten, doch er erinnerte sich an den armen Spielmann in Grillparzers Erzählung, und so sagte er: »Warum nicht? Es kann ja nicht schaden.«

Der Zigeuner steckte den Geldschein in seine Weste. Dann öffnete er den schwarzen Kasten, den er vor dem Bauch trug. Sofort flatterte der Papagei von seiner Schulter herunter und setzte sich auf dessen Rand. Er spazierte hin und her, klammerte sich mit seinen grauen Zehen fest, nickte ein paarmal mit dem Kopf, als fiele es ihm schwer, sich zu entscheiden, und pickte schließlich mit dem Schnabel einen Zettel heraus, den er Freytag entgegenstreckte. Freytag griff hastig nach dem Zettel – der Schnabel wirkte kräftig genug, um ihm mit einem Ruck den Finger abzubeißen. Seine Hände zitterten, als er las: *Sie stehen vor einer großen Herausforderung, die Mut und Überzeugung verlangt. Sie werden schweren Prüfungen ausgesetzt, Sie müssen stark sein, um alle Hindernisse zu überwinden. Folgen Sie Ihrem Herzen und weichen Sie nicht vom rechten Weg ab.*

Als er später am Abend in aller Einsamkeit seine Sardinen aß – umsonst hatte er sich vor Frau Weinheber gedemütigt und das Telefon dieses zänkischen Weibes benutzt, um sich im Fundbüro nach dem Manuskript zu erkundigen, denn es hatte bereits geschlossen –, dachte er an seine Frau. Sie hatte ihm Warnzeichen gegeben, aber er war blind gewesen, fixiert auf seine Arbeit und seine Sorge, die Zeit liefe ihm davon. Wenn er nicht so damit beschäftigt gewesen wäre zu fürchten, dass er es niemals schaffen würde, dieses Buch zu schreiben, und sein Leben dann vergebens gewesen sein würde. Dann hätte er nicht so ratlos dagesessen, als sie die Worte aussprach: *Es ist vorbei.* Warum war ihm nichts eingefallen, was er darauf hätte erwidern können?

Nach dem Essen setzte er sich an den Schreibtisch, öffnete das Fenster zur hereinbrechenden Nacht und lauschte auf den Wind in den Ulmen: Er würde warten, bis die Geschichte zu ihm kam. So saß er lange reglos da, lobte sich selbst für seine Geduld und blickte hinaus, während die Zweige in der Abendbrise gegeneinanderschlugen.

Das war mal wieder typisch Barsch, dachte Freytag, das Original einzuschicken! Wie konnte er nur so dumm sein? Schließlich gab er auf und faltete ein Papierschiffchen, wie er es als Kind oft getan hatte und wie er es Paolo beigebracht hatte. Der war wirklich ein gutmütiger Junge. Er hatte daraufhin selbst eines aus einer Serviette gefaltet, obwohl er für solche Kindereien viel zu alt war.

Freytag hielt ein Streichholz ans Papier. Er hielt das kleine Boot im Zangengriff, bis das Achterdeck in einer blauen Flamme aufloderte, die ihm die Finger zu verbrennen drohte. Dann legte er es in den Aschenbecher, wo es sich zu einer knisternden kleinen Kugel zusammenrollte und einen unangenehmen Geruch verbreitete – den Gestank verkohlter Intentionen. Plötzlich, wie mit einem Atemzug, einem erleichterten Seufzer, erlosch die Glut und löste sich in ein dünnes, durchsichtiges Verschwinden auf, eine sich kräuselnde Rauchfahne, der er einen Moment hinterherschaute, während er aus dem Augenwinkel Rußflocken in der Zugluft des Fensters tanzen sah. Dann stand er auf und ging auf die Straße hinunter.

Er überquerte die gepflasterte Straße und schaute zu seinem Schlafzimmerfenster hinauf. Dann sah er nach, wo der Mann gestanden hatte, drüben bei den Ulmen. Und als sich seine Augen endlich an das Licht der Straßenlaterne gewöhnt hatten, fand er, was er suchte: Unter den Bäumen lag ein Zigarettenstummel. Er bückte sich und hob ihn auf. Auf dem Teil des Stummels, den gierige Lippen nie erreichen, der nie zu Asche wird und um den die mit der Zeit immer gelber werdenden Finger sich schließen, las er: *Ramleh.* Er wickelte ihn in sein Taschentuch und steckte ihn in die Hosentasche. Dann eilte er ins Haus zurück, denn es war ein kühler Abend, und Freytag trug nur ein Hemd.

Wieder in seiner Wohnung kroch er ins Bett, löschte das Licht und bemühte sich, an alles Mögliche zu denken, nur nicht an verärgerte Cheflektoren, Manuskripte und Erzählungen, seien es nun verschwundene oder noch nicht greifbare. Tatsächlich dachte er vor allem an Zigaretten, während die Regentropfen wieder auf das Fensterblech prasselten. Er überlegte, wie viele Zigarettenmarken es wohl gab. Es mussten unzählige sein, wie die Fische im Meer, die Vögel am Himmel, wie der Klatschmohn auf den Wiesen seiner Kindheit. Und dann schlief er ein und träumte von einer Welt, in der die Menschen mit Gasmasken herumliefen, Papageien in den Ulmen saßen und unverständliches Zeug vor sich hin murmelten: *La romano estas morta, la romano estas morta… morta morta morta…* Ein Zeitungsbote, dessen Stimme der von Klein-Paolo verblüffend ähnelte, verkündete die Neuigkeit: »Der Roman ist tot! Der Roman ist tot!« Freytag wurde so wütend auf den Zeitungsverkäufer, dass er versuchte, ihm die Gasmaske herunterzureißen. Als es ihm schließlich gelang, zeigte sich, dass es Pater Anton war; er lächelte sein sanftes Lächeln, und in seinem Mund funkelte ein einsamer Goldzahn.

Außenministerium, Ballhausplatz, Wien, 28. Juli 1903

Außenminister Graf Agenor Goluchowski wandte sich den österreichischen Kardinälen zu, die in Kürze nach Rom aufbrechen sollten, um ihre Stimmen abzugeben. Alle waren vertreten: Wien, Salzburg, Prag, Esztergom, Krakau.

Der Außenminister schob die Hand unter seine Weste und ging langsam vor seinem Schreibtisch auf und ab.

»Die Regierung beobachtet mit wachsender Sorge die zunehmende Einflussnahme der Kirche auf die internationale Politik«, sagte er. »Das Pontifikat Leos XIII. ist in allzu hohem Maße vom eigenmächtigen Handeln des Staatssekretariates geprägt gewesen und von seiner Unfähigkeit, den Verlust des Kirchenstaates zu akzeptieren.«

Es scheine, als vergäße man in dem Bestreben, die weltliche Macht wiederherzustellen, seine heiligen Aufgaben und mischte sich stattdessen in die Außenpolitik ein. Staatssekretär Rampollas diplomatische Intrigen, sein ausgesprochener Widerstand gewissen Nationen gegenüber zum Vorteil anderer, hätten weltweit Empörung hervorgerufen. Man habe sich immer weiter von seinem heiligen Erbe und seinen Anhängern entfernt und stattdessen mit neuen, liberalen Ideen und Strömungen geliebäugelt, was lediglich dazu geführt habe, Glaubenswahrheiten und Dogmen zu untergraben. Eine beispiellose Erneuerung, meinte der Außenminister, mit dem Ziel, die politische Einflussnahme um den Preis der Ewigkeit und der Traditionen zu verstärken. Das sei beängstigend.

Graf Goluchowski hielt inne.

»Die Kirche steht an einem Scheideweg«, sagte er dann und streckte den Rücken durch.

Das künftige Pontifikat werde wegweisend für ihre eigene Zukunft sein, fuhr er fort. Es sei überaus wichtig, dass man in Rom mit den Intrigen aufhöre und stattdessen nach Harmonie strebe, den Weg des Friedens und des Einverständnisses wähle. Als Vertreter des größten katholischen Landes in Europa habe die österreichische Regierung eine Verantwortung, der sie sich nicht entziehen wolle. Sie müsse alles tun, um den Frieden zu wahren.

»Deshalb«, sagte Goluchowski und erhob seine Stimme, »ist es Österreichs ausdrücklicher Wunsch, dass seine Kardinäle in dem anstehenden Konklave ihre Stimmen Sarto geben, dem Patriarchen von Venedig.«

Ein Raunen ging durch die Reihe der Kardinäle. Blicke wurden gewechselt, Augenbrauen hoben sich skeptisch.

»Er gilt vielleicht nicht als Spitzenkandidat für dieses Amt, aber wir sind nach reiflichen Überlegungen zu dem Schluss gekommen, dass er der Richtige ist, die Kirche zu führen ...«

Der greise Kardinal Gruscha hustete in seinen Ärmel und verzog den Mund.

»Entschuldigen Sie, Herr Außenminister ... Sarto ist wohl kaum *papabile* ... Er hat keinerlei Erfahrung im Bereich der Kurie, er hat nicht die entsprechenden Schulen besucht ...«

Goluchowski warf dem Wiener Erzbischof einen irritierten Blick zu; sein Gesicht hätte sich auf dem Einband eines Adelskalenders gut ausgenommen. Voller Argwohn maßen sie einander.

»Sarto stammt aus einer ehemaligen österreichischen Provinz. Er wird mit keiner speziellen politischen Haltung in Verbindung gebracht.«

»In Anbetracht der Tatsache, dass das Amt dem Brauche nach an einen Italiener geht, ist Sarto sicherlich der Nächstliegende für einen österreichischen Außenminister. Doch obwohl er als Italiener, als Venezianer, unter der Herrschaft Österreichs gelebt hat, ist damit noch nicht gesagt, dass er dem Kaiserreich freundlich gesinnt ist ... und ihm fehlen die Qualifikationen ... er spricht angeblich nicht einmal Französisch ...«

»Er ist Seelsorger, kein Diplomat. Er ist ein rechtschaffener und versöhnlicher Mann, von dem zu erwarten ist, dass er die Kirche in die richtige Richtung führt. Wir brauchen einen handfesten, aber frommen Papst, keinen Denker oder Philosophen. Jemanden, der sich mit den kirchlichen Lehren beschäftigt, statt sich in die Politik einzumischen. Soweit ich weiß, ist Sarto jemand, der es wagt, unbequeme Entscheidungen zu treffen, und der sich keinen neumodischen Strömungen unterwirft; als solchen unterstützen wir ihn. Von Kaiser Wilhelms Kardinälen erwarten wir, dass sie das Gleiche tun. Nur gemeinsam können wir den Franzosen etwas entgegensetzen und dafür sorgen, dass die Kirche ihre frühere Stellung zurückgewinnt. Wir leben in gefährlichen Zeiten, Eure Eminenzen. Die Papstwahl kann im Falle eines zukünftigen Krieges von größter politischer Bedeutung sein. Die Allianz muss geschlossen dastehen. Wir können nicht zulassen, dass man unsere Feinde umwirbt und unseren Freunden entgegenarbeitet. Es geht um unsere Zukunft und es geht um den Frieden. Die Regierung verlässt sich darauf, dass die Kardinäle ihrer Pflicht gegenüber dem Kaiserreich nachkommen.«

Der Außenminister machte eine Pause und ließ den Blick von einem Erzbischof zum nächsten wandern: Gruscha, Katschthaler, Vaszary … als suchte er nach Anzeichen von Trotz in ihren frommen Gesichtern.

»Dies ist ein Befehl.«

Sein Blick blieb an Puzyna haften. Goluchowski lächelte.

Das Café Schwarzenberg wurde vor allem von Geschäftsmännern, feinen Leuten und Frauen mit Zigarettenspitzen und Pelzkragen frequentiert. Heute allerdings konnte Freytag kein Zipfelchen Pelz entdecken, wenn man einmal von den verwöhnten Pudeln absah. Das war nicht weiter verwunderlich: Über Nacht waren die Regenwolken abgezogen, und die Luft war wieder warm und voller jungfräulicher Düfte.

Ach, es war eine Befreiung, einmal all den Künstlerseelen zu entgehen!

Freytag schaute sich auf der Terrasse um. Ganz hinten in der Ecke sah er jemanden winken.

Als Signori sich von seinem Tisch erhob und ihm die Hand schüttelte – sein dunkelgrauer Anzug war womöglich noch feiner als die vorhergehenden, und an der Krawattennadel glitzerte ein Rubin –, erschien er ihm größer, als er ihn in Erinnerung hatte. Der Esperantist blickte ihm tief in die Augen: »Wie schön, dass Sie kommen konnten.«

Mit beiden Händen umschloss er Freytags Rechte, behutsam wie ein Seelsorger oder Grabsteinverkäufer.

Schon bald fühlte Freytag sich in seiner Gegenwart sehr wohl. Signori hatte eine angenehme, ruhige Stimme, dunkel und wohlklingend wie die tiefen Töne einer Oboe; der leichte Akzent verriet einen südländischen Einschlag. Beim Sprechen gestikulierte er weltgewandt mit den Händen, doch tat er es kontrolliert und höflich, wie jemand, der lange Zeit im deutschen Milieu verbracht hat.

»Ihr Akzent«, fragte Freytag. »Wo kommen Sie eigentlich her?«

Wie sich herausstellte, war Signori in Triest aufgewachsen. Seine Familie war vor drei Generationen von Rom dorthin gezogen. Der Vater seines Großvaters, Giancarlo Signori, war Schneidermeister gewesen und hatte in der Hafenstadt ein Import-Export-Unternehmen gegründet. Sie hätten in der Nähe des Hafens gewohnt, erzählte Signori. Als Kind habe er beim Angeln am Pier davon geträumt, zur See zu fahren, doch das Leben und sein Vater hätten anderes mit ihm vorgehabt, und so lebte er inzwischen aus geschäftlichen Gründen seit vielen Jahren in Wien. Das Meer fehle ihm, nicht aber der Wind, dieser eisige Nordost, die *Bora*, nein, die vermisse er nicht.

»So, so. Und Sie interessieren sich also für Literatur, Herr Dr. Signori?«

»Meine Kenntnisse sind sehr bescheiden. Ich kenne mich vor allem in der italienischen Kultur aus. Aber ich würde gern mehr über die hiesigen Dichter erfahren.«

Dieser Mangel an Bildung kam Freytag äußerst merkwürdig vor. Signori kam schließlich aus Triest, der Hauptstadt der Literatur und Musik im Kaiserreich!

Die Deutschen bildeten den kulturellen Kern im Kaiserreich, erklärte Freytag, sie hätten schließlich Hölderlin und Goethe hervorgebracht. Die ungarische Literaturtradition, die gewiss auch ihre Qualitäten hätte, sei dagegen noch sehr jung, ebenso die tschechische, von der slowenischen ganz zu schweigen; diese sei seiner Meinung nach kaum vorhanden.

»Die Deutschen sind ein großes Kulturvolk«, sagte Signori, »genau wie die Italiener.«

Freytag gefiel es, dass Signori offensichtlich etwas lernen wollte. Das zeugte von Bescheidenheit und Verstand. Es gab doch wahrlich allzu viele, die sich für Literaturexperten hielten.

»Sie erwähnten, dass Sie mit Boris Barsch arbeiten. Wo würden Sie ihn im Vergleich zu den großen Dichtern einordnen?«

Auch wenn Barsch gewiss ein bedeutender Autor sei – etwas anderes wolle er gar nicht behaupten –, so müsse er doch klarstellen, dass man ihn kaum im selben Atemzug nennen könne mit den wahren Giganten. Doch das ändere nichts daran, dass Barsch ein ausgezeichneter Erzähler sei. Eben dies sei seine Stärke, betonte Freytag, er sei ein meisterhafter Geschichtenerzähler.

»Mein Lieblingsbuch ist ›Das Affenhaus‹«, sagte Signori.

»Mir persönlich hat immer sein Erstlingswerk besonders gefallen, ›Der unfreiwillige Debütant‹.«

»Ja, das ist auch sehr gut. Sein letztes, ›Der welkende Obstgarten‹, hat ja einige Aufmerksamkeit erregt«, sagte Signori und hob die Augenbrauen, »was wohl vor allem am Thema lag.«

Barschs zuletzt erschienener Roman handelte von einer unmöglichen, leidenschaftlichen Liebesbeziehung zwischen zwei Menschen, der durch die herrschenden Konventionen Hindernisse in den Weg gelegt wurden. Die Protagonisten waren ein junger, unverdorbener Knabe und eine schöne, unabhängige Witwe. Man hatte es gelesen wie der Teufel die Bibel, und böswillige Zungen hatten das Gerücht verbreitet, es handele sich in Wirklichkeit um eine versteckte Hymne auf die Liebe zwischen Männern: einem alten, verdorbenen Mann und einem unschuldigen Knaben. Viele Leute aus Kirchenkreisen waren darüber sehr aufgebracht gewesen, vor allem über eine bestimmte Stelle, an der es um die Last des Zölibats und der Keuschheit ging. Dies wurde im Roman als überholtes Konzept verurteilt. Ein historisches Relikt, das noch aus dem Streben der Kirche nach Land und Eigentum herrührte: Die Priester durften nicht heiraten, damit der heilige Boden nicht schrumpfte.

»Er scheut sich nicht, kontroverse Themen anzupacken. Doch der Roman ist missverstanden worden. Seine Stärke liegt meiner Meinung nach nicht in dem, was er behauptet. Er ist am besten, wo er die Mysterien des Lebens beschreibt, nicht da, wo er versucht, dem Leser zu gefallen. Romane sollten keiner Agenda folgen. Die Botschaft muss aus der Geschichte erwachsen, nicht umgekehrt. Im Allgemeinen werden ›Die Memoiren des Feldschers‹ als sein bestes Werk angesehen, doch ich nehme an, es ist ein wenig wie mit dem ersten Kind: Nie wird man seine stolpernden ersten Schritte vergessen und das eigene Staunen darüber, dass es in der großen Welt zurechtkommt.«

»Faszinierend … Wie sehr sind Sie eigentlich in den kreativen Prozess mit eingebunden?«

»Das ist sehr unterschiedlich«, antwortete Freytag. Alles sei möglich, vom reinen Korrekturlesen bis zum anhaltenden Dialog mit dem Autor, es käme ganz auf den Schriftsteller an.

Er sah, wie Signori sich interessiert vorbeugte.

»Ein guter Lektor ist ein bisschen wie ein Gärtner«, fuhr er deshalb fort. »Manchmal brauchen die Pflanzen Wasser und Dünger, um Nahrung zu bekommen, und manchmal müssen sie eher gestutzt und beschnitten werden, um eines Tages in voller Blüte zu stehen.« Manchen täte es gut, ein wenig brachzuliegen, während man sich um andere umso mehr kümmern müsse.

»Und Barsch?«

Freytag kratzte sich den Bart.

»Wie soll ich sagen … Seine Manuskripte sind ein bisschen wie … ein verwilderter Schlosspark. Mit ungewöhnlich fruchtbarem Humus. Zuweilen stellen sie sich als dichtes Unterholz dar, durch das man sich erst einmal schlagen muss. Die Pflanzen wuchern, dass es nur so knackt, sie breiten sich kreuz und quer aus, sodass es einem schwerfällt, den Blick für das Ganze zu behalten. Sie sind wie ein Dschungel, doch wenn man aufräumt und hier und da beherzt zur Schere greift, dann entdeckt man großartige Landschaften von herzzerreißender Schönheit.«

»Das klingt anstrengend.«

»Es ist viel Arbeit«, bestätigte Freytag, »es braucht einen starken Rücken und Beharrlichkeit, man darf sich nicht davor scheuen, Dreck unter die Nägel zu bekommen.«

»Sie beteiligen sich also aktiv am Entstehungsprozess?«

»In gewisser Weise, ja.«

»Also beeinflussen Sie auch das Endergebnis? Sie legen ja sozusagen letzte Hand an das Werk, ohne Sie würde das Buch wohl nicht fertig?«

»So kann man es sagen.«

»Aber dann sind Sie ja selbst ein Künstler!«

Freytag wischte sich mit der Serviette über den Mund.

»Ich sehe es als Handwerk«, sagte er. »Aber diese Aufgabe bedarf natürlich schon auch eines gewissen Talents, es liegt nicht jedem. Man muss sehr sorgfältig sein und darf nicht schlampen.«

»Sie sind so bescheiden, Herr Freytag. In meinen Augen sind Sie ein Künstler.«

Freytag war überwältigt von Signoris offenkundigem Interesse für seine Arbeit. Die meisten kümmerte nicht, was er tat, sondern allenfalls, wen er kannte. Wie nie zuvor verspürte er den Wunsch, sich zu öffnen. Signori sah ihn mit wachen, klaren Augen an, er hörte ihm zu wie ein wissbegieriges Kind. Das war ungewöhnlich; die Leute wollten doch immer nur ihre eigene Stimme hören.

»Sie müssen wissen, Herr Signori, als ich ihn zum ersten Mal traf, war er ein ungeschliffener Diamant. Ein sehr ungeschliffener«, fügte er hinzu und schüttelte den Kopf, »eher ein Stück Granit. Aber er hatte etwas, *je ne sais quoi*… etwas Besonderes, das man nur selten findet. Mein alter Cheflektor Peter Petersen, selig sei sein Andenken, hatte ihn im Stapel der unverlangt eingesandten Manuskripte entdeckt. *Ich habe da ein Manuskript von einem jungen Mann, Freytag,* hat er zu mir gesagt. *Es ist unkonventionell, sogar schrecklich, um nicht zu sagen: unlesbar, aber es hat etwas, ich kann es nicht richtig benennen. Ich konnte es einfach nicht aus der Hand legen. Sehen Sie es sich doch einmal an und schauen Sie, was Sie daraus machen können.* Ach ja, er war ein großer Mann, dieser Petersen. Solche Cheflektoren gibt es heutzutage nicht mehr. Es war wirklich ein Verlust, als er an Krebs starb.«

Signori schloss die Augen und nickte verständnisvoll.

Dass Petersen Barschs Größe aus dem, was dieser eingeschickt hatte, damals überhaupt hatte erkennen können, grenzte an ein Wunder. Es war wirklich eine Schande, dass Petersen gestorben war, noch bevor Barschs erstes Buch endlich erschien. Er hätte sich sicherlich gefreut, das Samenkorn, das er entdeckt hatte, in einem Erstlingswerk in voller Blüte aufgehen zu sehen. Auch wenn es nur mäßig erfolgreich war und noch nicht auf die glänzende Karriere schließen ließ, die sich daraus entwickeln sollte, war es doch von mehreren bedeutenden Rezensenten wohlwollend besprochen worden. Petersen hatte nicht mehr miterlebt, wie der rastlose Boris Barsch mit der furchtbaren Klaue als größte literarische Entdeckung seiner Ära gepriesen wurde, eine Entdeckung, wie sie nur wenigen vergönnt war.

»Ehrlich gesagt hätte ich nicht gedacht, dass einmal etwas aus ihm werden würde. Er war kein Stilist, wirklich nicht. Ich hätte nicht gedacht, dass er den Ehrgeiz und das Durchhaltevermögen aufbringen würde. Ich hielt ihn für zu unruhig, einen richtigen Schlamper, um ehrlich zu sein. Er war sehr jung. Man braucht ja nicht nur Talent«, erklärte Freytag. »Man braucht gutes Sitzfleisch, einen starken Willen und Disziplin. Es ist nicht leicht zu schreiben. Wirklich nicht. Es ist harte Arbeit.«

»Aber bedeutet wirkliches Talent nicht eher die Gabe, das Schwierige mit unerklärlicher Leichtigkeit zu tun?«

»Ach, da haben Sie etwas Interessantes gesagt! Wissen Sie, Herr Dr. Signori, niemand weiß so richtig, was ein literarisches Talent eigentlich ausmacht. Das Einzige, was man sicher sagen kann, ist, dass es vorkommt. Aber worin genau es besteht, das kann Ihnen niemand sagen. Es ist wie die Luft um uns herum, wir wissen, dass es sie gibt, aber wir können sie nicht sehen, und wenn wir versuchen, sie einzufangen, entzieht sie sich unserem Griff. Doch ohne sie sterben wir, ebenso wie die Kunst ohne Begabungen, ohne Meisterwerke sterben muss.«

»Aber Leute wie Sie und Ihresgleichen müssen doch einschätzen können, ob ein Schriftsteller talentiert ist oder nicht?«

»Das möchten wir gern glauben«, sagte Freytag. »Und natürlich, wenn man ein vollendetes Meisterwerk liest, dann ist es offensichtlich, dass nur jemand besonders Begabtes so schreiben kann. Aber das weiß ja jeder, dazu bedarf es keiner Experten. Im Manuskriptstadium dagegen, bei jungen, unerprobten Autoren, ist das viel schwieriger. Oft bestätigt sich der erste Eindruck, aber es gibt auch Ausnahmen. Eine Begabung kann sich auf so vielfältige Weise äußern. Je länger man mit der Literatur arbeitet, desto mehr gerät man ins Zweifeln, und ich habe länger mit der Schreibkunst gearbeitet als viele andere. Diese jahrelange Erfahrung lehrt einen große Bescheidenheit, ja Demut. Denn nicht immer schaffen es diejenigen an die Spitze, von denen man dies erwartet hat. Talent geht leider häufig mit Faulheit einher; es ist eine sehr zweischneidige Sache, wenn Sie mich fragen. Und manchmal passiert es – äußerst selten natürlich, aber immerhin –, dass jemand, den man für vollkommen unbegabt gehalten hat, es mittels harter Arbeit und ein bisschen Starthilfe tatsächlich schafft, etwas so Meisterhaftes zu schreiben, dass es einem den Boden unter den Füßen wegzieht. Ich habe viel darüber nachgedacht, wissen Sie, denn wenn man alt ist, hat man viel Zeit zum Grübeln. Worin besteht das sogenannte Talent, habe ich mich gefragt. Was ist das eigentlich: eine literarische Ader? Ist es der Stil, das Sprachgefühl, einfach die Fähigkeit, die Sätze zum Klingen zu bringen? Oder ist es eher die Kunst, den Leser als Erzähler so in den Bann zu schlagen, dass er einem atemlos folgt, ganz gleich, wohin die Reise geht? Liegt das Geheimnis in der Fähigkeit, seinen Mitmenschen in die Seele zu schauen, der Einsicht in die Natur des Menschen? Oder ist es das Vertrauen in die eigenen Fähigkeiten, was zählt, ein Durchhaltevermögen, allen Hindernissen zum Trotz?«

»Könnte es nicht eine Kombination von alldem sein? Was glauben Sie selbst, Herr Freytag, wenn Sie es entscheiden müssten?«

»Vielleicht ist es tatsächlich vor allem der Wille, die Besessenheit. Dass man bereit ist, für die Kunst alles aufs Spiel zu setzen, selbst die eigene Seele; und dass man dafür auch die Einsamkeit in Kauf nimmt.«

»Und was ist mit Verdi oder Leonardo da Vinci, oder meinetwegen auch Dante? Das waren doch zweifellos große Talente. Ich kann mir schwer vorstellen, dass Verdi mit dem Kopf durch die Wand ging.«

»Ja, aber da reden wir nicht mehr von Talent, mein Freund, da reden wir von Gottes Hand.«

Dr. Signori nickte und lächelte.

»Da haben Sie auch wieder recht ... Ich bin ja nun wirklich kein Experte«, fuhr er fort, »ganz und gar nicht. Aber Barsch hat so einen leichten Stil, ganz einzigartig. Niemand schreibt wie er, so flüssig und mitreißend. Jeder spricht darüber. Da muss er doch ein ganz außerordentlicher Stilist sein, oder nicht? Glauben Sie, das ist etwas, was er sich mit den Jahren angeeignet hat?«

»Wenn Sie wüssten, wie viel Arbeit dahintersteckt ...« Freytag schüttelte den Kopf, denn schon bei dem Gedanken an das Manuskript wurde er ganz müde; noch dazu war es immer noch verschwunden, wie ihm jetzt wieder einfiel.

»Erzählen Sie.«

Er hätte schweigen sollen; er hatte schon viel zu viel gesagt.

»Normalerweise besteht die Aufgabe eines Lektors lediglich darin, dem Autor Verbesserungsvorschläge zu machen, Fehler zu finden, auf Unklarheiten hinzuweisen und ihm gewissermaßen den Weg zu weisen, wenn es ihm selbst einmal schwerfällt, Kurs zu halten. Aber Barsch ist ein Sonderfall. Petersen hat mir damals vollkommen freie Hand gelassen. Ich habe Barsch sozusagen geholfen, seine Stimme zu finden. Den ganzen Weg über habe ich ihn an der Hand gehalten. Es war eine ungewöhnlich enge Zusammenarbeit.«

»Ach«, sagte Signori. »Was für eine unerhört wichtige Aufgabe, und das in vollkommener Anonymität. Wie selbstlos Sie sind!«

»Ich bin keiner, der nach Ruhm strebt.«

Warum erzählte er ihm das alles? Signori hatte einen so vertrauenerweckenden Blick … Und Freytag merkte plötzlich, dass er erzählen wollte, so lange schon hatte er mit jemandem darüber sprechen wollen, mit irgendjemandem. Ihm kam der Gedanke, sein neu gefundener Freund könnte ihn für einen Angeber halten. Daher beeilte er sich hinzuzufügen: »Verstehen Sie mich nicht falsch. Der Künstler ist Barsch, er ist der Urheber. Ich habe das Silber nur poliert. Barsch ist wirklich ein großes Talent. Sicherlich kein Dichter, aber ein gottbegnadeter Belletrist und der beste Erzähler, dem ich in all den Jahren begegnet bin. Nur leider völlig roh und ungeschliffen, zudem von eher wildwüchsigem Intellekt. Barsch ist brillant, wie alle echten Diamanten, wenn man ihre Kanten erst abgeschliffen hat.«

Sie bestellten Kaffee und Doboschtorte und rundeten die Mahlzeit mit einem Cognac ab. Anschließend schlug Signori einen Verdauungsspaziergang im nahe gelegenen Stadtpark vor, was Freytag für eine ausgezeichnete Idee hielt.

Gemächlich schlenderten sie zwischen Blumenrabatten einher, zogen den Hut vor den Damen und blinzelten in die Sonne. Unter ihren Füßen knirschte der Kies, wohlfrisierte Pudel hoben an den Straßenlaternen das Bein. Auf den Bänken im Schatten des Jasmins saßen verliebte Pärchen und hielten einander an den klebrig-süßen Händen. Der Frühsommer lockt sie immer hervor, dachte Freytag, so sicher, wie die Säfte im Baum aufsteigen. Er fühlte sich in südlichere Gefilde versetzt: In den Palmen rauschte der Wind, und im Hintergrund rumpelten die Straßenbahnwagen wie ein entferntes tropisches Unwetter.

»Wie kommt es eigentlich, dass Sie sich für den Esperantokurs angemeldet haben, Herr Freytag?«

»Ach, das war reiner Zufall. Ich habe mich ja schon immer für Sprachen interessiert, es ist gewissermaßen mein Leben; zumindest das geschriebene Wort.«

»Dann war es also nicht der Verbrüderungsgedanke, der Sie gereizt hat? *La interna ideo?*«

»Davon habe ich, ehrlich gesagt, nichts gewusst«, musste Freytag zugeben. »Aber Frieden auf Erden ist ja durchaus eine erstrebenswerte Sache.«

»Ist das so?« Signori nahm einen tiefen Zug, das Zigarettenpapier knisterte. Es klang wie ein ersticktes Gähnen, als er im Einatmen weitersprach: »Vielleicht, ja …«

»Finden Sie denn nicht?«

»Zumindest nicht um jeden Preis.«

»Nein, das ist natürlich klar«, sagte Freytag und fragte sich, was ausgerechnet daran so klar sein sollte. »Wirklich nicht.«

Schweigend gingen sie weiter und lauschten in die von Vogelgezwitscher erfüllte Luft, während Freytag über die Worte seines Freundes nachgrübelte. Am Schubertdenkmal bogen sie ab und folgten der Wien flussabwärts zum Kursalon hinunter. Ein trauriger, dumpfer Geruch stieg vom Wasser auf und mischte sich in den Zigarettengestank, der Freytag immer stärker an den Kuhdung erinnerte, den die Bauern in seiner Kindheit im Winter zum Anheizen benutzten.

»Verstehen Sie mich nicht falsch, Herr Freytag«, sagte Signori, als sie die Karolinenbrücke passierten und auf der anderen Seite des Flusses der Spielplatz in Sicht kam; das Kinderjauchzen war bis hier hinüber zu hören. »Ich bin eine friedliebende Person und ein guter Katholik, genauso wie Sie. Denn Sie sind doch einer?«

Doch, doch, versicherte Freytag. Gewiss sei er das, in höchstem Maße. Das hätte gerade noch gefehlt!

Es gebe keinen größeren Friedensboten auf Erden als den Papst, behauptete Signori. Der katholische Glaube stehe für Verbrüderung und Nächstenliebe, dem könne Freytag doch gewiss zustimmen? Doch die Dinge seien eben nicht immer, wie sie schienen. Hinter einer friedlichen Botschaft konnten sich zuweilen auch böse Kräfte verbergen.

Unvermittelt blieb Freytag stehen.

»Wie meinen Sie das?«, fragte er und blinzelte ins Gegenlicht. Worauf wollte Signori hinaus? Er klang ja fast wie Georg! Freytag schätzte es durchaus nicht, wenn man schlecht über die Kirche sprach. Das hatte er von seinem neuen Freund nicht erwartet; immerhin war dieser in Italien geboren und schien ein vernünftiger Mann zu sein.

»Sie wissen vielleicht nicht, dass der Augenarzt versucht, mit Hilfe des Esperanto seine Religion zu verbreiten?«

»Das Judentum!«, rief Freytag mit solchem Nachdruck, dass es sogar ihn selbst erstaunte. Bestürzt registrierte er, wie ein fehlgeleiteter Speicheltropfen auf Signoris glatt rasierter Wange landete.

Es sei noch weit schlimmer, behauptete Signori und lächelte schief, während er sein Gesicht mit einem seidenen Taschentuch abtupfte. »Haben Sie schon mal vom Hillelismus gehört?«

Das hatte er nicht, soweit er wusste, daher schüttelte er den Kopf.

Signori behauptete, der Augenarzt – Dr. Esperanto, ein scheinbar ungewöhnlich erfinderischer Mediziner – hätte nicht nur seine eigene Sprache geschaffen, sondern noch dazu eine ganze Religion, eben besagten Hillelismus. Diese Religion bringe viel Unheil, betonte Signori, denn sie sei ein besonders eklektizistischer Glaube und eben deshalb so gefährlich. Alle Religionen sollten auf Dauer dem Hillelismus zugehören. Es seien die gemeinsamen Werte, *neutrale menschliche Prinzipien*, wie sie der Augenarzt seiner Behauptung nach nannte, die letztendlich in eine einzige Weltreligion für die ganze Menschheit münden sollten.

»Aber das ist ja grauenhaft«, rief Freytag im Weitergehen aus.

»Er hat seine Religion nach einem Zeitgenossen Jesu benannt, einem Juden namens Hillel.«

»Wie konnte er es wagen …«

»Würden Sie sich als religiösen Menschen betrachten, Herr Freytag?«

»Ich gehe regelmäßig in die Kirche.«

»Das habe ich mir gedacht.«

Signori lächelte befriedigt. »Da sitzt ein anständiger Mann vor mir, eine fromme und tugendhafte Person. Genau das war mein Eindruck, als ich Sie das erste Mal in der Vorstellungsrunde sah.«

»Nun ja, das ist vielleicht auch wieder ein bisschen übertrieben«, meinte Freytag und versuchte, sich nicht allzu geschmeichelt zu fühlen. »Aber wie die meisten bemühe ich mich, so gut und richtig wie möglich zu leben.«

Sie folgten dem Flussbett weiter entlang der gemauerten Uferbefestigung, die hinter dem schmiedeeisernen Geländer steil abfiel. Freytag ärgerte sich plötzlich darüber, dass er sich dermaßen hatte hinters Licht führen lassen und dass Intruistino Rosita ihnen davon so gar nichts erzählt hatte. Hätte er gewusst, dass man ihn damit in eine gotteslästerliche Religion locken wollte, dann hätte er doch niemals mit diesem Kurs begonnen! Was für eine Frechheit! Sofort würde er aufhören, dachte er, und teilte diesen Entschluss auch Signori mit.

»Nein, nein, das dürfen Sie nicht tun, unter gar keinen Umständen! Es würde mich sehr schmerzen, wenn Sie meinetwegen Ihre Studien abbrächen. Das war nicht meine Absicht, ganz und gar nicht. Ich freue mich darauf, Sie näher kennenzulernen. Vielleicht habe ich auch ein bisschen übertrieben. Und schließlich ist es doch praktisch, sich mit Menschen auf der anderen Seite der Welt unterhalten zu können, oder nicht?«

»Es widerstrebt mir zutiefst, einer solchen Bewegung anzugehören. Verzeihen Sie, aber da kann ich einfach nicht mitmachen. Das ist gegen meine Prinzipien.«

»Der Hillelismus ist kein Problem, Herr Freytag, das versichere ich Ihnen. Der sollte Sie nicht daran hindern, Esperanto zu lernen. Er ist ja kein Glaube im eigentlichen Sinne. Verstehen Sie, christliche Esperantisten ebenso wie atheistische haben sich Dr. Esperantos Vorstellungen von einer Weltreligion widersetzt, er hat seine Botschaft daraufhin deutlich zurückgenommen. Er bezeichnet sie jetzt nur mehr als *Homaranismus*, als Menschheitsglauben, wenn ich mich richtig erinnere. Vollkommen harmlos und ungefährlich. Für die meisten Esperantisten ist es allein die internationale Sprache, die sie lockt, nichts weiter.«

Menschheitsglaube, Freytag fand überhaupt nicht, dass das harmlos klang. Er glaubte an Gott und dessen Sohn, nicht an die Menschen.

Sie waren beim Kursalon angelangt, wo sie sich auf einer Bank im Schatten einer Magnolie niederließen und versprengte Wassertropfen des Springbrunnens sie an der Nase kitzelten. Signori pries das schöne Renaissancegebäude, es erinnere ihn an Florenz.

»Sind Sie schon einmal in Florenz gewesen, Herr Freytag?«

»Ach, ich reise nicht so viel. Keine Zeit.«

»Es ist ein Ort zum Verlieben!«

Freytag, der wirklich nicht in der Stimmung war, über romantische Orte nachzudenken, und der es noch immer nicht fassen konnte, dass man ihn ohne sein Wissen in eine unchristliche Bewegung hineingezogen hatte, sagte: »Sie haben doch gesagt, dass sich hinter einer Friedensbotschaft oft Böses verbirgt. Das sagten Sie doch, daran erinnere ich mich genau!«

»Das wird Sie nicht weiter interessieren. Ich würde Sie nur langweilen.«

»Ganz und gar nicht«, beharrte Freytag, der es jetzt wirklich wissen wollte, denn er mochte nicht als blauäugig dastehen. Dafür war er einfach zu alt.

Signori zündete sich eine Zigarette an, schlug die Beine übereinander und erklärte, er meine nicht den Hillelismus an sich und auch nicht das Esperanto. Die Bedrohung sei viel gefährlicher, es gebe weit beunruhigendere Kräfte. Die Esperantisten seien nur eine von vielen Bewegungen, die für mehr Demokratie arbeiteten, und eine recht unbedeutende dazu. Darin liege nämlich die eigentliche Gefahr, behauptete er, in der Vision einer Volksherrschaft, im demokratischen Gedanken und im

Internationalismus. Und natürlich im Modernismus – was für ein schreckliches Wort! –, der auf alles Zeitlose und Erhaltenswerte herabsehe. Das alles bringe die Menschen auf dumme Gedanken. Die Vorstellung, sein Leben nach eigenem Gutdünken gestalten zu können, Individualismus, Egoismus. Wie würde die Welt denn aussehen, wenn alle immer nur an sich dächten? Es sei gut für die Menschen, ihre Begrenzungen zu kennen, und nur zu ihrem Besten, angeleitet zu werden. Wenn das Volk ganz nach seinem eigenen Kopf lebte, was würde dann aus der Monarchie? Was würde aus der Moral?

Freytag fand, es läge viel Wahrheit in dem, was Signori sagte. Man brauchte eine gewisse Ordnung. Wenn alle mitbestimmen dürften, würde nichts mehr getan; es würde endlose Zänkereien geben, wie bei Programmkonferenzen, wenn der Cheflektor nicht anwesend war.

»Nehmen Sie zum Beispiel die Lyrik«, sagte Signori und hielt ihm die flache Hand wie einen unsichtbaren Käseteller entgegen, »ein Gebiet, auf dem Sie sich gut auskennen. Da bricht man ja heutzutage alle Regeln. Habe ich recht?«

Doch, antwortete Freytag, da gebe es inzwischen viele, die sich des freien Verses bedienten. Das schätze er aber überhaupt nicht, fügte er schnell noch hinzu.

»Der freie Vers ist eine einzige Schande«, fuhr Signori fort und wedelte mit dem Zeigefinger, »ein aufrührerischer Protest und eine Ohrfeige für die bewährte Gesellschaftsordnung! Und diese Modernisten wissen genau, was sie tun, es ist keineswegs eine unschuldige kreative Handlung, sondern eine politische. Eine äußerst gefährliche noch dazu.«

Und dann sagte er, dass es einen richtigen Krieg geben werde, ja, er zögerte nicht, dieses Wort zu benutzen. Die systematischen Regelbrüche in der Kunst – denn hier gehe es tatsächlich um alle Kunstformen, auch um Malerei, Architektur, selbst Musik; keine bleibe verschont, alle seien den gleichen Übergriffen ausgesetzt – seien kein Zufall, das solle er bloß nicht glauben! Auf dem Michaelerplatz, schräg gegenüber der schönen Hofburg, »ja, Sie haben das Durcheinander sicher gesehen«, da baue man jetzt ein Haus für das Schneiderunternehmen Goldman & Salatsch. Es gehe das Gerücht, behauptete Signori, dass der Architekt, Adolf Loos, eine vollkommen glatte Fassade gezeichnet habe, schmucklos und ohne jegliche Ornamente.

»Eine glatte Fassade?«

»Vollkommen glatt, mein Freund, glatt wie ein Palatschinken. So etwas erwartet man sich vielleicht von einer Kaserne! Natürlich habe ich sofort alle meine Lieferungen an Goldmann & Salatsch gestoppt, als ich hörte, was da vor sich geht. Und dabei machen wir seit über zwanzig Jahren miteinander Geschäfte.«

Er gestikulierte so wild, dass Freytag befürchtete, er könnte Asche auf seinen Anzug bekommen.

»Ausgerechnet dort? Im Herzen der Stadt?«

Auch das sei kein Zufall, versicherte Signori. Dieser Ort sei sorgfältig ausgewählt worden. Es sei eine absichtliche Beleidigung des traditionellen, etablierten Wien, insbesondere der Habsburger, gegen welche der Architekt lange gearbeitet habe. Und es sei keine arme kleine Bewegung mehr, fuhr er fort. Die Juden würden sie finanzieren. Die verehrten doch den Modernismus, diese kapitalkräftigen Bettler! Ja, die Juden seien es, die allen voran die liberalen, freisinnigen Strömungen repräsentierten und die in die Bresche sprangen, um Tabus zu brechen. Der wirtschaftliche Aufschwung mache diesen Umbruch erst möglich.

Die wachsende Wirtschaft habe eine jüdische Unternehmerelite hervorgebracht, welche die künstlerischen und wissenschaftlichen Neudenker »und ihre perversen Laster« mit all ihren Salons und Ausstellungen fördere, denn genau das sei ihr Interesse. Sie bildeten eine große Gefahr, diese bürgerlichen Mäzenaten, behauptete Signori, und sie versteckten sich hinter der Kultur, dem Erbe der Aristokratie. Die größte Bedrohung jedoch gehe von der Wissenschaft aus. Es gebe eine ganze Reihe von Disziplinen, die sich mit nichts anderem beschäftige, als den Zustand der Seele zu erforschen, alles müsse durch strenge, präzise Normen belegt werden, was ein großer Betrug sei, denn sie machten Vernunft geltend, wo diese nicht hingehöre, wo die analytischen menschlichen Fähigkeiten höheren Mächten weichen müssten. Zu versuchen, den Sinn des Lebens mit einfacher Mathematik zu ergründen, das sei Ketzerei. Nicht in der Vernunft liege die Erlösung, sondern im Glauben. Es sei nichts als eine tückische Verschwörung. Ja, er zögere nicht, vom Bösen zu sprechen, genau das sei es nämlich, und ihr Ziel sei eine Gesellschaft ohne Kirche – ohne Gott. Was könne niederträchtiger sein als so eine Absicht?

»Nichts«, sagte Freytag beeindruckt. »Gar nichts.«

»Und der Kampf findet hier statt, mein Freund, mitten unter uns, in unserem eigenen Hinterhof.«

Man könne inzwischen wirklich behaupten, dass Wien, diese traditionsreiche und schöne Stadt, zu einem Zentrum gottloser Strömungen geworden sei, die sich weit in der Welt verzweigten, denn sie lebten in einer immer internationaleren Welt. Ismen verbreiteten sich wie Seuchen, wie die Pest, meinte Signori, die Pestratten kämen nun allerdings nicht mehr bloß per Schiff, sie hätten fliegen gelernt.

Freytag saß reglos da und nahm alles in sich auf. Es war, als lausche er seinen eigenen Gedanken, doch artikuliert mit einer Einsicht und Ordnung, die seinen eigenen wirren Überlegungen fehlten. Signori hatte in Worte gefasst, was er selbst empfand, aber nicht zu strukturieren und auszudrücken vermochte. Es war, als hätte er mit dem Bauch längst begriffen, was er intellektuell erst jetzt verstand: dass sie in gefährlichen Zeiten lebten. Das Einzige, was er nicht verstand, war, was Signori, der doch offensichtlich ein anständiger und umsichtiger Mensch war, in einem Esperantokurs verloren hatte.

Signori zog sein Etui aus der Brusttasche.

»Verzeihen Sie«, sagte Freytag, »dürfte ich so unverschämt sein und um eine Zigarette bitten?«

»Entschuldigen Sie, ich habe gar nicht daran gedacht, Ihnen eine anzubieten. Es sind ägyptische«, erklärte er, während er Freytag das Feuerzeug unter die Nase hielt. Die Zigarette schmeckte widerlich. Wie altes Stroh, dachte Freytag, in dem Katzen ihre Duftmarke hinterlassen haben. Sie kratzte sogar noch ärger im Hals als seine eigenen Zigarillos.

»Wie kommt es eigentlich, dass Sie einen Esperantokurs besuchen?«

»Ich? … Man muss seine Feinde kennen«, erwiderte Signori und blies den Rauch in den leuchtend blauen Himmel, an dem nur einzelne Wolken wie gesponnener Zucker standen.

Freytag suchte im Gesicht seines Banknachbarn nach Anzeichen, dass dieser ihn zum Besten hielt.

»Ich bin von Natur aus neugierig«, sagte Signori lächelnd. »Zudem kommt es mir bei meiner Arbeit gelegen, kommunizieren zu können.«

»Was machen Sie denn eigentlich?«

»Geschäfte.«

»Und was für Geschäfte?«

»Internationale. Vor allem mit Stoffen. Aber das ist ein langweiliges Gesprächsthema. Die Literatur dagegen! Was für einen spannenden Beruf Sie doch haben … Sie kommen doch zur nächsten Stunde?«

Freytag, der in der Zwischenzeit interessiert eine Hummel beobachtet hatte, die vergnügt zwischen den Rosen herumsummte, antwortete: »Nur ein Erdbeben könnte mich davon abhalten.«

Daraufhin verabschiedeten sie sich. Freytag bedankte sich höflich für das Mittagessen, das, wie er versicherte, sowohl gut als auch lehrreich gewesen sei. Und wie nett sie es gehabt hätten, wirklich außerordentlich nett.

Während sein neuer Freund auf dem Absatz kehrtmachte und mit geradem Rücken und federnden Schritten Richtung Kolowatring davonging, blieb Freytag noch eine Weile auf der Bank im Schatten sitzen und qualmte seine Zigarette. Als Signori hinter dem Kursalon verschwunden war, drückte er den Stummel auf der Bank aus und wühlte in seiner Hosentasche. Er holte sein Taschentuch hervor und faltete es mit zitternden Fingern auseinander. Jetzt hielt er zwei übelriechende Zigarettenstummel in der Hand.

Nachdem er noch eine Weile über verloren gegangene Manuskripte, Zigarettenstummel, Pharaonen und Fassaden, glatt wie Pfannkuchen, nachgedacht hatte, beschloss er, dass er keine andere Wahl hatte – er musste zum Verlag gehen und erzählen, was geschehen war.

Widerstrebend stand Freytag auf und ging den Parkring entlang, vorbei an den großartigen Palästen, dabei achtete er sorgsam darauf, nicht in Hundehaufen zu treten. Am Museum für Kunsthandwerk bog er links ab, ging jedoch nicht in Richtung Stephansdom weiter, wie er es vorgehabt hatte, sondern lenkte seine Schritte stattdessen in die Postgasse und zur Dominikanerkirche. Schlink konnte warten, es dauerte noch, bis sie die Leselampen löschten und das Kontor abschlossen.

In der Kirchenbank wünschte er sich, der Kantor würde an der Orgel üben; die Musik erfüllte ihn stets mit einer Hoffnung, nach der er in diesem Moment unerklärliche Sehnsucht empfand. Seine Gedanken gingen zuerst zum Manuskript und dann, über den Magen und weiter die Wirbelsäule hinauf, zu Signori. Einen so angenehmen Menschen hatte er selten getroffen. Signori hatte mit ihm geredet, als würden sie sich seit Jahren kennen, mit solcher Wärme. Dennoch machte ihm die nächtliche Erscheinung Bauchschmerzen. Es war spät gewesen, beruhigte er sich selbst, er war müde und das Licht der Straßenlaterne schwach. Was hätte Signori für einen Grund haben sollen, unter seinem Fenster zu stehen? Vermutlich hatte er sich in der Dunkelheit vertan. Wahrscheinlich war es eine sehr beliebte Zigarettenmarke, ein ägyptischer Bestseller, sozusagen. Er würde sich kundig machen, wenn er es nicht vergaß.

Ja, sein Gedächtnis ließ immer mehr nach, und das beunruhigte ihn. Denn wie kann man schreiben, wenn man sich nicht erinnert? Früher hätte er niemals ein Manuskript verloren, undenkbar! Bei der Arbeit, wenn er Änderungen im Text vornahm, hatte sein Erinnerungsvermögen ihm stets gute Dienste geleistet. Er gehörte nicht zu denen, die ständig vor- und zurückblättern mussten, um etwas nachzuprüfen. Sein Gedächtnis war sein wichtigstes Werkzeug gewesen, neben seiner Erfahrung, die er in jahrelanger Arbeit immer mehr verfeinert hatte. Doch die Erfahrung hatte ihren Preis. Während die Zeit ihm hier zuarbeitete, nahm sie zugleich mit der anderen Hand etwas weg. So wie sein Haar allmählich weiß wurde und sein Rücken sich krümmte, verlor sein Gedächtnis an Spannkraft. Das Bild eines Hosengummis kam ihm in den Sinn, der wieder und wieder gedehnt und mit der Zeit immer geschmeidiger wurde, bis er langsam, fast unmerklich, anfing zu knarren und seine Elastizität zu verlieren, bis er eines Tages – schreckliche Vorstellung! – nachgab und einem, zusammen mit der Hose, auf die Füße hinunterrutschte. Nachts hatte ihn ein Traum heimgesucht: Mit entblößtem Unterleib stand er mitten auf der Ringstraße, von Angesicht zu Angesicht mit Goethe und in einem steten Strom von Passanten und Straßenbahnen. Das war es, was er mit der literarischen Gegenseite gemeinsam hatte: Auch die Autoren stünden ohne ihr Gedächtnis nackt da. Ohne Erinnerungen blieben die Seiten weiß.

Vielleicht war dies der Grund, weshalb ein Lektor im Herbst seines Lebens am besten war, in den Jahren, bevor die Trägheit des Winters einsetzte. Wenn Verfall und Winterschlaf noch keinen Tribut forderten, sondern erst ihre Boten vorausschickten: welkes Laub, das in sternklaren Frostnächten zu Boden fiel. Diese Zeit glich dem vergänglichen Moment, in dem einem der Name eines alten Bekannten entgleitet, um einem in der nächsten Sekunde, wenn man sich schon mit seiner Niederlage abgefunden hat, so klar und deutlich wieder ins Bewusstsein zu treten wie die ersten Eiskristalle auf der Fensterscheibe. Demütigende Augenblicke trivialen Nachgrübelns, die Suche nach einer Lesebrille, die oben auf der Stirn sitzt, das Unvermögen, sich zu erinnern, wo man die Pantoffeln gelassen hatte …

Das Gedächtnis war selektiv. Dunkle Erinnerungen, die man nur zu gern vergessen hätte, ätzten sich ein, während die glücklichen Momente, leicht wie Kolibrifedern, in die Gefilde des Vergessens entschwebten. Das war das Erschreckendste am Alter, fand er. Nicht die körperlichen Gebrechen, die Müdigkeit, die ächzenden Kniescheiben, auch nicht die Hilflosigkeit – all das gehörte dazu, es war ein Teil des natürlichen Rhythmus, des ewigen Pulsierens, Blumen mussten welken, damit neue knospen konnten – es war vielmehr der Gedanke, irgendwann nur noch zwischen all den schlechten Erinnerungen zu sitzen, die immer näher krochen, bis unter die schrumplige Haut, während man vergeblich versuchte, sich die Gesichtszüge von geliebten Menschen vor Augen zu führen, den Geruch der Kindheitswiesen, das Lachen. Doch zum Schluss würden wohl selbst die unglücklichen Erinnerungen verschwinden, und dann würde er diese sogar noch mehr vermissen als die glücklichen, denn er hätte gelernt, auch die stiefmütterlichen Erinnerungen zu lieben, wie jemand, der keine Freunde hat, seine Feinde liebt.

Als seine Frau verschwand, war es, als hätte sie seine Erinnerungen mit sich genommen.

Ich denke zu viel, dachte er, deshalb fällt mir so vieles nicht mehr ein.

Du fängst an, paranoid zu werden, lieber Freytag, sagte er anschließend zu sich selbst. Das Einzige, was dich verfolgt, ist das Unglück, und das ist gesichtslos und nichts, wovor du dich fürchten müsstest, denn es ist bereits über dich gekommen.

Seine Frau hatte immer gesagt, er dächte von allen das Schlimmste, sähe alles von der schlechtesten Seite. Sie hatte recht; aber nicht, was sie selbst betraf. Von ihr hatte er nie etwas Böses gedacht. Nicht einmal, als sie in der Riesenradkabine über den Bäumen schwebten.

Er saß auf seinem angestammten Platz, ließ den Rosenkranz durch die Finger gleiten und bemühte sich, an gar nichts zu denken. Das gelang ihm richtig gut, denn er wurde bald müde und wollte gerade die Augen schließen, um vor der bevorstehenden Begegnung mit Herrn Schlink seinen Kopf auszuruhen, als der Küster ihn entdeckte.

»Verzeihen Sie, aber ich glaube, Sie haben das hier vergessen …«, flüsterte er. Er flüsterte immer, wie Freytag beobachtet hatte, gewiss hätte er einen ausgezeichneten Bibliothekar abgegeben. Ein schreckliches Gewisper und Geflüster.

»Pater Anton vermutete, dass es Ihnen gehört … Es hat in meinem Zimmer gelegen, in der Erwartung, dass jemand sich danach erkundigt … es stand kein Name drauf … Pater Anton hat sich erlaubt, es zu öffnen, um feststellen zu können, wem es gehören könnte … es hätte schließlich etwas Wichtiges enthalten können … Hoffentlich sehen Sie uns das nach.«

Es sei wirklich etwas sehr Wichtiges, versicherte Freytag, ebenfalls flüsternd. Aber er hätte vollstes Vertrauen zu Pater Anton, immerhin sei der sein Beichtvater.

Nachdem der Küster sich zurückgezogen hatte, um zu tun, was ein Küster eben tat, blickte Freytag dankbar zu den Deckengemälden auf und bekreuzigte sich. Dann klemmte er sich mit einem Lächeln auf den Lippen das Manuskriptbündel unter den Arm und stand auf; eine Münze in den Opferstock zu werfen, vergaß er dabei vollkommen.

Auf dem Heimweg stieg er am Getreidemarkt aus der Straßenbahn und ging ins Café Sperl hinüber, wo er sein Glück mit einem Stück Mohnstrudel, Kaffee und zwei angenehm sauren Zigarillos feierte.

Mit entspannten Schultern saß er am Fenster und rauchte genussvoll, erleichtert darüber, seine Berufsehre gerettet zu haben, das ersehnte Manuskript mit erbrochenem Siegel neben dem Gebäck auf dem Marmortisch vor sich. Erstaunlicherweise reizte es ihn nicht im Mindesten, darin zu blättern – in diesem Stapel

Papier, von dem immerhin die Zukunft des Verlages abzuhängen schien. Lieber überflog er zerstreut die *Reichspost*, ohne Bemerkenswertes zu entdecken – abgesehen von einem wissenschaftlichen Artikel über Erdbeben. Den hatte ein Vulkanist geschrieben, falls es so etwas tatsächlich gab, der sich über die Risiken von Nachbeben ausließ. Doch Freytag maß dem keinerlei Bedeutung zu. Dieser Mann, ein Italiener, wie es schien, hatte sich in letzter Zeit tagtäglich geäußert, fest entschlossen, die Untergangsstimmung anzuheizen. Hätte er nicht für ein so angesehenes Blatt geschrieben, hätte Freytag vermutet, dieser Mann würde dafür bezahlt, Angst und Schrecken zu verbreiten. Wie auch immer, der Mann wusste offensichtlich selbst nicht, wovon er sprach. In einem früheren Artikel hatte er berichtet, dass man an einem weltumspannenden System für Erdbebenmessungen arbeite; demnach gab es über vierzig Messstationen auf der ganzen Welt. In Deutschland, also Potsdam, um genau zu sein, hätte man sogar die Schwingungen eines Bebens im fernen japanischen Kaiserreich registriert. So etwas Lächerliches hatte Freytag noch nie gehört. Wenn die Nadel bei etwas so weit Abgelegenem ausschlug, dann war es doch viel wahrscheinlicher, dass eine Fliege auf dem Tisch gelandet war oder dass Kaiser Wilhelm unbemerkt in sein Leinzeug gefurzt hatte.

Freytag gähnte, stand auf und ging nach Hause, um zu lesen; er hatte bereits wertvolle Zeit verloren. Als er heimkam, fühlte er sich jedoch viel zu müde. Das Manuskript eines großen Autors war wirklich nichts, was man unausgeruht beginnen sollte. Freytag beschloss, es auf den kommenden Tag zu verschieben.

Danke, dass Sie sich die Zeit genommen haben.«

»Keine Ursache, meine Liebe, Sie machen einem alten Mann eine Freude.«

Er spürte die neugierigen Blicke, als sie sich auf den Stühlen unter dem Baum niederließen. Während sie auf die Gänseleber warteten, nippten sie vorsichtig an dem kühlen Wein, und er konnte das Getuschel förmlich hören; in dieses Restaurant im Volksgarten führten Männer seit Menschengedenken ihre Geliebten aus – seit der Kaffeehausbesuch für Frauen nicht mehr verboten war.

In seiner Phantasie war Freytag ihr besonderer Freund. Ihre Vorstellung von der Verlagswelt entsprach keineswegs der Wirklichkeit; er war kein wohlhabender Mann, doch er spielte das Spiel gerne mit. Für ein paar Stunden war das Glück ihm einmal hold.

»Wenn Sie für den Rest des Lebens nur noch einen einzigen Autor lesen dürften, Herr Freytag, für wen würden Sie sich entscheiden?«

»Da gibt es nur einen; den Maßstab für Literatur schlechthin, den wahren Meister.«

»Sie meinen Shakespeare?«

»Nein, meine Liebe. Ich rede von Goethe, dem großen Nationaldichter.«

»Ist der nicht ein wenig schwermütig?«

»Was lesen Sie denn am liebsten, Intruistino Rosita?«

»Ich mag vor allem Bücher über fremde Orte, Reiseberichte. Und natürlich Romane, vor allem von ausländischen Autoren. Ich träume mich gern fort, träume davon, die Welt zu sehen. Italien, Frankreich, vielleicht noch weiter entfernte Länder.«

»Rastlos ist die Jugend«, sagte Freytag, »so muss es sein. Irgendetwas sagt mir, dass Sie noch viel weiter herumkommen werden. Einer jungen Frau wie Ihnen steht die Welt offen, das Reisen ist heute viel einfacher.«

»Ist es nicht eine wunderbare Zeit, in der wir leben? All die Erfindungen, der Fortschritt … Stellen Sie sich vor, die Dame, bei der ich zur Miete wohne, hat ein eigenes Telefon! Und ich möchte irgendwann meine eigene Badewanne und meine eigene Toilette haben. Ein Freund von mir hat ziemlich viel Geld durch den Ankauf seltener Bücher und Kunst verdient. Er sagt, es wird alles immer wertvoller. Man müsse nur ein Haus kaufen, behauptet er, dann könne man ein Vermögen machen.«

»Es ist teuer geworden, in Wien zu leben. Nur in Amerika zahlt man mehr, habe ich gehört.«

»Ich habe so ein Glück, dass ich bei der Witwe zur Miete wohnen kann … Aber verzeihen Sie, ich langweile Sie mit meinem weltlichen Geschwätz. Ein kultivierter Mann wie Sie interessiert sich sicher nicht für materielle Dinge. Bitte entschuldigen Sie.«

»Nichts, was Sie sagen, könnte mich langweilen, Intruistino Rosita. Wenn es dennoch so aussieht, liegt dies nur daran, dass ich Ihren Zukunftsoptimismus nicht teile. Spüren Sie es nicht auch? Es liegt so eine nervöse Spannung in der Luft. Ich glaube, wir stehen vor einem Abgrund. Die Menschen sind einfach zu egoistisch geworden.«

»So düstere Gedanken an einem so schönen Tag, Herr Freytag. Das passt doch gar nicht. Lassen Sie uns lieber über etwas Heiteres sprechen.«

»Sie haben recht. Hören Sie einfach nicht auf die Grübeleien eines alten Mannes.«

»Im Frühling sind wir alle jung, oder nicht? Jugend ist etwas, das man in sich trägt.«

Sie schaute ihn mit ihren Kastanienaugen an und verzog den Mund: »Wenn Sie sich den Bart abnehmen würden und die Sonne Ihre Wangen streicheln ließen, sähen Sie gleich viel jünger aus. Sie wären richtig elegant für Ihr Alter, wenn Sie mir diese Aufrichtigkeit verzeihen. Na bitte, nun sehen Sie schon viel frischer aus! Verlegenheit steht Ihnen gut, Sie sehen aus, als hätten Sie eine Bergwanderung gemacht.«

»Sie irren sich, Intruistino Rosita. Ich erröte nicht aus Verlegenheit, sondern weil Sie heller strahlen als die Sonne.«

Ihr Lachen glich dem Flügelschlag eines Schmetterlings im Lavendel. Und auch er selbst konnte sich einer rostigen Freudenäußerung nicht enthalten; dabei hatte er schon fast vergessen, wie sich das anfühlt.

Nachdem das Lachen verklungen war, breitete sich eine intensive Stille aus. Verlegen widmeten sie sich ihrer Gänseleber, und Freytag hantierte unsicher mit dem Besteck. Dann wischte sich Intruistino Rosita mit einem Serviettenzipfel den Mund, als tupfte sie eine unsichtbare Wunde auf ihrer flaumigen Oberlippe ab, und schlug die Augen nieder. Freytag stellte sich vor, sie hätte sich an einem Rosendorn gestochen.

»Es gibt etwas, das ich Ihnen zeigen möchte, aber ich habe mich bisher noch nicht getraut.«

»Was könnte das sein, meine Liebe?«

»Ich weiß nicht, wie ich es ausdrücken soll. Es ist mir so peinlich.«

»Nun seien Sie doch nicht so schüchtern.«

Intruistino Rosita bückte sich und zog ein Heft aus ihrer Handtasche. Sie presste es an ihre Brust, als wäre es der Brief einer verloren gegangenen Liebe.

»Ich habe ein paar Zeilen geschrieben. Aber Sie finden das sicher albern ...«

Freytag streckte die Hand aus. Es sei ihm ein Vergnügen, behauptete er, *unu plezuro ...«*

»Sind Sie sicher? Finden Sie nicht, dass ich Sie damit belästige?« Ungeschickt ergriff sie seine Hand und sah ihm in die Augen. »Sie müssen mir versprechen, ehrlich zu sein. Versprechen Sie's mir.«

Freytag zündete sich einen Zigarillo an und blätterte. Hin und wieder schaute er zu Intruistino Rosita auf, die seinen Blick eifrig erwiderte und mit den Fingern über den Rand ihres Weinglases fuhr. Wie sie sich das Haar aus dem Gesicht strich, erinnerte ihn an ein Schulmädchen.

»Es ist noch nicht ganz durchgearbeitet, eher Entwürfe ...«

Freytag lächelte väterlich, während er überlegte, was er ihr sagen sollte. Intruistino Rositas Gedichte waren alltäglich, mittelmäßig. Doch er hatte schon Schlimmeres gesehen. Es waren naive romantische Betrachtungen, die sich alle um die unbändige Lebenslust der Jugend drehten. Das Versmaß beherrschte sie nicht, oder sie ignorierte es einfach. Wie auch immer, diese Texte würden nie den Weg auf den Tisch einer Verlagsbesprechung finden.

Doch er ließ sich Zeit. Er genoss ihre atemlose Aufmerksamkeit. Jedes Kräuseln ihrer Bluse, jedes schnelle Heben und Senken ihrer Brust kitzelte sein Zwerchfell wie mondbeschienene Wellen.

Freytag ließ die Gedanken schweifen, um das Unvermeidliche hinauszuzögern. In seinem Kopf tauchte das Bild von der Lieblichkeit des Todes wieder auf. Die erhabene Ruhe der ägyptischen Königin hatte ihn sehr beeindruckt. Wie sie behaglich im Thron zurückgelehnt und von weinenden Dienerinnen umringt zu schlafen schien, offensichtlich erleichtert und endlich befreit von der Schande; die Kreuzotter, die sich von ihrem Gift entleert um den königlichen Arm wand, ihr Schwanz, der sich um ihr Handgelenk schlang wie ein Bronzearmband.

Während ihres gemeinsamen Besuches im Kunsthistorischen Museum etwas früher am Tag hatte er sich auf einem länglichen Hocker niedergelassen, um vor dem großartigen Gemälde des Hofmalers Guido Cagnacci seine Beine auszuruhen, und sie hatte sich zu ihm gesellt. Andächtig schweigend hatten sie die Leinwand betrachtet, Kleopatras Selbstmord bewundert. Da bemerkte er, dass sie den Kopf hängen ließ. Er dachte, sie wolle sich vielleicht lieber wieder bewegen, schließlich gab es noch so viel in dieser Sammlung, was sie nicht gesehen hatten, und sie musste sich ja auch nicht von seinen abgenutzten Kniescheiben daran hindern lassen. Doch als er seufzend nach seinem Stock griff, um wieder aufzustehen, hatte er bemerkt, dass sie weinte.

»Was ist denn los?«

»Ich weiß auch nicht … So viel Schönheit unter ein und demselben Dach …«

Er hatte ihr sein Taschentuch gereicht, das nach Aschenbecher und unbestätigten Verdächtigungen roch. Er würde es nie wieder waschen, nahm er sich jetzt vor. Dann klappte er das Heft zu und legte es neben seine Zigarillos auf den Tisch.

»Was denken Sie? Sind sie sehr schlecht?«

»Überhaupt nicht.«

»Dann haben sie also Qualität? Ich vergeude damit nicht nur meine Zeit?«

»Sie sind ambitioniert und mit dem Herzen geschrieben, das ist gut.«

»Ich hatte solche Angst, was Sie dazu sagen würden. Wissen Sie, ich habe sie noch nie jemandem gezeigt.«

»Einen Dichter kümmert es nicht, was andere denken. Sie sollten nicht nach Bestätigung von außen suchen. Die meisten Poeten, die etwas taugen, sind dazu verurteilt, ihr Leben lang unbekannt zu bleiben. Erst nach ihrer Zeit erfahren sie die Anerkennung, die ihnen gebührt – wenn sie Glück haben! Aber sie schreiben auch nicht um des Ruhmes willen, sondern weil sie müssen, weil sie ohne nicht leben können. Empfinden Sie das auch so, Intruistino Rosita? Dass Sie schreiben müssen, dass Ihr Leben ohne die Möglichkeit, sich auszudrücken, leer und sinnlos wäre?«

»Ich weiß nicht recht. Ich schreibe, weil es mir Freude bereitet, nehme ich an, und weil ich gern lese.«

»Das ist gut, lesen ist gut. Autoren, die nicht lesen, sind wie blinde Dirigenten mit Watte in den Ohren. Mein Rat ist: Lesen

Sie, lesen Sie alle Großen. Aber lesen Sie nicht wie ein Leser zur reinen Zerstreuung; nein, meine Liebe, lesen Sie wie ein Autor, langsam, konzentriert und aufmerksam. Lesen Sie die großen Dichter immer wieder, bis Sie ihre Sätze kennen, als wären es Ihre eigenen. Lesen Sie von dem, den Sie mögen und bewundern, alles, was Sie in die Finger kriegen, bis die Worte und Rhythmen Teil Ihrer Seele geworden sind und Sie sie nicht mehr von Ihren eigenen unterscheiden können. Dann vergessen Sie alles, was Sie gelesen und gelernt haben, und schreiben Sie Ihre eigenen Gedichte.«

»Aber worüber soll ich denn schreiben?«

»Das ist egal. Über Kleinigkeiten, wenn Sie Ihnen nur etwas bedeuten. Über die kleinen Wunder des Alltags, über das, was Sie ausmacht. Schreiben Sie, wie Sie die Welt sehen, Sie und niemand sonst. Schreiben Sie die Wahrheit. Ihre eigene, nicht die eines anderen. Denn es gibt viele Wahrheiten, meine Liebe, aber nur eine, die Ihre eigene ist, und die ist es, die Sie dem Leser schulden, die Ihre Gedichte von denen aller anderen unterscheidet. Und dann müssen Sie sich bemühen, das Versmaß zu lernen. Sie müssen Ihre Verse bändigen. Der Leser will geleitet, mit sicherer Hand geführt werden. Es ist überaus wichtig, das Handwerk zu beherrschen.«

»Aber darin fühle ich mich gefangen. Warum soll man sich durch Regeln einschränken lassen? Meine Gedanken wollen fliegen!«

»Es ist genau anders herum, meine Liebe. Damit die Flügel tragen, bedarf es einer gewissen Ordnung. Sogar die Brüder Wright und Blériot gehorchen bestehenden Gesetzen: Thermik und Aerodynamik, dem Metrum der Luft, wie die Schwalben am Himmel. Es ist wie überall in der Gesellschaft. Ohne Regeln und Gesetze herrscht Anarchie. Es ist die Aufgabe des Autors, die Ideale der Klassik hochzuhalten.«

»Meinen Sie wirklich?«

»Wo kämen wir sonst hin?«

Dann fragte er, ob er das Heft ausleihen dürfe, er wolle es gern in Ruhe lesen.

»Ich gehe davon aus, dass Sie eine Abschrift haben?«

Intruistino Rosita blickte auf den Tisch hinunter und schüttelte beschämt den Kopf.

»Sie sollten immer eine Kopie haben. Stellen Sie sich vor, es geht verloren.«

»Es sind doch nur unbedeutende Aufzeichnungen ...«

»Es sind die Früchte Ihrer Phantasie, Fräulein Rosita. Die können niemals unbedeutend sein. Im Gegenteil, meine Liebe, sie sind unersetzlich.«

»Herr Freytag ...«, sagte sie, »so, wie Sie das sagen ...« Jetzt errötete auch sie.

»Ich verspreche Ihnen, beim Verlag ein gutes Wort für Sie einzulegen.«

Intruistino Rosita sprang von ihrem Stuhl auf, als hätte sie sich auf eine Hummel gesetzt, und sperrte ihre Kastanienaugen auf. Dann schlug sie die jungfräulich reinen Hände vor den Mund, weiß, als hätte sie sie in einem Sud von Buschwindröschen gewaschen, und rief: »Wirklich? Würden Sie das wirklich tun?«

»Ja, aber ich muss Sie warnen, der Markt für Lyrik ist nicht einfach.«

Evidenzbureau, Kriegsministerium,
Am Hof, Wien, 26. Juli 1903

Major Scarpa, Chef der Italienischen Gruppe, erhob sich zum Gehen und wandte sich dabei seinem einzigen Mitarbeiter zu.

»Es reicht für heute«, sagte er. »Sie sehen müde aus, Leutnant Stocker. Gehen Sie nach Hause und legen Sie sich hin.«

»Ich habe noch ein bisschen Schreibarbeit …«

»Immer noch dieses Ding zur Papstwahl? Was ist das doch für eine aufregende Arbeit, die wir hier im Nachrichtendienst tun …« Major Scarpa verzog säuerlich die Lippen und setzte die Uniformmütze auf. »Vergessen Sie nicht, hinter sich abzuschließen.«

Nachdem die Schritte seines Chefs verklungen waren, tauchte der Leutnant seine Stahlfeder ins Tintenfass und schrieb weiter von Hand den maschinengetippten Bericht ab, an dem er gearbeitet hatte, seit der Papst erkrankt war. Dabei achtete er sorgfältig darauf, das Löschpapier zu benutzen.

Bei dem Wort *Selbstmörder* hielt er inne und warf einen Blick auf das Porträt des Kaisers, das an der Wand hinter dem Schreibtisch seines Chefs hing. Er schüttelte den Kopf.

Wie ein zum Nachsitzen verdonnerter Schuljunge schlug er die Augen nieder und fuhr fort.

Nachdem er mehrmals zu Franz Joseph aufgeschaut und dabei Tinte auf das Papier gekleckst hatte, schob er energisch den Schreibtischstuhl zurück, ging zum Bild des Kaisers und stellte es auf den Boden. Das Gesicht Seiner Majestät drehte er zur Wand.

Leutnant Stocker zog eine Zigarette aus seiner Brusttasche

und öffnete das Fenster. Unten auf dem Hof rollten lärmend die letzten Automobile zu den Toren hinaus. Eine Weile blieb er rauchend stehen und schaute nachdenklich in den Abend. Dann löschte er die Zigarette, fuhr sich mit der Hand durchs Haar und unterdrückte einen Seufzer.

Die Italienische Gruppe war in den hintersten Räumen des Evidenzbureaus untergebracht. Sie verfügte über ein einziges, anspruchsloses Zimmer am Ende des Korridors mit lediglich zwei Schreibtischen und einem Fenster zum Hof. Eine stiefmütterliche Platzierung, die von ihrem untergeordneten Status im Büro zeugte: Italien gehörte nicht zu den Ländern, die am stärksten überwacht werden mussten. Selten genug verirrte sich jemand hierher, vor allem nicht nach Dienstschluss. Trotzdem spähte Leutnant Stocker sicherheitshalber in den Flur hinaus. Dann verriegelt er die Tür und hängte seine Uniformjacke über die Stuhllehne.

Mit fleckigen Fingern schloss er den Schrank auf, in dem er die Zahlencodes aufbewahrte, und zog eine Mappe heraus, die er neben die Papiere und die Schreibutensilien vor sich auf den Tisch legte. Die leuchtend roten *Geheim*-Stempel auf dem aschgrauen Umschlag verrieten, dass es sich um eine – selbst für ein Geheimdienstbüro – besonders empfindliche und düstere Angelegenheit handelte.

Als er etwas früher am Tag mit der Mappe unter dem Arm von seinem Gespräch mit Oberst Hordliczka, dem Chef des Nachrichtendienstes, zurückgekommen war, hatte er ein Gesicht gemacht, das Major Scarpa dazu veranlasste, in eine seiner üblichen Tiraden über die Mühen der nachrichtendienstlichen Arbeit auszubrechen.

Und als er dann den Bericht in der Einsamkeit der Toilette gelesen hatte, dankbar vor allem dafür, dem Redeschwall seines Chefs endlich entkommen zu sein, hatte sein Gesicht einen immer verbisseneren Ausdruck angenommen, der schlecht zu dem zarten Bartflaum an seinem Kinn und seinen schlaksigen Gliedern passte. Jetzt, da er die Mappe erneut aufschlug, wirkte er vor allem angespannt. Er richtete sich auf und zog die Schultern zurück.

Anschließend nahm er ein neues Blatt vom Stapel, tauchte die Feder ein und begann, den heiklen Inhalt dem ursprünglichen Schreiben hinzuzufügen. Im Schein der Schreibtischlampe musste er mehrfach schlucken, und hin und wieder griff er sich an den Bauch, als hätte er etwas Verkehrtes gegessen.

Schon mehrmals hatte er im Dunkeln alle Rosenkranzgebete gesprochen, doch seine Gedanken ließen ihm einfach keine Ruhe. Wenn er nicht an Intruistino Rosita dachte, dachte er an seine Frau – wie er es auch anstellte, es waren stets unchristliche Gedanken.

Er überlegte sogar, aufzustehen und zu schreiben, da er ja doch nicht einschlafen konnte. Und wenn er nicht schrieb, würde es nie zu diesem Roman kommen. Vielleicht sollte er endlich in die Apotheke gehen und ein Schlafmittel kaufen, denn jetzt hatte er schon mehrere Nächte in Folge schlecht geschlafen, und wenn man alt wurde, brauchte man seinen Schlaf.

Es ist schon seltsam, dachte er, und spürte die Sprungfedern der Matratze im Rücken. Als er jung war, hätte er im Stehen an eine Wand gelehnt schlafen können, doch da hatte er zum Schlafen zu wenig Zeit gehabt. Und jetzt, da er alle Zeit der Welt hatte – abgesehen von seinem Buch –, hielt ihn der Schlaf zum Narren. Seit er sich erinnern konnte, hatte er sich müde gefühlt. Oder fühlte es sich einfach so an, wenn man wach war?

Seine Gedanken glitten wieder zu Intruistino Rosita, zu ihren Lippen. Er träumte davon, mit ihr auf Reisen zu gehen. Vielleicht konnte er ein paar seiner Erstausgaben verkaufen. An einem abgelegenen Ort, jenseits von Zeit und Konventionen, würde sie vielleicht beginnen, ihn auf Goethes und Schillers Kosten zu lieben.

Dann musste er wieder an seine Frau denken. Ihm kam es vor, als spürte er noch immer ihren Geruch im Kissen. Das ärgerte ihn. Wenn sie ihn schon verlassen musste, konnte sie nicht wenigstens den Anstand haben, ihn anschließend in Ruhe zu lassen? Er zerrte an seinem Ehering und wurde schließlich so wütend darüber, dass er an sie denken musste, dass er aufstand und einen leeren Karton aus dem Wandschrank holte.

Er machte Licht, ging durch die Wohnung und sammelte alles ein, was ihn an sie erinnerte. Zuunterst legte er das silbern gerahmte Hochzeitsfoto, die Gesichter nach unten. Dann warf er das bestickte Kissen hinein, an dem sie ein ganzes Jahr gearbeitet hatte und das er immer unbeschreiblich hässlich gefunden hatte. Die Stickerei sollte Sonnenblumen darstellen, aber ihn hatte es stets an misslungene Pilzomeletts erinnert. Anschließend riss er die Vorhänge in der Küche herunter und legte noch einige andere Dinge dazu, unter anderem einen Porzellanhund und ein Miniatur-Teeservice. Als Nächstes ging er zum Wandschrank und warf alle Kleider weg, die sie zurückgelassen hatte und die offensichtlich nicht angemessen waren, wenn man auf Reisen ging: die Schürze, den Putzkittel und das zerschlissene Kleid mit den Blumen und dem Loch am Rücken. Sie hatte stets darauf bestanden, es zu Hause zu tragen, denn es war das schönste Kleidungsstück, das sie je besessen hatte. Dann kamen die Hausschuhe mit den schief gelaufenen Absätzen an die Reihe. Er riss sogar den Bezug von ihrem Kopfkissen, denn jetzt war er sicher, dass ihr Geruch sich in den Stoff eingefressen hatte, obwohl er ihn schon mehrfach gewaschen und im Bad mit all seinen Silberfischchen zum Trocknen aufgehängt hatte.

Anschließend zog Freytag sich den Morgenrock über und trug mit ächzenden Knien den Karton auf den Dachboden, wo er ihn neben seinem alten Koffer voller Erstausgaben in den Staub stellte. Seine Frau hatte ihm stets verboten, diesen Schatz, den er über Jahre gesammelt hatte, in der Wohnung aufzubewahren. Er wurde wütend, wenn er nur daran dachte. Keine anständige Wohnung brauche mehr als ein Bücherregal, hatte sie behauptet, und sie dächte gar nicht daran, in einem Mausoleum toter Dichter zu hausen, das nach Staub und Buchläusen und eingefressenem Handschweiß stank.

Der Zorn verlieh ihm ungeahnte Kräfte, und so schleppte er den Koffer die Treppe hinunter. Es polterte gewaltig im Stiegenhaus, und er rechnete damit, dass Frau Weinheber bald ihre bärtige Visage herausstrecken würde, um sich über den Lärm zu beschweren. Aber das war ihm egal, im Gegenteil, er hoffte, dass sie auftauchen würde, während er noch das schwere Ungetüm hinter sich herzog, denn er wollte ihr gern einmal die Wahrheit darüber sagen, was er von nörgeligen alten Weibern hielt. Und dann würde er gleich noch hinzufügen, dass dieser Koffer, auch wenn er zu schwer zum Tragen war und man ihn auf unwürdige Weise hinter sich herziehen musste wie eine von Koliken geplagte Sau zur Notschlachtung, doch nur ein Bruchteil von dem wog, was die Concierge selbst auf die Waage brächte.

Zu seiner Enttäuschung aber schien Frau Weinheber ausgerechnet an diesem Abend ungewöhnlich fest zu schlafen. So ist das wohl bei fetten Menschen, dachte Freytag, dem es inzwischen gelungen war, den Koffer bis vor seine Wohnungstür zu schleppen. Er wischte sich den Schweiß von der Stirn.

Erst jetzt fiel ihm ein, dass er nicht mehr wusste, wo er den Schlüssel zum Koffer gelassen hatte. Er erinnerte sich, dass er ihn an einen besonderen Ort gelegt hatte, aber wo? Und wie er so dasaß und überlegte, schien es ihm gar nicht merkwürdig, dass er nie fand, was er suchte – er hatte ja in den letzten Wochen viel Zeit mit Suchen verbracht, zuletzt nach dem Manuskript. Aber auch wo der Dosenöffner, der Scheuereimer und das Toilettensoda sich befanden, hatte er erst herausfinden müssen. Er hatte in diesem Haushalt einfach nie etwas zu sagen gehabt, *sie* hatte immer alles bestimmt! Nur das Kruzifix, das hatte er eigenhändig neben dem Bett an die Wand genagelt, und sie hatte sich nicht getraut, etwas dagegen zu sagen. Ja, auch für seine Frau gab es Grenzen, und die waren offensichtlich bei Jesus am Kreuz erreicht, der immerhin sein Leben geopfert hatte, damit sie den Herbst ihres Lebens in glamourösen Hotels und in Sünde verbringen konnte.

Schließlich war Freytag so aufgebracht über den Zustand der Dinge, dass er trotz der späten Stunde und seiner schmerzenden Knie beschloss, seine Wohnung umzuräumen.

Zuerst rückte er die Küchenstühle weg, um Platz für seinen Ohrensessel zu schaffen, denn in dem hatte er es am bequemsten, und er saß ja doch meistens am Küchentisch und nicht im Wohnzimmer. Mit einem lauten Rums fiel der Sessel um, doch Freytag fuhr unbeirrt mit seiner Arbeit fort.

Plötzlich klopfte es an der Tür.

Ich komme, Frau Weinheber, dachte er. Mit einem Mal fühlte er sich müde und war gar nicht mehr darauf erpicht, ihren Busen vor Empörung wogen zu sehen. Zu seiner Verblüffung jedoch stand Lothar draußen, er war im Nachthemd und kreidebleich, in der Hand hielt er ein Nudelholz, und er zitterte am ganzen Körper.

»Brauchen Sie Hilfe?«

Lothar war von dem Lärm aufgewacht und hatte gleich das Schlimmste befürchtet. Es klänge ja, als bräche jemand bei Freytag ein und wollte ihn erschlagen, so etwas geschah ständig, er hatte davon gelesen, die Leute schlugen einander wegen eines Brotkrümels tot, es war wirklich furchtbar.

»Ziehen Sie um?«, fragte Lothar und betrachtete das Durcheinander.

Der Nachbar half ihm, das Sofa an seinen neuen Platz im Schlafzimmer zu tragen, und klagte nicht ein einziges Mal über seinen schlimmen Rücken oder seine Lungen. Zum Dank wollte Freytag ihn zu einem Pflaumenschnaps einladen, denn den hatte er sich wirklich verdient. Doch dann fiel ihm ein, dass die Flasche längst leer unter dem Waschbecken stand, zwischen all den nach saurem Aufstoßen riechenden Bierflaschen. Das Angebot eines stärkenden Absinth, von dem Freytag sicher war, dass er ihn irgendwo bei Liniment und Brustzucker hinten in der Speisekammer verwahrte, lehnte Lothar energisch ab; dieses Teufelszeug trank er nicht. Es sei gefährlich und sollte verboten werden, die Leute würden wahnsinnig davon und töteten ihre eigenen Familien. Nein, er wollte wirklich keinen, obwohl Freytag ihm versicherte, es sei echter Fischer-Absinth.

Freytag gab sich geschlagen und brühte eine Tasse Tee auf, die er dann selbst trinken musste, denn Lothar wollte nur ein Glas Wasser. Von Tee konnte er nicht schlafen und wurde zittrig am ganzen Körper. Darüber hatte Freytag noch nie nachgedacht, versprach aber, diesmal darauf zu achten. Als sie später wie zwei unselige Geister im Nachthemd nebeneinander auf dem Sofa saßen und an ihren Getränken nippten, wie in einem Nachtzug mit unbekanntem Ziel, sagte Freytag düster: »Sie wird nie wiederkommen. Niemals.«

»Das ist traurig.«

»Wir leben in merkwürdigen Zeiten, Lothar. Die Frauen haben das Korsett abgelegt und treiben sich in Kaffeehäusern herum, und wir sitzen hier und trinken Tee. Es ist doch wirklich ein Elend.«

»Aber am schlimmsten ist der Schweifstern«, sagte Lothar.

»Verzeihung?«

»Der Komet.«

»Ach so, der.«

»Glauben Sie, er kann mit der Erde zusammenstoßen?«

»Die meisten, die etwas davon verstehen, glauben nicht, dass das geschehen wird. Sie brauchen sich also nicht zu beunruhigen.«

»Meinen Sie?«

»Die Straßenbahnen dagegen. Da muss man gut aufpassen, dass man nicht mit denen zusammenstößt.«

»Als der Komet sich das letzte Mal gezeigt hat, muss er enorme Zerstörungen und großes Elend gebracht haben. In New York hat es tagelang gebrannt, und in großen Teilen Mittel- und Südamerikas ist Krieg ausgebrochen – in Kuba, glaube ich, und an vielen anderen Orten –, und irgendwo im tiefsten Afrika wurden unzählige Menschen massakriert. Nein, das fühlt sich wirklich nicht gut an, bestimmt gibt es bald Krieg, Sie werden schon sehen. Und wir haben doch schon so viel Elend, all die Erdbeben und Überschwemmungen in der letzten Zeit. Wussten Sie eigentlich, dass man auf den Straßen von Paris inzwischen mit dem Boot fahren muss? Das Hochwasser der Seine steht bei über acht Metern! Das ist doch nicht normal.«

»Ach, kümmern Sie sich nicht darum, das ist doch bloß Aberglaube. Es hat nichts mit dem Kometen zu tun.«

»Nein, natürlich nicht. Ich habe ein Interview mit einer alten Dame gelesen, die das letzte Mal dabei war, als der Komet kam.«

»Das ist doch das Gleiche wie mit diesem Giftgas. Die versuchen doch nur, den Leuten Angst einzujagen, damit sie ihre Zeitungen besser verkauft bekommen.«

»Gas? Was für Gas?«

»Ach, nichts«, sagte Freytag und schlürfte seinen Kamillentee. »Ich muss da etwas verwechselt haben ...«

Doch Lothar blieb hartnäckig; Freytag blieb nichts anderes übrig, als ihm zu erzählen, was er in der *Neuen Freien Presse* gelesen hatte. Und obwohl er eindringlich darauf hinwies, dass an diesen Behauptungen nichts dran sei, dass diese Zeitung wirklich alles andere als glaubwürdig wäre, wurde Lothar so blass, dass er sich entschuldigen und wieder in seine Wohnung hinuntergehen musste. Er fühle sich plötzlich nicht gut, sagte er.

Freytag, der Gewissensbisse empfand, fielen die Kometentabletten ein, die er auf dem Heimweg von seinem schönen Mittagessen mit der noch schöneren Intruistino Rosita gekauft hatte. Er eilte in den Flur und kramte in seiner Jackentasche.

»Hier«, sagte er, und überreichte Lothar die Schachtel. »Falls sich doch herausstellt, dass es wahr ist, was es sicherlich nicht tut. Eine Vergiftungsprophylaxe.«

»Aber brauchen Sie die denn nicht selbst? Wir können doch teilen.«

»Ich habe meine Katharinen-Pflaumen«, erwiderte Freytag.

»Die sind doch nicht gefährlich?«

»Ich habe sie selbst schon genommen«, sagte Freytag, »mit Erfolg.«

In seiner Aufregung vergaß Lothar sogar sein Nudelholz auf dem Tisch. Freytag schloss die Tür ab und ging zu Bett. Und während er sanft ins Vergessen hinüberglitt, dachte er erneut an Intruistino Rosita.

Evidenzbureau, Kriegsministerium,
Am Hof, Wien, 26. Juli 1903

Leutnant Stocker klopfte an die Tür des Ersten Stabsoffiziers.

»*Herein!*«

»Der Bericht, Oberst.«

Oberst Hordliczka, Chef des Evidenzbureaus, streckte die Hand aus. Der Leutnant überreichte ihm das Schriftstück und stellte sich in Habacht vor dem Schreibtisch auf.

»Wie lange sind Sie jetzt schon bei uns, Leutnant?«

»Bald drei Monate, Oberst.«

»Gefällt es Ihnen in der Italienischen Gruppe?«

»Es ist mir eine Ehre, meinem Vaterland dienen zu dürfen. Und Wien ist eine wundervolle Stadt.«

»Wir sind eine große Familie hier beim Nachrichtendienst. Wenn Sie Kummer haben, kommen Sie zu mir. Familienangelegenheiten werden nicht mit Außenstehenden besprochen, verstanden?«

»Mir sind die Verhaltensregeln bekannt, Oberst.«

Oberst Hordliczka beugte sich über den Tisch.

»Das gilt auch für die Leute vom Außenministerium … Lassen Sie sich nicht dadurch verunsichern, dass wir ihnen untergeordnet sind. Wir sind allein dem obersten Befehlshaber gegenüber verantwortlich. Der Kaiser ist einer von uns, ein Militär. Die Beamten … Hätten wir nicht unsere Militärattachés in den Botschaften, wären wir nicht so gut über die außenpolitischen Fragen unterrichtet. Seien Sie also auf der Hut.«

Der Oberst senkte den Blick auf den Schreibtisch. Sein kurzes schütteres Haar teilte sich in einem Seitenscheitel.

»Sie kommen aus Graz, steht in Ihrem Profil. Haben sich mit administrativen Dingen beschäftigt …«

»Ich war unter anderem für die Zusammenfassung der Berichte von Aufklärern und Informanten zuständig. Irgendwann würde ich gern selbst ins Feld gehen. Bisher habe ich nur Schreibtischarbeit gemacht.«

»Gerade dem Papierkram haben Sie es zu verdanken, dass Sie in die Hauptstadt versetzt worden sind, Leutnant. Feldarbeit kann jeder. Soweit ich weiß, sind Sie derjenige, der am besten über die Verwicklungen des Vatikans Bescheid weiß.«

»Wir kümmern uns vor allem um das Vereinte Italien.«

»Das hat uns noch gefehlt! Sie glauben wohl, wir hätten Ressourcen für alles Mögliche? Wir müssen Prioritäten setzen, entscheiden, wo unsere Arbeit am meisten gebraucht wird, also auf dem Balkan und nicht zuletzt in Russland. Das verstehen Sie doch?«

Oberst Hordliczka öffnete den Bericht und begann zu lesen. Er brummelte etwas in seinen Schnurrbart. Hin und wieder runzelte er die Stirn und strich mit dem Stift etwas an. Als er fertig war, schlug er das Dokument wieder zu, zog eine Zigarre aus der Kiste und lehnte sich in seinem Stuhl zurück.

»In Ihrer Akte steht, Sie beherrschen sieben Sprachen?«

Der Leutnant reckte sich.

»Ich habe viele gelernt, Oberst. Aber richtig kompetent fühle ich mich höchstens in einer Handvoll von ihnen. Französisch, Italienisch, Englisch. Mein Ungarisch ist etwas holprig, aber keineswegs unbrauchbar …«

Oberst Hordliczka biss die Zigarrenspitze ab und spuckte sie in den Papierkorb.

»Sie haben Deutsch nicht erwähnt«, sagte er und zupfte sich Tabak von der Zunge. »Das erklärt vielleicht die Mängel. *Selbstmörder* – können Sie das mal buchstabieren?«

Leutnant Stocker fixierte das Emailschild an der Wand über dem Kopf seines Vorgesetzten: Auf goldenem Grund breitete der Doppeladler seine Flügel aus.

»Ich dachte, Unfall wäre ein besseres Wort, Oberst. In Anbetracht der Umstände. Der Kaiser hat doch streng verboten, den Thronfolger …«

»Sie glauben doch nicht allen Ernstes, Staatssekretär Rampolla würde dem Kronprinzen aufgrund eines normalen Jagdunfalls ein kirchliches Begräbnis verweigern?«

»Selbstverständlich nicht, Oberst.«

»Da sehen Sie, wie es endet, wenn Sie denken. Tun Sie es nicht.«

»Es wird nicht wieder vorkommen, Oberst.«

Oberst Hordliczka zündete die Zigarre an. Er zog die Augenbrauen zusammen.

»Was ist mit Ihrer Handschrift, Leutnant? Ist sie unleserlich?«

»Sie ist wohl wie die meisten anderen.«

»Aber Sie haben den Bericht mit der Maschine geschrieben. Können Sie nicht mit der Hand schreiben?«

»Doch, natürlich.«

»Ich hoffe, Sie schreiben ordentlich. Wissen Sie nicht, dass der Kaiser sich weigert, Maschinegeschriebenes zu lesen? Was lernen Sie eigentlich in der Militärschule? Geheimdienstarbeit hat nichts mit hohlen Spazierstöcken zu tun, Leutnant Stocker, oder mit toten Briefkästen, falschen Bärten und so weiter … Vergessens Sie's. Der wirkliche Kampf findet hier, hinterm Schreibtisch statt. Nachrichten sind nie besser als das, was man aus ihnen macht.«

Der Leutnant schaute betreten zu Boden. Seine Wangen glühten. Der Chef des Evidenzbureaus betrachtete ihn mit undurchdringlicher Miene. Er kaute auf der Zigarre. Die Wanduhr tickte.

»Ich gebe Ihnen eine zweite Chance«, sagte er nach einer Weile und stieß den Rauch aus. »Sie sind neu. Und jung. Wir machen alle Fehler. Sie können trotz allem nicht ganz unfähig sein, wenn Sie ins Hauptquartier versetzt worden sind. Der Bericht ist gar nicht schlecht. Aber Sie müssen klarer sein in Ihrer Beurteilung. Der Staatssekretär ist kein *potentielles Risiko,* er ist *eine echte Gefahr.* Er ist nicht *franzosenfreundlich* – er ist *ein Feind Österreichs.* Sehen Sie den Unterschied?«

»Rampolla ist ein Feind Österreichs. Verstanden, Oberst.«

Oberst Hordliczka öffnete die Schublade, zog eine Mappe heraus und warf sie auf den Schreibtisch.

»Das ist eine als Geheimsache gestempelte Akte aus dem Mayerling-Dossier«, sagte er. »Es geht darin um die Sicherheit des Reiches. Nur wenige Menschen kennen sie, und so soll es auch bleiben. Es sind ein paar Dinge hinzugekommen, über die der Kaiser vor der Papstwahl informiert werden muss. Zum Beispiel gibt es Hinweise darauf, dass der Kronprinz einem politischen Komplott zum Opfer gefallen ist, welches das Ziel hatte, die Allianz mit Deutschland zu zerstören; dass die Franzosen hinter dem Unfall stecken. Das würde jedenfalls die merkwürdigen Umstände erklären sowie Kardinal Rampollas Affront. Unsere Alliierten haben uns mit diesen Informationen versorgt. Sie verstehen sicher, was diese Enthüllungen bedeuten. Ich bringe Ihnen ein Vertrauen entgegen, Leutnant, das weit über Ihre Erfahrung und Ihren Rang hinausgeht. Ich hoffe, dass Sie der Aufgabe gewachsen sind. Sie erstatten weiterhin nur mir persönlich Bericht. Keine Zwischenmänner.«

Leutnant Stocker schlug die Hacken zusammen.

»Sie können sich auf mich verlassen, Oberst!«

»Das will ich hoffen. Um Ihretwillen. Wenn Sie nicht nach Graz zurückwollen, Briefmarken sortieren. Und keine eigenen Gedanken mehr.« Oberst Hordliczka reichte ihm mit ernster Miene die Mappe. »Sie kopieren das Material, so wie es da steht. Vergessen Sie nicht, Sie haben von diesem Bericht nichts gesehen und gehört.«

»Was für ein Bericht, Oberst? Ich weiß nicht, wovon Sie reden.«

Der Offizier sah ihn streng an.

»Deutlich kompetentere Rotzlöffel als Sie haben Ihre Karrieren ruiniert, weil sie nicht wussten, wo ihr Platz ist, Leutnant

Stocker«, flüsterte er heiser. »Ich empfehle Ihnen, mich künftig mit solchen Späßen zu verschonen. Heben Sie die für die Messe auf. Wenn Sie einfach aufhören zu denken und tun, was man Ihnen sagt, können Sie es vielleicht zu etwas bringen.« Er aschte ab. »Wer weiß, vielleicht werden Sie eines Tages Militärattaché. Aber hüten Sie Ihre Zunge!«

»Danke, Oberst.«

»Stehen Sie nicht so dumm rum! Abtreten!«

Freytag ließ die Schultergelenke kreisen und zog den Umschlag mit dem erbrochenen Siegel aus der Schublade. Wenn er schon nicht selber schreiben konnte, so konnte er doch zumindest an Barschs Manuskript arbeiten.

Mit zittrigen Fingern zog er den Blätterstapel heraus und legte ihn vor sich auf den Tisch. Behutsam richtete er ihn aus und las den schwer zu deutenden Titel: »Der flasche Freund«. Dann saß er regungslos da und betrachtete das Titelblatt, während es in seinen Gedärmen rumorte.

Unvermittelt musste er an den Herbst denken. Es war eindeutig die schönste Jahreszeit, die Jahreszeit der Intelligenten. Jeder Beliebige konnte sich über die Gaukeleien des Frühlings entzücken, über das trügerische Ausschlagen der Blätter, doch die Schönheit des Ausatmens in der Natur entging den Toren. Sie sahen im Herbst nur den nahenden Untergang und bemerkten nicht, dass der Abenddämmerung etwas Liebliches eignete, das der Morgendämmerung fehlte. Am unerträglichsten war die Schönheit des Lebens doch stets am Rande des Abgrunds. *Herbst*, diese stille Zeit der Farbenpracht, ein letztes virtuoses Feuerwerk, in dem die Natur noch einmal zeigte, was sie konnte; nicht geschmacklos wie der sorglose Frühling, der mit seiner Kraft verschwenderisch umging, sondern elegant, fast melancholisch. Und dann senkte sich der Winter mit seinem Vergessen herab.

Als die Glocke der Mariahilfer Kirche zehnmal schlug, schreckte er auf, er hatte mindestens eine halbe Stunde so dagesessen. Obwohl er sich sagte, dass er nur das Blatt in die Hand nehmen musste, um mit dem Unvermeidlichen zu beginnen, blieb er weiter wie erstarrt sitzen.

Wenn ihn jemand gefragt hätte, warum er das Manuskript nicht las – denn er hatte ja einige Gründe, dies zu tun; er hatte den Auftrag nun einmal angenommen, und es geschah auch nicht jeden Tag, dass ein so berühmter Autor mit einem neuen Roman herauskam. Zudem war es keiner anderen Menschenseele als ihm allein vergönnt, der Erste zu sein, der es las – wenn ihn jemand zu alldem befragt hätte, während er dort saß und spürte, wie ihm der Hintern allmählich einschlief, hätte er wahrlich keinen Mangel an Ausflüchten gehabt, die er zu seiner Verteidigung hätte vorbringen können: Er hatte bereits mehrere Manuskripte von Barsch gelesen, alle, um genau zu sein, und sie waren sehr anstrengend für das Gehirn, denn sie waren in einer Handschrift verfasst, die der Phantasie reichlich Spielraum ließ. Auch hätte er all die Mängel anführen können, von denen er wusste, dass sie sich hinter dem Titelblatt verbargen: all die Rechtschreibfehler, verdrehten Buchstaben und scheinbar zusammenhanglosen Sätze. Mit gutem Gewissen hätte er sagen können, dass er ein viel zu ausgeprägtes Gefühl für die deutsche Sprache besäße, als dass er sich einem so massiven Angriff auf den Teil seines Gehirns aussetzen wollte, der für die Satz- und Wortfolgelehre zuständig war, ganz zu schweigen vom Sprachgefühl, und dass seine geistige Gesundheit es ihm eigentlich verbot, sich mit diesem Text zu beschäftigen. Er hätte auch auf mildernde Umstände plädieren können, weil er eigentlich pensioniert war und nicht mehr gut schlief, seit den längst vergangenen Tagen seiner Jugend, in denen er nicht bereits zur frühen Morgenstunde hatte aufstehen müssen, um in einem spärlichen, kraftlosen Rinnsal Wasser zu lassen, und dass er de facto einen eigenen Roman zu schreiben hatte, oder aber auch, dass er seine Esperanto-Hausaufgaben noch nicht gemacht hatte und schon riskierte, ins Hintertreffen zu geraten; dass er noch nicht einmal den Rosenkranz gebetet hatte, dass sein Bauch wehtat und seine Knie ebenfalls und dass er eigentlich zum Laden neben der Kirche hinuntergehen und einkaufen musste, denn er hatte nur noch eine einzige Büchse Sardinen im Haus und keine Flasche Bier.

All diese Gründe hätte er anführen können, ohne zu lügen, und noch viele obendrein, aber damit hätte er die eigentliche Ursache seines inneren Widerstands nicht verraten, ein Hindernis, das ihm so unüberwindlich vorkam wie der tiefste Burggraben und das so schwer zu verstehen und so unwahrscheinlich, um nicht zu sagen absurd war, dass er es nicht einmal sich selbst einzugestehen wagte – einsam wie er war, in seiner trostlosen Wohnung mit dem Ohrensessel in der Küche und dem Sofa im Schlafzimmer und einem Wecker, der tickte, dass einem davon die Ohren wehtaten. Dass er nämlich deshalb auf das Titelblatt starrte, ohne umzublättern, bis der Schriftzug seine Netzhaut verätzte und er etwas empfand, das an Schneeblindheit erinnerte, weil er Panik empfand – er war vor Angst wie gelähmt.

Freytag wagte nicht, das Manuskript zu lesen, weil er wusste, was ihn erwartete. Mit einer Gewissheit, die keinen Raum für Wunschdenken ließ, ahnte er, dass Barsch einen weiteren Goldklumpen aus seinem chaotischen Hirn herausgewaschen hatte, eine Erzählung, die ihm in ihrer unaussprechlichen Wahrheit und durch ihren messerscharfen Blick den Boden unter den Füßen wegziehen würde, die ihn zu Tränen rühren und so erschüttern würde, dass er fürchtete, den Verstand zu verlieren. Er fühlte sich außerstande, sich ein weiteres Mal mit der Genialität dieses Autors zu konfrontieren, und mit der Einsicht, dass er selbst niemals etwas Vergleichbares würde schaffen können, selbst wenn er seinen Hintern nie mehr von diesem Schreibtischstuhl erheben würde – eine Einsicht, die noch bitterer wurde durch das Wissen, dass er selbst es war, der dadurch, dass er ihm die unnachahmliche Stimme schenkte, die für immer mit dem großen Autor verbunden war und deshalb ihrem rechtmäßigen Eigentümer niemals die Anerkennung verschaffen würde, die dieser verdiente, dass er, Freytag, es war und niemand sonst, der Barsch das Werkzeug an die Hand gab, seine grenzenlose

Begabung auszuleben. Er fürchtete, dass es den letzten Funken Lebenskraft aus seinen abgenutzten Gliedern ziehen würde: das Wissen darum, dass dieser Mann, der nicht einmal die Oberschule abgeschlossen hatte und sich kaum die Schuhe binden, geschweige denn diesen Vorgang buchstabieren konnte, von Gottes Hand gesegnet war, während er selbst, der seine Sprache gehegt und gepflegt hatte wie ein kostbares Gut, wie sein eigenes, ungeborenes Kind, und der nur den einen bescheidenen Wunsch hegte, ein einziges Mal die Früchte seiner Einbildungskraft gedruckt zwischen zwei Buchdeckeln zu sehen, ehe er bereitwillig und mit einem Lächeln auf den Lippen abtrat, dass er nicht einmal ein winziges bisschen von dieser überströmenden Erzählgabe abbekommen hatte, um sich den unbändigen Wunsch zu erfüllen, mit dem der Allmächtige ihn geschlagen hatte.

Freytag glaubte einfach nicht, dass er das aushalten könnte, dass er die Kraft aufbringen würde, den dunklen Trieben zu widerstehen, die ihn plagten; die seine Nächte in ein Inferno verwandelten und sein Schlafzimmer in eine Folterkammer; die ihn Tag und Nacht unerbittlich heimsuchten – ein Fegefeuer, dem er niemals entkam, das ihn dazu trieb, seine sauren Zigarillos zu rauchen, bis ihm die Hände zitterten, denn wo sucht man Schutz vor sich selbst, vor seinem eigenen Begehren?

Mein Hintern ist eingeschlafen, dachte Freytag, als er allmählich die Herrschaft über seinen Körper wiedergewann, also lebe ich noch. Er stopfte das Manuskript in den Umschlag zurück und legte ihn in die Schreibtischschublade, die er zweimal abschloss. Den Schlüssel tat er in ein Glas mit Knöpfen und Stopfnadeln in der Küche.

Warum nur hatte er eingewilligt, diesen Text zu redigieren? Er hätte es besser wissen müssen. Nur weil Rositas Lippen an sonnengereifte Aprikosen erinnerten und weil die Rosen blühten … Du bist ein Narr, Freytag, ein eitler Narr …

Er ging einkaufen. Auf dem Rückweg hielt er am Briefkasten

inne. Vorsichtig hob er den Deckel und schaute hinein: Unten auf dem Boden lag etwas und glänzte. Er wollte sich einreden, es sei eine weitere Nachricht von Schlink, aber er wusste ja, dass die Nachrichten des Cheflektors ebenso grau und matt waren wie dessen Seele, und er spürte einen Klumpen im Magen. Neapel, dachte er, oder Capri. Der Gedanke machte ihn so beklommen, dass er den Deckel wieder schloss und in seine Wohnung hinaufging.

Wieder setzte er sich hin, um zu schreiben, aber der Gedanke an den Brief ließ ihm keine Ruhe. In Gedanken ging er die gesamte apenninische Halbinsel durch, vom oberen Rand des Stiefels bis zu seinem äußersten Absatz, wie er sie aus dem Geographieunterricht seiner Kindheit in Erinnerung hatte, und es gelang ihm nicht, auch nur ein einziges Wort zu Papier zu bringen. Schließlich stand er auf, um seiner Qual ein Ende zu bereiten.

Es war ein glänzender Umschlag, ursprünglich an das Sperl adressiert. Herr Klaus – er erkannte die sich neigende Handschrift sofort – hatte ihn nachgesendet, was ihm vollkommen unverständlich war; vielleicht hatte die schimmernde Beschaffenheit des Umschlags den Oberkellner zu einer solchen Übersprungshandlung gebracht. Freytag ging in sein Schlafzimmer, nahm den Brieföffner und öffnete das Kuvert. Es enthielt eine Einladung, eine Bitte zum Souper. Absender war Herr Dr. Rainer Signori. Adresse: Ringstraße.

Es musste einer dieser kostspieligen Paläste sein, die er während so vieler Spaziergänge bewundert und von denen er sich stets gefragt hatte, wer sich hinter diesen Fassaden verbarg. Signori war offensichtlich ein bedeutender Mann mit gut gehenden Finanzen; die Tuchbranche musste sehr lukrativ sein. Ihm fiel ein, dass er Signori nicht nach seinem Doktortitel gefragt hatte. Welcher akademische Zweig mochte sich sinnvollerweise für einen Stoffhändler eignen?

Evidenzbureau, Kriegsministerium,
Am Hof, Wien, 25. Juli 1903

Oberst Hordliczka fuchtelte mit den Armen und hielt sich an der Uniform des jungen Leutnants fest. Sie machten ein paar unfreiwillige, stolpernde Walzerschritte – wie zwei betrunkene Kavaliere, Ringer, die einander zu Fall zu bringen versuchten. Die Papierbögen schwebten für einen Moment in der Luft. Grunzend und zeitgleich mit dem Geräusch des zu Boden fallenden Papiers kamen sie schließlich mit einem Aufprall in halb kniender, halb stehender Umarmung an der Wand zum Stehen. Dann war es still. Man hörte nur noch ihre Atemzüge; in einem der Zimmer hackte ein Kundschafter seinen Bericht in die Schreibmaschine.

Hordliczka fand sich zuoberst, das Gesicht an die Brust des Leutnants gepresst.

»Passen Sie doch auf, Mann!«

Der Leutnant, der sich vom Gewicht seines Vorgesetzten zu befreien versuchte, indem er sich mit den Unterarmen von der Wand abstieß, fiel nach hinten, als dieser seine Uniform losließ. Er taumelte rückwärts und salutierte errötend.

»Verzeihung, Oberst …«, brachte er hervor. »Das war meine Schuld. Ich war in Gedanken.«

Hordliczka schlug verärgert die Hand weg, die der andere ihm reichte, und zog sich am Handwaschbecken hoch. Missbilligend betrachtete er den Leutnant von Kopf bis Fuß.

»Ein Kundschafter des Kaisers geht nicht mit dem Kopf unterm Arm spazieren!«

»Es wird nicht wieder vorkommen …«

Der Oberst zog seine Uniform zurecht.

»Sehen Sie zu, dass Sie das sofort aufheben«, fügte er hinzu und stieß ein paar Dokumente mit der Stiefelspitze an. »Dafür haben Leute ihr Leben riskiert.«

Vor dem Zeitungsraum, wo die Offiziere des Nachrichtendienstes sich auf den neuesten Stand brachten, blieb der Chef des Evidenzbureaus stehen und warf einen Blick über die Schulter. Der junge Leutnant kniete auf dem Boden und sammelte die Papiere ein.

Oberst Hordliczka schüttelte den Kopf und humpelte weiter Richtung Nachrichtendienst. Der Zweite Stabsoffizier hatte sein Büro am Ende des Korridors. Es zeigte, wie es dessen Position entsprach, auf den Marktplatz hinaus. Ohne zu klopfen, trat Hordliczka ein.

Major Edel blickte von der Karte auf, die vor ihm auf dem Schreibtisch lag. Seine Augen waren grau, sein Blick messerscharf.

»Ist etwas passiert, Oberst?«

»Es ist ein Wunder, dass ich nicht gestürzt bin«, brummte Hordliczka und fuhr sich mit der Zunge über die Lippen. »Ich hätte von ihm verlangen sollen, sich zu legitimieren. Ich glaube, ich habe ihn hier noch nie gesehen.«

Das Haar des Majors bewegte sich unmerklich im Luftzug des offenstehenden kleinen Fensters hoch oben, als er die Arme auf dem Tisch aufstützte. Er runzelte die Stirn.

»Ich bin auf dem Flur von einem hoch aufgeschossenen Grünschnabel angerempelt worden«, fuhr Hordliczka fort. »Er kam ganz plötzlich mit einem Stapel Papier unterm Arm aus dem Archiv gerannt. Einer Ihrer Leute, nehme ich an. Ein Zusammenstoß war unvermeidlich. Hätte ich in meiner Jugend nicht am Fechttraining teilgenommen, wäre ich glatt auf die Nase gefallen.«

Der Mann, der den operativen Teil des Büros leitete, Freunde und Feinde des Kaisertums überwachte und verantwortlich für die wirklichen Abenteurer im Dienste Seiner Majestät war – für diejenigen, die nicht nur in ihren Büros die Berichte zusammenstellten und auswerteten, wie die übrigen Evidenzgruppen, sondern diese aktiv sammelten und bereithielten –, verzog den Mund und senkte den Blick wieder auf die Karte.

»Ein großer, schlaksiger Mann?«

»Er hatte den Grad eines Leutnants«, sagte Hordliczka und betrachtete seine Finger, als suche er nach Anzeichen von Blut.

»Das muss der neueste Zugang sein, ein Leutnant Stocker. Er gehört nicht zum aktiven Organ. Kommt von unserem Kontor in Graz, das einen Teil unserer verstärkten Überwachung Italiens ausmacht.«

»Das klingt ja beruhigend …«

»Seine Kenntnisse können uns noch nützlich werden«, sagte der Major und zog mit dem Stift einen Strich entlang des Lineals. »In letzter Zeit haben die Italiener ihre Spionage gegenüber Österreich ausgeweitet. Wir vertrauen ihnen nicht. Wir wissen nicht, wo sie stehen, wenn es hart auf hart kommt.«

Oberst Hordliczka ging zum Tisch und fuhr mit dem Finger über die Karte.

»Sie waren schon immer das schwache Glied der Allianz.«

»Eisenbahnlinien«, erklärte der Major, »in Russland … Unsere Spione waren auf ihren Erkundungsreisen sehr erfolgreich. Allmählich haben wir einen Überblick über ihre Möglichkeiten zu Truppenverschiebungen.«

Hordliczka brummte irgendetwas Unverständliches und trottete zur Kommode. Er warf einen Blick auf die Karaffe und dann auf den Major.

»Bedienen Sie sich«, sagte Edel. »Wenn Sie wollen, kann ich ihm die Ohren langziehen, dem Neuling.«

Der Oberst schenkte sich ein Glas Cognac ein und ging zum Fenster. Er zog die Vorhänge zur Seite und schaute auf den Platz. Durch die Sprossen sah er General Radetzky auf seinem bronzenen Springer den Arm über die Sonnenschirme ausstrecken; wie ein Mast erhob sich weiter hinten die Mariensäule aus dem bunten Flickenteppich. Ein Fahrrad holperte auf den Pflastersteinen vorbei und bog in einer wackligen Kurve in die Bognergasse ein.

»Was halten wir eigentlich von den Meldungen aus Italien?«

»Der Oberst meint die Nachrichten unseres Gesandten in Rom?«

»Den, der so inhaltsleere Artikel schreibt«, sagte Hordliczka und nahm einen Schluck.

»Es ist nur eine Variante des Gerüchtes, das floriert, seit der Tod des Kronprinzen bekannt geworden ist. So etwas kann man überall aufschnappen, in der Messe oder im Kaffeehaus. Sie haben keine Beweise für ihre Behauptungen.«

Der Oberst riss sich vom Fenster los und sank in den Besucherstuhl.

»Er hatte ja eine Vorliebe für die Franzosen …«

»Wir hatten ihn längere Zeit unter Beobachtung. Hätte es ein Komplott gegeben, den Kaiser zu stürzen und Seine Majestät durch den Thronfolger zu ersetzen, hätten wir das erfahren, egal ob Russen oder Franzosen dahintergesteckt hätten. Seine Franzosenmanie war eher eine eitle Masche. Der Kronprinz war leicht zu beeinflussen; Descartes, Voltaire … Der Gedanke, dass er bei so etwas mitgemacht hätte, scheint mir absurd.«

Der Oberst nickte.

»Kardinal Rampolla hatte recht. Das habe ich auch immer gedacht. Aber man weiß nie.«

»Es war Selbstmord, kein Zweifel. Erst hat er das arme Mädchen erschossen und dann, einige Stunden später, sich selbst.«

»Ich frage mich, was ihm in diesen Stunden durch den Kopf gegangen ist …«

»Er war labil«, nahm der Major den Faden auf, »genau wie seine Mutter. Er trank zu viel. Wahrscheinlich hatte er Syphilis. Ich vermute, so rechtfertigte der Kaiser seine *mentale Kränklichkeit*. Er war schon lange niedergeschlagen und verwirrt. Wir wissen von Abschiedsbriefen. Wahrscheinlich hat er die Schauspielerin dazu gebracht, eine Art Selbstmordpakt mit ihm zu schließen, er war da ein bisschen sentimental. Anfangs glaubten wir, es wäre eine Art Unfall gewesen. Dass Kronprinz Rudolf versehentlich die Baronesse getötet hätte und dann keinen anderen Ausweg sah. Aber nach unserem Gespräch mit der Polizei mussten wir das ausschließen.«

»Dass der Kardinalstaatssekretär dem Kronprinzen ein kirchliches Begräbnis verwehrt hat und sich standhaft weigerte, einen Kompromiss einzugehen, war wirklich taktlos«, sagte der Oberst und nippte an seinem Glas. »Aber nicht weiter verwunderlich ...«

»Hätte der Kaiser dem Papst keinen Brief geschrieben und mit seiner Abdankung gedroht, dann würde der Sohn mit Sicherheit nicht in der kaiserlichen Krypta liegen.«

»In gewisser Weise hat Franz Joseph in jenem Winter abgedankt«, meinte Hordliczka und schluckte nachdenklich. »Er ist seitdem nicht mehr der Alte. Und ein so gealterter und gebrochener Oberbefehlshaber macht uns verletzlich. Jetzt hat er jedenfalls die Gelegenheit, sich an dem Staatssekretär zu rächen. Ist Rampolla wirklich Freimaurer?«

»Nicht ausgeschlossen. Die Italiener scheinen das zu glauben.«

Träge drehte der Oberst das Glas zwischen den Fingern.

»Was haben sie vor?«

»Wir können davon ausgehen, dass sie in eigener Sache agieren. Mit dem Heiligen Stuhl haben sie ein ganz schönes Elend an der Heimatfront. Große Teile der Bevölkerung sympathisieren noch immer mit dem Papst. Rampollas Franzosenfreundlichkeit und seine Nähe zu den Russen sind erwiesen. Aber der Staatssekretär und ein vorgebliches Komplott ... Das sind reine Verleumdungen. Anscheinend haben die Italiener mehr Angst vor ihm, als wir dachten. Österreich hat ebenfalls gute Gründe, den Staatssekretär vom Thron fernzuhalten. Rampolla hat gegenüber dem Kaiserreich Partei für die slawischen Bischöfe ergriffen.«

»Der Außenminister vertritt dieselbe Linie«, sagte der Oberst und strich sich über den Schnurrbart. »Er hat uns kürzlich angerufen, und es schien ihm sehr dringlich zu sein.«

»Kaiser Wilhelm übt in dieser Frage ebenfalls Druck aus, Frankreich ist schließlich ihr Erzfeind.«

»Wer weiß alles von diesen Meldungen?«

»Der Militärattaché in Rom natürlich, zwei bis drei Männer hier im Nachrichtendienst ... alle, die damit befasst sind.«

»Das Außenministerium?«

»Das bezweifle ich.«

»Merkwürdig. Goluchowski hat besonders unterstrichen, wie wichtig es wäre, dass Österreich sich seines Vetos gegen Rampolla bedient. Er wollte sich *versichern,* dass das Bureau den Kaiser anlässlich der bevorstehenden Papstwahl *adäquat* unterrichtet. Damit er à jour mit der Lage wäre, wie er es nannte, mit den *Risiken.* Ich habe ihm erklärt, dass der Kaiser seine Berichte einmal pro Woche erhält, wie immer. Er brauche sich nicht zu beunruhigen, wir seien vollkommen in der Lage, unsere Arbeit ohne seine Einmischung zu verrichten. Doch er hielt stur an der Frage mit dem Staatssekretär fest. Ich kann das nicht anders deuten, als dass er möchte, dass wir Rampollas Rolle in der demütigenden Behandlung des Kaisers nach dem Selbstmord des Thronfolgers hervorheben. Goluchowski scheint sich nicht sicher genug zu sein, dass Franz Joseph sich tatsächlich des Vetorechtes bedient. Ist es nicht merkwürdig, dass er sich ausgerechnet da an uns gewandt hat, als wir selbst gerade die Nachrichten hereinbekamen?«

»Der Außenminister will vor allem die Beziehungen zu Italien verbessern. Die Balkanfrage, Albanien, die italienischen Provinzen ... all das liegt wie ein Schatten über der Beziehung zu unseren Alliierten.«

»Er ist ein rückgratloser Hänfling. Und jetzt will dieser Traumtänzer, dass wir seine schmutzigen Geschäfte für ihn erledigen.«

»Die Frage ist, was wir mit den Auskünften machen.«

»Wenn es zum Krieg kommt, sollten wir den Papst auf unserer Seite haben. Nicht zuletzt für die Rekruten, für die Moral.«

»Ich denke, wir lassen die Sache am besten auf sich beruhen.«

»Die Nachgiebigkeit des Außenministers und sein Streben nach Frieden sind lebensgefährlich. Diese duckmäuserische Haltung wird uns eines Tages noch teuer zu stehen kommen. Denken Sie an meine Worte! In Kombination mit der Schwäche des Kaisers kann das richtig schlimm ausgehen. Vielleicht sollten wir seine Besorgnis nicht allzu bald zerstreuen.«

»Es gibt keine Veranlassung, den Kaiser mit bloßen Behauptungen zu beunruhigen. Sie wissen, was für eine heikle Frage das ist, Oberst. Der Kaiser weiß nur zu gut, wie es mit dem Staatssekretär bestellt ist. Er wird die Erniedrigung nicht so schnell vergessen. Die Wahrheit genügt in diesem Falle vollkommen.«

Unten auf dem Marktplatz bellte ein Hund. Hordliczka stellte sein Cognac-Glas auf der Armlehne ab.

»Ich sehe das genau anders herum«, sagte er nach einer Weile. »Vielleicht können unsere Informationen ihn aufrütteln, sodass er endlich aufwacht. Der gute Franz Joseph ist allzu lange gleichgültig gewesen ... Das *Deuxième Bureau* ist dem unseren weit überlegen, sowohl was die Besetzung als auch was die Ressourcen angeht. Genauso der Nachrichtendienst des Zaren. Man wird an uns vorbeiziehen. Wir müssen ihn dazu bringen, die Stacheln aufzurichten, wieder für das Kaiserreich einzutreten.«

»Mir gefällt das nicht«, sagte Major Edel und fuhr sich mit der Hand wiederholt über den Seitenscheitel. »Es wird auf uns zurückfallen, wenn es heißt, dass der Sohn in ein Komplott verwickelt gewesen sein soll ... Das können wir nicht tun.«

»Aber das ist es doch, was das Außenministerium will, und dem sind wir nun einmal unterstellt! Wir tun nur, was uns befohlen wird.«

»So plump würde Goluchowski nie vorgehen. Sicherlich weiß er gar nichts von diesen Informationen. Er will nur, dass wir den Ernst der Lage ein klein wenig verdeutlichen. Es ist doch allgemein bekannt, wie ungern sich der Kaiser in kirchliche Angelegenheiten einmischt.«

Der Oberst zuckte die Achseln, sodass die Uniformsterne unter seinem Kinn verschwanden.

»Missverständnisse entstehen so leicht. Wir tragen lediglich die Informationen der Italiener weiter, oder nicht? Es ist einfach in den Bericht hineingerutscht.«

»Das ist ein gefährlicher Weg …«

»Sie haben recht«, seufzte der Oberst und presste die Fingerspitzen an seine Nasenwurzel. »Wir müssen einen Sündenbock finden. Jemand muss den Kopf hinhalten, wenn es hart auf hart kommt …«

Das Leder des Schreibtischstuhls knarrte. Oberst Hordliczka leerte sein Glas und erhob sich mit einer Grimasse.

»Wie hieß er noch, der Grünschnabel?«

Major Edel sah blinzelnd zu seinem Vorgesetzten auf. »Leutnant Stocker?«

»Richtig, Leutnant Stocker. Er gehört doch zur Italienischen Gruppe, oder nicht?«

Freytag wünschte sich, Intruistino Rosita hätte an einem der vornehmen Fenster gesessen und hinter der Gardine hervorgespäht, als er im Frack und in einer Droschke, die eigentlich über seine Verhältnisse ging, die Ringstraße entlangklapperte.

Er musste an seinen Gastgeber denken, der es sich leisten konnte, in einem dieser Paläste zu wohnen. Gehörte Signori wirklich zu den Leuten, die ihre Sommerfrische an der Riviera verbrachten und sich in der Bar des Hotel Sacher die Zeit vertrieben? Er konnte es sich kaum vorstellen. Signori war doch ein frommer, gebildeter Mann, ganz und gar nicht wie diese moralisch verderbten Spitzen der Gesellschaft. Einer mit so klarem Blick für das Wesen der Dinge konnte für die abgehobene Dummheit der Noblesse doch nicht viel übrig haben.

Er fingerte an dem Rosenkranz herum. Seine Hände hatten den ganzen Nachmittag über unkontrolliert gezittert. Er war im Viertel um den Albrechtplatz umherspaziert – dort war er mit der Straßenbahn hingefahren, denn in der Nähe der Oper war am besten eine Droschke zu bekommen – und hatte auf seiner Taschenuhr herumgetrommelt, bis er endlich in einen der Wagen stieg. Er hatte sich vorgenommen, nicht zu fahren, bevor die Glocken der Michaelerkirche sieben geschlagen hatten, denn er wollte zur richtigen Zeit kommen, mit weltgewandter Verspätung. Nicht so viel später, dass es unhöflich gewesen wäre, aber doch so, dass er sicher sein konnte, nicht der Erste zu sein. Denn wer als Erstes kam, zeigte damit doch deutlich, dass er es nicht gewohnt war, zum Souper zu gehen.

Während er durch die Gassen geschlendert war und dabei immer wieder auf seine Taschenuhr geschielt hatte, hatte er überlegt, was ihn wohl erwarten mochte. Dabei war er plötzlich von solchem Selbstzweifel befallen worden, dass er schon überlegte, wieder nach Hause zu fahren. Doch der Gedanke, seinen neu gefundenen Freund zu enttäuschen, war schlimmer als die Angst, sich lächerlich zu machen mit seinem schäbigen Frack und seiner fehlenden Erfahrung mit höherer Gesellschaft. Deshalb setzte er seine Wanderung fort, in engen Lackschuhen und den Kopf voller Zigarettenstummel.

Er kam zu einem Tabakladen, an dem er bereits zweimal vorbeigegangen war, und obwohl er noch ein ungeöffnetes Päckchen Zigarillos in der Innentasche seines Jacketts hatte und es nun auch höchste Zeit wurde, sich auf den Weg zu machen, trat er ein.

»Ein Paket Ramleh-Zigaretten, bitte.«

»Versuchen Sie es mal am Bahnhof, die haben eine große Auswahl ausländischer Zigaretten.«

»Dann ist das wohl keine gängige Marke?«

»Jedenfalls keine, die wir führen. Ich habe den Namen noch nie gehört. Aber wir können Ihnen viele andere ausgezeichnete Sorten anbieten«, sagte der Ladenbesitzer und zeigte auf ein Regal, das Freytag mit seinen grellen Farben an die Flickendecke erinnerte, die er als Kind besonders gern gemocht hatte. »Memphis zum Beispiel.«

»Ich glaube, ich nehme mit einem Päckchen Zigarillos vorlieb.«

Jetzt, in der Droschke, unterwegs zum Souper, zwei Päckchen Zigarillos in der Tasche und Fledermäuse im Bauch, hoffte er inständig, dass seine Hände ihn nicht im Stich lassen würden. In größeren Gesellschaften hatte er sich noch nie wohl gefühlt, auch aus diesem Grund hätte er nie Verleger werden können. Er beherrschte die Kunst des Händeschüttelns und falschen Lächelns einfach nicht, die dieser Beruf erforderte.

Nachdem er den Kutscher bezahlt und die mächtige Fassade auf sich hatte wirken lassen, holte er tief Luft und bediente den

Türklopfer, der ein Löwenmännchen mit wallender Mähne darstellte. Im Maul hielt es einen Ring, offenbar vollkommen unbekümmert um seine Zähne.

Ein älterer Herr in Livree und mit hoher Stirn öffnete ihm die Tür.

»Mein Name ist Freytag.«

»Sie werden erwartet.«

Seine Schritte hallten auf dem gesprenkelten, blitzblank geputzten Marmorboden wider, und sein lackledern glänzendes Schuhwerk kam ihm gleich matter vor. Unsicher bewegte er sich durch die Eingangshalle, die einer Kirche würdig gewesen wäre. Von einer hohen, mit Fresken verzierten Kuppel hing ein prächtiger Kronleuchter herab; die Flammen der echten Kerzen flackerten im Luftzug, als die Tür sich mit einem Seufzer schloss. Er reichte dem Lakai Hut und Mantel und fragte sich dabei, wie sie die Lichter wohl angezündet haben mochten. Bilder von endlos langen Leitern, komplizierten Konstruktionen aus Seilen und Sprossen und langstieligen Silberfackeln flimmerten vor seinem inneren Auge vorbei. Das Kristall hätte für mehrere böhmische Glasservice gereicht, inklusive Avec-Glas, Seltzerglas, Karaffen und so fort.

Seine Frau würde staunen, wenn sie ihn so sehen könnte, dachte er. Er wischte sich die Hände an den Hosenbeinen ab und folgte dem alten Mann, der ihn in den Salon führte. Freytag hatte keine Ahnung, was ihn dort erwartete – mit Sicherheit jedoch kein so unkultiviertes Volk, wie etwa dieser Eisenbahndirektor es war.

Drei Männer standen vor einem Kamin, in dem das Feuer einladend prasselte. Signori überragte alle anderen. Als er ihn erblickte, leuchtete sein Gesicht wohlwollend auf.

»Herr Freytag! Herzlich willkommen!«

Signori legte ihm den Arm um die Schulter und führte ihn zu den Gästen, die ihn anschauten, wie man einen Fremdling unter lauter Bekannten ansieht.

»Darf ich vorstellen: Herr Freytag, Verlagslektor bei Fischer & Wulff.«

Freytag erkannte einen der Männer sofort von seiner Zeit im Café Griensteidl wieder; es war niemand geringerer als Herr Weide, der Chefredakteur und verantwortliche Herausgeber der *Reichspost.* Freytag pflegte seine Beiträge auf der ersten Seite stets mit großem Vergnügen zu lesen – Weide war ein Mann, für dessen Ansichten er großen Respekt hegte.

»Angenehm.«

Neben Weide stand ein korpulenter Mann mit rotem Gesicht und hängenden Wangen über dem gestärkten Kragen. Seine Knopfaugen bohrten sich in Freytag, während er Kanapees von einem Silbertablett verdrückte, das ein aufmerksamer Kellner ihnen hinhielt.

»Darf ich vorstellen: Herr Harald Gutinger, Kunsthändler und Galerist.«

Wenn Freytag sich nicht täuschte, führte der Mann eine Galerie unten am Graben, nicht weit vom Dom.

»*Enchanté*«, sagte der Galerist, wischte sich seine Wurstfinger an der Serviette ab und streckte ihm die Hand entgegen.

»Verlagsdirektor, sagten Sie?«

»Lektor, ich bin Lektor.«

»Ach, so ist das.«

Wie aus dem Nichts tauchte ein Kellner mit einem Tablett perlender Champagnergläser vor ihnen auf. Freytag versuchte sein Glas zu stabilisieren, indem er mit der freien Hand dessen Fuß umfasste; dabei kam er sich vor wie ein kokettierendes Frauenzimmer.

»Diese beiden da«, fuhr Signori fort und zeigte auf zwei Herren, die Freytag bisher übersehen hatte. Sie saßen auf dem Sofa am Fenster mit den schweren Vorhängen und unterhielten sich vertraulich miteinander. »Diese beiden da sind Herr Amoroso und Herr Schultz.«

Er schien es nicht für notwendig zu erachten, zu erläutern,

was sie taten, wenn sie nicht zum Souper gingen. Vielleicht gehörten sie zu den Leuten, die nichts anderes machten; Wien musste voll von solchen Menschen sein.

Sie redeten kurz über den Esperantokurs – ja, Intruistino Rosita sei wirklich eine entzückende Lehrerin, und nein, Freytag hatte es auch noch nicht geschafft, alle Vokabeln zu lernen, die sie ihnen aufgegeben hatte. Ja, Übung mache den Meister, und – gewiss, gewiss – auch er freue sich darauf, sich mit dem Suffix auseinanderzusetzen – ehe Signori sich entschuldigte, *ekskuzi* –, denn er hatte noch etwas zu erledigen.

Freytag roch seinen eigenen Fußschweiß, als er plötzlich einsam und verlassen dastand und die Zehen in ihrem engen Gefängnis spreizte. Die Situation erinnerte ihn an seinen ersten Schultag; in geerbten Kleidern, Wurstbrot und leere Schreibhefte im Ranzen, hatte er sich in eine dunkle Ecke des Schulhofs zurückgezogen und gehofft, sich im Schatten verstecken zu können, bis der Schultag vorbei war. Jetzt sah er sich nach einem geeigneten Sitzplatz um.

Er nickte den beiden Herren auf der Chaiselongue zu, Amoroso, einem Mann mit breitem Nacken, Glatze und Falten auf der Stirn, der grimmig aussah und wirkte, als würde er jeden Augenblick seinen Frack sprengen, und Schultz, einem jungen Schönling mit glänzendem Haar, schmalen Handgelenken und äußerst merkwürdigem Bartwuchs: Lediglich ein schmaler Streifen war wie mit einem Kartenzeichnerstift oder höchstens einem Marderhaarpinsel entlang der Oberkante der Oberlippe gezogen worden, und das mit großer Präzision und Nachdruck; es wirkte wie ein fehlgeschlagener Ansatz zu einem Schnurrbart, wie Freytag ihn noch nie gesehen hatte, nicht einmal bei den Lümmeln von der Kunstakademie. Er hatte jedoch einmal in einem Buchmanuskript von so einer raffiniert-unzulänglichen Barttracht gelesen (Kennzeichen ihrer messerscharfen Unvollkommenheit: das unanständige Entblößen des Grübchens unter der Nase, also Nacktheit), sie war dort unerträglich genau beschrieben worden – es konnte nicht länger als ein paar Jahre her sein, höchstens fünf; eine Erzählung, die in den Vergnügungsvierteln Montevideos spielte, wo Männer angeblich mit Männern tanzten: strenge Umarmungen, stolz und viril die Beine schwenkend – und die in dem entsprechenden Manuskript »Tangobärtchen« genannt worden war. Ach, es war eine ganz besonders schreckliche Geschichte gewesen, nicht nur dieser Schnurrbart, vor allem die Erzählung selbst, die von einem Seemann (!) aus Linz (!!) mit mangelndem Sachverstand verfasst worden war und die, man glaubt es kaum, aufgrund der unerklärlichen Begeisterung des Cheflektors für die »authentische Milieuschilderung« (was ihm ungewöhnlich viele missbilligende Blicke eintrug) einer Veröffentlichung beunruhigend nahe gekommen war – kurz, nach all diesen durch das Oberlippenbärtchen hervorgerufenen Gedanken setzte Freytag sich in einen Lehnstuhl mit Löwentatzen, der gleich neben der Chaiselongue stand.

Sobald er dort saß und wieder festen Boden unter sich spürte, wurde er zuversichtlicher. Er nahm ein paar Schlucke, die seinen Gaumen kitzelten, und schaute nach unten. Wo er seine Füße ausruhte, war der Perserteppich verschlissen; offensichtlich war es ein beliebter Platz. Er stellte sich vor, wie Signori vor dem Kamin saß und las, andererseits verfügte ein Mann seines Kalibers sicherlich auch über eine Bibliothek. Vielleicht also saß Signori hier einfach nur und blickte ins Feuer. Freytag wünschte plötzlich, er hätte auch so ein Feuer in seiner Wohnung daheim, denn die Flammen hatten etwas zugleich Beruhigendes und Belebendes. Er musste an seine neu erworbene Pfeife denken und an seinen alten Vater.

Mit halbem Ohr lauschte er den beiden Männern, die schon wieder in ihre Diskussion vertieft waren; es ging um die Zukunft der Doppelmonarchie. Amoroso, der Stiernacken, betrachtete diese als unglückliches Unternehmen, das zusammenstürzen würde »wie ein Kartenhaus«, während Schultz, das Tangobärtchen, ganz im Gegenteil glaubte, dass ihr eine glänzende Zukunft bevorstünde. Irgendwann könne er sich sogar ein vereintes

Europa denken, unter ein- und derselben Herrschaft – welcher, sagte er nicht –, was sein Gesprächspartner offensichtlich lächerlich fand. Während ihrer Auseinandersetzung wandte sich Schultz immer wieder Freytag zu, um diesen in seine Ausführungen einzubeziehen. Freytag nickte zustimmend oder warf als Antwort ein kurzes Grunzen ein, dankbar dafür, das Gespräch nicht selbst führen zu müssen.

Wieder von seinen Pflichten zurückgekehrt, bewegte Signori sich mit der Eleganz eines Tänzers zwischen den Gästen: eins-zwei-drei, eins-zwei-drei … Freytag bemerkte, wie es um ihn leuchtete; er war wirklich ein perfekter Gastgeber.

»Wir warten nur noch auf einen«, sagte Signori, der plötzlich neben Freytag stand und eilig abwinkte, als dieser sich erheben wollte. »Um Gottes willen, bleiben Sie sitzen! Ich hoffe, Sie haben noch nicht gegessen? Der Koch ist ein Meister seines Faches.«

Er sei hungrig wie ein Wolf, versicherte Freytag, während sein Magen sich verkrampfte.

Schließlich, als Freytag sein Champagnerglas geleert und sogleich, wie aus dem Nichts, ein neues in die Hand gedrückt bekommen hatte; als die beiden Herren auf der Chaiselongue sich endlich darauf geeinigt hatten, dass der Kaiser jedenfalls viel zu alt und zu schwach war und mittlerweile viel zu viel Zeit in seiner Sommerresidenz Schönbrunn verbrachte und dass der Kronprinz auch niemanden glücklich machte – Franz Ferdinand, dieser Versager! –, dass sie sich, ebenso wie die Männer im Außenministerium am Ballhausplatz, wirklich Sorgen machten, was geschehen würde, wenn der Kaiser starb, klingelte die Glocke. Der letzte Gast war eingetroffen.

Neugierig blickte Freytag über die Schulter zur Flügeltür. Fast verschluckte er sich, als er den schmächtigen Mann eintreten sah, und sogleich erhob er sich von seinem Stuhl. Die anderen dagegen schenkten dem späten Gast nicht weiter Beachtung; sie schienen ihn bereits gut zu kennen.

»Euer Exzellenz«, sagte Freytag und verbeugte sich, dass ihm der Rücken wehtat.

Die Hand schien ihm kühl, als er sie mit brennenden Lippen berührte, und er vermeinte, den Heiligen Geist im Raum zu spüren. Denn vor ihm stand niemand Geringeres als der Titularerzbischof selbst, Franz Xaver Nagl.

Der ehemalige Bischof von Triest war als Koadjutor Kardinal Gruschas in allem, außer dem Titel nach, bereits amtierender Kardinal und Erzbischof von Wien. Freytag hatte über den schmalen Mann in violettem Birett und schwarzen Schuhen mit Goldschnalle in der *Reichspost* einiges gelesen. Pater Anton sprach stets mit samtener Stimme von ihm, und man sah sein Bild in zahlreichen Zeitungen. Er diente dem greisen Kardinal Gruscha nicht nur als Augen und Ohren, sondern war zugleich dessen Wille und Gewissen – ein Mensch, von dem alle wussten, dass er das Amt übernehmen würde, wenn der Kardinal sich nach langem und treuem Dienst in Gottes Namen zu seinen Vorgängern im Himmel gesellte – was nach Meinung der Mehrzahl der Journalisten schon sehr bald der Fall sein würde.

Bereits jetzt war der Koadjutor von Rom als Nachfolger des neunzigjährigen, tauben und blinden Kardinals ausersehen und gesegnet worden – eine Ernennung, die viele verblüfft hatte und die allgemein als Beleidigung des Generalkaplans Marschall aufgefasst wurde. Schließlich hatte dieser den greisen Kardinal über Jahre hinweg in dessen beschwerlichem Amt unterstützt und dabei wohl auch gehofft, eines Tages seinen Platz einnehmen zu dürfen. Laut Pater Anton war es längst beschlossene Sache und ein schlecht gehütetes Geheimnis, dass Nagl binnen kurzem mit San Marco als Titelkirche ins Kardinalskollegium aufgenommen würde. Manche behaupteten sogar, der Koadjutorerzbischof hätte bereits beim päpstlichen Schneider seine feuerroten Kniestrümpfe gekauft; einem Schneider übrigens, von dem Freytag sich gut vorstellen konnte, dass er zu Signoris beeindruckendem Kundenkreis gehörte. Ja, es schien ihm sogar denkbar, dass auch die Soutane des Papstes mit ihren dreiunddreißig Knöpfen aus Seiden- und Wollstoffen seines Esperantobruders genäht worden war. Wie anders wäre es zu erklären, dass er den Titularerzbischof persönlich kannte?

Freytag spürte ein leichtes Glühen auf seinen Wangen, als ihm ein Platz am Kopfende der Tafel gleich neben dem Gastgeber zugeteilt wurde. Am entgegengesetzten Ende saß Erzbischof Nagl. Es war ein langer Tisch, an dem ohne weiteres die doppelte Anzahl Gäste Platz gefunden hätte. Obwohl jedes Gedeck aus einer unzähligen Reihe Silberbesteck und glänzenden Kristallgläsern bestand, die ein wahres Festmahl versprachen, leuchtete das Leinen weiß zwischen den Stühlen, wie ein zugefrorener Waldsee mit einer feinen Schicht Pulverschnee. Es war wirklich ein sehr erlesenes Tuch, das den Betrachter in seiner Schlichtheit blendete. Auch sonst machte das Speisezimmer seinem Besitzer alle Ehre: Überall standen Antiquitäten herum, und von den Wänden blickten aus einer Ahnengalerie lauter Gesichter mit derselben distinguierten Hakennase auf die Geladenen herab, wie ihr anwesender Nachfahre sie besaß. In einer beeindruckenden, von durchsichtigem Laub umfassten Glasschale mitten auf dem Tisch ergossen sich Weintrauben über Apfelsinen und andere Früchte, von denen Freytag bislang allenfalls gehört, geschweige denn, dass er sie je gekostet hatte.

Der Koch, laut Signori wegen seiner Fähigkeiten aus Belgien engagiert, hatte ein Menü vorbereitet, das dem hohen Ansehen des Tieflands mehr als Genüge tat – es entsprach dem Besten, was die belgische Hauptstadt zu bieten hatte. Von Porzellan aus Limoges aßen sie Wachteleier mit Kaviar und tranken dazu einen Sekt, der in seiner trockenen Frische und mit seiner Andeutung von Mandelbiskuit sogar den Willkommens-Champagner übertraf. Darauf folgten in gemächlichem Takt Austern à la Russe, Consommé en Tasse, pochierter Lachs in Sauce hollandaise, Hühnchen Lyoner Art, Filets Mignons mit Gänseleber und Trüffel, glasierte Entenküken in Apfelsauce, Rinderbraten à la Forestière, gebackene Täubchen, Spargelsalat mit Champagner-Safran-Vinaigrette, Gänseleberpastete, Schokoladen-Éclairs mit Vanille-Creme ...

Bewundernd sah Freytag zu, wie der Erzbischof geräuschvoll schlürfend und mit dem Selbstbewusstsein, das einem kirchlichen Monarchen zustand, seine Consommé löffelte, ohne dabei auch nur ein einziges Mal auf seine Dienstkleidung zu kleckern. Die Lautstärke allerdings hätte selbst Herrn Schlink vor Neid erblassen lassen.

Kunsthändler Gutinger hielt unterdessen einen langen Vortrag über die moderne Kunst und den grauenvollen Expressionismus, für den er nicht viel übrig zu haben schien. Der Galerist ratterte eine ganze Reihe Namen ungehobelter Jünglinge herunter, die mit der Kunstakademie gebrochen hatten und deren Werke so schrecklich waren, dass er keine Worte fand, um sie zu beschreiben. Speziell vor dem jungen Kokoschka warnte er, der in seinen Augen der Schädlichste und Gefährlichste von ihnen war, ein Dorn im Auge jedes wahren Ästheten und Liebhabers der visuellen Kunst. Gutinger erregte sich so sehr über ihn, dass ihm ein Bissen Hühnchen im Hals stecken blieb, und erst als er es mit mehreren Schlucken Bordeaux heruntergespült hatte, konnte er mit seinen Ausführungen fortfahren. Zu diesem Zeitpunkt war er schon so dunkelrot angelaufen, dass es beinahe ins Blaue und Braunviolette kippte.

Je weiter der Abend fortschritt, desto heimischer fühlte Freytag sich in der illustren Gesellschaft. Längst hatte der gute Wein seine zitternden Finger beruhigt, und als das Gespräch sich der Welt der Musik zuwandte, was etwa zeitgleich mit dem Servieren der gebackenen Täubchen auf Kresse geschah, fühlte er sich mutig genug, einen Kommentar beizusteuern. Es ging darum, dass es immer üblicher wurde, während der Fastenzeit ausgelassene Musik zu spielen, was Freytag sehr anstößig fand.

»Was für eine Frechheit«, sagte er und unterdrückte einen plötzlichen Rülpser hinter der Serviette. »Es geht wirklich bergab mit der Gesellschaft. Kein Respekt mehr für das Alte, kein Anstand« – und hier wandte er sich an den Kardinal –, »die Moral ist vollkommen verwässert.«

Mit einem Mal wurde es still am Tisch, nur Gutinger klapperte mit seinem Besteck, und alle Augen richteten sich auf Freytag.

»Ich hätte es nicht treffender ausdrücken können!«, rief Signori. »Wie wahr, wie wahr!«

Und dann lachten alle, sogar dem Erzbischof entschlüpfte ein gurgelndes Geräusch.

Anschließend beteiligte sich Freytag nicht mehr an der Konversation, denn schon als Kind hatte er nie verstanden, was eigentlich so lustig war. Abgesehen von einer Antwort auf Tangobärtchen Schultzes Frage, was man denn heutzutage lesen solle, wenn man etwas richtig Gutes lesen wolle, worauf Freytag erwidert hatte, wenn er auf der sicheren Seite sein wolle, sei es das Beste, sich an Goethe zu halten, denn dessen Bücher könne man nicht oft genug lesen – was im Übrigen auch für die vortrefflichen Ausgaben der *Reichspost* gelte, wie er an deren Chefredakteur gewandt einflocht –, schwieg er von diesem Augenblick an und tat, was er schon immer am besten gekonnt hatte: Er hörte aufmerksam zu.

Unter anderem lauschte er Chefredakteur Weide, der Kardinal Gruscha dafür lobte, dass er in der Ersten Kammer stets große politische Verantwortung gezeigt und gegen den Liberalismus votiert hatte, sowie Signori, der behauptete, dass sie wahrlich alle erleichtert aufgeatmet hätten, als Rom endlich zur Vernunft gekommen war und seinen lieben Freund Nagl als Nachfolger bestimmt hatte. Denn Generalkaplan Marschall – diesem Populisten! – konnte man einfach nicht trauen; er war viel zu schwach und immer eifrig darin, dem Volk nach dem Mund zu reden.

Doch Freytag hörte auch viel über weltliche Dinge und Orte, Triest und Rom etwa, wo die meisten am Tisch sich ebenso heimisch zu fühlen schienen wie in den schattigen Gässchen um den Dom. Mit besonderem Interesse lauschte er, als Erzbischof Nagl Weide fragte, ob dieser wirklich nicht wisse, wer sich hinter dem Pseudonym »Dromedar« verberge. Nagl fand dessen Feuilletons in der *Neuen Freien Presse* verständlicherweise sowohl geschmacklos als auch unwürdig. Oder wollte der Chefredakteur dies nur nicht verraten – nicht einmal ihm – er, der doch so viel dafür tat, den Ausbau der katholischen Pressearbeit zu fördern? Weide erwiderte, dass er es tatsächlich nicht wisse, aber verschiedene Hinweise habe; doch seien es alles bloße Vermutungen, die er nicht für wert halte, weiterzutragen. Es könne sich aber wohl kaum um jemanden handeln, der seine oder des Titularerzbischofs Aufmerksamkeit wert wäre, denn er zumindest hielte nicht viel von jemandem, der für eine so furchtbare Zeitung schriebe.

Freytag, der nach seinem letzten Gesprächsbeitrag dem Wein weiterhin eifrig zugesprochen hatte, räusperte sich und sagte mit klarer Stimme, er wisse, wer es sei.

Wieder wandten sich ihm alle Blicke zu, und er war froh, dass er seine Hände unter der Serviette in seinem Schoß verstecken konnte. Der Erzbischof sah ihn mit einem Lächeln auf den Lippen an: Wer?

»Leopold Trebitsch«, sagte Freytag. »Ich kann es nicht beschwören, aber ich bin mir ziemlich sicher.«

Der Erzbischof blickte zu Weide. Dieser schob die Unterlippe vor und nickte mit hochgezogenen Augenbrauen.

»Das könnte stimmen, jetzt, wo Sie es sagen …«

»Wie kommt es, dass Sie das wissen?«, fragte Erzbischof Nagl.

»Ich halte Augen und Ohren offen.«

»Sie sind ein Mann mit ungeahnten Ressourcen«, sagte Seine Exzellenz und warf Signori einen bedeutungsvollen Blick zu.

Passend zum Dessert – Orangensorbet, ein vollendeter Abschluss dieses mächtigen Essens, denn es legte sich wie ein kühlender Deckel über den Camembert und das beginnende

Sodbrennen – schlug Freytag an sein Glas und erhob sich, um einen Toast auf den Gastgeber auszubringen. Er dankte ihm für die Einladung und vor allem für das ausgezeichnete Essen sowie die anregende Gesellschaft. Und nachdem er mit einer Beredtheit, die seine alten Augen mit Tränen füllte, noch einmal die Handwerkskunst des Kochs gepriesen hatte, schloss er mit den Worten, welch unerhörte Ehre es für ihn gewesen sei, am selben Tisch mit dem Kardinal zu sitzen; er, der doch nur ein bescheidener Kulturarbeiter war. Nagl war die Aufmerksamkeit sichtlich peinlich, und er murmelte, dass er zurzeit ja eigentlich nur Titularerzbischof wäre und nicht Kardinal, lächelte jedoch andächtig und nickte in seine Richtung. Dann erhoben alle die Gläser und tranken einen rostbraunen Sauternes, der trotz seines beträchtlichen Alters frei von jedem Bodensatz war, der die Erinnerung an diesen Abend hätte trüben können.

Als der künftige Kardinal sich zurückzog, drückte er Freytags Hände und schaute ihm in die Augen:

»Freytag war Ihr Name?«

Einer nach dem anderen leerten die Gäste nun ihre Mokkatassen und verabschiedeten sich, als hätten sie bloß nicht gewagt, sich zu entschuldigen, ehe der Erzbischof gegangen war. Lediglich Galerist Gutinger konnte sich nicht von seinem Portwein trennen. Erst als der Gastgeber anmerkte, er hätte für diesen Abend genug getrunken, machte auch er sich vom Lakai gestützt auf den Weg. Bei seinem Zustand allerdings nahm Freytag an, dass seine Nachtruhe von Albträumen gestört würde, welche einer Vernissage von Oskar Kokoschka gleichkäme. Freytag wollte kein lästiger Gast sein und machte ebenfalls Anstalten, sich zu verabschieden; morgen sei auch noch ein Tag, so Gott wolle, sagte er, sicher könne man sich ja in seinem Alter nicht mehr sein.

»Können Sie nicht noch einen Moment bleiben?«, fragte Signori. »Die Nacht ist noch jung, ich würde mich gern noch ein wenig mit Ihnen unterhalten.«

Das wäre ihm ein Vergnügen; Freytag war keineswegs erpicht auf den langen Spaziergang nach Hause. Die Straßenbahnen fuhren schon lange nicht mehr, und eine weitere Droschkentour konnte er sich wirklich nicht leisten. Außerdem hatte Frau Weinheber bestimmt schon für die Nacht zugesperrt; er würde also so oder so seinen Torgroschen bezahlen müssen.

Sie zogen sich in die Bibliothek zurück. Im Kamin mit dem hübschen Fries brannte bereits ein Feuer, es roch nach Tierhäuten und gerösteten Kastanien. Der Raum war kleiner als Freytag dies in einem so beeindruckenden Haus erwartet hatte, doch hinter sorgfältig geputzten Vitrinenscheiben befand sich eine Respekt einflößende Büchersammlung. Freytag ließ sich in einem Ledersessel nieder, der ihn sanft umfing und gemütlich knarrte. Signori, der die Angestellten für diesen Abend bereits entlassen hatte, stand am Tisch mit den verschiedenen Karaffen.

»Trinken Sie Whisky? Oder lieber Cognac?«

Und dann saßen sie im gedämpften Schein des Feuers beieinander, tranken und rauchten kubanische Zigarren. Signori schlug die Beine übereinander, knöpfte seine Fliege auf und lehnte sich zurück, wie man es nur in der Gesellschaft guter Freunde tut – Freytag konnte sich nicht erinnern, wann er es zuletzt, wenn überhaupt jemals, so nett gehabt hätte. Während der Cognac ihm den Magen wärmte, wünschte Freytag, sein Schneider wäre weniger beherzt gewesen. Seine Hose spannte in der Taille, und er spielte schon mit dem Gedanken, im Schutze der Dunkelheit den obersten Knopf zu öffnen, als Signori sich plötzlich in seinem Stuhl vorbeugte, als hätte er etwas auf dem Herzen.

»Glauben Sie, Sie könnten vielleicht … Nein, verzeihen Sie, ich weiß nicht, was ich mir dabei gedacht habe …«

»Nun sagen Sie schon«, erwiderte Freytag und paffte an der Zigarre, die weich in seiner Hand lag, aber herb im Geschmack war. Er wollte lieber nicht an das drückende Kopfweh direkt über den Augenbrauen denken, das ihn beim Aufwachen aller Wahrscheinlichkeit nach erwarten würde.

»Es hört sich so dumm an, ich merke ja selbst, wie unsinnig es klingt. Und ich will Ihnen auch wirklich nicht zur Last fallen ...«

»Gibt es etwas, womit ich Ihnen helfen kann? Es wäre mir wirklich eine Ehre.«

»Es geht um das Buch. Barschs Roman.«

»Ja?«

»Ich bin so neugierig geworden durch das, was Sie erzählt haben. Es wäre wunderbar, wenn ich es lesen dürfte.«

»Ich werde persönlich dafür sorgen, dass Sie ein signiertes Exemplar bekommen, sobald das Buch aus dem Druck kommt«, sagte Freytag und hob den Cognacschwenker zu einem Toast, den Signori lediglich mit einem schmalen Lächeln erwiderte.

»Das wäre zu freundlich ...«

Der herbe Tropfen kratzte im Hals. Freytag betrachtete seinen Gastgeber durch den Boden des Glases, seine Umrisse verschwammen im Kristall, und seine Augen wuchsen, bis sie übergroß wurden und ihn anzuflehen schienen:

»Ich hatte gehofft, nicht so lange warten zu müssen.«

»Jetzt verstehe ich nicht, was Sie meinen?«

»Es wäre interessant, das Manuskript in seinem jetzigen Zustand lesen zu dürfen und an Ihrem großartigen Handwerk teilzunehmen. Ich fand schon immer, dass die Lektoren viel zu wenig Anerkennung finden.«

Hier nickte Freytag zustimmend und trank noch einen Schluck Cognac.

»Den meisten ist gar nicht bewusst, dass ein Teil des Werkes stets das des Lektors ist«, fuhr Signori fort. »Und da wir doch nun Freunde sind – Sie nehmen es mir doch nicht übel, dass ich persönlich werde und Sie als meinen Freund bezeichne?«

»Überhaupt nicht. Im Gegenteil. Ich fühle mich geehrt«, erwiderte Freytag. Das tat er wirklich, denn noch nie hatte er einen Freund mit einer so sympathischen Bibliothek und so vortrefflichen Zigarren gehabt, der noch dazu persönlich mit einem Kardinal befreundet war.

»Es wäre unglaublich faszinierend, verstehen Sie, das Manuskript mit dem fertigen Resultat zu vergleichen. Einen Einblick in den Prozess zu erhalten. An Ihrem Handwerk teilzunehmen, Ihrer *Kunst.*«

»Verstehe ... das ist ja höchst ungewöhnlich ...«

»Dann müsste ich auch nicht so lange auf das Buch warten.«

Freytag nickte nachdenklich. Er nahm noch einen Zug, der zu dem matten Schleier beitrug, welcher sich inzwischen über das Zimmer gelegt hatte wie dichter Nebel, der vom Meer heraufzieht. Freytag konnte nicht recht nachvollziehen, weshalb ein so bedeutender Mann sich für ein unvollendetes Manuskript interessieren sollte, mochte es auch von einem bekannten Autor stammen und sehnlich erwartet werden. Da konnte Signori sich noch so sehr für die Arbeit eines Verlagslektors interessieren.

Freytag versuchte sich zu erinnern, wie viel er Signori während ihres Mittagessens über Barsch preisgegeben hatte. Er bereute, dass er so offenherzig gewesen war. Denn auch wenn sein Denken vom Cognac und der späten Stunde getrübt war, fühlte er sich doch für den rastlosen Autor mit der kaum leserlichen Handschrift verantwortlich. Er wollte dessen Vertrauen nicht missbrauchen, denn Freytag war ein Mann, auf den man sich verlassen konnte, und er fürchtete, bereits viel zu viel gesagt zu haben.

»Es ist nur so, dass er es damit sehr genau nimmt, der gute Barsch. Ich bin der Einzige, der das Manuskript sehen darf. Bei einem anderen Autor wäre es vielleicht etwas anderes. Nicht einmal der Verleger liest es im Vorhinein, verstehen Sie; das ist äußerst ungewöhnlich. Und ich habe nun einmal meine Berufsehre.«

Signori wirkte betrübt; reumütig schüttelte er den Kopf.

»Ich sehe, ich bin Ihnen zu nahe getreten. Sie müssen mich entschuldigen. Das war wirklich nicht meine Absicht. Mein Wunsch muss Ihnen sowohl merkwürdig als auch naiv vorkommen. Ich hatte gewiss nicht vor, Ihre Ehre zu verletzen. Wirklich nicht …«

Das hätte er auch nicht getan, versicherte Freytag seinem Freund mit einem unbehaglichen Klumpen im Magen. In keinster Weise.

Ein drückendes Schweigen legte sich über das dunkle Zimmer. Das Feuer knisterte im Marmorkamin und warf lange, flackernde Schatten auf die Bronzefigur der Umrandung: eine Wölfin mit hängenden Zitzen und bluttriefenden Lefzen. Freytag hatte das Gefühl, als starrten die Wolfsaugen ihn rot und bedrohlich leuchtend an; er fühlte, wie ihm der Schweiß ausbrach, wie der Kragen an seinem Hals kratzte, sodass ihm das Schlucken immer schwerer fiel.

»Seine Manuskripte sind oft ziemlich … ungeschliffen …«, sagte er und räusperte sich. »Das wird ihm wirklich nicht gerecht. Sie wären nur enttäuscht …«

»Da haben Sie sicherlich recht«, meinte Signori dumpf und schaute ins Feuer.

»Kann ich mit Ihrer Verschwiegenheit rechnen? Sie zeigen es niemandem und sprechen auch mit niemandem darüber?«

»Selbstverständlich!«, sagte Signori und legte die Hand aufs Herz. »Sie haben mein Wort.«

»Und es stört Sie auch nicht, ein unredigiertes Manuskript zu lesen, mit losen Blättern und allem?«

»Im Gegenteil, mein lieber Freund, im Gegenteil. Das ist es ja gerade, was es so spannend macht.«

»Ja, Sie werden sich wundern, was für ein Unterschied das ist«, sagte Freytag und nippte an dem Cognac. »Speziell in diesem Fall.«

»Das glaube ich gern.«

»Dann sehe ich nicht, warum ich nicht für einen guten Freund eine Ausnahme machen sollte.«

»Oh, das wäre phantastisch!«, rief Signori. »Obwohl, nein«, sagte er dann sogleich und sah verlegen auf den Tisch, wo er mit dem Zigarrenabschneider herumspielte. »Vielleicht ist es besser, wir lassen es. Ich will Sie nicht in Schwierigkeiten bringen …«

»Das tun Sie nicht, das versichere ich Ihnen. Ich weiß, dass ich mich auf Sie verlassen kann.«

»Ach, Sie ahnen ja nicht, wie glücklich Sie mich machen. Sie brauchen sich auch nicht zu beunruhigen«, er beugte sich vor und legte eine Hand auf Freytags Schulter, »Sie können sich wirklich auf mich verlassen. Noch etwas Cognac?«

Ohne die Antwort abzuwarten, füllte er nach.

Sie saßen da und plauderten darüber, wie gut sie es hätten, und Freytag bekam ganz heiße Wangen vom Cognac und vom Feuer. Er begriff nicht, warum er so gezögert hatte, er konnte Signori doch vertrauen. Was konnte es denn schon schaden?

»Wie bald kann ich denn das Manuskript in Händen halten?«

»Das kommt darauf an …«

»Ja, Sie dürfen mich nicht für aufdringlich halten …«

»Überhaupt nicht, überhaupt nicht.«

»Es ist nämlich so, dass ich ein paar Tage an den Gardasee fahren werde, um mich zu erholen, und es wäre wunderbar, auf der Reise etwas zu lesen zu haben. Zur Entspannung.«

»Ich werde mich sofort darum kümmern.«

»Und niemand anderes hat das Manuskript gelesen?«

»Ganz genau, so ist es.«

»Faszinierend … Wie kommen Sie eigentlich nach Hause?«

»Ich werde mich wohl nach einer Droschke umsehen.«

»Kommt gar nicht infrage!«

Freytag nannte die Adresse eines Bürgerhauses in der Langegasse, die nicht allzu weit von der Barnabitengasse lag und wo, soweit er wusste, kein einziger armer Verlagslektor lebte; eine Adresse, an die er sich erinnerte, weil sie zu einem ungewöhnlich vornehmen Haus gehörte, von dem er in seinen Tagträumen oft gedacht hatte, dass er eines Tages gern dort residieren würde. Als sie den Schwarzenbergplatz passierten, entdeckte Freytag einen Mann, der mit einem Fernrohr auf dem Balkon stand und den Nachthimmel betrachtete. Er verstand nicht, wonach der Mann Ausschau hielt, denn obwohl er selbst mehrmals zu den Wolken hinaufblickte, bis ihm der Nacken wehtat, sah er keinen Kometen, weder mit noch ohne Schweif. Unter freiem Himmel fuhren sie dahin, Freytag hatte eine Decke um seine alten Knie gewickelt, Dampf quoll aus seinen Nasenlöchern. Er sah auch sonst keine Sterne, von denen er doch annahm, dass sie nach wie vor an ihren angestammten Plätzen am Firmament hängen mussten, wie aufgespießte Glühwürmchen in einer unbeleuchteten Glasvitrine, versteckt hinter den dunkelvioletten Samtschleiern von Asche und Ruß, aber so etwas konnte man nie genau wissen.

»*Gute Nacht*«, sagte Freytag, als er mit seinem Spazierstock aus der Droschke stieg; unter seinen Füßen fühlte es sich an wie Nadeln.

»*Guten Morgen*«, erwiderte der Kutscher barsch und schnalzte mit der Zunge, während seine Peitsche die späte Nachtluft durchschnitt.

Freytag nahm dem Mann die ungehobelte Antwort nicht übel, denn so waren die Kutscher nun mal; nicht einmal der Umstand, dass dieser unhöfliche Kerl sich nicht die Mühe gemacht hatte, das Verdeck zu schließen, obwohl der kalte Wind ihm in die Wangen zwickte, machte ihm etwas aus. Denn die geröteten Augen und seine Reibeisenstimme verrieten, dass Signori ihn aus der Schlafphase geweckt haben musste, in der die Augen unschlüssig unter den dünnen Augenlidern hin und her flackern und das Blut träge durch die Glieder rinnt. Freytag gönnte dem Mann seine harmlose Rache, er wusste schließlich selber, wie es war, im Dunkeln keine Ruhe zu finden.

Nachdem das Klappern der Hufe zwischen den Häusern verklungen war und er sich vergewissert hatte, dass der Wagen außer Sichtweite war, schlug er den Kragen hoch, band sich den Seidenschal um das Kinn und wanderte durch die Nacht heimwärts. Eine Weile lief er mit den Händen in den Manteltaschen, es war zu spät und zu früh zugleich, eine gottvergessene Stunde, in der allein Lehrlinge, Zeitungsboten und liebeskranke Trinker wach waren. Nachts roch die Stadt ganz anders, süß und stechend zugleich. Die Staubwolke der Straßenkehrer schwebte über den Trottoiren und reizte seine Schleimhäute, die von Tabak und Schlafmangel angegriffen waren.

Doch auch Lothar war bereits wach, wie Freytag sehen konnte; bei seinem Nachbarn brannte Licht. Vielleicht hatte er sich aber auch gar nicht erst hingelegt; Lothar gehörte zu denen, welche die Dunkelheit mehr fürchteten als den Brief vom kaiserlichen Elektrizitätswerk.

Es dauerte eine ganze Weile, bis Frau Weinheber sich im Morgenrock einzufinden und das Türgitter aufzuschließen geruhte. Sie schüttelte den Kopf und murmelte etwas von Unanständigkeit, während Freytag nach einer Münze suchte.

In der Wohnung angekommen, setzte er sich in den Ohrensessel. Er dachte an Kuba und Kometen und die Hände des Kardinals, die kühl und trocken waren wie sternklare Wüstennächte. So saß er lange da und starrte vor sich hin, bis das Morgenlicht den Raum erfüllte und die Straßenbahnen zu ihrer kreischenden Morgenrunde aufbrachen. Da erhob er sich mit einem Ruck und ging zum Schreibtisch, und auf der Rückseite der Bestätigung seiner Anzeige vom Fundbüro schrieb er den Anfang dessen, was nach seiner festen Überzeugung ein Roman werden würde, einen Satz, der ihm aus der Luft zufiel, eine Frühaufsteherin von Brieftaube, die sich auf seiner Schulter niedergelassen hatte – und mitten ins Zimmer hinein fragte er: Wo in Gottes Namen bist du nur gewesen?

Als Herr F. eines Morgens erwachte, stellte er fest,
dass er in einem klebrigen Netz gefangen war,
aus dem er nie wieder würde entkommen können.

Nachdem er den Satz noch einmal gelesen hatte, fühlte er sich beschwingt. Lächelnd legte er den Kopf auf das Kissen, nur mit Unterhemd und Kniestrümpfen bekleidet. Schon bald befand er sich wieder in seiner Kindheit, wo er im Nachthemd vor dem Bücherregal seiner Mutter stand und mit seinen kleinen Fingern die Buchrücken entlangfuhr, um seinen Namen zu suchen.

Am liebsten hätte er das Manuskript eigenhändig auf seiner vermaledeiten Maschine abgetippt, doch er wusste genau, dass dies eine Ewigkeit gedauert hätte, und dass das Ergebnis nicht viel leserlicher ausgefallen wäre als die Krähenfüße des Originals.

Als Freytag zu einer anderen Zeit und mit ganz anderen Sorgen im Verlag angefangen hatte, benutzte man noch gar keine Schreibmaschinen. Soweit er wusste, war dieses sinnlose Gerät damals noch gar nicht erfunden, und obwohl er selbst ein Exemplar der Marke Smith Premier, Typ 10, besaß, welches als das beste Modell galt und daheim auf seinem Schreibtisch stand – ein Abschiedsgeschenk des Verlags für lange und treue Dienste übrigens, und zugleich eine boshafte Anspielung, die sich niemand anders als der Cheflektor hatte einfallen lassen können –, war er nie mit der Tastatur zurechtgekommen. Kenner behaupteten, Typ 10 hätte im Vergleich zu der beliebten Underwood-Maschine den Vorteil, dass die Tasten sich leichter herunterdrücken ließen. Ein zweifelhafter Bonus für jemanden wie ihn, dessen Finger sich nur allzu gern selbstständig machten.

So blieb ihm keine andere Wahl, als sich an ein Schreibbüro zu wenden. Wenn sie im Verlag eilige Aufträge gehabt hatten, die die Mädchen nicht bewältigen konnten, hatten sie stets Holz & Adlerhoff in der Esslinggasse beauftragt. Die Damen dort arbeiteten schnell und effektiv. Dort aber kannte man Freytag, und er wollte kein Risiko eingehen. Es war ihm gelungen, in all den Jahren seinen guten Ruf zu bewahren, und er hatte nicht vor, ihn jetzt, da er pensioniert war, im Nachhinein zu beschädigen.

Einen Moment hatte er überlegt, Frau Leibnitz aufzusuchen,

die den Verlag aus gesundheitlichen Gründen drei Jahre vor seinem eigenen Ausscheiden verlassen hatte. Sie war sehr kompetent, hatte eine Wespentaille und war offen für Neuerungen, was für eine Frau ihres Alters ungewöhnlich war. In Rekordzeit hatte sie die Kunst des Maschineschreibens gelernt; doch er hatte keine Ahnung, wo sie wohnte und ob sie überhaupt noch lebte. Ihre Krankheit hatte irgendetwas mit Salz zu tun gehabt, geschwollener Hals und platzende Blusenkragen, genau wusste er es nicht mehr. Der Gedanke daran machte ihm jedenfalls wieder bewusst, wie begrenzt des Menschen Zeit auf Erden war. Selbst die vollsten Stundengläser des Lebens, mochten sie auch noch so schmale Taillen haben, rannen eines Tages aus. Und so stopfte er das Manuskript kurz entschlossen in die Tasche und ging ins Sperl, wo er das Adressenverzeichnis und die Anzeigen des *Literarischen Blattes* durchforstete. Zu seiner Erleichterung wimmelte es nur so von Schreibbüros. Es musste eine lukrative Branche sein; offenbar war er nicht der Einzige, der das Maschineschreiben nicht beherrschte. Schließlich entschied er sich für ein Büro in der Burggasse, das dem Café am nächsten lag. Auf seinen einsamen Spaziergängen musste er schon viele Male daran vorbeigekommen sein, ohne es je bewusst wahrgenommen zu haben.

Freytag verspürte ein Kribbeln im ganzen Körper. Er brannte darauf, wieder nach Hause zu kommen, doch der Mann überflog zunächst mit gerunzelter Stirn die Seiten. Nur mühsam konnte Freytag es sich verkneifen, darauf hinzuweisen, dass er es einfach nur abgeschrieben und nicht gelesen haben wollte. Er war so aufgeregt über den Satz, den er in der Nacht geschrieben hatte, dass er es kaum erwarten konnte, endlich weiterzuschreiben. Und das, obwohl er so müde war, dass es ihm vor den Augen flimmerte.

»Wie viele Exemplare?«

»Nur eins bitte, es eilt.«

»Das müssten wir hinkriegen. Aber es kostet extra, wenn es eilt: Expresszulage.«

»Da kann man nichts machen.«

»Dann können Sie es morgen abholen, Herr …?«

»Schmidt.«

»Sagen wir, nach dem Mittagessen?«

»Das wäre großartig.«

»Adieu, Herr Schmidt.«

Als er nach Hause kam, zog er sich aus und warf den Morgenmantel über. Dann räumte er seinen Schreibtisch auf, legte ein neues sauberes Heft sowie seinen edelsten Füllfederhalter vor sich hin und öffnete das Fenster einen Spaltbreit. Ungeduldig wanderte er auf und ab, während er darauf wartete, dass das Teewasser kochte. Er war sicher, dass die Blockade sich gelöst hatte. Endlich würden die Worte fließen.

Schließlich setzte er sich mit der Teetasse an den Tisch und stopfte seine Pfeife – er wollte klare Gedanken denken. Noch einmal las er den Satz: *Als Herr F. eines Morgens erwachte, stellte er fest, dass er in einem klebrigen Netz gefangen war, aus dem er nie wieder würde entkommen können.*

Freytag trank und zog ein paarmal an der Pfeife. Er würde eine Erzählung schreiben, nahm er sich vor, über einen Mann, der in ein Geschehen hineingezogen wurde, das er selbst nicht mehr kontrollieren konnte; einen Mann, der nirgendwo hingehörte, der von vorneherein verdammt war und sich in dem Bemühen, sich von seinen unsichtbaren Ketten zu befreien, nur immer mehr in dem klebrigen Netz verfing, das ihn zu ersticken drohte.

Dann legte er los.

Er schrieb, dass der Stift glühte, seine Hand verkrampfte sich, sodass er sie ausschütteln und massieren musste, um weitermachen zu können. Er erlaubte sich, einfach zu schreiben, was ihm einfiel, was mit dem Wind durch den Fensterspalt zu ihm hereingeweht kam. Er schrieb, was er empfand und was er nur ahnte, und er hielt nicht inne, um zu lesen, was er schrieb, nicht jetzt, das käme später, jetzt würde er einfach nur schreiben; es galt, den Strom nicht zu unterbrechen – wie ein Freskenmaler musste er das Motiv festhalten, bevor es zu spät war. Die Glocken der Mariahilfer Kirche schlugen in rasendem Tempo, und am Ende hatte er das Heft fast vollgeschrieben. Er musste aufstehen, um seine Blase zu entleeren – er hatte die ganze Kanne Tee ausgetrunken.

Als er dasaß und auf den kümmerlichen Strahl im Porzellan lauschte, fühlte er sein Herz klopfen; es sauste in seinen Ohren. Das war die Befreiung, er hätte weinen können vor Glück! Anschließend stand er auf und kroch ins Bett. Unter den kühlen Laken rollte er sich zusammen und schlief zum Jaulen der Hunde ein. Tief und traumlos schlief er, wie ein Landarbeiter. Er schlief, wie nur einer schläft, der weiß, dass er ein gutes Tagwerk getan und dass er es sich wirklich verdient hat.

Er schlief bis spät in den nächsten Vormittag, dennoch fühlte er sich weiter müde, als er wieder in das Schreibbüro ging. Doch der Gedanke, bald lesen zu dürfen, was er selbst geschrieben hatte, beschleunigte seine Schritte. Er fühlte sich so beschwingt, dass er darüber seine Kopfschmerzen und seine beginnende Übelkeit fast vergaß.

Ein Geruch nach Farbbändern schlug ihm entgegen, als er eintrat und die Tür hinter sich schloss.

Der Mann, der hier offenbar der Vorsteher war, stand immer noch an seinem Platz hinter der Schranke. Er hatte fleckige Hände und trug einen grünen Schirm auf dem Kopf – so einen, wie Kämmerer Klein ihn aufsetzte, wenn er im Verlag Kasse machte. Hinter dem Ohr klemmte ein abgekauter Bleistift. Er verlangte den doppelten Preis und weigerte sich strikt, davon abzugehen. Er behauptete, die armen Frauen, die das Manuskript abgeschrieben hätten, hätten viel mehr Zeit gebraucht, mehr als das Doppelte dessen, was üblich war. Sogar Frau Weber, die immerhin eine seiner allerfleißigsten und fingerfertigsten

Maschineschreiberinnen war. Die arme Frau hätte das Manuskript nahezu unleserlich gefunden, und die Handschrift hätte ihr furchtbare Kopfschmerzen verursacht, die übrigens noch immer anhielten. All ihre Energie hätte sie darauf verwandt, herauszufinden, was dort stand – wenn sie nicht gerade damit beschäftigt gewesen wäre, all die Rechtschreibfehler zu korrigieren. Sie hätten nur die allergröbsten Fehler beseitigt, fuhr er fort, denn sonst wären sie noch immer nicht fertig, und das könne ja wohl nicht sein, sie hätten schließlich noch andere Aufträge. Nicht wahr? Aber er sei ein vernünftiger Mann, meinte er und wippte auf seinen Füßen vor und zurück, wobei sein Gesicht im Schein der Lampe seekrank leuchtete. Er könne deshalb nicht mehr als den doppelten Preis verlangen, leider. Wenn er gekonnt hätte, hätte er es aber getan.

»Aber wir hatten doch vereinbart …«

»Wenn ich gewusst hätte, Herr Schmidt, dass es sich bei diesem Text um vollkommenen Unsinn handelt, noch dazu in Hieroglyphen verfasst, dann hätte ich die Damen einfach gebeten, es so abzuschreiben, wie es da steht, oder am besten überhaupt nicht. Dies ist schließlich eine Schreibstube und kein Rechtschreibbüro! Aber ich war der irrtümlichen Ansicht, es handele sich um ein Buchmanuskript, und Frau Weber und ihre Kolleginnen sind nun einmal sehr ordentliche und pflichtbewusste Frauen, sie konnten es einfach nicht lassen, es zurechtzustutzen, so gut es eben ging. Die Damen haben ihre Berufsehre, verstehen Sie? Einer ihrer Grundsätze ist, dass die Früchte ihrer Bemühungen lesbar sein müssen.«

»War es wirklich so schlimm?«

Manche Wörter hätten sogar spiegelverkehrt dagestanden, behauptete der Mann. So etwas hätte Frau Weber noch nie erlebt, obwohl sie doch immerhin diejenige wäre, die die Bewerbungen Korrektur las, auch die aus den östlichsten Teilen des Reiches, in denen Deutsch ein kümmerliches Dasein fristete.

»Jetzt schauen Sie mich doch nicht so an«, sagte Freytag und kramte umständlich nach seinen Scheinen, von denen kaum noch welche übrig waren. »Ich habe das nicht geschrieben.«

Der Mann überreichte ihm Kopie und Original.

»Auf Wiedersehen, Herr Schmidt.«

Er sah geradezu dankbar aus, das Elend wieder los zu sein.

Freytag hatte inzwischen seinen Vorschuss so gut wie aufgebraucht. All die Ausschweifungen mit der Pfeife, der Droschke und so weiter hatten tief ins Kontor geschlagen. Ab jetzt würde er sich nur noch Sardinen leisten können.

»Hat Frau Weber auch etwas zum Inhalt gesagt?«

»Dies ist eine *Schreibstube*«, sagte der Mann müde, »wir haben weder Zeit noch Lust, anderer Leute Texte zu lesen. Denn ob Sie es glauben oder nicht, Herr *Schmidt*, wir haben vollauf genug damit zu tun, zu *schreiben*. Außerdem geht es uns nichts an. Es ist eine Frage der Diskretion. Daran halten wir uns strikt.«

»Das freut mich«, sagte Freytag und klemmte sich den Manuskriptstapel unter den Arm. »Das freut mich außerordentlich.«

Freytag nahm eine Abkürzung durch die Gassen hinter dem Hofstall und der Technischen Militärakademie, wo ihm sofort die Plakate ins Auge fielen. Eines der Motive ging ihm nicht aus dem Sinn, selbst als er längst durch die schattigen Straßen weiterlief: das Seebad Grado.

Die farbenfrohe Reklame für österreichische Strände ließ ihm einfach keine Ruhe. Er sah vor sich, wie sie barfuß zwischen den Badegästen auf dem Bild ins Wasser schlenderte, den Rock bis zu den Knien hochgezogen; wie sie den Hut in die Adriabrise hielt, die ihr das Halstuch um das Kleid wehte, während der Eisenbahndirektor im Schatten einer gestreiften Badekabine saß und ihr an einem Glas Rum nippend hinterhersah.

Er brauchte nicht auf seine Taschenuhr zu schauen, um zu wissen, dass es bereits nach zwölf war, als er in die Paradestraße an der ehemaligen Stadtmauer einbog. Die Sonne stand hoch am Himmel, und die breiten, von Platanen gesäumten Trottoirs wurden längst von den üblichen Flaneuren bevölkert: Großbürgerliche Frauen mit Hüten und Schirmen zeigten sich pflichtschuldig auf ihrem täglichen Spaziergang; schmerzlich langsam und aufrecht schritten sie einher, was ihren Müßiggang wie ein schweres Joch erscheinen ließ. Sie trugen ihren Ruf mit erhabener Gelassenheit, trotz der stummen Blicke und des erwartungsvollen Lächelns, denen sie sich beständig ausgesetzt sahen.

Das Manuskriptbündel kam Freytag seltsam schwer vor; ein kompaktes Gewicht, das ihn durch die Gassen schnaufen ließ, als wögen die verworrenen Worte selbst weit mehr als das Papier, auf dem sie standen.

Vor dem Hotel Imperial blieb Freytag stehen, um seinen verkrampften Arm zu lockern. Während er die Finger spreizte, betrachtete er ein glänzendes Automobil, das mit brummendem Motor zwischen den Kutschen vor dem Eingang stand. Es wunderte ihn, dass ein so angesehenes Hotel, das immerhin weit über die Grenzen des Kaiserreiches bekannt war und von dem er seit ewigen Zeiten träumte, dort eines Tages übernachten zu dürfen – ein wahrlich aussichtsloses Ansinnen –, ein derart stinkendes Ungeheuer vor seinen Toren zuließ. Die Pferde scharrten bereits unruhig mit den Hufen und warfen ihre scheuklappenbewehrten Köpfe zurück, und die Kutscher stießen ihre besänftigenden Laute aus: *Brrrrr… brrrrr…*

Der Mann, der die motorisierte Droschke fuhr, trug Ledermütze und Brille, was Freytag an die plötzlich so begehrten Gasmasken erinnerte, und er schien sich überhaupt nicht um die Unruhe zu scheren, die er um sich her verbreitete. Etwas anderes hatte Freytag nicht erwartet, schließlich verbrachte dieser Mann seine Tage damit, eine Staubwolke hinter sich herziehend über die Landstraßen zu fliegen. Sicherlich war er an Kinderscharen gewöhnt, die ihm durch die Gassen folgten, und an Menschen, die ängstlich zur Seite sprangen, um sich am Straßenrand in Sicherheit zu bringen. Vermutlich war er sich der gerümpften Nasen und der Blicke, die man ihm hier zuwarf, gar nicht bewusst.

Durch die Schuhsohlen spürte Freytag die Vibrationen des Motors im ganzen Körper, und er musste an den Kaiser denken. Der alte Monarch weigerte sich zur Erbitterung vieler, sich den neuen Sitten zu beugen, und Freytag wurde plötzlich klar, was für ein Glück es war, so einen klugen Kaiser zu haben. Nicht nur, dass er davon Abstand nahm, sich in motorisierter Unwürdigkeit umherkutschieren zu lassen. Mit der silberbleichen Weisheit des Alters zeigte er sich auch sonst skeptisch gegenüber den sogenannten Errungenschaften der neueren Zeit.

Die weit gereisten Hotelgäste schlossen sich mit der Fremden stets eigenen Begeisterung – *Enchanté! Wonderful!* – der langsamen Prozession unter den Platanen an und bemühten sich dabei eifrig, mit der Menge der Sonnenschirme und verwöhnten Schoßhündchen zu verschmelzen. Mitten unter ihnen stand ein Mann mit einer Drehorgel, einer der vielen, die von dem überfließenden Luxus anderer zu profitieren suchten. Zu unverschämten Preisen bot er zweitklassige Stickereien an, die vermutlich seine Frau angefertigt hatte, sowie Ansichtskarten und allerlei Krimskrams, der den künftigen Erinnerungen der Reisenden dienen sollte, letztlich aber dazu verdammt sein würde, sein Dasein in unaufgeräumten Schreibtischschubladen und alten Schuhkartons zu fristen.

Freytag ging auf den Mann zu und tat, als betrachte er die Ansichtskarten. Er lauschte der blechernen Musik, die im Lärmen des Automobils unterzugehen drohte. Eben nahmen die Passagiere auf ihren gepolsterten Sitzen Platz, und wie er aus dem Augenwinkel erkennen konnte, hatte der Fahrer bereits seinen Kragen hochgeschlagen. Da blieb sein Blick an einer Fotografie des Praters hängen. Ein Riesenrad war darauf abgebildet. Das gigantische Rad mit seinen schaukelnden Kabinen machte den größten Teil des Motivs aus. Im Hintergrund schwebte hoch über den Kastanien ein Heißluftballon.

Warum er sie kaufte, hätte er nicht sagen können. Vielleicht lag es an dem Werbeplakat, an der von Strandhütten gesäumten

Küste der Adria. Und er hätte sicherlich noch eine Reihe weiterer unzureichender Gründe aufführen können – etwa, dass er sich nicht erinnern konnte, wann er zuletzt mit seinen krummen Zehen im Wasser gestanden hatte, oder dass es ihm nicht gelang, sich den Geschmack von Rum zu vergegenwärtigen –, wäre da nicht dieses Gebrüll gewesen, das ihn dermaßen erschreckte, dass ihm die Münzen auf das Pflaster rollten.

Die Abfahrt des Automobils löste eine Kette von Ereignissen aus, die er später nicht mehr in eine Reihe zu bringen vermochte. Eine Frau schrie auf, daran bestand kein Zweifel. Dass das Pferd durchging und die Droschke sich in Bewegung setzte, war ihm ebenfalls einigermaßen klar im Gedächtnis, ebenso, dass der Wagen umkippte und über die Straßenbahnschienen schleifte, denn das spielte die Hauptrolle bei dem Ganzen. Das Rad dagegen, das die Straße entlangrollte, bis es in einem langen, schlingernden Bogen krachend über die Trottoirkante sprang und in ein Blumenmeer flog, wobei es einen Verkäufer mit Schürze umwarf und schließlich durch eine Fensterscheibe brach, das konnte ebenso gut eine nachträgliche Konstruktion sein. Ebenso das Kreischen der Straßenbahnbremsen, denn dieses Geräusch suchte ihn schon seit Langem ständig heim. Das Durcheinander, der Tumult, die seltsamen Reaktionen der Leute – wie einer unbeweglich auf seinen Spazierstock gestützt dastand, scheinbar unberührt, und eine Zigarette paffte, als wäre er jeden Tag Zeuge solcher Unglücke; wie ein anderer mit jugendlichem Elan, aber vollkommen unüberlegt, versuchte Hilfe zu leisten, während wieder andere erschrocken oder gar hysterisch reagierten: Hand vor den Mund, hektisches Fuchteln mit den Armen, als hätte ein verwirrter Geist von ihnen Besitz ergriffen; wie jemand mit gespielter Gelassenheit versuchte, sich selbst zu beruhigen, indem er den Umstehenden versicherte, es bestehe überhaupt keine Gefahr!!!; nervöses, verbotenes Kichern, das in perlendes Lachen überging, dann aber im Halse stecken blieb, gar nicht zu reden von all den anderen Geräuschen, die sich ihnen entrangen, unartikulierte Laute, die mehr mit Tieren und mit den Eingeweiden der Erde zu tun hatten als mit ihren sprachlosen Besitzern – an dieses Durcheinander, um es kurz zu sagen, erinnerte er sich später nur verschwommen.

Ob er die Ansichtskarte tatsächlich bezahlt hatte, konnte er nicht mehr mit Sicherheit sagen, aber dass er sich gar nicht erst bemühte, zwischen all den Fußtritten und den Menschen, die herbeieilten, seine Münzen zu retten, schien ihm wahrscheinlich, und die Tatsache, dass mindestens eine davon – ein Zehn-Heller-Stück – wie eine glänzende Maus in einem Abfluss im Rinnstein verschwand, würde er später als gegeben hinnehmen.

Was danach geschah, entzog sich seiner Erinnerung vollkommen. Wie er zum Unglücksort gelangte, konnte er im Nachhinein nicht erklären, und noch weniger, was sich in der Zwischenzeit abgespielt hatte. An den Anblick des Tiers dagegen, der sich ihm flüchtig bot, als er sich an den Neugierigen vorbeidrängte, erinnerte er sich ganz deutlich. Und diese leuchtende Klarheit machte er später für den Nebel verantwortlich, der sich über seine übrige, eher bruchstückhafte Erinnerung legte: eine schreckliche Reinheit, die alles andere überstrahlte. Was er da zu sehen bekommen hatte, brannte sich tief in sein Gedächtnis ein.

Auch der Hund, um den er später einen Bogen machte, als er fluchtartig den Unfallort verließ, stand ihm im Lichte dessen, was er mit angesehen hatte, ganz deutlich vor Augen: An einen Laternenpfahl gebunden stand er da und jaulte und jammerte und schlug mit gesträubtem Fell und dem Schwanz zwischen den Beinen um sich.

Noch immer hielt der Löwe seinen Messingknochen im Maul. Der Lakai, dessen Stirn Freytag dieses Mal womöglich noch höher vorkam, behauptete, Signori sei leider nicht zu sprechen. Er werde aber gern dafür sorgen, dass er den Umschlag tatsächlich erhielte.

»Das geht leider nicht«, sagte Freytag. »Es ist wichtig, ich muss ihn persönlich übergeben.«

Herr Dr. Signori sei beschäftigt, wiederholte der Lakai.

Dr. Signori würde das schon verstehen, erwiderte Freytag.

Ob er so freundlich wäre, in der Eingangshalle zu warten?

Freytag ließ sich auf einem Lehnstuhl nieder, der ungewöhnlich hoch war, sodass er gezwungen war, ganz aufrecht zu sitzen. Er fühlte sich ein wenig schwindlig. Die Beine aneinandergepresst und die Fersen in der Luft saß er da wie eine Sekretärin, rutschte unruhig hin und her und trommelte mit den Fingern auf dem Manuskript herum, das schwer in seinem Schoß lag. Er kam sich lächerlich vor mit seinen zitternden Knien, wie ein Knabe auf dem viel zu großen Stuhl des Direktors, der sich strecken muss, um die Aufführung des Schultheaters besser zu sehen. Er war aufgewühlt, was er auf das unangenehme Erlebnis mit der Droschke zurückführte, und er wurde das Bild des Pferdes nicht los, seiner großen dunklen Augen, in deren Pupillen er beinahe ertrunken wäre. Es war im Schockzustand gewesen, aber ruhig, fast unheimlich in seiner Beherrschtheit. Der scharfe Knall, der ihn wie ein Peitschenschlag am Hinterkopf getroffen hatte; er hatte die Augen zusammengekniffen und sich bekreuzigt, das fiel ihm ebenso ein wie die Stille, die auf den Gnadenschuss folgte, als wäre die ganze Stadt stehen geblieben und hätte für eine lange Sekunde den Atem angehalten, ehe der Lärm wieder über sie hereinbrach und er seinen Weg fortsetzte.

Freytag erhob sich und ging auf und ab, die Hände hinter dem Rücken verschränkt wie ein Museumsdirektor. Seine Schritte hallten in der Kuppel wider. Er bewunderte eine Vase aus tief meerblauem Glas, eine Farbe, von der er gehört hatte, dass sie Bristolblau hieß. Dann betrachtete er all die anderen Prunkgegenstände, die in dem hohen Raum verteilt waren, Dinge, die er nach ihrer Schönheit bewertete, von denen er jedoch nicht hätte sagen können, wie viel sie tatsächlich kosteten, denn sie befanden sich weit außerhalb seiner Welt und der bescheidenen Reichweite seines Portemonnaies. Etwa das mit Intarsien verzierte Kästchen, das er öffnete und in dem er einen Stapel von Signoris Visitenkarten fand – es erschien ihm unschätzbar wertvoll. Er glaubte, Stimmen zu vernehmen, als ob jemand diskutierte, Türen, die zuschlugen, ein entferntes Poltern auf den Treppen. Eilig steckte Freytag eine Karte in seine Jackentasche und schloss den Deckel. Dann richtete er sich auf – dass seine Ankunft einen derartigen Aufruhr in einem Haus dieser Größe verursachte, erfüllte ihn mit einer schwer zu erklärenden Zufriedenheit.

Signoris Stimme klang atemlos. Das lag sicherlich an all den Treppen, die sich im Innern des Palastes verbargen. Die Farbe seiner Wangen ließ hohe Decken und eine unendliche Zahl von Gesellschaftsräumen vermuten, ebenso der feuchtwarme Händedruck. Erhitzt, dachte Freytag, er ist erhitzt.

»Herr Freytag, was für eine Überraschung!«

»Mir war daran gelegen, das Manuskript persönlich abzugeben. Ich hoffe, ich störe Sie nicht.«

»Überhaupt nicht, ich habe nur gearbeitet. Wollte noch etwas erledigen, bevor ich abreise.«

»Viel Vergnügen«, sagte Freytag und reichte ihm den Stapel Blätter, den Frau Weber und ihre Kolleginnen in der Burggasse mit so viel Mühe fertiggestellt hatten. Noch immer roch er schwach nach heruntergeschlagenen Tasten.

»Ich freue mich wirklich darauf, es zu lesen. Das wird sicher sehr interessant.«

»Erwarten Sie nur nicht zu viel, Herr Signori. Es ist noch sehr unfertig.«

Es erschien ihm seltsam, dass jemand um diese Tageszeit noch im Bett gelegen haben sollte, das hätte selbst seine Frau sich nicht erlaubt. Er vernahm nämlich einen wohlbekannten Geruch nach Laken und einen flüchtigen Duft, den er nicht identifizieren konnte, mit dem er aber von früher her vertraut war, ein herber Duft, den er lange nicht gerochen hatte, angenehm und unangenehm zugleich, und er konnte nicht anders, als anzunehmen, dass Signori von demselben pochenden Schmerz in den Schläfen befallen worden war, den er selbst verspürte, seit er an diesem Morgen erwacht war. Das hätte auch den angestrengten Blick erklärt, den er zuvor noch nie bei ihm wahrgenommen hatte, und das zerraufte Haar; und dass ein so ordentlicher Mann, ein Tuchhändler obendrein, vergessen konnte, seine Hose zuzuknöpfen, sowie die Tatsache, dass ihm ein Hemdzipfel herausschaute wie ein Taschentuch, mit dem man zum Abschied winkt. Und dass er obendrein einen Geruch nach abgestandenem Fisch verströmte, nach vergessenen Sardinen.

»Bon voyage.«

Als er wieder auf die Straße hinaustrat, warf er einen Blick über die Schulter, denn er spürte schon wieder, wie sich ihm die Nackenhaare aufstellten. Hinter den Gardinen im dritten Stock nahm er eine Bewegung wahr, fast unmerklich; ein leichtes Hin und Her, hinter der Sorte schweren Samtes, die dazu diente, die Sonnenstrahlen draußen zu halten und die Nacht zu verlängern. Solchen, wie sie gewöhnlich im Schlafzimmer hängen; da war er sich seiner Sache ganz sicher. Der nackte lange Arm mit dem schmalen Handgelenk dagegen und das Tangobärtchen konnten ebenso gut die Früchte seiner Einbildungskraft sein. Einer Fähigkeit, die er willkommen hieß, hatte sie doch endlich seinen widerspenstigen Stift befreit.

Nach getaner Arbeit ging Freytag ins Sperl. Das Schreibheft lag sicher in seiner Jackentasche, gleich neben der Ansichtskarte. Es wärmte sein Herz, das schwer schlug, denn er war müde von all dem Spazieren und fühlte sich schwindlig und unpässlich. Am Getreidemarkt flog der größte Schwarm Tauben auf, den er je gesehen hatte, und verdunkelte den Himmel: ein Tuschfleck, der nicht wusste, wo er hinsollte, als hätte jemand vor Schreck versehentlich ein Tintenfass umgestoßen.

Die *Reichspost* lag noch unberührt auf dem Zeitungstisch. Er bestellte Kipfel mit Marmelade, dazu Schinken und Käse, denn er hatte lange nichts gegessen, was sicher die Ursache für den

Schwindel und den unverkennbaren Gallegeschmack war, der ihn schon den ganzen Morgen verfolgte. Doch als das Frühstück kam, hatte er keinen Appetit mehr und kaute nur lustlos an einem unbelegten Kipfel, während er seine *Reichspost* las.

Die Leute würden durch den bevorstehenden Untergang verrückt, stand dort, obwohl es keinen Anlass zur Beunruhigung gäbe; sie müssten in die Irrenanstalt eingeliefert werden. Mehrere Menschen hätten sich bereits das Leben genommen, eine Mutter hatte sich mit ihrem Kind in den Fluss geworfen. Ein Kaufmann, Vater von fünf Töchtern, hatte die ganze Familie mit dem Einverständnis seiner Frau mit Leuchtgas vergiftet. Eine der Töchter war offenbar gestorben, die anderen schwebten noch in Lebensgefahr.

Freytag trank einen Schluck Wasser. Der Mokka schmeckte ihm nicht. Allein der Gedanke an Kaffee verursachte ihm Übelkeit. Er faltete die Zeitung zusammen. Er schaffte es einfach nicht, über all das Elend zu lesen.

Freytag zog sein Schreibheft heraus und legte es auf das Marmortischchen. Dann setzte er sich zurecht, um zu lesen. Das hatte er bereits am Morgen nach dem Aufstehen tun wollen, hatte jedoch absichtlich damit gewartet. Er wollte es in Ruhe lesen, mit vollem Magen, hatte er sich eingeredet – etwas in ihm hatte sich gesträubt. Und tief in seinem Innern, in dem Teil der Seele, der mit dem Bauch verwandt ist und der begreift, was der Kopf noch nicht wahrhaben will, hatte er die Bedeutung begriffen, die der von ihm verfasste Text für ihn hatte. Wie lange hatte er zu schreiben versucht? Und jetzt war ihm der Durchbruch gelungen!

Freytag trank noch einen Schluck und öffnete mit zitternden Händen das Heft. Dann holte er tief Luft und begann zu lesen.

Wenn jemand ihn von den Nachbartischen beobachtet hätte, wäre er wohl zu der Überzeugung gelangt, er läse etwas sehr Trauriges, eine Todesanzeige vielleicht oder ein Kündigungsschreiben, denn seine Stirn legte sich in tiefe Falten, und an seinen Schläfen ringelten sich Regenwürmer unter der Haut, die dort dünn wie feinstes Bibelpapier war. Was er las, machte ihn so beklommen, dass er zu zittern begann, und es schüttelte ihn, als er die Tintenspuren an der Unterseite seiner Hand sah: Es waren die Worte eines Irren. Eine geistesgestörte, zusammenhanglose Schmiererei, ein Wirrwarr kranker Gedanken. Die minutiöse Wiedergabe von F.s morgendlichen Ritualen – wie er sich unter den Armen wusch, seine Zehennägel reinigte, sein Nasenhaar schnitt; er beschrieb sogar das Geräusch, wie die Schere die drahtigen Haare durchtrennte, wie es klang, wenn sie auf den gefliesten Boden fielen. Dann die gewissenhafte Beschreibung, wie er sich anzog, bis ins kleinste Detail, von den schmutzigen Unterhosen bis zum Taschentuch, das er in die Brusttasche seines Jacketts steckte, und wie er es zuvor nach einem komplizierten Muster, das an asiatische Papierfaltkunst erinnerte, zusammenlegte – und das alles vermischt mit zahllosen Anspielungen auf ein unsichtbares Spinnennetz, das sich um alles herumzog, sich in F.s Gehörgänge wand und unter seinen Fußsohlen klebte, wenn er durch die Wohnung ging. Freytag traute seinen Augen nicht. Auf vier langen Seiten hatte er die Feuchtigkeitsflecken an der Decke beschrieben und die Risse in der Tapete. Es gab merkwürdige Rückblenden auf einen stinkenden Abwasch mit Schimmelkäse. Anschließend eine lange Passage über die Geräusche der Abflussrohre, die durch sein Inneres zu laufen schienen, und über Mäuse, die durch die Wände flitzten und wisperten. Ganz zu schweigen von den unreflektierten Einfällen, die gleich einem unbändigen Frühlingsfluss aus F.s Innerem strömten: unstrukturierte Gedankengänge und Verbindungen, flüchtige Assoziationen, wie sie in den vergessensten Hinterhöfen des Bewusstseins umherschweifen, bar jeder Bedeutung und Veredlung, wie sie dem rationalen Denken eignet – ein wahrer Mahlstrom verfehlter Absichten und stinkender Gedankenabfälle, die auf den planlosen Windungen und Biegungen von Kloaken dahintrieben. Und noch mehr unsägliches Zeug, wie die systematische Auflistung aller Straßennamen in Mariahilf und Umgebung, ein Namensverzeichnis all derer, die sich hinter den Vorhängen verbargen; Kataloge, die mehr mit Einkaufslisten und den Aufzeichnungen eines Landvermessers gemein hatten als mit Literatur – umbringen würde es ihn, wenn er das je gedruckt sehen müsste!

Wie er so dasaß, die Schultern vollkommen verkrampft, fühlte er sich plötzlich so erschöpft, dass er seinen Traum ein für allemal losließ. Er erhob sich und ging ohne ein Wort des Abschieds hinaus, denn er brauchte Luft, Luft zum Atmen.

Mit weichen Knien und Übelkeit im Hals lief er zwischen den Straßenbahnwagen umher, die lautlos an ihm vorbeidonnerten. Der Luftzug auf seinem Gesicht machte ihm schmerzlich klar, dass er nicht träumte. Er dachte an die aufgelöste Interpunktion, an die sich wiederholenden, sinnlosen Kehrreime, Tautologien und maliziösen Pleonasmen; das Pflaster vibrierte unter seinen Sohlen. Freytag kam an Menschen vorüber, deren Münder sich öffneten und schlossen, ihre Lippen formten stumme Worte, die auf das Trottoir herunterfielen, Tauben flogen lautlos und mit verwischenden Flügeln auf. Einer Eingebung folgend, suchte Freytag schließlich den alten Zigeuner mit dem Papagei.

Er wollte mit dem Spielmann über einen alten Mann reden, der sein Leben lang für das Wort gelebt und geduldig gewartet hatte, bis seine Stunde gekommen war, der endlich mit der Erfahrung dieses ganzen Lebens seiner Bestimmung nachgehen wollte, seiner allseits anerkannten Fähigkeit, die Sätze zum Singen zu bringen, und der plötzlich, als dies alles war, was ihn noch in dem zerbrechlichen Zustand namens Leben hielt, diese einzige Begabung verlor, dieses Können, das so wenig greifbar war, dass es viel zu viele verschiedene Bezeichnungen trug – Anlage, Gabe, Sinn, Talent, um es nicht bei seinem richtigen Namen zu nennen: Laster; wie dieses Können, ebenso wie seine geliebte Ehefrau, seinen Koffer gepackt und ihn ein für allemal verlassen und mit seinen Sardinenbüchsen und seinen einsamen Nächten zurückgelassen hatte. Er würde zugeben, dass er es sich selbst zuzuschreiben hatte, dass er in einem der beiden Fälle tatsächlich selbst dabei geholfen hatte, den Koffer zu packen, und diesen einem ungeduldigen Mann überreicht hatte, der mit einem Kopf voller Grillen in den Bergen lebte.

Warum, das wollte er wissen.

Er hoffte, der Spielmann würde ihm Einblick geben in die Geheimnisse, über die Zigeuner sonst nicht mit anderen reden, die von Generation zu Generation weitergegeben werden. Der Zigeuner würde Mitleid mit ihm haben. Denn wenn es jemanden auf Erden gab, der sich auf das Leiden verstand, so waren das doch die Zigeuner, mit ihren farbenfrohen Kleidern und Wagen, die niemals stillstanden. Der zahnlose Mann würde von Melodien im Wind erzählen und von einem Bogen, der von unsichtbarer Hand geführt über die Saiten hüpft, über das große Rätsel schlechthin, und Freytag würde andächtig lauschen, ohne etwas zu verstehen, um am Ende – nachdem er ein für allemal die Erkenntnis geschluckt hätte, die er innerlich schon so lange ahnte und fürchtete – den Spielmann zu bitten, eine letzte traurige Melodie auf seinem uralten Instrument zu spielen, eine frostige Weise zum Abschied, einen düsteren Klang, der wie ein welkes Blatt im Wind aus einer anderen Zeit heranschwebte, einem Ort im Nordosten – wie der anhaltende Klagelaut eines ausgestoßenen Wolfes auf der Klippe, der umgeben von unendlichen Tannenwäldern den Mond anheult, nur ihm allein gewidmet. Und Freytag würde mit schwerer Hand das letzte Kapitel seines unvollendeten Lebens zuschlagen, erstickt unter lächerlichen Ambitionen.

Als Freytag ankam, stand der Zigeuner nicht an seinem üblichen Platz neben der Plakatsäule. Auch kein Papagei war da, der seinen Besitzer hätte nachahmen können; lediglich ein kleiner Haufen Zigarettenstummel und Papageiendreck zeugten davon, dass sie je hier gewesen waren, dass er sich das alles nicht nur eingebildet hatte.

Niedergeschlagen setzte Freytag seine Wanderung durch die Stadt fort. Er fühlte sich unsichtbar, niemand schien zu bemerken, dass er dort ging, er lief wie in einer Blase, umschlossen von einer glänzenden Membran, so schwebte er über das Pflaster. Ein fernes Grollen dröhnte an sein Ohr, flüchtige Wellen schienen durch seinen Körper zu gehen.

Schließlich gelangte er auf eine Brücke, unter ihm strömte der Fluss. Senfgelb war die Donau und wachsbleich zäh, wie Vanillesoße, die über Nacht draußen gestanden hatte. Wenn er hineinfiele, würde er von der starken Strömung mitgerissen werden. Er beugte sich über das Geländer und dachte an die Orte, an denen sein Körper vorbeikommen würde, Pressburg, Budapest, Belgrad, all die Brücken, unter denen er hindurch schwimmen und gegen die er schlagen würde, ehe er ins Schwarze Meer gespült würde, zusammen mit Unrat und aufgedunsenen Fischen, die mit dem Bauch nach oben dahintrieben. Ein schwindelerregender Gedanke. Die Strudel zogen ihn an. Während er über die misslungenen Analogien nachdachte, die nicht einmal er selbst, der Verfasser, noch auseinandernehmen konnte, geschweige denn, dass er sie von den antiken Vorbildern hätte herleiten können, die ihm während ihres fiebrigen Zustandekommens vorgeschwebt hatten und die sich ihm jetzt lediglich als das launische Aufbegehren eines Kindes gegen die schwere Ordnung der Dinge darstellten, schien es ihm, als stiege das trübe Wasser an, als erhöbe es sich in wirbelnden Spiralen. Es war, als käme ihm der Fluss mit geöffneten Armen entgegen. Jetzt spürte er auch, wie die Brücke unter ihm schwankte. Er spürte die Sturzwellen unter sich, als torkele er über ein offenes Deck. Es war das unerträglich Alltägliche seiner Darstellung, die Verschwendung von Zeit und Papier, so sinnlos in ihrer sich wiederholenden Gewöhnlichkeit, es war der Mangel an Handlung, die Planlosigkeit, die Konfliktarmut, die ihn erschütterte, ein schreckliches Chaos, das ihm den Boden unter den Füßen wegzog. Und nicht zuletzt die Tatsache, dass all dieser Unsinn, all die seltsamen Einfälle, die sein Notizbuch füllten, sich innerhalb eines Zeitraums abzuspielen schienen, der nicht länger war, als es brauchte, das merkwürdige Ergebnis zu lesen.

Du bist kein Schöpfer, Freytag, sagte er zu sich selbst, du bist ein alter Narr.

Und so stand er da und wippte und hob sich auf die Zehenspitzen, während der Fluss sich unter ihm vorbeiwälzte. Wie aus dem Nichts leuchtete das Bild Pater Antons in seinem Bewusstsein auf: Der Mönch streckte eine Hand nach ihm aus und lächelte sein sanftes Lächeln.

Mit einer Willensanstrengung, die er sich selbst nicht zugetraut hätte, riss Freytag sich vom Geländer los, ergriff die Hand und taumelte über die Brücke.

Er lief, so schnell ihn seine alten Beine trugen; hätte er gekonnt, so wäre er gerannt, denn jetzt brodelte es in ihm vor Angst, und er taumelte zwischen den Laternenpfählen dahin. Er musste mit Pater Anton reden. Er hatte eine Frage, eine Frage, die nach einer Antwort verlangte: Warum hatte Gott ihm einen so unbändigen Wunsch mitgegeben, nicht aber die Gabe, ihn sich zu erfüllen? Warum, wenn es gar nicht darum ging, diese Sehnsucht zu stillen?

Dieser Gedanke brachte seine ganze Welt ins Wanken. Die Bäume und Straßenlaternen drehten sich. Ratten strömten aus den Abflüssen im Rinnstein. Und er war nahe daran, zu fallen.

Villa-Borghese-Park, Rom, 23. Juli 1903

Früh am Vormittag, während die Parkwächter noch die Wege harkten, saß der Romkorrespondent der *Wiener Zeitung* auf einer Parkbank und aß einen Apfel, Alxingers »Gedichte zweiter Band« neben sich. Er trug einen unauffälligen Anzug; ein unbedeutender Mann, der sich dadurch auszeichnete, dass seine Artikel (im Gegensatz zu jenen Alxingers) in seinem Heimatland niemals zensiert worden waren. Dennoch wurde er seit einiger Zeit von der italienischen Polizei observiert; vielleicht gerade aufgrund seiner Harmlosigkeit, oder wegen seiner Angewohnheit, seinen morgendlichen Cappuccino in einem der Cafés rund um den Vatikan und das Regierungsviertel einzunehmen. Oft konnte man beobachten, wie er dort saß und unverantwortlich viel Zeit darauf verwendete, die Privatanzeigen des *Corriere della Sera* zu lesen. Zudem war er ein gerngesehener Gast bei den Abendessen der österreichischen Botschaft, sowohl bei der apostolischen als auch bei der anderen, der weltlichen drüben bei den anderen Gesandtschaften.

Er hatte kaum länger als eine Viertelstunde zwischen den Buchsbaumhecken gesessen und in der Gedichtsammlung geblättert, als ein Mann mit einer Zeitung unter dem Arm die Pinienallee herunterkam. Der Mann, nach seinen Schuhen zu urteilen ein Einheimischer, setzte sich neben ihn und schlug die Beine übereinander. Der Korrespondent schien ihn nicht weiter zu beachten.

»Entschuldigen Sie«, sagte der Italiener nach einer Weile. »Ist das Descartes, was Sie da lesen?«

»Nein, Voltaire.«

»Ich hätte schwören können, es wäre Descartes.«

»Haben Sie etwas für mich?«

»Haben Sie die letzte Ausgabe des *L'Osservatore Romano* gelesen?«

»Nein, noch nicht.«

»Ich kann Ihnen den Artikel über das Hinscheiden des Papstes empfehlen. Der Heilige Vater litt nach Angaben seines Leibarztes an Atemnot. Das war es wahrscheinlich, was ihn letztlich das Leben kostete… Ich bilde mir ein, es könnte von Interesse sein für jemanden aus einem Land mit so anerkannten Ärzten: wie es sein kann, dass selbst heilige Monarchen einmal aus dem Leben gehen müssen.«

Der Italiener stand auf und ging. Wie durch Zufall vergaß er seine Zeitung auf der Bank.

Es dauerte nicht lange – er hatte gewiss nicht mehr als ein oder zwei weitere Gedichte gelesen –, da schaute der Romkorrespondent auf die Uhr. Mit einem Mal hatte er es fast eilig. Er klemmte sich Zeitung und Buch unter den Arm, stand auf und ging mit raschen Schritten davon.

Viele waren in die Kirche gekommen: Frauen mit Kopftüchern, weinende Kinder, Greise mit zitternder Unterlippe. Manche hatten sogar Decken dabei, wie Freytag erstaunt feststellte. Er tauchte die Finger ins Weihwasser und bekreuzigte sich. Ein scharfer Geruch hatte sich über den Weihrauch gelegt, ein Geruch nach Schweiß und schwachen Nerven: Gottesfurcht.

Schließlich, nachdem er auf Zehenspitzen nach dem Mönch Ausschau gehalten hatte, wie ein Kind, das beim Karneval verloren gegangen ist, erblickte er sein scharf geschnittenes Profil zwischen den ängstlich murmelnden Gesichtern.

Pater Anton bereitete gerade die Zeremonien vor, denn man hatte sich entschlossen, eine besondere Messe abzuhalten. Aufgrund der Anfechtungen, wie es hieß. In unruhigen Zeiten suchten die Leute Schutz in der Kirche.

»Warum?«, murmelte Freytag.

»Setzen Sie sich«, sagte der Priester mit sanfter Stimme; ihn schien nichts aus der Ruhe bringen zu können. »Sie sehen vollkommen erschöpft aus. Atmen Sie tief durch. Ihre Gedanken sind durch die erneuten Erdstöße erschüttert.«

Warum, fragte er noch einmal. Warum hatte seine Frau ihn nach all den Jahren verlassen? Und warum konnte er sich einfach nicht von seinem Traum lösen?

»Das Handeln Ihrer Frau hat Sie hierhergeführt, in die Kirche. Näher zu Gott«, sagte der Pater. »Sie haben zu Ihrem Glauben zurückgefunden. Vielleicht ist es Gottes Art, zu Ihnen zu sprechen. Ich glaube, er hat Sie gerufen. Er hat einen Plan mit Ihnen.«

Sein Leben lang war Freytag regelmäßig zur Kirche gegangen, wie alle in dem Dorf, in dem er aufgewachsen war, und er hatte versucht, so anständig zu leben, wie er konnte. Doch er war nie wirklich gläubig gewesen. Immer hatte er zu denen gehört, die er später verachten und zugleich bemitleiden sollte: Der Tradition verhaftet, beteiligten sie sich zwar an den Ritualen, doch es gelang ihnen nicht, Gott ganz in ihre hohle Brust hineinzulassen. Wenn die Last zu groß wurde, wenn die Angst vor dem Ende und die Ungewissheit ihr hässliches Gesicht zeigten, lehnten sie sich an den Allmächtigen, kehrten ihm jedoch bereitwillig den Rücken, sobald die Wolken sich wieder verzogen.

Jeden Sonntag war Freytag mit seiner Frau in die Mariahilfer Kirche gegangen, weil es die Kirche ihrer Gemeinde war. Dort hatte er allen Bekannten zugenickt, über diejenigen getuschelt, die sich mal wieder nicht zeigten, und mit verzeihender Miene dagesessen, ein Knurren im Magen, das der Erwartung des Sonntagsessens geschuldet war.

Ein Zufall hatte ihn in die Dominikanerkirche geführt. Auf einer seiner planlosen Wanderungen war er vor der schmalen Fassade in der Postgasse stehen geblieben, und als er hineinging – einfach, weil er gerade nichts anderes zu tun hatte –, hatte er plötzlich eine Offenbarung gehabt. Etwas in der prächtigen Ausstattung und den wehmütigen Orgelklängen hatte ihn an längst vergangene Zeiten und vergessene Gelübde erinnert. Der Kirchenraum war so prachtvoll, so sorgfältig und detailreich geschmückt, dass er lange in der Bank sitzen blieb, auf dem Platz, der mit der Zeit zu dem seinen geworden war. Er war verblüfft, dass er tatsächlich immer noch etwas Neues fand, worauf er den Blick richten konnte, und er fühlte sich wie in eine andere Zeit versetzt, eine Zeit, die ihm besser vorkam, eine menschlichere Zeit – die Zeit, für die er eigentlich gemacht war: in der es noch unverrückbare Werte gab.

Sofort hatte er sich hier heimisch gefühlt, im Geruch vergangener Generationen und umgeben von dieser Pracht, erleichtert auch durch die Anonymität: dass er nicht zu befürchten brauchte, jemanden zu treffen, der sie kannte. Die Orgel schien im Dunkeln mit ihm zu sprechen, in einer ursprünglichen, traurigen Sprache, gänzlich frei von den mäßigenden Einflüssen des Verstandes. Sie sprach zu ihm über Dinge, die sie unmöglich wissen konnte und die er selbst noch nicht begriff. Ihm war, als spiele der unsichtbare Kantor für ihn allein, als teile der Organist seinen unaussprechlichen Kummer mit ihm.

Der Besuch der Dominikanerkirche wurde ihm bald zur Gewohnheit, und er wurde zu einem Bestandteil des Dekors. Bald wurde der alte Pater Horst auf ihn aufmerksam. Er hatte bemerkt, dass der häufige Gast nie am Abendmahl teilnahm, und hatte ihn als einen der trostlosen Suchenden identifiziert, die sich in den hintersten Bänken versteckten, eine verirrte Seele, die um Wegweisung bat.

Als Pater Horst erkrankte und durch einen jungen Mann ersetzt werden sollte, hatte Freytag um seinen Begleiter getrauert. Er unterstellte seinem Nachfolger alle Unvollkommenheiten der Jugend. Doch seine Befürchtungen fielen in sich zusammen, sobald er ihn persönlich traf, und mit dem grenzenlosen Wohlwollen des Bekehrten nahm er Pater Anton bedingungslos an. Er freute sich jedes Mal auf ihre Begegnungen. In der jungen Seele entdeckte er eine Reinheit, die ihm den Glauben an den morgigen Tag zurückgab und die er in dem alten Klosterbruder nicht gefunden hatte. Er fand Trost in seinem sanften Lächeln, seiner jugendlichen Weisheit, und seine Zweifel wurden von Überzeugung abgelöst. Er vertraute sich ihm an. Mit all seiner angestauten Leidenschaft gab er sich der Beichte hin, wie er es auch an diesem erschütternden Tag im Schutze des Gitters tat:

»Vergib mir, Vater, denn ich habe gesündigt.«

»Ich höre, mein Sohn.«

»Ich habe unreine Gedanken an meine Esperantolehrerin gehabt.«

»Mhm. Sprich weiter.«

»Ich habe über den Tod nachgedacht.«

»Das ist keine Sünde, mein Sohn, im Gegenteil. Wenn die Leute mehr über das Leben nach dem Tod nachdenken würden, sähe die Welt viel besser aus.«

»Aber ich habe zuletzt sehr viel über den Tod nachgedacht.«

Er erleichterte sein Herz. Er sprach aus, was er nicht einmal vor sich selbst hatte zugeben können: Dass er ein Versager war. Dass er unter einem Zwang litt. Dass Hass und Missgunst ihn verzehrten. Gegenüber seiner Frau, gegenüber dem berühmten Schriftsteller, gegenüber sich selbst. Und dann sagte er das Allerverbotenste: Dass er ihnen allen den Tod wünschte. Dass er zweifelte. An sich selbst, an Gott.

Ego te absolvo.

Nach der Beichte unterhielten sie sich noch eine Weile, während sie auf die Messe warteten. Pater Anton hielt seine Hände.

»Gott prüft Sie. Ihre ruhelosen Finger, die Magenbeschwerden, von denen Sie erzählt haben, der Schwindel … All das sagt mir, dass Sie nicht zuhören, dass Sie zweifeln. Vielleicht sind Sie zu sehr auf Ihren Traum fixiert gewesen. Wenn Sie loslassen und sich in Gottes Hand geben, dann werden Sie Ruhe finden.«

»Glauben Sie?«

»Das ist meine Erfahrung. Gott hat Pläne für Sie. Ich spüre das.«

Dann erhob sich Pater Anton, denn er hatte keine Zeit mehr, er musste zum Tabernakel und die Hostien vorbereiten.

Freytag saß eingeklemmt in der Bank, zusammen mit den Hingebungsvollen und Verschreckten, und bat Gott, ihm den Weg zu weisen. Er bettelte um ein Zeichen, im Geiste und in der Wahrheit.

In dem kühlen Kirchenraum, wo er vor dem Kreuz niederkniete und den Leib Christi empfing, senkte sich zum ersten Mal eine innere Ruhe über ihn, als lege Gott in seiner Güte die Hand auf seinen Kopf, und er weinte so sehr, dass sich die salzigen Tränen mit dem Geschmack des Weines und der Oblate in seinem

Mund vermischten. Er weinte um den kleinen Jungen, der ganz allein auf der Welt war, ohne Freunde; er weinte um Georg, der sich von Gott losgesagt hatte, um seine Frau, um seinen Traum, den er so lange gehegt hatte und der jetzt für immer gestorben war, um Lothar und alle Armen dieser Welt.

Als er heimwärts ging, hörte er im Kopf noch immer den Kirchenchor. Er fühlte sich unendlich erleichtert. Die Klänge hallten in seinem Innern wieder und folgten ihm auf dem Weg wie eine besänftigende Harmonie. Er hatte losgelassen, er hatte sich in Gottes Hand gegeben. Immer wieder hörte er Pater Antons sanfte Stimme:

»Nach Jesu Versprechen können alle Menschen aller Völker und aller Zeiten auserwählt sein, wenn sie nur wollen und sich bemühen.«

Wieder und wieder hörte er diese Worte.

Als er sich den Hut aufsetzte, meinte Freytag noch immer, die Hand des Herrn auf seinem Kopf zu spüren. Seine Stirn glättete sich, und er wanderte in altgewohnter Pilgerschaft die Gumpendorfer Straße entlang. Seine Wangen glühten; eine Hitze, die er schon früher am Morgen verspürt hatte, als er auf dem Bett gesessen und beim ersten zögerlichen Fensterbrettgezwitscher der Vögel seine Bibel aufgeschlagen hatte: *Ihr Lieben, lasst euch durch die Hitze nicht befremden, die euch widerfährt zu eurer Versuchung, als widerführe euch etwas Seltsames, sondern freut euch, dass ihr mit Christus leidet, damit ihr auch zur Zeit der Offenbarung seiner Herrlichkeit Freude und Wonne haben mögt.*

Hunger übermannte ihn; ein solches Verlangen nach Frühstück hatte er schon lange nicht mehr verspürt, nicht seit der Zeit, als seine Hosen in der Taille noch spannten.

Nachdem er unterwegs in eine Konditorei geschlüpft war und eine Schachtel Pralinen gekauft hatte, deren bloßer Anblick einem ziehende Zahnschmerzen verursachen konnte, setzte er seine Wanderung fort. Bald war er am Ziel, ohne dass er unterwegs auf Spuren des letzten Bebens gestoßen wäre – das Einzige, was er feststellen konnte, war ein kleiner Riss im Sockel des Hauses in der Barnabitengasse, aber der hätte auch schon vorher da gewesen sein können.

In rascher Folge verschwanden die Kipfel in seinem Mund, und Paolo musste mehrmals Marmelade nachfüllen. Während er auf seinem Platz saß und in der *Reichspost* blätterte, lösten sie in seinem Mund Geschmackssensationen aus, die ihm beinahe unanständig vorkamen.

Es hatte tatsächlich kaum Schäden gegeben. Berichtet wurde lediglich von Rissen in der Brigittenauer Brücke, beginnenden Brüchen, welche die Ingenieure beunruhigend fanden. Ein paar Hausdächer waren etwas stärker eingesunken, und ein paar Menschen waren mit Müh und Not herabfallenden Dachziegeln entgangen. Ein älterer Herr in Ottakring hatte weniger Glück gehabt, ihm war ein Topf Pelargonien auf den Kopf gefallen – er war noch nicht wieder aufgewacht. In der Sammlung des Kunsthistorischen Museums war eine etruskische Vase zu Bruch gegangen; nach Angaben des Direktors war sie unersetzlich. Uralte Figuren mit schelmischen Augen waren darauf abgebildet gewesen. In der Orangerie im Hofgarten waren hässliche Sprünge im Glas entstanden, wie durchsichtige Wurzeln, die auf der Innenseite wucherten. Doch ansonsten war das Beben ohne sichtbare Folgen geblieben. Kein Wort über das Unglück mit der Droschke und das Schicksal des Pferdes.

Stattdessen ein Bericht über den Tiergarten, in dem es offenbar wild zugegangen war. Eine Wölfin hatte während der Fütterung einen Zoowärter angegriffen. Was konnte man auch anderes erwarten? Im Affenhaus hatten sich zwei Pavianmännchen mit Reißzähnen und rot glänzenden Hintern in die Haare bekommen. Einer hatte schwere Bisswunden davongetragen. Und die Giraffe war in ihrem Gehege Amok gelaufen, wobei sie sich Verletzungen an den Unterschenkeln zugezogen hatte, die zwar nicht so schwerwiegend waren wie die Schäden am Gatter, aber viel ernster als die Wunden der Paviane.

Giraffen seien zerbrechliche Wesen, behauptete der Verfasser. Freytag empfand unversehens Mitleid mit dem Fabeltier, das so viele Gemeinsamkeiten mit den Schöngeistern hatte. Kamele dagegen, besonders Dromedare, hatten ein sehr viel dickeres Fell. Unbekümmert widmeten sie sich dem Wiederkäuen, trabten vergnügt in ihrer Beschränktheit sowie in der Wüste umher, vollkommen unbeeindruckt von ihrer eigenen Unzulänglichkeit, und priesen alles Hässliche. Der Gedanke, überhaupt wilde

Tiere – diese Geschöpfe Gottes – hinter Gittern zu halten, kam ihm mit einem Mal unmenschlich vor. Vor allem Giraffen, die mit ihren langen Hälsen so beeindruckend würdevoll aussahen.

Seufzend faltete Freytag die Zeitung zusammen. Als er eben seine Zigarillos herausholen wollte, suchte ein Herr am Nachbartisch das Gespräch mit ihm.

»Es ist doch seltsam mit diesen Erdbeben«, sagte der Mann. »Ich habe nicht das Geringste bemerkt. Beim ersten Mal saß ich im Zug, und das Beben ging unbemerkt an mir vorüber. Und gestern hielt ich gerade ein Nickerchen. Schlief wie ein Kind bei dem Ganzen. Wenn es all die Zeitungsartikel nicht gäbe, würde ich glauben, sie hätten gar nicht stattgefunden.«

»Wir sind wohl unterschiedlich empfindlich für Schwingungen«, erwiderte Freytag. »Tiere zum Beispiel scheinen sehr sensibel zu sein.«

Dann erklärte er, das geschriebene Wort sei nie ein Beweis dafür, dass etwas wirklich stattgefunden habe. Es könne gewiss wahr sein, wahrer auch als das meiste andere, aber nicht unbedingt wahrheitsgemäß.

»Was haben Sie denn getan, als die Erde sich schüttelte, wenn ich fragen darf?«

»Ich habe hier an diesem Platz gesessen und gelesen. Es war schrecklich.«

»Was haben Sie gelesen, mit Verlaub?«

»Das habe ich mich auch gefragt. Ich kann es Ihnen leider nicht sagen. Aber es muss von einer sehr unruhigen Seele geschrieben worden sein. Der Arme kann einem wirklich leidtun.«

»Sie verstehen sich wohl auf so etwas: das geschriebene Wort?«

»Gut möglich. Ich bin pensionierter Lektor.«

»Ach, deshalb. Schreiben Sie selbst?«

»Nein«, erwiderte Freytag, »ich bin nur ein einfacher Leser.«

»Ich persönlich lese ja nicht viel, hab keine Zeit dazu. Aber ich habe ein Buch geschrieben. Mehrere sogar.«

»Sieh mal einer an.« Freytag lächelte sanft.

»Ich habe sie im Kopf«, behauptete der Mann und klopfte mit dem Finger an seine Schläfe, »muss sie nur niederschreiben, wenn ich Zeit dazu habe.«

Na, schönen Dank auch, dachte Freytag.

»Ich kann leider nicht verraten, worum es geht. Will nicht, dass jemand meine Ideen klaut. Das verstehen Sie sicher.«

Freytag hätte ihm gerne erklärt, dass Geschichten das Einzige waren, was man nicht stehlen konnte, aber ihm fehlte die Kraft dazu. Man konnte das meiste stehlen: Ehefrauen, die Kindheit, sogar die Stimme, aber keine Ideen, denn die waren bereits geklaut. Und wie konnte einem etwas gestohlen werden, was einem gar nicht gehörte? Er lächelte aufmunternd. Ein Mensch mit so großem Selbstvertrauen und einer so großzügigen Einstellung gegenüber seinen Träumen erschien ihm aller Achtung würdig.

Nachdem sich der Mann empfohlen hatte und gegangen war – vielleicht wollte er noch ein Nickerchen machen, ein Mann mit so vielen ungeschriebenen Wörtern im Kopf brauchte sicher seinen Schlaf –, dachte Freytag darüber nach, dass er unzählige Zeichen und Signale empfangen haben musste, aber nie auf sie gehört hatte. Er war viel zu sehr mit seinen selbstsüchtigen Gedanken beschäftigt gewesen, um die Anrufe und Warnungen des Allerhöchsten zur Kenntnis zu nehmen. Ganz sicher hatte Gott schon lange versucht, ihn zu erreichen. Flüsternd. Durch seinen Bauch, seine Finger – das Zittern. Und nun war der Allmächtige gezwungen gewesen, seine Stimme zu erheben. Geradezu gebrüllt hatte er. Die Botschaft war Freytag noch etwas unklar, er hatte sie noch nicht recht begriffen. Aber er war sich sicher, der Herr würde ihm seine Pläne kundtun, nun, da er endlich die Watte aus seinen Ohren genommen hatte.

Wie erwartungsvolle Rekruten standen die Figuren auf dem Schlachtfeld bereit. Seine treue Armee dauerte ihn. Ihr Mut war bewundernswert; trotz aller schmerzhaften Verluste waren sie bereit, seinem Befehl zu gehorchen und den Linien des Feindes entgegen zu marschieren. Zittern hätten sie sollen.

»Ich habe das Schreiben aufgegeben«, verkündete Freytag leichthin. »Und das ist nur gut so. Es gefällt mir, anderen zu dienen. Seinem Nächsten zu helfen ist ebenso viel wert, wenn nicht sogar mehr.«

»Mmmh.«

»Die sind wirklich köstlich«, fuhr Freytag fort und nahm sich noch eine Praline. »Ich möchte mich übrigens bei dir entschuldigen, Georg. Dafür, dass ich in letzter Zeit so mit mir selbst beschäftigt war. Ich habe nur an meine eigenen Sorgen gedacht.«

»Selbstbespiegelung ist die Grundlage jeder Liebe«, erwiderte Georg. »Ohne die Liebe zu sich selbst wäre die Welt ein unerträglicher Ort. Selbstberauschtheit ist das Elixier der Liebe, könnte man behaupten. Denn was ist Verliebtsein anderes als der Rausch, sich in den Augen seines Gegenübers zu spiegeln? In der Bewunderung des anderen zu ertrinken? Dafür muss man wirklich nicht um Entschuldigung bitten.«

»So habe ich noch nie darüber nachgedacht. Aber über allem anderen steht die Liebe zu Gott, unabhängig davon, ob die Liebe nur einen selbst einschließt oder sich auf jemand anderen richtet.«

»Hier ist es genau das Gleiche. Du hast doch sicher schon einmal die Süffisanz der Priesterschaft bemerkt? In diesem Fall ist die Selbstgefälligkeit geradezu schädlich. Wenn du das meintest, nehme ich deine Entschuldigung an.«

»Du weißt genau, was ich meine.«

»Jetzt spielen wir.«

Er folgte einem Plan: Jedes Mal, wenn Georg einen seiner Rekruten schlug, tröstete er sich mit einer Praline. Bald waren nicht mehr viele übrig, und er hoffte, der Freund würde sich ein bisschen zurückhaltender zeigen, wenn das Goldpapier auf dem Boden der Schachtel deutlicher zu sehen wäre.

»Ich glaube, Gott hat etwas mit mir vor«, sagte Freytag mit vollem Mund.

»Hauptsache, er verlangt nicht die Bekehrung alter Freunde von dir …«

»Ich weiß noch nicht, was es ist«, fuhr Freytag unbeirrt fort und leckte sich die Finger, »aber ich glaube, es ist etwas Wichtiges. Ich bin taub gewesen. Wie Beethoven. Der Herr hat lange versucht, meine Aufmerksamkeit zu erregen. Das Erdbeben war wie ein Wecksignal.«

Georg starrte ihn mit offenem Mund an.

»Ich nehme zurück, was ich eben gesagt habe. Deine Selbstgefälligkeit kennt wirklich keine Grenzen. Dafür gibt es sogar ein Wort: Megalomanie, Größenwahn. Hast du davon schon mal gehört? Es erscheint mir zudem sehr unchristlich. Ich bin mir sicher, dass man zu Blütezeiten der Kirche schon für weniger auf dem Scheiterhaufen landen konnte.«

Georg wechselte das Thema, er erklärte, wie das Erdinnere funktionierte. Er sprach über ungelöste Spannungen und Entladungen, über Erdmantel und Lithosphäre. Freytag begriff kein Wort, doch er machte sich wie üblich keine Gedanken deswegen. Soweit er es sah, waren das alles lediglich Erklärungen *wie*, aber nicht *warum*.

Bald verdrückte er schmatzend die letzte Praline.

Kolosseum, Rom, 22. Juli 1903

Eben wurden die Straßenlaternen entzündet.

Vom Wirrwarr der Gassen und Gässchen in der Nähe der ehemaligen Arena näherten sich leicht militärische Schritte. Ein unscheinbarer Mann in zerschlissenem Mantel tauchte auf, die Hände tief in den Taschen vergraben. Er bog in die Straße ein, die um das gewaltige Gebäude herumführte. An den Travertinmauern nahm der Wind Fahrt auf und zauste sein stahlgraues Haar. Erschöpfte Grabungsarbeiter vom Forum Romanum gingen vorüber; sie trugen ihre Hacken wie Märtyrer und schenkten ihm keinerlei Aufmerksamkeit. Nichts deutete auf seine Stellung hin. Sie mochten ihn für einen schlecht bezahlten Beamten halten, einen von denen vielleicht, die sich ihren mageren Unterhalt an einem der vielen Lehrstühle verdienten. Signor Campo hätte irgendjemand sein können, und das war wohl auch der Grund, weshalb er den Chefposten der ebenso kleinen wie unbekannten Abteilung des Geheimdienstes innehatte, die man als Manipulationsgruppe bezeichnete.

Am Eingang angekommen, hustete er vernehmlich in seine Faust. Hohe Zäune, die im Laufe der letzten Jahrzehnte errichtet worden waren, hinderten die Heimatlosen, Liebeskranken und romantischen Schwärmer, die seit Ewigkeiten in Vollmondnächten hierherkamen, am Zutritt. Das Kolosseum war bereits für die Nacht geschlossen. Taschendiebe und Touristen hatten sich anderen Sehenswürdigkeiten zugewandt. Außer Tieren und denen, die überall Zutritt haben, strichen nur die Geister derjenigen herum, die einst in diesen Mauern ihr blutiges Ende gefunden hatten.

Mit einem Nicken ließ ihn der Wachmann eintreten. Er wurde bereits erwartet.

Signor Campo trat durch das Gewölbe. Dunkelheit senkte sich über die uralten Steinblöcke. Hier drinnen wehte kein Wind. Die Stimmen schienen von überall zugleich zu kommen.

»Roma caput mundi …«

Er suchte die Arena mit den Augen ab, sein Blick folgte der durchbrochenen Ellipse, vorbei an den unendlichen Hohlräumen im Süden. Bis er direkt über sich etwas Leuchtendes erblickte, eine Laterne, ganz weit oben.

Eine Silhouette hob sich vor dem Stein ab, nur eine Nuance heller als die Dunkelheit in den Arkaden. Dort oben stand jemand, eine antike Steinskulptur, die sich von ihrem Platz in der Galerie gelöst hatte und sich nun über die Brüstung lehnte, um einem altertümlichen Spektakel beizuwohnen.

Signor Campo stieg die Stufen hinauf. Er nahm die Hände aus den Taschen. Außenminister Tittonis gepflegter Bart glänzte silbern im Mondlicht.

»Kann man der Konstruktion trauen?«, fragte Campo und lehnte sich wie sein Vorgesetzter an die Mauer. »Die Einsturzgefahr …« Er schnaufte noch von der Anstrengung. »Ein Wunder, dass ich mir nicht den Fuß verstaucht habe.«

»Das Auge gewöhnt sich schnell an die Dunkelheit«, erwiderte der Außenminister. »Wenn man hier lange genug steht, beginnt man zu ahnen, was sich hier einmal abgespielt hat. Die Schatten erwachen zum Leben, und nach einer Weile spielen sie einem im Mondlicht Streiche. Dann schleichen die Katzen umher wie verkrüppelte Löwen auf der Jagd, und durch die Mauerrisse flitzen Mäuse. Jämmerliches Gekreuch. Ich komme oft nach Schließung hierher. Wenn der Mond aufgegangen ist. Hier ist die Gegenwart weit weg. Ist das nicht deutlich besser als die Aussicht vom Büro aus?«

»Wenn man Steinbrüche mag …«

Die ersten Sterne waren bereits am nachtblauen Himmel erschienen, und der Vollmond erinnerte an eine Tortenplatte: Man konnte eingetrocknete Reste erkennen, ferne Seen und Gebirgsrücken. Auf der anderen Seite des Ovals schimmerte die oberste Etage wie geschlagenes Kupfer mit eingestanzten Rechtecken, durch die man die Nacht sehen konnte. Fledermäuse schwirrten umher und stießen ihre unhörbaren Laute aus.

»Ich sehe eine Opernaufführung vor mir«, sagte Tittoni träumerisch, »im Mondlicht. Verdi. Ein gigantischer Chor. Eine vollbesetzte Arena, vielleicht fünfzigtausend Leute.«

»Die Stimme der Massen in Harmonie, als wären sie eins. Das gefällt mir. Das Lied als gemeinsamer Nenner.«

»Man kann die Rolle des Komponisten bei der Vereinigung des Volkes gar nicht genug schätzen. Nichts lässt die Gefühle so aufgehen wie er, da haben Sie sicherlich recht, Signor Campo. Aber das hat auch seine Schattenseiten. Der Druck auf die Regierung, Roms frühere Ehre wiederherzustellen, ist groß. Wir dürfen nicht riskieren, als Versager dazustehen.«

»Stolz ist eine Voraussetzung für Macht. Man braucht sich nicht davor zu fürchten. Im Gegenteil.«

»Manchen sind sie ein Dorn im Auge: die Restaurierungen und Ausgrabungen – dass wir uns als Nation erheben. Die anderen Mächte hätten es lieber, wenn wir eine schlafende Ruine blieben, wie tote Sänger mit wallendem Haar sie besungen haben, von Efeu und Staub bedeckt.«

»Nichts ist verbindender als die Geschichte; ohne sie zerfällt das Gebäude …«

»Aber wir müssen unseren Blick über die Landesgrenzen hinaus lenken, Signor Campo, so wie unsere Vorfahren es getan haben. Einst haben wir das gesamte Mittelmeer kontrolliert. Beinahe überall gab es ähnliche Arenen.«

»Vielleicht nicht ganz so großartige …«

»Sogar in Nordafrika, im Wüstensand. Die Archäologen behaupten, man fände fast aller Orten Spuren von ihnen, in den Provinzen des Sultans. Dort müssen wir uns etablieren, an der

Vierten Küste. Wir dürfen die Gelegenheit nicht verpassen, dürfen uns nicht ein zweites Mal überholen lassen. Das können wir uns nicht leisten. Doch die wirtschaftliche Annexion der Provinzen ist gefährdet, und zwar durch den Vatikan.«

»Was wollen Sie damit sagen?«

»Ich möchte, dass Sie unsere Verbündeten in Österreich mit allen entlarvenden Auskünften über Staatssekretär Rampolla versehen, die Sie finden können.«

»Rampolla? Aber wie …«

»Wir wollen nicht riskieren, dass sie überrumpelt werden, wenn ein Feind des Vereinten Italien an die kirchliche Macht kommt. Sie sind bereits durch die diplomatischen Kanäle über die Haltung unserer Regierung in dieser Frage informiert. Aber ich möchte sichergehen, dass die Botschaft ankommt. Wir stehen doch im Austausch mit unseren Bündnispartnern?«

»Es ist nicht üblich, dass wir sie in unsere Arbeit einweihen. Wenn, dann versuchen wir eher, uns über sie auf dem Laufenden zu halten. Man weiß nie, woher der Wind künftig weht. An welche Art Information dachten Sie denn?«

»Ich verlange nicht, dass wir etwas durchsickern lassen, was die Sicherheit unseres Landes gefährdet, nur dass wir betonen, wie wichtig es ist, dass der Kardinalstaatssekretär nicht an die Macht kommt. Geben Sie Dinge über Rampolla weiter, die offensichtlich ungünstig für die Tripelallianz sind, vor allem für Österreich. Unsere Verbündeten müssen begreifen, welche Gefahr er darstellt.«

»Es ist nicht gerade ein Staatsgeheimnis, wo die Sympathien des Kardinals liegen. Das wissen die Österreicher ebenso gut wie wir.«

»Wir sollten aber doch wohl besser darüber unterrichtet sein als sie, was in unserem eigenen Hinterhof vorgeht«, sagte der Außenminister säuerlich. »Es müsste etwas sein, was ins Auge fällt. Oder glauben Sie, wir hätten keine Geheimnisse?«

»Auch wenn der Nachrichtendienst des Kaisers klein ist und

etwas stiefmütterlich behandelt wird«, erwiderte Campo und wand sich, »so ist er doch keineswegs inkompetent. Ich weiß nicht, was wir da noch beitragen könnten.«

»Dann werden Sie wohl die Kreise etwas weiter ziehen müssen. Immerhin sind Sie Chef der Manipulationsgruppe.«

Campo zupfte an seinem Ohrläppchen.

»Wie wäre es damit: dass Rampolla Freimaurer ist?«

»Na bitte!«, rief Tittoni und breitete die Arme aus. Das Echo hallte in den Ruinen wider. »So etwas meine ich. Etwas, was sie aufregt. Wie das mit dem österreichischen Thronfolger. Hieß es nicht, es hätte mehr dahintergesteckt? Ein französisches Komplott?«

Campo betrachtete den Außenminister im Dunkeln. Seine Stirn glättete sich. Etwas schien in seinem Kopf zu arbeiten.

»Das sind doch eher Gerüchte, Signor Tittoni.«

»Kardinal Rampolla war schon damals den Franzosen freundlich gesinnt, oder nicht? Gott allein weiß, welche Rolle er dabei gespielt hat …«

Campo rieb sich den Nacken. Er hatte einen leichten Unterbiss.

»Und es soll nicht über die offiziellen Kanäle laufen? Es soll aussehen, als käme es aus ihren eigenen Reihen?«

»Lässt sich das einrichten? Denken Sie dran, wir müssen diskret sein.«

»Wir haben unsere Verbindungen.«

Ein Kiesweg schlängelte sich die Anhöhe hinauf, auf der ein Steinhaus thronte. Weiter weg blinkte ein Bergdorf mit hohen Türmen und Stadtmauern. Sanfte Hügel wellten sich, so weit das Auge reichte – Zypressen streckten ihre Rücken der Sonne entgegen.

Die Hitze in der Toskana muss unerträglich sein, dachte Freytag. Er meinte das Zirpen der Grillen zu hören, wie sie im verbrannten Gras für ihn spielten, es sirrte in seinem Ohr, im Rauschen seines Blutes. Und er dachte an seine Frau in den Uffizien mit ihren unermesslichen Reichtümern, an Olivenhaine und an Byron. An Eis und an die Kuppel des Domes, die über einem Meer rotbrauner Dächer thronte, an uralte Brücken und an noch mehr Eis, Pistazieneis. Aber es muss eine trockenere Hitze sein, dachte er, eine erträglichere – es ist diese Feuchtigkeit, die einem den Saft aus den Knochen saugt. Dann fiel ihm die Ausdünstung ihrer Achselhöhlen ein, die Tropfen, die den Rücken ihres Kleides hinunterperlten, zwischen den scharf umrissenen Schulterblättern – und er fühlte, wie die Stöße in seiner Brust stärker und schneller wurden, während sich der Dampf immer dichter um ihn schloss.

Die Landschaft, die in gold und ocker glühenden Tönen leuchtete, mit einem Absinthhimmel, von dem die Tropfen zur Erde rannen und Schneckenspuren in den Wolken hinterließen, bekam Risse, als Freytag sich den Schweiß aus den Augen blinzelte; sie platzte und zersprang in tausend Scherben.

Neben ihm lag Signori auf einem Leintuch, sonnengebräunt und vollkommen ungerührt. Er schien etwas über den Gardasee zu sagen, über frischen Wind und wohlschmeckenden Wein aus Barbaresco.

Der Besuch der Badeanstalt in der Kleinen Stadtgutgasse im zweiten Bezirk, nahe dem Prater, war Signoris Idee gewesen. Er pflegte mindestens einmal in der Woche dort hinzugehen, hatte er behauptet: Das sei der Römer in ihm. Auch Freytag war das Römische Bad nicht fremd, immerhin war es in den intellektuellen Kreisen seit Langem Mode, dort zu verkehren – seit er sich zurückerinnern konnte, eigentlich. Seine steifen Knie hatten ihn im Laufe der Jahre immer wieder zu den stattlichen Wächterinnen aus Marmor geführt, welche die mächtige Fassade, scheinbar unbekümmert über die Dauer dieses Auftrags, auf ihren Häuptern trugen. Noch immer staunte er über ihre wohlgeformten Brüste, die so groß waren, dass er beide Hände hätte nehmen müssen, um sie zu streicheln, wie man einen Medizinball umfasst, und wie er es beim ersten Mal getan hatte, damals, als er noch so jung war, dass er sich bemühte, den Bauch einzuziehen, in dem Glauben, jemand würde darauf achten – als das Fleisch noch nicht über seine Hüften hing, obwohl es schon vor vierzig Jahren damit begonnen hatte. Doch jetzt war er schon seit einer Ewigkeit nicht mehr hier gewesen, nicht, seit er eine eigene Badewanne besaß – ein Privileg, das nur Auserwählten vorbehalten war und von dem er nicht bezweifelte, dass auch Signori es genoss.

Die Jahre forderten ihren Tribut. Beim Atmen schmerzte ihm die Brust, und er musste an Hirtenhunde auf schattenlosen Abhängen denken, mit heraushängender Zunge, halb geschlossenen Augen und Mundgeruch.

»Ich muss zugeben«, sagte Signori, »ich bin sehr enttäuscht von dem Buch.«

»Das hatte ich befürchtet«, keuchte Freytag. »Wie gesagt … seine Manuskripte bedürfen einer Menge Überarbeitung, um seinem Ruf als Autor gerecht zu werden.«

»Gewiss«, erwiderte Signori. »Auch in dieser Hinsicht ließ es eine Menge zu wünschen übrig. Aber das ist es gar nicht, was ich meine. Es ist die Geschichte, die mir nicht gefällt.«

»Wie schade«, sagte Freytag und schnappte nach Luft. »Wirklich schade. Wo Sie doch Barsch so mögen … normalerweise ist gerade das seine Stärke …«

»Es war wirklich eine große Enttäuschung. Das Buch hat mich tatsächlich peinlich berührt, um nicht zu sagen, es war mir unangenehm.«

»Das tut mir wirklich leid, Herr Signori«, sagte Freytag und wischte sich die Stirn. Es flackerte vor seinen Augen, die feuchte Hitze setzte seinen Atemorganen zu. Seine Augen brannten von den Ausdünstungen.

»Ja, Sie wissen schon, worauf ich hinauswill?«

»Hm … ich habe so meine Vermutungen …«

»Es ist wirklich ein heikles Thema, ganz, ganz heikel.«

Signori wandte den Kopf und schaute ihn mit seinen scharfen Olivenaugen an, lediglich seine Wangen waren ein wenig gerötet.

Sogar liegen tut er mit Eleganz, dachte Freytag.

»Oder nicht?«

»Gewiss«, ächzte Freytag. Er versuchte nachzudenken: Was konnte bloß so heikel sein an dem Buch? Er war vollauf damit beschäftigt, zu atmen. Bald würde er gezwungen sein aufzustehen, denn auf seiner tränenden Hornhaut nahm er das knisternde Bersten von Straßenbahnwagen wahr, Sterne, die in der Feuchtigkeit zerplatzten. »Äußerst heikel …«

»Ich würde sogar so weit gehen zu behaupten, es sei eine Beleidigung. Eine Beleidigung für alle Katholiken, und besonders für die Kirche.«

»Finden Sie?«

»Ja, was denken Sie denn selbst? Sie sind doch ein frommer Mann, oder nicht?«

»Das möchte ich wohl glauben …«

»Sie können doch vor dem Inhalt nicht die Augen verschließen?«

»Selbstverständlich nicht«, schnaufte Freytag und bemühte

sich, die Augen offen zu halten, »davor kann man wirklich nicht die Augen verschließen ...«

»Gut möglich, dass der Roman auf dem Index landet.«

»Index?«

»Der Liste des Vatikans über verbotene Bücher. Sie wissen doch wohl, dass in Rom ein Verzeichnis über gefährliche Bücher geführt wird? Es kann doch nicht sein, dass die Leute alles Erdenkliche lesen.«

»Nein, wirklich nicht ...«

Jetzt war der Nebel so dicht, dass Freytag das Mosaik nur noch durch einen Schleier feinster Süßwasserperlen ahnen konnte, und er gab der Müdigkeit nach, schloss die Augen und dämmerte weg. Bald hörte er Signoris Stimme nur noch von Weitem, wie ein entferntes Donnergrollen, weich und dunkel, einladend wie Samt, wie altertümlicher Bombasin.

Schließlich hatte auch Signori genug. Wie lange sie gelegen hatten, hätte Freytag nicht sagen können – mit Sicherheit viel zu lang.

Es folgte das befreiende Eintauchen in Bassins und Wannen, das ihnen die Brust und die Poren zusammenzog und sie in wohlige Klagen ausbrechen ließ. Anschließend ging es über rutschige Steinböden; unbarmherzige Bürsten malträtierten die gerötete Haut, Seife brannte in den Augen – und dann kam die erlösende Dusche, unter der alle Sorgen von Freytag abflossen. Mit geölten Gliedern und befreitem Kopf begaben sie sich zu den Ruhesesseln, um in Decken gehüllt die frische Luft zu genießen, leblos und träge, wie in Zeitungspapier gewickelte Kalbskoteletts.

Es war ein himmlisches Gefühl. Freytag meinte in der Frühlingsluft zu schweben; obwohl das Blut mit Hochdruck durch seine alten Adern schoss, fühlte er sich wie neugeboren – rosa und runzlig und mit dem Versprechen einer Zukunft. All seine Beschwerden waren von ihm abgeflossen, herausgeschwitzt, Salztropfen für Salztropfen. Mit dampfendem Kopf und dem Geschmack von Sardellen auf den aufgesprungenen Lippen, fühlte er sich unter seinen Laken froh und eins mit der Welt. Seine Brust war so weit, dass selbst der Gedanke an seine Frau ihm nichts ausmachte, ja, nicht einmal die Enttäuschung des Freundes über das Manuskript vermochte seinen Höhenflug zu stoppen.

»Das nenne ich Leben«, sagte Freytag und trank einen Schluck Limonade.

Dann saßen sie schweigend da und lauschten dem Plätschern, das vom Schwimmbecken herüberdrang. Wasser strömte aus mehreren Rohren in das Bassin, wo gesunde Körper kräftige Schwimmzüge machten. Weiße Brustkörbe blitzten auf. Auf einem Hocker saß ein Mann in gestreiftem Badeanzug und spielte Mundharmonika; ein Volkslied, das Freytag aus seiner Kindheit kannte, und unvermittelt summte er mit.

»Mögen Sie Musik, Herr Freytag?«

»Und ob! Sie ist das Beste, was es gibt. So wohltuend für die Seele.«

»Oper?«

»Italiens Geschenk an die Welt! *Splendissimo!*«

»Und was sagen Sie zu Beethoven? Ich habe zwei Karten bekommen. *Fidelio*. Mit dieser Sopranistin, der *Nachtigall von Sofia*. Aah!«

»Herr Signori … das wäre zu viel, das kann ich unmöglich annehmen!«

»Ich wäre beleidigt, wenn Sie nein sagten. Sie wollen mich doch nicht enttäuschen?«

»Wenn das so ist … Dann komme ich gerne mit. Ich freue mich wirklich sehr!«

»Ausgezeichnet. Ich schicke Ihnen meine Kutsche.«

Als sie in das Getümmel hinaustraten, umgezogen und frisch gepudert, und Freytag sich eben mit glühenden Wangen zum Praterstern und den vielen Straßenbahnen schleppen wollte, reichte Signori ihm das zerlesene Manuskript.

»Danke fürs Leihen.«

»Nicht der Rede wert«, erwiderte Freytag. Er war froh, es wiederzuhaben; ihm fiel regelrecht ein Stein vom Herzen. Anschließend übergab Signori ihm noch ein eingewickeltes kleines Päckchen.

»Ich habe mir erlaubt, Ihnen als Zeichen meiner Anerkennung ein kleines Geschenk zu kaufen.«

»Das wäre doch nicht nötig gewesen!«

»Es ist nur eine kleine Geste. Nichts Außergewöhnliches. Wollen Sie es nicht öffnen?«

Das Manuskript unter dem Arm, und ohne dass seine schrumpligen Fingern besonders zitterten, knotete Freytag das Seidenband auf.

»Für Ihre Zigarillos. Ich habe Ihre Initialen eingravieren lassen.«

»Ich bin überwältigt, Herr Signori«, sagte Freytag und spiegelte sich in dem Silberetui. »Ihre Großzügigkeit ...«

Auf der glänzenden Oberfläche erschien ihm sein Antlitz beunruhigend konturlos und deformiert, als wären seine Charakterzüge aus ihm herausgeflossen und seine verirrte Seele spiegele sich in nichtssagender, abstoßender Verschwommenheit. Erst später, als er in der Straßenbahn saß, vor sich hin dämmerte und nachschwitzte, stellte er fest, dass das Etui genau jene sauren Zigarillos enthielt, die er schon so lange rauchte – viel, viel zu lange.

»Sie sind zu großzügig.«

»Sie haben mir das allergrößte Geschenk gemacht, Herr Freytag: Freundschaft und Vertrauen. Kein Geschenk auf Erden kann das aufwiegen.«

Freytag fuhr geradewegs heim in die Barnabitengasse, um sich in den Lehnstuhl zu setzen und zu lesen. In der Tür stieß er mit Lothar zusammen, der mit hochrotem Kopf eine Kiste die Treppe hinaufschleppte.

»Was haben Sie vor«, keuchte Freytag, der ihm zur Hilfe eilte.

Die Kiste sei voller Konserven.

Freytag spürte noch immer die Müdigkeit vom Bade in den Knochen, er atmete mit offenem Mund, was er noch nie hatte leiden können.

»Veranstalten Sie ein Fest?«

»Ich lege Proviant an. Falls das Gas kommt.«

»Ach das.«

»Ich habe eingelegte Birnen gekauft, Bohnen, Zwieback…«

»Keine Sardinen in Tomatensauce?«

Später in der Wohnung taten ihm vom Licht der Lampe die Augen weh, und als er versuchte, die Sätze zu verstehen, sauste es in seinen Ohren. Mit jeder Seite wuchs sein Entsetzen, und das Einzige, woran er denken konnte, war Wasser.

Am späten Nachmittag, ungefähr als die Abendzeitungen ausgeliefert wurden, war er fertig. Er nahm seine Brille ab und rieb sich die Augen, dass es knarrte – dankbar, von den gewohnten handgeschriebenen Zeichen verschont geblieben zu sein. Zu diesem Zeitpunkt hatte er bereits über die Hälfte der Zigarillos aus dem Etui geraucht. Er war so durstig, dass seine Mundwinkel spannten und ihm der Adamsapfel beim Schlucken wehtat.

Freytag ging in die Küche und beugte sich zum Abwaschbecken hinunter. Mit der Inbrunst eines Wüstenwanderers trank er direkt aus dem Hahn, das Wasser floss ihm den Hals entlang in den Kragen. Während er schluckte, standen ihm Teile der Geschichte lebhaft vor Augen, etwa jene Szene, in der der Chorknabe gezwungen wurde, dem Pfarrer beim Ausziehen zuzuschauen. Auch das Geräusch von Stockschlägen, die auf unschuldige Kinderpopos niedersausten, war ihm erinnerlich, sowie der boshafte Jesuitenlehrer, der seinen Schüler schlug, weil dieser nicht schnell genug lernte. Natürlich konnte er verstehen, dass dies eine empörende Lektüre für seinen frommen Freund gewesen sein musste. Vor allem der Abschnitt, in dem der Pater seine Beichtkinder verführte und den Beichtstuhl mit unsäglichen Praktiken besudelte, der hatte schließlich auch ihn selbst unangenehm berührt. Auch gab es Andeutungen über den Vatikan, von dunklen Verwicklungen war die Rede, Kreditaufnahmen und anderem, was die Finanzen des Papsttums betraf. Manches verstand er nicht, aber soweit er es einschätzen konnte, war das alles nicht eben schmeichelhaft für den Heiligen Stuhl. Ihm blieb unklar, was das Konklave damit zu tun haben und wieso es sich mit derart weltlichen Dingen beschäftigen sollte.

Ihn erstaunten die vielen Geschmacklosigkeiten. Das sah Barsch überhaupt nicht ähnlich. Mit solcherlei Plumpheiten gab er sich normalerweise nicht ab. Freytag wischte sich den Mund ab und wunderte sich über die vielen braunen Sprünge im Porzellan, Risse, von denen er hätte schwören können, dass sie zur Zeit seiner Frau noch nicht da gewesen waren. Barsch hatte sich nie zu den Unappetitlichkeiten herabgelassen, mit denen die Expressionisten sich wichtig machten, diese literarischen Exhibitionisten. Im Großen und Ganzen war er ein traditionell gebildeter Autor und ein guter Erzähler – wenn man denn einen Menschen, der noch nicht einmal einen Großbuchstaben setzen konnte, als gebildet bezeichnen konnte.

Freytag schämte sich, Signori das Manuskript überlassen zu haben. Was sollte er nun von ihm denken? Er konnte doch unmöglich zugeben, dass er es selbst noch nicht gelesen hatte; Signori hätte ihn für einen unverantwortlichen Lektor gehalten, und das wäre ihm unangenehm, ja, noch schlimmer: Wenn er seine Berufsehre nicht mehr hatte, was blieb ihm dann noch? Dann wäre er nicht mehr als eine tragische Figur, ein Träumer mit dürren Waden und zerschlissenem Frack, keiner, der einer Freundschaft würdig wäre, schon gar nicht einer so wertvollen wie der Signoris. Außerdem hatte er ja gewissermaßen vorgegeben, es gelesen zu haben. Er hätte also auch noch als Lügner dagestanden, und wenn es etwas im Leben gab, was er nicht war, dann jemand, der mit Unwahrheiten umging. Es war nur zu verständlich, dass Signori das Manuskript nicht gemocht hatte: er, der doch persönlich mit Kardinälen befreundet war, ein ergebener, rechtschaffener Mann. Dass er selbst, obwohl er sicherlich genauso erstaunt war wie sein Freund, dessen Empörung nicht teilen und sich auch nicht recht vorstellen konnte, dass das Buch irgendjemanden so sehr erregen könnte, dass es auf dem Index zwischen gefährlichen Schriften landen würde (denn es war ja in weiten Teilen offensichtlich unglaubwürdig; da musste es sich schon um ein ungewöhnlich großes Archiv handeln, wenn man den Zustand der Literatur bedachte!), lag wohl an seiner mangelnden religiösen Bildung und seinem oberflächlichen Verständnis politischer Zusammenhänge. Die Jahre im Verlag mussten ihn abgestumpft haben, dachte er, die vielen Widerwärtigkeiten, die er im Namen der Literatur hatte lesen müssen. Wenn ein so höflicher und rechtschaffener Mann wie Signori mit seinen hochgestellten Freunden befand, das Manuskript sei eine Verunglimpfung der Kirche, vor der man die Augen nicht verschließen könne, dann war das unbedingt ernst zu nehmen. Wer war er denn, etwas anderes zu behaupten? Es war eine Verunglimpfung aller Katholiken, und damit auch seiner selbst.

Freytag verspürte einen wachsenden Zorn auf Barsch. Je länger er darüber nachdachte, desto besser verstand er, was Signori so verärgert hatte. Wie hatte dieser große Autor so etwas schreiben können, und wie kam er zu der Annahme, dass Freytag bereit war, eine solche Schmähschrift zu redigieren?

Doch noch während er den Autor verfluchte, musste er zugeben, dass Barsch wieder einmal eines gelungen war: Er vermochte nach wie vor, den Leser gefangenzunehmen, eine Geschichte zu entwickeln, und auch wenn das Manuskript allzu offensichtlich eine Botschaft vermitteln wollte, was in Freytags Augen für einen Roman nie vorteilhaft war, so würde man dies doch durch handfestes Redigieren mildern können. Er glaubte, etwas Neues in Barschs Stimme zu erahnen, in seiner unvollkommenen, abgerissenen Prosa. Eine unterdrückte Wut, die er ein bisschen besser hätte zügeln müssen, aber nichts, was man nicht glätten konnte. Gerade diese verlieh dem Text einen Nerv, den er bei Barsch zuvor nicht bemerkt hatte; etwas Aufrührerisches, das sowohl kitzelte als auch beunruhigte: Es war ehrlich.

Doch abgesehen davon brodelte in ihm ein noch viel größerer Zorn. Nie zuvor hatte er Barschs Rohmanuskript in Maschinentypen gesehen. Er hatte es immer in der unleserlichen Handschrift des Autors bekommen. Bevor er nicht das Seine getan und der grob gehauenen Prosa seinen Stempel aufgedrückt, in manchen Fällen erraten hatte, was dort stand, wurden die Texte von den Mädchen im Verlag nicht abgetippt. Es war so offensichtlich, als er es nun in unredigiertem Druck las: Der Mann, dessen Bücher an den Tischen der Intellektuellen diskutiert wurden und den man als den bedeutendsten Dichter seiner Zeit verehrte, konnte nicht schreiben. Jetzt, da er die Worte scharf konturiert vor sich sah, befreit vom Unterholz unleserlicher Bleistiftschrift und Tinte, wurde ihm endgültig klar: Der Autor hatte sich all die Jahre im Glanze seines Lektors gesonnt. Einer Brillanz, von der Freytag trotz ihres viel versprechenden Leuchtens wusste, dass er selbst sich davon nichts kaufen konnte. Durch ihr jeweiliges Unvermögen waren sie auf ewig aneinandergekettet: Barsch, der gottbegnadete Erzähler ohne schriftstellerische Begabung, und Freytag, der phantasielose Stilist.

Freytag schob das Manuskript zur Seite. Er ging in seiner Wohnung auf und ab. War der Verlag wirklich bereit, dieses Buch herauszugeben? Früher wäre ein solcher Roman nie erschienen, nicht unter Petersen, der hätte das nie zugelassen, aber jetzt war er sich nicht mehr so sicher. In den letzten Jahrzehnten hatten sie immer mehr gottlose und verleumderische Werke publiziert.

Er schaute hinaus in die Dämmerung, die sich langsam über die Stadt senkte. Dies ist die schönste Zeit des Tages, dachte er. Lange blieb er vor dem Fenster stehen, betrachtete die letzte zitternde Stunde, staunend über den Gleichmut der herannahenden Nacht, ihre saphirblaue Beklemmnis.

Während seiner letzten Jahre im Verlag hatte Freytag sich so sehr aufgeregt über das, was er zu lesen bekam, dass er in einem schwachen Moment in der Mittagspause Sympathie mit den Befürwortern der Zensur geäußert hatte. Die Kollegen hatten ihn angeschaut, als hätte er den Verstand verloren. Und Georg hatte ihn einen Idioten genannt, daran erinnerte er sich genau, denn es war ein ungewöhnlich grobes Schimpfwort für einen Mann wie ihn, das deshalb umso mehr schmerzte. Aber er hatte dazu gestanden, jemand musste doch mal den Mund aufmachen.

Als er später erfuhr, dass Pater Heinrich Abel, der als eifrigster Zensur-Verfechter bei den Christsozialisten galt, behauptet hatte, der große Goethe hätte mit den »Leiden des jungen Werther« die Leute auf Abwege geführt, sah er seinen Irrtum ein und schämte sich für seine Aussage. Dies war schließlich sein Lieblingswerk, und nur ein Narr konnte auf den Gedanken kommen, es zu verbieten. Nicht Goethe brachte die Leute dazu, ihr Leben wegzuwerfen, sondern die Tatsache, dass er nicht mehr da war.

Aber auch wenn er nicht an Zensur glaubte, würde er sich doch nicht dafür hergeben, schädliche Bücher zu befördern; zumal wenn diese den Papst persönlich dazu veranlassten, sie zu verbieten. Er dachte gar nicht daran, das Manuskript zu redigieren, so war das nämlich! Barsch musste sehen, wie er damit zurechtkam. Es war Zeit für ihn, auf eigenen Füßen zu stehen.

Freytag selbst war fertig mit der Dichtkunst, er war ihrer herzlich überdrüssig. Von jetzt an würde er ein Leser sein wie alle anderen. Er würde sich das Lesen als Vergnügen zurückerobern. Seine Träume hatte er ad acta gelegt; Gott hatte ihm den Weg gezeigt, und er hoffte, damit die Gemütsruhe zurückzugewinnen, die nötig war, um sich von der Literatur verschlingen zu lassen. Fortan würde er seine Tage mit Goethe und Gott verbringen und darauf vertrauen, dass der Allmächtige eine Absicht mit allem hatte, ganz wie Pater Anton gesagt hatte: Er würde seinen Frieden finden.

Noch am Fenster stehend beschloss er, Herrn Schlink das Manuskript zurückzugeben, und das hätte er sicherlich auch getan – wäre da nicht die Sache mit dem Vorschuss gewesen. Einen Großteil des Geldes hatte er bereits ausgegeben, und dabei noch nicht einmal Frau Herzog für all die exquisiten Mohnstrudel bezahlt. Wenn er dem Verlag den Vorschuss jetzt zurückzahlte, riskierte er, mit der Miete in Rückstand zu geraten. Frau Weinheber, die Concierge, wartete sehnlich darauf. Das gönnte er ihr nicht.

Es gäbe wahrlich genügend Menschen, die eine so ausgezeichnete Wohnung suchten, hatte sie betont, sie sei wirklich sehr gefragt. Damit bestätigte sie, was er längst geahnt hatte: Die geizige Concierge mit dem wogenden Busen war zugleich auch Eigentümerin des Hauses. Sie gehörte zu den Menschen, denen es Vergnügen bereitete, auf einer mit Geld gestopften Matratze zu ruhen, und deren wohl gehüteter Schatz vor allem in dem Wissen darum bestand, was sie versteckten; die klug genug waren, nicht mit ihrem Reichtum zu prahlen. Sie wartete nur auf eine Gelegenheit, ihn hinauszuwerfen, wie Spülwasser in den Rinnstein. Ihre ständigen Fragen, wann seine *entzückende* Ehefrau denn endlich zurückkäme – »Wir vermissen sie wirklich, es ist so leer ohne sie« –, war nur ein schlecht getarnter Ausdruck ihrer Gemeinheit.

Die Gegend war beliebt geworden, und nun wollte sie unter den Bewohnern aufräumen, sie wollte standesgemäße Mieter hereinholen, die richtige Klientel. Am liebsten wäre ihr wohl, wenn er sich zu jenen gesellte, die unter den Brücken schliefen, wenn er sich mit den anderen armen Teufeln eine Höhle in den Eisenbahndamm grübe und unter einer Decke aus Zeitungspapier schliefe.

»Haben Sie vor, hier wohnen zu bleiben, Herr Freytag?«

»Warum denn nicht?«

»Jetzt, wo nur noch Sie übrig sind …«

»Frau Freytag kommt zurück. Sie muss nur ihre Reise zu Ende bringen.«

»Ja, Sie wissen ja, dass ich keine Untermieter dulde. Wir können keine Fremden hier gebrauchen, das verstehen Sie doch. Wie sähe das denn aus? Dies ist keine einfache Mietskaserne, Herr Freytag, kein Junggesellenhotel. Wenn Sie nicht hier wohnen bleiben können, gibt es viele Interessenten, dass Sie das nur wissen; die Nachfrage ist unerhört groß!«

Freytag hatte mehrfach erklärt, dass er nicht die Absicht hatte, auszuziehen – sie solle sich keine Sorgen machen. Er gedenke hier wohnen zu bleiben, bis er stürbe, und dann würde er sie sofort über sein Hinscheiden benachrichtigen, es wäre das Erste, was er täte.

Das Problem ist ein weltliches, dachte er, pekuniär, und eben deshalb unlösbar. Er würde sich niemals von Barsch befreien können. Der Mann war wie eine Zecke. So wie es aussah, hatte er keine Wahl – er war gezwungen, das Manuskript zu redigieren. Da konnte er auch gleich die Ärmel hochkrempeln; er hatte es schon allzu lang vor sich her geschoben.

Freytag tröstete sich damit, dass dies sein letzter Auftrag war, und bekreuzigte sich. Dann zog er die Vorhänge zu. Er beschloss, dem Autor einen Brief zu schreiben, ihn vielleicht sogar vom Sperl aus anzurufen. Dann aß er eine Büchse Sardinen und trank drei Gläser Wasser dazu.

Die Frau an der Rezeption mit der Frisur und dem seltsamen Namen, der ihm immer wieder entfiel, stellte ihn durch. Kugelkopf!, fiel ihm just in dem Augenblick ein, als nach dem dritten Läuten der Cheflektor in den Hörer bellte: »Schlink!«

»Hier spricht Lektor Freytag. Was für ein Glück, dass ich Sie erreiche, dass Sie in Ihrem Büro sind.«

»Wo soll ich denn sonst sein, Menschenskind?«

»Ja, was weiß ich.«

»Wie geht es mit dem Manuskript? Immer voran, will ich hoffen?«

»Es geht voran, Herr Schlink, langsam, aber sicher. Das ist auch der Grund, weshalb ich anrufe. Ich müsste Kontakt mit Barsch aufnehmen.«

»Um diese Jahreszeit ist er auf dem Land. Das sagte ich Ihnen ja bereits. Er ist in St. Wolfgang.«

»Und da gibt es kein Telefon, nehme ich an.«

»Nein, natürlich nicht.«

»Das ist schade.«

»Nicht wahr?«

»Nun ja, zumindest erspare ich mir dann das Schreien. Reichsgespräche sind eine Herausforderung für die Stimmbänder, finden Sie nicht? Könnte ich seine Adresse bekommen? Wenn es nicht allzu große Umstände macht?«

»Worum geht es denn? Gibt es ein Problem?«

»Bloß ein paar Fragezeichen, die ausgeräumt werden müssen.«

»Es ist wichtig, dass es nicht zu lange dauert, Herr Freytag, der

Titel ist im Herbstprogramm eingeplant. Es ist unser Spitzentitel für die Saison. Die Eigentümer wären nicht sehr erfreut ...«

»Es dauert, so lange es dauert, und es würde bedeutend schneller gehen, wenn Sie mir endlich die Adresse heraussuchen könnten!«

Freytag steckte den Kopf aus der Telefonkabine und gab Paolo ein Zeichen, dass er Stift und Papier benötigte. Einen Moment lang glaubte er, Schlink hätte aufgelegt, bis er Geräusche im Hintergrund hörte. Jemand öffnete Schubladen, ein Knarren, das unmittelbar übertönt wurde, als auf seiner Seite die Kaffeemühle hinter dem Tresen ein Räuspern und Husten von sich gab, als hätte sie sich an einer Kaffeebohne verschluckt. Unwillkürlich musste er an Pater Horst denken.

Freytag presste den Hörer an sein Ohr, um den Cheflektor besser verstehen zu können.

»Entschuldigen Sie, können Sie das noch mal wiederholen?«

»Was ist denn das für ein Lärm, rufen Sie vom Bahnhof aus an?«

»Ich bin im Sperl, Sie müssen lauter sprechen!«

Schlink sagte etwas, das er nicht verstand. Gerade als er die Stimme hob, hörte der Lärm auf.

»Was haben Sie gesagt, Mann!!«

»Kein Grund, so zu schreien, Herr Freytag. Ich sagte nur, ich verstehe nicht, was Sie an diesem Café finden. Warum gehen Sie nicht ins Central, wie alle anderen?«

»Es wundert mich überhaupt nicht, dass Sie das nicht verstehen, Herr Schlink. Haben Sie jetzt die Adresse?«

Inzwischen hatte der Piccolo ihm auf einem Teller Stift und Papier gebracht. Während die Kaffeemühle Luft holte, schrieb er sich die Adresse auf.

»Danke für Ihre Hilfe, Herr Schlink. Sie sind mir sehr nützlich gewesen, wie immer.«

»Gern geschehen, Herr Freytag ... Übrigens ...«

»Ja?«

»Wie ist es?«
»Das Buch?«
»Ja, *das Buch.* ›Der falsche Freund‹ …«
»Es ist … wie soll ich sagen …«
»Ist es nicht gut?«
»Es hält sein übliches Niveau. Geschickt erzählt. Es ist … wie heißt das Wort, das ich suche … anders. Es ist anders, kann man sagen. Es weicht ab von seinen bisherigen Romanen. Aber es ist sehr Barsch, wenn Sie verstehen, was ich meine.«
»Gut. Es ist wichtig, dass es sich verkauft. Davon hängt sehr viel ab, verstehen Sie? Worum geht es darin?«
»Sie wissen, dass er nicht möchte, dass man darüber spricht, bevor es fertig ist. Ich will sein Vertrauen nicht missbrauchen. Das verstehen Sie hoffentlich.«
»Dann werde ich mich wohl gedulden müssen …«
»Es ist noch viel Arbeit, es müssen ein paar größere Änderungen vorgenommen werden.«
»Sie vergessen aber nicht, wie wichtig es ist, dass es rechtzeitig erscheint?«
»Ich werde mein Bestes tun, mehr kann ich Ihnen nicht versprechen.«
»Es ist ja nur wegen der Eigentümer. Der Verlag ist auf die Einnahmen angewiesen. Sie müssen sich eben ein bisschen beeilen.«
»Was ist das nur immer für ein ewiges Genörgel wegen der Eigentümer! Haben die denn nichts anderes zu tun? Zum Beispiel in stinkenden Fahrzeugen umherzufahren? Seit wann wird ein Buchverlag von ökonomischen Interessen gelenkt? Literatur lässt sich nicht in Geld bemessen. Das sollten Sie wissen, Herr Schlink, Sie als Cheflektor. Solange der Verlag gute Autoren findet und hohes Ansehen genießt, sollte das doch genügen?«
»Schon, aber …«
»Früher war es besser, das sage ich Ihnen! Zu Zeiten des alten Petersen. Der hätte den Eigentümern gesagt, sie sollten sich da-

hin scheren, wo der Pfeffer wächst, und das tun, was sie am besten können, nämlich das Ihre! Und die hohe Kunst denen überlassen, die etwas davon verstehen.«

»Jetzt werden Sie ungerecht, Herr Freytag. Sie sind immer gute Eigentümer gewesen und haben sich nie in die verlegerischen Belange eingemischt. Sie wollen lediglich, dass wir nicht lecken wie ein Sieb.«

»Auf wessen Seite stehen Sie eigentlich? Auf der Mammons oder auf der der Literatur? Wenn sie Geld verdienen wollen, müssen sie sich eben etwas Lukrativeres vornehmen, sich einen Stall voller Rennpferde zulegen oder Schreibmaschinen herstellen.«

»Aber ist es denn wirklich klug, das Manuskript mit Barsch per Korrespondenz zu besprechen?«

»Korrespondenz?«

»Da sind Missverständnisse doch geradezu vorprogrammiert, außerdem frisst es unnötig Zeit.«

»Im Gegenteil! Das zeigt wieder einmal Ihr merkwürdiges Misstrauen gegenüber dem geschriebenen Wort, um nicht zu sagen: Ihre Ignoranz. Wüsste ich es nicht besser, ich müsste Sie für den Sprecher eines Rhetorikerverbandes halten. Wenn man schreibt, muss man Ordnung in seine Gedanken bringen. So vermeidet man den Speck, den das Gespräch unausweichlich mit sich bringt, dieses lose Fleisch, das die Kommunikation nur beschwert. Briefe sind ein sehr effektives und zivilisiertes Mittel, sich verständlich zu machen, denn man …«

»Sie sollten vielleicht …«

»Fallen Sie mir nicht ins Wort, Herr Schlink!«

»Sie brauchen nicht gleich unverschämt zu werden, Menschenskind, Sie wissen genau, was ich meine. Vielleicht sollten Sie hinfahren, in die Berge, wollte ich sagen. Die Reisekosten könnten wir Ihnen sicherlich erstatten.«

»Nein, also wissen Sie was, Sie sollten es wirklich besser wissen, Herr Schlink. Das kommt nicht infrage. Nicht einmal, wenn Sie mir einen Platz im kaiserlichen Waggon organisieren.«

»Das Buch scheint Ihnen aber doch wichtig zu sein. Und wer wollte nicht in die Berge fahren und der Stadt eine Weile entkommen? Um diese Jahreszeit ist es wunderschön dort oben. Was haben Sie denn nur?«

»Ich habe meine gesamte Kindheit in den Bergen verbracht, Herr Schlink, ich muss mir kaum von einem Flachländer deren Vorzüge erklären lassen.«

»Sie hätten auf mich hören und mit ihm sprechen sollen, bevor er fuhr. Dann wäre uns das alles erspart geblieben.«

»Hinterher ist man immer klüger, aber das steht Ihnen gar nicht zu. Muss ich Sie daran erinnern, dass Sie es waren, der darauf bestanden hat, dass ich den Auftrag annehme? Wie hätte ich denn ahnen sollen, dass er so völlig danebengreift.«

»Was soll das heißen? In welcher Hinsicht hat er danebengegriffen? Das müssen Sie mir erklären! Reden Sie Klartext, Menschenskind!«

»Kein Grund, sich in die Hosen zu machen, Herr Schlink. Es ist nichts, was man nicht hinbekommen könnte. Ich muss nur bei ein paar Kleinigkeiten herausfinden, was er sich dabei gedacht hat. Sie können sich auf meine Erfahrung verlassen.«

»Jetzt mache ich mir aber wirklich Sorgen, Herr Freytag. Sie packen jetzt Ihre Sachen und fahren zu ihm in die Berge, haben Sie gehört? Hören Sie, was ich sage!«

»Ich habe vor, mich per Brief darum zu kümmern. Sofern Sie nicht den großen Autor kontaktieren und ihn aus seinem dringend benötigten Erholungsaufenthalt hierherbeordern wollen? Hallo, sind Sie noch da?«

»Es wird wohl genügen müssen. Aber es gefällt mir ganz und gar nicht.«

»Ich habe jetzt keine Zeit mehr, Herr Schlink, schließlich habe ich ein Manuskript hier liegen.«

»Halten Sie mich auf dem Laufenden.«

»Adieu, Herr Schlink.«

Freytag seufzte und rieb sich die Augen. Dann bat er, mit

der einzigen Nummer verbunden zu werden, die er auswendig kannte.

»Ich bin's.«

»Ach so, du bist es.«

»Ich wollte nur wissen, wie es dir geht.«

Das Telefon ist wirklich eine merkwürdige Erfindung, dachte Freytag, als er den Hörer einhängte. Dabei gehörte es zweifelsohne noch zu den besseren; er verstand den Witz daran. Ebenso wie beim Telegrafieren. Dennoch kam es ihm verderbt vor. Es stellte die Umgangsformen auf den Kopf. Denn warum sollte man sich noch die Mühe machen, seine Bekannten zu besuchen, wenn man nur den Hörer abzunehmen brauchte? Noch schlimmer war, dass Leute, die man lieber nicht zu Besuch haben wollte, einfach bei einem eindringen konnten. In gewisser Weise war es, als wohnten sie im Zimmer nebenan und könnten jederzeit ihr Anliegen durch die Wand rufen, sich ins Gespräch einmischen und alles zum Stocken bringen. Wenn man den Hörer nicht richtig einhängte, konnten sie womöglich alles hören, was man sagte. Und wenn man nicht einmal im Schutze seiner Wohnung frei sprechen konnte, wo dann? So konnten sich Gerüchte mit erschreckender Geschwindigkeit verbreiten. Wie die Pestratten mit ihren Seuchen, von denen Signori gesprochen hatte. Es war ein Glück, dass er selbst seinen Apparat abgeschafft hatte. Jetzt brauchte er wenigstens nicht ständig zum Telefon zu gehen und den Hörer abzunehmen, um zu lauschen, ob am anderen Ende jemand atmete.

Am Tresen bestellte er Mokka, Kipfel und ein Stück Mohnstrudel. Während er auf sein Frühstück wartete, ging er wie gewohnt zum Zeitungstisch.

Die *Reichspost* war weg.

Freytag sah sich in dem halbvollen Lokal um. Ein paar träge Kunststudenten saßen mit dem natürlichen Mangel an Selbstkritik, den das Wissen um die eigene Begabung mit sich bringt, gähnend am Genietisch und warteten darauf, dass ihr Kurs begann. Sie lagen halb am Tisch und stützten sich auf ihre Ellbogen, wenn sie nicht gerade dabei waren, vom Stuhl zu rutschen. Artilleristen waren keine in Sicht, die waren vermutlich noch mit ihrem morgendlichen Exerzieren beschäftigt. Freytag stellte sich vor, dass sie dabei vor allem in Deckung gingen, sich in Löcher am Boden warfen und die Augen zukniffen – wenn sie nicht gerade ihre Feldstecher benutzten.

Wie nicht anders zu erwarten, war es einer der Bürger, der in seiner Zeitung blätterte. Ein Mann mit Monokel und gepflegtem Aussehen. Der konnte gut und gerne den ganzen Morgen im sanften Licht dasitzen, die Seiten wenden, als würde er sie korrekturlesen, vollkommen unbekümmert um seine Nächsten, und mit seiner Kanne nie versiegenden Kaffees schäkernd.

Verärgert warf Freytag einen zweiten Blick auf den Zeitungstisch. In dem üblichen Angebot fiel ihm eine unscheinbare kleine Schrift ins Auge, die sich zwischen die üblichen Blätter geschmuggelt hatte. *Der Komet*, las er. Auf dem grauen Umschlag zeichnete sich ein schwarzer Stern mit langem Schweif ab. Hatte man jetzt etwa sogar eine der Himmelserscheinung gewidmete Zeitschrift herausgegeben? Das war ja wirklich sehr umsichtig, dachte er und klemmte sie sich sogleich unter den Arm. Dann ging er an seinen Platz neben dem Fenster und hängte seinen Mantel an den Kleiderhaken.

Während er seinen Kaffee schlürfte, blätterte er in dem Heft. Zu seiner Enttäuschung schien es sich um eine literarische Publikation zu handeln. Mit wenigen routinierten Blicken stellte er fest, dass es Müll war, reinste Papierverschwendung. Der erste Text war von allerschlimmster Sorte, hingerotzt mit maligner Inspiration. Wer mochte wohl dahinterstehen? Er schlug das Impressum auf. »Trebitsch«, las er im Morgenlicht, *Verantwortlicher Herausgeber: Leopold Trebitsch.* Sieh mal an, dachte Freytag, na, schönen Dank auch! Das Dromedar hatte ein sehr prätentiöses Vorwort geschrieben. Der *Komet* sei die Speerspitze der neuen Literatur, behauptete er, ein brennender Himmelskörper am nachtschwarzen Firmament der Literatur. Hier würden neue Talente vorgestellt, die Jungen, die Erneuerer, die noch nicht Etablierten.

Na, das kann ich mir vorstellen, dachte Freytag, natürlich!

Er konnte kaum glauben, dass Herr Klaus diese peinliche Publikation zugelassen hatte. Trebitsch musste sie auf einer seiner Kameltouren zwischen die Zeitschriften geschmuggelt haben. Sicher lag der *Komet* auch in allen anderen Kaffeehäusern aus, die er frequentierte, und verunzierte dort die Zeitungstische.

Er fegte sich mit dem abstoßenden Blatt die Krümel von der Hose, stand auf und ging zur Toilette. Zu seiner Befriedigung sollte ihm später am Tag – als er sich endlich mit dem Rotstift hingesetzt hatte, um Barschs Manuskript zu redigieren – einfallen, dass er das Heft auf dem Stillen Örtchen vergessen hatte. Wieso das geschehen war, konnte er nun, als er die Lesebrille aufsetzte, nicht mehr sagen. Vielleicht waren es die Kritzeleien an den Toilettentüren. Die Zeichnungen (zweifellos Schmierereien eines der Kunststudenten; talentloser Vandalismus, über den er sich schon viele Male aufgeregt hatte) hatten ihn wohl so sehr an die Illustrationen im *Kometen* erinnert, dass er daraus den Schluss zog, sie stammten vom selben Künstler. Vielleicht lag es aber auch daran, dass die Qualität des Blattes grundlegende Ähnlichkeiten mit Toilettenpapier aufwies.

Auf dem Heimweg vom Café – in einer Luft, die deutlich kühler war, als er erwartet hatte – überkam ihn eine unheimliche Vorstellung: dass irgendein armer Teufel, der sich verwählt hatte, von einem Sanatorium aus anrief, um seinen bevorstehenden Tod zu verkünden, und dabei in den Hörer hustete. Aus der Schweiz, so stellte er es sich vor. Wenn etwa Pater Horst anriefe. Man sollte immer ein Taschentuch über den Hörer legen, Gott weiß, was für Seuchen durch die Kabel übertragen werden konnten. Georg hatte zwar behauptet, das wäre absurd, solche Wahnvorstellungen wären haltlos, abergläubische, wirre Gedanken. Aber Freytag wollte lieber vorsichtig sein; wer wusste schon, was die Zukunft erwies? Er hätte schwören können, die Spucketröpfchen des Cheflektors durch den Hörer gespürt zu haben.

Als er das Haustor öffnete, musste er an Lothar denken: Der Nachbar würde ihn verstehen, dachte Freytag, und klopfte an dessen Tür.

»Haben Sie Lust, auf eine Tasse Tee mit hinaufzukommen?«

Der Nachbar schlug die Einladung aus. Er fühlte sich unpässlich, er fürchtete, sich eine Krankheit zugezogen zu haben, und wollte niemanden anstecken. Nicht jetzt, wo doch bald Sommer war. Gerade Sommergrippen konnten sehr hartnäckig sein. Er müsse das wissen, meinte er, er hätte schon einige gehabt. Tatsächlich könne er sich an keinen Sommer ohne erinnern.

»Keine Sorge«, sagte Freytag. »Ich werde nie krank. Vielleicht kränklich, alt und kreuzlahm, aber anstecken tue ich mich nicht. Also, wenn man Blasenkatarrh nicht mitzählt …«

Doch Lothar war besorgt um seinen Freund. Er fand, dieser hätte in letzter Zeit Gewicht verloren, und er konnte sich gut vorstellen, dass das an all den Mohnstrudeln lag, die er immer zu sich nahm. Das konnte nicht gut sein.

»Unsinn. Es liegt an den Spaziergängen, Lothar. Das war eine ganz schöne Rennerei in letzter Zeit. Nicht wie früher, als ich noch gearbeitet habe. Das war ein elendes Herumsitzen. Seltsamerweise ist es mit meinen Knien besser geworden, seit ich so viel laufe.«

Lothar fand, Freytag hätte Ringe unter den Augen. Wahrscheinlich bekäme man von den vielen Mohnkörnern auch schreckliche Albträume und Verstopfung. Es sei ein starkes Gift, behauptete er, das dazu führen könne, dass einem die Finger zitterten. Warum sonst hätte man in China seinetwegen Krieg geführt? Immerhin sei es die Basis für Opium, ein Rauschmittel, das so viele ins Verderben stürzte. Ja, ganz sicher, er wisse, wovon er rede. Seine eigene Großmutter hätte ihm als Kind immer Lutscher aus Honig und Mohn gegeben, die sie zuvor in Likör getaucht hatte, damit er besser einschliefe. Und geschlafen habe er auch, und zwar so viel, dass er dies auf seine alten Tage vollkommen verlernt hätte. Er habe seine Ruhestunden wohl schon verbraucht. Und seither würde er von den allerschlimmsten Albträumen heimgesucht. Das sei sehr unbedacht von ihr gewesen, meinte er, aber inzwischen habe er ihr vergeben.

Freytag sagte, er glaube nicht daran; der Effekt dieser kleinen blauschwarzen Körner könne nur sehr gering sein. Er habe schon schlecht geschlafen, ehe er seine Vorliebe für dieses Gebäck entdeckte, ja, schon als Kind habe er ungewöhnlich ruhelose Nächte gehabt. Soweit er wisse, hätten die Opiate eine Reihe hervorragender Schriftsteller hervorgebracht, während er selbst dadurch keinerlei Inspiration empfangen habe. Keine wünschenswerte jedenfalls. Er litte zwar gelegentlich unter Verstopfung und kenne auch Albträume, aber das erscheine ihm ein geringer Preis für eine solche Delikatesse. Zudem hätten seine Finger sich deutlich beruhigt.

Es dauere, bis man ein guter Lektor werde, hatte Petersen immer gesagt, als Freytag noch jung und ungeduldig war. »Begabung allein reicht nicht aus. Ebenso wenig Instinkt und jugendlicher Übermut, sie können eher hinderlich sein.«

Schlinks neues Pferd im Stall, der junge Mann mit dem unglücklichen Namen, mochte ein glänzendes Talent sein, doch allein die Erfahrung lehrte einen Lektor das Wichtigste und Schwierigste: Bescheidenheit. Dieser Beruf war eine Übung in Demut.

Freytag saß mit dem Rotstift am Tisch und blätterte das Titelblatt um. Demut vor dem Wort, der Kunst und nicht zuletzt vor dem Autor – dessen Intentionen, Visionen und Eigenheiten. Doch vor allem musste man das Handwerk lieben. Der Lohn eines Lektors lag nicht im Honorarumschlag, er lag nicht einmal in den Memoiren des Autors. Er verbarg sich in der Arbeit selbst und in dem Wissen darum, einen Auftrag erfüllt zu haben.

Allein in der Arbeit am Text, der Pflege des ungeborenen Kindes sozusagen, fand er Befriedigung. Es war alles, was jemand wie er begehren konnte.

Barschs Manuskripte waren nicht wie andere. Nach all den Jahren hatte Freytag noch immer keine endgültige Methode gefunden, Ordnung in das Chaos zu bringen. Es war eine übermenschliche Arbeit, die ihn mehr als einmal an seinem eigenen Verstand hatte zweifeln lassen und die ihn auch nicht losließ, wenn der Auftrag längst abgeschlossen war. Er konnte sich dabei nicht seiner bewährten Arbeitstechnik bedienen – sein übliches Werkzeug war viel zu stumpf: es war das eines Gärtners, nicht das eines Entdeckungsreisenden.

Freytag schob diese Gedanken beiseite, er musste sich konzentrieren.

Dann fing er an. Regen schlug gegen das Fenster, und es war plötzlich kalt im Zimmer.

Freytag hatte sich, wie alle guten Lektoren, während seines Berufslebens in den verrauchten Verlagsräumen am Judenplatz ein eigenes System für die Redaktion erarbeitet. Ebenso wie die zwanghafte Gewohnheit, den rechten Socken zuerst anzuziehen, war es im Laufe der Jahre gewachsen, bis es ihm so selbstverständlich wurde wie alles, was man regelmäßig tut. So wie er seine *Reichspost* stets nach demselben unausgesprochenen System las – erst die Nachrichten, die haarsträubenden Katastrophen, dann alles, was zur Kultur gehörte und worüber er sich jedes Mal aufregte, und schließlich, nicht zuletzt, die Anzeigen, an denen er ein schwer erklärliches Vergnügen fand (und tatsächlich, in Ausnahmefällen, wenn er sich besonders sicher fühlte, die Todesanzeigen: Man wusste ja nie, ob nicht ein Bekannter ohne Abschied von dannen gegangen war) –, wäre es ihm nie eingefallen, beim Redigieren von seiner bewährten Methode abzuweichen. In weiten Teilen hatte er sie vom alten Petersen übernommen, der ein Lektor der alten Schule gewesen war und ein Mensch, bei dem man gut daran tat, seine Lehren anzunehmen.

Freytags Methode war einfach. Er las ein Manuskript dreimal: einmal, um sich zu orientieren (ohne Bleistift, rote Tinte oder vorgefasste Meinung), um festzustellen, was alles getan werden musste, und um in den Rhythmus des Textes zu kommen. Dann ein weiteres Mal (diesmal mit Bleistift, roter Tinte und Zetteln, die er an den Seiten befestigte, um dem Gedächtnis auf die Sprünge zu helfen), um den Ton zu finden, sich zu versichern, dass der Autor diesen hielt, dass die Sprache klar und verständlich war, um offensichtliche Rechtschreibfehler und merkwürdige Wortwahl sowie grammatikalische Fehltritte zu korrigieren, und dann ein letztes Mal (nur mit Bleistift und einem Block daneben) um Fragen zu stellen, Vorschläge zu machen und, in Einzelfällen, ganze Sätze oder Abschnitte umzuschreiben. Vorschläge, welche die Autoren mal annahmen, mal beleidigt ignorierten, oder, wie in Barschs Fall, mit Haut und Haar schluckten, sodass Freytag nahezu freie Hand hatte.

Man sagte, er habe einen guten Blick – ein feines Ohr, pflegte Petersen zu sagen –, aber der sogenannte Blick, das Sprachgefühl, waren, wie er selbst wusste, nichts anderes als das Resultat jahrelanger fleißiger Arbeit. Das ständige Lesen und Korrigieren, das Analysieren, was nicht funktionierte, hatten ihm zu diesem Blick verholfen. Das Auge registrierte, wenn etwas nicht stimmte, das innere Ohr protestierte, wenn etwas falsch klang. Es konnte auch ein Bauchgefühl sein. Sein Magen war schon immer äußerst mitteilsam gewesen. Andere zogen es vor, von ihrer Nase zu sprechen: Gute Lektoren hatten eine Nase dafür, wenn etwas am Text nicht stimmte, sie rochen es, behaupteten sie. Doch das waren nur unterschiedliche Namen für ein und dasselbe: zu erkennen und zu identifizieren, was man im Spiegelsaal seines Gedächtnisses abgespeichert hatte; Sätze, Formulierungen, Konstruktionen oder Kombinationen von Wörtern oder Buchstaben, die reflektiert wurden; die Untersuchung dieser Spiegelbilder, und die Sirenen, die losgingen, wenn etwas sich nicht einordnen wollte: abweichende Nachbildungen, Doppelgänger mit schief sitzendem Hut, billige Kopien.

Freytag hatte sich von ganz unten hochgearbeitet, als Lehrling und Lektoratsassistent hatte er angefangen. Er war fleißig und genau, sog alles auf wie ein Schwamm – seine Schüchternheit verlieh ihm einen Anschein von Besonnenheit, und er wirkte wie jemand, der nur sprach, wenn er etwas zu sagen hatte. Klaglos erfüllte er die mühsamen, anspruchslosen Aufgaben, die einem Junior zufallen und die mehr mit dem Keuchen eines Laufburschen gemein hatten als mit den gemächlichen Atemzügen eines Kontoristen. Bald gewann er den Respekt seiner Kollegen, und Petersen nahm ihn unter seine Fittiche.

Im Schutze der ergrauenden Schwingen seines alten Chefs wurden ihm bald immer verantwortungsvollere Arbeiten zugeteilt. Schon in jungen Jahren bekam er seinen ersten Redaktionsauftrag – wohl als Jüngster in der Geschichte des Verlags –, war damit allerdings auch schon am Ende seiner Aufstiegsmöglichkeiten angelangt. Früh und mit steifem Nacken begriff er, dass er es trotz seines Universitätsabschlusses nie zum Cheflektor bringen würde – man traute ihm nicht die nötigen Ellenbogen zu, zu sehr zitterte seine Stimme bei den Programmkonferenzen. Und an eine Arbeit als Verleger war für jemanden wie ihn gar nicht zu denken; dieses Geschenk blieb denjenigen vorbehalten, die ohnehin schon alles hatten.

Dennoch konnte er erhobenen Hauptes auf seine Laufbahn zurückschauen, auch wenn einige weniger begabte Kollegen im Laufe der Jahre an ihm vorbeigezogen waren, wie etwa Herr Schlink, der auf den alten Petersen folgte; ein Posten, der eigentlich Freytag zugestanden hätte. Immerhin genoss er schon bald eine besondere Stellung unter den Lektoren, und in der späteren Hälfte seiner Karriere hatte er fast ausschließlich an literarischen Werken arbeiten dürfen. Er war der Nestor, dem man nur Aufträge zuteilte, die seiner virtuosen Hand würdig erschienen.

Nicht wie der arme Herr Butterweck, der schon früh in der

Sackgasse der Sachliteratur gelandet war. Als Butterweck mit dem Hang zu jener zwanghaften Sorgfalt, die im Alltag eine Belastung, in der Welt der Bücher jedoch eine gefragte Eigenschaft war, die heikle Aufgabe zugeteilt wurde, das anspruchsvolle Nachschlagewerkprojekt zu betreuen, konnte er nicht ahnen, dass es die Einladung in eine Welt war, die von gebrochenen Seelen bevölkert wurde. Vor der Welt verborgen kümmerten sie vor sich hin, nicht nur in den verrauchten, fensterlosen Arbeitsräumen in den hintersten Winkeln des Verlagshauses, sondern noch dazu hinter hohen Mauern und Eisengittern, mit beinweiß gekleideten Wächtern davor: geplagte Seelen mit zuckenden Gesichtsmuskeln, abgekauten Fingernägeln und Nächten voller Albträume und Ohnmachtsgefühle.

Dass der Verlag diese Fehlplanung nicht längst aufgegeben hatte, lag einzig an dem irregeleiteten guten Willen, zu dem Fischer & Wulff trotz allem in ihren besten Stunden in der Lage waren. Die Eigentümer brachten es nicht übers Herz, Butterweck zu erklären, dass die Arbeit, die seinen Körper und Geist bis zur Unkenntlichkeit geformt und ihn sowohl Frau und Kinder als auch seine Gesundheit gekostet hatte, ganz zu schweigen von Verstand und Nerven, niemals Früchte tragen würde. Sein Nachlass würde nicht in einem großartigen Monumentalwerk bestehen, sondern in einem Monument des Scheiterns. Der Name Butterweck würde sich in die Reihe der traurigen Gestalten einfügen, die von einem spanischen Ritter angeführt wurde. Sein Ruhm in künftigen Nachschlagewerken würde nicht auf der Vollendung eines Lebenswerks beruhen, sondern darin bestehen, dass er zum Gegenstand eines Begriffs wurde: ein Butterweck auszuführen. *Butterweck, siehe Sisyphos.*

Deshalb durfte Butterweck hinter Stapeln von Referenzmaterial ungestört seine Arbeit fortsetzen und sich einbilden, die mitleidigen Blicke der Kollegen seien in Wirklichkeit neidvoll und ehrerbietig, während er sich immer tiefer in den Irrgängen des Wissens vergrub.

Freytag vermutete, dass es auch praktische Gründe hatte, dass sie ihn gewähren ließen: Der Nachschlagewerksredakteur war zu einer unbezahlbaren Informationsquelle geworden. Faktenprüfer und Korrekturleser wandten sich, wenn sie zu faul waren, die Referenzbibliotheken aufzusuchen, an Butterweck, der in dem Bestreben, das vollständigste Nachschlagewerk in der Geschichte des Landes zu erstellen, etwas mindestens ebenso Beeindruckendes geschafft hatte: Er war selber zu einem wandelnden Lexikon geworden. Zumindest, soweit sich die Begriffe im unteren Bereich des Alphabets befanden. Die Goldkörner des Wissens, die sich hinter den entzückenden Buchstaben XYZ verbargen, würden den übervollen Schreibtisch des Redakteurs wohl niemals passieren. Für diese mussten sich die Kollegen eben weiterhin zu den Regalen der Referenzbibliothek bewegen, die Faulpelze.

Freytags Aufgabe bestand vor allem darin, sich in einen Text hineinzufühlen, ihn sich selber vorzulesen. Er lauschte und machte Verbesserungsvorschläge. Die Sprache und was man gemeinhin Stil nennt, das war seine Domäne. Um die strukturellen Fragen mussten sich andere kümmern. Freytag hielt sich nicht bei den Bauplänen auf, sondern arbeitete an den Steinen. Er war der Steinmetz, der nach Perfektion strebte, Schlag für Schlag, er war der Stuckateur, der mit dem Spatel letzte Hand anlegte. Feinarbeiten, die nichts für Gesellen waren, sondern denjenigen vorbehalten, die den Meisterbrief besaßen. Die Wirksamkeit eines Buches und seine Intention waren ebenfalls nicht seine Angelegenheit; er bewegte sich in der Welt der Klänge und Melodien, die durch Grammatik und Wortwahl entstanden. Hier schwang er seinen Rotstift wie einen Taktstock.

In den letzten Jahren hatte er seine Manuskripte im Anschluss stets an diejenigen weitergegeben, die sich um die Details zu kümmern hatten: um den Kosmos der Anführungszeichen und Fußnoten, in dem furchtsame Pedanten darauf achteten, dass eine Romanfigur, die auf Seite drei an einem Glas Sherry nippte, auf Seite fünf nicht plötzlich ein Glas Portwein in der Hand hielt, die dafür sorgten, dass die erfundenen Figuren den Gesetzen der Vernunft und der Wirklichkeit gehorchten. Oder zumindest den Anschein erweckten, dies zu tun.

Wirklichkeit und Fiktion waren zweierlei Dinge, begriff Freytag, unversöhnlich wie Tag und Nacht. Es mochte aussehen, als gingen sie ineinander über, doch sie waren auf ewig getrennt. Dennoch war ein Bild von der Wirklichkeit wichtig. Im Land der Dämmerung, wo Tag und Nacht sich begegneten, entstand Spannung. Und Spannung war der Lebensnerv der Literatur, ohne sie starb jede Erzählung. Hasenfüße brauchten sich da gar nicht erst zu versuchen, hatte der alte Petersen stets behauptet. Fiktion musste besser sein als die Wirklichkeit, wahrer als die Wahrheit. So wie die Morgendämmerung mehr versprach, als der Tag einlösen konnte, und die Abenddämmerung mit einer Finsternis drohte, der das Dunkel der Nacht selten gerecht wurde, schien die beste Literatur, die meisterhafte Fiktion, sich über die Wirklichkeit zu erheben. Und genau darin lag das Geheimnis: in der wahren Schimäre. Im Widerstreit zwischen Wahrheit und Lüge.

Es war ein gut geölter Apparat. Jeder hatte seine Aufgabe, es war eine funktionierende Mannschaftsarbeit. Wenn es nicht die Autoren gegeben hätte. Autoren konnten anstrengend sein. Je größer der Autor, desto größer sein Einfluss. Barsch gehörte unglücklicherweise zur kleinen Schar derer, die die Bedingungen diktierten.

Deshalb saß Freytag jetzt hier, den Stift in der Hand, sich die Schläfen reibend und auf das immer heftiger wütende Unwetter lauschend, und befand sich in der zweifelhaften Position, nicht nur sein eigener Korrekturleser, sondern auch noch sein eigener Cheflektor zu sein. Wären nicht das Fehlen von Champagner und Empfängen sowie der unwürdigen Arbeit mit den Zahlen gewesen, so hätte er sogar behaupten können, er sei sein eigener Verlagschef. Und er wusste, es würden noch Momente kommen, in denen er sich als Autor empfand; er würde gezwungen sein, immer wieder gegen die wichtigste Regel zu verstoßen, eine Regel, die Petersen ihm eingebläut hatte, als er noch jung und formbar war: Niemals darf der eigene Stil des Lektors den des Autors ersetzen. Die Aufgabe des Lektors war es, die Eigenarten des Autors zu bewahren und hervorzuheben, er war Konservator, nicht Künstler – und schon gar kein Schöpfer. Etwas umzuschreiben war eine sehr delikate Aufgabe, etwas, das man um jeden Preis vermeiden sollte, ein allerletzter Ausweg. Aber was tun, wenn es der einzig mögliche war? Wenn alle anderen Pfade bis zur Unkenntlichkeit überwuchert waren?

An den folgenden Tagen arbeitete Freytag ununterbrochen am Manuskript. Er ernährte sich von Brot und Sardinen, während der Regen hartnäckig gegen das Fenster prasselte und der Wind über die Dachgiebel pfiff. Nachts wurde es so kalt, dass er sich vollkommen bekleidet ins Bett legte und die Decke bis zur Nasenspitze hochzog, während ihm die Worte im Kopf herumschwirrten und die Fensterläden klapperten. Eines Morgens entdeckte er Frost auf den Scheiben. Nur ein paar wenige Male ging er in Galoschen und Wintermantel ins Sperl, um in der *Reichspost* zu blättern, verwundert über die immer größer werdenden Wasserpfützen und überlaufenden Rinnsteine. Dort las er über das Unwetter. Es schien unvermindert zu wüten.

Ein Orkan war über Marseille hinweggefegt und hatte die Küste verwüstet. Die Schäden wurden als unermesslich beschrieben. Von Sardinien und Korsika wurden ähnliche Zerstörungen gemeldet. Auf Sizilien, am Strand von Palermo, wo die große Flugschau abgehalten werden sollte, hatte der Sturm den Hangar mitgerissen – die Flugmaschinen waren in Stücke gegangen und in alle Winde zerstreut worden, wie Luftpost.

Von Tag zu Tag fühlte Freytag sich erschöpfter.

Er nahm sich das Manuskript vor wie ein Anfänger. Gleich einem Mann, der im Sumpf gefangen ist, trat er vorsichtig auf, stets in der Furcht, noch tiefer einzusinken. Mit unzureichendem Werkzeug begab er sich in eine Welt voller Egel, die sein Blut aussaugen wollten. Hier galten ganz andere Regeln, und mehr als einmal stellte er fest: Er kämpfte um sein Überleben, seinen Verstand. Immer häufiger überschritt er alle Grenzen.

Im Nachhinein sah er sich als Entdeckungsreisenden, wie er da auf seinem Stuhl saß; einen von der Kaiserlichen Geographischen Akademie ausgesandten Kartographen, der sich verirrt hatte. Er war von seinem Auftrag abgewichen und im Dschungel verloren gegangen, in den blendend weißen Flecken der Weltkarte – im Schein der Schreibtischlampe –, und wusste nun nicht länger, ob draußen vor den Gardinen Tag oder Nacht war. Längst hatte er den noblen Auftrag vergessen, seinen Vorgesetzten Bericht zu erstatten. Unbeirrt, aber wie umnebelt fuhr er fort, sich immer weiter durch den Urwald zu schlagen, denn es war das Einzige, was er tun konnte – der Weg zurück hatte sich längst wieder hinter ihm geschlossen und war bis zur Unkenntlichkeit überwuchert.

Doch im Laufe der Schreibtischexpeditionen nahm ihn die Schönheit des Urwalds gegen seinen Willen gefangen. Unter der Baumwipfeldecke verbargen sich außergewöhnliche Geschöpfe: namenlose Pflanzen, unbeschreibliche Tiere, Erscheinungen, die ihn mit Staunen erfüllten. Wie konnte etwas so Schönes so grausam sein? Wie konnte in diesem Irrgarten ein solcher Reichtum entstehen und gedeihen? Er versuchte, einen Stein festzuhalten, ein Rinnsal auf dem Boden, Ordnung in das Durcheinander zu bringen. Vergeblich hielt er nach der Sonne Ausschau, die mit ihren leuchtenden Speeren durch das Laub stach, um seine Position zu bestimmen. Die Kompassnadel zeigte ständig in eine andere Richtung. Schließlich verstrickte er sich so sehr in den Lianen, dass er seine eigenen Karten zu zeichnen begann.

Karten, die keine buchstäblichen Abbilder der Umgebung waren und dennoch viel mehr Wahrheit enthielten; Zeichnungen, die der Landschaft unmöglich gerecht werden konnten und dennoch eine Art Ordnung in die ungezähmte Natur brachten, wo sich die Lieblichkeiten in einem unbeschreiblichen Wirrwarr drängten, sodass das Schöne begreiflich wurde und man in seiner nun beschnittenen Pracht mit ihm weiterarbeiten konnte. Es waren mühsam erstellte Karten, die ihm trotz des großartigen Empfangs, der sie in der Heimat erwartete – man würde sie in der Kaiserlichen Bibliothek aufhängen, zum Ansehen und Bewundern. Gelehrte Männer würden über die Topographie der Landschaft staunen und sich an ihr freuen; Atlanten würden vervielfältigt und in ungeahnten Auflagen verbreitet –, niemals Befriedigung schenken würden. Er legte sie auf den stetig wachsenden Haufen neben sich auf den Schreibtisch. Es war eine entfliehende Welt, eine Märchenwelt, die die seine war und doch auch wieder nicht. Der wahre Ruhm galt immer dem Entdecker und nicht dem Kartenzeichner. Mit jedem neuen Blatt, jedem weißen Fleck, den er mit seinen zitternden Händen ausfüllte, war es, als übergebe er noch ein Stück seiner Seele, und etwas in ihm starb, tief dort drinnen im Urwald.

Sie saßen in der zweiten Reihe, die normalerweise Prinzen und Fürsten vorbehalten war, und fächelten sich mit den Programmheften Luft zu. Nie zuvor hatte Freytag so nah am Orchestergraben gesessen; stets hatte er sich mit Stehplatz und Opernglas begnügen müssen. Er fühlte sich wie ein Schuljunge in kurzen Hosen, der im Zirkus direkt an der Manege sitzt und die Tiere und die Spannung förmlich riechen kann. Sein Herz schlug schneller.

Einmal hatte er im Regen sieben Stunden vor dem Burgtheater angestanden, um seine Frau mit Karten zu einer Aufführung von »Faust II« zu überraschen. Doch als er endlich am Schalter ankam, waren die Sitzplätze bereits ausverkauft, und er kam nie in den Genuss, Josef Kainz in seinem bejubelten Auftritt als Mephisto zu sehen. Seine Frau konnte nicht so lange stehen, ihre Füße schwollen schnell an, und ihr Bruch hätte sich nur noch verschlimmert.

Jetzt hatte es wieder mehrere Tage ausgiebig geregnet, er wollte gar nicht darüber nachdenken, wie viele. Und er saß in der zweiten Reihe im Theater. Es hieß, der Wasserstand der Flüsse sei enorm gestiegen; im Hochland hatte es angeblich sogar geschneit, in den Bergen, über den Hügeln des Wienerwalds, bis fast an die Stadttore heran.

Freytag, trotz allem ein weltgewandter Mann, studierte mit Kennermiene die Besetzungsliste, während das Orchester die Instrumente stimmte. Neben ihm saß Signori und duftete und nickte und lächelte Bekannten zu.

Wie er sich so in dem misstönenden Lärmen, das seine Gedanken unwillkürlich zur Satzmelodie und den ungeschliffenen Wortfolgen des Autors zurückführte, auf das Programmheft konzentrierte – von dem Sopran hatte er noch nie etwas gehört, dieser »Nachtigall von Sofia« aus Bulgarien – und just, als er vergebens versuchte, still für sich den Namen der weiblichen Hauptdarstellerin auszusprechen, schnitt sich ihm ein ungewöhnlich greller Geigenton ins Gehirn. Etwas zerbrach, und er spürte einen metallischen Geschmack im Mund, als hätte er an einem Säbel geleckt oder an einer Machete. Er schrieb es der anstrengenden Arbeit am Manuskript zu, diesem Auftrag, den er noch nicht erfüllt hatte.

Die Lichter erloschen, und gespannte Erwartung stellte sich ein: das Geräusch sich hebender Korsetts; alles schien den Atem anzuhalten. Der Vorhang öffnete sich, und Freytag empfand das dringende Bedürfnis zu schreien. Er wusste nicht, was er schreien wollte oder warum, während er unverwandt auf die Gefängniskulisse starrte, aber er fürchtete, es wäre etwas Unchristliches, bestenfalls ein unverständlicher Reptillaut, urwüchsig und schwefeldampfend. Es gehörte sich nicht zu schreien, ermahnte er sich selbst, ebensowenig wie man ein Kind ins Taufbecken fallen ließ. Was hätte Signori von ihm denken sollen?

Er erstarrte bei dem Gedanken, die Herrschaft über seine Sinne zu verlieren, über die verrückten Impulse, die ihm durch den Kopf schossen, und er begann in seinem Frack zu schwitzen. Unterdessen sangen Marzelline und Jaquino ihr Duett *Jetzt, Schätzchen, jetzt sind wir allein*.

Freytag fühlte sich in der Bankreihe merkwürdig gefangen, fürstliche Blicke im Nacken und ohne Fluchtweg, als rückten die Etagen mit ihren vergoldeten Nistkastenlogen immer näher und schlössen sich um ihn, sodass nicht Florestan, sondern er selbst in einem Loch gefangen war und Raben jederzeit ihre langen Schnäbel ausfahren konnten, um ihm die Augen auszuhacken.

Im Schutze der Dunkelheit wand er sich auf seinem Sessel, spreizte die Zehen in seinen Lackschuhen und suchte in der Tasche nach dem Rosenkranz. Die Luft erschien ihm mit einem

Mal schwül und dünn. Es kam ihm vor, als dauerte die Aufführung schon ewig und er atmete die verbrauchte Luft des Publikums ein, dabei hatte sie eben erst begonnen. Es fühlte sich an, als wäre ihm etwas im Hals stecken geblieben, ein Stück Mohnstrudel vielleicht, oder noch schlimmer: eine muffige Sardine, die auf Abwege geraten war.

Die Pauken dröhnten in seiner Brust. Er würde hier sterben, dachte er und räusperte sich; mitten während der Vorstellung, in der Oper, im ersten Akt, an gebrochenem Herzen. Nur weil er zugestimmt hatte, das Manuskript zu redigieren, und weil Intruistino Rositas Leberfleck die Form von Sizilien hatte … Er kniff die Augen zusammen und dachte an Pater Antons Gesicht. Innerlich betete er den Rosenkranz und schlang dabei das Perlenband um seine Finger, die immer noch Spuren des Rotstifts trugen, umklammerte das kühle Kreuz. Zwischen den verkrampften Gebeten blickte er hin und wieder auf Signori. Sein Freund schien ganz versunken in das Schauspiel, mit glänzenden Augen und ohne zu blinzeln, schaute er nach vorn – nicht ein einziges Mal sah er ihn mit den Lidern schlagen.

Allmählich ließ die Panik nach, und irgendwo hinter dem Sausen in seinen Ohren vernahm er Roccos Arie: *Wenn sich nichts mit nichts verbindet, / Ist und bleibt die Summe klein; / Wer bei Tisch nur Liebe findet, / Wird nach Tische hungrig sein.* Zum Finale des Aktes hin verlangsamten sich seine hektischen Atemzüge, und er war erleichtert, bald aufstehen zu dürfen.

O welche Lust, in freier Luft / Den Atem leicht zu heben! / Nur hier, nur hier ist Leben!

Im Zwischenakt mischten sie sich unter die Offiziere und den handküssenden Adel. Sie tranken Champagner, und Freytags Hände führten ein Eigenleben. In der Menge war viel vom Unwetter die Rede. Man klagte über die Kälte. Das konnte doch nicht normal sein … In Böhmen war die Lage besonders schlimm; Moldau und Elbe drohten über die Deiche zu treten, ganze Ortschaften waren durch den anhaltenden Regen bedroht.

Signori, der trotz des trüben Wetters glänzend gelaunt war – er schien von den inneren Kämpfen seines Freundes nichts mitbekommen zu haben –, berichtete mit lebhafter Begeisterung, wie er vor vier Jahren den großen Enrico Caruso bei einem Gastspiel an der Hofoper gesehen hatte: »Das war die Stimme Gottes … *Vox Dei* …«

»Was das Buch angeht«, warf Freytag ein. »Ich habe das Manuskript noch einmal neu gelesen und verstehe, dass Sie Anstoß daran genommen haben. Es war wirklich sehr dumm von mir, es Ihnen so zu überlassen.«

»Denken Sie nicht mehr daran«, sagte Signori. »Ich war es ja, der darauf bestanden hat. Ein sehr interessanter Gedanke übrigens, finden Sie nicht auch? Gefangen aufgrund seiner Ansichten. Ein Gefangener seines Gewissens, der arme Florestan …«

Während sie hinter einer Dame mit Straußenfedern darauf warteten, sich an ihre Plätze zurück schlängeln zu können, flüsterte Signori ihm ins Ohr: »Es gibt noch etwas, was ich nach der Vorstellung mit Ihnen besprechen möchte …«

Nach der Pause fühlte Freytag sich besser: Der Champagner blubberte in seinem Bauch, und im Wissen darum, dass sie sich dem Ende näherten, ließ er vorsichtig die Schultern sinken. Nach der Hälfte des zweiten Aktes war er vollkommen im Schauspiel versunken und hatte seinen anfänglichen Schrecken längst vergessen. Es war wirklich großartig, und er wünschte mit einem Mal, es ginge nie zu Ende. Aber nichts währt ewig, vor allem nicht das Glück, und so dauerte es nicht mehr lange, bis die Schlussarie im prunkenden Rund erklang: *Nie wird es zu hoch besungen, / Retterin des Gatten sein.*

Leonore bekam zum Schluss ihren Florestan, und alle jubelten.

»Bravo!«, rief Signori und sprang auf eine Freytag besonders südländisch und kultiviert erscheinende Weise auf: *»Bravooo!«*

Freytag entdeckte eine Träne in seinem Augenwinkel.

Bald fiel das gesamte Publikum in den festen Takt des

Applauses ein, als ginge es, befreit von sich selbst, in einem einzigen Körper auf, und Freytag wurde warm ums Herz – ein Gefühl der Zusammengehörigkeit und Freude übermannte ihn. Er lächelte, als die Sänger sich verbeugten; er freute sich für sie, und ein Teil der Ehre gebührte auch jenen, dachte er, während die Blumensträuße durch die Luft flogen, die den guten Geschmack besaßen, eine meisterhafte Vorstellung als solche zu erkennen. Dreimal klatschten sie das gesamte Ensemble auf die Bühne, inklusive Chor und Dirigent, bis ihnen die Hände kribbelten. Als Florestan zum letzten Mal mit seiner Leonore hereinrauschte und sie sich verbeugten und knicksten, spürte Freytag seine Finger nicht mehr – sie waren taub geworden.

Es war ein Beifall, der in seiner Innigkeit der Mailänder Scala würdig gewesen wäre, dachte Freytag. Denn auch wenn die Norditaliener dafür bekannt waren, wählerisch zu sein, so waren sie doch die größten Feinschmecker, und ihr Beifall musste demzufolge am meisten wärmen. So wie ein Koch sich am meisten über die blank geleckten Teller von Kindern freut.

»Das war wunderbar, Herr Signori, wirklich wunderbar!«

Sie hatten die Mäntel gegen den Regen über die Hüte gezogen, als sie die Straße zum Hotel Sacher überquerten. In der Bar fanden sie sogleich ein rundes Tischchen, das etwas abseits stand, und auf dem eine Karte in einem silbernen Halter ihnen die begehrten Plätze freihielt: *Signori.*

Der Cocktailsalon war ein Wasserloch der Aristokratie. Gentlemen, Prinzen und Herzöge, all jene, die den Müßiggang der Vermögenden zu ihrem gehobenen Lebensstil erkoren hatten, drängten sich um die Bar und die langbeinigen Ballerinas.

Wenig später trat ein Kellner an ihren Tisch. Signori bestellte Mokka und einen Liquore Strega; Freytag bat um Kamillentee und einen Bénédictine. Er wusste selbst nicht, warum er sich für diesen klebrigen Likör entschied, er mochte ihn nicht besonders, es wäre eher etwas für seine Frau gewesen; aber er hatte das dringende Bedürfnis, nicht dasselbe zu bestellen wie sein Freund.

Erneut lobte Freytag die Vorstellung. Er dankte Signori für seine Großzügigkeit, die er ihm unmöglich würde vergelten können, zog sein Silberetui aus der Brusttasche und öffnete den Deckel.

»Sie wollten etwas mit mir besprechen?«

Elegant gab Signori ihm Feuer.

»Ein guter Katholik hilft seinem Nächsten, oder nicht?«

»Doch«, sagte Freytag und paffte seinen Zigarillo in Gang.

»Wir alle können mit einem bescheidenen Halm zum Heuhaufen des großen Ganzen beitragen. Vielleicht einen kleinen Obolus in den Opferstock legen oder einen irregeleiteten jungen Menschen wieder auf den rechten Weg bringen, nicht wahr?«

»Da haben Sie recht; ganz wie ein Gevatter, oder einfach ein guter Christenmensch.«

»Oder auch nur ein Gebet sprechen. Für die, die es schwer haben, für alle verlorenen Seelen. Das kann jeder tun, auch der Ärmste. Oder nicht?«

»Wir alle können etwas tun.«

»Und finden Sie nicht auch, dass es für uns als gute Katholiken geradezu eine Pflicht ist, zu tun, was wir können?«

»Doch, das finde ich auch.«

»Wir alle haben unsere Sünden, auch die Frömmsten unter uns. Niemand ist unfehlbar. Und gewiss suchen wir alle nach Möglichkeiten, sie zu sühnen?«

»Wie wahr, wie wahr …«

Der Kellner kam und brachte das Bestellte. Freytag entdeckte einen Rest Lippenstift an seinem Likörglas. Aus irgendeinem Grund musste er an Intruistino Rosita denken.

Es war so laut in der Bar, dass Freytag sich über den Tisch lehnen musste, um seinen Freund verstehen zu können. Er fragte sich, weshalb dieser einen so belebten Ort ausgesucht hatte, wenn er doch etwas Wichtiges zu besprechen hatte; ihm tat jetzt schon der Rücken weh. Später, als er den wohlgesetzten Worten lauschte, die Signori mit seiner angenehmen Stimme und in einem Hauch von Meer und Knoblauch sagte, begriff er, dass es kein Zufall gewesen war, dass Signori die beliebte Bar gewählt hatte. Hier würde niemand sie hören. Hier in der Öffentlichkeit waren sie vollkommen ungestört; sie waren hier ebenso geschützt vor neugierigen Zuhörern wie hinter den zugezogenen Vorhängen einer Opernloge. Hier bedurften sie weder eines verstohlenen Flüsterns noch kryptischer Umschreibungen.

In der katholischen Welt breite sich Fäulnis aus, behauptete Signori. Modernismus und Liberalismus gewönnen an Boden. Die Gefahr käme von innen, aus den Seminaren und von den geschnitzten Kanzeln, von dort gingen neue Strömungen aus. Und zwar gefährliche. Von den Lehrstühlen. Von den Universitäten.

Priester und andere Repräsentanten des katholischen Glaubens ließen sich von diesen Strömungen beeinflussen. Christliche demokratische Bewegungen mischten sich in die Politik, behauptete er, und sie würden immer einflussreicher. Ihre Lehren drohten an den uralten Fundamenten zu rütteln. Es gebe Leute, welche die katholische Theologie, diese Grundfesten ihres Glaubens, liberalisieren wollten. Ja, die Ketzerei breite sich aus, überall gebe es Verrat. Die meisten seien sich dessen gar nicht bewusst, sie begriffen nicht, was geschehe – der gesamte katholische Glaube, das Sein oder Nichtsein des Papstes, stünden auf dem Spiel – wenn die Kirche nicht aufpasste.

Andächtig lauschte Freytag. Etwas an Signoris Stimme war anders als sonst, sie klang schärfer und hatte etwas Angestrengtes, das er zuvor nie wahrgenommen hatte. Er gestikulierte und fuchtelte wild mit der Zigarette, sodass Asche auf seinem Frack landete. Es musste wirklich ernst sein, dachte Freytag, wenn jemand dafür ein so ausgesuchtes Kleidungsstück in Gefahr brachte; selbst wenn er Tuchhändler war.

Vom Tresen drang grelles Kichern herüber: Eine Gruppe junger Mädchen mit schlanken Beinen und wetteifernden Schmollmündern bewunderte mit großen Augen das Erzähltalent eines Kavaliers. Manche von ihnen waren kaum älter als die Schülerinnen der Ballettakademie am Kärntnertor. Freytag beugte sich noch weiter zu seinem Freund hinüber, so weit, dass die Hitze aus dessen Mund, die Hitze der ägyptischen Zigarette, gegen seine Wange schlug und sein neugieriges Ohr befeuchtete.

»Die Macht des Papstes ist gering im Vergleich zu den Kräften, die da wirken. Theologen und Philosophen lenken die Gläubigen in die falsche Richtung, während der Papst im Vatikan gefangen ist. Es sind Warnsignale, die man sehr ernst nehmen muss. Ihr Denken hat längst die Grenzen des katholischen Dogmas und die des Anstands überschritten. Es ist dem Papsttum ein Anliegen, die Irregeleiteten wieder heimzuholen, sie vor Abwegen und Relativismus zu warnen, die Herde wieder zusammenzutreiben.«

Freytag legte die Stirn in Falten und nickte. Was hätte er sonst tun sollen?

»Ich möchte Ihnen eine Frage stellen, Herr Freytag. Wenn Sie in der Lage wären, die Sache der Kirche zu befördern, dem Papst in seiner Rolle als Wächter der Kirche behilflich zu sein, würden Sie es dann tun?«

»Wenn es in meiner Macht stünde, ja. Es wäre mir eine Ehre, aber was könnte ein einfacher Mann wie ich schon dazu beitragen?«

»Seien Sie doch nicht so bescheiden.«

Signori hob das Strega-Glas an seine Lippen und nippte nachdenklich. Sein Blick wurde plötzlich ernst.

»Kann ich Ihnen ganz im Vertrauen etwas sagen?«, fragte er dann mit glänzenden Lippen.

»Natürlich, Herr Signori.«

»Nun ja, ich möchte Sie da nicht in irgendetwas hineinziehen …«

»Fahren Sie fort.«

»Sie dürfen niemals etwas davon verraten, was ich Ihnen jetzt sagen werde. Keiner Menschenseele. Verstehen Sie? Weder tot noch lebendig.«

»Sie haben mein Wort.«

»Dann will ich offen zu Ihnen sein. Ihr Wort, Herr Freytag, ist die größte Sicherheit, die man verlangen kann.«

Hier schaute Signori sich das erste Mal über die maßgeschneiderte Schulter: »Ich arbeite für die Kirche, für Rom.«

»Ach, das tun Sie …«

»Für sehr wichtige Personen. Mehr kann ich dazu nicht sagen, aber sie sitzen ganz weit oben.«

»Wie hoch?«

Signori hauchte die Worte. Mit geschmeidigen Lippen, überdeutlich, als spräche er mit Beethoven: »Noch über der Spitze der Peterskirche …«

Signori rückte seinen Stuhl näher heran, sie saßen jetzt dicht nebeneinander, beide im Frack, Oberarm an Oberarm und vornübergebeugt, als gingen sie eine Partitur durch.

»Sie begreifen, dass dies mit größter Diskretion behandelt werden muss? Die Konsequenzen könnten verheerend sein. Es ist eine sehr heikle Angelegenheit.«

Freytag nickte.

»Sie befinden sich in einer einzigartigen Lage, denn Sie stehen dem Autor nahe.«

Signori schwieg und betrachtete ihn, forschend, als erwarte er eine Antwort. Freytag wusste nicht, ob er noch einmal nicken sollte.

»Barsch?«

»Ich weiß nicht, ob ich weiterreden soll …«

»Bitte …«

»Wenn Sie auffliegen, wenn Sie etwas verraten, geht es Ihnen an den Kragen. Verstehen Sie?«

Freytag nahm einen Schluck Likör, unterdrückte ein Rülpsen und nickte.

»Es gibt starke Kräfte, die gegen uns arbeiten. Sie müssen also auf der Hut sein. Wenn etwas passiert, ist es nicht sicher, dass wir Ihnen helfen können. Wir haben keine großen Mittel, aber wir haben einen Vorteil: Wir verfügen über ein weltumspannendes Netz. Unsere Vertreter sitzen in den entlegensten Ecken dieses schönen Planeten. Das müssen wir nutzen. Informationen sind unser wertvollstes Gut, allein durch Wissen, dadurch, dass wir den Feind kennen, können wir uns gegen die Reformkräfte schützen, gegen das Böse.«

»Ich muss gestehen, ich fühle mich überrumpelt.«

»Ich frage Sie, weil Sie ein rechtschaffener und gottesfürchtiger Mann sind. Etwas sagt mir, dass Sie den Mut und die Überzeugung dazu haben.«

»Aber was soll ich tun? Ich verstehe das alles nicht ...«

»Nur eine Kleinigkeit, nichts Großes. Aber sehr wichtig.«

Freytag spürte einen Stich im Magen.

»Könnten Sie dafür sorgen, dass das Buch später herauskommt?«

»Das Buch? ›Der falsche Freund‹?«

»Das würde uns wertvolle Zeit verschaffen. Um eine Gegenoffensive vorzubereiten.«

»Sie meinen, ich soll es hinauszögern? Die Redaktion?«

»Ja, genau, nur hinauszögern, mehr nicht ... Geht es Ihnen nicht gut?«

»Es liegt wohl am Likör.«

Freytag bahnte sich einen Weg zur Toilette. Er stand lange vor dem Spiegel, kniff die Augen zusammen und wusch sich die Hände. Dann schüttelte er den Kopf und ging hinaus. Er war gerade durch die Tür, als er mit Trebitsch zusammenstieß.

»Herr Freytag! Was um alles in der Welt machen Sie denn hier?«

»Was ich hier mache? Ich war in der Oper. ›Fidelio‹.«

»Ein völlig überbewertetes Stück, wenn Sie mich fragen.«

Trebitsch war offensichtlich angetrunken. Er hielt einen Drink in der Hand, das Cocktailglas neigte sich bedenklich. Er krümmte seinen Buckel noch mehr, wie ein durstiger Passgänger, und legte Freytag einen Arm um die Schulter.

»Ich habe eine sensationelle Entdeckung gemacht. Ja, nichts, was Ihnen gefallen würde, nicht gerade etwas für Reaktionäre. Ein modernes literarisches Werk. Geradezu bahnbrechend. Ich bin rein zufällig darauf gestoßen. Ein grenzenloses Talent, vollkommen einzigartige Stimme.«

Das Dromedar starrte ihn an.

»Was?«

»Wollen Sie nicht wissen, wen ich meine?«

»Wen?«, brachte Freytag heraus.

»Das, mein lieber Freund, habe ich noch nicht herausgefunden. Es ist ein anonymer Beitrag, ich habe ihn auf einem Kaffeehaustisch gefunden, verstehen Sie, aber ich werde dem auf den Grund gehen, seien Sie sich dessen gewiss.«

»Na, das kann ich mir vorstellen. Wenn Sie mich jetzt entschuldigen würden …«

»Wie läuft es denn mit Barsch? Man sagt, er kommt mit etwas Neuem.«

»Das müssen Sie den Verlag fragen. Ich weiß von nichts.«

»Sie wirken angespannt. Ihre Hände zittern. Mit wem sind Sie hier?«

»Ich? Ach, mit niemandem.«

»Doch nicht mit Barsch? Mich können Sie nicht täuschen!«

Trebitsch richtete sich zu seiner vollen krummen Länge auf und spähte ins Lokal. Sein Kopf drehte sich wie der eines Schulwachmeisters. Dann packte er Freytag mit einem durchtriebenen Lächeln am Frack und beugte sich zu ihm herab; ein ekelhafter Alkoholgestank biss diesem in die Nase – Lakritz.

»Was trinken Sie denn da für ein Gift«, fragte Freytag und verzog das Gesicht.

»*Tremblement de terre*. Der neueste Drink. Aus Frankreich. Alle trinken das. Eine ganz starke Mischung. Absinth mit Cognac. Ein bisschen Rotwein ist auch drin. Verkauft sich wie geschnitten Brot. Kann ich nur empfehlen. Aber Vorsicht. Es steigt einem zu Kopfe.«

»Offensichtlich.«

»Ich weiß genau, was Sie vorhaben …«

»Ich weiß nicht, wovon Sie reden.«

»Sie wissen doch, dass Sie vor mir nichts verbergen können, Herr Freytag. Noch wird scharf geschossen, alter Knabe! Lassen Sie sich bloß nicht stören.« Trebitsch zwinkerte und stieß ihm den Ellbogen in die Rippen, dass ihm die Luft wegblieb. Dann taumelte er Richtung Toiletten davon: »Alter Lustmolch!«

Freytag strauchelte an seinen Platz zurück. Unterwegs stolperte er über mehrere Schuhe, bekam einen weiteren Ellenbogen in die Seite – einen spitzen, weiblichen – sowie die Fransen eines Seidenschals in den Mund – der Geschmack war gar nicht unangenehm.

Signori saß auf seinem Platz und qualmte, einen Aschekegel an der Zigarette. Ein Geruch nach verwinkelten Souks und belebten Basaren lag schwer über dem Tisch.

»Ich könnte es versuchen«, sagte Freytag. »Mal sehen, was ich tun kann.«

Er setzte sich wieder an den Tisch.

»Ich wusste, dass Sie es verstehen würden!«

»Aber ich kann Ihnen nichts versprechen.«

»Sie haben behauptet, Barsch sei sehr vorsichtig mit seinen Manuskripten«, sagte Signori und betrachtete seine Zigarette, als staune er selbst über seine Fähigkeit, die Asche mit dem Blick zu bezwingen. »Ich meine: bevor sie herauskommen?«

»Pure Eitelkeit, muss man wohl sagen. Sie haben ja selbst gesehen, in welchem Zustand das Manuskript ist.«

»Und Sie sind sicher, dass niemand es bisher gelesen hat?«

»So sicher, wie man nur sein kann. Außer Ihnen, natürlich. Und mir«, beeilte er sich hinzuzufügen. »Ich habe es selbstverständlich auch gelesen.«

»Dann sorgen Sie dafür, dass es so bleibt. Es ist wichtig.«

Freytag sah Trebitschs Buckel an der Bar auftauchen. Der alte Federfechter sah sich um, als ob er jemanden suchte, und schwankte zwischen den Gästen an der Bar herum. Freytag kehrte ihm den Rücken.

»Noch etwas«, sagte Signori und schaute über Freytags Schulter. »Wir wollen wissen, mit wem Barsch zu tun hat. Wir haben Grund zu der Annahme, dass er mit freisinnigen katholischen Organisationen, Zeitungen, Zeitschriften und Ähnlichem in Kontakt steht; vieles deutet darauf hin. Auch reformfreundliche Priester, Kirchenvertreter, Seminarleiter und so weiter könnten dabei sein; Akademiker, die mit neuen Ideen flirten. Universitäten sind Hochburgen der Unmoral, Herr Freytag, vor allem die katholischen; dort schmiedet der Feind seine Pläne. Ich brauche wohl kaum darauf hinzuweisen, wie wichtig es ist, dass solche Personen innerhalb der Kirche nicht befördert werden? Sie dürfen nicht auf einflussreichen Posten landen, sie sind illoyal, Feinde der Kirche, und damit äußerst gefährlich, verstehen Sie? Sie schlagen von innen zu, und sie wissen, wo sie zuschlagen müssen.«

»Aber …«

»Ja?«

»So gut kenne ich ihn doch gar nicht. Unsere Beziehung ist rein beruflich.«

Freytag schaute ebenfalls über seine Schulter; Trebitsch schien verschwunden zu sein.

»Erwarten Sie jemanden?«

»Eine dumme Angewohnheit«, sagte Freytag und spreizte nonchalant die Finger. »Sich umzusehen. Das kommt mit dem Alter.«

»Er überlässt Ihnen seine Bücher zur Redaktion. Kann es ein größeres Vertrauen geben? Sie müssen versuchen, sein Freund zu werden, sein engster Vertrauter.«

»Aber er ist doch nur ein harmloser Autor.«

Signori lächelte höflich, als wollte er mit seinen entwaffnenden Fähigkeiten nicht allzu verschwenderisch umgehen. Freytag begriff nicht, was so komisch war, doch er machte sich keine weiteren Gedanken deswegen, er war es gewohnt, nicht zu verstehen.

»Weit entfernt, mein Freund, weit entfernt. Erlauben Sie mir, den Heiligen Vater zu zitieren.« Signori hob einen Zeigefinger. »Schon in seinem ersten Hirtenbrief als Patriarch von Venedig hat er erklärt, liberale Katholiken seien Wölfe im Schafspelz. Ihr Autor ist ein Wolf, lieber Herr Freytag, ein waschechter Graupelz.«

»Venedig…«, murmelte Freytag missmutig.

»Barsch hat viele Leser. Und gefährlichen Umgang. Er trifft sich mit Philosophen, Theologen und Intellektuellen von den katholischen Universitäten, mit Freidenkern. Man darf seinen Einfluss nicht unterschätzen.«

»… das sind sicher die Dünste aus den Kanälen, die verbreiten offenbar einen üblen Gestank…«

»Sie haben einen Trumpf in der Hand, Herr Freytag. Die Leute wünschen sich nichts sehnlicher, als sich anzuvertrauen, wenn die Voraussetzungen stimmen. Der Drang, sich mitzuteilen, Geheimnisse preiszugeben, scheint angeboren; man nimmt ihn mit der Muttermilch auf. Die Leute wollen ihr Herz ausschütten, das ist meine Erfahrung; man muss ihnen nur die Möglichkeit dazu geben.«

»Wie in der Beichte?«

Signori betrachtete ihn gleichmütig. Nach einer Weile ergriff er wieder das Wort:

»Eher wie einem vertrauenswürdigen Bekannten. Und genau da kommen Sie ins Spiel. Man schüttet sein Herz nur jemandem aus, dem man vertraut. Es wäre sehr wertvoll für uns, wenn Sie sich seine Korrespondenz ansehen könnten. Sie ahnen gar nicht, wie sehr.«

»Nehmen Sie es mir nicht übel, Herr Signori«, erwiderte Freytag und schluckte, »aber ich fürchte, mein Anstand verbietet mir, zu… zu…«

»Ja?«

»... zu ...«

Freytag suchte nach dem richtigen Wort, doch alles, was ihm in den Sinn kam, klang entweder sehr weit hergeholt oder nach Hasen und Bluthunden, und nachdem er das Wort *herumschnüffeln* verworfen hatte, da es ihm allzu direkt erschien, und Georg konnte er zu seinem Bedauern nicht fragen – denn wenn es jemanden gab, der die richtigen unverständlichen Wörter kannte, um das, was man sagen wollte, so auszudrücken, dass der Zuhörer es verstand, gleichzeitig aber auch nicht –, sagte er schließlich, wie es war: »Spionieren!«

Freytag wunderte sich, dass niemand den empörten Aufschrei seines Freundes bemerkte, denn er selbst hätte schwören können, dass dessen Kraft ihn vom Stuhl riss. An den übrigen Tischen gingen die abendlichen Vergnügungen jedoch weiter, als wäre nichts geschehen. Und irgendwelche neugierigen Kamelhöcker waren auch nicht in Sicht.

»Herr Freytag«, sagte Signori und senkte die Stimme wieder, »also wirklich ... Jetzt beleidigen Sie mich aber! Nie würde ich eine Person Ihrer moralischen Größe bitten, so tief zu sinken, ebenso wenig wie jeden anderen übrigens. Es geht nur um ein bisschen Wachsamkeit, darum, Augen und Ohren offen zu halten. Und dafür scheinen Sie ja ein gewisses Talent zu haben, wenn ich mich richtig erinnere.«

»Ist das der Kirche nicht unwürdig?«

Signori blickte ihn amüsiert an. Freytag fummelte an seiner Fliege herum, weshalb, wusste er selbst nicht genau.

»Wie kommt es wohl, dass die katholische Kirche so lange überlebt hat, was glauben Sie? Gewiss nicht, indem sie stillschweigend zusah, wie ihre Gegner Pläne schmiedeten und sie dafür mit Öl, Seife und Streicheleinheiten bedachte. Man muss schon die notwendigen Mittel einsetzen. Wenn die Kirche sich nicht auf das Niveau ihrer Feinde herablässt, wird ihre Gutgläubigkeit sie noch strafen. Der Vatikan steht auf dem Spiel, der Heilige Stuhl.«

»Ich weiß nicht …«

»Ich habe mich für Sie starkgemacht. Ich habe behauptet, Sie seien ein Mann, der für seinen Glauben brennt. An hoher Stelle habe ich mein Wort für Sie eingelegt. Nicht jeder bekommt die Gelegenheit, aus der Masse herauszutreten.«

Freytag trank noch einen Schluck Likör, er schmeckte widerlich. Und dann gleich noch einen. Signori schaute ihn ungeduldig an, offensichtlich erwartete er eine Antwort.

»Und es wäre wirklich wichtig für den Vatikan? Für die gute Sache?«

»Wichtiger, als Sie ahnen können.«

»Ich bin nicht sicher, ob ich etwas erreichen kann.«

»Sie sind kein gewöhnlicher Mann, Herr Freytag. Das habe ich gleich gemerkt. Ich habe es an Ihrem Blick gesehen. Vertrauen ist nicht jedermanns Sache, es verlangt Mut, Charakter und den Wunsch, Gutes zu tun. Es verlangt Glauben und Demut vor der Aufgabe. Sie tun etwas sehr Wichtiges.«

Signori beugte sich vor und nahm Freytags Hände in die seinen, die kühl und trocken waren. Er sah ihm tief in die Augen, seine Pupillen glänzten ölig.

»Sie gehören einer kleinen, aber auserwählten Schar an.«

Freytag holte tief Luft. Zerstreut sah er sich in der Bar um und knetete sein Taschentuch, das er aus der Brusttasche gezogen hatte.

»Viel los hier, dafür, dass es schon so spät ist …«

»Nicht mehr als sonst.«

»Da haben Sie vielleicht auch wieder recht.« Freytag hustete kurz in sein Taschentuch. »Ihre Zigaretten … Ägyptisch, sagten Sie? Sind sie nicht schwer zu bekommen?«

»Ein Bekannter schickt sie mir aus Alexandria. Warum?«

»Ach, worüber man halt so nachdenkt.«

Damit war der Opernabend zu Ende. Freytag hatte seinen Tee nicht angerührt; das Bénédictine-Glas war leer, einzig eine Spur Lippenstift glänzte auf dem Kristall.

Petersplatz, Rom, 21. Juli 1903

In der Menge der Neugierigen und Besorgten auf der Piazza, zwischen den zahlreichen Betenden, die geschlossen zum Schlafzimmer des Papstes hinaufblickten und hofften, noch einmal zu sehen, wie der Kammerdiener die Fensterläden zum Lüften aufschlug, stand ein rundlicher Mann im Nadelstreifenanzug, kahl bis auf einen mönchartigen Kranz schwarzen Haars, er lehnte an einer der Säulen. Obwohl Bankdirektor Ernesto Pacelli in seiner Funktion als inoffizieller Gesandter des Papstes bei der Regierung wahrscheinlich bereits persönlich darüber informiert worden war, was all jene, die unter den Säulen übernachtet und tagelang über den Papst gewacht hatten, noch nicht mit Sicherheit wussten, schien er doch bekümmert, wie er da stand und rauchte.

Es war, als ob seine Zukunft durch das, was drinnen vor sich ging, besiegelt würde – wenn nicht im Schlafzimmer des Papstes, so doch hinter den erleuchteten Fenstern des Arbeitszimmers Rampollas – und er konnte seinen Blick nicht davon wenden.

Ein Haufen stinkender Zigarettenstummel lag zu seinen Füßen. Mit einer Grimasse warf er seine noch brennende Zigarette auf den Boden und trat sie aus. Dann drehte er sich um und bahnte sich einen Weg durch die Menge.

Wieder stand er vor dem Tor auf der Langegasse, wo er nicht wohnte. Als Signori hinter dem Droschkenvorhang verschwunden war, ging Freytag Richtung Mariahilf. Mit glühenden Wangen lief er unter seinem Regenschirm durch die kalte Frühlingsnacht. Er fühlte sich müde und aufgeregt zugleich, seine Sinne waren geschärft, aber verlangsamt, als wäre er eben erst aufgestanden. Er zog die Füße hinter sich her durch die Pfützen – so lebendig hatte er sich seit Jahren nicht mehr gefühlt.

Was hatten sie eigentlich miteinander vereinbart? Das ganze Gespräch, das doch eben erst stattgefunden hatte, kam ihm bereits seltsam weit weg vor, wie etwas, das er in einem Buch gelesen und seiner eigenen Geschichte einverleibt hatte. Er fühlte, wie das Blut durch seine Adern schoss, spürte den Kitzel und die Ausgelassenheit darüber, Teil von etwas Größerem zu sein. Seine eigenen Probleme erschienen ihm dagegen gewöhnlich und alltäglich, beinahe kindisch. Signori und der Vatikan, ja, indirekt seine Heiligkeit selbst, Gottes Stellvertreter auf Erden, hatten sich an ihn, den Lektor Freytag gewandt, einen alten Mann, der im Schatten lebte – und hatten ihn um Hilfe gebeten. Es sei äußerst wichtig, hatte Signori versichert, daran erinnerte Freytag sich genau, wichtiger, als er ahnen könne.

Plötzlich stand er vor seiner Haustür. Er hatte nur eine vage Vorstellung davon, wie er dorthin gekommen war. Mit etwas Mühe hätte er darüber Rechenschaft ablegen können. Wann es aufgehört hatte zu regnen, hätte er dagegen nicht sagen können.

Und wie es kam, dass die Concierge, dieses geizige Reibeisen, trotz der späten Stunde das Gitter noch nicht verriegelt hatte, um ihm seine letzten Münzen abnehmen zu können, darauf hatte er ebenfalls keine Antwort. Wie auch immer, es ließ ihn gut gelaunt mit den Schlüsseln klimpern, denn weitere Torgroschen konnte er sich bald wirklich nicht mehr leisten. Vielleicht hatte sie Gäste, vielleicht war sie an der Reihe gewesen, den monatlichen Tarock-Abend abzuhalten. Oder sie war allein mit ihrer Portweinflasche eingeschlafen.

Gerade als er mit dem Schirm unter dem Arm das Tor öffnen wollte, schlug die Glocke der Mariahilfer Kirche einen einzelnen Schlag. Er drehte sich um und schaute hinauf zu den Kirchturmspitzen. Durch einen Riss in der Wolkendecke fiel ein Lichtstrahl auf das Kupferdach; die Reflexe tanzten über die nasse Figur mit dem goldenen Heiligenschein, der im Mondlicht glänzte. Wieder ein Zeichen. Sieh mal an, dachte er, das hätte er beinahe verpasst.

Er stieß das Tor auf, und plötzlich wurde ihm klar, dass nichts mehr werden würde, wie es zuvor war: Er war in etwas hineingezogen worden, das größer war als er selbst, so groß, dass man es nicht beschreiben konnte.

Er schrak zusammen, als der schwere Flügel hinter ihm zuschlug, und eilte mit langen Schritten in die blaue Dunkelheit seiner Wohnung hinauf. Er war viel zu aufgekratzt, um zu schlafen. Dabei brauchte er seine Nachtruhe, er brauchte alle Kraft, die er bekommen konnte, und so trank er in der Küche ein Glas schäumenden Schlafpulvers. Anschließend rauchte er einen letzten Zigarillo. Ehe er unter die Decke schlüpfte, suchte er Stärkung bei Matthäus und Johannes in der Bibel. Und während er schließlich in ein warmes Dämmern hinüberglitt, fasste er einen Plan. Er hoffte nur, er würde auch die Geistesgegenwart aufbringen, ihn wirklich auszuführen.

Apostolischer Palast, Rom, 21. Juli 1903

Das Gemurmel vom Petersplatz drang durch die Stille wie eine Erinnerung an die Welt dort draußen. Die ganze Nacht über hatte das Schlafzimmer des Papstes im Dunkeln gelegen. Im Arbeitszimmer des Staatssekretärs dagegen war die Lampe nicht erloschen. Jetzt waren alle Blicke auf das Schlafzimmerfenster gerichtet.

Camerlengo Oreglia beugte sich über das päpstliche Bett.

»*Dormisne?*«

Der Mann, den Leo XIII. dazu ausersehen hatte, bei seinem Hinscheiden Petri Schlüssel zu verwalten, strahlte für einen Kirchendiener eine beeindruckende Handlungskraft aus. Trotz seines weißen Haars war er noch immer ein hochgewachsener, kräftiger Mann. Im schwachen Lichtschein warf er einen bärenhaften Schatten über den gebrechlichen Körper, der vor ihm unter der Damastdecke lag.

Allein der Schimmer des seidenen Taschentuchs, das unter dem unrasierten Kinn verknotet war, erleuchtete Leos Gesicht: Seine Wangen waren eingesunken. Die Haut seiner Stirn schien sich über Nacht zusammengezogen zu haben. Sie erinnerte an Butterbrotpapier, das zu lange in der Sonne gelegen hatte; brüchig und porös, als müsse es bei der geringsten Berührung zerfallen.

Vielleicht war dies der Grund, weshalb Camerlengo Oreglia ihm nicht, wie eigentlich üblich, dreimal mit dem Silberhammer auf die heilige Stirn klopfte. Stattdessen neigte er sich noch tiefer zu ihm herab.

»Vincenzo! Vincenzo! Vincenzo!«

Das Gemurmel auf der Piazza schien erneut anzuschwellen – dann Stille. Der Heilige Stuhl war verwaist: *sede vacante.*

Camerlengo Oreglia schluckte. Die Hand, die im Laufe der Jahre so viele Menschen gesegnet hatte, lag wie ein lebloses Vogeljunges in seiner Hand. Vorsichtig löste er Leos Finger aus dem knochigen Griff um das Kreuz. Der Ring glitt leicht von seinem ausgemergelten Finger.

Dann richtete Camerlengo Oreglia sich auf. Mit festen Schritten ging er zum Schreibtisch und legte den Fischerring auf den Stein. Kraftvoll hob er den Hammer.

Der kalte Laut hallte in der Schlafkammer wider. Die versammelten Kardinäle bekreuzigten sich. Bei jedem Schlag schlossen sie kurz die Augen.

Nur Staatssekretär Rampolla blinzelte nicht. Mit glänzendem Blick starrte er vor sich hin. Als stünde er bereits auf dem Balkon und schaute über die Piazza – über den Obelisken, die Säulen, die Menschenmenge. Und weiter bis zum Tiber. Dort, wo die Stadt – die Welt – zu seinen Füßen lag.

Jetzt würde der Kampf um den Papstthron beginnen.

Zweiter Teil

Apostolischer Palast, Rom, 20. Juli 1903

Dr. Lapponi ließ das Handgelenk des Papstes los und schaute auf seine Taschenuhr: Es war genau vier Minuten nach vier am Nachmittag. Er machte eine kurze Notiz in sein Journal und bat den Kammerdiener, ihm die Kerze zu reichen.

Langsam führte er die Flamme an den Mund des Heiligen Vaters. Er wiederholte den Vorgang dreimal, nur um zu bekräftigen, was er längst wusste. Anschließend wandte er sich an Camerlengo Oreglia und schüttelte den Kopf.

Die Gebete waren vergeblich gewesen.

Nach mehr als zwei Wochen Todeskampf hatte Leo XIII. seinen Frieden gefunden. In den letzten Tagen war er immer schwächer geworden. Nur noch ein kraftloses Röcheln war über seine Lippen gekommen. Er hatte schwere Schmerzen gehabt.

Eine Stunde vor seinem Tod hatte er vor seinem treuen Kammerdiener Pio Centra darüber geklagt. Es hatte einen erregten Wortwechsel zwischen den Ärzten gegeben. Schließlich hatte man sich darauf geeinigt, ihm kein Morphium zu geben. Der gebrechliche Vater hätte die Linderung nicht verkraftet. Dem Kammerdiener waren Tränen in die Augen gestiegen. Er flehte um Erbarmen. Leos alter Beichtvater, Monsignor Pifferl, murmelte mit erneuerter Kraft seine Gebete für den Sterbenden.

Doch Dr. Lapponi ließ sich nicht erweichen.

Trotz des langen Kampfes war es ein friedlicher Tod gewesen. Kurz vor seinem Ende hatte Leo in einer letzten Kraftanstrengung seine Hand gehoben und die Kardinäle gesegnet, die an seinem Bett knieten. Er hatte den Arm seines Staatssekretärs gedrückt. Als Rampolla zum Abschied seine Hand küsste, war ein Lächeln über sein Gesicht geglitten. Er erkannte ihn an der Stimme – der Blick seiner verloschenen Augen war längst am Elfenbeinkruzifix vor dem Bett stehen geblieben.

Nach einem letzten Erstickungsanfall hatte er mit einem lang gezogenen Keuchen alles Irdische hinter sich gelassen. Leo XIII., Graf Vincenzo Gioacchino Raffaele Luigi Pecci, der zweihundertsiebenundfünfzigste Papst, starb mit geglätteter Stirn und dankbarer Miene im Alter von dreiundneunzig Jahren – er war der älteste Papst in der Geschichte.

Dr. Lapponi schloss dem Heiligen Vater die Augen. Die Kardinäle bekreuzigten sich.

Lapponi nahm seine Tasche und erhob sich. Als er an den knienden Kirchendienern vorbeiging und den Vorhang zur Seite zog, der das Totenbett vom übrigen Zimmer trennte, brach Tumult aus. Sie begannen zu weinen. Jemand stimmte mit lauter Stimme das Requiem Aeternam an. Alle wollten die Hand des Toten küssen.

Der Leibarzt ging zu Oreglia hinüber, der bereits am Schreibtisch stand und in ein vertrauliches Gespräch mit Zeremonienmeister Vannutelli vertieft war.

»Die genaue Todesursache lässt sich nicht feststellen«, sagte er leise. »Die doppelseitige Lungenentzündung, sein hohes Alter … Was Sie wollen. Es war nur eine Frage der Zeit. Er ist sehr tapfer gewesen.«

Oreglia blickte den Arzt fest an.

»Sie haben getan, was Sie konnten, Dr. Lapponi.«

Anschließend wandte er sich an den Zeremonienmeister und flüsterte ihm ins Ohr: »Verständigen Sie die Schweizer Garde. Befehlen Sie, sofort alle Tore des Vatikans zu schließen. Kein Unbefugter hat mehr Zutritt. Und sehen Sie zu, dass alle aus dem Zimmer verschwinden!«

Die Tauben hatten ihren Platz unter den Rundbogen gefunden. Man sah genau, wo sie wohnten; wo sie zu sitzen und sich aufzuplustern pflegten, waren die Stahlträger weiß von Vogeldreck. Zuweilen stürzten sie ohne Vorwarnung auf den Bahnsteig hinunter – ihr Flügelschlag zerschnitt die Luft, wie Applaus nach einer Trapeznummer – und stolzierten ohne Scheu auf der Jagd nach Brotkrümeln zwischen Hosenaufschlägen und Damenschuhen umher.

Freytag staunte über die Vielfalt ihres Gefieders. Es gab Tauben, die wie Kupfer glänzten, sowohl angelaufenes als auch blank geschlagenes; weiße mit Einschlägen von Pfefferkörnern, als wären sie mit Mühe und Not einem Schrotgewehrschuss entkommen; es gab graue Tauben, wie mattestes Zinn, mit Andeutungen von Meer und Flieder, Tauben mit Krawatte und gestärktem Kragen oder Augenklappe, und andere, die nur ein Bein hatten oder einen Flügel hinter sich herzogen, und natürlich solche, die aussahen, wie Tauben fast immer aussehen: traurig und dumm. Eine bunte kleine Schar, ganz wie die, die auf dem Bahnsteig wartete.

Am Westbahnhof strömten alle Nationalitäten und Bevölkerungsgruppen des Kaiserreiches zusammen: Tschechen, Slowenen, Galizier, Magyaren, Juden, Deutsche und alles, was dazwischenlag, sie alle standen dort und warteten auf den Zug, der sie von der kaiserlichen Pracht in die westlichen Teile des Reiches bringen sollte, an die frische Luft, zu den hohen Wolken.

Freytag wischte sich den Schweiß aus dem Nacken. Sein Koffer war schwer wie ein Altar. Neben dem Manuskript in Original und Abschrift und seiner Kleidung hatte er auch das Esperantowörterbuch eingepackt – er wollte nicht zurückfallen im Kurs.

Außerdem seine Notizbücher, »Die Leiden des jungen Werther« (um es im Zug zu lesen; es war eine seltene Ausgabe, die er noch schnell aus seinem Bücherregal gezogen hatte) sowie seine eigene und Signoris gewichtige Bibel.

Er begriff nicht, wie seine Frau es schaffte, durch die Welt zu kutschieren, sie war doch auch nicht mehr die Jüngste. Auf seinem Koffer sitzend und die Beine weit von sich gestreckt, dachte er an all die Male, die sie sich beklagt hatte, dass sie nie irgendwo hinfuhren. Sie hatte einfach nicht verstanden, dass Freytag bereits um die ganze Welt gereist war, mehrmals sogar. Er hatte die Sonne über den Steppen Afrikas untergehen sehen und war zu Fuß über die atemberaubenden Höhen des Himalaya gewandert; auf einem Schoner war er auf der Suche nach verborgenen Passagen die unfruchtbaren Küsten Feuerlands entlang gesegelt; Kamele hatten ihn unter den Strahlen der Sonne in den Schlaf geschaukelt – und unter sternklaren Wüstenhimmeln hatte er mit geheimnisvollen Frauen geschlafen.

Nie hatte sie begriffen, dass er sich ebenso ungehindert durch die feuchtnebligen Straßen Londons bewegte wie durch die Gassen hinter dem Dom oder auf den Basaren des Orients. Unmöglich konnte sie verstehen, warum er immer so müde war, wenn er den ganzen Tag über seine Korrekturen gebeugt dagesessen hatte: müde vom Leben in der Welt der Bücher, müde von den Manuskripten, die er oft noch nach Feierabend lesen musste, sodass er sich nie etwas vornahm. Wie der Weitgewanderte die Beine hochlegen und sich den Staub aus der Kehle spülen musste, so benötigte auch er seine Ruhe. Das war es im Grunde genommen, was sie nie verstanden hatte.

Ihr langweiliger, grauhaariger Mann mit den schmalen Waden war ein Handelsreisender im Land der Phantasie, ein Marco Polo der Seele – ein Weltreisender in des Wortes ursprünglichster Bedeutung. Er bewegte sich nicht nur im Universum der Geographie, sondern auch durch die Weiten der Zeit. Er verbrachte seine Tage in unbekannten, noch nicht entdeckten Welten, die so fremd waren, dass man sie nicht begreifen und noch viel weniger erklären konnte.

Er hatte ihr nie gestanden, dass schon der Gedanke, die Zollstationen der Stadt zu passieren, ihm mehr Angst einjagte, als sie je verstehen würde. Genau das war der Grund gewesen, weshalb sie ihn irgendwann verabscheute: seine Feigheit. Nicht, dass er sich davor drückte, mit ihr zu verreisen, dass seine Dämonen sie an die Wohnung, das Viertel, die Stadt ketteten – das hatte sie akzeptiert; auch nicht sein Unwille zu Veränderungen, seine Liebe zum Stillstand, seine Rückwärtsgewandtheit, seine *Bequemlichkeit*, wie sie es nannte – auch die hatte sie geschluckt. Aber dass er zu feige war, es zuzugeben, dass er sie nie seine Schwächen schauen ließ, das konnte sie ihm nicht verzeihen. Er hatte nicht erfüllt, was sie an jenem Tag unter den Kastanien im Prater in seinen Augen gesehen hatte; er war nie der geworden, der er hätte sein sollen. Denn auch seine Frau hatte einst an ihn geglaubt, bis die Angst vor seiner eigenen Unzulänglichkeit den letzten Funken Hoffnung in ihm gelöscht hatte.

In letzter Zeit hatte er eine ganze Menge begriffen, aber was half ihm das jetzt noch? Damals hatte er nur gedacht, sie quengelte, denn das taten schließlich alle Frauenzimmer. Nie hätte er gedacht, dass sie eines Tages ernst machen und in die Welt hinausziehen würde – die wirkliche kugelrunde, nicht die ausgedachte – und ihn zurücklassen würde, mit seinen Sardinen und seinen literarischen Ambitionen.

Seine Frau war nie eine Leserin gewesen. Ihre Hände waren immer mit irgendetwas beschäftigt: Sticken, Flechten, Teigkneten; mit wirklichen Dingen wie Stenographie, greifbar und von unbezweifelbarem Nutzen. Vielleicht hatte sie einfach mit diesen Händen nach der echten Welt greifen müssen. Wie ein Bildhauer. Denn ansonsten war sie blind gewesen, ebenso kurzsichtig wie er selbst, ein Maulwurf, der sich auf der Jagd nach dem Unerreichbaren immer tiefer in die Erde grub, ohne zu merken, dass die Gänge hinter ihm einstürzten.

Eine Taube wackelte auf ihn zu, weiß mit schwarzen Kutscherstiefeln. Sie sah ihn von der Seite an und nickte mit dem Kopf – auf und ab, auf und ab –, als fiele es ihr schwer, die konturlose Figur mit den traurigen Augen zu fokussieren. Auffordernd sah sie ihn an und wiegte sich dabei hin und her, wobei sie abwechselnd die Stiefel hob.

»Das ist ein gefährliches Getrampel hier, meine Liebe«, sagte Freytag und leerte die Papiertüte aus. »Jaa, jaa …« Kipfel-Krümel rieselten zu Boden. Sogleich pickte die Taube sie auf. In regelmäßigen Abständen unterbrach sie ihre Mahlzeit, um ihm einen misstrauischen Blick zuzuwerfen, als wüsste sie von seinem Vorhaben. Dann pickte sie weiter, und bald war eine ganze Taubenversammlung dabei, jede Spur des Kipfels zu beseitigen.

Inzwischen hatte sich der Bahnsteig gefüllt; jetzt konnte es nicht mehr lange dauern, bis der Zug einfuhr. Eine Gruppe Soldaten hatte sich zu den Wartenden gesellt; zu welchem Zweig der kaiserlichen Armee sie gehörten, konnte er nicht ausmachen, jedenfalls nicht zur Artillerie: Ihre Gesichter waren nicht zu den schwerhörigen Grimassen verzerrt, wie er sie vom Sperl her kannte, und sie zogen auch nicht so verkrampft die Köpfe zwischen die Schultern. Sie wirkten eher jungfräulich rein, unverletzt, wie Schuljungen auf einem Maskenball.

Freytag überließ die Kriegstreiber ihren eigenen Angelegenheiten und sah sich weiter um. Eine Mutter mit zwei kleinen Jungen stand nicht weit von ihm entfernt und umklammerte die Griffe ihrer Koffer. Die Kinder rannten, wie Kinder dies eben tun, und jagten einander im Getümmel. Ab und zu ermahnte sie ihre Mutter: Nicht zu nah an die Gleise! Dann beruhigten sie sich einen Moment, um ihr Spiel gleich darauf wieder aufzunehmen. Sie versteckten sich hinter Mänteln, sprangen hinter prallen Koffern hervor und störten die Reisenden. Als der größere der beiden, der nicht älter sein konnte als sieben oder acht, an Freytag vorbeisauste, hatte dieser plötzlich den Einfall, aufzuspringen und ihn mit einem freudigen »Buh!« zu erschrecken.

Doch mit geduldiger Miene, die das nervöse Flattern in seinem Bauch verbarg, blieb er sitzen, wie er es immer getan hatte, lange bevor er ein alter Mann geworden war. Innerlich schmunzelte er über die Kinder. Mit Kindern ist alles echt, dachte er, kein Falschspiel, keine Intrigen, keine Hintergedanken. Wenn sie einen nicht mögen, sagen sie: Du bist blöd! Wenn sie einen mögen, fragen sie: »Willst du mit mir spielen?«

Er wusste nicht, warum es mit den Jahren immer schwieriger geworden war oder weshalb er es noch nie leicht gefunden hatte, nicht einmal, als er selbst noch ein Kind war. Warum waren ihm die Worte »Willst du mit mir spielen?« so schwergefallen? Seine Frau hatte die Gewohnheit gehabt, alles, was er selbst so unsäglich schwierig fand, als »Kinderspiel« zu bezeichnen. In seinen Ohren klang das immer furchtbar kompliziert: die unergründlichen Spiele der Kinder.

Und ebenso rätselhaft waren die Wege des Herrn, dachte er weiter, rätselhaft, aber klug. Der Herr hatte früh begriffen, wozu er selbst ein ganzes Leben brauchte. Er wäre nie wirklich in der Lage gewesen, Vater zu sein – viel zu groß war sein Bedürfnis nach Ruhe. Jetzt, da er zwischen all den Menschen saß, die auf dem Weg zu oder von ihren Liebsten waren, vermisste er jedoch ein Kind. Eine Tochter hätte er sich vorstellen können. Er verstand nicht, warum viele Männer so unbedingt einen Sohn haben wollten. Söhne waren unordentlich, machten sich dreckig und hatten früher oder später schmutzige Gedanken. Soviel wusste er, er war schließlich selbst einer gewesen. Töchter dagegen, Mädchen, waren rein, sie verkörperten den Glauben an das Gute im Menschen. Still waren sie und freundlich. Wenn er eine Tochter gehabt hätte, hätten sie sich über Poesie unterhalten können; er hätte ihr Bücher geschenkt. Er war kein vermögender Mann, aber Bücher hätte er ihr schenken können – und mit einem wohlgefüllten Bücherregal war man niemals wirklich arm. Wenn sie Interesse daran gehabt hätte, hätte er sie zum Schreiben ermuntert. Aber nur, wenn sie selbst es gewollt hätte.

Die Lokomotive rollte ein und verströmte einen Geruch nach hartgekochten Eiern. Freytag warf mechanisch einen Blick in Richtung der Kinder: Die Frau hielt das jüngere an der Hand; der ältere Junge zerrte bereits an dem Koffer, der ihm bis zur Brust reichte.

Es war empörend, dass es hier kein ausreichendes Sicherheitssystem gab. Nichts hätte ihn daran hindern können, sich vor den Zug zu werfen – ein einfacher Schritt in die Ewigkeit, in die brennende Zeitlosigkeit. Wenn man bedachte, wie wichtig seit Neuestem das Thema Sicherheit am Arbeitsplatz war, und dass jeder glaubte, sich gegen alles versichern zu können; wenn er an die zahllosen fürsorglichen Bürokraten und Versicherungsangestellten dachte, die hinter ihren Schreibtischen saßen und sich in den Straßenbahnen drängten, dann erschien ihm dies als haarsträubende Fahrlässigkeit. Ein einfaches Gitter hätte die Sicherheit deutlich erhöht. Ein paar Eisenstangen konnten einen Menschen vor seinem ärgsten Feind beschützen.

Noch während er seinen Koffer in den Waggon hievte, wurde ihm klar, wie vergeblich eine solche Maßnahme gewesen wäre – man konnte sich nicht vor sich selber schützen.

Sie folgten dem Lauf der Wien aus der Stadt hinaus, den durchdringenden Pfiff des Schaffners im Ohr – *Pfüüüüt!* Vorbei an rohen Neubauten, praktischen Häuserblocks und baumlosen, freudlosen Straßen, in denen der Wind freies Spiel hatte und Schatten bei Hitze ein selten gesehener Gast war. Sie passierten heruntergekommene Gegenden, die noch nicht den Eisenhämmern und dem schwingenden Gewicht der Abrissbirne zum Opfer gefallen waren. Bald würden auch sie verschwinden. Wir zerstören unser Erbe, dachte Freytag, niemand wird sich an uns erinnern, wir versinken im Grab des Vergessens, den Würmern zum Fraß. Wie die versunkenen Zivilisationen in Amerika, wie im Dschungel verborgene Kulturen des Goldes, von denen er in der *Reichspost* gelesen hatte. Eines Tages entdeckte man sie wieder und stellte sich die Frage: Was geschah?

Utilitarismus nannten sie das, was für ein schreckliches Wort! Als würde die Schönheit an sich nicht den größten Nutzen darstellen. Manche Menschen behaupteten, Wien gliche einem schäbigen Museum, und es sei höchste Zeit, die Käseglocke zu entfernen, damit der Wind den vermoderten Staub des Todes hinwegpusten könne. Die Nostalgie ersticke die Stadt, behaupteten sie, sie litte an unheilbarer Sentimentalität. Diese Aussage würden sie noch einmal bereuen. Wenn die Erfahrung sie erst Demut gelehrt hatte, würde es zu spät sein.

Freytag konnte den Blick nicht von der Notbremse wenden. So war es mit der Geschwindigkeit; die Landschaft flackerte im Nu vorbei, und schon war sie verschwunden. Da war keine Zeit, anzuhalten und nachzudenken. Ständig dieses besinnungslose Streben nach Geschwindigkeit. Praktisch, war das Mantra der Zeit, nüchtern, militärisch.

Freytag lehnte sich auf seiner Bank zurück. Seine Nase hatte einen münzgroßen Abdruck auf der Innenseite des Fensters hinterlassen. Er machte sich nicht die Mühe, ihn mit seinem Taschentuch wegzuwischen, er würde ihn damit nur vergrößern, als hätte jemand ein Wurstbrot gegen die Scheibe gedrückt. So etwas wusste man, wenn man älter war. Die Jugend dagegen wusste nie, wann es Zeit war, aufzuhören. Deshalb war sie so gefährlich: Ihr Enthusiasmus, ihre Liebe zur Veränderung war grenzenlos.

Das Rumpeln der Schienen – kadunk-kadunk-kadunk – das Rütteln und das weiche Schlingern schläferten ihn ein. Die Luft im Abteil war stickig. Ortsnamen glitten vage durch sein Bewusstsein: *Hütteldorf, Tullnerbach, Kirchstetten.* Freytag atmete schwer – er fühlte einen angenehmen Druck auf der Brust. Eine unsichtbare Frau lehnte ihren Kopf an seinen Rumpf, während er mit Goethe auf dem Schoß den endlosen Flieder am Bahndamm betrachtete. Auf dem Tisch lag die *Reichspost*, aber er machte sich nicht die Mühe, sie zu lesen, wusste er doch, was er dort finden würde: Mord, Todesfälle, Epidemien und Feuersbrünste sowie die ewige Kriegsgefahr – und den Kometen.

Sie fuhren durch Tunnel, in denen alles schwarz wurde und sich eine merkwürdige Stille über die Passagiere legte. Dann kam das Licht zurück und bohrte sich einem in die Schläfen.

Bald nachdem er das flüchtige Bild einer Burg auf einem Hügel erhascht hatte, nickte er ein und befand sich halb schlafend in einem träumerischen Zustand, aus dem er erst erwachte, als sie St. Pölten erreichten. Dort stiegen die Soldaten, die er auf dem Bahnsteig beobachtet hatte, mit selbstbewusstem Stiefelgetrappel aus, wahrscheinlich um ihre Diskussionen über die Fragwürdigkeit von Heldentaten und deren Belohnung an der militärischen Internatsschule in der Stadt fortzusetzen, und ein ernster junger Mann mit Mittelscheitel betrat das Abteil, der sich ihm gegenübersetzte, einen Beutel zwischen den Füßen und eine Bibel in der Hand.

Freytag betrachtete seinen neuen Mitreisenden. Seine Gedanken kehrten zum Vorabend zurück. Im Spülbecken in der Küche hatte er seine Unterwäsche gewaschen und sie zum Trocknen über die Badewanne gehängt. Anschließend hatte er seine Hemden gebügelt, die jedoch gleich wieder knitterten, als er sie auf dem Bett zusammenlegte. Den Koffer, der noch so gut wie neu war – seine Frau hatte ihn ihm zum fünfzigsten Geburtstag geschenkt, als sie die Hoffnung noch nicht aufgegeben hatte. Und tatsächlich hatten sie damals überlegt, nach Heidelberg zu fahren –, musste er erst unter großen Anstrengungen vom Staub auf dem Kleiderschrank befreien. Dann packte er den warmen Wollpullover hinein, den seine Schwägerin ihm einst gestrickt hatte, denn an den Abenden konnte es in den Bergen sehr kalt werden. Sogar Wollsocken und seine zerschlissene Pelzmütze legte er dazu, man konnte ja nie wissen.

Als er fertig war, hatte er sich einen Teller Fleischbrühe warm gemacht und diesen zu einem halben Laib trockenen Brotes gegessen, das er in der Speisekammer gefunden hatte und von dem er erst den Schimmel entfernen musste. Auf einen Besuch im Sperl hatte er verzichtet. Er wollte die verbleibende Zeit des Alleinseins nutzen, um sich für die Reise und die bevorstehenden Aufgaben zu rüsten. Zudem benötigte er jeden Heller; man konnte nie wissen, welche unvorhergesehenen Ausgaben auf einer Reise auf einen zukommen konnten, nur dass sie es tun würden, war klar.

Er hatte über dem Manuskript gesessen, als es plötzlich an die Tür klopfte. Es war ein höfliches, rhythmisches Klopfen, und er wusste sofort, dass es nicht die Concierge sein konnte, denn die war niemals so höflich. Auch Georg konnte es nicht sein, denn sein Klopfen entbehrte jedes Rhythmus. Dies hier war ein distinguiertes Klopfen. Vielleicht Lothar, der sich noch etwas Schlafpulver leihen wollte. Er schlief noch schlechter, seit er von dem Giftgas gehört hatte, und auch wenn Lothar ein wandelndes Elend war, besaß er doch eine nervöse Würde, die Freytag sehr zu schätzen wusste. Zu seiner Bestürzung jedoch war es Signori, der im Treppenhauslicht stand, tadellos gekleidet wie immer. Sein Anzug sah beinahe noch vornehmer aus als die bisherigen, er leuchtete förmlich in dieser glanzlosen Umgebung.

»Darf ich reinkommen?«

Signori schien es nicht für nötig zu halten, zu erklären, woher er Freytags Adresse kannte, und Freytag fiel vor lauter Schreck nicht ein, ihn danach zu fragen. Er hatte vollauf damit zu tun, etwas von Tee und Zwieback zu murmeln, und dass sich gewiss auch noch etwas Milch finden ließe. So fuhr er eine Weile fort, während Signori ihn mit undurchdringlicher Miene betrachtete, bis er sich schließlich wieder fasste und sich den roten Seidenmorgenmantel überwarf, den er sonst niemals trug, weil er ihm lächerlich vorkam. Seine Frau hatte immer behauptet, er verleihe ihm ein vornehmes Aussehen, und nun hoffte er, dass er das wirklich tat, während er seinem Freund ungefragt eine Tasse Kamillentee servierte. In seiner Aufregung verschüttete er etwas davon auf dem Teppich, denn seine zitternden Hände ließen ihn natürlich ausgerechnet jetzt im Stich.

So saßen sie am Wohnzimmertisch, während die Sonne hinter den Häusern versank. Nachdem sie ein paar überbrückende Phrasen über das Wetter ausgetauscht hatten und Signori behauptet hatte, die Gegend um Mariahilf hätte in den letzten Jahren aber wirklich einen Sprung gemacht – er konnte gut verstehen, dass sie so beliebt geworden war –, zog der unerwartete Gast sein geheimnisvolles Mitbringsel aus der Tasche. Vorsichtig schlug er ein Stück Samt auf, in dem, wie sich herausstellte, eine Bibel eingewickelt war, die er Freytag feierlich überreichte.

»Sie ist sehr wertvoll. Soweit ich weiß, ist es die Einzige ihrer Art. Sie wird Ihnen auf der Reise gute Dienste leisten.«

»Ganz schön schwer«, sagte Freytag und wog sie in der Hand, »es muss Papier von der besten Sorte sein.«

»Vorsicht!« Signori legte die Hand auf die Heilige Schrift. »Sie ist sehr empfindlich. Sie müssen gut achtgeben, dass Sie sie nicht verlieren.«

Gewiss war es Signori nicht entgangen, dass Freytags Hände zitterten. Signoris Sorge um die Bibel rührte ihn; wer diesem Text so viel Wertschätzung entgegenbrachte, musste einfach ein besonders guter Mensch sein. Und dass er sich noch dazu Gedanken um das Bedürfnis seines Freundes nach erbaulicher Lektüre auf der bevorstehenden Reise machte, gab Freytag den fast väterlichen Wunsch ein, ihm die glatt rasierte Wange zu tätscheln. Sein Freund konnte ja nicht wissen, dass er eine eigene kleine Bibel besaß, die vielleicht nicht so schwer, deren Inhalt jedoch nicht weniger gewichtig war.

»Man wird ein bisschen tatterig mit den Jahren …«

»Das hier ist ein richtig schlaues Ding«, erklärte Signori und schlug den Schmöker auf, den Freytag jetzt unbeholfen auf dem Schoß hielt, wie ein ungeborenes Enkelkind. »Es könnte verdächtig wirken, mit einer Kamera herumzulaufen, wenn man kein Fotograf ist. Sie fotografieren doch nicht?«

»Nein, das kann ich nicht behaupten …«, sagte Freytag und starrte verblüfft in die Kameralinse. »Aber … was soll ich denn damit fotografieren?«

»Das Gedächtnis ist ein unzuverlässiger Geselle. Man kann nie alles behalten, vor allem nicht, wenn man es eilig hat und unter Zeitdruck arbeitet. Mag sein, dass Sie auf Dinge stoßen, die Ihnen unwichtig erscheinen, für uns aber von Interesse sind.«

Platten vergäßen nicht so schnell, fuhr er fort, vor allem nicht, wenn man die Bilder dunkel und trocken verwahre, am besten auch kühl. Dann hielten sie nahezu ewig.

Anschließend ging er die Anleitung durch, die sich ins Halbdunkel der Dämmerung zu hüllen schien. Die Bedienung solch eines Apparates war wirklich eine sehr lichtscheue Angelegenheit, dachte Freytag.

Nachdem Signori sich empfohlen und Freytag Glück auf der Reise gewünscht hatte, war dieser die Anweisungen noch einmal durchgegangen, so wie er es auch jetzt in dem stickigen Zugabteil tat. Es durfte nicht zu dunkel sein, wenn er seine Bilder macht, denn die Lichtstrahlen waren wie Haare eines Pinsels. Zu hell durfte es allerdings auch nicht sein, denn die Platte durfte durch die Linse nicht direktem Licht ausgesetzt werden. Am besten fotografierte man bei Tageslicht, das zu einem Fenster hereinfiel, welches nach Norden ging; Letzteres war jedoch nicht unbedingt nötig. Dafür waren andere Dinge umso wichtiger: Die Kamera durfte keinen Stößen ausgesetzt werden, das hatte Signori mehrfach wiederholt. Die Mechanik war sehr empfindlich, und die Optik ebenfalls. Und es war von allerhöchster Bedeutung, dass man die Kamera ganz still hielt, wenn man Bilder machte. »Am besten stützen Sie sie auf einen festen Gegenstand, wenn es sich denn ergibt.« Doch am häufigsten hatte Freytag sich den komplizierten Prozess des Platten-Wechsels in Erinnerung gerufen. Dieser Vorgang, der die Fingerfertigkeit eines Uhrmachers oder Schlossers erforderte, musste in vollkommener Dunkelheit erfolgen, und er hatte es bis in die frühen Morgenstunden in der undurchdringlichen Finsternis der Toilette geübt, immer in der Angst, die Kamera aus dem Griff zu verlieren und den unschätzbar wertvollen Apparat auf den Badezimmerboden fallen zu hören. Ein unerträgliches Geräusch, stellte er sich vor. Als ob der Mond vom Himmel fiele und in unzählige kalte Scherben zerbräche.

Am Morgen, bevor er die Bibel in eine Decke wickelte und auf die Pelzmütze legte, wobei er das Necessaire in den Zwischenraum drückte, um die Bibel fest im Koffer zu verankern, hatte er sich an den Tisch gesetzt und die Kamera ein letztes Mal aufgeklappt, die Feder bis zum Anschlag gespannt. Und als er gerade den Winkel einstellte, erst nach oben, dann nach unten, um zu trainieren, nicht zu wackeln, wenn er sie mit verbissener Miene fixierte, war er an den Auslöser gekommen: *Klick.* Er hatte sein erstes Bild gemacht, unersetzliches Silber verschwendet. *Beweis Nummer eins: ein alter Fuß mit Loch im Strumpf, Größe 38 ½.*

Der junge Mann mit der Bibel, von dem sich herausstellte, dass er in St. Pölten Bibelauslegung studierte, bemerkte Freytags Blick.

»Ich habe immer eine Bibel bei mir«, sagte er und entblößte eine Lücke zwischen den Schneidezähnen, die wie eine selbstverständliche Verlängerung seines Mittelscheitels erschien.

»Das ist klug von Ihnen. Ich habe auch eine im Koffer.« Freytag betonte nicht extra, dass er sogar zwei dabeihatte: eine schwere und kostbare, und eine zerfledderte, unbezahlbare.

Der junge Theologe erklärte, er sei auf dem Weg nach Salzburg, um seine Eltern zu besuchen.

»Und wohin fahren Sie?«

»Nach St. Wolfgang«, erwiderte Freytag und bereute die Antwort sofort. Es erschien ihm unnötig freimütig, wo er doch in so heikler Mission unterwegs war.

»Um die Bergluft zu genießen?«

»Um einen Bekannten zu besuchen.«

Um zu spionieren, um Vertrauen zu missbrauchen … Der Gedanke war abstoßend und aufregend zugleich.

»Was arbeiten Sie, wenn ich fragen darf?«

»Ich arbeite nicht, ich bin pensioniert.«

Dann wandte Freytag sich ab und schaute in die vorbeirauschende Landschaft hinaus – er hatte bereits viel zu viel gesagt.

»Aber was haben Sie gemacht, bevor Sie pensioniert wurden?«

Freytag tat, als hätte er die Frage nicht gehört; ein Pensionär hatte schließlich doch das Recht, schwerhörig zu sein?

Ihm fielen Signoris Worte wieder ein: *Wenn Sie auffliegen, wenn Sie etwas verraten, geht es Ihnen an den Kragen. Verstehen Sie? Es gibt starke Kräfte, die gegen uns arbeiten. Sie müssen also auf der Hut sein. Wenn etwas passiert, ist es nicht sicher, dass wir Ihnen helfen können.*

Er schielte zu dem neugierigen Theologiestudenten hinüber, der jetzt seinen Proviant auspackte. Er hatte den Holztisch heruntergeklappt und reihte Wurst, Schinken, Brot und eine Flasche Wein auf. Dann schnitt er mit dem Taschenmesser vom Schinken ab und begann frisch drauflos zu kauen.

Freytag, der gehofft hatte, die Kipfel, die er auf dem Westbahnhof gegessen hatte, würden reichen, zündete einen seiner sauren Zigarillos an. Er verspürte leichte Übelkeit und schaute wieder in die Landschaft hinaus.

Er nutzte die Gelegenheit, um zu lauschen. Der junge Mann unterhielt sich mit seinem Sitznachbarn, während er schmatzend seinen Proviant verspeiste. Bibelauslegung sei ein faszinierendes Fach, behauptete er. Sie lebten schließlich in aufregenden Zeiten. Zeiten der Umwälzungen. Die Exegese habe Boden gewonnen, und zwar grundlegend. Ihre Aufgabe sei edel, erfordere aber Demut. Und gefährlich sei sie obendrein. Immerhin gehe es darum, das Dasein selbst zu begreifen, das schwierigste aller denkbaren Themen. Auf schmalem Grat bewegten sie sich über einen Abgrund. In gewisser Weise seien sie Ingenieure, nicht ganz unähnlich jenen, die für die Eisenbahn arbeiteten. Sie versuchten, Brücken zwischen zwei unvereinbaren Welten zu bauen, Brücken der Vernunft und der Versöhnung, um die Kluft zwischen den wissenschaftlichen und philosophischen Lehren der Zeit und dem uralten Erbe zu überwinden. Wie alle anderen Disziplinen müssten sie sich dabei nach kritischen Prinzipien richten, es bedürfe moderner Erklärungen. Das sei nicht unumstritten, ganz und gar nicht, die Meinungen gingen da weit auseinander, doch das Bedürfnis nach einer Neuauslegung sei ganz offensichtlich. Es gebe eine dem System innewohnende Trägheit. Doch er setze seine Hoffnungen in die Jugend – er kaute selbstzufrieden an der Wurst –, da nämlich liege die Zukunft. Nur selten finde man ältere Menschen, die bei derart gefährlichen und komplizierten Gebäuden mitmachten – und dann zitierte er seinen Lehrer, einen seiner Ansicht nach hervorragenden Bibelforscher und Professor für die Exegese des Alten Testaments: »Es braucht Mut, um dem Unwillen zu Veränderungen entgegenzutreten.«

Anschließend stürzte er einen Schluck Wein aus seiner Flasche hinunter und sagte, er fände es höchst bemerkenswert, dass es vor allem die Italiener seien, und dabei besonders die Norditaliener, die man für die kompliziertesten Ingenieursaufträge in dieser Höhe einstellte, ob es nun um Brücken gehe oder darum, Tunnel nach Venedig zu sprengen. Doch wenn es um die Exegese gehe, seien sie ihrer Zeit verblüffend hinterher, geradezu ängstlich, eher seien es die Franzosen und die Deutschen, die sich dabei hervortäten. Nein, das sei doch wirklich sehr seltsam.

Freytag schaute nach draußen. Er tat, als wäre er ganz versunken in das Panorama und versuchte, eine Skizze der schönen Gegend mit ihren beginnenden Bergen anzufertigen, während er die bemerkenswertesten Zitate in sein Notizbuch schrieb. Er ärgerte sich über sein schlechtes Gedächtnis, denn es gelang ihm nicht, den Namen des Exegeseprofessors aus der zähflüssigen Kloake seiner Erinnerung herauszuwaschen.

Schließlich wandte er sich wieder dem jungen Exegeten zu, der seinen Zuhörer inzwischen langweilte und nun seine ganze

Aufmerksamkeit der Weinflasche widmete. Das sei wirklich ein faszinierender Einblick in die Welt der Bibelauslegung gewesen, sagte Freytag und tat, als könne er ihm gar nicht genug dafür danken, ihm durch seine klugen Überlegungen die Zeit verkürzt zu haben.

»Schmidt«, sagte er, »Hermann Schmidt«, und reichte ihm die Hand.

»Riedl«, sagte der Exeget. »Ivan Riedl, angenehm.«

Bald verschwanden sie in einem Tunnel, und Freytag machte sich im Dunkeln letzte Aufzeichnungen, bevor er das Notizbuch zuklappte. Nach dem Tunnel öffnete sich die Seenlandschaft wieder. Dann begann der Anstieg.

Nach einem unruhigen Schlaf – mehrfach unterbrochen vom traurigen Aufheulen der Lokomotive, wobei er sich jedes Mal mit einem kurzen Blick nach draußen vom Fortschritt der Reise überzeugte – wurde er mit Druck auf den Ohren und von einer plötzlichen Bremsung geweckt. Einen Moment fürchtete er, sein Koffer mit dem kostbaren Inhalt würde herunterfallen und ihm die Kniescheiben zertrümmern. Doch lediglich die Hutschachtel einer älteren Dame plumpste zu Boden und gab den Blick auf ihren scheppernden Inhalt frei, der ihm das Wasser im Mund zusammenlaufen ließ: Gugelhupfbackformen. Und dann standen sie auf dieser bildschönen, für Freytag so neuen wie vertrauen Strecke still: eine Sennhütte, Wiesen, ein plätschernder Bach – ein richtiges Postkartenmotiv.

Der Schaffner steckte den Kopf herein und versicherte, es würde gleich weitergehen. Sie hätten eine Kuh überfahren, erklärte er mit grundloser Heiterkeit, wie sie nur Schaffnern und Fischhändlern eignet. Sie müssten mit Verspätung rechnen.

»Wie schrecklich.«

So saßen sie da und warteten, während sich die Dämmerung über das Gebirge senkte und die Kühe muhten.

Freytag ließ den Rosenkranz durch die Finger gleiten. Er fand, die Gedanken kämen zur Ruhe, wenn die Hände beschäftigt waren. Er war in einem Auftrag unterwegs. Abgesehen davon, dass er Augen und Ohren offen halten sollte, hatte er versprochen zu versuchen, den Erscheinungstermin hinauszuschieben. Er hatte um ein Zeichen gebeten – und Gott hatte ihm geantwortet. Die Idee war, die Redaktion einfach bis ins Unendliche hinauszuzögern. Auch die Alternative, beim Lektorat schlampig zu arbeiten, sodass der Text nicht zur Veröffentlichung taugte, hatte er kurz erwogen. Dennoch hatte er sich gleichzeitig bemüht, weiter Ordnung in das Manuskript zu bringen. Und nun war es tatsächlich so gut wie fertig; es blieb vor allem der lustvolle Feinschliff, also das, was er am besten konnte. Etwas in ihm hatte offenbar protestiert. Empfand er Loyalität gegenüber dem Autor? Kaum. Je mehr er von der Botschaft zu verstehen glaubte, die dem Roman zugrunde lag, desto mehr schwand sein Wohlwollen. Aber er konnte sich nicht vorstellen, dass Barsch ein schlechter Mensch war. Er war ruhelos, verwirrt, aber nicht böse. Es lag an seinem Unverstand, dachte Freytag, Barsch war sich der Konsequenzen seines Handelns nicht bewusst. In gewisser Hinsicht tat ihm der Autor sogar leid.

Ach, es war wohl so zum Besten aller. Letztlich erwies er ihm vielleicht einen Dienst damit, dass er ihm ein Bein stellte. Dennoch konnte er sich nicht von dem Gedanken freimachen, unmoralisch zu handeln. Das hatte das Manuskript nicht verdient. Eine gute Geschichte war stets ihr eigener Richter. Dass ein Lektor Verrat an einem Text beging, war ebenso undenkbar, wie dass ein Beichtvater sein Schweigegelübde brach. Das war es ja schließlich, was er mit den Jahren geworden war: der literarische Beichtvater des Autors. Er kannte seine dunkelsten Geheimnisse, deshalb verriet er nicht nur dessen Vertrauen in seinen Lektor, sondern ihn selbst: Er ließ einen Menschen im Stich, der sein Leben in seine zittrigen Hände gelegt hatte. Vielleicht konnte er Barsch dazu bringen, die anstößigsten Partien abzumildern. Das hielt er nicht für unmöglich.

Zu Beginn hatte er dem jungen Mann bereitwillig geholfen. Er mochte ihn und hatte sich über seine Erfolge gefreut, als wären es seine eigenen gewesen oder die eines Sohnes. Konnte er ihn jetzt wirklich fallen lassen?

Doch nicht für den Schöpfer, sondern für den Text sollte ein Lektor Zärtlichkeit empfinden. Er konnte sich einer Vielzahl mehr oder minder begabter Autoren erinnern, für die er nichts übrig gehabt hatte. Aber er hatte immer trennen können zwischen ihnen und ihren Texten. Im Laufe der Jahre hatte er sich um eine Reihe unausstehlicher Bälger gekümmert, es war ein elendes Gehätschel, aber keiner war so anstrengend gewesen wie Barsch: Er war der Einzige, den er je verabscheut hatte. Er beschützte ihn mit entsetzter Bewunderung, hatte gleichzeitig Angst *um ihn* und *vor ihm*. So musste sich Mozarts Kindermädchen gefühlt haben. Wie konnte ein so grenzenloses Talent so vollkommen unfähig sein, auf sich selbst achtzugeben … so furchtbar unwissend um seine Schwächen.

Um sein Versprechen halten zu können, war er gezwungen, ein anderes zu brechen. Es ging nicht anders. Er hätte es gewünscht, aber der Weg war bereits vorgezeichnet; die Schienen führten ihn unerbittlich seinem Schicksal entgegen. Als wäre sein ganzes Leben darauf ausgerichtet gewesen, ihn der Aufgabe zuzuführen, vor der er jetzt stand. Schon als Kind, als er sein Glück in der Welt der Bücher fand, war sein Weg vorherbestimmt gewesen. All die Prüfungen, die er durchlitten hatte … Jetzt erkannte er, dass die Umstände, Unfälle und glücklichen Zusammentreffen, all die scheinbar unzusammenhängenden Ereignisse, nichts anderes waren als ein göttlicher Plan: der Verrat seiner Frau, Pater Anton, Barsch, der Esperantokurs – und er, der sich auf so etwas bisher doch nie eingelassen hatte. Und wie war Signori zu diesem Kurs gekommen? Es war alles vorherbestimmt …

Mit einer Verspätung von zwei Stunden kamen sie schließlich in Bad Ischl an. Die anderen Passagiere waren aufgebracht. Nur Freytag schien es nicht zu kümmern, er wäre gern für immer in dem Abteil geblieben. Er war auch nicht erstaunt über die späte Ankunft. Nichts anderes hatte er erwartet – nicht von einem Unternehmen, das von so ekelhaften Direktoren vertreten wurde.

Freytag half einer Nonne beim Aussteigen. Niemand sonst schien sie zu beachten. Am wenigsten der Exeget. Der Koffer der Schwester war federleicht im Vergleich zu seinem eigenen.

»Gott segne Sie …«

Auf dem Bahnsteig blieb er in einer Schar weißwadiger Burschen mit Wanderstiefeln und Rucksäcken stecken. Erst als die krakeelende Menge sich zerstreute, hörte er die Stimme, die er so gut kannte.

Ringstraße, Wien, 6. Juli 1903

»Telefon, gnädiger Herr.«

Signori schaute nicht von seinen Akten auf und blieb in die Kissen zurückgelehnt auf der Couch liegen. Er trug einen halb offen stehenden Seidenmantel – man ahnte seine behaarte Brust und den Beginn einer wohlgenährten Fülligkeit – sowie etwas, das aussah wie Pyjamahosen. Seine nackten Füße ruhten auf der Lehne.

»Sie sollen später anrufen«, sagte er, »ich bin beschäftigt.«

»Es ist ein Auslandsgespräch: Italien. Signor Pacelli.«

»Warum haben Sie das nicht gleich gesagt!«

Signori legte den Ordner auf den Teetisch und glitt in seine Pantoffeln. Er stand auf, knotete den Seidenmantel um die Taille und schlurfte hinaus. Dabei kratzte er sich im Schritt. Dann durchquerte er den Salon und kam in die Eingangshalle, wo er vor dem Spiegel stehen blieb und herzhaft gähnte. Nachdem er den Kopf in den Nacken geworfen und an dem Lilienstrauß gerochen hatte, der auf dem Spiegeltisch stand, lief er mit gewohnt federnden Schritten die Treppe hinunter. Endlich an der kleinen Kabine vor dem Bedienstetenzimmer angelangt, summte er eine Marschmelodie vor sich hin.

»Hallo? Ernesto? *Come stai?* Wie laufen die Geschäfte!« Signori fasste sich an die Schläfe.

»Lungenentzündung... Was sagen die Ärzte? Das klingt übel.... Aber es musste so kommen... Und die Regierung? Sie ist doch über die Haltung der Bank informiert? Wie bitte?« Er presste den Hörer ans Ohr. »Ich höre dich gerade ganz schlecht...«

Signori beugte sich über den Trichter.

»Aber die Botschaft ist angekommen?!«

Er ballte triumphierend die Faust: »*Grazie a Dio!* Ich wusste es, es ist ebenso wichtig für sie wie für uns … *Benissimo*«, murmelte er, »*benissimo.*«

»Hinfällig?« Er schüttelte den Kopf. »Hinfällig oder nicht«, sagte er und fuchtelte mit dem Arm, »ein Veto ist ein Veto … Man widerspricht dem Kaiser nicht ungestraft … ›das Kollegium nimmt Abstand von‹«, fauchte er. »Das ist es doch genau, was für uns spricht, die Infragestellung der Macht, die Unverschämtheit. Gerüchte behaupten, der Kaiser sei schlecht auf den Staatssekretär zu sprechen … Das wird sich finden. Mach dir keine Sorgen. Schon als Kind hast du dir viel zu viele Sorgen gemacht … Wir können jetzt nur abwarten.«

Er nickte und schloss die Augen.

»Ja … sprich ein Gebet für mich. *Addio, ciao.*«

Signori hängte den Hörer ein und blieb einen Augenblick stehen.

Auf dem Rückweg waren seine Schritte weniger energisch, das Geräusch der Pantoffeln klang einsam und zögerlich im Treppenhaus mit seiner hohen Kuppel. Auf dem Absatz, wo die Marmorstatuen von Amor und Mars ihren Platz hatten, blieb er stehen: Der Liebesgott trug einen Seidenschal, sein Bogen war auf Mars mit dem Kriegshelm gerichtet. Signori fuhr mit der Hand über die ausgeprägten Muskeln des Kriegsgottes. Dann eilte er zurück ins Raucherzimmer.

Als der Diener erneut in die Tür trat, hatte Signori bereits eine Weile in der Fensterwölbung gestanden und mit den Fingern gegen die Scheibe getrommelt. Mit angespannten Lippen stieß er den Rauch aus dem Mundwinkel; ein paar zaghafte Wolken stiegen zu den Deckengemälden auf.

»Das Mittagessen ist im kleinen Salon serviert.«

Signori schien den Diener nicht zu hören. Das Lärmen einer Straßenbahn zog draußen auf dem Ring vorüber, vom Stadtpark her hörte man fröhliches Rufen.

»Das Souper, Herr …?«

»Er kann abräumen.«

»Selbstverständlich …«, sagte der Diener, drehte sich leise auf dem Absatz um, dann schloss er die Tür hinter sich.

»Ich habe keinen Appetit«, hauchte Signori der befahrenen Straße zu.

Er blinzelte, unsicher, wo er sich befand, bis er, nachdem er etwas mit einem Rums hatte zu Boden fallen hören, seine Brille ertastete.

Sogleich traten die Konturen des Zimmers deutlich hervor; es wirkte wie ein Stillleben: der Tisch mit dem leeren Teller, neben diesem das Glas mit den Milchspuren, ein Stuhl, der mit den Kleidern über der Lehne halb darunter geschoben war, die Taschenuhr, die aus der Westentasche baumelte, die kleine Vase mit Tulpen und eine erloschene Kerze; alles zusammen in die unbarmherzige Klarheit des weichen Morgenlichtes getaucht, das durch die leicht flatternden Gardinen hereinfiel.

Das Schlimmste aber war: Seine Bibel lag aufgeschlagen auf dem Boden, misshandelt, mit dem Wort nach unten. Der Einband hatte sich in einem unnatürlichen Winkel verbogen, als hätte ein kalvinistischer Kaufmann, ein flämischer Ketzer, in einem rasenden Anfall religiösen Zweifelns seinen Glauben verworfen und jeglicher Moral abgeschworen.

Freytag hüllte sich fester in seine Decke. Er musste im Schlaf um sich getreten haben; das Laken war während der Nacht verrutscht und lag jetzt in einem zerknüllten Haufen am Fußende. Seine Blase drückte. Einen Moment lang überlegte er, den Nachttopf zu benutzen, der unter seinem Bett stand, doch er traute seinen Verdauungsorganen nicht: Die am Boden liegende Bibel hatte etwas da drinnen in Bewegung gesetzt, und er verspürte einen leichten, aber anhaltenden Schmerz.

Freytag erhob sich fluchend. Dann bekreuzigte er sich, bückte sich wie ein hoch betagter Gärtner nach Frühlingszwiebeln, und untersuchte den Einband seiner Bibel. Vorsichtig strich er mit der Handfläche über den Riss und legte sie auf den Nachttisch.

Alles ist eitel, dachte er und zog die Vorhänge zur Seite. Es sah aus, als würde es ein schöner Tag werden. Am Abend hatte er gar nicht bemerkt, welch großartigen Blick er von hier aus über den See und die Berge hatte. Am anderen Ufer konnte er ein Dorf erkennen. Auf dem Wasser spielten Lichtreflexe.

In der Dunkelheit hatte er auch vom Ort nicht viel gesehen. Doch er hatte eine genaue Vorstellung, wie Sankt Wolfgang war: nett und sauber, mit genügsamen Häusern und Pelargonien, die von geschnitzten Balkonen tropften, Wahrzeichen der Spießigkeit. Es erinnerte ihn an alles, was er hinter sich gelassen hatte. Ein Ort für Menschen, die sich fügten, anpassten, die Faust in der Tasche geballt. Ohne je seinen Fuß hierhergesetzt zu haben, wusste er genau, wie es war: Jeder kannte jeden, Kränkungen wurden über Generationen weitergetragen, und blieb man einmal der Mitternachtsmesse fern, war das Nachbeben ein Leben lang spürbar. Hier gab es Sandkastenfreunde, die nicht mehr miteinander redeten, aus Gründen, die keiner mehr wusste. Fremdlinge wurden grundsätzlich mit Misstrauen betrachtet. Vor allem hier, dachte er, wo man sich an sie gewöhnt und beschlossen hatte, sie nicht leiden zu können.

Er war jedes Mal wieder verblüfft über Barschs Hände. Sie fühlten sich an wie die eines Kindes, waren unverhältnismäßig klein im Vergleich zum Rest des Körpers, feucht und unerfahren. Hände, die nie gearbeitet hatten, dachte Freytag und sah zum Fenster hinaus, ganz weich und wie dazu geschaffen, einen Füllfederhalter zu führen, im äußersten Fall vielleicht Schreibmaschinentasten zu bedienen. Wie viele davon hatte er selbst in seinem Leben gedrückt?

Barsch war ihm auf dem Bahnsteig mit wedelnden Armen entgegengelaufen: »Halli-hallo, Herr Lektor Freytag! Alles in Ordnung? Ausgezeichnet, ausgezeichnet! Sie sind sicher müde.

Und hungrig? Lassen Sie mich Ihnen mit dem Koffer helfen. Oh, das ist aber ein schweres Ding!«

Schnaufend bahnte sich der Autor einen Weg durch die Menge, er trug schwer an den Bibeln und am »Werther«. Herr Schlink hätte ihn einmal sehen sollen! Die Droschke neigte sich, als Barsch einstieg und die Tür hinter ihnen schloss.

»Sie müssen sich wegen des Gerumpels keine Sorgen machen, Herr Freytag. Der Koffer ist gut festgebunden. Sie haben eine Kuh überfahren, habe ich gehört? Schrecklich, wirklich schrecklich.«

»Wir müssen über das Buch reden.«

»Ich bin so gespannt, was Sie davon halten, Herr Freytag. Aber nicht heute Abend. Sie sind sicher müde von der Reise. Morgen werde ich Sie herumführen. Und dann reden wir. Wir haben viel zu besprechen.«

Der Kutscher fluchte, während sie langsam durch das Gewimmel der Karren und der Reisenden mit ihren Rucksäcken fuhren. Eine Rennerei war das, die der Hauptstadt würdig gewesen wäre, bemerkte Freytag.

»Das liegt an der Eisenbahn«, behauptete Barsch und schüttelte den Kopf. »Sie kommen in Massen, das können Sie sich gar nicht vorstellen. Als ich das Haus gekauft habe, musste man noch die Postkutsche nehmen. Die Postkutsche, Herr Freytag! Früher kamen sie aus Salzburg, allenfalls noch aus der Hauptstadt. Aber jetzt! Und daheim in St. Wolfgang ist es auch nicht besser. Wir liegen zu nah an Bad Ischl, wenn Sie mich fragen. Der kaiserliche Glanz färbt auf uns ab. Die vielen Attraktionen, verstehen Sie, die Schiffe, die Seilbahn, die Bergluft.«

Während er sich anzog, hörte Freytag Geräusche von unten. Laut seiner Taschenuhr war es erst Viertel vor sechs: Fräulein Klinkert war offenbar zeitig vor Ort. Dabei war es ein langer Abend für sie gewesen.

Die Haushälterin hatte ihn durchs Haus geführt, Barsch selbst hatte angeblich noch im Arbeitszimmer zu tun. Erst hatte Freytag die Haushälterin nicht gemocht; sie war von der unnahbaren Sorte, hatte ein nichtssagendes Gesicht und streng herabgezogene Mundwinkel, wie Kinderlosigkeit sie häufig mit sich zu bringen scheint. Der Stoff ihres Rockes knallte wie ein Laken im Wind, und sie zog einen Geruch nach Seife und trockenen Händen hinter sich her. Zum Frühstück gäbe es Grütze, hatte sie erklärt, aber sie könne ihm auch ein Schinkenomelett zusammenrühren, wenn er das wolle. Im Übrigen äße man vegetarisch. Barsch war wohl unter die Pflanzenfresser gegangen!

Sie folgten einem strengen Schema, versicherte sie. So sei es am besten.

»Er braucht seine Ruhe. Routine tut ihm gut. Er ist sehr empfindlich. Seine Arbeit ist sehr fordernd.«

»Sie mögen seine Bücher?«

»Wie soll ich das wissen? Glauben Sie, für so etwas habe ich Zeit?«

Ihm wurde ein kleines Zimmer im Obergeschoss zugewiesen, unter der Dachschräge. Nur ein Bett stand darin und unter dem Dachfenster, das auf den See hinausging, ein Tisch mit einem Stuhl. Am anderen Ufer konnte er schwache Lichter erkennen. Eine Laterne bewegte sich in der Nacht. Er gähnte.

Später kam sie mit einem Glas Milch und einem Butterbrot nach oben, das er auf dem Bett sitzend aß. Zu seiner Freude hatte sie sogar eine Scheibe Wurst für ihn aufgetrieben. Aus ihrem Privatvorrat, wie er annahm, und er schickte ihr einen dankbaren Gedanken. Es war seit Langem das beste Butterbrot, das er gegessen hatte, das beste überhaupt je, wie ihm schien. In großen Schlucken trank er die Milch. Sie war kühl und fett – solche Milch hatte er seit seiner Kindheit nicht mehr getrunken.

Im Nachthemd und mit Milch im Schnurrbart, öffnete er das Fenster einen Spalt; die Nacht roch nach Erinnerungen. Dann zog er die Gardinen zu, kroch ins Bett und presste die Bibel an die Brust, die Wiesen seiner Kindheit vor Augen. Bald hatte ihn der Wind, der über den Klatschmohn fuhr, in den Schlaf gewiegt; Wogen gingen durch das Feld.

In der Hoffnung auf das Omelett, von dem sie gesprochen hatte, ging er nach unten. Auf der Treppe zog es kalt. Sie hatte geknarrt unter ihren rüstigen Schritten und dem Gewicht seines Koffers, das ihr nichts auszumachen schien. Auf dem obersten Absatz war sie stehen geblieben, ohne sich umzudrehen: »Aber sie sind sicher gut, seine Bücher. Brillant. Das weiß doch jeder.«

Freytag ging durch den Hinterausgang zum Abtritt. Die Vögel zwitscherten; der längst vergessene Geruch nach Kühen wehte vorüber.

Das Haus war ein nichtssagendes Bauernhaus im Schatten des Gebirges, am Rande des Dorfes gelegen, nicht weit von der Seilbahnstation und dem Schiffsanleger. Es war renovierungsbedürftig; das Dach sah aus, als drohe es unter der Last der Schatten einzustürzen. Das Haus glich Freytags Elternhaus. Solche fand man in jedem Bergdorf. Mit Brennholzstapeln, verwitterten Holzverblendungen und Abtritt auf der Rückseite. Er wusste nicht, was er erwartet hatte; wohl kaum eine großartige Villa wie die am Wasser gelegenen im modebewussten Bad Ischl, aber dennoch.

Auf dem stillen Örtchen blätterte er im Zeitungsstapel. Er entdeckte eine merkwürdige Zeitschrift mit Bildern nackter Männer. Es war offenbar ein medizinisches Blatt, *Der Athlet,* las er und kniff im schwachen Licht die Augen zusammen. Es gab nichts, was diese nackten Jünglinge nicht taten. Sie badeten, rannten und warfen Bälle in die Luft. Fasziniert zog er an seinem ersten Zigarillo des Tages. Es gab sogar welche, die ohne einen einzigen Faden am Leib Schach spielten. Schon früher war er auf solche Publikationen gestoßen. Gott sei Dank noch nicht auf dem Zeitungstisch des Sperl, aber am Kiosk.

Als er wieder in die Wärme trat, zog ein merkwürdiges Geräusch seine Aufmerksamkeit auf sich. Er blieb einen Moment im Flur zwischen Hüten und Stiefeln stehen und lauschte – ein

Schnauben, wie von einer Dampfmaschine. Freytag folgte dem Geräusch. Er sah sich im Salon mit den Ohrensesseln um: der Kamin, der bescheidene Erker, der auf den Garten hinausging, das Fenster an der gegenüberliegenden Seite mit Blick auf das Dorf und das Pensionat. Dann ging er weiter zu dem anspruchslosen Esszimmer mit den Kupfertöpfen an der Wand; hier wurde das Geräusch schwächer. Er ging in den Flur zurück zu der kleinen Küche und der Mädchenkammer, die als Vorratskammer diente; Frau Klinkert wohnte wahrscheinlich im Dorf. Jetzt hörte er es wieder, deutlich lauter. Er eilte zu der Treppe am Ende des Flurs. Ein Lichtstrahl fiel über den gebohnerten Holzfußboden: Die Tür zum Arbeitszimmer stand einen Spaltbreit offen.

»Das ist sein Arbeitszimmer«, hatte Fräulein Klinkert gesagt. »Er mag es nicht, wenn man dort hineingeht. Niemand geht dort hinein.«

Freytag schlich sich heran und linste durch den Spalt. Da stand Barsch am geöffneten Fenster, splitterfasernackt in seiner Behaartheit, und machte abwechselnd Kniebeugen und streckte die Arme zur Decke. Er bewegte sich im Takt seines Atems, wie jemand, der solcherlei Übungen gewohnt ist: *Tschuu … Pftschuuu … tschuuu …*

Im Gegensatz zu den meisten anderen, die dem Pflanzenfresser-Gesundheitsfimmel aufgesessen waren, fehlte Barsch die für sie typische Ausgezehrtheit. Er sah unverschämt gesund aus. Sein weißer Hintern zitterte, und sein Bauch war eine Herausforderung für jeden Gürtel, er hatte überhaupt keine Ähnlichkeit mit den wohlgeformten Körpern in der Zeitschrift auf dem Abtritt: ein sentimentaler, rundlicher Mann in seinen besten Jahren, ein bisschen X-beinig, etwas überdurchschnittlich groß, weich, aber robust, mit Haaren auf den Schultern, breiten Hüften und schiefen Schulterblättern – und einem mächtigen Kopf, gekrönt von einer wildwüchsigen Löwenmähne, hier und da ein wenig ausgedünnt und mit einem beginnenden Halbmond ganz oben: Er sah aus wie der stellvertretende Rektor einer Lehranstalt für Mädchen. Wenn er nur bekleidet gewesen wäre.

Freytag machte kehrt, um sich in sein Zimmer zurückzuschleichen; er wollte vor dem Essen noch ein bisschen in der Bibel lesen.

»Kommen Sie rein, Herr Freytag! Bitte sehr. Sie brauchen sich nicht zu genieren.«

»Ich hatte etwas gehört ...«

»Haben Sie manchmal Probleme mit dem Magen?«

Barsch rülpste und warf sich den Seidenmantel über. Der Mantel war ausgefranst, bemerkte Freytag, und mindestens eine Nummer zu klein.

»Sehr unangenehm, kann ich Ihnen versichern.«

Sein bauschiges Haar leuchtete im Fensterlicht, und wo es hinter den Ohrläppchen herunterhing, sah es aus wie die Daunen struppiger Eulenjungen.

»Etwa um Ostern herum bekomme ich immer so ein unwohles Gefühl in der Magengegend. Man merkt es an der Luft, wenn sie auf dem Weg sind. Das ganze Dorf hält den Atem an. Bald ist die Ruhe vorbei, sage ich mir dann, bald ziehen sie hier ein und lärmen und verschmutzen alles. Manchmal wünschte ich, der Schnee würde niemals schmelzen. Natürlich haben wir auch im Winter Gäste, aber die sind anders, es sind vor allem Engländer.« Barsch setzte seine Brille auf. »Die Wintergäste fahren auf Skiern die Hänge hinunter. Können Sie sich eine dümmere Beschäftigung vorstellen?«

Das konnte er nicht, gab Freytag ein wenig zerstreut zu – er wunderte sich über ein Bild an der Wand.

»Im Winter kann man aufatmen. Der Schnee dämpft allen Lärm. Man verfällt in einen angenehmen Rhythmus, kann sich auf das Wichtige konzentrieren. Es ist die Zeit, in der ich am meisten schreibe; wenn die Eiszapfen vor dem Fenster wachsen und dichter Schnee fällt, wenn wir eingeschneit sind und der See zugefroren daliegt. Wenn der Zug nicht fährt.«

Es war wirklich ein seltsames Motiv: Ein muskulöser junger Mann stand, wie Gott ihn geschaffen hatte, in einer Art Gymnastiksaal – die Sprossen an der Wand legten dies nahe – und stemmte ein Gewicht über den Kopf, nicht unähnlich den Bildern in der Zeitschrift. Vor allem der Zuschauer ließ ihn nicht los: ein älterer Mann, der ebenso nackt auf einer Bank saß, die Beine übereinandergeschlagen und die Hände auf den Knien verschränkt, sah er den jungen Mann auf unpassende Weise an.

»Wie finden Sie es?«, fragte Barsch und breitete die Arme aus.

»Hier also entstehen Ihre Geschichten …«

Freytag sah sich in dem Zimmer um. Es war einfach möbliert. In der Mitte stand ein Schreibtisch, ein Direktorentisch, ein Monstrum, das sich in dekadenter Schmucklosigkeit überhob. Er stand vom Fenster abgewandt mit Blick zur Tür, als befürchte Barsch, von hinten überrascht zu werden, oder als pflege er, an diesem Schreibtisch Besucher zu empfangen. Gäste waren in diesem Fall gezwungen, stehen zu bleiben, denn es gab nur einen einfachen Schreibtischstuhl und ein Bücherregal, das sich unbeteiligt an die kahle Wand lehnte; nur wenige Bücher standen darin. Ansonsten war der Raum leer, abgesehen von dem Bild natürlich und der Lampe und all den Kisten auf dem Boden, die offenbar voller Briefe und Umschläge waren.

Die Möbel waren auf raffinierte Weise anspruchslos. Nicht alltäglich wie im übrigen Haus, oder wie die, zwischen denen er seine Kindheit verbracht hatte, sondern auf seltsame Weise einfach: künstlich ungekünstelt. Die Funktion ging auf Kosten der Schönheit, aber sonderlich bequem sahen sie dennoch nicht aus. Barsch konnte sie unmöglich in der Nähe gekauft haben, die Handwerker in der Gegend wären niemals bereit gewesen, etwas so Simples und Verlogenes zu schreinern.

»Es erscheint mir etwas spartanisch. Sind Sie erst kürzlich hergezogen?«

»Es hilft mir. Reinheit erleichtert die Konzentration. Ich lasse mich sehr schnell ablenken. Deshalb muss ich mit dem Rücken zur Aussicht sitzen.«

Barsch hatte sich von ihm abgewandt. Er schaute aus dem Fenster in die Ferne. Freytag sah im Sonnenlicht sein Profil, ein scharfes Relief, wie ein Scherenschnitt: Ein Tropfen hing von seiner Nasenspitze, zitternd davor, seinem Untergang entgegen zu fallen – oder noch schlimmer: der Zunge zum Opfer.

»Sie wissen doch, dass dies ein Wallfahrtsort ist? St. Wolfgang hat schon immer Menschen angezogen, seit Urzeiten. All die Pilger, Sie wissen schon. Tatsächlich war es einmal der wichtigste Wallfahrtsort nach Rom. Hierher kam man, um seine Sünden zu büßen. Die Leute scheinen zu sündigen wie nie zuvor, wenn Sie mich fragen. Und dann kommen sie natürlich wegen der Luft, um sich auszukurieren und atmen zu können. Ist das nicht traurig schön?« Er wies auf den See und die Berge. »Ist es das nicht? Es muss eine Art Hassliebe sein.«

Dann drehte er sich wieder zu Freytag um und machte einen Schritt auf ihn zu. Seine Augen waren rot und tränten wie die eines Bluthundes. Es war die Sorte Augen, die immerzu glänzen und alles Leid der Welt in sich zu tragen scheinen – und die einen mit einem dumpfen Mitleid betrachten, als sähen sie alles, was man zu verbergen sucht. Zugleich vermitteln sie das Gefühl, dass dies in Ordnung sei, dass sie einen verstehen. Die Zeit können sie einfrieren, diese Bluthundaugen, an einem gottvergessenen Horizont, irgendwo in einem drin, um plötzlich, wenn es unangenehm zu werden droht, verwegen aufzuleuchten wie die Augen eines Kindes, und dann rastlos zu flackern, als wüssten sie nicht, wo sie hinschauen sollten.

Barschs Schatten fiel auf ihn.

»Haben Sie das schon mal gespürt, Herr Freytag? Dass sich der Gegenstand Ihrer Liebe verwandelt hat, dass Sie nicht ausstehen können, was aus ihm geworden ist?«

»Ich verstehe nicht, was Sie meinen.«

»Nein, wir können nicht hier herumstehen und träumen!

Jetzt müssen wir Tempo machen. Wir haben heute noch viel zu erledigen!«

Ich sollte ihr eine Postkarte schicken, dachte Freytag, vom Himmel, von den Gipfeln der Berge.

Nach dem Frühstück – er hatte ein vorzügliches Omelett gegessen, dem höchstens ein wenig Salz fehlte – brachen sie mit ihren Rucksäcken zum Schiffsanleger auf.

Auf dem Weg kamen sie an mehreren Pensionen vorbei. Unter freiem Himmel tranken die Gäste ihren morgendlichen Tee, auf der Wiese, unter Sonnenschirmen und an Tischen sitzend, und wärmten sich mit der Aussicht über den See und die Berge an ihren dampfenden Tassen, voller Vorfreude auf ihre Tageswanderungen, in geschnürten Stiefeln und mit knotigen Wanderstöcken.

Auf der anderen Seite des Promenadengeländers gründelten Schwäne, und Enten schaukelten wie Bojen im Wasser. Die Dorfbewohner lüpften vor ihnen den Hut, nickten: *Grüß Gott!* Dabei lächelten sie mit dem ganzen Gesicht; das hatte er nicht erwartet. Der Autor schien hier ein angesehener Mann zu sein.

»Die Leute scheinen ihre Autoren zu schätzen.«

»Ach, sie kümmern sich nicht im Geringsten um irgendwelchen Ruhm, nicht die Eingeborenen. Und lesen tun sie auch kaum. Das beeindruckt sie nicht. Wissen Sie, warum sie uns grüßen?«

»Weil hier jeder jeden kennt?«

»Weil ich das ganze Jahr über hier wohne. Also, mehr oder weniger jedenfalls. Sie haben mich akzeptiert, ich bin einer von ihnen. Aber es hat Jahre gedauert. Hier gelten andere Regeln. Es sind einfache Leute. Gottesfürchtige Menschen. Von der besten Sorte, ehrbar und reell.«

Dann gingen sie an Bord des Raddampfers »Franz Joseph«. In Decken gehüllt saßen sie draußen und tranken Kaffee mit Rum, umgeben vom muffigen Geruch der Wolle und weit gereisten Besuchern mit Ferngläsern um den Hals. Die Dampfmaschine ächzte. Still und blank wie eine Schlittschuhbahn lag das Wasser da und spiegelte die Wolken: Der Bug schien den Himmel zu spalten, als sie mit einem lang gezogenen Tuten ablegten.

Barsch deutete mit offener Hand in die Gegend und nannte alle umliegenden Gipfel beim Namen: Zwölferhorn, Breitenberg, und Schafberg natürlich.

Bald ließen sie St. Wolfgang hinter sich, und eine flimmernde Landschaft erstreckte sich vor ihnen. Die Berge zitterten wie Atlasberge in der Wüste, durch die Bewegung der Schaufeln sah man sie nur unscharf, eine einladende Luftspiegelung. Die Sonne wärmte Freytags Wangen, und er musste blinzeln – der Rauch, die leichte Brise.

»Und, wie gefällt es Ihnen?«

Freytag entging der selbstzufriedene Klang nicht, die Art und Weise, wie der Autor erwartungsvoll an seiner Brille herumfummelte, die er aus der Tasche gezogen hatte.

»Es ist schön«, sagte er, »wunderschön.«

»Nicht wahr? Es gefällt Ihnen?«

»Sehr. Es ist so ruhig. Die Berge, die sich im Wasser spiegeln …«

»Das Manuskript, Herr Freytag. Wie gefällt Ihnen das Manuskript?«

»Ach so, das.«

Freytag nahm einen Schluck Kaffee, bevor er zur Tat schritt.

»Mir scheint, es wird sehnsüchtig erwartet«, sagte er dann. »Und genau deshalb müssen Sie sehr vorsichtig sein. Erwartungen sind trügerisch, sie führen nur allzu oft zu Enttäuschungen. Sie sind in Ihrem Schreiben an einem Punkt angelangt, Herr Barsch, an dem es schwer ist, noch weiter zu kommen. Deshalb gilt es, achtzugeben. Es war sehr vernünftig von Ihnen, dass Sie sich so viel Zeit genommen haben, das zeigt, dass Sie das gut einschätzen können.«

»Sie schmeicheln mir, Herr Freytag«, sagte Barsch und setzte seine Brille auf. Dann nahm er sie gleich wieder ab. »Aber ich habe stapelweise ungelesene Briefe, die diesen Part mehr als genug erfüllen. Ich möchte, dass Sie mir die Wahrheit sagen, denn das habe ich immer an Ihnen geschätzt: Ihre Aufrichtigkeit. Wenn es etwas gibt, was Ihnen nicht gefällt, dann möchte ich, dass Sie mir das sagen.«

»Nun gut. Wenn Sie wollen, dass ich aufrichtig bin: Ich kann mir schwer vorstellen, wie es in diesem Zustand veröffentlicht werden soll.«

»Natürlich, das ist mir klar. Es muss hier und da noch ein wenig aufpoliert werden. Aber das ist ja genau der Punkt, an dem Sie ins Spiel kommen. Sie glauben gar nicht, wie froh ich bin, dass wir unsere erfolgreiche Zusammenarbeit fortsetzen können. Ich hatte wirklich einen Klumpen im Magen, als ich hörte, dass Sie sich zurückgezogen hätten. Sie wissen, wie sehr ich Ihr handwerkliches Geschick zu schätzen weiß.«

»Die Freude ist ganz meinerseits, Herr Barsch. Wie ich schon sagte, man stellt hohe Ansprüche an Sie, und das zu Recht. Sie gehören zur Elite. Da gibt es keinen Raum für Fehltritte. Sie können es sich nicht leisten, danebenzugreifen. Ihr Ansehen ist derzeit so strahlend rein, dass die kleinste Spur Schmutz sofort ins Auge stechen würde. Denken Sie an Ihren ausgezeichneten Ruf, gehen Sie sorgsam mit Ihrem Werk um. Sie haben bereits mehr erreicht, als die meisten Schriftsteller sich erträumen können. Aber das Gedächtnis ist kurz, vor allem das der Leser, ganz zu schweigen von dem der Kritiker. Die haben das Erinnerungsvermögen eines Karpfens, ein gefährliches Gähnen im Sumpf. Sie müssen sich stets an Ihrem letzten Werk messen lassen.«

Barsch runzelte die Stirn.

»Nichts schmerzt mich mehr, Herr Barsch, als ein Werk zu lesen, welches das Œuvre eines Autors beschädigt. Das ist wie die berühmte Fliege in der Suppe. Es ist ärgerlich, traurig und hinterlässt einen unangenehmen Geschmack, den man schwer wieder loswird. Ich bin jedes Mal aufgebracht, wenn ein Verlag so etwas zulässt. Wenn ein Lektor so etwas zulässt, der doch der beste Freund des Autors sein sollte. Es ist ganz allein seine Verantwortung, verstehen Sie, er muss dafür sorgen, derlei Schandflecken zu vermeiden.«

Jetzt fummelte Barsch wie wild an seiner Brille herum. In rasendem Wechsel setzte er sie auf und ab. Schließlich, nachdem er sich auf die Lippen gebissen hatte, klappte er sie zusammen und steckte sie in die Jacke zurück, mit einem Gesicht, als fürchtete er, sich selbst ein Messer in die Brust zu rammen.

»Jeder schreibt irgendwann einmal etwas, das das Niveau nicht hält«, fuhr Freytag fort, »auch die Besten. Das ist völlig verständlich, überhaupt nichts Merkwürdiges. Wie könnte ein Autor sich entwickeln, wenn er kein Risiko einginge? Aber es ist unverzeihlich, wenn ein Lektor, vom Verleger gar nicht erst zu sprechen, das auch noch publiziert. Unverantwortlich ist das, geradezu böse. Ja, ich kann natürlich nicht mehr als Ihnen raten, aber wenn ich Sie wäre, würde ich mir das gut überlegen. Hüten Sie sich davor, es vorzeitig freizugeben.«

»Es sind einige Jahre vergangen. Ich will nicht, dass die Leser mich vergessen. Ich habe schon allzu lang geschwiegen.«

»Sie unterschätzen Ihre Größe, Herr Barsch. Genau das will ich sagen: Ihr Schweigen gerät Ihnen zum Vorteil, es stärkt Ihre bisherigen Erfolge, Ihre viel besprochenen Werke. Die Abwesenheit von der literarischen Szene ist in vielerlei Hinsicht vorteilhaft für einen Autor. Vielleicht nicht für den Geldbeutel, gewiss, aber definitiv für das Ansehen. Sie schafft eine Art Nimbus, eine Aura der Unzugänglichkeit, die ihren Glanz über die Bücher wirft. Das Leuchten Ihres Ruhmes wird verstärkt und reflektiert in den Glasprismen der Verschwiegenheit. Mir scheint, Sie können sich zurückziehen und dennoch im öffentlichen Ansehen steigen, wie eine unschätzbar wertvolle Kristallkrone.«

»Kristallkrone? Ich habe mir schon Sorgen gemacht. Aber nicht mehr als sonst; ich habe mir angewöhnt, dem nicht zu viel Gewicht beizumessen. Wenn Sie das Manuskript mit Ihrem Rotstift bearbeitet haben, verschwinden meine Befürchtungen für gewöhnlich. Sie haben sich eigentlich noch jedes Mal als unbegründet erwiesen. Aber dieses Mal nicht, meinen Sie? Sie mögen das Manuskript nicht?«

»Natürlich tue ich das. Absolut ...«

»Sie glauben gar nicht, wie erleichtert ich bin.« Barsch atmete auf. »Ich war tatsächlich ein wenig beunruhigt.«

»... in gewisser Hinsicht.«

Wie empfindlich Autoren doch waren, wenn es um ihre Arbeit ging. Selbst gefeierte Künstler mit festen Ansichten über fast alles und stur, wie sie oft waren, schienen plötzlich wie aus feinstem Meissner Porzellan. Ein sorgfältig gesetzter Kommentar konnte einen Sprung in der Vase hinterlassen, eine hässliche braune Wunde in der Oberfläche. Er hätte schwören können, sie reißen zu hören, einen zarten Laut, der über das Wasser glitt.

»Das Buch liegt mir sehr am Herzen«, sagte Barsch mit zitternder Stimme. »Ich halte es gewissermaßen für meinen wichtigsten Roman. Aber vielleicht habe ich ja unrecht. Meinen Sie, es gibt ein Problem mit der Konstruktion?«

»Ich habe da meine Bedenken. Das Manuskript braucht einfach noch etwas Zeit zum Reifen. Es muss umgearbeitet werden.«

»Das ist alles?«

»Es braucht tatsächlich vor allem Zeit. Wenn ich in Ihrer Haut steckte, würde ich bis nächstes Jahr warten. Legen Sie es einen Augenblick zur Seite. Vergessen Sie es für eine Weile. Dann können Sie Abstand vom Text gewinnen, bevor Sie Ihre Änderungen vornehmen.«

»Ein ganzes Jahr?«

»Ein Jahr mehr oder weniger hat keinerlei Bedeutung für ein so wichtiges Buch.«

»Aber Herr Schlink rechnet doch damit.«

»Entschuldigen Sie, Herr Barsch ... Ich will Ihnen gegenüber ganz aufrichtig sein, jetzt, wo ich nicht mehr im Verlag angestellt bin, denn ich betrachte mich als Ihren Freund. Herr Schlink ist kein großer Humanist, er … wie soll ich es ausdrücken … die Verleger halten ihn an der kurzen Leine. Die Literatur ist die höchste Kunst, Herr Barsch, man kann sie nicht aus weltlichen Gründen antreiben, wie Erscheinungsterminen oder der Auslastung der Druckerpressen. Sie wissen das, und ich weiß das auch. Aber ich fürchte, der gute Herr Schlink begreift es nicht. Er ist kein Schöngeist, wirklich nicht. Jetzt, wo ich als Pensionär in keinem Abhängigkeitsverhältnis zum Verlag mehr stehe, kann ich Ihnen ja die Wahrheit sagen. Wie Sie wissen, arbeite ich eigentlich gar nicht mehr, nur für Sie habe ich eine Ausnahme gemacht. Wegen allem, was wir im Laufe der Jahre gemeinsam durchgestanden und erreicht haben. Denn ich bin der Meinung, Sie haben einen richtigen Lektor verdient. Es gibt nicht mehr viele von uns, Herr Barsch, nicht mehr viele von der alten Schule. Heute wird ein Autor dem Sturm oft ganz allein ausgesetzt, wie ein verlassenes Kind; das ist nicht richtig. Oder noch schlimmer: den unkundigen Händen irgendeines Cheflektors überlassen. Ganz zu schweigen von meinem Nachfolger«, er verdrehte die Augen, »diesem jungen Mann mit dem unglücklichen Namen. Nehmen Sie sich vor ihm in Acht. Niemand kann so viel Unglück anrichten wie ein unerfahrener Lektor. Nicht einmal entlassene Jägermeister mit trüb gewordenen Augen. Glauben Sie mir, ich bin schließlich selbst einmal so ein junger Lektor gewesen. Nur deshalb bin ich zu Ihnen in die Berge gekommen. Weil ich mir Sorgen um Sie mache, um Sie als Person und Autor, nicht nur um die Verkaufszahlen. Woran ich denke, ist einzig und allein Ihr Ansehen. Den Verlag dagegen leiten ökonomische Interessen. Geld über etwas so Wichtiges wie Ihr Werk entscheiden zu lassen wäre unwürdig, dieses Niveau haben Sie längst hinter sich gelassen. Sie betonen ja selbst, wie wichtig dieses Buch Ihnen ist und wie sehr es Ihnen am Herzen liegt. Sie müssen auf der Hut sein. Aber machen Sie sich nicht zu große Sorgen, ich beschütze Sie, halte meine Hand über Sie und Ihr Buch. Das ist das Mindeste, was ich für Sie tun kann, und sei es die letzte Tat eines alten Mannes.«

»Sie sind ein richtiger Freund«, sagte Barsch und drückte seinen Arm. »Sie scharwenzeln nicht nur herum und machen Bücklinge vor meinem Ruhm. Was täte ich nur ohne Sie, Herr Freytag.«

»Ich gehe nur meiner Arbeit nach, meiner Berufung.«

»Und bescheiden sind Sie auch noch.«

Freytag nippte an seinem Kaffee und lehnte sich zurück. Von Weitem sah er einen Kahn, der mitten im See lag. Ein Fischer untersuchte zwischen den Lichtreflexen sein Netz, unbekümmert und standfest, als befände er sich auf einem festen Steg.

»Dann muss also noch viel daran getan werden?«

»Einiges jedenfalls. Zum Beispiel funktioniert eine ganze Reihe der Romanfiguren nicht. Sie werden nicht recht lebendig, sind flach, nehmen einen nicht mit. Nicht alle natürlich, aber ein paar.«

»Sie nehmen einen nicht mit? Welche denn?«

»Vor allem eine fällt mir dabei ein. Sie ist kein bisschen glaubhaft, unmöglich, sie sich vorzustellen.«

»Welche?«

»Der werdende Papst natürlich.«

»Der falsche Freund?«

Barsch trommelte mit den Fingern auf dem Geländer; sein Bein hüpfte nervös auf und ab, wie das einer Näherin an der Maschine. Mit weißen Lippen und den Augen einer gestrandeten Forelle blickte er über das Wasser.

Wie viele verschiedene Rollen hatte Freytag nicht im Laufe der Jahre ausprobiert, um mit Barsch zurechtzukommen? Vom Mentor über den stolzen Vater und eine ganze Reihe von Abstufungen dazwischen, in seinem eigenen, inneren Inferno. Den heiligen Samariter hatte er allzu lang gespielt, ein selbstgefälliges Lächeln auf den Lippen, und sogar mit einem Schulterzucken; so lange, dass er in seiner Scheinheiligkeit beinahe selbst an ihn geglaubt hatte. Massenhaft Rollen im Dienste des Selbstbetrugs flimmerten vor seinem inneren Auge vorbei: der Spaßvogel mit seinem Galgenhumor, der Zyniker als Apostel der Ironie; den Mantel eines Fakirs hatte er sich umgelegt und das Büßerhemd, einen Heiligenschein um den Kopf, dann den Märtyrer, den Stoiker, ja, sogar den Querulanten hatte er gegeben. Und jetzt war er schließlich zum Folterknecht geworden.

Als sie sich wieder St. Wolfgang näherten, konnte er ein verstohlenes Lächeln in seinen Bart nicht unterdrücken. Der Kirchturm leuchtete in der Sonne. Hätte er es nicht besser gewusst, er hätte geglaubt, der Turm blinzele ihm zu.

Während sie den Berg hinaufschaukelten, wurde Barschs Verdruss immer offenbarer; eine Missstimmung, die sich nicht allein durch den Qualm erklären ließ, der in die Kabine eindrang, oder die bösartigen Hustenanfälle der Lok. Aus irgendeinem Grund bedrückte ihn Barschs Laune mehr, als er gewünscht hätte. Doch er brachte es nicht über sich, etwas zu sagen, solange sie gemächlich an den Tannen vorbeizuckelten.

Um sie herum wurde geflüstert und mit den Fingern gezeigt. Die Passagiere pressten ihre Gesichter gegen die Scheiben – wenn sie diese nicht heruntergezogen hatten. Es gab sogar welche, die sich nicht um die Ermahnung auf dem Messingschild scherten: dass es streng verboten war, sich hinauszulehnen.

So saßen sie lange da und ließen sich durchrütteln, während es immer kühler wurde, bis sich – unter dem *Ooooh!... Aaaah!... Iiiiih*! der anderen – der See und die Häuser zwischen den Baumwipfeln abzeichneten.

Bald darauf gelangten sie an die Station auf halber Strecke, wo sie entschieden auszusteigen, um etwas zu essen und ein Bier zu trinken.

Freytag aß Kaninchenfrikassee, das nicht gerade zu den besten gehörte, die er gegessen hatte, aber offensichtlich immer noch besser schmeckte als der Salat seines Begleiters. Das Bier dagegen rann im Schweigen recht willig die Kehle hinunter. Zugegebenermaßen fehlte Freytag Barschs für gewöhnlich so irritierend gute Laune.

Als sie ihren Weg mit der Zahnradbahn fortsetzten, überkam ihn eine schläfrige Zufriedenheit; der Hopfen machte, dass er schwerer atmete und ihm die Augen zufielen. Nachdem sie einen Tunnel und ein Viadukt passiert hatten, näherten sie sich endlich dem Gipfel.

Freytag drehte sich um und schaute ins Tal hinunter. Es flatterte in seinem Magen: Die Kirchtürme mit ihren runden schwarzen Köpfen erinnerten an Miniaturstreichhölzer, die jederzeit in einem Phosphorschein aufflammen konnten. Die Schiffe glitten über den schimmernden Smaragd wie Wasserläufer – solche, wie man sie auf einen dünnen Haken spießte, um damit Bachforellen zu fangen. Einige der Passagiere sahen etwas verkniffen drein; ihre Ausgelassenheit war steifen Nacken gewichen, und glasige Blicke klammerten sich am Vordermann fest.

Es war kalt auf dem Gipfel. Hier und da lagen Flecken von schmutzigem Schnee, und die Treppe zur Hütte hinauf war glatt. Freytag war froh, dass er an seine Mütze gedacht hatte.

Sie saßen am Fenster unter einem Hirschgeweih. Draußen war nichts zu sehen außer der durchsichtigen Luft. Wieder standen Bierseidel auf dem Tisch. Dieses Mal mit schäumender Krone, durch die Barsch sich beunruhigend zielstrebig hindurchbiss. Tatsächlich leerte er den halben Krug in einem Zug.

»Wussten Sie, dass man früher Leute hier heraufzutragen pflegte?«, fragte er und wischte sich den Schaum von den Lippen. »In Sesseln haben sie die Adligen, das feine Volk, auf dem Rücken hochgetragen. Das war sogar ein eigener Beruf.«

»Das muss eine unmenschliche Arbeit gewesen sein. In dieser Höhe! So etwas haben wir Gott sei Dank längst hinter uns.«

»Sind Sie vertraut mit der Theologie des heiligen Thomas von Aquin?«

»Nur ganz oberflächlich, muss ich zugeben. Eine peinliche Bildungslücke. Geht es da nicht um eine Ethik der Ökonomie?«

»Die Kirche verurteilt das Ausbeuten von Arbeitskraft, behauptet sie, und die unmenschlichen Lebensbedingungen vieler Arbeiter.«

»Das ist gewiss auch richtig«, sagte Freytag und nippte an seinem Bier, wobei er sorgfältig darauf achtete, dass sich kein Schaum in seinem Bart festsetzte. »So soll es sein. Die Kirche kümmert sich um die Schwachen.«

»Sie behauptet, gegen Materialismus zu sein. Sie toleriere die Ausbeutung nicht, und dass man mit Zinsen Geld verdient. Deshalb hat sie die Juden immer bespöttelt.«

»Ja, das findet sie sicher unethisch, wie Sie ganz richtig sagen. Gegensätzliche Glaubensauffassungen. Und es ist doch auch ein schmutziges Geschäft, oder?«

Barsch kippte den Rest seines Biers hinunter und begann mit seinem Vortrag. Dabei legte er Fakten dar, von denen Freytag nichts anderes glauben konnte, als dass sie der sprudelnden Phantasie dieses Mannes entsprangen. Einer Vorstellungskraft, die ihn auf die Spitze des Parnass getragen hatte, von der er jetzt mit schwindelndem Blick auf die Übrigen herabsah. Autoren hatten es immer schwer, zwischen wahr und unwahr zu unterscheiden, das wusste Freytag, der immer verärgerter an seinem Zigarillo zog. Ihre Einbildungskraft war schließlich ihre wichtigste Quelle. Aber dieses Mal ging es wirklich zu weit. Er verspürte denselben Zorn wie schon beim Lesen des Manuskriptes.

Barsch wagte zu behaupten, dass die Kollekte, dieses Geld, das die irregeleiteten Arbeiter guten Glaubens in die Sammelbüchsen legten – eine Dose, in die Freytag selbst mehr als einmal seine eigenen Münzen geworfen hatte –, in Wirklichkeit bei denen landete, die sie ausbeuteten: in den Taschen dickwanstiger Kapitalisten. Dass die Kirche, die doch behauptete, die Schwachen und Ausgesetzten in ihrer berühmten Fürsorge für die Übervorteilten zu schützen, ihr Geld – das Geld des Vatikans, wie Barsch betonte, das ja nichts anderes war, als das Geld seiner Anhänger – anlegte, und zwar nicht nur in der Ausstattung der prunkvollen päpstlichen Residenz, sondern auch bei Banken und ähnlichen Kapitaleinrichtungen, die ihren Gewinn mit Zinsen machten, und bei einer Reihe anderer Unternehmen, die unzählige Arbeiter auf genau die Art und Weise ausnutzten, von der die Kirche Abstand zu nehmen behauptete. Und es war weiß Gott nicht nur die alte Welt, in die sie investierte; sie saugte Menschen in allen möglichen Erdteilen aus; nicht zuletzt in Nordafrika, wo die Menschen doch so schon vollkommen verarmt waren, in Ägypten, auf dem Balkan, ja, auch im geschwächten Osmanischen Reich, und sogar im Sultanat.

Freytag hustete in seinen Ärmel.

»Das ist ja sehr interessant«, sagte er und zwang sich, ruhig zu bleiben. Denn er sah nicht, wie es seinem Vorhaben dienen sollte, wenn er die Anklagen seines Gastgebers widerlegte. Stattdessen wählte er, nachdem er den Zigarillo mit kontrollierter Wut im Aschenbecher ausgedrückt hatte, eine andere Taktik.

»Sie engagieren sich offenbar für die Anliegen des Proletariats und kritisieren die Machtverhältnisse«, fuhr er sanft fort. »Das an sich macht mir noch keine Sorgen. Ich finde aber, dass diese Theorien, so phantastisch sie auch sein mögen – und ich habe nicht vor, mich in ihren Wahrheitsgehalt zu vertiefen – dass eben die Absicht, eine versteckte Botschaft zu vermitteln, das Grundproblem dieses Manuskripts ist. Es ist offensichtlich, dass dieser Verdacht, den Sie gerade so beredt dargelegt haben und der, soweit ich es verstanden habe, gewissermaßen das unterschwellige Thema eines bedeutenden Teiles Ihres Romans darstellt, beim Schreiben überhandgenommen hat. Und eben darin liegt eine große Gefahr.« Er richtete sich auf und bemühte sich, ganz lektorenhaft auszusehen. »Wenn der Autor nicht mit dem Herzen schreibt, sondern nur mit dem Verstand. Das Gehirn ist nämlich der Körperteil, der seinen Eigentümer am häufigsten zum Narren hält, weit öfter als der so bespöttelte Bauch, und nur in der Seele, in den Wahrheiten, die aus unserem Innern, aus dem Unbewussten kommen, entsteht wahre Literatur. Ich weiß, dass Sie das auch wissen. Es scheint mir, Herr Barsch, als hätten Sie bisher mehr mit dem Bauch als mit dem Kopf geschrieben, wenn Sie mir meine Offenherzigkeit verzeihen, aber das ist ein Kompliment, das versichere ich Ihnen, das größte Kompliment, das ich Ihnen machen kann. Nichtsdestoweniger sind Sie, wie alle lebendigen Seelen, offenbar nicht unempfänglich für die einladenden Wahnvorstellungen und gefährlichen Verlockungen politischer Moden. Es ist nur so: Sie schaden der hohen Literatur. Der Literatur, zu deren berühmtesten Verfassern Sie zählen.«

Jetzt war Barsch sichtlich verwirrt. Er führte das Seidel zum Mund, aber es war so leer, wie er es auf dem Tisch hinterlassen hatte. Dennoch schluckte er.

»Aber ich *habe* aus meinem Innersten heraus geschrieben«, sagte er, »aus meiner Erfahrung. Es ist das persönlichste Buch, das ich je verfasst habe. Dabei habe ich aus eben diesem Unbewussten geschöpft. Ich glaube, es ist mein wichtigstes Buch, das bedeutungsvollste von allen. Es ist das Wahrste, was ich je zustande gebracht habe.«

»Sie begreifen nicht, dass es genau umgekehrt ist. Eben weil Sie etwas Bedeutsames schreiben wollten, haben Sie genau das Gegenteil erreicht. Es sind Ihre bisherigen Bücher, in denen es scheinbar um nichts, zugleich aber um alles geht – um das Leben, um das Menschsein hier auf Erden, die seltsame Schönheit und Tragik des Seins. Sie lassen sich nicht unter einer simplen Botschaft vereinen, sondern enthalten eine Vielzahl von Botschaften, und es steht dem Leser frei, diese Botschaften zu entdecken; Botschaften, die direkt zu ihm sprechen, als wären die Worte nur für ihn geschrieben – genau dies sind die Werke, die Ihrem Talent gerecht werden.«

Wieder sah Barsch ihn niedergeschlagen an. Die Schärfe in seiner Stimme, die lebhafte Gesichtsfarbe, die leuchtenden Augen, die er während seines glühenden Vortrags gezeigt hatte, waren verschwunden, nur Trauer lag noch in seinem Blick: der Bluthund. Freytag ärgerte sich, dass ihm das etwas ausmachte.

»Sie finden es schlecht? Ein Pamphlet?«

»Überhaupt nicht. Das steht gar nicht infrage.«

»Finden Sie denn gar nichts Gutes daran?«

»Doch, natürlich. Es ist in vielerlei Hinsicht ein gutes Buch.«

»In welcher? Was hat es für gute Seiten?«

»Es hat ein gutes Tempo, um nur ein Beispiel zu nennen. Einen Nerv, der mich an die Zeit erinnert, als Sie noch jung und zornig waren und störrische Haare hatten. Eine Art Schwung, etwas Vorwärtsdrängendes. Manchmal vielleicht ein bisschen zu schnell, aber dennoch etwas, was Sie in Ihre kommenden Werke mitnehmen sollten.«

»Der Gedanke an neue Bücher fällt mir gerade sehr schwer, Herr Freytag.«

Schweigend blieben sie unter dem Geweih sitzen, bis auch Freytag sein Bier ausgetrunken hatte und vorschlug, noch ein bisschen an die frische Luft zu gehen. Das helfe eigentlich immer, sagte er.

Eine Alpendohle schwang sich von einem Pfosten in die Luft, als sie in die Kälte hinaustraten und ihre Mäntel enger um sich zogen. Freytag kramte seine Pelzmütze hervor und zog sie sich über die Ohren. Nachdem er die rutschigen Treppenstufen bewältigt hatte, folgte er Barsch auf die Rückseite der Gastwirtschaft und stellte sich neben ihn ans Geländer. Die Dämmerung brach bereits herein. Unter ihnen öffnete sich der Abgrund; die senkrechten Felswände schienen endlos. Freytag musste den Blick heben, um nicht von Schwindel ergriffen zu werden.

Er schaute über das Meer von Bergen, während im Westen die Sonne unterging. Die Landschaft erinnerte ihn an unzählige zerknüllte Aquarellblätter, als hätte jemand da oben unendlich viele Versuche, die Schönheit mit dem Pinsel einzufangen, im Zorn verworfen und sie zur Erde fallen lassen. In ein paar

Monaten würde die Landschaft ganz in Weiß gehüllt daliegen, dachte er, und dann würde sie einem Meer weißer Blätter gleichen, als hätte derselbe Schöngeist am offenen Fenster mühsam ein Mondscheinsonett verfasst.

Bald bot der Himmel ein Farbenspiel, das nichts Irdisches mehr an sich hatte. Das Firmament glänzte wie das Innere einer allumspannenden Auster. Vor dem silbernen Hintergrund schillerte es in allen Regenbogenfarben: ein leuchtendes Grün, alle Nuancen der Röte, das dunkelste Rot wie Ochsenblut. Schlingen bewegten sich wie Seegras im Strom, wie Stängel, die im Winde wehten; federleichte Schleier flatterten gold- und malvenfarben wie Perlmutt, das in der Hand bewegt wird, ständig die Farbe ändert und neue, unerwartete Farbtöne offenbart.

Freytag sah Farben, für die er keinen Namen hatte und die sich niemals in Worte fassen, noch viel weniger vom Pinsel der Genies einfangen ließen, denn sie gehörten einer anderen Welt an. Sie bestanden nicht aus Pigmenten oder Lichtspiegelungen und auch nicht aus den ungreifbaren Elementen, die sich nur mit Hilfe von Gleichnissen beschreiben lassen, sondern aus unbeschreiblichen Stimmungen; eine durchscheinende Palette, die den Träumen zugehört und die bei ihm ein Gefühl von Vertrautheit und Staunen hinterließ, und er dachte: Das sind Schleier aus Engelshaar.

»Wie schön ist doch der nahende Untergang.«

»Und wie schmerzhaft«, sagte Barsch. »Welchen Sinn hat es, zu schreiben, wenn die Natur bereits alle Wahrheit enthält?«

Schweigend und regungslos standen sie am drohenden Abgrund, hoch über der Erde. Als wagte keiner von ihnen, den Zauber zu zerstören. Eine ganze Weile verharrten sie so, bis die Dunkelheit hereinbrach und Barsch erneut das Wort ergriff.

»Der Sternenhimmel leuchtet hier oben viel heller als anderswo. Die Himmelskörper scheinen so nah, dass man die Hand ausstrecken und sie berühren möchte. Und bald kommt der Komet angesaust, zwischen all den glänzenden Asteroiden.«

»Ja, das wird behauptet.«

»Ich werde übrigens ein kleines Untergangsfest in meiner Wohnung in der Stadt geben. In der Kometennacht. Sie sind herzlich eingeladen, wenn Sie mögen.«

»Ich fürchte, das ist nichts für mich. Die Zeiten sind vorbei.«

»Man ist nie zu alt, um sich zu amüsieren, Herr Freytag. Ich habe ein kleines Ensemble engagiert, *Ultima Nocturno* nennen sie sich, sie werden dort ihren letzten Auftritt haben. Besser, sich im Kreise seiner Freunde zu vergnügen, als sich zu fürchten vor dem, was kommen mag. Es wird reichlich Sekt und Champagner geben, das kann ich Ihnen versprechen. Und es kommen sicher viele, die Sie kennen. Schlink kommt. Und sowohl Fischer als auch Wulff.«

»Trebitsch?«

»Der auch.«

»Ich werde mich wohl mit einem guten Buch und einem Glas Absinth begnügen. Vielleicht gehe ich auch in die Kirche.«

»Dem Untergang alleine begegnen … Das hat natürlich auch etwas. Wenn wir vor dem Ende stehen, sind wir alle allein. Es gibt niemanden, der uns bei der Hand nimmt, wenn wir auf die andere Seite gehen.«

»Ich werde nicht allein sein«, sagte Freytag. »Gott und Goethe werden mir Gesellschaft leisten.«

»Feine Leute … Wie könnte ich mit denen konkurrieren?«

Einen Moment dachte Freytag daran, den Autor über das Geländer zu stoßen. Er räusperte sich, rollte die Schultern und blinzelte den Gedanken fort, umklammerte mit schwitzenden Händen den Eisenlauf.

»Vielleicht verbringe ich den Abend auch mit meinem alten Freund Georg, dem Faktor.«

»Wie auch immer, wenn Sie ihre Meinung ändern, brauchen Sie nur vorbeizukommen«, sagte Barsch. »Bringen Sie Ihren Freund doch einfach mit! Jetzt müssen wir uns aber beeilen, sonst verpassen wir noch die letzte Abfahrt.«

Im Laufe des Abends verschlechterte sich die Stimmung zusehends. Während sie die Erbsensuppe schlürften, zeigte Barsch sich angestrengt freundlich. Er erkundigte sich nach Schlink und nach dem Leben als Pensionär – eine sinnlose Konversation. Freytag wusste zu schätzen, dass Barsch nicht nach seiner Frau fragte: Er war sicher, dass der Cheflektor diese Informationslücke längst gestopft hatte.

Als das Hauptgericht aufgetragen wurde, Karfiol und Linsenschnitzel, hatten sie die üblichen Gesprächsthemen abgehakt und stocherten wie Fremde in einem Kurrestaurant in ihrem Essen herum. Sie vermieden es, über das Manuskript zu reden. Die Uhr tickte an der Wand. Das Besteck klapperte.

Barschs Rastlosigkeit war wie weggeblasen. Freytag nahm das als gutes Zeichen. Die Niedergeschlagenheit konnte nur für sein Vorhaben arbeiten.

Beim abschließenden Käseteller und den Nüssen wurde Barsch wieder munterer; er verschlang den Käse mit einer Begeisterung, die weder Erbsensuppe noch Karfiol hatten hervorrufen können. Erst in seinem stinkenden Aroma fand er Trost, und im Pflaumenschnaps, den sie dazu tranken. Freytag, der sich bereits Gedanken um die Nacht machte, begnügte sich mit ein paar Haselnüssen – Schimmelkäse konnte unmöglich dazu beitragen, sein Völlegefühl zu lindern.

»Mir sind die vielen ungeöffneten Briefe im Arbeitszimmer aufgefallen«, sagte Freytag beiläufig und nippte an seinem Schnaps. »Sie müssen eine rege Korrespondenz führen.«

»Es sind eher die anderen, die mit mir korrespondieren. Der Verlag überschüttet mich mit Leserbriefen. Es ist ein steter Strom. Das ist sehr nett von den Leuten, aber auch beschwerlich. Ich schaffe es unmöglich, alle zu beantworten, da würde ich zu nichts anderem mehr kommen.«

»Sie haben vollauf damit zu tun, nehme ich an, sich mit Ihren intellektuellen Freunden zu schreiben?«

Barsch warf ihm einen leeren Blick zu.

»Das meiste landet auf dem Haufen«, sagte er und stürzte den Schnaps mit einer Grimasse hinunter. »Ich habe keine Zeit, verstehen Sie. Ich finde Briefeschreiben furchtbar anstrengend. Beim Schreiben geht es vor allem um Zeit und darum, sich vom Stundenschlag zu befreien. Ich arbeite quälend langsam. Die Uhr ist mein Plagegeist.«

»Ihre Produktivität ist aber alles andere als bescheiden, Herr Barsch. So schrecklich langsam können Sie also gar nicht sein. Und wie gesagt, die Zeit ist Ihr Freund, nicht Ihr Feind. Ihr wohnt eine schwer zugängliche Weisheit inne. Sie täten gut daran, ihr zu huldigen.«

»Freund oder nicht: Sie scheint allzu schnell zu vergehen.«

»Ich könnte Ihnen vielleicht helfen mit den Briefen. Wenn es Ihnen recht ist. Ich bin gewohnt, schnell zu lesen. Ich könnte für Sie das Terrain sondieren. Die Bürde ein wenig erleichtern. Dann können Sie sich aufs Schreiben konzentrieren.«

»Das kann ich nicht annehmen.«

»Ich tue es gern«, sagte Freytag und warf sich eine Nuss in den Mund.

Lange stand Freytag vor dem Kuchenbuffet des Cafés und konnte sich nicht entscheiden. Er fand, er sollte mal etwas anderes ausprobieren als Mohnstrudel, es gab ja ohnehin nirgendwo besseren als im Sperl.

Die Besitzerin, die an eine betagte Schauspielerin erinnerte – sie hätte eine richtig fesche Dame sein können, wenn sie nicht gar so sehr an vergangener Schönheit festgehalten hätte – empfahl ihm Schokoladenkuchen (oder *gateau au chocolat*, wie sie auf höchst gestelzte Weise betonte). Das sei die Spezialität des Hauses, nach allen Regeln der Kunst in verschiedenen, hauchdünnen Schichten gebacken, leicht, dabei aber sehr saftig.

»Die Leute kommen von weither, um meinen *gateau* zu kosten«, sagte sie und klimperte mit den Lidern. »Gerade Männer scheinen eine Schwäche dafür zu haben.«

»Das kann ich mir vorstellen«, sagte Freytag, denn er musste zugeben, dass sie trotz allem etwas Reizvolles hatte, eine bittersüße, kokette Art, die vielleicht nicht mehr so intensiv war wie früher, an der ältliche Herren aber immer noch Geschmack finden mochten.

Schließlich entschied er sich für Doboschtorte, denn die schuhcremeartige Glasur des Schokoladenkuchens reizte ihn doch nicht; und noch weniger die kandierten Kirschen, die darin eingebettet waren wie billige Klunker, die man über einen Hundehaufen gestreut hatte. Er stellte sich vor, wie sie ihm zwischen den Zähnen stecken blieben und einen unangenehmen Geschmack hinterließen.

Zwischen den Stammgästen und weit gereisten Bergtouristen sitzend, schmeckte ihm die Doboschtorte ausgezeichnet. Hin und wieder schaute er von seinem Buch auf, von Goethe, riss sich von seinen Gedanken an Intruistino Rosita los und schielte zu den anderen Cafébesuchern hinüber. Vor allem ein paar Herren erregten seine Aufmerksamkeit, die ihren rosa Gesichtern nach zu urteilen von den Britischen Inseln stammten. Nachdem sie ihre Schnitzel aufgegessen hatten, beugten sie sich auf der Suche nach Wanderwegen über eine Karte, offenbar völlig unbesorgt über die Gefahren, die in den Bergen lauerten.

In diesem Moment erblickte er ihn.

Der Junge studierte gemeinsam mit ihnen die Karte, gab bescheiden Hinweise und zog mit einem Bleistift schüchterne Linien für sie. Als sie ihm Trinkgeld gaben, schaute er zu Boden.

Etwas an diesem scheuen Jüngling – halb Junge, halb Mann – kam ihm vertraut vor. Als würde er ihn gut kennen, obwohl sie sich noch nie zuvor gesehen hatten. Während er schmatzend seine Torte aß und auf das Damasttuch mit seinem Muster aus Lilien und fächerförmigen Anordnungen von Ahorn- und Mehlbeerbaumblättern kleckerte, grübelte er lange über dieses Gefühl nach – bis es ihm plötzlich wie Schuppen von den Augen fiel: das ernste Gesicht, die bescheidene Art …

Sein Körper wirkte wie der eines Kalbes, als wohnten ihm unterdrückte Kräfte inne. Der Junge sah aus, als könne er sich bei einer Prügelei durchaus verteidigen – doch Freytag wusste, dass er stets lieber ausweichen würde. Er hatte nie gelernt, seiner Wut freien Lauf zu lassen. Mit einem Mal sah er die Ähnlichkeiten deutlich: Die Frau hinter der Theke, die Besitzerin, die mit geübter Hand Tortenstücke auf die Teller hob, war seine Mutter. Freytag erkannte gemeinsame Züge, Linien, die die Mutter mit einer Traurigkeit trug, wie nur jemand es tut, den man einst für seine Schönheit bewundert hat: die hohen Wangenknochen, die gleichmäßige Stirn, wie sich beide nach verlorener Aufmerksamkeit zu sehnen schienen.

Und er erkannte auch sich selbst, das wurde ihm bewusst, als er mit zitternder Hand die Kaffeetasse zum Mund führte: Der Junge war mit betagten Eltern aufgewachsen. Er hatte sich angewöhnt, nicht zu stören, war reif für sein Alter und wollte es immer allen recht machen. Er hielt sich im Hintergrund – dort gehörte er hin, das hatte er gelernt, und dort fühlte er sich auch am wohlsten. Ja, so war er selbst einst gewesen, vor all den Jahren, ehe er zu diesem Kokoschka-Porträt geworden war: ein junger Mann, der sich in die Welt der Bücher flüchtete, eine Welt, in der es auch für ihn einen Platz gab.

Der Junge war auf geradezu groteske Weise schön: die vollen Lippen, der dichte Haarschopf, der sich nur unvollkommen und mit herzzerreißender Mühe bändigen ließ, die erschrocken geweiteten Pupillen, sein Engelsgesicht – und eben darin unterschieden sie sich. Freytag war sich sicher, dass der Junge die Blicke der Mädchen auf sich zog. Doch etwas anderes sagte Freytag zugleich, dass er noch nie ein Mädchen geküsst hatte. Die nachgiebigen Lippen waren noch unbefleckt; es gab nur eine Frau in seinem Leben.

Als der Junge ihm Kaffee nachschenkte, schielte er auf das Buch, das aufgeschlagen vor Freytag auf dem Tisch lag: »Die Leiden des jungen Werther«. Der Junge hielt den Blick gesenkt, seine Lider waren dunkel wie Pflaumen; die Haut unter den Augen noch gänzlich faltenfrei. Das würde noch kommen, dachte Freytag, ebenso wie der Abdruck auf der Nasenwurzel, die Grübchen. Seine zusammengekniffenen Augen verrieten Nächte brennenden Genusses, im Mondschein oder mit der Taschenlampe unter der Decke.

»Ich sehe, Sie sind ein leidenschaftlicher Leser«, sagte er.

»Wie können Sie das wissen?«

»Wir kennen andere, wie wir uns selbst kennen …«

»›Werther‹ ist mein Lieblingsbuch …«

Sie unterhielten sich über Goethe und »Werther« – eine angenehme Diskussion. Er war ein begabter Junge; seine Schüchternheit, die nüchternen Ansichten, verrieten Schwermut – ein unfehlbares Zeichen für einen klaren Verstand und ein reges Bewusstsein, fand Freytag. Diese Art kannte er nur zu gut, angezogen von den gallschwarzen Vergnügungen der Melancholie wie nächtliches Ungeziefer vom Knistern der Leselampe. Sie unterhielten sich eine ganze Weile in unausgesprochener Vertraulichkeit. Bis die Blicke seiner Mutter den Jungen dazu brachten, sich verlegen zu entschuldigen.

Als der Junge zwischen den Tischen mit Geschirr hantierte, schloss Freytag ihn endgültig in sein Herz. Schwermut gehörte nicht zur Jugend, für lebensmüde Grübeleien gab es später noch genügend Zeit, dachte er. Die Düsterkeit war ein ausdauernder Begleiter, früher oder später holte sie auch den lebensbejahendsten Leichtfuß ein. Greif zu, hätte er sagen mögen, greif zu, bevor es zu spät ist. Hasche die Liebe, solange du noch jung bist. Das Leiden wird vollkommen überbewertet.

Er wurde einfach nicht klug aus Barsch. Oft sah er ihn mit einem Buch in der Hand, aber er schien nicht voranzukommen. Er sah ihn sowohl mit als auch ohne Brille lesen, mit offenbar gleichem Ergebnis – stets hielt er sich bei demselben Kapitel auf. Die Seiten schienen mehr Eselsohren zu haben als die Seiten eines Maultierzuchtkatalogs. Sie trugen offensichtliche Spuren des Lesers, als wäre der erste Teil über die Jahre mehrfach gelesen worden, während der Rest niemals das Tageslicht erblickt hatte, höchstens überflogen worden war. Mehr als einmal verspürte er Lust, darin zu blättern, um zu sehen, was an diesem Teil so uninteressant war, welche Längen in der Darstellung immer wieder dazu führten, dass er dermaßen die Lust verlor.

Barsch nahm sich morgens viel Zeit für die Zeitungslektüre, sodass Freytag bald die Hoffnung aufgab, sie auch noch lesen zu können, und sich daran gewöhnte, dass er mit der Ausgabe vom Vortag vorliebnehmen musste. Es spielte keine Rolle, es war ohnehin eine schlechte Zeitung, ein Lokalblatt, kein Ersatz für seine *Reichspost*. Die Verzögerung sagte ihm irgendwie zu, als stiller Protest gegen die vorbeirasende Zeit, gegen das Altern.

Anfangs beobachtete Freytag den Autor erstaunt bei seiner Lektüre. Barsch las konzentriert, intensiv, er sog die Wörter in sich auf wie ein Feinschmecker, kaute und saugte mit angestrengtem Blick, rastlosen Füßen und Lippen, die sich bewegten, als könne er den Worten nicht glauben. Doch bald unterließ er es, ihn über den Rand seiner Brille zu betrachten. Es schien Barsch zu irritieren – er bekam einen roten Hals, stand auf und ging türenknallend in sein Arbeitszimmer. Freytag konnte sich des Eindrucks nicht erwehren, er könne jederzeit anfangen, wild um sich zu schlagen.

Barsch führte ein wirklich eintöniges Leben. Das hatte Freytag von seinem rastlosen Freund nicht erwartet. Die atemlose Expedition des ersten Tages war offenbar eine Ausnahme gewesen. Meist nahm er Barsch nur von Weitem wahr: Er hörte morgens durch die Wände, wie er stöhnte, wie er mit der Zeitung raschelte, und er hörte ihn schnarchen, wenn er auf dem Sofa Mittagsschlaf hielt, ehe er sich in seinem Zimmer einschloss, um in ohrenbetäubender Stille zu arbeiten. Erst am Nachmittag tauchte er wieder auf und begann verstohlen auf seine Taschenuhr zu schauen. Er ging zum Spiegel und ordnete sein Haar, zog sorgfältig die Krawatte zurecht. Dann begab er sich nach draußen, immer zur gleichen Zeit.

Wenn er von seinem Spaziergang zurückkam, war er stets glänzend gelaunt. Er pflegte falsch vor sich hin zu pfeifen. Dann wurde es Zeit für das Essen, Verdauen, Kaminfeuer und Geschichten. Wenn Freytag endlich zu Bett gehen konnte – nachdem ihm mehrmals der Kopf aufs Kinn gesunken war und er mit schafartigem Blick und Sabber im Bart versucht hatte, die Augen offen zu halten –, zu einer Stunde, in der die Stühle längst auf den Cafétischen standen, ging Barsch erneut in sein Arbeitszimmer, um noch ein wenig zu schreiben. Soweit Freytag das beurteilen konnte, war es nicht ausgeschlossen, dass er die ganze Nacht in der sterilen Landschaft seines Arbeitszimmers verbrachte.

Während Barsch seinen Angelegenheiten nachging, verbrachte Freytag die Tage damit, sich durch dessen Korrespondenz zu arbeiten. Er hielt sich meist im Haus auf, denn es hatte wieder angefangen zu regnen. Die einzige Ausnahme bildeten seine täglichen Spaziergängen mit dem Regenschirm, die er im Gegensatz zu Barsch lieber am Vormittag unternahm und die ihn stets zu demselben Ort führten: In dem gemütlichen Café in der Nähe der Kirche führte er anregende Gespräche mit dem jungen Kellner, für den er beinahe väterliche Gefühle hegte.

Was ihn an Barschs Briefmassen am meisten verblüffte, war, wie belanglos sie alle waren, und sein Enthusiasmus nahm in dem Maße ab, wie seine Schnüffeleien ohne Ergebnis blieben. Nach mehreren Tagen eifrigen Briefaufschlitzens und Gähnens hatte er nicht den Hauch eines Hinweises gefunden.

Dafür fand er eine Menge anderes, etwa das Rundschreiben der Vereinigten Vegetarier. Offenbar sollte ein Kongress in Wiesbaden stattfinden. Sie hatten sogar einen Speiseplan mitgeschickt, vermutlich in der Absicht, die Teilnehmerzahl gering zu halten.

Ansonsten waren es vor allem Frauen, die ihm schrieben: parfümierte Bekenntnisse auf romantischem Briefpapier, in der Hoffnung auf eine signierte Fotografie als Antwort, vielleicht eine Haarsträhne, etwas, das man einrahmen und aufhängen konnte. Eine verblüffend große Anzahl hatte Bilder von sich selbst mitgeschickt (manche hässlicher als andere, was ihn nicht wunderte: Die Literatur zog vor allem Menschen an, deren innere Werte die äußeren überstrahlten); aber auch eine Reihe von Miniatur-Porträts, Zeichnungen, die bildschön zu nennen waren; na, das fehlte noch! Es gab sogar ein weibliches Naturtalent, das eine Bleistiftzeichnung des Autors angefertigt hatte. Ein hübsches Porträt. Die Zeichnerin war offenbar begabt: Nie hatte Barsch eleganter ausgesehen.

Die Zeichnung erinnerte Freytag an das Porträt, das bei ihm zu Hause auf dem Dachboden stand. Er hatte Herrn Petersen zu einem Buchhändlerkongress nach Köln begleitet, und der Cheflektor hatte ihn ermutigt, sich verewigen zu lassen, als sie an den vielen Malern vorbeikamen, die vor dem Dom ihre Dienste anboten. Er selbst hätte seiner Frau eines geschenkt, behauptete Petersen, ein Porträt, das er vor einigen Jahren in Paris hatte machen lassen, und sie hätte sich sehr darüber gefreut. Aber diesmal würde er ihr Parfüm mitbringen; ein Porträt mochte angehen, zwei dagegen wären zu viel.

Er hatte Nackenschmerzen bekommen, erinnerte Freytag sich jetzt, war errötet und hatte in der Menschenmenge die Vögel in den Wolken betrachtet. Der Künstler hatte keinen Schlapphut, dafür aber eine Damenbluse getragen, erinnerte er sich. Es war ein richtig fesches Bild geworden; der Maler hatte seine Ernsthaftigkeit eingefangen, den festen Gebirgsblick. Und der Cheflektor hatte ihm bestätigt, dass es ein würdevolles Bild geworden sei. Nicht ohne Stolz hatte er es seiner Frau überreicht, eingeschlagen in das Seidenpapier des Verlags.

Freytag erinnerte sich an ihren Kommentar, als wäre es gestern gewesen: »Das ist wirklich ein schneidiges Bild. Schade, dass nicht du darauf zu sehen bist!«

Auch an ihr hämisches Lachen konnte er sich erinnern – es hatte merkwürdig zufrieden geklungen. Und sie hatte ja auch recht. Bis heute wurde er den Gedanken nicht los, dass es sich um eine Verwechslung handeln musste. Obwohl, wenn er ein wenig seitlich vor dem Spiegel stand und düstere Gedanken dachte, dann konnte er eine gewisse Ähnlichkeit erkennen …

Unter den Einsendungen waren auch vereinzelte Manuskripte, alle ganz furchtbar, von denen ihm eines ganz besonders im Gedächtnis blieb, denn es war in der zweiten Person Singular geschrieben und von einem Hauch intimer Kränkungen umgeben. Möchtegern-Schriftsteller suchten Barschs Rat und seinen Zuspruch; »gib mir den Ritterschlag zum Autor«, schienen sie zu betteln, »stecke mich an mit deiner Begabung«. Wie er eigentlich auf seine Geschichten käme. Und wie schaffte er das nur? Wie fand er die Zeit? Was hielt er von Schreibtagebüchern? Führte er möglicherweise selber ein *journal intime*?

Es gab … so viel, dass er nichts mehr davon lesen wollte. Nicht einmal Barsch hätte sich solche Typen ausdenken können, nicht in den überspanntesten seiner Geschöpfe. Schon bald begnügte Freytag sich damit, die Umschläge aufzuschlitzen und sie beiseitezulegen. Die Goldkörner hatte Barsch anscheinend längst aussortiert. Briefe seiner katholischen Freunde, Briefe von Relativisten und jenen, die sonst eine Bedrohung der Kirche darstellten, glänzten durch Abwesenheit.

Er verfasste eine Handvoll Standardformulierungen – wohlmeinende Sätze über Dankbarkeit und Erkenntlichkeit, zu nichts verpflichtende Versprechungen, schöne Worte ohne Inhalt – was er am besten beherrschte, persönlich in aller Unpersönlichkeit –, die allesamt mit den demütigsten Grüßen schlossen. Alles, was noch fehlte, war eine schwungvolle Autorensignatur. Freytag konnte ein schiefes Lächeln nicht unterdrücken: Diese Briefe waren bezeichnender für Barsch, als wenn dieser sie selbst geschrieben hätte.

Während Barsch mit ausgreifender Hand, die über dem Objekt zu schweben schien, die Zunge von innen gegen die Wange gedrückt, unterschrieb, machte Freytag eine seltsame Entdeckung: Der Mann schrieb abwechselnd mit rechts und mit links. Er wagte es, danach zu fragen.

»Tue ich das? Ich denke gar nicht darüber nach.«

Mit wachsender Verwunderung überflog Freytag auch die Ansätze zu Antwortbriefen, die Barsch trotz seines Zeitmangels versucht hatte. Die Inkonsequenz dieses Mannes erschien ihm geradezu als Prinzip. Die Trennung zusammengesetzter Worte war so einwandfrei, dass es sich um einen bewussten Akt handeln musste. Etwas anderes war undenkbar. In den wenigen Fällen, in denen die Wörter dennoch zueinanderfanden, wie Geschwister, die im Kinderheim getrennt worden waren, konnte es sich nur um einen Irrtum handeln. Die ausgelassenen Punkte dagegen sowie seine Weigerung, am Anfang eines Satzes und bei Substantiven Großbuchstaben zu verwenden, während er stur damit fortfuhr, die unpassendsten Wortgruppen mit Versalien zu versehen, solange es sich nicht um die Welt der Sachen und Dinge handelte, ließ jede Regelmäßigkeit vermissen: Wenn man sich gerade an ihre Abwesenheit gewöhnt hatte, tauchten sie unerwartet auf, wie lang vermisste Freunde. Das war sehr verwirrend. Es kostete ihn viele Stunden am Schreibtisch. Und in seinem Magen bildete sich ein dicker Klumpen. Er konnte nicht anders, als mit dem Autor zu leiden.

Es war die wachsende Einsicht in Barschs Schwierigkeiten, die dazu führte, dass Freytag ein Fauxpas unterlief.

Wie jeden Abend saßen sie vor dem knisternden Kaminfeuer. Freytag mit seiner Pfeife, mit der er sich immer mehr anfreundete, und Barsch mit seinen Mohrrüben und in Pantoffeln. Nachdem Mahler in verwegener Lautstärke aus dem Trichter des Grammophons verklungen war, hatte Barsch eine seiner vielen Geschichten zu erzählen begonnen. Es war seine erschütternde Aufrichtigkeit, die Freytag die Waffen strecken ließ.

Erst hatte er nur mit halbem Ohr zugehört, denn er war vollauf mit der Beugung seiner Esperantoverben beschäftigt, die alle die gleiche, zuverlässige Regelmäßigkeit aufwiesen. Es war eine beruhigende, geradezu meditative Beschäftigung, die wahre Wunder mit seinen Fingern bewirkte.

Barsch war ein unvergleichlicher Erzähler. Freytag war oft dabei gewesen, wenn er seine Zuhörer verzauberte. Vor allem die Lesung zum Erscheinen seines Debütromans war Freytag in Erinnerung geblieben. Sie hatte in der ehemaligen Buchhandlung des Verlags am Judenplatz stattgefunden, wo heute eine Papierhandlung untergebracht war, die ungewöhnlich feine französische Notizbücher führte. Viele Stühle waren frei geblieben, denn noch war sein Name nicht in aller Munde. Der junge Barsch hatte ihn dadurch verblüfft, dass er große Teile des Buches frei rezitierte, nicht wortwörtlich, aber in einer erschreckenden, eigenständigen Genauigkeit, die Freytag mit Neid und Bewunderung erfüllte. Eine Fähigkeit, für die ein Lektor seine rechte Hand gegeben hätte und die mehr als erstaunlich war für diesen ungeduldigen jungen Mann mit dem widerspenstigen Haar und der geistesabwesenden Art. Er gebe sich nicht mit einfachen Lesungen ab, hatte Barsch mit jugendlichem Hochmut behauptet, diese seien eine Zumutung für den Hörer. Tatsächlich war sein Vortrag dem Original weit überlegen, ähnlich wie sich eine Übersetzung durch die Hände eines geschickten Übersetzers über das Original erheben kann. An jenem Abend hatte er zum ersten Mal die wahre Größe dieses Mannes gesehen und erahnt, was von ihm noch zu erwarten sein würde. Das Publikum war verzaubert. Selbst Freytag, der den Text bis zum Überdruss kannte, wie es nach mühevoller Redaktion unweigerlich der Fall war, wurde mitgerissen von der Schönheit seines Vortrags. Es war, als hörte er die Worte zum ersten Mal, Worte, die ebenso gut seine eigenen hätten sein können, und doch auch wieder nicht.

Wie er jetzt in dem Haus in den Bergen saß, das Esperantobuch auf dem Schoß, und auf der Pfeife in seinem Mundwinkel kaute, hatte er sich zunächst nicht auf die Laute konzentriert, denn Barsch hatte ihn nach dem bedrückenden Schweigen des ersten Abends mit einer Reihe langatmiger Geschichten unterhalten, von denen er die meisten bereits kannte. Auch diese war ihm dunkel bekannt vorgekommen, woher, konnte er nicht genau sagen, und zunächst hatte er nur so getan, als hörte er zu. Doch dann horchte er auf. Nicht ehe Barsch in seiner Erzählung weit fortgeschritten war, wurde Freytag klar, was er schon die ganze Zeit geahnt hatte: Er kannte diese Geschichte aus dem Dschungel, von seinen Tagen in der ungezähmten Natur. Er kannte sie aus dem Manuskript.

Barsch erzählte sie, als wäre sie ein Kapitel aus seiner eigenen Vergangenheit. Eine Taktik, die in der Literatur sehr beliebt war, ein Stilmittel, dessen sich unter anderem Defoe in seiner Erzählung über den Schiffbruch bediente. Jetzt aber war es offenbar kein Trick, um das Ohr des Zuhörers zu gewinnen, sondern etwas, das von Herzen kam. Jeder Zweifel wurde erstickt durch die bewegte Stimme des Autors, durch die blinkenden Spiegelungen der Flammen in seinen Augen.

Es war die Geschichte einer schwierigen Kindheit. Eine Geschichte, die von der des Zuhörers nicht verschiedener hätte sein können und die doch die meisten grundlegenden Züge mit dieser teilte: Ausgesetztheit, Einsamkeit, Verlorenheit. Der groß gewachsene und einzige Sohn eines Trunkenboldes, der sich mit zweifelhaften Gelegenheitsarbeiten über Wasser gehalten und frühzeitig das Kind und dessen analphabetische Mutter verlassen hatte, wich den Fäusten der anderen nicht aus; eher setzte er seine eigenen erfolgreich ein; um den Ruf seiner Mutter zu verteidigen – und weil er es konnte. Er hatte keine Freunde, denn man konnte niemandem trauen, glaubte er. Er hatte ängstliche Mitläufer, wieselähnliche Kumpane, aber Kameraden hatte er keine. Oft dachte er an seinen abwesenden Vater, träumte davon, dass dieser eines Tages kommen und ihn holen, ihn und seine Mutter retten würde. Hier schweifte Barsch ab und ließ sich über die Entbehrungen der Vaterlosigkeit aus, darüber, wie wichtig eine Vaterfigur für einen Sohn sei, und wie Geschichten sich von Generation zu Generation wiederholten. Die Mutter dagegen, fuhr er fort, hatte einen steten Strom männlicher Freunde. Sie war eine begehrte Frau. Ständig standen neue Kavaliere vor der Tür.

Der Sohn verhielt sich schon früh auffällig. Er bezog Prügel, weil er nicht stillsitzen, weil er sich nicht konzentrieren konnte – und weil er immer wieder in Schwierigkeiten geriet. Weil er seine Mutter nicht in Frieden ließ, wenn sie ihre Besucher empfing. Man schlug ihn wegen seines Einfallsreichtums, wegen seines leichtfertigen und großzügigen Umgangs mit der Wahrheit. Und er ließ seine Wut an Schwächeren aus: Er ersetzte ein Unrecht durch ein anderes.

In der Schule schien es bald offensichtlich: Der Junge war nicht nur böse, er war auch vollkommen unbegabt. Nicht dem einfachsten Unterricht konnte er folgen. Und er verdarb ihn auch noch den anderen. Sein Vermögen, Prügel auszuhalten, wies auf eine ungewöhnlich rohe Natur hin, fand man, eine erschreckende Unempfindlichkeit.

So kam es, dass er fortgeschickt wurde, in eine abgelegene Klosterschule. Es sei das Beste für ihn, behauptete seine Mutter unter Tränen. Es sei eine besondere Schule, für Kinder wie ihn, die in der normalen Schule nicht zurechtkämen.

Sie schicke ihn aus Liebe dorthin, das dürfe er nie vergessen. Eine Mutter trenne sich ungern von ihrem Kind, er dürfe ihr nicht böse sein. Es sei eine selbstlose Tat. Damit etwas aus ihm werde.

Es stellte sich heraus, dass es eine Schule für Kinder war, die nirgendwohin gehörten. Eine Schule für die Aufsässigen und Schwererziehbaren. Er drückte die Schulbank mit Zurückgebliebenen, Kindern mit körperlichen Gebrechen, seelischen Defekten und solchen, die Gottes Wort gedankenlos nachplapperten. Das war es, was ihm am meisten Schaden zugefügt hätte, behauptete er, und wischte sich mit dem Ärmel des Jacketts über die Augen. Nicht die Schläge, nicht das systematische Prügeln – das machte ihm nichts aus, das sah er inzwischen als einen unvermeidlichen Teil des Lebens, als verlässliches Ritual an – sondern dass er ihnen irgendwann glaubte, dass er sie beim Wort nahm: Er wäre dumm.

Doch unverhofft fand er einen Freund, der ihm zu Hilfe kam. Dieser Mönch sah etwas in ihm, etwas, was ihn von allen anderen unterschied. Es wäre eine unverzeihliche Sünde gewesen, sich seiner Eigenart nicht anzunehmen. Und so bekam er Extraunterricht, großzügige Hilfe bei den Lektüreaufgaben. Es war ein sehr intimes Mentorat. Er bedeutete dem Pater sehr viel, das betonte dieser immer wieder, und nannte ihn seinen besonderen Freund. Er werde ihn schützen, vor Prügel, vor den anderen. Er sei ein intelligenter Junge mit vielen Vorzügen. Vielleicht könne er eines Tages Priester werden. Es würde alles gut werden, wenn er nur täte, was er ihm sagte.

Er begann ihre heimlichen Zusammenkünfte zu fürchten. Nachts weinte er sich in den Schlaf, in Todesangst vor dem neuen Morgen. Eines Tages wagte er es, über das Unaussprechliche zu reden, er vertraute sich einem der Mönche an, der immer sparsam mit dem Lineal gewesen war. Das hätte er nicht tun sollen. Von da an wurden die Lektionen von noch heftigerer Leidenschaft begleitet, geradezu brutal in ihrer Inbrunst.

Doch eines Tages, es war ein Tag wie jeder andere, öffnete einer der Klosterbrüder versehentlich die falsche Tür. Danach war Schluss mit den Extrastunden. Aus Rom kam ein Mann in langem schwarzem Mantel, er hatte einen müden Blick. Er stellte zudringliche Fragen. Der Junge hätte nichts zu befürchten, versicherte er, er solle es als Anvertrauen sehen, ganz so wie in einer Beichte. Bevor er ging, nahm er ihn zur Seite. Er dürfe nicht darüber reden. Ob er das verstanden hätte? Es sei für immer in der Beichte versiegelt. Ein Verstoß gegen das Gelübde würde zu seiner Exkommunikation führen. Ob er wüsste, was das sei? Es sei die schlimmste Strafe, die es gebe ... Dann wurde er nach Hause geschickt, zu seiner Mutter. Er sei geheilt, behauptete man. Ein richtiger Musterschüler.

Freytag räusperte sich, als die Geschichte zu Ende war, und sagte, sie sei herzzerreißend gewesen. Eine Bemerkung, die er sofort bereute – sie war vollkommen unangebracht, ebenso taktlos wie überflüssig.

Er habe viele Stunden auf der Couch verbracht, erzählte Barsch, in einem Raum, der zu seiner Gesellschaft mit unzähligen antiken Figuren und Statuetten vollgestopft war – überall hatten sie sich gedrängt, auf Regalen, auf dem Boden, in gläsernen Schränken, und heimlich gelauscht –, um seine Erinnerungen herauszulassen. Mehr Zeit, als er zugeben möge. Bei einem Mann, der Herrn Freytag nicht unähnlich gewesen sei, etwas jünger, gewiss, und auch ein bisschen größer, aber dennoch verblüffend ähnlich. Ein ordentlicher Mann, der die ganze Zeit Zigarre rauchte. Sie hätten in der Vergangenheit gewühlt, sich durch den Rauch getastet, bis in sein Unterbewusstsein hinein. Zu Dingen, mit denen er sich nicht befassen wollte. Träume waren benutzt und wieder verworfen worden, gedeutet und umgedeutet. Seine Triebkräfte als Künstler waren untersucht worden, seine Unreife, seine Wirklichkeitsflucht, aber auch die Spiele des Kindes und seine Liebe zur Mutter wurden analysiert, seine Eifersucht und die Sehnsucht nach einem Vater. Es war schmerzhaft gewesen; er war nahe daran gewesen, unterzugehen. Über lange Zeit hatte er nicht schreiben können. Er war empfindlich in seinem Innern, mürbe, als hätte er noch einmal alle Schläge durchlebt, all die Prügel, die er bekommen hatte. Aber dann, langsam, fast unmerklich, wie ein Krokus sich den Strahlen der wiederkehrenden Sonne öffnete (ein etwas gestelztes Bild, fand Freytag und strich es mit seinem geistigen Rotstift an), war etwas von ihm abgefallen, die Unruhe hatte nachgelassen, und er hatte mit frischer Kraft nach dem Stift gegriffen. Einem zielsicheren Stift. Aus seinem Unbewussten war die Wahrheit gesprossen.

Deshalb finde er, bei allem Respekt, der Herr Lektor Freytag habe nicht das Recht, ihm vorzuwerfen, er schreibe nur mit dem Kopf; das sei vollkommen ungerechtfertigt. Geradezu beleidigend. Überhaupt sei er unglaublich wütend. Über den Zustand der Dinge. Über Freytags Unverständnis, über all die unausgesprochenen Kränkungen.

Er werde nie vergessen, was Freytag für ihn getan habe, das solle dieser nur nicht glauben. Er würde seine Dankbarkeit niemals in Worte fassen können. Nichts sei vergessen, versicherte Barsch, im Gegenteil. Freytag habe ihm seine Unfähigkeit nie vorgehalten, diese Buchstabenblindheit, die ihm so viel Leid eingebracht hätte. Manchmal sei er vollkommen unfähig zu lesen oder zu schreiben, vor allem, wenn ihm jemand dabei zusehe, wenn er sich beobachtet fühle.

»Dann zieht es sich hier zusammen, direkt zwischen Brust und Bauch.«

Doch er sei weit gekommen. Weiter, als er sich je habe träumen lassen. Die Regelmäßigkeit helfe ihm. Das Training. Seine Übungen.

Freytag habe stets ein Auge zugedrückt. Er habe es vermocht, hinter seine Schwächen zu sehen. Bis heute. Es bedürfe einer starken Persönlichkeit, meinte Barsch, eines großen Herzens, so viel Verständnis aufzubringen, einer beinahe selbstverleugnenden Größe. Einer geradezu masochistischen Neigung. Er hege

Respekt für Freytag, seinen Opferwillen und seinen Edelmut. Und deshalb schmerze es ihn umso mehr, dass sie nun gezwungen wären, getrennte Wege zu gehen.

Ein einziger Einwand, dachte Freytag, und schon ist er bereit, die Zusammenarbeit aufzugeben. Das hatte er oft erlebt. Autoren waren nicht sonderlich loyal. Ihre Liebe zum Text war die einzige, der sie treu waren. Doch er ließ es auf sich beruhen: Sicher war das nur eine leere Drohung.

»Sie haben eine große Erzählgabe«, sagte Freytag. »Haben Sie nie darüber nachgedacht, einen Sekretär einzustellen, jemanden, der Ihr Diktat aufnimmt? Das würde Ihnen die … Formulierungskunst vielleicht erleichtern.«

»Ich habe es versucht, glauben Sie mir, aber das ist lange her. Ich vermisste es doch zu sehr, mit den Worten zu ringen. Meine Hassliebe zum Stift ist zu groß. Es ist schwer zu erklären. Gewisse Dinge kann man nicht mit anderen teilen.«

Dann hatte Barsch noch etwas vor sich hin gemurmelt, die Brille abgesetzt, sich die Augen gerieben und sich geschnäuzt. »Ich bin verlogen«, sagte er und hielt die Brille in die Lampe. »Ein Betrüger … Das ist nur Fensterglas, Herr Freytag, ungeschliffene Gläser.«

»Ach so? Das verstehe ich nicht. Warum?«

»Wer seine Brille vergessen hat, hat immer eine Entschuldigung, um nicht lesen zu müssen, nicht einmal als berühmter Autor … Und inzwischen habe ich mich an sie gewöhnt. Ich komme ohne sie nicht mehr zurecht.«

Er putzte die Gläser mit dem Ärmel.

Freytag versuchte ihm zu erklären, dass das Manuskript nicht schlechter wäre als die bisherigen, im Gegenteil. Es seien nicht Barschs Schwierigkeiten mit der Sprache, an denen er sich stoße, in gewisser Weise seien gerade diese ja auch seine Stärke; es sei der Inhalt. Das Manuskript sei brillant, aber anstößig. Und zwar vor allem deshalb, weil es eine bösartige Lüge so glaubwürdig darstelle.

Etwas leuchtete auf hinter den Spiegelungen, den nachtschwarzen Pupillen: Ein neuer Stern erstrahlte am Himmelszelt.

»Also mögen Sie es, literarisch betrachtet?«

»Es ist das Thema, das so unpassend ist. Es ist verwerflich, etwas, das vielleicht der Bagage im Central ansteht, aber kaum jemandem von Ihrem Rang. Sie dürfen sich nicht auf so ein Niveau herablassen. Die Handlung ist unmoralisch, Herr Barsch. Sie müssen an Ihre Leserschaft denken, viele von ihnen sind gläubig. Und was sollen die Dorfbewohner denken? Haben Sie denn keine Angst, sie vor den Kopf zu stoßen?«

»Ich bin nie feige gewesen, Herr Freytag«, sagte Barsch und setzte in wiedergefundener Rastlosigkeit die Brille wieder auf. »Sonst wäre ich längst untergegangen. Ich muss niemandem etwas beweisen. Der Wunsch, etwas Bedeutendes zu schreiben, wächst dagegen. Etwas, das eine Wirkung hat, das zu einer besseren Welt beiträgt.«

»Sie sind ein anständiger Mensch, Herr Barsch. Warum wollen Sie die Kirche in den Dreck ziehen? Sind Sie Atheist geworden?«

»Wie könnten wir die Größe des Lebens, die Mysterien der Natur erklären, ohne eine göttliche Kraft dahinter, einen Schöpfer? Es ist nur so, dass ich nicht an Ihren Gott glaube, einen Gott der Schuld und Verdammung. Ich glaube an keinen Gott als meinen eigenen, so wie es alle tun sollten. Die Leute begreifen nicht, dass Gott nicht Eins ist: Gott ist genau so viele, wie es Menschen gibt. Das ist doch Ihr geschicktestes Argument: dass es nur einen Gott gibt, einen Gott, für den wir bereit sind zu kämpfen, uns zu schlagen und andere zu verurteilen, die auch an einen einzigen Gott glauben, aber an einen anderen. Es ist diese Lüge, die den Menschen auf ewig versklavt. Dies ist mein wichtigstes Werk, Herr Lektor Freytag, können Sie das denn nicht sehen?«

»Mir kommt es bloß sensationslüstern vor, geschrieben, um Aufmerksamkeit zu erregen.«

»Ich suche keine Aufmerksamkeit«, sagte Barsch verletzt.

»Das sollten Sie wirklich wissen, Herr Freytag. Sie vor allen anderen.«

»Aber Sie schaden der Kirche, Sie tragen zum moralischen Niedergang bei, zur Gottesverleugnung.«

»Nicht die Zweifel und Fragen entfernen den Menschen von Gott – es ist die Weigerung der Kirche, sich anzupassen, neue Erkenntnisse aufzunehmen. Ihr Beharren auf veralteten Normen, nach denen die Menschen leben sollen.«

»Welche Erkenntnisse meinen Sie denn? Die von den Juden und Verleumdern finanzierten? Das sind doch nur verdeckte Versuche, den Katholizismus zum Vorteil anderer Ismen zu stürzen, um den Preis eines Lebens mit Gott, um den Preis des ewigen Lebens.«

»Wir müssen an den Verstand appellieren, Herr Freytag, darin liegt die Erlösung. Wir dürfen ihn nicht verhöhnen, indem wir an uralten Vorstellungen und buchstabengetreuen Auslegungen festhalten, wir dürfen die Wirklichkeit nicht einfach ignorieren. Und wir müssen aufzeigen, dass die selbsternannten Vertreter des Glaubens die wahren Verbrecher in diesem Drama sind – nicht der Glaube, nicht die Grundpfeiler des Christentums, die Botschaft der Liebe, der Vergebung und der Fürsorge für die Schwachen. Durch ihre widersinnigen Lehren entfernen diese Männer die Menschen von Gott, denn diese Lehren waren für eine andere Zeit gemacht, eine längst verschwundene Zeit. Um ihre weltliche Stellung nicht zu verlieren, sind sie bereit, sich gegen die Vernunft zu vergehen, gegen die Moral. Sehen Sie das denn nicht?«

Freytag schüttelte den Kopf. Er denke nicht in solchen Bahnen, meinte er. Wirklich nicht.

Dieses Verhalten sei, fand Barsch, als stecke man den Kopf in den Sand, was für die Strauße im Tiergarten nicht funktioniere, und noch weniger in diesem Fall. Wenn sie nur den Fortschritt akzeptieren wollten, wenn sie das Licht der Erkenntnis in ihre Theologie aufnehmen würden, würden sie einsehen, dass die an-

See, die vielen Anlegestellen. Am Steg warteten die Ruderboote auf Touristen und schaukelten dabei gelangweilt auf und ab. Es hatte aufgehört zu regnen, die Sonne schien. Was tust du da eigentlich, Freytag? Du solltest dir ein Boot leihen und hinausrudern, es dir mit einem Buch gemütlich machen, zum Beispiel mit Goethe, und die Wolken anschauen. Du bist zu alt für so etwas.

In seinen Händen begannen die Menschen zu zittern. Hier trafen seine Welten aufeinander: das kleine, beengende Dorf in den Bergen, und die Metropolen, aus denen die Menschen kamen und gingen. Auf seinen Spaziergängen zum Café hatte er zwischen den Wanderstöcken und Stiefeln ebenso viele Sprachen aufgeschnappt wie in dem Menschengewimmel vor dem Stephansdom: Englisch, Französisch, Italienisch, und sogar Russisch war dabei gewesen. Auch den Bergdialekt hatte er herausgehört, natürlich, das R, das auf einheimischen Zungen rollte – ein Zungenschlag, dessen er sich schon lange nicht mehr bediente und der doch auf ewig ein Teil von ihm war, und das hatte ihn in der Zeit zurückgeführt, in eine Zeit, die er lieber verdrängte.

So muss es sein, wenn man im Exil gelebt hat, dachte er und ließ das Fernglas auf die Brust sinken – man kehrt zurück, nur um zu merken, dass die Sprache an einem haften geblieben ist. Die neue Sprache wird nie wie die erste werden. Wie sollte sie auch? Doch auch die Muttersprache klang eines Tages fremd – und dann stellte man fest, dass man keine Heimat mehr hatte, sondern auf ewig dazu verdammt war, in einem Zwischenzustand zu leben.

Vielleicht kommen sie deshalb nie zur Ruhe, dachte er, wandte sich um und richtete das Fernglas wieder auf die Straße, die Menschen, die das Reisen und das Fremdsein zu ihrem Leben gemacht hatten. Ein ewiges Suchen, wie das der Zigeuner, die sich nur daheim fühlten, wenn sie irgendwohin unterwegs waren.

Barsch war weiterhin nirgends zu sehen. Wo mochte er hingegangen sein?

Freytag entschied sich für einen verlassenen Pfad, der den Berg hinaufführte. Die Höhenluft und die Bewegung würden ihm guttun; die Spannungen in seinem Magen würden sich lösen. Ihm brannten die Lungen, als er sich durch das Gebüsch schlug. Ein beunruhigendes Pfeifen begleitete ihn auf seinem Weg. Er wischte sich den Schweiß von der Stirn. Zweige schlugen ihm ins Gesicht. Der Boden war rutschig, gesättigt von dem vielen Regen. Er bohrte den Stock in die Erde.

Nachdem er ein offenes Feld überquert hatte, kam er an den Wald. Er gelangte an einen Aussichtspunkt, wo ein verwittertes Brett auf zwei Steinen ruhte. Mit einem Seufzen setzte er sich, massierte seine Knie und stellte fest, dass er von hier freie Sicht über den Wolfgangsee und die Berge hatte. Am gegenüberliegenden Ufer konnte er die Häuser und den Kirchturm von Strobl erkennen.

Mit dem Fernglas sondierte er das Terrain, suchte den Anstieg ab, das Tal. Über ihm kreiste ein Raubvogel. Eine tote Geiß, dachte er, oder ein Raubtierkadaver. Dann erhob er sich und ließ seinen Blick ein letztes Mal den Berg hinaufwandern. Längst hatte er die Hoffnung aufgegeben, Barsch zu entdecken, und er fing schon an, über ein kaltes Bier zu phantasieren, als er etwas in der Sonne aufblitzen sah – an einer kleinen Lichtung, ganz in der Nähe eines großen Laubbaumes, der sich über die Tannen erhob.

Mit frischen Kräften nahm er die Steigung in Angriff. Wenn er quer über den Hang ginge, würde er Zeit gewinnen.

Während er sich schwitzend vorwärts kämpfte, fürchtete er schon, er hätte die Baumkrone in dem dichten Harzgeruch verloren. Er wunderte sich über die Kargheit des Bodens, die vielen braunen Nadeln – doch dann tauchte sie wieder auf.

Er war zu weit gegangen und oberhalb der Anhöhe herausgekommen. Die Sicht wurde durch die Zweige etwas eingeschränkt. Jetzt meinte er, die Schatten zweier Personen zu erkennen. Etwas bewegte sich dort hinten.

Er schaute durch das Fernglas und verfluchte seine Finger. Wenn er gerade das Motiv im Blick hatte, es waren zwei Rücken, flackerte es wieder weg. Er setzte die Brille ab und unternahm einen weiteren Versuch. Jetzt sah er gar nichts mehr. Nur einen diffusen Nebel. Der Schweiß brannte ihm in den Augen. Das Fernglas drückte gegen die Augenhöhlen.

Um freie Sicht auf den abgelegenen Platz zu haben, stieg er langsam den Hang hinunter. *Vorsichtig, vorsichtig...* Steine rollten unter seinen Füßen weg, Kies rieselte die Böschung hinunter.

Wenn Barsch ihn entdeckte, was sollte er dann sagen? Einfach, dass er Bauchschmerzen gehabt hätte, Verstopfung, und deshalb einen Spaziergang in der Umgebung hatte machen wollen.

Er hielt sich an einer kleinen Birke fest, um auszuruhen. Direkt neben dem Abhang. Wenn er sich ein wenig vorbeugte, würde er sie sehen können.

Mit zusammengepressten Kiefern griff er in die Zweige und verlagerte das Gewicht langsam auf das talwärts stehende Bein; der kleine Baum knackte bedenklich. Aber er war jung und saftig, befand Freytag.

Arme und Beine zitterten, während er erneut das Fernglas an die Brille hob.

Er traute seinen Augen nicht.

Er ruckte mit dem Fernglas, sah einen Baumwipfel, die Wolken, spürte die Sonne auf seiner Hornhaut, den Schmerz in den Lidern; verschwommene Flecken flimmerten vorbei, in allen Farben dieser Erde, bis seine Hand sich wieder beruhigte und er sie erneut in der Linse hatte.

Konnte das wirklich wahr sein?

Dann stolperte er. Es knackte in den Zweigen. Und er fiel.

Bad Ischl, Kaiserliche Jagdgründe, 26. Juni 1903

Der Kaiser trug Jagduniform.

»Mir ist aufgefallen, dass Sie nicht geschossen haben, Graf Goluchowski. Die Berggeiß sprang über den Kamm, genau auf Ihr Versteck zu. Es können nicht mehr als hundert Meter gewesen sein.«

»Ich hatte sie im Visier, Eure Majestät, aber ich wollte nicht riskieren, den Bock zu verletzen.«

Franz Joseph schürzte die Lippen, sein Backenbart zuckte.

»Aber der Herr Außenminister hatte da doch eine ausgezeichnete Gelegenheit … Man muss sie im Sprung erwischen. Sie sind unberechenbar. Man muss es ausnutzen, wenn man die Chance hat.«

»Ich bin noch nie ein Meisterschütze gewesen … Nicht wie Eure Majestät.«

»Jedenfalls war es klug von Ihnen, nicht zu schießen. Ihre Vorsicht zeugt von gutem Urteilsvermögen, eine unschätzbare Fähigkeit für einen Staatsmann. Wenn man nicht weiß, worauf man schießt, dann sollte man auch nicht schießen. Und wenn man einen Schuss abfeuert, sollte man nach Möglichkeit treffen. Und am allerwichtigsten: Trifft man, dann sollte man auch ins Schwarze treffen.«

»Ich komme nicht mehr so oft zum Jagen, Eure Majestät. Meine Augen sind auch nicht mehr die besten.«

»Nicht auf Treffsicherheit kommt es an, sondern darauf, unterscheiden zu können. Mitleid und Vernunft gehen Hand in Hand. Unüberlegtes Handeln dagegen ist herzlos. Nur grausame und rücksichtslose Jäger hinterlassen einsame Kitze.«

»Das darf man nicht, das ist furchtbar.«

»Ich habe die Kitze geschossen, als sie vorbeikamen. Falls Sie ihre Mutter schießen sollten. Es war nämlich kein Bock, Graf Goluchowski … Ich hoffe, Sie nehmen mir das nicht übel. Aber ich habe schon so viel gesehen in meinem Leben. Ich kann nicht zulassen, dass verwundete Tiere zurückgelassen werden oder kleine Kitze übrigbleiben. Das verdirbt mir den ganzen Tag. So stelle ich mir übrigens auch mein Volk vor – die Leute sind verlassen, mutterlos, seit die Kaiserin von uns gegangen ist.«

»Wir vermissen sie alle. Das Volk hat sie geliebt.«

Der Kaiser schaute zu den Wolken hinauf. In seinen Augen glitzerte es.

»Es sieht nach Regen aus«, sagte er zerstreut.

»Der Papst ist geschwächt, Eure Majestät. Man sagt, er wird nicht mehr lange leben. Das Spiel um seine Nachfolge ist bereits in vollem Gange.«

»Hat es in Wien geregnet?«

»Soweit ich mich erinnere nicht, Eure Majestät. Kardinal Rampolla hat viele Anhänger …«

»Wir sollten uns auf den Rückweg machen. Der Jagdmeister wird sich um die Tiere kümmern.«

Der Kaiser schulterte seinen Karabiner. Auf den Alpenstock gestützt, stieg er den Berg hinunter zu den Pferden. Seine Beine, die aus den kurzen Lederhosen hervorsahen, waren dürr, die Knie knotig. Die Stiefel wirkten eine Nummer zu groß.

An einem Felsen blieben sie stehen. Der Kaiser lüpfte den Tirolerhut und trocknete sich den Schädel. Er zog die Feldflasche heraus.

»Apfelkorn?«

»Rampolla hat viele Anhänger, Eure Majestät«, keuchte Goluchowski. »Er scheint der Hauptkandidat für den Heiligen Stuhl zu sein …«

Der Kaiser verzog das Gesicht mit den mächtigen Koteletten. Er schraubte den Deckel wieder auf die Flasche.

»Wer?«

»Kardinal Rampolla.«

»Wer ist das nun wieder …?«, brummte der Kaiser und wischte sich mit dem Handrücken über den Schnurrbart.

»Der Staatssekretär.«

»Richtig, der Staatssekretär …«

»Unsere Alliierten fürchten, dass er an die Macht kommt. Sowohl die italienische Regierung als auch Kaiser Wilhelm haben den Wunsch ausgedrückt, Eure Majestät möge Ihr Veto gegen Rampolla einlegen, wenn es so weit ist. Ich glaube, wir täten gut dran, ihnen entgegenzukommen.«

»Kaiser Wilhelm … der glaubt wohl, er kann über alle bestimmen, die Deutsch sprechen … Dass der Heilige Stuhl versucht, seinen ehemaligen Landbesitz und seine frühere Macht wiederzugewinnen, kann ich sehr gut nachvollziehen. Die Italiener dagegen kann ich weniger verstehen. Ich sehe keinen Grund, uns in kirchliche Angelegenheiten einzumischen.«

»Sie ziehen Kardinal Sarto vor.«

»Sarto?«

»Den Patriarchen von Venedig.«

»Das geht nicht. Das muss ihnen doch klar sein, in Anbetracht der alten Feindschaften zwischen Österreich und Venedig.«

»Sie suchen einen Kompromiss, eine Lösung, die alle sich vorstellen können. Sarto ist ein bodenständiger Mensch, man erwartet nicht, dass er sich in die Politik einmischt. Offenbar hat er die Unterstützung der richtigen Kreise in Rom.«

»Ein Papst, der sich nur der Kirche widmet … das wäre an sich willkommen …«

»Er wäre wahrscheinlich nicht geneigt, Rampolla auf dem Posten als Staatssekretär zu behalten. Er ist kein Liberaler. Und soweit ich dies nach meinen Gesprächen mit unserem Botschafter im Vatikan beurteilen kann, hat er sich niemals unfreundlich über Österreich geäußert, in gewisser Weise ist er ja beinahe Halbösterreicher … Aber der Botschafter bezweifelt, dass er wirklich durchkommt, er sei bisher nicht als Kandidat für diesen Posten benannt. Das wiederum beteuern die Italiener.«

»Denen scheint ja sehr daran gelegen zu sein.«

»Der neue Außenminister, Signor Tittoni, würde sich zu einer engeren Zusammenarbeit zwischen unseren Nationen bereitfinden. Trotz der Tripelallianz sind die Beziehungen ja lange eher kühl gewesen. Er will auf Österreich zugehen. Wenn wir guten Willen zeigen …«

»Sein Vorgänger, dieser Prinetti, war wirklich kein Freund, weder uns noch den Deutschen gegenüber.«

»Jetzt, wo sie einen neuen Mann auf diesem Posten haben, sollten wir die Gelegenheit ergreifen, Eure Majestät. Das könnte uns bessere Beziehungen zu Italien eröffnen. Wir müssen die Freundschaften pflegen, die wir haben. Es wäre ein diplomatischer Sieg, und das durch eine einfache Geste. Staatssekretär Rampolla ist uns schon lange ein Dorn im Auge.«

»Dieses Veto, ist das nicht längst überholt?«

»Die Italiener scheinen das nicht zu finden. Wir müssen die Allianz stärken, Eure Majestät. Es geht darum, den Frieden zu sichern. Der Kaiser ist doch ebenso bemüht, das Kaiserreich aus dem Krieg herauszuhalten, wie die Regierung.«

Franz Joseph wendete den Kopf ab. Sein Blick verdunkelte sich. Die Gewitterwolken waren näher gekommen. Hagelschauer.

»Unsere Verbündeten, sagen Sie. Die Allianz, all diese Ränke … Das kann doch nicht gut ausgehen. Da ist niemand, auf den man sich ganz verlassen kann. Man sollte weder Freunde noch Feinde haben, Graf Goluchowski. Wenn man für niemanden Partei ergreift, gerät man auch nicht so leicht mit anderen aneinander. Sich in die Papstwahl einzumischen würde bedeuten, das Spiel mitzuspielen. Haben Sie schon einmal darüber nachgedacht, was so ein Veto anrichten könnte?«

»Der Kaiser sollte dennoch darüber nachdenken …«

»Es regnet viel hier oben … Hat der Außenminister mal darüber nachgedacht, wie viel es in den Bergen regnet?«

»Nicht zuletzt im Falle eines Krieges ist es wichtig, den Heiligen Stuhl auf seiner Seite zu haben, Eure Majestät.«

Franz Joseph sah seinen Minister streng an. Er kniff ein Auge zu, als würde er erneut den Karabiner anlegen.

»Weiß der Herr Außenminister, was das Beste daran ist, hier herauszukommen? Hier ist die Weltpolitik so weit weg. Während der Sommermonate gestatte ich mir, für eine Weile alle Pflichten zu vergessen. Sie täten gut daran, selbst einmal eine Weile zu entspannen und die Ruhe zu genießen.«

Dann stiegen sie schweigend zu den Pferden hinab. Der Kaiser schien es eilig zu haben. Die ersten Tropfen fielen. Bald war das Unwetter über ihnen.

»Sie brauchen mich nicht darüber aufzuklären, wie wichtig es ist, den Heiligen Vater auf unserer Seite zu haben, Graf Goluchowski!«, rief er über die Schulter zurück, als er den Außenminister hinter sich ließ. »Woran sollte mein Volk sich sonst festhalten, wenn ich einmal nicht mehr da bin!«

Was hatten Sie denn da am Steilhang zu suchen?«

Freytag schaute in ein Paar dicker Brillengläser, das ihm Kopfschmerzen bereitete.

»Ich erinnere mich nicht richtig.«

»So etwas passiert hier ständig. Ihr Touristen habt keinen Respekt vor der Höhe. Wenn Sie wüssten, wie viele ich schon verbinden musste. Letztes Jahr hatten wir einen Todesfall. Das war kein schöner Anblick. Ich begreife nicht, was die Leute an dieser Kletterei finden …«

»Ich bin kein Flachländer, Dr. …? Wie hießen Sie noch mal?«

»Brockhaus, Dr. Brockhaus.«

»Ich bin im Schatten der Berge aufgewachsen, Herr Dr. Brockenhaus.«

»Dann verstehe ich *wirklich* nicht, was Sie da zu suchen hatten. Ein Mann in Ihrem Alter …«

»Mag sein, dass ich eine kleine Blume gesehen und mich zu weit vorgebeugt habe. Vielleicht dachte ich, es sei ein Edelweiß?«

»Versuchen Sie, mit den Augen meinem Finger zu folgen. Es geht Ihnen nicht schlecht?«

»Nicht schlechter als sonst. In letzter Zeit hatte ich immer wieder mit versetzten Winden zu tun.«

Der Arzt streckte zwei Finger in die Luft.

»Sehen Sie unscharf? Doppelt? Wie viele Finger sind das?«

»Schwer zu sagen. Es ist, als hätte sich ein Nebel über meine Augen gelegt. Drei?«

»Das klingt nicht gut, Sie haben sich wahrscheinlich eine Gehirnerschütterung zugezogen.«

»Andererseits sehe ich ohne Brille immer so schlecht.«

Es war Fräulein Klinkert, die sie in der Tasche seines Jacketts entdeckte. Wer sonst?

»Und jetzt?«

»Kristallklar. Allerdings müsste sie mal geputzt werden. Und sie sitzt ein bisschen schief.«

»Erinnerungslücken sind im Zusammenhang mit Kopfverletzungen nicht ungewöhnlich«, sagte der Doktor und wandte sich Freytags geschwollenem Fuß zu. »Kein Grund zur Beunruhigung. Das gibt sich normalerweise wieder.«

»Sie haben gut reden.«

»Tut es weh, wenn ich hier drücke?«

»Nicht besonders.«

»Hier?«

»Mmmh.«

»Und hier?«

»Vorsichtig!«

»Es ist nichts gebrochen. Nur eine leichte Verstauchung. In ein oder zwei Tagen sind Sie wieder wie neu. Spätestens in einer Woche. Denken Sie vor allem daran, den Fuß hochzulegen. Sie haben Glück gehabt, mein Herr, das hätte Sie das Leben kosten können. Sie müssen es eine Weile ruhiger angehen lassen. Kein Herumklettern in den Bergen, hören Sie! Ich lasse Ihnen ein Schmerzmittel da. Aber nehmen Sie nicht zu viel auf einmal, es ist ziemlich stark. Versuchen Sie eine Weile zu schlafen, das ist das Beste. Ich komme morgen wieder und schaue noch mal nach Ihnen.«

Freytag legte den Kopf auf das Kissen.

»Wenn es ihm schlechter geht«, hörte er den Doktor flüstern, »wenn er sich übergibt, dann sagen Sie mir Bescheid.«

Freytag befühlte seine Beule: Er erinnerte sich, ein Fernglas ausgeliehen zu haben. Auch, dass er zum Tabakgeschäft gegangen war und eine *Reichspost* vom Vortag gekauft hatte, wusste er noch. Besonders erinnerte er sich an eine Notiz über Lachgas – er hatte eine geräucherte Wurst gegessen, während er darüber las, vielleicht Pferdesalami, es war die beste Wurst, die er je gegessen hatte, das zumindest wusste er sicher. Nach den letzten Ergebnissen – es waren zwar französischen Forscher, die das herausgefunden hatten, aber dennoch – würden sie alle von einer unbändigen Lust zu lachen überkommen werden. Das Gas im Schweif des Kometen bestünde nämlich aus Lachgas, behaupteten sie: N_2O. Oder war es NO_2? Wie auch immer, sie würden mit einem Lachen auf den blau anlaufenden Lippen sterben. Die Zeitung zitierte eine Hebamme und einen Zahnarzt: Das Gas sei von unschätzbarem Wert bei Schmerzen, versicherte die Hebamme; der Zahnarzt dagegen war weniger beeindruckt.

Freytag rieb sich die Stirn. Es war unglaublich, wie viel man behielt, ohne sich dessen bewusst zu sein. War man dagegen fest entschlossen, etwas zu behalten, so vergaß man es ganz schnell wieder. Nie hätte er gedacht, dass er sich den vom Verfasser beigefügten Überblick über den Entdecker und Pionier des Lachgases merken würde, aber er konnte sich tatsächlich sowohl an den Namen erinnern als auch daran, dass der Mann sich später das Leben genommen hatte. Offenbar war Lachgas kein Wundermittel gegen Schwermut. Oder hatte er sich das alles nur eingebildet? Danach jedenfalls war alles weg.

Ein anhaltender Kopfschmerz stellte sich ein. Er hatte das unbestimmte Gefühl, Zeuge von etwas Abstoßendem gewesen zu sein. Er fühlte sich, als wäre er Opfer einer nicht greifbaren Kränkung geworden. Als müsse er sich übergeben. So sehr er jedoch die Stirn runzelte, er konnte die Quelle dieses Gefühls nicht finden, er merkte nur, dass ein zunehmendes Unbehagen das wie im Nebel liegende Erlebnis umgab.

»Ein Bauer hat Sie gefunden.«

Freytag schlug die Augen auf. Es war Barsch, der neben seinem Bett stand, und er verspürte das unerklärliche Bedürfnis, zurückzuweichen, die Decke enger um sich zu ziehen.

»Er hat Sie hierhergebracht. Offensichtlich haben Sie meinen Namen gemurmelt. Sie müssen sehr aufgebracht gewesen sein.

Er behauptet, Sie hätten unzusammenhängend geredet. Etwas über Unverschämtheiten und die Kirche – eine Menge unverständliches Zeug, in einer merkwürdigen Sprache, die zugleich unchristlich und sakral geklungen hätte. Er befürchtete, Sie sprächen in Zungen. Die Lokalbevölkerung hat da oft Vorurteile …«

»Was ist mit dem Fernglas?«

»Denken Sie jetzt nicht daran. Schon komisch, ich war selbst in der Nähe spazieren. Wenn ich etwas später gekommen wäre, hätte ich …«

Etwas blitzte in seiner Erinnerung auf. Dann verschwamm alles wieder. Seine Schläfen pochten.

»Wie geht es Ihnen? Sie sehen ein wenig blass aus.«

»Es kam nur so über mich. Ein ungutes Gefühl. Ich muss wohl ein bisschen schlafen.«

»Wollen Sie, dass ich bei Ihnen sitze?«

»Lieber nicht.«

Er erwachte, als die Haushälterin mit einem Teller Gemüsesuppe heraufkam. Vor dem Fenster war es dunkel geworden. Mit jedem zitternden Löffel, den er mit dem Kissen im Rücken aß, erinnerte er sich deutlicher. Bald sah er die Szene vor sich, wie in einem Traum. Aber konnte das wirklich stimmen?

Später am Abend saßen sie wieder vor dem Feuer. Freytag ruhte in einem Lehnstuhl, den Fuß auf einem Hocker und ein Pflaster auf der Stirn. Er fühlte sich unwohl in Barschs Nähe. Ihm war schlecht, und er hatte Heimweh; in seinem Fuß pochte es. Er fragte sich, was er hier eigentlich tat. Es war doch ganz einfach: Solange er keine Ordnung in das Manuskript brachte, würde es nicht veröffentlicht.

»Sie wirken niedergeschlagen, Herr Freytag, als würde Sie etwas bedrücken. Ist es der Kopf?«

»Ich muss bald abreisen. Vielleicht schon morgen.«

Barsch schob die Unterlippe vor.

»Schon?«

»Ich habe ein wichtiges Treffen mit einem alten Freund. Einem ehemaligen Kollegen. Das darf ich nicht versäumen.«

»Ich werde Sie vermissen. Es war schön, Sie hierzuhaben. Aber vielleicht ist es so am besten.«

Freytag blickte ins Feuer. Er begriff nicht, wie Barsch es so ruhig hinnehmen konnte. Das konnte er doch nicht ernst meinen? Er hatte doch keine Alternativen.

»Es fällt mir schwer, das Dorf zu verlassen«, sagte er schließlich. »Ich verstehe, dass es Ihnen hier gefällt. Die schöne Gegend … Es muss wundervoll sein, so viel spazieren gehen zu können. Die frische Luft ist belebend, geradezu erregend.«

»Wissen Sie, was mich veranlasst hat, mich hier niederzulassen?«

»Die Ruhe?«

»Die Liebe. Die Liebe hat mich hierhergeführt. Aber das ist lange her. Seitdem habe ich die Berge nicht mehr verlassen können.« Freytag setzte sich in seinem Lehnstuhl auf. Mit einer Grimasse hob er das Bein; er räusperte sich.

»Und wie steht es bei Ihnen heute mit der Liebe?«

»Nicht besonders. Ich habe keine Zeit.«

»Wir haben doch alle gewisse Triebe …«

»Wer sollte einen Mann wie mich mögen? Mit Bierbauch und alledem.«

»Sie wollten gerade erzählen, wie Sie hier die Liebe fanden.«

»Das ist eine sehr unglückliche Geschichte.«

»Erzählen Sie sie mir.«

»Es war eine unmögliche Liebe. Verboten, wenn Sie so wollen. Sie würden das nicht verstehen. Kennen Sie das Buch von Otto Weininger, ›Geschlecht und Charakter‹? Nein? Das sollten Sie aber. Es wird sehr viel darüber geredet, von der Intelligenz wird es gelobt, und es hat mehr Auflagen, als ein Autor sich träumen lassen kann. Ich wünschte, ich hätte es schon vor langer Zeit gelesen, dann hätte ich mich vielleicht damit begnügt, den Gegenstand meiner Sehnsucht von Weitem zu betrachten. Die reine

Liebe kann es nur aus der Entfernung geben, meint Weininger; die Nähe zum Objekt erstickt sie, und dann ertrinkt sie in den Lüsten. Es ist interessant, Sie sollten es wirklich lesen. Die Anziehung steigt mit physischer Nähe, während wahre Liebe des Abstandes bedarf. Ich hätte mich an eine eher mittelalterliche Verehrung halten sollen, wie die in Samt gekleideten Minnesänger. Dann hätte sie vielleicht wenigstens im Geiste überlebt. Sie wäre mit den Jahren gewachsen, platonisch, statt wie ein entlegenes Pochen im Geäst zu ersterben. Unser Begehren, unsere Unbeherrschtheit zerstört die reine Liebe. Die unwiderstehlichen Verlockungen sind es, die uns ins Verderben führen. Man sollte sie durch das Fernglas betrachten, aus gebührendem Abstand, das wäre das Beste; allenfalls mit Hilfe des Stiftes sollte man sie ausleben. Mir fehlt wohl einfach die Selbstdisziplin und die Kraft, Abstand zu halten. Mein Herz ist viel zu unruhig. Wobei auch aus dem Begehren viel Gutes entstehen kann, mehr als ich mir hätte träumen lassen.«

»Eine verbotene Liebe?«

»Mehr kann ich darüber nicht sagen«, sagte Barsch und zupfte unsichtbare Flusen von der Hemdbrust, als hätte dieser Gedanke gefusselt wie eine alte, abgetragene Wolljacke. »Ich habe schon viel zu viel gesagt. So ein schreckliches Wort: *verbotene* Liebe. Jede Liebe ist schließlich gut …«

Barsch erhob sich und ging zum Grammophon.

»Musik?«

»Aber nicht Mahler, wenn ich bitten darf. Mein Kopf …«

Aus dem Trichter erklang Haydn. Liebliche Harmonien. Freytag ließ die Schultern sinken und dachte an daheim, an seine Wohnung … Gern hätte er einfach nur mit geschlossenen Augen dagesessen, die Decke über den Knien, und die Kopfschmerzen sich in der Musik auflösen, zwischen den Tönen verlieren lassen. Aber Barsch hatte andere Pläne. Die rastlose Stimme legte sich über alles, eine störend hässliche Tonkombination, ein raffinierter Missklang.

Barsch erzählte, wie er sich Freytag immer als eine Art Musiker gedacht hätte. Wie ein Komponist setze er die Töne zum Libretto und ließe es im Einvernehmen mit seinen Gedanken erklingen. Der Lektor hätte das absolute Gehör, eines, an dem er selbst sich hätte anlehnen können, in seinem tastenden Bestreben, Kunst zu schaffen: Jede Kunst strebe nach dem Zustand der Musik, wie ihm scheine, nach Harmonie; das sei das Vorbild. Freytag hätte seine Werke in ungeahnte Höhen erhoben. Mit seinem Rotstift als Taktstock. Eine phänomenale Orchestrierung, all die Kommata und Semikola. Und das sei doch eine besonders fruchtbare Kreuzung, die Literatur und die Musik. Zusammen hätten sie große Kunst geschaffen; Nocturnes hätten sie geschaffen, aus den schwärmerischsten Stimmungen, ungezwungene Airs, ja, sogar Symphonien. Und ebenso hätten sie gewissermaßen den Pinsel geschwungen. Wie der Maler mit seiner Staffelei hätten sie Landschaftspastelle gemalt, zuweilen gar Porträts in Öl.

Doch diesmal habe er eine andere Art Abbild gemalt, fuhr Barsch fort. Er habe ein Porträt des Bösen geschrieben, über dessen Entstehung und Mechanismen. Es bedürfe einer besonderen Disharmonie, um Bosheit zu beschreiben, einer Unvollendetheit. Er wolle nicht, dass es in Wohlklang ertrinke – es müsse in den Ohren wehtun. Deshalb sei er nun, auch wenn es ihn schmerze, zu der Einsicht gekommen, auf die Unterstützung seines hellhörigen Freundes zu verzichten und die Urschrift ein für allemal in voller Dissonanz erklingen zu lassen. Auch für ihn werde es Zeit, mit den Konventionen zu brechen, den Literaturbegriff auszudehnen – sich zu den Erneuerern zu gesellen. Auch er würde aktuell, politisch und sozial werden. Er hoffe, Freytag würde verstehen, warum er dies täte.

Freytag humpelte mit verzerrtem Gesicht und der Bibel unter dem Arm die Treppe hinunter. Die Stufen knarrten.

Er war davon aufgewacht, dass die Sonne ihn an der Nase

kitzelte, denn er hatte die Vorhänge absichtlich offen gelassen, als er sich abends schlafen legte. Es war noch früh am Morgen. Die Vögel zwitscherten. Eine Weile lag er da und sammelte Mut, er brauchte mehr Licht, dachte er, mehr Vogelzwitschern. Schließlich stand er auf und wurde erneut vom Kopfschmerz übermannt. Als er die Pantoffeln anzog und die Bibel herausnahm, hörten die dumpfen Schläge auf; jetzt war es nur noch der Fuß, der wehtat. Er pochte lauter als der Schmied in seinem Kopf.

Er blieb stehen und lauschte: Barsch sägte noch fleißig, der würde ihn nicht hören. Freytag schlich sich zum Arbeitszimmer. Im Flur war es dunkel. Das Bild, dachte er, er würde das merkwürdige Bild verewigen. Dazu würde er den falschen Schmöker auf dem Tisch abstützen müssen. Vielleicht sollte er auch noch eine Liste über die Bücher im Regal anlegen.

Zu seiner Verwunderung war es im Zimmer heller, als er erwartet hatte. Jetzt, im Morgendämmerlicht, schien das Gemälde ihm überhaupt nicht mehr verwerflich. Der Mann, der den Jungen betrachtete, hatte eher etwas Friedvolles an sich. Schlief er? Vor dem Fenster trällerte ein Vogel seine unbekümmerte Melodie.

Wie ging das noch gleich …

Er brauchte etwas, das er unter die Kamera legen konnte. Er ging zum Bücherregal und zog eines der wenigen Bücher heraus, ein Wörterbuch. Da erblickte er den Umschlag. Der gedruckte Briefkopf ließ ihn zusammenzucken. *Bibliotheca Apostolica Vaticana* las er.

Es war der Vogel, der ihn warnte, das Trällern verstummte jäh. Eine unheilverkündende Stille.

Es gelang ihm gerade noch, das Buch und den Umschlag zurückzustopfen, zum Tisch zurück zu humpeln und den Apparat zuzuklappen.

»Was tun Sie denn da!«

Die Haushälterin sah ihn empört an. Sie hatte die Hände in die Seiten gestemmt.

»Was haben Sie hier drinnen zu suchen?«

»Ich … ich weiß nicht recht …«

Fräulein Klinkert schüttelte vorwurfsvoll den Kopf.

»Geistern Sie hier im Nachthemd herum? Mit der Bibel? Sie sehen aus, als hätten Sie ein Gespenst gesehen.«

Sie hakte ihn unter.

»Was glauben Sie, was Dr. Brockhaus dazu sagen würde … Ich helfe Ihnen ins Bett zurück … vorsichtig mit dem Fuß.«

Freytag bekam ein Kissen unter die Ferse gelegt. Sie deckte ihn ordentlich zu. Es gefiel ihm, wie sie die Decke unter ihm einschlug und sie über seiner Brust mit der Hand glatt strich. Sie roch frisch.

Fräulein Klinkert öffnete das Fenster einen Spalt und zog die Gardinen zu.

»Versuchen Sie jetzt zu schlafen.«

Mit einem Mal kam ihm das ganze Unterfangen lächerlich vor. All die Heimlichtuerei. Selbstverständlich stand Barsch mit der Bibliothek des Vatikan in Kontakt. Selbstverständlich hatte er Nachforschungen angestellt. Er brauchte schließlich Fakten … Um den Lügen einen Anschein von Wahrheit zu verleihen, brauchte man Details. Er war doch gezwungen, sie ins rechte Gewand zu kleiden: Es hieß nicht einfach Kaftan oder Priestermantel, sondern Soutane …

Fräulein Klinkert kam mit einem Glas Milch nach oben. Er tat, als ob er schliefe.

»Armer Mann …«, sagte sie und strich ihm über die Stirn. »Sie müssen sich ordentlich den Kopf gestoßen haben …«

Nie war der Geruch nach Kohle einladender gewesen; er legte sich über die Alpenluft wie eine verrauchte und lang vermisste Reisedecke. Freytag konnte es gar nicht erwarten, endlich in den Waggon zu steigen. Die Berge und den Autor hinter sich zu lassen. Wenn nur das Manuskript nicht gewesen wäre.

Teschuuh … Pftschuuh … Tsschuuh …

»Soll ich Ihnen nicht doch lieber mit dem Koffer ins Abteil helfen?«

»Kommt gar nicht infrage«, sagte Freytag.

Sie standen auf dem Bahnsteig im heiß ersehnten Sonnenschein, umgeben von gehetzten Heimreisenden, die sich über die versiegenden Pfützen ärgerten und über die Wärme, die sich viel zu spät eingefunden hatte. Der Schaffner suchte bereits nach seiner Trillerpfeife. Er ließ seinen Blick über die Waggonreihe wandern. Bald würde er die Türen schließen.

Teschuuh … Pftschuuh … Tsschuuh …

»Na, dann«, sagte Barsch außer Atem, nachdem er den Koffer in den Zug gewuchtet hatte. »Ich hoffe, Sie besuchen mich einmal wieder. Sie sind jederzeit willkommen.«

»Herr Barsch, Sie sollten es sich noch mal überlegen.«

»Adieu, Herr Lektor Freytag.«

Freytag verstärkte den Griff um die kindlichen Finger, er wollte sie nicht loslassen.

»Denken Sie an Ihren Ruf«, sagte er. »Die Geschichte strotzt von blutleerer Akribie. Dass es jemandem auf diese Weise gelingen könnte, in die Hochburg der sakralen Macht einzudringen, auf den Papststuhl zu gelangen, ist unglaubwürdig. Und dass die durch die Beichte gewonnenen Geheimnisse und Einsichten in die menschliche Natur, diese Erpressungen – dass all das innerhalb der klerikalen Hierarchie irgendwo hinführen könnte, ist verrückt, aber dann noch auf den Heiligen Stuhl … Ausgerechnet in Rom, also wirklich, Herr Barsch …«

Teschuuh … Pftschuuh … Tsschuuh …

Der Schaffner hob mahnend den Finger. Die Lokomotive schnaufte bereits bedenklich.

»Sie müssen loslassen, Herr Freytag.«

Freytag verzog das Gesicht und kletterte in den Waggon; sein Fuß tat ihm weh. Er verfluchte Barschs Dickköpfigkeit und drehte sich verärgert auf dem Absatz um – von der obersten Stufe hatte er freie Sicht auf die Oberfläche des Mondes und auf den Mondkrater.

»Kein empirisches Gewicht«, versuchte er es ein letztes Mal, »vollkommen verfehlte Logik. Der Gedanke entbehrt jeder Vernunft. Und dann dieser Bankier, der eine so weltliche Macht über das Außerweltliche hat; dass er beschnitten ist, dass man sich den Thron erkaufen kann. Skandalsensationalismus ist das doch. Lächerlich!«

»Akribie? Was ist das denn?«

»*Ak-ri-bie …* Sorgfalt«, seufzte Freytag. »Exaktheit, wenn Sie so wollen. Wissenschaftlicher Art. Aber das gehört nicht hierher.«

»Genau«, sagte Barsch, der aus der Sonnenhitze zu ihm hinaufschaute. »Es ist nämlich keine Abhandlung, Herr Freytag, es ist ein Roman. Eine aus der Phantasie geschaffene Konstruktion. Ich verstehe nicht, was diese *Akribie* damit zu tun haben soll.«

»Die Tür, meine Herren!«

Der Schaffner schlug Freytag die Tür vor der Nase zu. Der beeilte sich, das Fenster herunterzuziehen. Er steckte seinen Kopf heraus wie ein liebeskranker Student, er weigerte sich zuzugeben, dass es bereits zu spät war – wenn er nicht dem Impuls nachgab, die Notbremse zu ziehen.

»Es ist nicht irgendeine Fabel, die Sie da verfasst haben«, stieß er mit so schriller Stimme hervor, dass es sich auch durch das Stöhnen der Lokomotive nicht ganz rechtfertigen ließ. »Sie beschäftigen sich mit der Kirche, dem Glauben der Leute und ihrer religiösen Zuversicht. Damit muss man verantwortungsvoll umgehen. Da ist äußerste Vorsicht geboten. Es gehört sich nicht, Wahnvorstellungen zu verbreiten, ohne sie begründen zu können. Nicht wenn es um Lebensanschauungen geht. Wie stützen Sie Ihre Behauptungen?«

»Die Literatur beschreibt nicht, wie etwas ist, Herr Freytag, sondern wie etwas wirkt. Da stimmen Sie mir doch zu?«

»Wer behauptet denn so etwas Dummes? Das ist ja das Einfältigste, was ich je gehört habe.«

»Das waren Sie.«

Quiiiieeet!

»Adieu, Herr Freytag.«

Teschuuh … Pftschuuh … Tsschuuh …

»Und dann diese unnötigen Ausführungen pekuniärer Details …«

»Was? Ich höre Sie nicht bei dem Lärm!«

»Wirklich, Herr Barsch! Das ist todlangweilig! Ist das wirklich notwendig? Ist es das?!«

Hôtel de Russie, Rom, 29. Mai 1903

Im Festsaal des altehrwürdigen Hôtel de Russie hatte sich eine Gruppe einflussreicher Männer versammelt.

Über Generationen hatten die Familien, die um den langen Tisch repräsentiert waren, der grundbesitzenden Oberschicht angehört, dem Kern der schwarzen Aristokratie, dem kirchlichen römischen Adel. Aus ihren Reihen wurde traditionsgemäß die Mehrheit der Bürokraten und Beamten des päpstlichen Hofes rekrutiert.

Die Leinenservietten steckten ordentlich in den gestärkten Kragen. Wie Chorhemden hingen sie vor der Hemdbrust – Messgewänder aus weißem Tischtuch, befleckt von Tomatensoße.

Die Familienoberhäupter bedienten sich reichlich an Rotwein und Pasta. Sie teilten die Vorliebe für die klassische Küche, rustikales Essen – wie man es immer gegessen hatte und das sich um die Hüften festsetzte. Für neumodischen Kram hatten sie nichts übrig; ihre Sicht auf den Glauben und die Gesellschaft war ebenso verstaubt und ewig wie ihre Liebe zur Erde und zu ihrer Mutter. Wie Glaubenswächter, geadelt durch den Papst persönlich, blickten sie in die Vergangenheit und erkannten nicht, dass sie in einer längst verschwundenen Zeit lebten. Nicht einmal, als es ihnen im Geldbeutel wehtat, waren sie in der Lage gewesen, den Blick nach vorn zu richten. Sie hatten sich stur geweigert, sich mit weltlichen Dingen zu beschäftigen; eine überhebliche Haltung, die sie teuer zu stehen kam.

Unter ihnen, am Kopfende, saß Bankdirektor Ernesto Pacelli. Er kam aus einer der ältesten Familien und war derjenige, der zu dieser Zusammenkunft gerufen hatte. Im Gegensatz zu den übrigen hatte er früh verstanden, wohin die Reise ging. Und jetzt war er ein Mann, bei dem man klug daran tat, sich gut mit ihm zu stellen – allzu spät hatten sie auf seinen Rat gehört, den Ackerbau zugunsten der Geschäfte aufzugeben.

Das erklärte vielleicht, warum man ihm so große Wertschätzung entgegenbrachte, wie er dort saß und seine stinkenden Zigaretten rauchte. Womöglich beruhte es aber auch darauf, dass die Herren große Teile ihres Landbesitzes an den italienischen Staat verloren hatten und gezwungen gewesen waren, sich von der Bank Geld zu leihen.

Denn wenn er nicht gewesen wäre, dieser rundliche kahle Mann mit dem Nadelstreifenanzug und dem freundlichen Gesicht, wenn die Kredite, wenn die Banco di Roma nicht gewesen wären, wo wären sie dann jetzt? Ohne die zeitliche, die weltliche Macht waren sie nichts. Dennoch hatten sie nach wie vor Einfluss auf die traditionellen Kreise in Rom. Nicht zuletzt in der Kurie, wo sie der liberalen Phalanx des Hofes ein Dorn im Auge waren. Ihr Einfluss erstreckte sich bis in das Kardinalskollegium hinein.

Es dauerte nicht lange, bis sie sich auf eine Hauptrichtung geeinigt hatten. Das Ziel war bereits gesteckt: Man brauchte neue Leute im Vatikan, niemand wollte den Staatssekretär an der Macht sehen. Der Weg dorthin war umso steiniger. Was die Einzelheiten betraf, gingen die Meinungen weit auseinander. Die meisten wünschten sich einen Mann des Gebets. Man war sich einig, dass es wichtig war, einen theologischen Führer zu finden, gerne einen beliebten, aber prinzipientreuen, der das Volk besänftigen und die Massen anziehen konnte, ohne sich vor ihm zu beugen. Manche betonten, man bräuchte einen Papst, der in der Lage wäre, mit den finanziellen Einschränkungen auszukommen – eine Klarsicht, die Bankdirektor Pacelli erfreut nicken und mit halb geschlossenen Augen Rauch durch die Nasenlöcher blasen ließ. Es sollte möglichst kein Aristokrat sein, wurde betont, kein Karrierediplomat – sie hatten genug von intellektuellen Visionen. Aber sollte es nicht vielleicht doch jemand aus den eigenen Reihen werden? Einer, der die richtigen Schulen besucht hatte? Ein Gebildeter, aber Unwissender.

Der kommende Papst durfte jedenfalls nicht zu jung sein; das Risiko einer langen Regentschaft wollten sie gern vermeiden, die damit verbundenen Gefahren waren ihnen allzu frisch in Erinnerung.

Vor allem durfte es kein Anhänger Rampollas sein, niemand, der der Gruppe um den Staatssekretär angehörte und der ihn möglicherweise auf seinem Posten halten würde. Sie wollten einen Rückwärtsgewandten, keinen, der nach vorn sah.

Schließlich einigten sie sich auf einen Ländlichen und Hirtenhaften, einen ohne Erfahrungen aus der Kurie – einen mit Erde unter den Fingernägeln. Sie meinten, so jemand müsste Unterstützung finden. Man war der Anbiederungen an Ismen und Leute gründlich satt. Die Furcht vor liberalen Tendenzen war groß. Auf Dauer war die Stellung der Kirche – *ihre* Stellung – gefährdet. Es ging um Deutungshoheiten, das uralte Monopol, das Recht, ein unveränderliches Dogma zu verkünden – es ging um die Ewigkeit.

Wenn nur der Favorit nicht gewesen wäre … Wenn nur der Staatssekretär nicht gewesen wäre …

Dies war keine lokale Angelegenheit, sie erstreckte sich unglücklicherweise bis weit über die Hügel Roms hinaus. Die ausländischen Kardinäle waren entscheidend. Rampolla hatte die Franzosen auf seiner Seite, die Erneuerer. Österreich und Deutschland wären im Konklave vermutlich das Zünglein an der Waage. Sie stimmten oft geschlossen – und immer in eigener Sache. Es galt also, taktisch zu denken.

Man entschied, Sarto wäre der Richtige, der Patriarch von Venedig, ein frommer und einfacher Mann, ein demütiger Diener Gottes, ein Seelsorger aus den ehemaligen österreichischen Provinzen. Vielleicht würde das die Österreicher, und damit auch die Deutschen, besänftigen.

Bankdirektor Pacelli hatte während der Diskussion schweigend dagesessen und seinen Beifall oder sein Missfallen nur mit Hilfe solcher Gesten gezeigt, mit denen die Mächtigen die Furchtsamen lenken. Jetzt schlug er an sein Glas.

»Das ist eine gute Wahl«, sagte er.

Aber es galt, ihre Karten verdeckt zu halten. Zunächst würden sie für Kardinal Gotti stimmen, den Karmeliter – der würde nie die Gunst der Deutschen erlangen. Außerdem wurden Karmeliter nie in das Heilige Amt gewählt … Sie würden sich zurückhalten, bis es zum Kompromiss käme. Nicht ehe sich der richtige Zeitpunkt ergab, würden sie die Karten auf den Tisch legen und damit die Liberalen überraschen.

Das war kein schlechter Plan, darüber war man sich einig. Es war eine kluge Strategie – aber sie würde niemals funktionieren. Kardinalstaatssekretär Rampollas Unterstützer waren viel zu zahlreich.

»Favoriten sterben oft …«, sagte Pacelli und drückte die Zigarette im Aschenbecher aus. »Und dann gilt es, dafür zu sorgen, dass der Richtige ihn ersetzt.«

Es sei höchste Zeit, alle Kräfte zu mobilisieren.

Dann stand er auf und ließ einen Haufen übelriechender Zigarettenstummel zurück. Türkische wohl – oder waren es ägyptische?

Auf dem verrauchten Bahnsteig wurde der mit seinem Taschentuch winkende Barsch immer kleiner, bis er nur noch so groß wie ein Zinnsoldat war.

Freytag wischte sich die Stirn. Du hättest sein Angebot annehmen sollen, dachte er, während er sich mit seinem Gepäck einen Weg ins Abteil bahnte. Ein stechender Schmerz traf ihn mitten zwischen den Schulterblättern, als er den Koffer auf die Gepäckablage hievte.

Seufzend lehnte er sich auf der Bank zurück und sinnierte mit dem Rücken in Fahrtrichtung über sein Versagen. Er strich sich über die Beule. Er hatte sich als schlechter Spion erwiesen. Wie sollte er Signori das erklären? Nicht genug damit, dass er sich so ungeschickt dabei angestellt hatte, die Veröffentlichung zu verzögern und dass er nicht die geringste Spur verdächtiger Korrespondenz entdeckt hatte – er hatte auch noch Barsch zurückgestoßen, ihn dem Feind in die Hände geliefert. Aber warum fühlte er sich dann so erleichtert? Je weiter er sich von den Bergen entfernte, desto besser ging es ihm – es war ein Gefühl von Freiheit.

Ihn überkam eine unbändige Lust, laut loszulachen, trotz des schmerzhaften Pochens in seinem Fuß, das mit dem Rumpeln der Gleise zu verschmelzen schien. Nie wieder würde er Barsch treffen müssen; die Nabelschnur war durchtrennt, die Symbiose für immer gelöst. Er stellte sich vor, wie sich der Cheflektor am Kaffee verschlucken würde, wenn er das Manuskript zu sehen bekäme, wie er sich die Haarsträhne über den Schädel striche. Sie würden eine Ewigkeit brauchen, um Ordnung hineinzubringen. Sie verdienten einander: der Lustmolch und der Päderast.

Dann fiel ihm Signori ein. Er würde ihre Abendessen vermissen, ihre Gespräche, seine Anzüge … Sogar die Zigaretten, bildete er sich ein, den ägyptischen Qualm. Es war eben nichts für die Ewigkeit, das hatte er von Anfang an gewusst. *Es hat mich sehr gefreut …*

Was würde jetzt geschehen?

Es kam ihm zupass, rückwärts zu fahren. Hatte er nicht zeit seines Lebens immer den Blick auf das gerichtet, was einmal gewesen war? Vielleicht war er deshalb nie auf das vorbereitet gewesen, was das Leben mit sich brachte, vielleicht entging ihm deshalb, was alle anderen sahen, er aber erst zur Kenntnis nahm, wenn es zu spät war. Ganz plötzlich tauchten sie vor seinem Abteilfenster auf: die Fabrik mit ihren schmutzigen Ziegeln, der Schornstein, der sich in den Himmel erhob und dessen Rauch es in der Nase kitzeln, im Hals kratzen ließ; das rostige Schild, das verkündete, wo sie bereits gewesen waren; die Lausebengel, die umherhüpften und winkten, voller Freude über eine plattgewalzte Hellermünze – und schon war es zu spät, schon vorüber, vorbei. Erst wenn er die Dinge im Rütteln der Gleise längst hinter sich gelassen hatte, sah er ein, dass er sie hätte kommen sehen müssen.

»Du solltest dich ab und zu umsehen, Freytag«, sagte er zu sich selbst, »dich auf die andere Seite setzen.«

Er stand auf und setzte sich auf den freien Fensterplatz gegenüber: Was er zu sehen bekam, ließ ihn sich sofort bekreuzigen. Dann rauschte der Zug in den Tunnel.

Als sie sich der kaiserlichen Hauptstadt näherten, wurde ihm bewusst, dass er sich genauso verhalten hatte wie die Offiziere an der Militärschule. Das hätte seinen Bruder Edwin gefreut, dachte er, den Soldaten: dass sein kleiner, zurückhaltender Bruder, der die Augen zusammenkniff, wenn es gewitterte, ein solches Talent für militärische Erziehungsmaßnahmen hatte.

Im Sperl hatte man ihm erklärt, dass sie die störrischsten Rekruten erst einmal brachen, sie im Schmutz kriechen ließen, während die Beschimpfungen wie Meteoriten auf sie niederprasselten, um dann, wenn sie flennten wie die Kinder, ihr Selbstvertrauen stückweise wieder aufzubauen – damit sie aufrecht und fanatisch würden und im Glauben an ihre eigene Unsterblichkeit, ohne nachzudenken, in den Kampf zögen. Er begriff, dass Barsch sich niemals würde überreden lassen. Er war von seinem Können und der Qualität des Buches überzeugter denn je zuvor. Er hatte sein Geheimnis preisgegeben, seinen wunden Punkt – und jetzt war er unbesiegbar. Freytag sah das Bild des rastlosen Barsch vor sich, in Uniform und Helm, wie er dem feindlichen Feuer entgegenging. Dann korrigierte er das Bild: Der Autor schritt, nackt in seiner Behaartheit, einher, mit vorstehendem Bauch und einer Standarte, die im Kugelregen flatterte.

Jetzt würde er endlich von den Wächtern des guten Geschmacks im Central akzeptiert werden. *Ich habe eine spannende Publikation gelesen, von Trebitsch, dem Journalisten, Sie wissen schon. Der Komet – kennen Sie die? Das hat mir die Augen geöffnet. Ich glaube, es ist Zeit, dass ich auf eigenen Füßen stehe. Die Zeit der Schönschreiberei ist vorbei, heute will man mehr – meine Schwäche ist jetzt meine Stärke.*

Am Bahnhof wurde Freytag von einem grünen Zollbeamten in noch grünerer Uniform angehalten. Es wunderte ihn nicht weiter: Junge Zollbeamte und alte Conciergen waren stets besonders streng.

»Haben Sie etwas zu verzollen?«

Nein, er hätte nichts zu verzollen, sagte er, er führe keine Waren mit sich, die er außerhalb der Stadtgrenzen erworben hätte.

Der Zollbeamte durchsuchte seinen Koffer. Sorgfältig, als wäre ihm eine Sendung Diplomatenpost in die Hände gefallen. Freytags Herz machte einen Sprung; er hielt die Hände hinter dem Rücken verschränkt. Als der Beamte Signoris Bibel in der Hand wog, bildete er sich ein, bewaffnete Wachleute müssten hervorspringen und ihn verhaften. Weshalb, wusste er auch nicht genau. Diese Unsitte, dachte er, die Nase überall hineinzustecken …

»Sie können passieren. Einen schönen Abend noch«, sagte der Zollbeamte und hob die Hand an den Mützenschirm.

Freytag war nur wenige Schritte gegangen, da hörte er ihn rufen: »Stopp! Warten Sie!«

»Ja?«

»Ich sehe, dass Sie hinken. Brauchen Sie Hilfe mit dem Gepäck?«

»Das wäre sehr freundlich.«

In der wohlvertrauten Straßenbahn, die willkommenen Fassaden der Mariahilfer Straße vor Augen, schlief er ein. Er erwachte genau in dem Augenblick, als sie seine Haltestelle wieder verließen, und sah Haydn in der Sonne verschwinden, im Funkenregen der Oberleitung. So war er gezwungen, an der nächsten Haltestelle auszusteigen, die Straße zu überqueren und auf die entgegengesetzte Bahn zu warten. Nicht weit vom Sperl, wie er wusste, mit all dem guten Mohnstrudel. Doch er war viel zu müde, die wenigen Straßen zu gehen, und der Fuß tat ihm weh.

Es wurde ihm warm ums Herz, als er endlich über die Schwelle trat; er war zu Hause, in seiner eigenen kleinen Wohnung, mit seinem eigenen bequemen Bett. Es roch abgestanden, aber einladend. Er schloss die Tür hinter sich, stellte geräuschvoll den Koffer ab und ging zum Spiegel.

»Du bist zu alt, Freytag«, sagte er zu seinem Abbild. »Viel zu alt.«

Dann legte er den Kopf zur Seite und schielte auf sein Spiegelbild. Seine Frau hatte recht gehabt. Es gab nicht die geringste Ähnlichkeit. Aber es war ein schönes Porträt. Es stand sicher verwahrt auf dem Dachboden, und es würde seinen Platz an der Wand zieren, dachte er, neben Petersen im Verlag. Zwischen den anderen entschlafenen Lektoren.

Es war eine lange Fahrt gewesen bis zu dieser letzten Ruhestatt, ein langer Weg im Nebel, vom Schwarzenbergplatz, wo er in die Straßenbahn gestiegen war – die berühmt-berüchtigte –, bis zur Simmeringer Hauptstraße mit ihren von Pferden gezogenen Leichenwagen.

Im Blumenladen am Haupteingang kaufte Freytag eine schneeweiße Nelke. Die Blumenverkäuferin trug Handschuhe und hatte sich die Mütze tief über die Ohren gezogen; die Atemluft kam in Wolken aus ihren Nasenlöchern, als sie die Münzen zählte.

Freytag zog den Mantel enger um sich. Die Straßenbahn war noch eine von der alten Sorte ohne Fensterscheiben. Der Wind pfiff durch das Wageninnere, und sie ratterten mit steifen Gesichtern durch die Nebelschwaden: Während der Nacht war die Kälte zurückgekehrt und hatte den Nebel mitgebracht. Das Wetter war in letzter Zeit sehr unbeständig. Es war, als könnten die Götter sich nicht entscheiden, dachte er.

Nach dem Spaziergang zur Haltestelle tat sein Fuß wieder weh. Jetzt stützte er sich schwer auf den Stock. Der Nebel ließ ihn an den Herbst denken. Mit der Bibel unter dem Arm humpelte er dahin und dachte an November, Allerseelen: Laub, das unter den Sohlen raschelte, Lichter auf den Gräbern, Kastanien – den Tag, an dem die Angehörigen scharenweise auf den Friedhof kamen und vor Kälte zitterten.

An diesem Morgen schien von den Gräbern eine andere Art Kälte auszugehen, als er, Schlag sieben am Morgen und nachdem er die Karte über die Ruhestätten konsultiert hatte, die an der Mauer angebracht war, als erster Gast des Tages durch das

Tor der Nekropole ging. Nun galt es, sich im Nebel nicht zu verlaufen, zwischen all den umherirrenden Seelen … Hierher, zwischen die knirschenden Gitter, hatte man ihr Reich verlegt, als die Stadt über ihre Ufer getreten war und sich bis über die Heilige Erde hin ausgebreitet hatte – die Häuser der Stadt ruhten auf einem Gewirr von Knochen und Schädeln.

Der Haupteingang war eine seltsame Konstruktion. Das Tor war von hohen Pfeilern eingefasst, die an ägyptische Obelisken erinnerten. Am Ende der Hauptallee erhob sich die Kirche mit ihrer Kuppel, die sich im Nebel aufzulösen schien – ebenso gut hätte es aber auch Baustaub sein können. Nach Jahren der Arbeit war das Gotteshaus immer noch nicht geweiht. Hätte er es nicht besser gewusst, hätte er vielleicht angenommen, dass sie mit dem Halbrund noch nicht einmal begonnen hätten und dass das entlegene Klopfen von irgendwo drinnen in seinem eigenen Kopf kam, oder vielleicht von seinem Fuß.

Die Gänge kamen ihm endlos vor. Freytag fiel es schwer, die Entfernungen einzuschätzen.

Lediglich ein paar Meter vor ihm schloss sich der Nebel wie die Vorhänge eines Leichenwagens, unglücksschwangere, blassgraue Stores, die seine müden Glieder zu umschlingen drohten; doch mit jedem Schritt, den er ihnen näher kam, verschoben sie sich unmerklich, als wollten sie gebührend Abstand halten. Als er sich umdrehte, fand sich auch dort der bedrückende Samt, er verfolgte ihn im selben Takt, wie er sich ihm entzog: ein nicht greifbarer Vorhang, den er nicht anzuheben wagte, aus Furcht vor dem, was sich dahinter verbarg. Und auch über ihm lagen die Schleier leblos und schwer: ein Leichentuch. Ihm schien, er ginge in einer anhänglichen Wolke, der Dunst gelte ihm allein, und der Rest der Stadt läge in der brennenden Sonne. Als hätte er vergessen, seine Brille zu putzen, als wäre alles nur Einbildung, Folge seiner Unfähigkeit, Ordnung in den Gedankennebel zu bringen, in sein Gedächtnis, das in der taub machenden Watte erstickte.

»Du bist paranoid, Freytag«, sagte er laut zu sich selbst. »Jetzt verfolgen dich sogar schon die Wolken.«

Lange ging er so unter den Bäumen dahin, mit Stock, Bibel und Nelke, und dachte über mögliche Verfolger nach, zwischen den Hecken und Gräbern in unterschiedlichen Stadien des Verfalls und Sich-Neigens, mit schmerzendem Fuß, ohne auf eine Menschenseele zu treffen – lediglich Katzen streunten unbemerkt am Rande der Wolke umher.

Wie oft war er diesen Weg schon gegangen? War es das fünfte Mal, dass er ihn besuchte? Das sechste?

Frau Petersen hatte ihrem Mann dessen letzten Wunsch verweigert; der Cheflektor wurde nicht im Familiengrab der Petersens in deren Heimatstadt Hannover beigesetzt, unter der uralten Hänge-Buche, von der er immer mit so viel Wärme gesprochen hatte. Freytag machte ihr deswegen keinen Vorwurf. Das Grab war für die Hinterbliebenen da. Sie hätte nicht damit leben können, ihren Mann nicht besuchen zu können. Und immerhin hatte sie sich um einen Platz auf dem evangelischen Friedhof gekümmert, obwohl sie selbst Katholikin war. Zweimal sogar hatte sie das getan.

Und sie hatte sich mit derselben Hingabe um ihn gekümmert, als er unter der Erde war, wie zuzeiten, als er noch lebte – sie hatte eine Vorliebe für Vergissmeinnicht. Bis sie eines Tages beschloss, dass es genug war, und mit dem Bild erdiger Spaten vor den erblindeten Augen einschlief. Es war nicht weiter verwunderlich, dass sie ihn bei sich haben wollte.

Über viele Jahre hatte er ihn auf dem evangelischen Friedhof in Matzleinsdorf besucht, aber seit einigen Jahren, nachdem die Witwe gestorben war – alt, blind, unbeweglich und taub, nur zehn Jahre jünger als ihr Mann –, lag Petersen neben ihr auf dem Zentralfriedhof, wie sie es in ihrem Testament festgelegt hatte, unter einer jungen, saftigen Hänge-Buche. Es war nicht mehr ganz dasselbe, fand Freytag, seit Petersen umgezogen war und seine Frau sich zu ihm gesellt hatte. Er hatte es leichter gefunden, mit Petersen zu sprechen, als dieser noch allein gewesen war, draußen in Matzleinsdorf. Jetzt hatte er immer das Gefühl, als spitze seine Frau die Ohren, obwohl sie im Grab sicherlich genauso taub war wie auf Erden. Dennoch gab es Dinge, bei denen er sich jetzt zurückhielt; er hatte stets großen Respekt für die Witwe gehegt, sie hätte sich niemals auf einen Direktor eingelassen, am allerwenigsten auf einen von der Eisenbahn.

Nachdem er auf einer bemoosten Steinbank neben einem vergessenen Grab sitzend, wo er die Spuren von Maulwürfen sah, die zwischen den Überresten gewühlt hatten, seinen Fuß einen Moment ausgeruht hatte, ging er weiter und befand sich bald am Ziel.

Der evangelische Friedhof hatte etwas Bescheidenes, eine Schmucklosigkeit, die seinem alten Chef sicher gefallen hätte. Petersen hatte nie etwas für Angebereien übrig gehabt, weder wenn es um Sprache ging noch im Leben. Die Buchsbaumhecken wirkten im Nebel dürr und unterwürfig: Die östlichen Randgebiete der Totenstadt waren die neueste Erweiterung und für alle Konfessionen vorgesehen, die sich hier einträchtig versammelten – hier wucherten die Pflanzen noch nicht so üppig wie in den übrigen Teilen des Friedhofes.

Die Hänge-Buche reichte ihm gerade bis zur Schulter, doch er war mit ihrem Wachstum zufrieden – immerhin war sie erst ein paar Jahre alt. Er hing sehr an dem jungen Baum. Noch am Tag der Beerdigung hatte er ihn persönlich gepflanzt und war am folgenden Morgen mit einem Hexenschuss aufgewacht. Jetzt betrachtete er ihn mit väterlichem Stolz. Trotz ihrer Jugend schien die Buche sich zärtlich über das Paar zu beugen, als wäre sie vertraut mit den Mühen und der Vergänglichkeit der Ehe.

Freytag bückte sich und legte die Nelke auf den Grabstein, wobei er sich vorsichtig mit der Hand auf dem Oberschenkel abstützte. Wo er gerade unten war, nutzte er die Gelegenheit, ein paar Zweige wegzuräumen. Dann richtete er sich wieder auf und bekreuzigte sich.

Hinter dem Grabstein fand er den Eimer, ebenso rostig und vergessen, wie er ihn zurückgelassen hatte. Er drehte ihn um, ließ sich mit Hilfe seines Stocks darauf nieder, legte sich die Bibel auf den Schoß und zog den Flachmann heraus. Dann goss er Schnaps in den Deckel und hob ihn zu einem vibrierenden Toast: *Gesundheit!*

Ach, richtig, dachte er und zog die Tüte mit Haselnüssen aus der Tasche – fast hätte er sie vergessen. Mit einer kaiserlichen Geste warf er nacheinander ein paar Handvoll aus. Dann saß er still da und wartete auf seine Gäste. Es dauerte nicht lange, bis die ersten Eichhörnchen erschienen. Lustige Tiere waren das, mit ihren lebhaften Augen und Ohren und den neugierigen buschigen Schwänzen. Sie bewegten sich leicht und scheu; man konnte nicht anders, als sich über sie zu freuen.

Während er die Eichhörnchen fütterte, berichtete er dem Cheflektor, wie schlecht es um die Welt stand. Er erzählte von dem Kometen und den Erdbeben und all den Merkwürdigkeiten, von denen er in der Zeitung gelesen hatte. Die Leute seien verrückt geworden. Jetzt überlegte man schon, die Särge mit elektrischen Zügen zu transportieren. Ja, es stimme, sie führen bereits alle in knisternden Wagen umher, mit genau so einem war er ja hierhergekommen. Die Leute in Simmering seien das ewige Klappern der Leichenpferde satt. Es stimme sie wehmütig. Na, das kann man sich ja vorstellen, Herr Petersen, sagte Freytag und genehmigte sich noch einen Schnaps. Dann erzählte er von der Rohrpost, diesem pneumatischen System, durch das die Nachrichten in beängstigender Geschwindigkeit zu ihrem Empfänger sausten. Er konnte sich gut vorstellen, dass das eine sinnvolle Sache war. Es war nur so, dass die Leute allmählich jedes Maß verloren. Alles musste schnell gehen, auch dann, wenn es unwürdig wurde. So wie jetzt, da man überlegte, ein ähnliches System für den Leichentransport einzurichten, eine Weiterentwicklung der Rohrpost, sozusagen. Nein, er scherze durchaus nicht, er wünschte, es wäre so, aber man spreche wirklich davon, die Körper mit Hilfe der Pneumatik auf die letzte Reise zu schicken, durch Rohre im Boden; den ganzen Weg von der Stadt bis zum Zentralfriedhof sollten sie unter der Erde her flutschen, wo – für diejenigen, die dies wünschten – ein Ofen auf sie wartete. Der Cheflektor hätte Glück, dass er das nicht mehr miterleben müsste. Er hoffe selbst, die Rohrfahrt vermeiden zu können. Mit etwas Glück würde ihm das gelingen, es spräche einiges dafür. Sie lebten in einer künstlichen Welt, sogar die Sprache sei jetzt künstlich. *Esperanto* nannte man das. Er mache einen Abendkurs, nur, um sich verständigen zu können. Die Welt sei geschrumpft wie eine Wolljacke zwischen kochenden Laken, alles sei näher gerückt, die Leute drängten sich wie die Sardinen. Dort in dem Kurs, nicht weit von der Irrenanstalt, habe er noch einmal neue Freunde gefunden. Wer hätte das gedacht, in seinem Alter? Eine junge Frau aus Budapest unter anderem, mit Schmetterlingslachen und Kastanienaugen, welche die künstliche Sprache ganz natürlich spreche, zähle er jetzt zu seinen Freunden; sie habe einen Leberfleck von der Form Siziliens, einen exquisiten, süß wie Schokoladenkonfekt. Er hege unbegründete Hoffnungen, was diese junge Frau angehe. Manchmal frage er sich, ob er nicht den Verstand verloren hätte. In diesem Falle sei er jedenfalls nicht der Einzige; sogar das Wetter entbehre Sinn und Vernunft. Im Frühsommer hätten sie Schnee gehabt, die Sintflut sei über sie hereingebrochen. Und jetzt sei es plötzlich November geworden, mitten im Mai. Überhaupt nichts mehr sei noch in Ordnung. Er habe in seinem Kurs noch eine weitere Bekanntschaft gemacht, fuhr er fort. Es handle sich um einen Mann, der in einem Palais am Ring wohne, gleich neben dem Stadtpark, mit einem gemütlichen Bibliotheksraum, in dem es nach Tierhäuten röche und von dem er sicher sei, dass er dem Redaktionschef gefallen würde – der Leseraum, nicht der Mann, der sei tatsächlich eher ein Snob, das musste Freytag zugeben, ein Mann, der aber immerhin mit Kardinälen bekannt sei. Dieser Herr Signori habe ihm eine Aufgabe anvertraut, eine etwas zwielichtige allerdings – dem Redaktionschef würde das überhaupt nicht gefallen, sie widerspreche allem, was er ihn gelehrt hätte –, aber sie wäre von hoher Bedeutung, und jetzt würde er dem Mann bald berichten müssen, dass er seinen Auftrag gründlich verpatzt hätte. Er fürchte, damit wäre es vorbei mit den Opernbesuchen, den guten Essen und Gesprächen. Es sei eine sehr seltsame, beunruhigende Angelegenheit. Er fürchte, sie sei ihm über den Kopf gewachsen. Zudem habe ein unbändiger Wunsch, ein dunkler Trieb, ihn ergriffen. Er fürchte, dass das, was ihn antreibe, Missgunst sein könnte. Es komme ihm beschämend vor. Insbesondere für einen Lektor, dessen Gütesiegel ja die Selbstlosigkeit sei, trotz allem. Er denke nur an das Werk, wolle er meinen, das Vermächtnis des Autors, sonst nichts. Und nun sei er Zeuge von abscheulichen Handlungen geworden, Handlungen, die er hier nicht wiederzugeben gedenke, aus Respekt vor Frau Petersen, unaussprechliche Taten, die den frechen Jüngling mit der unleserlichen Handschrift beträfen – seinen Protegé, wenn er so wolle –, ja, er wisse schon, um wen es sich handle. Nein, jetzt werde er sie mit seinem Gemurmel in Frieden lassen, sie sollten ihre wohlverdiente Ruhe haben, er wünsche ihnen Frieden, er würde nur noch einen Moment schweigend hier sitzen bleiben, dann würde er den Eimer zurückstellen und gehen.

Freytag suchte nach seiner Taschenuhr: Bis zu ihrem Treffen war es noch lange hin.

Nachdem er seinen Zigarillo zu Ende geraucht hatte, verbeugte er sich zum Abschied und bekreuzigte sich. Er spazierte die Wege entlang in Richtung der allgemeinen Abteilung. Der Nebel hatte sich gelichtet, der Schnaps hatte Wunder mit seinem Fuß bewirkt.

Er kam zu einem Teil des Friedhofs, wo die Gräber klein und unansehnlich waren. Einfache Kreuze, bescheidene matte Steine im Schatten. Hier würde er selbst einmal liegen, fürchtete er. Fern von den Prachtgräbern, den Monumenten und gotischen Kathedralen, all den schönen Leichen.

Die Klänge eines Ave Maria wehten vorüber. Wie ein Windhauch. Dann hörte er die Stimme erneut, deutlicher jetzt. Er folgte ihr, bis er am Ende des Weges einen Leichenwagen entdeckte, ein Pferd, das den Kopf herumwarf, schwankende Straußenfedern.

Aus irgendeinem Grund schloss er sich der kleinen Prozession an. Etwas anderes brachte er nicht übers Herz; es waren so wenig Anwesende. Nur der Priester, die Sängerin und zwei Trauernde: ein Mann und eine Frau. Und die Totengräber natürlich, mit ihren schlammigen Seilen und müden Spaten. Die Sängerin sang anrührend, herzerweichend und schlicht, es war lieblich und geschmacklos zugleich – Trauerkonfekt. Das musste der Grund dafür sein, dass ihm Tränen über die Wangen liefen, dass sein Bart nass wurde. Der Musik gegenüber war er immer schon wehrlos gewesen.

Er fragte sich, ob Intruistino Rosita kommen würde. Vielleicht. Er hoffte es. Georg würde natürlich da sein, in seinem zerschlissenen Anzug mit den zu kurzen Hosenbeinen. Vielleicht würde auch Herr Klaus auftauchen – nein, das hielt er doch für unwahrscheinlich. Möglicherweise der kleine Paolo; aber das wollte er nicht hoffen, dem Jungen zuliebe. Lothar würde sicher kommen. Wenn er nicht auf seinem eigenen eingebildeten Sterbebett lag und auf das Ende wartete. Er würde von Atemnot erfasst werden, stellte er sich vor, und Schwindel. Unter Tränen musste er nun doch lächeln, als er an seinen Nachbarn dachte. Vielleicht würde Georg ihn stützen müssen, ihn unterhaken. Oder umgekehrt: Vielleicht würde Georg sich an der schwachen Schulter des Nachbarn anlehnen. Sind es nicht immer die, die wir für unerschütterlich halten, die Pfeiler, die am heftigsten stürzen, zerbrechen und in Stücke gehen, unter dem Gewicht, das auf ihren Schultern lastet, wenn der Himmel über ihnen hereinbricht und die Erde bebt. Im Untergang war Schwäche eine Stärke; das Biegsame besaß eine Festigkeit, die dem Unerschütterlichen fehlte, eine Nachgiebigkeit – dieses Nachgeben machte, dass man sich wieder erheben konnte, wie ein Zweig, der sich im Winde bog, weil er gar nichts anderes gewöhnt war. Er war davon überzeugt, dass Herr Schlink kommen würde, um im Namen des Verlags zu kondolieren; er würde sich schnäuzen, den Riecher abwischen und schluchzend ein paar Floskeln murmeln. Auf der Seidenschleife des Kranzes würde ein Gruß der Arbeitskollegen stehen. Irgendwas Wohlmeinendes und Vorhersagbares, in fehlerfreier Prosa. (Die Lyrik wurde im Verlag seit viel zu vielen Jahren vernachlässigt.) Vermutlich würde es eine Erinnerungsnotiz in der Mitgliederzeitschrift des Buchhändlervereins geben, das konnte er sich gut vorstellen:

Ein angesehener Kollege ist von uns gegangen.
Verlagslektor Hermann Freytag, eine Institution im
Fischer & Wulff Verlag, machte sich, abgesehen davon,
dass er ein geschätzter Mitarbeiter und Humanist war,
in der Branche vor allem dadurch einen Namen, dass er über
viele Jahre der Lektor des Autors Boris Barsch war.

Noch im Tode würden sie unzertrennlich sein. Er fürchtete jedoch, dass Barsch nicht würde kommen können. Er war sich nicht einmal sicher, ob er auftauchen würde, wenn er könnte. Und seine Frau? Wie hatte er sie nur vergessen können? Würde man sie überhaupt benachrichtigen?

»Herr Huber?«

Freytag lächelte unbeholfen, wie er es immer tat, wenn er nicht wusste, wie er sich verhalten sollte. Während der Zeremonie, als der Sarg in die Erde hinuntergelassen und Erde darauf geworfen wurde, war ihm nicht eingefallen, dass seine Anwesenheit bemerkt werden könnte.

Die Frau ergriff seine Hand samt Spazierstock.

»Danke, dass Sie gekommen sind«, sagte sie hinter ihrem Trauerflor. »Es hätte ihn gefreut zu wissen, dass Sie auftauchen würden.«

»Kannten Sie ihn gut?«

Diesmal war es der Mann. Erstaunlich jovial, wie Freytag bemerkte.

»Das ist doch Herr Huber! Natürlich kannte er ihn, du siehst doch, wie verstört er ist. Sie müssen meinen Mann entschuldigen, er kann manchmal etwas plump sein.«

»Nur entfernt …«

»Die Kindheit erscheint häufig entfernt und dennoch immer nah, finden Sie nicht? Er sagte immer, dass Sie kommen würden. ›Er ist mein bester Freund, der Herr Huber‹, pflegte er zu sagen. ›Er hat mich nicht vergessen. Kindheitsfreunde vergisst man nicht.‹ Ich hätte fast nicht geglaubt, dass es Sie gibt, dass er Sie in seiner Einsamkeit bloß erfunden hatte.«

»Der alte Tor!«

»Er ruhe in Frieden«, sagte Freytag und warf dem Mann einen vorwurfsvollen Blick zu. »Leben Sie wohl«, sagte er dann, und nickte der Frau würdevoll zu. »Mein tiefstes Beileid.«

»Kommen Sie einmal vorbei, wenn Sie mögen. Wenn Sie von früher reden möchten. Er hat so viel von Ihnen erzählt.«

Als er gerade gehen wollte, wandte sie sich ihm noch einmal zu.

»So etwas«, sagte sie, »Herr Huber …« Dann strich sie ihm mit der behandschuhten Hand über den Bart. »Sie wird es wohl immer geben.«

Er sah ihn die Allee vom Haupteingang heruntergehen. Während er näher und näher kam, fing es an zu nieseln; dunkle Wolken türmten sich von Osten auf, vom israelitischen Friedhof her.

»Wie sind Sie nur darauf gekommen, so einen trostlosen Ort vorzuschlagen?«, fragte Signori fröstelnd, als er bei ihm anlangte, und schlug den Mantelkragen hoch. »Das dauert ja ewig bis hier heraus.«

»Ich hatte eine Verabredung mit einem alten Freund«, sagte Freytag. »Ich fahre immer hierher, wenn ich jemanden zum Reden brauche.«

»Und dann noch bei diesem Wetter! Die Kälte geht einem ja durch Mark und Bein.«

Freytag gab ihm die Bibel.

»Konnten Sie sie einsetzen?«

»Meine Finger waren zu unzuverlässig ...«

Im zunehmenden Regen gingen sie zu den Arkaden hinüber; auf dem Leder ihrer Schuhe breiteten sich dunkle Flecken aus. Die bogenförmigen Grabgewölbe aus rotem Ziegel dienten dem Großbürgertum als Krypta; Würdenträgern, wie Signori sie auf der Ringstraße als Nachbarn hatte. Im Schutze der Bögen schritten sie ohne Eile dahin; achtlos passierten sie die Grabmonumente zum Tropfen des Regens auf dem Kies, dem Rauschen der Blätter in den Bäumen. Ein dumpfer Geruch umgab sie; über den Friedhof hatte sich plötzlich Dunkelheit gelegt, in den Arkaden war es schummrig. Ihre Worte hallten von den Wänden und Deckengemälden wider.

»Was haben Sie mit Ihrem Fuß gemacht?«

»Wir machen alle unsere Fehltritte«, sagte Freytag – und wich einem Blumengesteck aus, das aus einem Grab herausragte, dessen aus stumpfem Stein gehauene Wandfiguren sich aus einem biblischen Felsblock zu lösen schienen.

»Ich habe alles versucht, Herr Signori. Er hat nicht mit sich reden lassen. Ich habe ihm erklärt, das Manuskript bräuchte eine umfassende Überarbeitung. Aber er ist stur, er will unbedingt, dass es erscheint. Der Verlag macht Druck, verstehen Sie, sie scheinen Liquiditätsprobleme zu haben. Sie haben lange keinen Verkaufsschlager mehr gehabt.«

»Aber Sie prüfen doch das Manuskript? Solange Sie es nicht redigieren, kann das Buch nicht erscheinen.«

»Er hat jedes Maß verloren, er hat vor, auch so weiterzugehen.«

»Wie bald? Er hat es doch noch nicht abgeliefert? Sie haben das Manuskript doch wohl nicht hergegeben?«

»Er will erst noch ein paar Änderungen vornehmen. Feinschliff, nannte er das. Das fehlte noch! Ich glaube, er hat trotz seines Dickkopfs einen Teil meiner Änderungen übernommen. Aber vor den Festlichkeiten wird es garantiert nichts. Ich kann bestimmt noch eine Weile über dem Manuskript sitzen. Er hat noch viel vorzubereiten. Er wird eine große Veranstaltung in seiner Wohnung in der Stadt abhalten, verstehen Sie. Untergangsfest nennt er es, zu Ehren des Kometen. Was auch immer das bedeuten mag. Alle scheinen zu kommen, die ganze Bagage. Selbst das Dromedar.«

»Aber ich habe doch mit eigenen Augen gesehen, in welchem Zustand das Manuskript ist …«

»Kennen Sie eine Zeitschrift namens *Komet*?«

Da hätte er nichts verpasst, versicherte Freytag, das sei wirklich ein übles Blatt. Doch es seien schlechte Publikationen wie diese, die Barsch zu der Annahme verleiteten, er könne seinen Stil ändern, und die ihn glauben machten, die Welt sei bereit für den richtigen Barsch. Es sei haarsträubend naiv von ihm, sich den Revoluzzern anzuschließen, versicherte Freytag, zum Scheitern sei das verurteilt. Dann sprachen sie lange über die Lockerungen, ja Auflösungen in der Literatur, die krankhafte Faszination für das Unvollständige und Talentlose, die Verachtung für das Handwerk, die Tradition und das literarische Erbe. Doch nichtsdestoweniger gebe es keine Rechtfertigung für Barschs eitle Annahme, wie Freytag noch einmal versicherte. Er könne es nicht anders deuten als einen Anfall von Größenwahn. Der Mann habe angefangen, an den Mythos seiner eigenen Größe zu glauben. Das würde nie funktionieren, meinte Freytag, nicht ohne ihn, nicht einmal in Zeiten wie diesen. In gewisser Weise hätte sich ihr Problem von selbst gelöst. Barsch hätte ihnen in die Hände gespielt. Sein Hochmut würde ihn zu Fall bringen.

»Ich begreife nicht, wie Sie es so vermasseln konnten«, fauchte Signori. »Das ist überhaupt nicht gut. Wirklich ganz, ganz schlecht.«

»Sie brauchen sich keine Sorgen zu machen. Es ist unmöglich, das Manuskript rechtzeitig fertigzustellen. Es hat Jahrzehnte gedauert, bis ich das Chaos einigermaßen zu bewältigen gelernt habe. Wir haben wertvolle Zeit gewonnen. Wer weiß, wenn er so weitermacht in seiner Eitelkeit, vielleicht veröffentlichen sie es dann überhaupt nicht. Vielleicht sollte ich mal mit dem Verleger reden, meinen Rat anbieten? Ich bin dort sehr angesehen. Mein Wort hat Gewicht.«

»Das ist viel zu riskant. Stellen Sie sich vor, sie wollen das Manuskript zurück.«

»Auf gar keinen Fall. Die hören auf mich ...«

»Können Sie mal den Mund halten! Ich muss nachdenken.«

Sie waren vor einer weißen Marmorbüste stehen geblieben, die an das alte Römerreich erinnerte, mit Toga und allem, was dazugehörte. Der Tote war Teppichhändler gewesen, las Freytag erstaunt, ein bedeutender Kaufmann; sein Bart sah aus wie Karfiolröschen, die man in weiße Schokolade getaucht hatte.

Signori schüttelte den Kopf. Mehrmals fasste er sich an die Stirn. Zu weiterhin hallenden Schritten ergriff er wieder das Wort, noch dazu in einem giftigen Ton, der ihm wirklich nicht anstand. Was sie hier draußen eigentlich verloren hätten? Es sei ein Skandal, murmelte er, auf heiligem Boden die Konfessionen zu mischen. Das ganze Gebäude sei eine Farce. Mit seiner hässlichen Jugendstilkirche. Sie sei auf Treulosigkeit gebaut.

Am Ende des Flügels angekommen, machten sie auf dem Absatz kehrt und gingen denselben Weg zurück, am Teppichhändler und all den anderen Figuren vorbei, die sich über die Wände rankten, die Säulen entlang. Nach einer Weile des Schweigens, in der Signori tief in Gedanken versunken zu sein schien, waren Schritte zu hören, ein Knirschen schwerer Stiefel – jemand näherte sich dem Eingang des Gewölbes.

»Aber wenn das Manuskript verschwinden würde«, sagte Signori und senkte die Stimme, »wenn es durch einen Wasserschaden zerstört würde, oder durch einen Brand?«

Zwei Totengräber mit Spaten auf den Schultern gingen draußen auf der Allee vorbei, scheinbar unbekümmert über den Regen auf ihren Mänteln und Schlapphüten. Sie warfen sich einen Blick zu.

»Was wollen Sie damit andeuten?«

»So etwas passiert.«

Es gebe mit Sicherheit mehrere Entwürfe und Versionen, meinte Freytag. Barsch arbeite sehr langsam und sorgfältig, ob man es glaube oder nicht. Und vor allem – er wisse nicht, wie – habe er die ganze Geschichte im Kopf. Der Mann sei ein außergewöhnlicher Rezitator. Er hätte ans Theater gehen sollen.

»Da haben Sie natürlich auch wieder recht. Haben Sie herausgefunden, woher er all diese Grillen hat? Wer ihm diesen Unsinn eingeredet hat?«

»Meine Untersuchungen dazu waren äußerst fruchtlos, muss ich zugeben. Aber ein Teil des Romans baut scheinbar auf eigenen Erlebnissen auf. Können Sie sich das vorstellen?«

Das konnte er offensichtlich, Signori wirkte nicht besonders erstaunt.

»Der Mann führt ein langweiliges Leben«, sagte Freytag. »Er scheint keinen großen Umgang zu haben, ich kann mir kaum vorstellen, dass er ein weites Kontaktnetz hat.«

»Das muss er aber. Wie könnte er sonst mit so einer Standfestigkeit lügen?«

»Besonders gesichert können seine Behauptungen nicht sein. Barsch hat eine großartige Phantasie. Und die ist hier offenbar mit ihm durchgegangen, er hat jedes Maß verloren.«

»Er muss etwas geahnt haben. Er muss etwas begriffen haben. Er liest Sie wie ein offenes Buch.«

»Das kann ich mir schwer vorstellen, Herr Signori. Lesen gehört nicht zu seinen Stärken.«

»Sie unterschätzen ihn. Dies ist eine sehr missliche Lage. Ich weiß nicht, wie es weitergehen soll … Was haben Sie denn dort den ganzen Tag gemacht? Irgendetwas müssen Sie doch herausgefunden haben.«

»Da ist allerdings so eine Sache.«
»Ja?«
»Ich wollte es eigentlich nicht erzählen, aber …«
»Ja? Fahren Sie fort.«
»Ich möchte keine Gerüchte verbreiten.«
»Nun sagen Sie schon!«
Freytag räusperte sich.
»Ich habe den Verdacht, er hat gewisse Vorlieben.«
»Vorlieben?«
»Dekadente Triebe.«
»Was denn für Triebe? Spucken Sie's aus!«
»Wenn ich mich nicht verguckt habe«, sagte Freytag und kratzte sich am Hals, »und ich bin mir meiner Sache recht sicher, dann habe ich ihn, wie soll ich sagen, mit einem jungen Mann *schäkern* sehen.«
»Schäkern?«
»Sie waren intim.«
»Mit einem Mann, sagen Sie?«
»Eher einem groß gewachsenen Bub, einem Jüngling zwischen Kind und Mann. Ich glaube, das hat etwas mit unglücklichen Kindheitserlebnissen zu tun, ein Unvermögen, sich zurückzuhalten.«
»Ein Knabe?«
Signori blieb abrupt stehen.
»Warum haben Sie das nicht gleich gesagt? Das ist eine sehr interessante Auskunft.«
»Ich hatte Angst, Sie würden Anstoß nehmen.«
»Anstoß nehmen? Warum sollte ich? Im Gegenteil, Sie ahnen gar nicht, wie mich das freut. Er fällt ja in seine eigene Falle!« Signori klatschte vergnügt in die Hände. »Das ist beinahe zu komisch.«
Das Klatschen hallte zwischen den Gräbern wider. Freytag zuckte mit dem Stock; eine Katze löste sich aus dem Schatten und rannte mit dem Schwanz zwischen den Beinen davon.

»Ausgezeichnet …«, murmelte Signori, »ausgezeichnet. Ein Untergangsfest, sagten Sie?«

»Er hat ein Ensemble engagiert«, sagte Freytag und räusperte sich noch einmal, »*Ultima Nocturno* heißen sie.«

»*Ultima Nocturno …*« Signori schien sich die Worte auf der Zunge zergehen zu lassen. »Das haben Sie wirklich gut gemacht, Herr Freytag.«

Er legte den Arm um seine Schulter, und dann setzten sie ihren Spaziergang fort.

»So machen Sie das jetzt. Hören Sie mir gut zu …«

Hauptquartier der Banco di Roma, 15. Mai 1903

Auf der Tagesordnung stand eine ebenso neue wie alte Frage. Direktor Pacellis Anregung, der Vorstand solle noch einmal über den Vorschlag der Regierung nachdenken, stieß bei den Versammelten auf eher mäßige Begeisterung. Die Ledersessel knarrten.

Als sie das letzte Mal über Investitionen und eine eventuelle Etablierung neuer Filialen in der osmanischen Provinz Tripolitanien diskutiert hatten, war es Pacelli gewesen, der sich am vehementesten dagegen ausgesprochen hatte. Der italienische Staat hätte sich doch nur an sie gewandt, weil niemand anderes bereit war, für ihn in die Bresche zu springen, hatte er damals gemeint, weil man ihnen den Arm umdrehen konnte.

Einhellig hatte man deshalb beschlossen, sich nicht in dieses Abenteuer zu stürzen. Die Argumente waren immer noch die gleichen: Die Risiken waren zu hoch, die Gegend viel zu entlegen. Was würde passieren, wenn der Staat nicht zum Zuge käme und aus den Kolonien nichts würde?

Pacelli trank einen Schluck Wasser.

»Die Lage hat sich geändert«, sagte er und warf einen Blick auf den stellvertretenden Vorstandsvorsitzenden. »Angesichts der wenig verlockenden Aussicht, dass Kardinal Rampolla den Papstthron besteigt und die Zusammenarbeit der Bank mit dem Heiligen Stuhl gefährdet, halten wir es für klug, unserer Pflicht für die Nation nachzukommen. Wir müssen etwas tun.«

Sie müssten neue Märkte erschließen, betonte er. Als Bank, die ihre Marktanteile vor allem in den südlichen, ärmeren Teilen des Landes hatte, konnten sie nur auf diese Weise Wachstum erreichen; auch die Emigranten hätten Bedarf an Bankdiensten, dies sollten sie sich zunutze machen. Sie seien bereits spät dran. In Tunis habe sich bereits der Konkurrent Commerciale etabliert. Auf dem Balkan, in Konstantinopel sowie an vielen anderen Orten seien sie bereits weit abgeschlagen ... Nordafrika sei ein interessanter Markt, dort gebe es italienische Händler an den Küsten, Siedler ...

Unter den Mitgliedern kam Gemurmel auf: Ihre Bemühungen sollten sich dann aber vernünftigerweise auf Alexandria und Kairo richten, auf Ägypten, wo es eine große italienische Kolonie gäbe und wo man Geschäfte machen könnte ... nicht auf die entlegenen Orte ...

»Meine Herren!«

Man fingerte an Füllfederhaltern herum, kritzelte in Notizbücher.

»Wie gesagt, die Lage hat sich geändert. Nicht zuletzt«, fügte Pacelli hinzu, »weil der neu ernannte Außenminister, wie Ihnen bekannt sein dürfte, ein Bruder unseres stellvertretenden Vorstandsvorsitzenden Signor Tittoni ist ... Man hat uns inoffiziell zugesichert, dass unser Einsatz nicht unbemerkt bleiben wird. Die Regierung ist fest entschlossen, die Region unter italienische Herrschaft zu bringen. Nicht wahr, Signor Tittoni? Das ist doch nicht zu viel gesagt? Es ist ein überschaubares Risiko?«

Der stellvertretende Vorsitzende schloss die Augen und nickte: »Die Familie hat bedeutende Anteile an der Bank ...«

»Der Staat wird tun, was er kann, damit sich die Aussichten für die Bank weiterhin gut entwickeln ...«, fuhr Pacelli fort. »Vorausgesetzt, wir nehmen unsere Verantwortung wahr.«

»Wie sollen wir das finanzieren?«

»Wie immer. Wir werden uns das Geld vom Heiligen Stuhl leihen.«

Der Bankdirektor schlug mit dem Hammer auf den Tisch. Das Treffen war beendet.

Wann hatte er eigentlich damit aufgehört, durch Buchhandlungen zu schlendern? Als junger Student in Bonn war dies sein größtes, eigentlich sein einziges Vergnügen gewesen. Zwischen den Buchdeckeln verbarg sich die Welt; sie wartete nur darauf, entdeckt und verschlungen zu werden. Für den, der es sich leisten konnte, wohlgemerkt.

Damals konnte es geschehen, dass er einen Blick über die Schulter warf, und, wenn er sicher war, dass es niemand bemerkte, seine Nase in die Seiten bohrte. Von dem Geruch nach jungfräulichstem Papier und Druckerschwärze bekam er weiche Knie; das Gefühl, in einem unberührten Buch zu blättern, in frisch bedruckten Seiten, glatt und rein, weckte verbotene Empfindungen: Die Bögen aufzuschlitzen war wie ein Mieder zu öffnen, stellte er sich vor. Beide Tätigkeiten lagen noch außerhalb seiner Erfahrungen und Mittel. Bücher wurden an diejenigen verschwendet, die sie sich leisten konnten, nicht an die, die den Verstand besaßen, sie zu schätzen; so wie die sanftesten Schönheiten unweigerlich denjenigen in die Arme fielen, deren Finger vom Gestank nach Geldscheinen und Münzen besudelt waren.

Und war nicht dies die größte aller Sünden, dachte Freytag, als er im kaiserlichen und königlichen Buchhandel stand – dem vornehmsten Buchladen der Stadt: Fricks, auf der Paradestraße der Geschäftemacher gelegen, auf der Verkehrsader des Geldes – war nicht eben dies das Unverzeihlichste: dass man für Geld alles kaufen konnte, auch das, von dem behauptet wurde, es sei nicht käuflich? Und genau da kam die Kirche ins Spiel, sie verteidigte standhaft die Idee, dass es etwas gab, was sich über das Weltliche erhob. Waren nicht Habgier, Begierde und Ehrgeiz die Wurzel aller Missetaten und Sünden, die Ursache allen Unrechts?

Er selbst hatte lange mit den Fleckigen und Ausrangierten vorliebnehmen müssen: vergilbte Seiten mit Kaffeeflecken, Spuren von getöteten Insekten, Nasenblut; solchen, wie er sie im Lesesaal der Universitätsbibliothek im Schein der Leselampe las, bis der Wachtmeister ihn in die einsame Nacht hinausjagte. Diese Einsicht hatte ihn in jungen Jahren sehr gequält: dass er, der arme bescheidene Student, sich immer mit der zweiten Wahl würde begnügen müssen und sich im schlimmsten Fall dazu hergeben musste, die zu benutzen, die sich in den Lesesälen jedem Beliebigen anboten – was sich in seinem Unvermögen, das andere Geschlecht für sich einzunehmen, nur noch bestätigte; seine Maulsperre, die ersten unglücklichen Erlebnisse mit der eisigen Lieblosigkeit der Nachtfalter. Bis er sich eines Tages – er musste sich selbst in den Arm kneifen – in einem prachtvollen Kontor wiederfand, ein verheirateter Mann, umgeben von massenweise unberührtem Papier und Einbänden. Da erst lernte er, die Schönheit des Gebrauchten zu würdigen. Mit den Jahren erkannte er nämlich, dass die alten Bände alles enthielten, was die jungfräulichen auch zu bieten hatten, und noch etwas darüber hinaus: einen eigenen Geruch, eine eigene Geschichte. Und nun war er wieder ein blauäugiger Kandidat geworden; Intruistino Rosita hatte seine Sehnsucht nach dem Unberührten wiedererweckt. Jetzt war er imstande, sich von seinen alten Lieben zu trennen.

Mit einem Pling öffnete sich die Tür und ließ den Lärm vom Graben herein.

Eine ältere Dame mit einem federgeschmückten Hut näherte sich dem Regal, den gelangweilten Ehemann im Schlepptau. Zu Freytags Freude stellte sie sich, nach einem Umweg über die ausländischen Romane, direkt neben ihn zu den einheimischen Werken und strich mit der Hand über ein paar Gedichtsammlungen. Der Mann dagegen ging gähnend zu den Atlanten und Kupferstichen hinüber.

Es war tatsächlich ein ganzer Fasan, den sie da auf dem Kopf trug, ausgestopft natürlich, aber immerhin, bemerkte Freytag und hob die Augenbraue. Er zupfte sich am Bart.

»Gar nicht so leicht zu wissen, was man nehmen soll…«

»Nein, wirklich nicht, mein Herr.«

»Es gibt einfach so viel…«, seufzte er und versuchte, nicht auf das Federvieh zu starren. »Man will ja nicht das Falsche aussuchen. Das Leben ist zu kurz für schlechte Bücher. Das ist reine Mathematik.«

»Mathematik?«

Er hätte das mal durchgerechnet, sagte er. Wenn er noch zehn Jahre zu leben hätte, was er für unwahrscheinlich hielte, aber dennoch, und wenn seine Augen ihn nicht im Stich ließen und er, sagen wir, durchschnittlich ein Buch pro Woche läse – das sei realistisch, meinte er, ein gutes Buch verdiene es, konzentriert gelesen zu werden; er spreche hier nicht davon, etwas zu überfliegen, sondern davon, die Worte zu verdauen –, dann würde er es noch schaffen, gut fünfhundert Bücher zu lesen, im besten Falle. Das sei ein deprimierender Gedanke, man könne sich schon aus weniger guten Gründen gestresst fühlen – nicht zuletzt angesichts der derzeitigen Erscheinungsflut. Und deshalb gelte es, vorher gut auszuwählen.

»Wenn Sie nicht einfach die Bücher wieder weglegen wollen, die Ihnen nicht gefallen. So könnten Sie noch mehr kennenlernen.«

Nein, so etwas wäre ihm fremd, erklärte er. Wenn man ein Buch weglege, ohne es zu Ende gelesen zu haben, egal wie blutleer es sei, so begebe man sich auf abschüssiges Terrain, Gott allein wisse, wohin das führen könne.

»Ach was! Ich lege ohne Weiteres ein Buch beiseite, wenn es nicht lesenswert ist.«

Da täte sie vielleicht gut daran. Er selbst hätte nie darüber nachgedacht, sagte er. Wie konnte man wissen, was lesenswert war, bevor man es gelesen hatte?

»Was Sie da in der Hand haben, ist jedenfalls sehr lesenswert.«

»›Die Memoiren des Feldschers?‹« Freytag betrachtete das Buch, als hätte er völlig vergessen, dass er es in der Hand hielt. »Ich glaube, das habe ich schon gelesen. Aber ich bin mir nicht sicher.«

»Haben Sie andere Bücher von ihm gelesen?«

»Haben Sie?«

»Nicht alle«, sagte die Dame. »Aber die meisten.«

»Welches würden Sie mir empfehlen?«

»Das kommt darauf an. Lesen Sie viel?«

»Ziemlich«, sagte Freytag, »wenn ich Zeit habe. Nicht so viel, wie ich mir wünschen würde. Ein Buch pro Woche ist schon eine Herausforderung.«

»Dann würde ich dieses nicht empfehlen«, sagte sie sanft und legte die Hand auf das Buch. »Das ist eines seiner anspruchsvolleren Bücher. ›Das Affenhaus‹ bietet dagegen einen guten Zugang zu seinem Werk.«

»Finden Sie? Gibt es ein anderes Buch des Autors, das Sie mir empfehlen können?«

»Ich habe ›Der welkende Obstgarten‹ sehr gemocht.«

»Nein, wissen Sie«, sagte Freytag, »das werde ich, glaube ich, nicht nehmen. Ich habe darüber reden hören.«

»Sie sind doch wohl nicht prüde, mein Herr?«

»Wenn es nur das wäre … Haben Sie denn noch nicht gehört? Es ist ein verstecktes Lob der Liebe zwischen Männern.«

»Unsinn. Wo haben Sie das denn her? Es geht um einen jungen Mann, einen Autor, der sich in eine schöne ältere Dame verliebt. Es ist sehr romantisch und traurig. Glauben Sie, ältere Damen würden solche Gefühle nicht kennen? Finden Sie es etwa anstößig?«

»Also wussten Sie das gar nicht? Ich dachte, es macht Ihnen nur nichts aus; Sie scheinen ja recht vertraut mit den Büchern dieses Mannes zu sein.«

»Was sagen Sie da?«

»Vor allem nach den ganzen Gerüchten in der letzten Zeit. Es ist wirklich schade – und eine Schande. Er scheint ein brillanter Autor zu sein.«

»Was denn für Gerüchte?«

»Ach, da wird sicherlich übertrieben. Bestimmt geht es nur um platonische Liebe. Der Bub ist ja noch so jung. Geradezu engelsgleich. Wer sind wir denn, andere zu verurteilen? Das heißt ja nicht, dass man sich nicht an seinen Büchern freuen könnte. Da fällt mir dieser Ire ein. Wie hieß er noch gleich? Der in letzter Zeit so beliebt geworden ist. Wilde, genau, Oscar Wilde. Er hat sogar im Gefängnis gesessen für seinen Lebenswandel.«

»Schatz! Hast du das gehört?«

»Wenn Sie mir bitte die Spitzen schneiden könnten. Und würden Sie mir auch die Nasenhaare trimmen?«

Im Spiegel sah er aus wie ein Pfarrer, mit schwarzem Umhang und dem Kragen, den der Barbier ihm umgeschlagen hatte.

»Was für ein Wetter in den letzten Tagen, Herr Freytag! Die sind ja völlig verrückt geworden, da oben. Wenn Sie sich bitte bequem zurücklehnen wollen …«

»Bitte entschuldigen Sie, wenn ich heute etwas maulfaul bin. Ich fühle mich ein bisschen niedergeschlagen.«

»Da habe ich genau das Richtige für Sie«, sagte der Barbier und rührte mit dem Rasierpinsel den Schaum auf, dass es spritzte. »Ich habe ein ätherisches Öl aus feinsten Apfelsinen und Pomeranzen hereinbekommen. Das wirkt Wunder und wird Ihre dunklen Gedanken aufhellen. Ein ausgezeichnetes Mittel gegen Niedergeschlagenheit, es lässt Sie an den Sommer denken, das versichere ich Ihnen.«

Der Pinsel kitzelte ihn am Hals. Der Barbier hatte die ärgerliche Angewohnheit, das Kinn seiner Kunden mit dem Finger anzuheben, was Freytag schlucken und an verstorbene Tanten oder Ballettlehrerinnen mit geflochtenen Peitschen denken ließ.

»Manchmal hilft es ja, darüber zu reden …«

»Ich will Sie nicht mit meinen Sorgen belasten.«

»Der Frisierhocker ist wie ein Beichtstuhl, Herr Freytag. Wenn Sie wüssten, was ich alles zu hören bekomme … Allerdings ohne Buße, natürlich, die Absolution erfolgt unverzüglich. Solange man nur bezahlt. Die Leute erzählen mir die intimsten Details, das sollten Sie mal hören. Wenn man nicht dem vertrauen kann, der einem das Messer an die Kehle setzt, wem dann? Manchmal denke ich, dass das meine eigentliche Aufgabe ist: mir die Sorgen und Nöte anderer Leute anzuhören.«

Freytag hob den Blick; das Krepppapier an seinem Hals raschelte. Im Licht, das vom Fenster hereinfiel, blinkte die Rasierklinge.

»Sie wissen doch, dass ich als Lektor arbeite?«

»Im Fischer & Wulff Verlag, ja.«

»Einer meiner Autoren …«

Es knisterte, als der Barbier die Klinge über seine Wange zog.

»Was Sie nicht sagen …«

Freytag schwieg. Er wollte nicht, dass der Mann abrutschte. Er schloss die Augen und bemühte sich, nicht zu schlucken – er fürchtete um seinen Adamsapfel. Das nasse Handtuch machte ihn frösteln.

»Und jetzt zu den Nasenhaaren …«

»Muss die Pinzette wirklich sein? Können Sie sie nicht einfach abschneiden?«

»Jetzt legen wir mal wieder den Kopf in den Nacken, dann ist es gleich vorbei. Sie hätten mal zu meines Vaters Zeiten hier sein sollen. Der hat noch Zähne gezogen.«

Das war ich doch.

»Autsch!«

»So schlimm war es doch nicht? In der Bredouille, sagten Sie?«

Freytag blinzelte sich die Tränen aus den Augen. Er verspürte einen Niesreiz.

»Ein guter Freund von mir«, schniefte er. »Völlig unverschuldet, muss ich hinzufügen. Ich brauche Ihnen doch nicht zu sagen, wie wichtig es ist, dass Sie das streng vertraulich behandeln?«

»Man nennt mich nicht umsonst die Muschel.«

Die Bartmuschel.

»Autsch!«

Freytag räusperte sich. Er kniff die Augen zusammen.

»Ich kenne Ihren Ruf sehr wohl«, sagte er. »Man muss heute sehr vorsichtig sein. Es ist eine heikle Angelegenheit, es darf absolut nichts nach außen dringen. Das wäre ein Skandal. Ich möchte nicht irgendwelche Verleumdungen unterstützen. Nein, das wäre das Letzte, was ich will.«

»Es ist wirklich eine Unsitte, was heutzutage getratscht wird. Als hätten die Leute nichts Besseres zu tun.«

»Es handelt sich ja nicht um irgendjemanden, sehen Sie. Ich kann jetzt keine Namen nennen, aber es ist eine sehr angesehene Person, und zwar wohlverdient, ein moralischer und hochgeschätzter Mann. Er ist praktisch einer unserer größten Autoren. Es wäre wirklich eine Schande, wenn seine glänzende Karriere durch Gerüchte befleckt würde. Was auch immer die Leute sagen, er ist nicht so einer, er ist kein Kinderschänder, *Barsch* doch nicht.«

Der Barbier schürzte die Lippen. Mit einfältiger Miene schaute er aus dem Fenster.

»Glauben Sie nicht auch, dass es bald besseres Wetter gibt?«

»Ich glaube eher, es gibt noch ein Unwetter«, erwiderte Freytag. »Einen richtigen Sturm, wenn Sie mich fragen.«

»Bitte sehr!«, rief der Barbier und lächelte einschmeichelnd. »Jetzt müssen wir nur noch den Hals einreiben. Hier, riechen Sie mal!«

»Das riecht wirklich frisch.«

»Ist auch die beste Sorte, Herr Freytag. Aus Sizilien. Sehr effektiv gegen Sorgen und Niedergeschlagenheit.«

»Sizilianisch, sagen Sie? Dann können Sie ruhig ein bisschen mehr nehmen!«

Früher oder später kamen die Nomadentiere immer zum Wasserloch. Um den Gnadenstoß auszuführen, brauchte man lediglich etwas Geduld: Er würde warten, bis das Dromedar zu ihm kam, und er hatte nichts dagegen, sich die Zeit bis dahin in der Oase zu vertreiben. Weshalb in die Ferne schweifen, wenn Mohnstrudel und Mokka in Reichweite waren?

Freytag saß im Sperl und behielt die Tür im Auge, um Trebitschs Ankunft nicht zu verpassen. Jemand klimperte auf dem Klavier, das an der hinteren Wand stand, drüben bei den Holzpaneelen unter der Uhr, die immer noch Viertel vor sieben anzeigte. Er überlegte, ob er die Geschichte auch gegenüber Frau Weinheber dementieren sollte, und lauschte dabei auf die unbeschwerten Melodien. Sie war ein Tratschweib erster Güte. Doch er entschied sich dagegen; so tief wollte er nicht sinken.

Freytag unterdrückte ein Gähnen. Es war ein langer Tag gewesen. Im Auftrag von Signori hatte er all die Orte aufgesucht, die er so lange gemieden hatte, um die angeblichen Gerüchte zu dementieren. Etwas zu widerlegen war eine anstrengende Arbeit. Die meisten hatte er bereits abgekämmt, nur die Buchhändlervereinigung musste er aufschieben – sie trafen sich erst in ein paar Tagen wieder. Einen Großteil der Zeit hatte er in dem widerwärtigen Café Central verbracht, um sich zu vergewissern, dass die noch viel widerwärtigere Klientel dort ihren Teil des Geredes abbekam. Es war ein ständiges Picheln von Kaffee und Wasser gewesen, zwischen Pamphletisten, Polemikern, mittelmäßigen Schreiberlingen und Oberlippenbärtchen. Wasser, das er mit vorbildlicher Langsamkeit im stinkenden Urinoir ausschied. Mit Erfolg: Das tröpfelnde Rinnsal hatte ihm verschiedentlich Gelegenheit geboten, den Autor wortreich in Schutz zu nehmen. Er war sicher, dass ihm seine Sache gelungen war.

Zu Beginn hatte er dieses Kunststück auch in der Schlange vor der Toilette versucht, doch es kam ihm allzu aufdringlich vor. Die Gespräche hier schienen ihm zu freimütig; Plausch und Angeberei von der schlimmsten Sorte.

Was während des angespannten Wartens geäußert wurde, konnte man unmöglich ernst nehmen. Während der Verrichtung dagegen, wenn man sich mit heruntergelassenen Hosen in erzwungener Intimität dem Allerprivatesten widmete, klangen die Worte ganz aufrichtig. Der schwerelose Gedankenaustausch schien beim Erleichtern besonders ungezwungen, Vertraulichkeiten wurden mit vollkommener Selbstverständlichkeit preisgegeben.

Er musste unbedingt daran denken, noch in die Kirche zu gehen. Dort war er lange nicht mehr gewesen, er hatte keine Zeit dazu gehabt. Doch wie wichtig die weltlichen Aufgaben auch sein mochten, ermahnte er sich selbst, so war dies noch lange kein Grund, die Seele hintanzustellen – nicht einmal, wenn der Auftrag aus Rom kam.

Er kratzte sich am Hals und schlug die *Reichspost* auf. Passenderweise hatte jemand einen Artikel über den Niedergang der Kultur geschrieben. Der Sittenverfall unter den zeitgenössischen Autoren und Künstlern sei besorgniserregend, die Jugend leicht zu beeinflussen. Die effeminierten Ästheten, diese in männlicher Brust gefangenen weibischen Seelen, verleiteten sie mit ihrer lasterhaften Lebensführung.

Das hätte er selbst nicht besser sagen können, dachte er und zog an seinem Zigarillo. Wieder tauchte das Bild des armen Jungen in den Bergen vor ihm auf.

Dieser hatte sich kurz umgedreht, als hätte er etwas gehört. Die erschrockenen Augen hatten ihn direkt angestarrt; im Fernglas hatte er gezittert wie ein Rehkitz.

Wie so oft in letzter Zeit überlegte Freytag, was genau er

eigentlich dort in den Bergen gesehen hatte. Was war seinem Sturz und den anschließenden Kopfschmerzen vorausgegangen? Er hatte dieses Puzzle in seinem alten Kopf schon so oft gelegt, dass er sich inzwischen immer unsicherer wurde, ob er die Teile richtig zusammensetzte. Jetzt ging er das Ganze in Gedanken noch einmal durch. Als müsste er es nachspielen.

Das Fernglas hatte gewackelt, er hatte einen Baumwipfel gesehen, Wolken, hatte die Sonne auf seiner Hornhaut brennen gefühlt, den Schmerz in den Lidern. Verschwommene Flecke waren vorbeigeflimmert, alle Farben der Erde, bis es ihm wieder gelang, das Glas stillzuhalten und die beiden ins Visier zu nehmen. So weit gab es keinen Zweifel. Und da hatte Barsch wirklich neben einem Mann gestanden, der ihm selbst den Rücken zukehrte, einem etwas mageren Jüngling: dem jungen Kellner aus dem Café neben der Kirche. All dessen war er sich vollkommen sicher. Sie hatten vertraulich miteinander geredet, intim. Dann hatte Barsch plötzlich die Hand gehoben und dem Jungen über die Wange gestreichelt. Ab hier kam ihm alles immer unwahrscheinlicher vor, doch zugleich konnte er sich ganz genau erinnern. Wie sie gelacht und einander umarmt hatten, nicht kameradschaftlich und glucksend, nicht kollegial oder brüderlich, nicht rückenklopfend, sondern liebevoll, ein wenig unsicher, verstohlen. Wie mit angestautem Verlangen. Vielleicht war auch noch mehr geschehen, etwas anderes konnte er sich kaum denken, so innig, wie sie sich umarmt hatten, aber das konnte er, wenn er ehrlich war, nicht wirklich sagen – denn just in diesem Moment war der Zweig abgebrochen, und er war den Abhang hinuntergerollt, durch die Vegetation, mit fuchtelnden Armen über Stock und Stein. Dann war alles schwarz geworden. Er musste sich den Kopf an einem Stein gestoßen haben und neben dem Stamm einer gefällten Tanne zum Liegen gekommen sein. Irgendetwas in dieser Art.

Freytag rieb sich die Stirn. Die Beule war verschwunden. Nur eine Schürfwunde wies darauf hin, dass er sich tatsächlich auf der Böschung befunden hatte, und das Pochen in seinem Fuß; er war geradezu dankbar für diese Verletzungen. Sie bewiesen ihm, dass er sich nicht alles nur einbildete. In der letzten Zeit hatte er oft genug Grund gehabt, seinem Gedächtnis zu misstrauen. Vielleicht hätte er dem Ganzen gar nicht so viel Bedeutung beigemessen – hätte nicht dieses Unbehagen, das die Ereignisse hervorriefen, seine Erinnerungsbilder bekräftigt. Auf seinen Kopf konnte er sich nicht verlassen, das war ihm bewusst, aber sein Zwerchfell war immer zuverlässig. Das Gefühl in seinem Bauch ließ keinen Raum für Zweifel: Was er gesehen hatte, war wahr.... Warum sonst wurde er immer von Übelkeit befallen, wenn er die Geschehnisse vor seinem inneren Auge Revue passieren ließ? Jetzt war er sich ganz gewiss: Barsch hatte dem Jungen über den Kopf gestreichelt, seine Hand durch das dichte Haar gleiten lassen – und er hatte ihn auf den Mund geküsst.

Wieder zog Freytag an seinem Zigarillo; der Rauch brannte in seinen Augen. »Das Objekt«, hatte Barsch ihn genannt. Den »Gegenstand« seiner Liebe, seines Begehrens. Der Gedanke, dass Barsch sich mit seinen kindlichen Fingern an der Jugend vergriff, verursachte ihm Übelkeit. Er musste sich räuspern und bekreuzigte sich. Kein Wunder, dass die Mutter des Jungen ihnen an jenem Tag im Café vorwurfsvolle Blicke zugeworfen hatte. Seinen schriftstellerischen Ruhm auf so unnatürliche Weise zu missbrauchen ...

Freytag stieß, einem empörten Telegraphen nicht unähnlich, seinen Zigarillo wiederholt in den Aschenbecher. Das war doch wirklich unverzeihlich. Er bereute die Gewissensbisse, die ihn im Laufe des Tages überfallen hatten. Barsch bekam lediglich, was er verdiente. Jetzt würde die Welt erfahren, was er für einer war; in Sack und Asche sollte er gehen. Aber er begriff nicht, wieso es ihn so am Hals juckte ...

Die Tür öffnete sich.

Drei Männer kamen herein. Im Windfang schüttelten sie ihre Regenschirme aus und klopften das Wasser von ihren Melonen.

Als Freytag gerade wieder den Blick senken wollte, tauchte Trebitsch hinter ihnen auf, so krumm wie eh und je.

Sogleich beugte Freytag sich wieder über seine Zeitung. Die Eulenburgaffäre, las er, die Eulenburgaffäre habe Schande über die deutsche Volksseele gebracht. Und die Dekadenten Preußens hätten nun auch die österreichischen befleckt …

»Haben Sie etwas dagegen, wenn ich mich zu Ihnen geselle?«

»Lieber nicht«, sagte Freytag. »Sehen Sie nicht, dass ich lese?«

»Nun seien Sie doch nicht so, Herr Freytag. Für einen alten Freund haben Sie doch sicher Zeit?«

»Herr Trebitsch?«

Freytag rückte seine Brille zurecht.

»Ich habe Sie gar nicht erkannt. Setzen Sie sich doch«, sagte er. Trebitsch hatte bereits an seinem Tisch Platz genommen. »Bitte sehr. Ich gratuliere Ihnen zu Ihrem Erfolg mit dem *Kometen*. Auf den trifft man jetzt ja überall.«

»Mögen Sie ihn?«

»Das möchte ich nicht behaupten.«

»Freut mich zu hören.«

»Ich habe tatsächlich mal auf der Toilette darin geblättert. Aber auf derlei Geschreibsel verstehe ich mich nicht, wo liegt da der Gewinn? Bei uns am Judenplatz ist so etwas immer gleich im Papierkorb gelandet. Und dann diese Illustrationen … So etwas liegt normalerweise auf dem Klo. Fragen Sie mich nicht, warum.«

Das wundere ihn, meinte der Komet-Redakteur, das mit den Toiletten – nicht, dass Freytag die Qualität der Texte nicht zu schätzen wisse. Denn künstlerisches Neuland werde ja wohl kaum in den arrivierten Kreisen betreten.

Trebitsch lag ihm, wie immer, mit den Ach-so-Begabten in den Ohren. Denen, die durch das grobmaschige Netz fielen, welches die Verlage nach wie vor in den immer gleichen leer gefischten Gewässern auslegten. Zu Freytags Verwunderung redete er jedoch auch eine Menge über Heimatlosigkeit. Wie wichtig es sei, die Entwurzelung zu beschreiben. Und über das schriftstellerische Vermögen, den Zeitgeist einzufangen. Ein ewiges Herumreiten auf der Heimatlosigkeit, als würde der Mann auf der Straße leben.

»... und in gewisser Weise sind wir alle heimatlos ...«

Der Feuilletonist war doch selbst schuld, dachte er, schließlich hatte er sich selbst für dieses Nomadenleben entschieden.

Freytag schaltete auf Durchzug und schaute aus dem Fenster. Er kratzte sich am Hals. Furchtbar, wie das juckte. Konnte das von dem ätherischen Öl kommen?

Ein Tablett mit Gläsern, das krachend hinter der Theke zu Boden fiel, riss Freytag aus seinen Überlegungen. Erschrocken kniff er die Augen zusammen.

Trebitsch fuhr unverdrossen mit seiner Leier fort. Gerade ließ er sich darüber aus, wie die Kunst einem dabei half, das eigene Erleben zu gestalten.

»... nicht wie es ist, Herr Lektor Freytag, sondern wie man es erlebt ...« Irgendwas über das Aufbrechen der Beschränkungen durch die Perspektive. Der Ausdruck suche sich neue Formen, behauptete er, man brauche neue Ansätze, um das zu vermitteln, was alle teilten, die Erfahrung des Menschseins.

Freytag gähnte. Würde er denn nie zur Sache kommen?

»Ich weiß«, sagte er, um ihn zum Schweigen zu bringen. »Wir lesen, um zu spüren, dass wir nicht allein sind ...«

»Genau«, sagte Trebitsch und sah aus, als hätte er den Faden verloren. So hatte er ihn noch nie gesehen: eine selten kamelartige Verwirrtheit, von der wiederkäuenden Sorte.

»Es gibt Gerüchte, Herr Freytag.«

Für einen kurzen Moment – eine Folge all des inneren Sich-Duckens – empfand er es wie einen Schlag in die Magengrube; er dachte, es ginge um seine Frau. Dann musste er innerlich lächeln. Die Gerüchteküche kochte schneller, als er sich hätte träumen lassen.

»Gerüchte? Mit so etwas befasse ich mich nicht.«

»Ihr Freund, der Barsch, ist der nicht ein bisschen effeminiert?«

Freytag gab sich Mühe, peinlich berührt auszusehen.

»Effeminiert?«

Er räusperte sich und ließ seinen Fingern freies Spiel – endlich war ihm ihr Zittern einmal nützlich. Zu seiner Enttäuschung schien es eher abzunehmen, jetzt, wo er es so ungehindert zuließ.

»Nicht, dass ich wüsste«, sagte er dann. »Im Gegenteil, er ist sehr beliebt bei den Frauen. Sie sollten mal die Stapel von Briefen sehen, die er bekommt. Weshalb fragen Sie?«

Das Dromedar sah ihn starr an. Mit suchendem Blick. Argusaugen, dachte Freytag, illusionslose Argusaugen.

»Sie haben noch nichts davon gehört?«

Freytag holte theatralisch Luft – hielt den Atem an und stieß ihn wie ein Blasebalg wieder aus, während er den Kopf schüttelte.

»Seit dem ›Welkenden Obstgarten‹ gab es immer wieder Gerüchte«, seufzte er. »Es ist ungerecht, all diese bösen Zungen, sie gehen wirklich zu weit. Die letzten Behauptungen, von denen ich denke, dass Sie auf sie anspielen, könnten das Gerede zu allem Unglück neu entfachen. Ihre Kollegen scheuen sich ja wirklich nicht, irgendwelches Zeug zu schreiben«, fuhr er fort und klopfte vielsagend auf die *Reichspost*. »Sie werfen sich auf das Hörensagen wie ausgehungerte Biographen. Aber ich fand schon immer, dass die *Neue Freie Presse* eine vorbildliche Publikation ist. Es freut mich, dass Sie sich nicht daran beteiligen, Vorurteile zu verbreiten, es freut mich wirklich, dass Ihre Zeitung nicht mit auf diesen Zug aufgesprungen ist. Das zeugt von guten Sitten. Dass Sie sich nicht gleich auf das neueste Geschwätz stürzen. Ich bin stolz auf Sie, dass Sie eine so starke Integrität besitzen.«

»Er wäre ja nicht der Einzige«, sagte Trebitsch. »Allerdings wäre es außerordentlich ungünstig für ihn, der doch ein so breites Publikum hat und von wirklich allen gelesen wird.«

»Die Wahrheit ist, Herr Trebitsch, dass dies alles reiner Unsinn ist. Sicher stecken die Miesmacher aus dem Central dahinter. Es würde mich nicht wundern, wenn Sie es dort aufgeschnappt hätten. Diese Nörgler haben seinen Erfolg doch nie verwunden. Dass jemand so beliebt ist – er hat eine breite Leserschaft, wie Sie ganz richtig bemerken – und noch dazu ein Kritikerliebling, das ist sicher schwer zu schlucken, bei dem wässrigen Kaffee, den man dort bekommt. Gewiss sticht sein Ruhm ihnen ins Auge. Tränend vor Rauch, wie es ist, voller Selbstverherrlichung und Verachtung. Dass Barsch sowohl Alt als auch Jung, Hoch und Niedrig begeistert, ist für sie sicher nicht leichter zu ertragen. Es ist ja das Einzige, woran sie sich klammern können, diese Armen; Mangel an Begeisterung, Bedeutungslosigkeit – ist das nicht der Lohn für ihre vermeintliche Größe? Neid ist weit verbreitet unter Schriftstellern, Herr Trebitsch, sie sind schlimmer als alte Schachteln auf einem Debütantenball. Glauben Sie mir. Sie lesen ihn heimlich, mit zitternden Händen und unterdrückter Bewunderung, erschüttert von seiner Unerreichbarkeit.«

»Aber ich glaube, es ist etwas dran, an diesen Gerüchten. Ich habe so etwas schon lange vermutet.«

»Soweit ich weiß, sind sie nur gute Freunde. Und so jung ist der Bub nun auch wieder nicht. Er sieht nur recht jung aus. Dass man Barsch trotz seiner vielen weiblichen Bewunderer nie mit einem Schmetterling an seiner Seite sieht, liegt sicher nur daran, dass er sein Leben der Kunst geweiht hat. Seine Faszination für den männlichen Körper ist gesunder Natur, vollkommen harmlos. Er ist ein hingebungsvoller Anhänger körperlicher Ertüchtigung, das ist heute modern. Männerfreundschaft ist nichts, dem man misstrauen sollte, im Gegenteil. Sie ist immer eine der erhabensten Arten der Zuneigung gewesen, und das schon seit der Antike. Auch Platon schätzte ja den Umgang mit jüngeren Männern. Als alter Freund macht es mich dennoch sehr beklommen; wir können wirklich nur hoffen, dass die Gerüchte sich so schnell wie möglich wieder verflüchtigen.«

Freytag griff nach seiner Tasse. Als er sie zum Mund führte, zitterte sie vorbildlich.

»Totschweigen«, fügte er hinzu und schlürfte seinen lauwarmen Kaffee. »Das ist das Einzige, was hilft.«

Forum Romanum, Rom, 12. Mai 1903

Der ewige Sonnenschein war verschwunden.

Obwohl die römischen Wolken ihre Tore weit geöffnet hatten und die Straßen der ewigen Stadt so gut wie menschenleer waren, setzten die Arbeiter ihre mühsame Arbeit mit Hacken und Spaten fort, um die Spuren vergangener Größe freizulegen.

Unter aufgespannten Zeltdächern wurde mit Maurerkelle und Löffel hantiert. Man zeichnete auf und führte Buch. Mit Hilfe von Sieb und Durchschlag wusch man die Überreste der Geburt der Zivilisation heraus; der Pinsel brachte ans Licht, was seit Ewigkeiten unter Schichten von Dreck und Staub in der Erde verborgen gewesen war. In bemerkenswerter Geschwindigkeit und mit militärischer Präzision deckte man Handbreit um Handbreit auf, was die oberirdischen Hinterlassenschaften bislang nur hatten ahnen lassen.

Bald würde die Hauptstadt der Antike weitere Ehre erfahren, dieser Ort, an dem man sich stets in unmittelbarer Nähe des größten historischen Augenblicks wusste, sei es der Kunst, der Religion, der Menschlichkeit – oder des Ewigen. Maßband, Zollstock und modernste Nivelliergeräte wurden im Namen der Nation dazu eingesetzt, die Spuren von Jahrhunderten der Macht und des Ruhmes zum Vorschein zu bringen – die Geschichte sollte ausgegraben und geplündert werden, um in die Zukunft zu weisen, auf die kommende Größe des Landes.

In der kleinen Gruppe, die von dem verantwortlichen Chefausgräber und Architekten angeführt wurde, gab es viele, deren Geduld sehr strapaziert war. Und auch dem Regierungschef Zanardelli, dessen Gesicht immer wüst aussah – ein wenig hohläugig, mit wildem Schnurrbart und Haaren, als lebte er in ständigem Gegenwind –, schienen die Kaskaden arg zuzusetzen. In seinen schlammverkrusteten Stiefeln und dem schwarzen Regenmantel erinnerte er an einen Mietkutscher, der seinen Rücken im Regen beugt. Der Außenminister dagegen schien unberührt von dem Wasser, das beständig vom Himmel fiel. Er war es vor allem, der den Architekten dazu antrieb, die Arbeit fortzusetzen, obwohl die Eimer schon fast überliefen.

Die Begeisterung des Ministers richtete sich auf andere Dinge als die des Ausgrabungsleiters. Tittoni schien mehr an den Beweisen für den Glanz Roms und seiner Weltherrschaft zu liegen, an Bildern, die bestätigten, woran niemand zweifelte. Signor Boni dagegen hielt sich am liebsten an die scheinbar unbedeutenden Funde – einfache Dinge, die »den Knochenresten Leben einhauchten«. Ihm war wichtig, *was* an den uralten Ahnen Roms deren unübertreffliche Größe ausgemacht hatte, *was* dem Vormarsch der römischen Zivilisation und der Entwicklung der antiken Stadt zugrunde lag, und nicht, *ob* es das tat. Wie sie gedacht und gelebt hatten, und was dazu geführt hatte, dass sie eine Zivilisation, eine Kultur hervorbrachten, die sie so weit über Zeit und Raum erhob – das war es, was ihn interessierte.

Für Signor Boni glich das Forum Romanum einem Buch, einem Geschichtsbuch – mit Lücken, gewiss, ein paar Seiten waren verschwunden, ein Schmöker mit hässlichen Rissen, dessen Rücken auseinanderfiel –, das aber, wenn man es nur geduldig und vorsichtig genug öffnete, die wahre Geschichte Roms zu erzählen vermochte. Jetzt begnüge man sich nicht mehr mit einzelnen Blättern, behauptete er, mit ein paar wenigen Seiten des letzten Kapitels, die man so lange bewundert und verkommen lassen hatte, sondern man setze sich hin, um die ganze Geschichte zu lesen. Alle Schichten sollten sorgfältig aufgedeckt werden; in dem scheinbar Wertlosen lägen oft Antworten; Antworten, welche seine Vorgänger in ihrem Eifer und geblendet von dem Offenbaren nicht hätten sehen können oder wollen.

Nach einem kurzen Wortwechsel zwischen Zanardelli und seinem Außenminister verabschiedeten sich die beiden Regierungsmitglieder.

»Sie leisten große Arbeit, Signor Boni«, sagte Zanardelli. »Die Nation ist Ihnen unendlich dankbar. Aber die Pflicht ruft.«

Sie schüttelten dem Archäologen die Hände und stapften durch den Schlamm zur wartenden Droschke, wobei sie mehrmals auf den Steinen auszurutschen drohten.

»Er macht rasche Fortschritte«, sagte Zanardelli.

»Wir haben keine Zeit zu verlieren.«

»Eine so sorgfältige Arbeit braucht aber doch gewiss ihre Zeit.«

»Sie sollen sich auf die wichtigen Stücke konzentrieren«, erwiderte Tittoni, »statt sich mit unwichtigen Details aufzuhalten. Dafür werden sie schließlich bezahlt.«

Durch verlassene Straßen ratterten sie zum Regierungsgebäude. Lediglich die Straßenbahnen rollten mit beschlagenen Fenstern an ihnen vorbei. Selbst die Bettler hatten unter den Arkaden Schutz gesucht. Das Wasser ergoss sich in Strömen auf die Straßen.

Der Regierungschef rieb das Kutschfenster frei.

»Banco di Roma, sagen Sie ... die Bank des Papstes ... noch ein Fiasko können wir uns nicht leisten, Signor Tittoni. Die peinlichen Debakel von Abessinien und Tunis dürfen sich nicht wiederholen. Nicht, wenn wir nicht zu einer unbedeutenden Macht verkommen und als lächerlich dastehen wollen. Einige behaupten bereits, wir würden die Tripolis-Frage vernachlässigen, unsere Möglichkeiten dort glitten uns aus den Händen.«

»Der diplomatische Weg ist bereits vorbereitet. Die Herrscher haben durchblicken lassen, dass wir freie Hand haben. Unser Anrecht liegt unter dem Sand begraben. Es liegt dort und wartet auf uns. Mein Gott, die laufen dort immer noch in Decken gehüllt herum, in Togen! Die Franzosen haben massenweise römische Überreste an der Küste gefunden. Ebenso reiche Zeugnisse gibt es weiter östlich, deshalb hat der Sultan Grabungen verboten, er weiß, was sich unter dem Sand verbirgt. Da gibt es jede Menge römische Steinbrocken und korinthische Marmorsäulen, die aus dem Sand ragen. Wir müssen die Gegend gut im Auge behalten. Bevor der Sultan anderen Nationen den Vortritt gewährt.«

Zanardelli nickte.

»Wir können nicht tatenlos zusehen, wie andere alles an sich reißen. Immerhin sind wir es gewesen, die die Zivilisation dorthin gebracht haben. Und die Bank könnte uns helfen, sagten Sie, unseren Einfluss dort zu stärken, unsere Position auszubauen, jetzt, wo sie es sich überlegt haben?«

»Eine allmähliche Etablierung italienischer Interessen ist der einzige Weg. Deshalb ist die Bank so wichtig. Wir müssen den friedlichen Weg gehen. Alles andere wäre dumm. Der politische Einfluss folgt auf den ökonomischen. Indem wir die wirtschaftlichen Interessen Italiens vertreten, können wir unsere Position dort langsam ausbauen. So müssen wir uns der Vierten Küste nähern.«

»Bis es eines Tages unausweichlich ist«, murmelte Zanardelli leise vor sich hin und rieb erneut die Scheibe frei, »unsere Pflicht, die Interessen unserer Mitbürger zu verteidigen.«

»Genau deshalb ist die Bank unentbehrlich. Aber sie muss Handlungsfreiheit haben.«

»... bis wir eines Tages gezwungen sind, sie zu besetzen ... Sie müssen unser Anliegen in Österreich vortragen. Betonen, welche Bedeutung das für die Allianz haben kann. Aber ich fürchte, es wird keinen Unterschied machen. Der Kaiser tut doch, was er will.«

»Sie haben die Macht. Wenn wir sie nur dazu bringen können, sie zu nutzen.«

»Aber wollen sie überhaupt?«

Zunächst bemerkte Freytag ihn im Dunkeln gar nicht, wo er hinter vorgezogenen Gardinen saß – als hätte der Hausdiener ihn in das falsche Zimmer geleitet. Doch dann nieste er, möglicherweise noch kläglicher als schon am Telefon. Das reuevolle Schnauben eines Sünders, selbstmitleidig und gleichzeitig besorgt um seinen Besuch: »Kommen Sie nicht näher! Ich will Sie nicht anstecken, Herr Freytag. Bitte entschuldigen Sie, dass ich Ihnen nicht die Hand gebe. Sie sind gekommen, trotz alledem …«

Ihm fiel auf, dass er nie zuvor in dieser Wohnung gewesen war. Barschs Stadtwohnung, ganz in der Nähe des Central natürlich, am Michaelerplatz. In all den Jahren hatte man ihn niemals eingeladen – den Lektor. Bis heute. Nicht ehe der Autor in den Schmutz gezogen worden war.

»So schnell ich konnte.«

»Ich hatte Angst, Sie würden nicht kommen, Sie würden es mir übelnehmen. Wenn man bedenkt … Bitte entschuldigen Sie, dass ich Sie im Café gestört habe. Herr Schlink hat mir von Ihrer ablehnenden Einstellung dem Telefon gegenüber erzählt. Es ist wirklich irritierend, wenn die Leute sich einem so aufdrängen. Aber ich wusste nicht, an wen ich mich sonst wenden sollte.«

Barsch schnäuzte sich. Auf dem Boden lag ein Haufen benutzter Taschentücher, wie Freytag feststellte, als sich seine Augen langsam an die Dunkelheit gewöhnten.

»Und obendrein bin ich auch noch kränklich. Ich, der ich sonst nie erkältet bin!«

»Das muss an diesen Wetterumschwüngen liegen. Das kann ja gar nicht gut sein.«

»Vielleicht das«, sagte Barsch und tupfte sich die Nase. »Sie haben ja meistens recht.«

»Eine Tasse Tee wäre vielleicht nicht schlecht?«

»Entschuldigen Sie meine Unverschämtheit! Da schicke ich nach Ihnen, und dann vergesse ich vollkommen, den Gastgeber zu spielen …«

Barsch zog an einer Kordel, die von der Decke herabhing; die Troddel schwang temperamentvoll hin und her, wie ein Rossschweif in der Spanischen Reitschule. Weiter weg ertönte das ärgerliche Klingeln einer Glocke.

Die Tür öffnete sich abrupt. Freytag hatte den Verdacht, dass der Diener an der Tür gelauscht hatte.

»Sándor, heben Sie die Hufe! Ist Er denn völlig nachlässig geworden, seit ich weg war? Sieht Er denn nicht, dass wir feinen Besuch haben? Das hier ist mein Lektor Freytag, ein alter Freund. Er ist nicht irgendwer, sondern der beste Lektor in ganz Wien. Und Er bietet ihm einen solchen Empfang! Holen Sie eine Kanne Tee, und zwar plötzlich. Entschuldigen Sie, Herr Freytag, was möchten Sie in den Tee? Cointreau? Oder lieber Rum? Wir haben bestimmt auch Kirschwasser. Nicht wahr, Sándor, Er hat doch noch Kirsch?«

»Aber gewiss, Herr Barsch.«

»Etwas Cointreau vielleicht …«

»Für mich dasselbe. Und ein Glas von dieser Orangenlimonade, die ich so mag. Und dazu etwas zum Knabbern. Wenn es Sándor nicht zu viel Mühe bereitet?«

»Natürlich, Herr Barsch.«

»Und öffnen Sie um Gottes willen die Gardinen! Was steht Er da herum und wartet! Machen Sie die Fenster auf! Man kriegt ja kaum Luft hier drinnen.«

»Aber …«

»Ja?«

»Sie hatten mich doch gebeten, die Fenster nicht zu öffnen.«

»Wo Er das nur wieder herhat? Ich mache meine Morgengymnastik immer am offenen Fenster. Das ganze Jahr über. Meint Er etwa, ich vertrage keine frische Luft?«

Mit einem Ruck öffnete der Hausdiener die Vorhänge. Für einen Moment stand er wie ein schwarzer Christus am Kreuz mit ausgebreiteten Armen im Gegenlicht, als dächte er über etwas nach, ehe er mit erzwungener Ruhe den Handschuh um den Fensterknauf schloss.

Das Zimmer war prächtiger, als Freytag im Dunkeln geahnt hatte. Einen größeren Kontrast zu dem Haus in den Bergen konnte es kaum geben, mit all den repräsentativen Möbeln, Putten und Spitzendeckchen. Kaum zu glauben, dass sie demselben Besitzer gehörten. Sie befanden sich in einer Bibliothek, wie Freytag feststellte, einem Lesesaal, der denjenigen von Signori beinahe übertraf, wenn nicht an Gemütlichkeit, so doch bestimmt in der Anzahl der Bücher. Die meisten davon hatte dieser Mann gewiss nicht einmal angerührt, geschweige denn gelesen; sie gehörten zu Barschs Auftreten, ebenso wie der gemusterte Seidenschal, den er sich um den Hals geschlungen hatte – Freytag konnte sich nicht vorstellen, dass Barsch sich damit in den Bergen hätte sehen lassen.

Ein kühler Luftzug trug den Lärm der Stadt herein. Der Geruch nach eingeschlossenen Ausdünstungen verflog und wurde durch den Fäulnisgeruch des überlasteten Kanalsystems weit drunten ersetzt. Es erinnerte ihn an die guten alten Zeiten: all die Exkremente und Abfälle, die sich mit dem Abwasser vermischten, ehe man Kanäle grub und der Dunst durch den Gestank der Automobile vertrieben wurde.

Die Fensterflügel öffneten sich zu einem großzügigen Steinbalkon mit Skulpturen, Figuren mit drallen runden Beinen wie Cherubim, zwischen denen man den Himmel und die Giebelspitzen auf der anderen Straßenseite erahnen konnte. Die Balustrade wirkte in Anbetracht des Stockwerks, in dem sie sich befanden, erschreckend niedrig; die Hosenfalten des Hausdieners schienen sich auf derselben Höhe zu befinden wie die Marmorplatte des Geländers, auf welchem, nach dem Dreck zu urteilen, die Tauben über den Hausdächern zu sitzen pflegten.

Es war ein stattliches Haus, eines der wenigen, die er besucht hatte, die einen Aufzug hatten; es war eine schwindelerregende Fahrt gewesen, mit flatterndem Magen und wackelnden Knien, er hatte sich mit der Hand an der Fahrstuhlwand abstützen müssen.

Langsam tasteten sie sich an den Grund heran, aus dem der Lektor endlich zu Barsch nach Hause eingeladen worden war. Der Autor erkundigte sich nach Freytags Heimreise und lutschte dabei an einem Stück Brustzucker, das er aus einer klappernden Schachtel in seiner Jackentasche entnommen hatte.

»Hatten Sie eine gute Fahrt?«

Ja, die hätte er gehabt, bestätigte Freytag, und es sei schön gewesen, nach Hause zu kommen, als alter Mann hinge man sehr an seinen Gewohnheiten. Und nein, diesmal hätten sie zum Glück keine Kuh überfahren, Gott sei Dank. Der Fuß täte immer noch weh, ja, das tue er, aber die Beule am Kopf sei fort; die habe er praktisch schon vergessen. Doch, die Erinnerung sei zurückgekehrt, versicherte er, kristallklar. Es sei, wie er vermutet habe, er hätte sich nach einer Blume gestreckt, das sei sehr leichtsinnig von ihm gewesen, aber jetzt sei er fast ganz wiederhergestellt. Und – gewiss, gewiss – es sei schön, wieder in seinen Trott zu kommen, teilzuhaben an allem, was geschehe. Nein, er könne nicht behaupten, dass er noch richtig auf dem Laufenden wäre, jetzt nicht mehr, aber er lese natürlich Zeitung, und doch, das sei ja klar: Man bekomme hier und da etwas mit, nicht zuletzt im Kaffeehaus, da habe er recht, dort werde über alles Mögliche geredet. Er achte nicht besonders darauf, meinte er, die Leute redeten so viel. Das sei einer der Vorteile, wenn man alt werde, man müsse nicht mehr so tun, als interessiere man sich für alles, das erwarte niemand mehr.

Der Hausdiener kam mit einem Tablett zurück. Neben dem Tee und Barschs Orangenlimonade, die er formvollendet und mit geradem Rücken servierte, brachte er einen Teller mit gerösteten Brotscheiben und Marmelade sowie ein Konfektschälchen mit rosenförmigen Schokoladenpastillen.

»Sándor, will Er so freundlich sein, das Fenster zu schließen! Merkt Er denn nicht, wie es hier zieht?«

Nachdem der Hausdiener das Zimmer verlassen hatte, wandte Barsch sich Freytag zu und sagte, er schätze dessen Takt und könne gar nicht genug betonen, dass dies die unausgesprochene Treue nur noch bestärke, die sie verbinde. Nichtsdestoweniger wolle er die Gelegenheit nutzen, ihm zu versichern, dass die Gerüchte vollkommen haltlos seien. Er wolle nicht, dass Freytag darüber in Ungewissheit schwebe, was er andererseits nicht glaube, aber dennoch, ein Dementi sei vielleicht angebracht, der Ordnung halber.

Freytag, fuhr er fort, sei immer wie ein Vater für ihn gewesen, der Vater, den er nie gehabt hätte. Er wisse nicht, an wen er sich sonst wenden solle. Man habe viele Anhänger in seiner Position, Gönner, Beschützer, Sympathisanten, fast ebenso viele, wie man Feinde habe, aber keinen Freund, jedenfalls keinen richtigen.

»Sie sind der Einzige, dem ich vertrauen kann«, sagte er fast flehend. Freytag wischte sich die Marmelade aus dem Bart.

»Das wird vorübergehen«, sagte er. »Sie müssen sich nur gedulden.«

»Sie haben recht. Wie immer. Ich sollte es wohl eine Weile ruhiger angehen lassen. Ich begreife nicht, woher diese Gerüchte kommen.«

»Das ist wie bei einem Waldbrand, denke ich; es liegt da und schwelt unter der Oberfläche, und jederzeit kann es wieder aufflammen. Soweit ich weiß, kommen die Gerüchte aus dem Central. Dort liegen die Rauchschwaden besonders dicht.«

»Aus dem Central?«

Barsch stürzte die Limonade hinunter. Dann wischte er sich den Mund ab und sprang auf. Er schien sein wahres Ich wiedergefunden zu haben, das Sofa machte einen erschrockenen Satz nach hinten und spreizte die Löwentatzen, dass sie über das Parkett scharrten. Barsch ging im Zimmer auf und ab, klapperte mit den Münzen in seinen Taschen und sog an dem Brustzucker, dass es nur so schmatzte. Er lief zum Bücherregal, strich mit der Hand über die Rücken, zog ein Buch zur Hälfte heraus, um es gleich wieder hineinzustoßen. Dann zog er ein anderes heraus und blätterte zerstreut. Anschließend ging er erneut auf und ab und klopfte sich mit dem Buch in die Handfläche. Das Bonbon schoss von einer ausgebeulten Wange in die andere und schlug dabei gegen seine Zähne.

»Es sind doch nur Gerüchte«, sagte Freytag und nahm sich schnell noch ein Schokoladenkonfekt – es war wirklich köstlich. Besonders die Hälfte, die von dunkler Schokolade durchzogen war, schmeckte ihm gut und ließ ihn sich den Mundwinkel in der Gegend von Sizilien ablecken. »Es gibt ja keine Beweise«, fügte er hinzu.

»Jeder in Wien liest Zeitung. Wenn es erst gedruckt ist, ist es mehr als nur ein Gerücht. Dann ist es eine Tatsache. Wie soll ich mich in den Bergen je wieder sehen lassen?«

»Zeitungspapier ist von minderwertiger Qualität«, schmatzte Freytag. »In einem Monat oder zwei sind die Nachrichten vergilbt und vergessen, so wie wir alle vergessen sein werden, wenn wir erst unter der Erde sind. Ihre Bücher dagegen werden weiterleben. Die sind von ganz anderer Art, es wird Neuauflagen geben.«

Barsch blieb stehen. Er hörte sogar auf, mit den Münzen zu klimpern.

»Glauben Sie?«

»Auf Qualitätspapier.«

Es krachte, als Barsch den Brustzucker zerbiss. Etwas schien unter dem Haaransatz an der Schläfe in Bewegung zu geraten.

»Es gibt nichts, was ich Ihnen mehr wünsche«, sagte er, »als ein langes und glückliches Leben.«

»Sie täten gut daran, mit der Veröffentlichung zu warten,

bis sich die Wogen geglättet haben. Jetzt ist wirklich nicht der richtige Zeitpunkt, mit einem so kontroversen und neuartigen Roman herauszukommen. So schaffen wir es auch noch, ihm den richtigen Feinschliff zu verpassen.«

»Das wird wohl das einzig Richtige sein. Mir scheint, ich habe keine andere Wahl. Das Fest werde ich dann wohl abblasen müssen.«

»Wieso das?«

»Aber das ist doch klar? Unter diesen Umständen … Es passt einfach nicht.«

»Im Gegenteil. Das Fest ist wichtiger als je. Sie sollten sich ein Beispiel am Adel nehmen, Herr Barsch. Ist Ihnen nie aufgefallen, dass der sich gerade im stärksten Gegenwind die größten Extravaganzen leistet? Auf so etwas verstehen sie sich, diese Stutzer, sie haben es im Blut, lernen es von Kindesbeinen an, stelle ich mir vor. Auf die Fassade kommt es an, sehen Sie. Das haben die längst begriffen.«

»Dann müssen Sie aber auch kommen.«

»Wenn ich die Kraft dazu habe … Ich kämpfe immer noch mit den Folgen des Unfalls.«

»Versprechen Sie mir, dass Sie kommen. Es würde mir so viel bedeuten.«

»Aber ich kann nicht versprechen, wie lange ich bleibe, Herr Barsch. In großer Gesellschaft habe ich mich noch nie wohlgefühlt.«

»Umso größer ist meine Dankbarkeit. Ich … Sie dürfen mir das nicht übelnehmen«, sagte Barsch und putzte sich die Nase, »aber ich möchte Sie gern noch um einen weiteren Gefallen bitten … wenn es nicht zu viel verlangt ist.«

»Einen Gefallen?«

Außenministerium, Rom, 8. Mai 1903

Bankdirektor Pacelli führte die Kaffeetasse zum Mund und ließ den Blick über das Arbeitszimmer des Außenministers schweifen. Eine beeindruckende Sammlung antiker Artefakte schmückte inzwischen den Raum.

»Ihr Vorgänger«, sagte er und stellte die Tasse auf dem Mahagonitisch ab, »Signor Prinetti und ich, wir haben mehrmals eine eventuelle Etablierung der Bank in Tripolis besprochen, ehe er seinen Schlaganfall erlitt. Er glaubte, der italienische Staat würde eine solche Entwicklung begrüßen, als weiteren Schritt, sich den künftigen Kolonien anzunähern.«

Der Außenminister nickte.

»Soweit mir bekannt ist, war die Banco di Roma nie daran interessiert, dem Wunsch der Regierung entgegenzukommen …«

»Der Vorschlag stieß auf gewisse Vorbehalte. Nicht zuletzt, da große Teile unseres eigenen Landes noch immer unterentwickelt sind. Ich denke zum Beispiel an unsere Inseln Sardinien und Sizilien, wo viele unserer Darlehensnehmer leben. Dass man Mittel auf ein so weit entferntes Land verschwendet, statt sie in die einheimische Entwicklung zu investieren …«

»So weit weg ist die afrikanische Küste aber auch nicht, Herr Pacelli. Gerade die Nähe und unser reiches Erbe dort machen die Gebiete so attraktiv. Wieso nach Amerika emigrieren, wenn ein so reiches Land gleich nebenan liegt? Boden, auf den wir als Erben des Römischen Reiches einen Rechtsanspruch haben. Es soll ungewöhnlich fruchtbare Gegenden dort geben, wahre Reichtümer. Wir brauchen Rohwaren und neue Märkte, auf denen wir uns entwickeln können.«

Pacelli holte sein Zigarettenetui aus der Brusttasche und verzog ein wenig den Mund.

»Als Bank muss man vorsichtig sein«, sagte er und klappte den Deckel auf, »die Leute vertrauen uns ihre Ersparnisse an. Es geht um sehr langfristige Platzierungen, ein sehr großes Risiko.«

»Es wäre mir lieb, wenn Sie nicht rauchen würden … meine Atemwege …«

Nach einem Moment des Zögerns stopfte Pacelli die Zigaretten zurück.

»Wir hielten es für ein allzu riskantes Unternehmen«, sagte er mit zunehmend rotem Gesicht.

»Deshalb soll Ihr Einsatz ja auch kompensiert werden, in Form niedrigerer Zinsen von der Zentralbank …«

»Sie meinen, ebenso niedrigen Zinsen, wie sie unsere Konkurrenten schon seit jeher bekommen?«

Der Außenminister hielt mitten in der Bewegung inne und stellte seine Tasse ab.

»Die Regierung kann vor den herrschenden Spannungen zwischen Staat und Vatikan nicht die Augen verschließen, Herr Pacelli. Darin liegt sicherlich ein Nachteil für die Banco di Roma. Es ist schließlich allgemein bekannt, dass Sie die Bank des Papstes sind …«

»Wir sehen das nicht als Belastung, Signor Tittoni«, sagte Pacelli, »sondern als unschätzbaren Vorteil …«

»Aber wenn Sie Verantwortung für die Nation übernähmen«, fuhr der Außenminister fort, »wenn Sie unsere künftige … *Expansion* anführten, würde sich die Lage sicherlich ganz anders darstellen. Die Präsenz der Bank würde es italienischen Interessen einfacher machen, sich in der Region zu etablieren. Ein bedeutsamer erster Schritt hin zum endgültigen Ziel.«

Pacelli fuhr sich mit den Fingern über die Mundwinkel.

»Unter Papst Leos langjährigem Pontifikat hat die Bank von einer fruchtbaren Zusammenarbeit mit der Kirche profitiert«, begann er. »Diese Beziehung wollen wir um jeden Preis aufrechterhalten. Die umfassenden Einnahmen des Heiligen Stuhls machen einen nicht unbeträchtlichen Teil unserer Ressourcen aus; die Anbindung an den Vatikan erklärt unser starkes Wachstum. Dass der Papst uns die Verwaltung der kirchlichen Einnahmen anvertraut, ist einer der Hauptgründe, weshalb so viele katholische Kleinsparer ihr Geld bei uns anlegen. Es ist eine große Ehre für die Bank.«

»Selbstverständlich …«

»Aber als Italiener«, fügte Pacelli ernst hinzu, »als Vertreter einer der größten Banken des Landes – ich stehe ja sozusagen mit jedem Fuß in einem der beiden Lager – finde ich die internationale Entwicklung beklemmend. Die Bank möchte versuchen, dazu beizutragen, das Land zu schützen, möchte Verantwortung übernehmen. Wir sehen allen Grund, die Allianz zu befördern.«

Die Augenbrauen des Außenministers schossen fragend nach oben.

»Die Interessen der Kirche und des Staates scheinen leider nicht dieselben zu sein …«

»Nicht alle in der Kirche bedauern den Verlust des Kirchenstaates, Signor Tittoni. In gewisser Hinsicht ist er ein Segen.«

Der Außenminister schien nicht recht zu wissen, ob er den Mund unter der gepflegten Silberbürste zu einem Lächeln verziehen sollte oder nicht.

»Unsere Aussichten zu expandieren«, sagte Pacelli und richtete sich auf, dass sein Lehnstuhl knarrte, »die Voraussetzungen dafür, dass die Bank sich auf neuen Märkten etabliert, hängen davon ab, dass die guten Beziehungen mit dem Heiligen Stuhl bestehen bleiben. Die ablehnende Haltung des Staatssekretärs gegenüber dem Materialismus, die Art, wie er auf die Welt des Geldes herabsieht, seine nahezu sozialistische Haltung, drohen unserem Wunsch, unserer jungen Nation zu helfen, sich in Tripolitanien zu etablieren, im Wege zu stehen. Das ist sehr unglücklich. Wenn es sich lohnen soll, dürfen wir nicht durch Lehren und Dogmen gebunden sein. Sie verstehen sicher unser Dilemma. Deshalb frage ich Sie jetzt«, sagte er, nachdem er erneut die antiken Relikte betrachtet hatte, die ihn umgaben, »unter vier Augen, was die Regierung dagegen zu tun gedenkt, dass der Staatssekretär an die Macht kommt?«

Außenminister Tittoni maß den Bankier mit dem Blick. Er strich sich über den Spitzbart. Draußen vor dem Fenster schlug eine Fahne im Wind.

»Die Macht der Regierung erstreckt sich nicht auf die Angelegenheiten der Kirche«, sagte er schließlich, »auch wenn wir dies wünschten.«

»Die ehrgeizigen Anstrengungen des Staatssekretärs, die Macht des Papsttums wiederherzustellen, können der Regierung doch wohl kaum entgangen sein? Ich bin überzeugt, dass wir ein gemeinsames Interesse daran haben, seine Kandidatur aus dem Weg zu räumen. Die Regierung wird doch nicht tatenlos zusehen?«

»Wir sind machtlos. Das sollten Sie doch am besten wissen. Sie, der Sie sich in den inneren Kreisen bewegen.«

Pacelli zog erneut sein Etui aus der Tasche. Er trommelte mit den Fingern auf dem Deckel.

»Sie haben mächtige Freunde in der Allianz.«

»Aber auch mächtige Feinde ...«

»Es wäre nicht das erste Mal, dass sich ein Kaiser in die heiligen Belange einmischte ...«

Der Außenminister rührte in seiner Tasse. Er schielte auf das Zigarettenetui.

»Ich fürchte, Sie überschätzen die Stellung der Regierung, Signor Pacelli ... auf dem internationalen Spielfeld sind wir kaum tonangebend. Auch die Diplomatie hat ihre Grenzen.«

Pacelli zuckte die Schultern und öffnete den Deckel, stützte die Arme auf die Oberschenkel.

»Die Banco di Roma ist bereit, Verantwortung für die Nation zu übernehmen«, sagte er leise und zog eine Zigarette aus dem

Etui, »der Regierung zu helfen, ihr Ziel in Tripolitanien zu erreichen. Mit adäquaten Subventionen, natürlich. Doch das setzt voraus, dass die richtige Person den Papstthron besteigt.«

Die Augenwinkel des Außenministers zogen sich in ledrig gebräunten Falten zusammen.

»Die Thronwechsel der Kirche sind unberechenbar, Herr Pacelli ... es kann gefährlich sein, mit dem Feuer zu spielen ...«

»Niemand sonst wird Ihre Verluste tragen.«

Der Außenminister nickte langsam, mit halb geschlossenen Augen. Um seinen Mund spielte ein belustigtes Lächeln. Auf dem Flur wurde eine Tür zugeschlagen.

»Man weiß nie, was die Zukunft bringt ...«

»Wie wahr ...«

Von draußen waren Schritte zu hören. Das Geräusch gedämpfter Stimmen.

»Entschuldigen Sie«, sagte der Außenminister und sah auf seine Taschenuhr, »aber ich habe noch einen wichtigen Termin.«

Pacelli ergriff die ausgestreckte Hand.

»Wollen wir hoffen, dass Rampolla nicht an die Macht kommt.«

»Wollen wir es hoffen.«

»Um der Nation willen«, fügte Pacelli hinzu und steckte sich eine Zigarette in den Mundwinkel. »Wir wollen ja nicht, dass ein anderes Land uns zuvorkommt ...«

Der Salon verursachte ihm Übelkeit. Da schienen zweideutige Angebote gemacht zu werden, es gab Blickwechsel zwischen den Gästen. Die Art, wie eine Frau mit ausladendem Dekolleté einen Fächer vor ihrer Brust hin und her bewegte. Über dem Ganzen schien eine Verruchtheit zu liegen, ein parfümierter Duft, der ihn schwindlig machte. Er konnte nicht einordnen, woher der Gestank kam. Seine Schläfen pochten.

Freytag war froh, die Kanapees übersprungen zu haben. Der geräucherte Lachs erschien ihm in dieser Gesellschaft widerlich. Er hatte sich mit einem Stück Gugelhupf begnügt – dem hatte er einfach nicht widerstehen können. Vor allem der Marillenmarmelade nicht, von der noch immer etwas an seinen Fingern klebte. Jetzt dachte er über ein zweites Stück nach – er hatte den ganzen Tag noch nichts gegessen. Seit Barsch ihn gebeten hatte, statt seiner den literarischen Salon zu besuchen – denn immerhin war er ein Habitué –, hatte ihm vor diesem Ereignis gegraust. Es war genau die Art von Veranstaltung, mit der er noch nie etwas hatte anfangen können: Selten gab es etwas, wo man sich hinsetzen konnte, wenn einen der Schwindel überkam. Meist war es ein furchtbares Teetassenschwenken und Untertellergeklapper.

»Verzeihung …«

Er würde nur noch einmal seinen Teller füllen. Dann würde er sich einen Platz an der Wand suchen, hinter einer Palme verschwinden. Er hatte nicht vor, lange zu bleiben. Die Veranstaltung pflegte ein paar Stunden zu dauern, höchstens drei, je nach Laune und Gähnen der Gastgeberin, hatte er sich erklären lassen. Wenn die Gesellschaft sie nicht genügend amüsierte, komme es vor, dass sie die Besucher noch früher hinauskomplimentiere, indem sie hinter ihrem Fächer verstohlen gähne. Über das erste Gähnen müsse man sich nicht weiter beunruhigen, hatte Barsch behauptet, das zweite dagegen gebe Anlass, sich Gedanken über den Abschied zu machen – und wer es beim gefürchteten dritten noch nicht geschafft hatte, seinen Rückzug vorzubereiten, der konnte sich darauf einstellen, die illustre Adresse eine Weile nicht mehr besuchen zu dürfen, wenn überhaupt je wieder. Sofern man nicht zu den Stammgästen gehörte. Es ging das Gerücht, dass diese den ganzen Abend dort verbringen durften, in der steten Hoffnung, über Nacht bleiben zu können.

Seien Sie unbesorgt, hatte Barsch gemeint. Tante Olga ist dafür bekannt, die Vielbesprochenen mit den Unbekannten zu mischen. Es sei eine sehr ungezwungene Atmosphäre.

Er brauche einfach nur er selbst zu sein, je exzentrischer, desto besser, die gesellschaftlichen Zwänge lasse man an der Tür zurück. Der hat gut reden, dachte Freytag, während er sich einen Weg zum Teetisch bahnte, sorgsam darauf achtend, wohin er seinen Fuß setzte. Er fand es ganz schön dreist, von jemandem geschickt zu werden, der sich aus Angst vor Gerüchten nicht dorthin wagte. Der ihn vorschickte, »die Stimmung zu erkunden, ein bisschen herumzuschnuppern …«

Er sah sich auf dem Tischtuch um. Kannen und Schüsseln, zu Pyramiden gestapelte Tassen, seltsame Behälter aus Silber mit Zuckerlöffeln, alles zusammen überwacht von Vasen mit prächtigen Sträußen aus hohen weißen Blumen. Gab es wirklich keinen Kaffee? Keinen Cointreau? Die Schüsseln waren bereits stark geplündert, bald gäbe es nur noch Krümel auf dem Tortenpapier. Es galt also, sich zu beeilen.

Freytag beugte sich vor, um ein Stück Gugelhupf abzuschneiden. Jetzt waren die Kopfschmerzen wieder da, stärker als zuvor. Er maß ein ordentliches Stück ab. So, nun musste er es nur noch auf den Teller manövrieren, ohne dass es umfiel …

Als er gerade Luft holte und den Tortenheber ansetzte, traf ihn ein modriger Geruch.

Das waren wirklich aufdringliche Gewächse! Diese Blumen hatten sich mit solchem Eifer entfaltet, geradezu ihr Inneres nach außen gestülpt, dass es fast schamlos aussah. Die weißen Blätter rollten sich nach hinten und suchten einander dort in hohler Umarmung, wobei sie ihre Fortpflanzungsorgane freilegten. Freytag führte einen Blumenkelch an seine Nase, wobei er sorgsam darauf achtete, die Stempel nicht in die Nasenlöcher zu bekommen. Er verzog das Gesicht: Die Auswüchse erinnerten ihn an die Fäden von Feuerquallen.

»Ekelhaft, oder? Türkenbund ist das. *Lilium martagon.*«

Für einen jungen Mann war das eine sehr feminine Stimme. Und was war das für eine seltsame Frisur? Der sollte sich wirklich mal die Haare schneiden.

»Turbanlilien«, sagte der Jüngling. »*Martagon* heißt Turban auf Türkisch. Und sie sehen ja wirklich aus wie Turbane.«

»Finden Sie? Eher wie aufgeblasene Baisers. Luftig.«

»Aber kaum so angenehm im Geschmack.«

»Nicht, wenn man von ihrem Geruch ausgeht. Ich weiß nicht, wonach sie riechen«, sagte Freytag und legte die Stirn in Falten. »Aber sie riechen nach Kopfschmerzen.«

»Katzenpisse. Nach Katzen, die in eine Parfümflasche gepinkelt haben.«

Nun ja, das vielleicht nicht gerade. Aber ihm gefiel das Bild, es traf das Wesentliche. Der Jüngling streckte auffordernd eine schlaffe Hand aus. Sie baumelte in der Luft, als erwarte er, dass Freytag sie küsse.

»Mein Name ist Beate. Ich bin Schauspielerin. Vorsichtig! Sie haben beinahe gekleckert …«

»Ich bin alt«, sagte Freytag, »und müde vom Stehen. Ich hatte einen Unfall. Ich habe mir den Fuß verletzt.«

»Lassen Sie mich Ihnen helfen«, sagte die Schauspielerin und griff nach dem Tortenheber. »Und wer sind Sie?«

»Entschuldigen Sie, gnädiges Fräulein, ich habe völlig vergessen, mich vorzustellen. Freytag, mein Name ist Freytag.«

»Entzückend. Kennen Sie viele hier, Herr Freytag?«

»Nicht besonders. Ein paar, von früher, ich bin zum ersten Mal hier.«

»Ich auch. Ich fand, Sie sahen ein bisschen verloren aus. Sie dürfen mir gerne Gesellschaft leisten, wenn Sie mögen.«

Das sei sehr freundlich. Aber er wolle bald gehen. Die Knie schmerzten. Der Fuß ebenfalls. Er gönne sich noch ein letztes Stück Gugelhupf, dann werde er seinem Stock nach Hause folgen. Ob sie wohl so freundlich wäre, ihm auch ein wenig von dieser köstlichen Marmelade zu geben? Marillenmarmelade.

»Sie werden doch nicht gleich wieder gehen! Ich organisiere Ihnen einen Sitzplatz.«

Sie habe die Gelegenheit genutzt, das Pralinenschälchen zu plündern, flüsterte sie ihm ins Ohr, als sie zu der Sitzgruppe hinübergingen. Die war gut besucht, stellte er fest, nicht weniger als drei Leute hatten sich auf das Möbel gequetscht.

»Meine Herren, wären Sie bitte so freundlich, aufzustehen! Herr Freytag ist ein alter Mann, er hat sich praktisch den Fuß gebrochen und fühlt sich ein wenig unpässlich.«

Was für ein reizendes Mädchen!

Eigentlich war es ein richtig feiner Herrenanzug, den sie da trug. So einen konnte er sich für sich auch gut vorstellen. Zu seiner Erleichterung trug sie Damenschuhe dazu. Als sie die Beine übereinanderschlug, entblößte sie einen unbestrumpften Fuß; sie hatte kräftige Fesseln.

»Wie kommt es, dass Sie hier sind, Fräulein Beate?«

»Ich bin wohl vor allem hier, um Anstoß zu erregen. Und Sie?«

»Sagen Sie bloß. Aus eben demselben Grund.«

Dann saßen sie da und schlürften. Sie redeten über das Theater. Ab und zu zerbiss sie eine Praline; einmal kostete sie auch von seinem Gugelhupf, leckte ihre Finger und lobte die Marmelade.

Eigentlich war er ja kein Anhänger der Schauspielkunst. Er schlief im Theater immer ein und erwachte dann mit schmerzendem Nacken. Aber das erzählte er ihr nicht. Die Oper dagegen mochte er sehr. Sie weckte Leidenschaften. Allein die Literatur konnte sich mit der Oper messen.

»Interessieren Sie sich für Blumen?«

»Nur für die, die auf die Bühne geworfen werden.«

»Sie schienen so vertraut mit der Welt der Lilien.«

»Ach, das«, sagte sie und verzog den Mund. »Da war so ein Angeber, der hat mir das mal erklärt, mit den Turbanen. Ich glaube, der war scharf auf mich.«

»Ach so.«

»Er ist nicht der Einzige. Sie scheinen nichts anderes im Kopf zu haben, diese Salongäste: Harem, Turbane … Na, was halten Sie von ihr?«, fragte sie und deutete mit dem Kinn zum Diwan.

»Von wem?«

»Von der Gastgeberin, unserer Salonière.«

»Ich bin ihr noch nicht begegnet.«

»Aber dann gehen Sie doch hin und begrüßen Sie sie. Ich kann mitkommen, wenn Sie sich nicht trauen.«

»Ich sitze gut hier. Mit Ihnen.«

»Sie kennen sicher die Gerüchte? Sie hat eine lange Reihe von Liebhabern. Die gesamte Avantgarde macht ihr den Hof. Genies ziehen sie an, die ungewöhnlichen Begabungen. Und die wiederum können ihr nicht widerstehen. Aber ich weiß nicht. Sie ist nicht mein Typ. Ein bisschen zu alt für meinen Geschmack. Vielleicht, wenn sie jünger wäre.«

Freytag schnappte einen Namen auf. Redeten sie am anderen Tisch nicht über seinen Autor?

Natürlich redeten sie über Barsch. Zu seiner Bestürzung schienen sie ganz begeistert von den Gerüchten. Die gängige Auffassung schien zu sein, dass der Mann ein ziemlicher Langweiler war und wahrlich kein Erneuerer. Wer hätte das von ihm gedacht, es freute sie richtig. Nichts war erfrischender als ein ordentlicher Skandal. In Frankreich wertschätzten sie ihre Skandale geradezu, man sehnte sich nach ihnen und nach dem, was sie mit sich brachten …

»Herr Freytag!«

Konnte sie nicht einmal ruhig sein …

»Augenblick, meine Liebe, ich muss nur meinen Gedanken zu Ende denken.«

Zu spät: Barsch schien schon abgehandelt zu sein. Jetzt waren sie damit beschäftigt, sich selbst hervorzutun. Auf Kosten eines anderen Autors. Und dann der Komet – natürlich.

»Ich glaube, Tante Olga möchte etwas von Ihnen.«

»Von mir?«

War wirklich er gemeint, winkte sie ihn mit dem Finger heran? Er drehte sich um, aber da war nur noch die gelangweilte Blümchentapete.

»Nun machen Sie schon, dass Sie rüberkommen.«

»Ich lasse Sie ungern allein, zwischen all den Kavalieren.«

»Ich komme schon zurecht. Ich habe ohnehin noch ein paar Dinge zu erledigen.«

Bildete er sich das nur ein, oder hatte sie ihm tatsächlich einen Klaps auf den Hintern gegeben? Ihm schien, die Leute machten ihm Platz; vor ihm teilte sich das Meer, wie es das allein für uralte bärtige Männer tat, die sich auf Holzknüppel stützten. Es dauerte seine Zeit, mit dem Stock.

Das Erste, was ihm auffiel, war die Größe des Diwans. Er nahm doppelt so viel Raum ein wie ein gewöhnliches Liegemöbel. Und er war niedriger, als er erwartet hatte. Sein Standort war gut gewählt, der ganze Raum schien um das Monstrum herumgebaut zu sein, obwohl es in der Ecke stand. Auf dem Polster drängten sich die Anhänger; mit übergeschlagenen Beinen beugten sich die Habitués nach vorn, die Unterarme auf die Schenkel gestützt, manche von ihnen halb liegend – es war ein merkwürdig gekleideter Harem, all die vielen Anzüge: ein Motiv für Revolutionäre, für Männer mit verwegenen Schnurrbärten und wild gemusterten Halstüchern. Und mitten auf der Couch, umgeben von ihren Bewunderern und Speichelleckern, saß sie: die Göttin. Man ließ ihr Raum, als wäre sie durch eine unsichtbare Wand von den anderen abgeschieden, die nur sie selbst durchbrechen konnte.

Er schlug die Augen nieder und fummelte an dem Rosenkranz in seiner Tasche herum. Er zählte nicht weniger als acht krumme gedrechselte Beine aus dunklem Walnussholz, welche die Konstruktion trugen.

Ihre Stimme klang barsch und spröde zugleich: »Lektor Freytag, nicht wahr?«

Ihre berüchtigte Schönheit war wahrlich keine im herkömmlichen Sinne; die Figur eher vage und weit entfernt von der begehrten Stundenglasform. Vom Korsett befreit, schien ihr Fleisch lose, und sie wirkte nicht besonders anmutig. Ihr schien einfach jede Form zu fehlen; eine Fülle, der weder Taft noch Fischbein etwas hätten anhaben können. Ihr Kopf ruhte auf den Schultern, einen Hals hatte sie nicht. Sie zeigte ihr berühmtes Schielen, als würde ihr Auge just ihn auswählen, auch wenn es sich auf jemand anderen richtete. Ihr Antlitz hatte etwas Asymmetrisches: Die eine Hälfte schien sich in der Wölbung eines Messingspiegels zu spiegeln. Dennoch war sie elegant. Eine kunstvolle Eleganz, die durch ihren Mangel an Anmut noch hervorgehoben wurde. Das ärmellose Trägerkleid mit seiner undefinierten Taille – diese schien ihre Bestimmung zu fliehen und sich zur Brust hochzuschieben – reichte bis zu den Knöcheln; eine Schleppe hatte es nicht. Über dem Kleid trug sie eine durchscheinende Tunika, von der Freytag annahm, dass sie auch in Paris sehr modern war. Ihr Haar, das von einem eichhörnchenhaften Rostbraun war, hatte sie zu einer umfangreichen Frisur hochgekämmt, die an eine riesige Tulpenzwiebel erinnerte. In der Stirn nahm der Schopf die Form einer glitzernden Welle an, die dem Betrachter entgegenschlug. Um den nicht vorhandenen Hals lag eine Kette, die bis zu ihren Knien reichte und sich mit ihren glatten, olivenförmigen Bernsteinen auch noch um ihre Handgelenke schlang. Und tatsächlich, sie trug das schmale Seidenband um den Hals, man konnte es zwischen Kinn und dem Grübchen zwischen ihren Schlüsselbeinen gerade noch erahnen, es saß stramm, als müsste es beim Schlucken wehtun. Sie trug es angeblich, seit man sich erinnern konnte – seit ihr Mann von ihr gegangen war.

Der Stein schien seine Lippen anzuziehen, er strahlte ein Licht aus, als rase in seinem Inneren ein Feuer.

»*Enchanté, Madame.*«

Jetzt glaubte er zu verstehen, weshalb man die Elektrizität nach dem Bernstein benannt hatte: Er hatte einen Stromschlag bekommen; es knisterte, als er ihre Hand küsste. Ihm schien, als verneige er sich vor einer phönizischen Königstochter aus den homerischen Gedichten, deren Finger ein unsterbliches Elektron schmückte, ein verführerisches, zügelloses Wesen, das zu Verrat und Abkehr verlockte.

»Setzen Sie sich, Monsieur.«

Der Diwan war mit fratzenhaften hölzernen Maskaronen verziert, und der Bezug hatte keinerlei Ähnlichkeit mit den für solche Möbel sonst üblichen dunklen Samtstoffen. Wo er mit Knöpfen befestigt war, wurden die Seerosen, die einen Großteil des Musters ausmachten, in eine runzlige Vertiefung eingezogen, temperamentvolle Strudel, die, trotz der Verwandtschaft des Motivs mit japanischen Holzschnitten, dem Ganzen eine unerwartete Lebendigkeit verliehen: Das grün schimmernde Gewebe mit seinen regelmäßigen Erhebungen und Vertiefungen, das zudem je nach Lichteinfall alle Schattierungen von Gelb bis zum dunkelsten Blau und Lila aufwies, vermittelte den Eindruck eines schwappenden Seerosenteiches.

»Mit Vergnügen.«

Ihm schien, als würde er nie auf dem Möbel ankommen, als müsse er bis auf den Boden sinken, durch den Teich hindurch – bis er schließlich mit einem Bums zum Sitzen kam. Es war merkwürdig hart gepolstert, überhaupt nicht so nachgiebig, wie er gedacht hatte; er hatte erwartet, wie in einen Schlammboden zu sinken. Ein Raunen ging durch die Versammlung: Wer war das, der da neben ihr Platz nahm?

Sie beugte sich ganz nah zu ihm hinüber, ein süßlicher Geruch, wie frischgebackener Mohnstrudel.

»Wie geht es denn unserem kleinen Barsch?«

»Er hat sich eine Erkältung zugezogen. Und die können in den Sommermonaten ja besonders hartnäckig sein.«

»Der Arme. Aber sagen Sie mir, wie geht es ihm wirklich?«

»Nicht gut. In Anbetracht der Umstände. Er ist voller Reue.«

»Ich sollte ihm einen Besuch abstatten. Glauben Sie nicht, es würde ihm guttun, wenn ich zu ihm käme, ihm ein wenig Perspektive vermittelte? Glauben Sie nicht, dass ihn das aufheitern würde?«

»Überhaupt nicht«, erwiderte Freytag. »Das wäre keine gute Idee.«

Ihre Nasenflügel zitterten, und um die Mundwinkel zog sich die Haut beleidigt zusammen, fast unmerklich, als bildete er es sich nur ein.

»Er möchte in Ruhe gelassen werden. Ich fürchte, er ist deprimiert …«

Tante Olga schlug klingend an ihre Tasse. Nicht ohne eine gewisse Entrüstung. Alle Blicke richteten sich auf den Diwan.

Sein Sitznachbar wühlte in der Tasche, als hätte er seinen Schlüssel verloren. Zu spät: Ein anderer Kavalier hatte bereits seine Flamme ausgestreckt. Der Salon hielt den Atem an. Nonchalant, als wäre ihr gar nicht bewusst, wo sie sich befand – als stecke sie sich das Mundstück in der Abgeschiedenheit ihres Schlafzimmers zwischen die Lippen –, beugte Tante Olga sich vor, und das Spektakel nahm seinen knisternden Anfang. Ein Vorhang wurde zur Seite gezogen. Ein *Ah!* und *Oh!* ertönte.

Als Erstes kam ein Mann mit einem Turban herein, begleitet von einem verstimmten Blasinstrument, das er mit der Hartnäckigkeit eines wild gewordenen Stechinsekts vor sich her schwenkte. Der Musiker hätte sicher selbst einen roten Kopf bekommen, wäre da nicht all die Schuhcreme gewesen, die im Lichte der Kristalllüster auf seinem Gesicht glänzte.

Und dann trat sie ein, direkt aus dem Souk, barfuß und mit den Hüften schwingend. Sie klingelte mit den Glöckchen, gestikulierte mit Handgelenken und gespreizten Fingern, mit Bewegungen, die die Paarungsspiele der Schwalben nachzuahmen schienen. Die Kreation, die sie trug, war in der Mitte durchgeschnitten, als wäre jemand mit der Schere abgerutscht; so etwas hatte er noch nie gesehen, nicht einmal in der Badeanstalt! Sie schien mit allen Reichtümern des Kalifats geschmückt zu sein. Ihr Nabel hätte gar nicht mehr Aufmerksamkeit erregen können, auch ohne das rosa Stoffstück, das wie eine Luftspiegelung im Takt ihrer Bewegungen vor ihrem Leib herumflatterte; eine Goldkette war an ihm befestigt, deren Enden aus den äußersten Hervorhebungen der Brust und aus einer Sammlung von Klunkern hervorzukommen schienen. In einer selten gesehenen Vorführung, einem Wunder an Unkeuschheit, schien ihr Zwerchfell sich zu seiner eigenen Melodie zu bewegen; es führte ein Eigenleben, ebenso geschmeidig wie gleichgültig. Auf dem Kopf trug sie eine Art Hutschachtel, eine, die alle Kindheitsträume enthält und von deren paillettenbesetztem Rand ein Schleier herabhing, der lediglich ihre schelmischen Wimpern enthüllte.

Manikürte Hände wurden vor den Mund geschlagen, Kinnladen, Rauchwerk und sogar Teetassen fielen herunter. Es war außergewöhnlich, exotisch und ganz entzückend unanständig. Skandalös, geradezu. Um ihn herum priesen die Gäste den Orient; Angeber behaupteten, dort gewesen zu sein, andere befanden sich im Begriff, dorthin zu reisen.

Wer verbarg sich hinter dem Flor? Die Habitués spekulierten über die unbekannte Schöne und inwieweit wohl auch ihr Antlitz der Mystik entsprach. Doch Freytag hatte keine Augen für die Schleier, nicht einmal für die schlanken Beine, die so viel

Aufmerksamkeit auf sich zu ziehen schienen – er stierte voll Vergnügen auf die Fesseln. Hinter dem Rauch konnte er ein stolzes Lächeln nicht unterdrücken: Sie war richtig gut. Es gehörte sich wirklich nicht, aber etwas anderes hatte er von ihr nicht erwartet.

Zufrieden stellte er fest, dass Tante Olga die ganze Zigarette mit halb geschlossenen Augen rauchte und dabei schnurrte wie eine siamesische Katze. Hinter den Lidern bewegte sich etwas, rätselhafte Saphire schienen ihn insgeheim zu beobachten, und doch auch wieder nicht.

Als sie das erste Mal gähnte und ihre ganz alltäglichen Arme zur Decke streckte, war er bereits auf dem Weg nach Hause und stützte sich vor dem Rathauspark auf seinen Stock, die Abendsonne in den Augen. Diese Fesseln, dachte er. Die würde er nie vergessen.

San-Giusto-Kathedrale, Triest, Aschermittwoch,
25. Februar 1903

Von der Kanzel wurde die Fastenbotschaft verkündet. Sie sollten zu Gott beten, mahnte Bischof Nagl, den Körper züchtigen – und mit den Bedürftigen teilen, was sie besaßen.

»Das wird uns ruinieren!«

In der Bank vor ihnen drehte sich eine Dame mit Kopftuch um und sah sie vorwurfsvoll an.

Pacelli schlug die Augen nieder und senkte die Stimme.

»Wir werden zu Grunde gehen …«

Signori schaute an die gewölbte Decke des Langschiffes, von der ein vergoldeter Kupferkronleuchter herabhing und flackernde Schatten warf.

Die Messe war gut besucht. Ernste Gesichter unter schwarzen Kopftüchern lauschten andächtig den Ermahnungen des Bischofs. Einige Gläubige mussten sogar stehen, im hinteren Teil der Kirche.

Wie er mit hängendem Kopf neben seinem Freund in einer der letzten Bankreihen saß, legte Pacelli eine Schwermut an den Tag, die gut zum Beginn der Passionszeit passte – eine Niedergeschlagenheit, die er selbst mitgebracht zu haben schien, als er etwas früher am Tag am Bahnhof von Venedig ankam. Nach der Kasteiung, zu Fuß die steile lange Steigung den Hügel hinauf bis auf das Plateau der Karsthöhe zu gehen, über Treppen und Leitern, die zur Kathedrale und zum Kastell führten, welche hoch über der Stadt thronten, ging sein Atem schwer. Die beiden Freunde hatten diese Wanderung schon viele Male unternommen. Doch seinem Keuchen nach zu urteilen sowie seinem Missmut war sie nie zuvor so lang gewesen.

»Du musst eine Grenze überschritten haben …«, sagte Signori und lehnte sich zu Pacelli hinüber, »mit jemandem aneinandergeraten sein. Dass ein Laie, ein nicht Geweihter, so großes Vertrauen des Heiligen Vaters genießt, ist den geistlichen Beamten sicherlich ein Dorn im Auge … Du musst ihnen einfach noch ein bisschen den Nacken kraulen.«

»Bin ich nicht immer darauf bedacht gewesen, meine Stellung nicht auszunutzen?«, fauchte Pacelli. »Alle Geschenke und Auszeichnungen habe ich abgelehnt, niemals etwas für mich selbst verlangt.«

»Als Kreditgeber bin ich mir sicher, dass du dich ihnen gegenüber so großzügig zeigen kannst, dass sie nicht daran vorbeisehen können …«

Pacelli murmelte in seine Hemdbrust: »Wenn du wüsstest, wie viele Gefallen ich ihnen schon getan habe … Ihnen und ihren Nächsten habe ich vorteilhafte Darlehen bewilligt, ihren Verwandten Arbeit verschafft und sie in finanziellen Fragen beraten. Viele von ihnen haben gut an mir verdient. Auch der Staatssekretär!«

In den Bänken knarrte es verärgert. Jemand räusperte sich laut.

»Nicht so gut, wie die Bank an der Kollaboration mit dem Heiligen Stuhl …«, hauchte Signori hinter dem Gebetbuch.

»Das fehlte noch … Schließlich bin ich es gewesen, der sie gerettet hat, als ihre alte Bank damals stürzte. Wenn ich nicht gewesen wäre, wären sie nie für ihre Verluste entschädigt worden.«

»Ein bisschen leiser …«

Die Kollekte wurde eingesammelt.

Im Schutze der Hymne fuhr Pacelli mit seinem Redeschwall fort.

»Mein Vorgänger wurde als Sündenbock hingestellt, wie du wissen solltest, in der Immobilienkrise. Rampolla und seine

Anhänger haben ihn geopfert, um ihre eigene Haut zu retten. Es ist wohl kaum Monsignore Folchis Schuld gewesen, dass ich hinzukommen und die Dinge in Ordnung bringen musste; die schlechten Geschäfte hatten sie einzig und allein sich selbst zuzuschreiben. Und jetzt bin ich an der Reihe. Ich spüre das.«

»Was sollte er denn für einen Grund haben …«, sagte Signori, ohne den Altar aus den Augen zu lassen, der an diesem Tag ohne Blumenschmuck war.

»Hinter all dem scheinheiligen Gerede über Anpassungen an die neuen Zeiten, Arbeitsrecht und ›Gerechtigkeit‹ steckt doch purer Ehrgeiz …«

Pacelli zuckte zusammen, als der Ministrant den Klingelbeutel herüberreichte. Er wühlte in seiner Tasche, als würde er sich erst jetzt bewusst, wo er sich befand. Signori lächelte mild und steckte ein paar Scheine in den Beutel.

»Die Marxismus-Bulle?«

»Sie wollen das Volk besänftigen, aus den neuen sozialen Strömungen Gewinn schlagen. Er hat sogar den Gewerkschaften seine Unterstützung zugesagt!«

Signori schüttelte den Kopf und bekreuzigte sich.

»Wir müssen auf ein Wunder hoffen«, flüsterte Pacelli, während sie niederknieten und vor der Konsekration die Hände falteten. »Wir stehen und fallen mit der Kirche, sie ist einer unserer größten Darlehensgeber …«

Als es Zeit war, Christi Fleisch und Blut einzunehmen, nutzten sie die Gelegenheit, standen auf und gingen mit gesenkten Köpfen durch das Seitenschiff hinaus.

An der frischen Luft hüllten sie sich in ihre Mäntel. Ein kalter Wind aus Nordost wehte über die Terrasse der Kathedrale.

»Ich hatte geglaubt, der Heilige Stuhl stünde über solchen Bedenken«, sagte Signori und wölbte die Hände um das Streichholz, führte dieses zum Mund. »Ich dachte, sie würden um ihres Überlebens willen ein Auge zudrücken. Sie müssen schließlich mit den Geschäften der Bank einverstanden gewesen sein?«

»Solange wir diskret vorgegangen sind und mit Bedacht investierten, hatte Leo keinerlei Einwände«, sagte Pacelli, offenbar erleichtert, frei sprechen zu können. »Aber der Papst ist alt und schwach. Inzwischen ist es eigentlich Rampolla, der regiert. Er hat immer nach der Macht gestrebt. Und jetzt wagt er zu behaupten, dass die Art, wie wir die Überschüsse des Peterspfennigs handhaben, nicht mit der geltenden Doktrin übereinstimmt. Einer Doktrin, die auf ihn selbst zurückgeht.«

Signori stieß den Rauch aus.

»Das hätten sie sich wirklich eher überlegen müssen. Selbst er muss doch einsehen, dass sie kaum eine andere Wahl haben. Wir brauchen uns wirklich keine Sorgen zu machen.«

»Wir können nur hoffen, dass der Staatssekretär nicht das Konklave gewinnt«, sagte Pacelli und schüttelte mutlos den Kopf, »dass es jemand weniger Vorausschauendes wird, einer, der nicht mit den neuen Strömungen liebäugelt.«

»Er soll der aussichtsreichste Kandidat sein …«

Die Tür öffnete sich. Eine hungrige Seele trat aus der Kirche. Gemächlich schlenderten sie über die Terrasse.

»Rampolla und sein Gefolge wollen mich opfern«, fauchte Pacelli verärgert, steckte die Hände unter die Achseln und schauderte im Wind. »Ich bin nur eine Figur in dem Spiel um die Nachfolge Leos. Er wird nicht zulassen, dass sich jemand seinem Weg an die Macht entgegenstellt.«

»Es geht sicher nur um ein Zeichen, er mahnt zu einer gewissen Vorsicht.«

»Mach dir keine Illusionen, Rainer. Der Kurswechsel, die Ideen zu Ethik und Markt – das ist nur eine Form, sich den liberalen Kreisen innerhalb der Kirche anzudienen, zu denen der Staatssekretär gehört. Es ist ein Zugeständnis, er will sich mit seinen Anhängern gut stellen, sich versichern, dass sie ihn wählen, wenn es so weit ist. Und was beweist deutlicher, dass er es ernst meint, als den päpstlichen Bankier zu kreuzigen, dieses Sinnbild des Weltlichen innerhalb der Kirche? Würde ich nicht das Vertrauen des Heiligen Vaters genießen, hätte er mich schon abgesetzt. Alles wird in sich zusammenstürzen wie ein Kartenhaus …«

Signori wurde ernst.

»Wir können nicht einfach zusehen, wie die Bank untergeht«, sagte er und zog an seiner Zigarette. »Du bist eine bedeutende Persönlichkeit. Da muss etwas zu machen sein.«

»Ich habe bereits ein Treffen mit den alten Familien einberufen. Aber deren Macht ist auch nicht mehr, was sie einmal war. Der Rückhalt des Staatssekretärs ist zu groß. Er hat die französischen Kardinäle auf seiner Seite.«

»Und deine Regierungskontakte?«

»Als Bank des Papstes stehen wir bei der Regierung nicht hoch im Kurs …«

»Aber du bist doch das Verbindungsglied zwischen ihnen und der Kirche. Auf dich wird man bestimmt hören.«

»Sie würden ohnehin nichts tun können«, erwiderte Pacelli. »Unser Schicksal liegt in den Händen des Konklaves, in Gottes Händen. Wir können nur beten. Die Expansionen hängen davon ab, dass der Heilige Stuhl hinter der Bank steht, wir stehen schon enorm unter Druck, die Finanzen sind angespannt.«

Mit den Händen in den Manteltaschen gingen sie an der kleinen Einfriedung mit den römischen Gedenksteinen vorbei, Überbleibseln, die von der uralten Bedeutung des Hügels zeugten. Dann lenkten sie ihre Schritte zu dem Platz, von dem aus sie freie Sicht über die Stadt und die Triester Bucht hatten. Der Wind zerrte an ihnen, sodass sie sich dagegen stemmen mussten.

Der Frühling schien weit. Die beiden Freunde schlotterten.

Zu ihren Füßen breitete sich die Adria aus. Das gewöhnlich so klare Blau war an diesem Tag einem düsteren Veilchenton gewichen. Wo die Sonnenstrahlen dennoch die Wolken durchbrachen, glitzerte das Meer wie ein Altartuch auf dem Opfertisch, das Gewand eines Bischofs, das wogte, wenn er den Kelch erhob.

Unterhalb der Kalksteinhänge lag die Stadt in dumpfer Wehmut, in unheilverkündender Ruhe.

Der Hafen war verlassen.

Unbeweglich lag die Handelsflotte an den Anlegestellen, lediglich ein Fischerboot umrundete die Wellenbrecher. Die Lastkais, wo sonst die Hafenarbeiter schufteten, waren leer, die Seeleute auf die Schiffe verbannt. Es würde ein ruhiger Abend werden, in den alten Teilen der Stadt. In den Bierhallen nahe dem Hafen würde kein Grölen zu hören sein. Auch die Bordelle hatten geschlossen.

Selbst die Tauben, die in ihrer Nähe am Boden kauerten, schienen verzagt.

»Sie liegt schön«, sagte Pacelli, »trotzdem ist es eine ungewöhnlich hässliche Stadt. Der Hafen ist abstoßend.«

»Es ist der einzige richtige Hafen des Kaiserreichs. Das meiste, was in das Kaiserreich importiert wird, kommt hier durch.«

»Kann das sein?«

»Es gibt schon noch andere, aber die sind kleiner. Und ihnen fehlt die Anbindung. Wenn man einmal von Fiume absieht.«

»Es muss ihre Achillesferse sein.«

»Es macht sie verwundbar. Sie sind auf die Schifffahrt angewiesen.«

»Auch militärisch, bilde ich mir ein.«

Der unverkennbare lokale Dialekt mit seinen typischen Hebungen und Senkungen zog im Wind vorbei. Leute gingen an ihnen vorüber die Straßen hinunter. Die Messe war zu Ende.

»Warum sagst du nichts?«

»Dass ich nicht gleich daran gedacht habe«, sagte Signori und drehte sich zu Pacelli um. »Vielleicht sollte die Bank umdenken, vielleicht sollten wir doch in Straußenfedern investieren.«

»Was faselst du da? Das Fasten hat dir wohl den Verstand geraubt. Du brauchst einen Bissen zu essen.«

»In dem österreichischen Kaiser hat die Regierung einen mächtigen Freund.«

Grauschwarze Wolken, Asche flog über den Horizont und hinterließ undefinierbaren Staub in der Luft. Der Himmel löste sich im Meer auf. Im Dunst konnte man die Silhouette eines Frachters erahnen, möglicherweise ein Schiff des Österreichischen Lloyd, das von einem exotischen Ort her auf den Heimathafen zusteuerte.

»Ein Veto …«, sagte Pacelli nach einer Weile. »Glaubst du wirklich, das würde funktionieren?«

Signori zuckte die Schultern.

»Es wäre der einzige Hafen der Tripelallianz am Mittelmeer …«

Pacelli schüttelte den Kopf.

»Wenn wir beim Heiligen Stuhl in Ungnade fallen, wäre ein weiterer Verlust sicher das Letzte, was die Bank gebrauchen kann … Wir müssten uns dort zu gewaltigen Ausgaben verpflichten. Wie sollen wir das finanzieren?«

Noch immer brannten ihm die Wangen. All die Blicke. Ständig flimmerten die Bilder vor seinem inneren Auge vorbei, während er zu Hause an den Schubladen zerrte: Wie er mit der Geldbörse herumgefummelt hatte wie eine hysterische Hausangestellte, wie er in seinen Taschen kramte.

Wo hatte er nur den Schlüssel hingelegt? Er war nicht in der Blechdose zwischen Büroklammern und Federn, nicht in dem Glas zwischen Knöpfen und Stecknadeln und auch nicht in der Zigarrenkiste, die er unter ein paar zerlesenen Ausgaben des *Bazar* und der *Frauen-Zeitung* seiner Frau gefunden hatte.

Frau Herzog, die Kassiererin, war mit dem Finger die Zeilen im Ordner entlanggefahren. Es sei nicht unmöglich, hatte sie gemeint, ganz und gar nicht, aber es seien in der letzten Zeit doch sehr viele Mohnstrudel geworden: eine ansehnliche Summe.

»Ich muss das falsche Portemonnaie erwischt haben.«

»Wenn es gerade eng ist, geht es auch mit einer Anzahlung. Sie müssen nicht den ganzen Betrag auf einmal begleichen; schließlich sind Sie ja Stammgast.«

»Anzahlung?« Empört hatte er sich aufgerichtet. »Kommt gar nicht infrage, Frau Herzog!«

Natürlich würde er für sich aufkommen, hatte er versichert, das könne sie ihm ruhig glauben. Es sei nur so, dass er versehentlich das Portemonnaie seiner Frau mitgenommen habe. So war das, wenn man alt wurde, hatte er gesagt, man tat die merkwürdigsten Dinge, es war nicht mehr wie früher.

Schließlich, nachdem er alle Schubladen durchgesehen hatte, in der Küche, im Schreibtisch und sogar in der Kommode im Flur, gab er es auf und entschied sich mit brennendem Nacken für den Hammer aus der Werkzeugkiste. Von der wusste er jedenfalls, wo er sie hatte. Er versuchte es mehrmals, nahm sogar das Stemmeisen zu Hilfe – bis er sich auf den Daumen schlug. Ihm kam es vor, als betrachte ihn seine Frau hinter seinem Rücken, wie er an seinem Finger lutschte, als schüttele sie den Kopf und murmele etwas über Eitelkeit und Selbstachtung. Das Vorhängeschloss war von hervorragender Qualität, wie er einsehen musste. Auch die Kiste selbst gab nicht nach. Soweit er das beurteilen konnte, war sie unzerstörbar.

»Du solltest deinen Stolz herunterschlucken, Freytag«, sagte er laut zu sich selbst, »und zur Ringstraße traben, zum Löwen mit dem Messingring.«

Es wäre nur recht und billig gewesen; es war teuer, für die gute Sache zu wirken.

Aber lieber würde er sich nie wieder in seinem geliebten Sperl blicken lassen, dachte er, als den Türklopfer zu benutzen und mit der Mütze in der Hand dazustehen. Wie ein Bettler.

Er hatte keine Wahl.

Freytag ging zum Bücherregal, strich mit der Hand über den Einband. Seit er mit dem Esperantokurs begonnen hatte, fühlte er sich von Neuem zu diesem Buch hingezogen. Was sollte er auch sonst lesen, wenn die Gedanken an Rosita ihm keine Ruhe ließen?

Freytag griff sich Hut und Regenschirm, nahm die Straßenbahn bis Neuer Markt und ging dann zu Fuß weiter bis zu dem Laden neben der Peterskirche. Es regnete. Am Dom standen die Touristen und duckten sich unter ihre Schirme. Er hielt das Buch unter dem Mantel und versuchte, den Wasserpfützen auszuweichen. Er bereute, keine Galoschen angezogen zu haben.

In dem niedrigen Fenster hing ein trauriges Schild:

ANKAUF VON BÜCHERSAMMLUNGEN, NACHLÄSSEN
(NUR SERIÖSE ANFRAGEN)

Er fuhr mit dem Finger über das Glas, folgte den Tränenspuren, die ein Tropfen durch die Feuchtigkeit gezogen hatte: Gab es wirklich unseriöse Nachlässe?

Er stellte sich vor, die Perlmuttkugeln würden nach Kochsalz und eingelegten Gurken schmecken, wenn er seinen Finger ableckte.

Schließlich klappte er den Regenschirm zusammen und ging die Treppe hinunter. Ein teurer Geruch schlug ihm entgegen, als er die Tür öffnete und über die Schwelle trat – der Duft all der Raritäten, die im Laufe der Jahre durch den Laden gegangen waren. Während er den Regen abschüttelte, musste er ein leichtes Aufstoßen unterdrücken. Als hätte er sich an Gänseleber übergessen: Würfels antiquarischer Buchhandel in der Goldschmidtgasse stank wie die Gässchen der Freuden-Viertel in Spittelberg, nach entleerten Freier-Blasen, abgestandenem Sekt und Champagner. Die Regale bogen sich unter der Last des kulturellen Erbes.

In einer löchrigen Strickjacke saß der Buchhändler hinter der Schranke. Versunken, beinahe zusammengerollt, feilte er im Schein einer Öllampe an unsterblichen Katalogen. Der Mann musste zum Ende einer Sektion oder eines besonders zähen Teils der Aufstellung gekommen sein, denn jetzt sah er von seiner Liste auf und begegnete Freytags Blick. Seine Augäpfel wölbten sich wie Pilze hinter der dicken Lesebrille.

»Suchen Sie etwas Bestimmtes?«

Freytag griff unter seinen Mantel. Ob das etwas wert sein könnte?

»Es ist doch kein Abenteuerroman?«

Er reichte ihm den alten »Werther« widerwillig, als übergäbe er seine Hausschlüssel einem Landesbeamten. Er übergab damit so viel mehr, wie ihm schien: Träume, Erinnerungen, eine verlorene Heimat.

Der Mann drehte und wendete das Buch. Blätterte behutsam. Betrachtete das Impressum.

»Das ist nicht gerade von gestern.«

»Nicht einmal von vorgestern, möchte ich behaupten.«

»Auch nicht direkt jungfräulich«, sagte der Buchhändler und schnüffelte, »nicht, was den Zustand angeht. Aber es riecht nicht nach Feuchtigkeit. Man muss aufpassen mit Silberfischen, das sind literaturbegeisterte Würmer, gelehrt geradezu, die kauen auf den Buchstaben herum, ein wissensdurstiges, flügelloses Schmausen. Sie glauben gar nicht, wie viele ihre Bücher in feuchten Kellern aufbewahren oder auf dem Dachboden. Sie sollten es in eine Kiste packen oder ein Futteral. Sie sollten gut darauf aufpassen, es ist keine gewöhnliche Ausgabe.«

»Ich weiß.«

»Aber es ist auch kein Unikat. Sammler sind ein seltsames Volk. Sie ziehen es vor, wenn die Bücher noch nicht aufgeschnitten sind, in unberührtem Zustand. Aber Goethe ist immer gefragt … ich weiß nicht …«

Na gut. Es gebe sicher andere, die interessiert wären, meinte Freytag. Er sei sich ziemlich sicher, was es wert sei. »Auf Wiedersehen!«

Freytag ging hinaus und schloss die Tür hinter sich. Er sog die feuchte Luft ein, betrachtete die Wolken am Himmel und klopfte sich mit der Hand auf die Brusttasche. Zu seiner Verwunderung hatte »Werther« ihm das Dreifache dessen eingebracht, was er sich vorgestellt hatte. Er musste an all die Preziosen zu Hause in der Kiste denken: eine Schatztruhe.

Mit jedem Schritt, die Scheine in der Tasche, entfernte er sich weiter von ihr – seiner fernen Geliebten.

Freytag wollte mit ihr über den Wert des Unschätzbaren reden. Er hatte es geübt: Er werde sich auf eine Reise begeben, die Vergangenheit hinter sich lassen.

Dann würde er über den Aufschwung auf dem Buchmarkt sprechen, darüber, wie die Preise für antiquarische Bücher in die Höhe geschossen waren. Er wäre nur ein bescheidener Sammler, dennoch säße er auf einem nicht unbeträchtlichen Vermögen, einem unfassbaren Schatz. Auch in pekuniärer Hinsicht. Lange Zeit hätte dieser auf dem Dachboden herumgelegen.

Er würde über Erstausgaben und seltene Ausgaben reden, über alte Bücher und andere, die nicht so alt waren, aber wertvolle Widmungen berühmter Autoren enthielten. Über begehrte Signaturen. Ungewöhnliche Fehldrucke. Was er im Laufe der Jahre alles gesammelt hatte. Darüber wollte er sprechen.

Auch über das Alter würde er reden und wie wichtig es wäre, zu handeln, bevor es zu spät war: In aller Eile wolle er losfahren. Noch sei genügend Zeit, dem Schicksal zu entkommen. Er wolle die Wirren an einem anderen Ort erleben, die Ankunft des Kometen über einem unbekannten Horizont verfolgen.

Und dann würde er über sein Dilemma reden. Das war der kniffligste Teil, vor dem er sich am meisten fürchtete; es galt, nicht zu viel zu sagen, aber auch nicht zu wenig. In seinem Alter reise man ungern allein, würde er sagen. Geteilte Freude sei doch immer doppelte Freude. Und dass er sich vorstelle, was für ein unschätzbarer Gewinn es wäre, auf so einer Reise einen Begleiter zu haben, der Esperanto beherrsche; man wisse ja nie, wo man lande. Er suche also eine Reisebegleitung, ganz einfach; eine, die ihm mit ihrer jugendlichen Energie, ihrem Esprit und ihrem Schmetterlingslachen das Abenteuer versüße und die sich so wie er selbst danach sehnte, die Welt kennenzulernen, mal rauszukommen – er könne sich niemanden vorstellen, der besser geeignet wäre als sie, die jetzt vor ihm säße. Sie könnten den Nachtzug nach St. Petersburg nehmen, und so weiter, und noch weiter weg, wenn sie wolle. Es gelte, keine Zeit zu verlieren …

»Wie geht es Ihnen eigentlich?«

Sein Blick blieb an der Messinglampe hängen; sie sah aus, als hätte ein Klempner sie zusammengeschweißt.

Warum hatte sie nur das hässlichste Café in ganz Wien aussuchen müssen? Es war das haarsträubendste Beispiel von Traditionsvergessenheit – und noch dazu hatte man gewagt, es »Museum« zu nennen.

Er war froh, dass er so pünktlich gewesen war. Etwas an dem Bild, wie sie allein hier an einem Tisch saß, verlassen und unverheiratet wie ein gefallenes Mädchen, umgeben von der schamlosen Einrichtung und schlürfenden Bewunderern, zog ihm die Eingeweide zusammen.

»Sie sehen blass aus. Waren Sie krank?«

»Das ist sicher nur die Umgebung, Intruistino Rosita. Die Lampen verbreiten so ein kränkliches Licht, die Farben der Wände. Und der Fuß tut mir noch ein bisschen weh.«

»Ich finde die Atmosphäre hier sehr erhebend, so befreiend in ihrer Reinheit. Die klaren Formen flößen einem Ruhe ein.«

»Sie dagegen strahlen. Sie leuchten geradezu.«

»Was reden Sie da. Worüber wollten Sie denn mit mir sprechen?«

»Ich …«

Schon ein paarmal hatte er Anstalten gemacht, seinen Vortrag zu beginnen, aber es wollte ihm einfach nicht gelingen; er öffnete nur den Mund, um ihn gleich wieder zu schließen. Er nahm einen unsicheren Schluck von seinem Kaffee, räusperte sich und fingerte an seiner Serviette herum.

»Nun … ich habe ein paar Stunden verpasst«, hörte er sich sagen. »Ich bin auf Dienstreise gewesen. Was haben Sie gemacht, was habe ich versäumt?«

Intruistino Rosita lächelte ihn an.

»Da bin ich aber erleichtert«, sagte sie. »Ich dachte schon, Ihnen wäre etwas zugestoßen. Sie klangen so seltsam am Telefon. Und Sie sehen wirklich nicht ganz gesund aus.«

»Ich bin nur müde. Hatte viel zu tun.«

»Sie sind mein bester Schüler, Herr Freytag. Sie können es ruhig angehen lassen. Versuchen Sie sich auszuruhen. Es ist nichts, was Sie nicht aufholen könnten.«

Herr Dr. Signori war offenbar auch nicht da gewesen. Wie sich herausstellte, hatten sie vor allem wiederholt. Eine Gelegenheit für die anderen, ein wenig aufzuholen. Sie hatten noch einmal das Suffix abgehandelt.

Ja, sie hätte bemerkt, wie leicht es Freytag fiele, die Sprache zu erlernen, sagte Intruistino Rosita. Was sie nicht weiter wundere. Denn Esperanto sei so sinnreich konstruiert, dass es jedem, der auch nur oberflächliche Kenntnisse verschiedener europäischer Sprachen hatte, leichtfiele, es zu verstehen. Die Vokabeln seien größtenteils bereits bekannt, was Freytag bestätigen konnte, aber er hatte sich keine weiteren Gedanken darüber gemacht. Er hatte sein Leben der Sprache geweiht – er war ja Philologe.

Aber genau wegen dieses Vorsprungs müsse er auch besonders aufpassen, betonte Intruistino Rosita, nachdem sie einen Blick auf die Straße geworfen hatte. Gerade bei denen, die man zu kennen glaube, den Freunden, bei denen man entspanne und denen man vertraue, lauerten die größten Gefahren.

Freytag brummte zustimmend, als wäre auch er auf der Hut vor Verrätern in den eigenen Reihen.

»Ich spreche natürlich von Falschen Freunden. Ja, die sind Ihnen sicherlich auch schon begegnet, Herr Freytag. Verräter, unechte Freunde. Die Falschmünzer der Sprache. Irreführend und doppelzüngig. Freunde, wie niemand sie sich wünscht. Sie geben sich für etwas Bestimmtes aus, und dann sind sie etwas ganz anderes.«

Freytag wunderte sich über die Nachdrücklichkeit ihrer Ausführungen. Er fragte sich, welches erlittene Unrecht den gekränkten Adjektiven zugrunde liegen mochte.

Und gerade darin liege die Gefahr, fuhr Intruistino Rosita fort: Eben weil Esperanto so effektiv die uralten Klüfte, die Hohlräume zwischen den Sprachen überbrücke, riskiere man, auf die Nase zu fallen, wenn man nicht aufpasse. Man müsse sich also in Acht nehmen. Vor allem vor jenen, die einem so vertraut erschienen, dass man sich keine Gedanken über sie machte. Denn kein Sturz sei so tief und tue so weh, wie wenn Freunde einem ein Bein stellten.

Erklärungen gebe es viele. Die Lehnwörter seien die Schlimmsten, denn im unbedachten Mund der Entleiher wechselten sie häufig ihre Bedeutung. Und Esperanto bestehe nun mal vor allem aus Lehnwörtern, das unter anderem sei seine Stärke, aber deshalb müsse man auch besonders aufpassen. Diese Wörter teilten ihren Ursprung, hätten sich aber dann in unterschiedliche Richtungen entwickelt. Hier sei es angebracht, die Homonyme zu erwähnen, fand Intruistino Rosita, auch wenn sie im Esperanto eher ungewöhnlich seien. Diese falschen Lehnwörter seien eigentlich gar keine Lehnwörter, sondern einfach nur Wörter, die zufällig mehrere Dinge zugleich bedeuteten, obwohl sie nicht miteinander verwandt waren.

Es handele sich einfach um Verwechslungen. Nichts sonst.

Freytag lächelte innerlich. Er konnte sich nicht vorstellen, dass sie darüber auch im Unterricht gesprochen hatte.

Um zwischensprachliche Verwechslungen ginge es, interlinguale, erklärte Intruistino Rosita weiter, und dann gebe es auch noch interne Verwechslungen, sogenannte intralinguale, aber da spreche man nicht mehr von Freunden, sondern, noch schlimmer, von Paronymen, falschen Brüdern, bei denen es sich auch um Schwestern handeln könne: *faux frères*. Aber das gehöre nicht hierher; sie beschäftigten sich schließlich nicht mit Familienangelegenheiten, sie hätten genug mit ihren alten Bekannten zu tun, die seien schon tückisch genug. Nicht zuletzt, weil sie dazu neigten, einen in peinliche Situationen zu bringen.

Missverständnisse pflegten ihrer Erfahrung nach erstaunlich oft zu ungewollten Unanständigkeiten zu führen – das sei nicht nur ihre eigene Ansicht, sondern eine verbreitete Meinung in Esperantokreisen, in allen sprachinteressierten Kreisen wahrscheinlich. Sie könne eine ganze Reihe davon aufzählen, versicherte sie, halte es aber für besser, dies zu unterlassen.

Sie hatte offenbar mit dem Gedanken gespielt, eine Liste über die schlimmsten Verstöße anzulegen, aber ihr Anstand verbot es ihr; zu groß war ihr Respekt vor ihren Schülern. Freytag dachte, dass sie damit sicher vor allem ihn meinte. Er lächelte sanft. Nie war sie schöner gewesen. Ihre Augen leuchteten richtig, die Wangen waren gerötet, wie bei einem Mädchen, das auf einem Pferderücken saß; verliebt.

Freytag beruhigte seine Hände, indem er sie flach auf den Mahagonitisch legte. Er krümmte die Zehen in den Schuhen und zwang sich, ihr weiter in die Kastanienaugen zu sehen:

»Da ist übrigens noch etwas, was ich auf dem Herzen habe.«

»Ja?«

Ich wollte Ihnen das schon lange sagen: Sie sind entzückend.

»Wussten Sie, dass ein älteres Exemplar von Goethes ›Faust‹ eine Summe von sage und schreibe …«

»Ah! Da ist er ja.«

Intruistino Rosita klopfte an die Scheibe. Sie winkte einem jungen, hochgewachsenen Mann: *Komm rein! Komm rein!* Sie ging ihm den halben Weg zur Tür entgegen, nahm seine Hände und küsste ihn auf die Wange.

»Darf ich vorstellen: der Herr Lektor Freytag, mein Verlobter, Larry.«

»Nice to meet you! Mi ĝojas konatiĝi! How do you do?«

»Wir haben uns durch Esperanto kennengelernt«, sagte

Intruistino Rosita. »Wir haben uns Briefe geschrieben. Er kommt aus San Francisco. Und dann stellte sich heraus, dass er zum Studium nach Wien kommen würde. Können Sie sich das vorstellen? Er wird Arzt«, fügte sie stolz hinzu und lehnte ihren Kopf an seine Schulter. »Es muss Schicksal gewesen sein.«

»Dotoro?«

Freytag knetete seine Finger. Der Amerikaner hatte sie fest gedrückt. Orthopädie, dachte er, etwas anderes konnte es nicht sein, nicht bei so einem Enthusiasmus.

»Verzeihung, Herr Freytag. Was hatten Sie auf dem Herzen? Goethe, sagten Sie?«

»Ach, nichts«, sagte er und kramte nach dem Schreibheft. »Ich wollte Ihnen nur das hier zurückgeben.«

Intruistino Rosita drückte es an ihre Brust.

»Was haben sie denn gesagt? Im Verlag?«

»Es passt leider zur Zeit nicht in ihre Programmkonzeption.«

»Sie mochten die Gedichte nicht?«

Da war sie wieder, ihre schmollende Flaumlippe.

»Und sonst haben sie nichts dazu gesagt?«

»Ich muss jetzt gehen«, sagte Freytag und nahm den Stock.

»Wir sehen uns doch zum Unterricht?«

»Wenn es mir besser geht. Ich fühle mich ein bisschen schwindlig.«

Wieder befand er sich in den Verlagsräumen am Judenplatz. Freytag betrachtete seinen alten Chef, der hinter Stapeln von Büchern an seinem Schreibtisch saß und sich mit einem Brieföffner die Fingernägel säuberte. Von Weitem hörte man das Tastengeklapper der Kopierabteilung.

»Die Buchhändlervereinigung? Seit wann treiben Sie sich denn da herum?«

Freytag sah aus dem Fenster. Er erinnerte sich an das Treffen mit Butterweck etwas früher am Tag und schüttelte den Kopf.

Manche behaupteten, der Nachschlagewerksredakteur hätte die Tatsachen zugunsten der Fiktion längst verlassen und würde Wissenslücken kurzerhand mit Hilfe seiner Einbildungskraft füllen. Böse Zungen meinten sogar, er hätte wissentlich Dinge in das Lexikon aufgenommen, die nicht einmal existierten, die völlig aus der Luft gegriffen waren. Beim Mittagessen der Buchhändlervereinigung waren sie aufeinandergetroffen.

»Sind Sie wirklich sicher, Herr Butterweck? Sie bilden sich das nicht nur ein …«

»Es stimmt! Nun hören Sie mir doch zu. Ich habe Barsch mit eigenen Augen gesehen. Herr Schlink hat sich den ganzen Tag gefreut wie ein Schneekönig. Er klatschte in die Hände und summte vor sich hin. Ich glaube, ich habe ihn noch nie so leutselig gesehen.«

»Aber müsste ich das denn nicht wissen? Ich bin schließlich sein Lektor! Herr Schlink wird doch nicht so ein Esel sein, dass …«

»Er spricht stets nur gut von Ihnen.«

»Wer?«

»Der Esel. Es ist ein ständiges Gejammer, wie wir bloß ohne Sie

zurechtkommen sollen. Er hätte nur Amateure… Sie wären der letzte richtige Lektor gewesen, behauptet er.«

»Herr Freytag!«

Freytag blinzelte. Der Cheflektor betrachtete ihn von der Seite, wie ein Täuberich: »Wer hat das gesagt? Butterweck?«

»Das gehört nicht hierher. Das Manuskript ist noch nicht fertig, Herr Schlink. Sie müssen mir glauben. Es ist noch eine Menge daran zu tun. Es ist vollkommen undruckbar.«

»Darüber gehen die Meinungen auseinander…«, sagte Schlink und blies sich auf die Fingerspitzen.

Freytag schenkte dem Kollegen sein kameradschaftlichstes Lächeln: »Ich weiß, wovon ich rede: Ich bin kein … *Amateur.*«

Schlink warf ihm einen unergründlichen Blick zu.

»Barsch scheint anderer Auffassung zu sein«, sagte er nach einer Weile und rieb die Fingernägel an seinem Jackettaufschlag. »Er überlegt, die Verantwortung jemand anderem zu übertragen. Ich begreife Ihre Verwunderung nicht, er behauptet, er hätte bereits darüber mit Ihnen gesprochen …«

»Gesprochen und gesprochen… Wir sind unterschiedlicher Meinung über die Vorzüge des Buches sowie darüber, wie es am besten weitergehen soll. Aber nichts, worüber man sich nicht einig werden könnte. Er würde nie hinter meinem Rücken… Das kann ich mir nicht vorstellen.«

»Er hat sicher alle Hände voll zu tun. Er wird ein Fest geben. Aber sobald das vorüber ist, wird er sich mit Ihnen in Verbindung setzen. Er will nur noch ein paar letzte Änderungen vornehmen, ehe er das Buch abgibt. Wir werden das Manuskript dann noch einmal ordentlich durchgehen. Der junge Herr Wirst wird sich seiner annehmen. Er kennt sich aus mit moderner Literatur.«

»Wirst! Sind Sie vollkommen wahnsinnig geworden?«

Schlink beugte sich über den Tisch.

»Herr Freytag, anders als Sie offenbar glauben, sind Sie nicht unersetzlich. Selbst Barsch scheint das begriffen zu haben. Endlich. Er zieht es vor, das Buch ohne Ihre Hilfe fertigzustellen. Sie scheinen seine Begeisterung für das Werk ja nicht gerade zu teilen. Also bringen Sie uns bitte das Manuskript zurück. Wir brauchen es.«

»Kommt nicht infrage«, sagte Freytag. »Das tue ich nicht.«

»Nun geben Sie es schon her, Menschenskind!«

Freytag verschränkte die Arme vor der Brust.

»Nicht bevor ich mit Barsch gesprochen habe. Er kann die Folgen nicht überblicken. Es gibt Teile, die die aktuellen Verleumdungen noch anheizen könnten, Herr Schlink. Er wird sich blamieren. Und nicht aus den Gründen, die alle vermuten – die vermeintlich strittige Handlung, der Flirt mit literarischen Reformern, die ›Aktualität‹. Sondern aufgrund seines Mangels an Finesse, seines handwerklichen Ungeschicks und seines Unvermögens, sich ordentlich auszudrücken.«

»Ich glaube, dass er selbst die Qualitäten des Manuskripts am besten einschätzen kann«, sagte Schlink und verzog den Mund. »Er ist schließlich nicht irgendwer. Er hat sich den Entschluss, eine neue Richtung einzuschlagen, gut überlegt, es ist keine überstürzte Entscheidung. Tante Olga hat ihm ihren Segen gegeben, rein ideell. Kennen Sie Tante Olga? Eine entzückende Frau …«

»Hören Sie auf mich, immerhin habe ich es gelesen und Sie nicht. Haben Sie sich nie gefragt, warum ihm so daran gelegen ist, seine Manuskripte geheim zu halten?«

»Wie schlimm kann es schon sein? Ich bin sicher, wir kriegen das in den Griff.«

»Das werden Sie nie schaffen, nicht zum Herbstprogramm. Und was sollen die Leser denken? Barsch ohne seinen berühmten Stil, seine Ausdruckskraft … das ist nicht Barsch, das ist … jemand anderes, ein … ein … Papagei!«

»Menschenskind«, grinste Schlink, »man könnte fast meinen, Sie wären es, der es riskiert, am Schandpfahl zu landen! Ich hätte nicht gedacht, dass es Ihnen so viel ausmachen würde. Er scheint einen wunden Punkt getroffen zu haben. Unvermögen, sich auszudrücken, ein Papagei … Also wirklich, Herr Freytag … Sie scheinen völlig vergessen zu haben, über wen wir hier eigentlich reden. Dass er etwas Neues ausprobiert, zeugt nur von Vernunft, er hat sich allzu lang auf seinen Lorbeeren ausgeruht. Sie sollten froh sein, ihn los zu sein. Ich musste Ihnen den Auftrag schließlich geradezu aufdrängen. Jetzt können Sie sich nach Herzenslust Ihren eigenen literarischen Ergüssen widmen. Offenbar ist Ihnen Ihre Unfähigkeit zu Kopfe gestiegen. Sie überschätzen Ihre Bedeutung. Ihre beispiellose Hilflosigkeit angesichts jeder Form von Veränderung ist beklemmend. Die Zeit ist an Ihnen vorbeigezogen, Herr Freytag, wie sie es eines Tages mit jedem von uns tut. Wenn ein Lektor das Gespür dafür verloren hat, was in der Luft liegt …«

»Ich denke nicht an mich, ich denke an Barsch.«

Schlink schloss die Augen. Er faltete die Hände über dem Bauch.

»Natürlich …«

»Barsch ist nicht nur ein gottbegnadeter Erzähler, er ist ein klassischer Stilist. Einer der wenigen, die sich selbst überleben können, ihre eigene Zeit. Sein Stil ist einzigartig. Geradezu unübertroffen. Aber er braucht viel Bearbeitung, mehr als Sie sich vorstellen können. Wollen Sie das einfach wegwerfen? Nur weil er etwas geschrieben hat, von dem Sie glauben, dass es den literarischen Revoluzzern gefällt? Er ist besser als dieses Gesindel, diese elenden Richter des guten Geschmacks in der Herrengasse, besser als Ihre Saufbrüder im Central!«

»Ihre Abneigung gegen das Central ist ein weiteres Zeugnis Ihrer Ignoranz. Genauso wie Ihr Widerstand gegen jedwede Neuerung. Das ist schon immer Ihr Problem gewesen: Sie haben es einfach nie verstanden, Herr Freytag!«

»Sie wissen gar nicht, was Sie da anrichten!«

Schlink fuhr vom Stuhl auf, eine Haarsträhne löste sich von seiner Glatze.

»Begreifen Sie es denn nicht, Menschenskind!«, brüllte er und schlug mit der Faust auf den Tisch, dass ein Band von Meyers Konversationslexikon zu Boden fiel. »Von diesem Buch hängt alles ab. Wie auch immer es ist, es wird sich verkaufen, Skandal oder nicht. Herr Gott«, fuhr er fort und fuchtelte mit den Armen in der Luft, »ich weiß nicht, ob ich nicht sogar einen Skandal vorziehen würde. Nichts verkauft sich so gut wie ein Schandmal. Wir können uns Ihre Prätentionen nicht leisten. Barsch ist nie zuvor so im Gespräch gewesen. Können Sie das denn nicht einsehen?«

»Ich habe Ihnen viel zugetraut, Herr Schlink«, sagte Freytag mit verkniffenem Gesicht, »aber nicht, dass Sie so ein Gierhals sind. Ein Knecht Mammons.«

Mit einem irritierenden Manöver, einem schwebenden Halbkreis mit der Handfläche – erst über die klebrigen Lippen, dann hinaus ins Tastende, und gleich wieder zurück über den Schädel – brachte der Cheflektor den Ausreißer wieder zu seinen spärlich vorhandenen Kumpanen in Reih und Glied.

»Apropos«, sagte er, blieb stehen und ruckte gleichsam mit den Manschetten, ehe er sich ans Fenster stellte, wo er Ausblick über den Hof und das Innenministerium auf der anderen Seite hatte. »Gut, dass Sie das sagen. Ihr Lohn, der Vorschuss. Ihnen ist ja wohl klar, dass Sie den nicht behalten können? Soweit ich weiß, haben Sie bislang nichts Positives beigetragen, sondern nur Verwirrung gestiftet. Und dafür kann ich Sie ja wohl kaum bezahlen.«

»Sie sind tief gesunken, Herr Schlink, tiefer, als ich je von Ihnen gedacht hätte …«

»Um meine Niedertracht zu beweisen«, erwiderte Schlink und wandte sich Freytag wieder zu, »kann ich Ihnen verraten, dass ich dafür gekämpft habe, dass Sie die Hälfte des Honorars behalten dürfen. Das war nicht leicht, möchte ich betonen, nicht in diesen Zeiten. Aber ich übernehme einen Teil der Verantwortung. Es war falsch von mir, darauf zu bestehen, dass Sie den Auftrag übernehmen. Sie sind als Lektor am Ende. Ich hätte das einsehen müssen, wie Sie selbst es längst eingesehen hatten. Es ist höchste Zeit, Ihr Porträt aufzuhängen, Herr Freytag, ein für alle Mal. Sie brauchen sich für nichts zu schämen. Sie haben in all den Jahren großen Einsatz für den Verlag geleistet. Mehr als die meisten anderen.«

»Boris Barsch ist der beste Autor, den der Verlag je die Ehre hatte zu vertreten. Aber er braucht Hilfe, er braucht meine Erfahrung. Wollen Sie wirklich mit ansehen, wie er seinen Ruf versaut? Nur weil die Eigentümer einen Schluckauf bekommen?«

Schlink seufzte genervt. Er bückte sich und hob das Lexikon auf. Sein Gesicht war gerötet.

»Ich habe keine Wahl«, sagte er.

»Und so etwas nennt sich Cheflektor!«

Schlink sank auf den Schreibtischstuhl und fing an, in seinen Papieren zu kramen. Das Sitzmöbel knarrte – Einspruch eines langjährigen Dieners. Freytag fand mit einem Mal, dass Schlink alt aussah; er hatte etwas Erschöpftes in seinem Blick, als er schließlich von seinen Unterlagen aufblickte.

»Ich trage Verantwortung für alle, die hier arbeiten«, sagte er, »für das Fortbestehen des Verlags. Sie, wenn überhaupt jemand, sollten das doch verstehen.«

»Sie könnten sich wenigstens bemühen, ihm einen anständigen Lektor zu besorgen. Versprechen Sie mir das. Oder sind Sie nur noch damit beschäftigt, sich in den Gassen von Spittelberg herumzutreiben?«

»Sie können jetzt gehen, Herr Freytag.«

Daheim in der Wohnung in der Barnabitengasse musste Freytag erstmal seine sauren Zigarillos rauchen. Er begriff nicht, warum Barschs Vorgehen ihm so viel ausmachte. Wie oft hatte er ihn nicht verflucht und sich gewünscht, diese Belastung los zu sein? Und jetzt fühlte er sich wie ein verschmähter Liebhaber.

Schließlich ging er mit müden Schritten zur Schreibtischschublade und zog das Manuskript heraus. Er setzte sich mit dem Stift zurecht.

Der erste Teil der Bearbeitung war immer der schwerste, es war harte Arbeit, denn um einen Weg aus dem Labyrinth zu finden, bedurfte es einer Beharrlichkeit und einer Schaffenskraft, die er eigentlich nicht besaß.

Während der Tage im Dschungel hatte er bereits eine erste Ordnung in das Durcheinander gebracht – er hatte etwas hinzugefügt, wo dies nötig war, und Abwege und Überflüssiges gestrichen. Jetzt blieb nur noch die letzte Phase, das Moment, das er am liebsten mochte und das er am besten beherrschte. Was er als seine eigentliche Aufgabe sah und was er schon immer gern getan hatte. Die Pinselstriche.

Wie ein Dekorationsmaler, der zum letzten Mal den Kittel anzieht, um abschließend Hand an sein Lebenswerk zu legen, glitt er wehmütig in seine Rolle. Je mehr er sich in die Darstellung vertiefte, desto weniger machte ihm der Inhalt aus – die vielen angeblichen Skandale, Ärgernisse und Halbwahrheiten, an die er nicht denken wollte. In die rechte Form gebracht, schienen sie eine Berechtigung zu erhalten, die ihnen zuvor noch abgegangen war. Als wäre es eher die mangelnde Finesse gewesen, die sie als lügnerisch hatte dastehen lassen. Und es war ohnehin nicht seine Aufgabe als Lektor, erinnerte er sich selbst, derlei Urteile zu treffen. Seine Aufgabe war fest umrissen, sie ging bis hierhin und nicht weiter, und er begrüßte die Geborgenheit, die es mit sich brachte, nicht denken zu müssen.

Nach und nach erschien ihm sein Tun immer selbstverständlicher, er konnte gar nicht damit aufhören. Mit jedem Satz, in den er Ordnung brachte, jedem Gedanken, den er bereinigte und schärfte, jeder Absurdität, die er mit Hilfe des Rotstiftes mit der Vernunft vereinte, jeder Wahrheit, die er enthüllte und ans Licht brachte, senkte sich Ruhe über ihn – es war, als ordne er sein Inneres, als könne er alles, was sich um ihn herum drehte, dadurch zum Stillstand bringen …

Er fand seinen Trost darin, sich auf seine eigentlichen Fähigkeiten zu besinnen. Wenn er nur lange genug hier auf dem Stuhl säße und seine Änderungen vornähme, wenn er sich nur genug Mühe gäbe, könnte er alles wieder zurechtrücken, was schiefgegangen war, seine Hände würden aufhören zu zittern, und seine Frau würde den Schlüssel ins Schloss stecken, und er würde nicht länger von seinem Gewissen gequält; die Gespräche, die er oben in den Bergen mit Barsch geführt hatte, würden ihn in Ruhe lassen … Dann wäre er wieder der, der er immer gewesen war, und nicht jemand anderes, jemand, den er nicht einmal kennen wollte.

Als es für seinen Rotstift nichts mehr zu tun gab, legte er ihn zur Seite. Ein paar Schwächen gab es noch immer, aber die würde Wirst schon in den Griff bekommen. Die Geschichte war da, mit all ihren Vorzügen und Mängeln. Und nicht zuletzt: Die Stimme war da, der viel gerühmte Stil. Jetzt blieben nur noch Dinge, um die er sich nicht kümmern musste. Die mühsame Pedanterie – Schulterschmerzen, steifer Nacken, das quälende Prüfen jedes Wortes, das Setzen der Satzzeichen – all das überließ er mit Vergnügen Wirst.

Dann nahm er das Manuskript unter den Arm und ging schweren Schrittes auf den Dachboden.

Auf halber Treppe fuhr ihm ein Stoß durch die Brust: War heute Abend nicht Unterricht, zu Hause bei Intruistino Rosita? Wie er sich auf das Treppengeländer stützte, wurde ihm klar, dass er es nicht schaffen würde, zum Esperanto-Kurs zu gehen. Er schnappte nach Luft und massierte sich die Hand. Was hattest du dir denn gedacht, Freytag?

Freytag dachte an die Wollknäuel seiner Frau, an die vielen Mützen und kratzigen Pullover, die nie fertig geworden waren – der Schweiß lief ihm über die Stirn. Wieder war er in einer Sackgasse gelandet. Er trocknete sich mit dem Taschentuch die Stirn und machte kehrt; weiter ging es durch das Gebüsch.

Unversehens bog man im Leben ab, dachte er, ohne die Gassen zu kennen. Sackgassen gehörten zum Leben dazu, dennoch stand man dann da, wunderte sich über seinen schlechten Orientierungssinn und spähte durch undurchdringliches Laubwerk nach Licht.

Die Hecken schienen sich über die Gänge zu neigen, sich um ihn herum zu schließen. Es waren schwere Schritte zurück mit der Tasche – all seine Energie hatte er in die Idee von einer Öffnung gelegt, die sich vor ihm auftäte, die ihm vorschwebte. Vielleicht war ja genau dies das Geheimnis, dachte er, dass man sich immer vorzustellen vermochte, das Ziel läge unmittelbar hinter der nächsten Ecke. Glücklich die, deren Hoffnung durch Erfahrung niemals welkte, dachte er weiter. Nicht wie die armen Kerle, deren Schritte nur noch vom Stock angeführt wurden, von der Erleichterung, die darin lag, nichts mehr zu hoffen. Der Gedanke an Erfolg war gefährlich. Also verbündete man sich mit den Schwarzmalern, machte die Niederlage zu seiner Geliebten. Die Arme ausbreiten, ihr die Wange küssen. So fand man die Kraft, sich durch das Labyrinth zu schlagen. Doch genau dabei war er in die Irre gegangen, in seiner Anmaßung zu glauben, Träume ließen sich verwirklichen.

Er dachte an das Manuskript in seiner Tasche. Signori hatte

sich über fast alles an der Geschichte beklagt. Mit Recht. Es gab wirklich viel einzuwenden. Die schlecht verborgenen Anspielungen hatte er natürlich ebenfalls angemerkt sowie deren unsittlichen Charakter. Die offensichtliche Ähnlichkeit zwischen dem falschen Freund und dem Papst – sie war ein billiger Trick. Natürlich hatte auch er das geschmacklos gefunden.

Wie er so durch die Gänge lief, umgeben von den kaiserlichen Hecken, immer wieder kehrtmachte und abbog, musste er an all das denken, woran Signori verständlicherweise Anstoß genommen hatte. Es war nur so, dass solche Bücher seit unvordenklichen Zeiten publiziert wurden. Er erinnerte sich einer besonders freimütigen Schrift, *Der Pfaffenspiegel* musste es gewesen sein – der war noch hundertmal schlimmer. Er konnte sich kaum vorstellen, dass heutzutage nicht noch weit schädlichere Bücher geschrieben wurden, die die Kirche und alles, was heilig war, in den Dreck zogen. Barsch war freilich sehr beliebt, aber dennoch. Die Behauptung, er sei eine einflussreiche Persönlichkeit, vor allem in liberalen kirchlichen Kreisen, war offensichtlich falsch. Hatten sie den Autor überschätzt? In Rom? Da wären sie nicht die Einzigen gewesen. Aber dann hätten sie auch die Leser maßlos überschätzt. Die meisten von ihnen würden die Anspielungen gar nicht bemerken; sie hätten genug damit zu tun, dem atemberaubenden Tempo zu folgen. Möglicherweise erkannte sie der eine oder andere Kritiker, einer dieser literarischen Revoluzzer. Es würde sicherlich viel herumgedeutet werden. Aber was scherten sich die Massen darum? Diejenigen, die solche Kritiken lasen, die vielen armen Kerle in den Kaffeehäusern, gehörten kaum zu Gottes treuer Herde. Ihr Publikum bestand aus Gleichgesinnten und passte zwischen die verrauchten Wände in der Herrengasse.

Was war es also, was hier nicht stimmte?

Mit jeder Ecke, die er umrundete, glaubte er, die Antwort zu finden: Sie lag in Reichweite. Doch immer wieder landete er in einer weiteren Sackgasse. Stichstraßen, unbekannte Wege, von denen er glaubte, sie schon einmal gegangen zu sein.

Kirchliche Freidenker, dachte er und umklammerte den Griff seiner Tasche, das Bedürfnis, das Überkommene zu bewahren – all das konnte er gut verstehen. Welche Rolle aber dem Manuskript bei dem Ganzen zugesprochen wurde, das erschloss sich ihm nicht, so sehr er sich auch bemühte.

Schließlich entsann er sich der goldenen Regel, wenn man sich verirrt hatte: immer nach links abzubiegen. Das kam häufig vor in Romanen. In den verschiedensten Zusammenhängen war er darauf gestoßen, aber es war ihm immer unlogisch erschienen: Wieso sollte man nicht ebenso konsequent nach rechts abbiegen können?

Er machte sich ans Werk. Mit jeder Linksabbiegung beschleunigte er erwartungsvoll den Schritt. Schließlich, als er gerade zu dem Schluss gekommen war, dass es doch etwas mit dem Konklave zu tun haben musste, bog er um eine letzte Hecke und befand sich in der Höhle des Minotaurus, einem Hohlraum im Zentrum der zurechtgestutzten Irrgänge, einem der Kontemplation gewidmeten Raum. Eine befreiende Ruhe. Über sich Wolken, der offene Himmel. Wo auch sonst sollte man landen, dachte er, wenn man sich stur im Kreis bewegte?

Er schaute auf seine Taschenuhr: Er würde zu spät kommen. Was hast du hier drinnen zu suchen, Freytag? Warum hast du nicht zwischen den Tieren auf ihn gewartet, diesen lieblichen Geschöpfen Gottes? Oder oben auf dem Hügel, bei der Quelle, die dem Schloss einst seinen Namen gab: Schönbrunn? Da hättest du in aller Ruhe sitzen und die Schwalben am Himmel zählen können.

Freytag saß auf der Bank und schmauchte seine Pfeife. Vielleicht würde sie sich endlich bezahlt machen. Es war viel Wesens gemacht worden um diesen Kardinal, der übergangen worden war, so viel war sicher. Pater Anton hatte erklärt, es sei ein gottgegebenes Glück, dass die Stimmen schließlich Pius zugefallen waren, trotz der weltlichen Einmischung, die dazu führte; es hätte sich nämlich herausgestellt, dass der Briefträgersohn genau der richtige Mann war, die Herde zu führen; ein Bewahrer der Traditionen und eifriger Feind des Relativismus. Aber er sah keinen Zusammenhang. Barschs Protagonist, der Antiheld, war auf gelinde gesagt lächerliche Weise auf den Papstthron gekommen. Ihm war selbst nicht einmal klar, wie er dort gelandet war. Konnte allein die Andeutung, dass etwas nicht mit rechten Dingen zugegangen sei, derart gefährlich sein? Barsch spielte offensichtlich auf das Veto im letzten Konklave an. Aber es musste noch mehr geben, etwas, das ihm bisher entgangen war.

Er sah sich in der Höhlung um. Dass er das nicht gleich erkannt hatte: Die Antwort lag in den Zwischenräumen. In den Auslassungen, nicht in dem, was gesagt wurde. Die Wahrheit lag immer zwischen den Zeilen. Das hätte er doch erkennen müssen, als Lektor und überhaupt. Vielleicht hatte er es die ganze Zeit schon begriffen, vor sich selbst aber nicht zugeben wollen.

Er brauchte nicht länger im Pfeifenrauch sein Gedächtnis zu durchforsten, um zu erkennen, was ihm bisher entgangen war: Signori hatte sich über fast alles aufgeregt, doch über eines hatte er kein Wort verloren, nie auch nur die Andeutung eines Missfallens geäußert: den Beschnittenen, den Bankier und all die pekuniären Dinge.

Eigentlich war es wie bei den Programmkonferenzen im Verlag, dachte er. Alle kämpften für ihre Sache, gaben ihre Stimmen ab, bereit, sich an den Ablauf zu halten; doch alle hatten das gleiche hehre Ziel – die Literatur, die Kunst. Über Geld wurde dabei nicht gesprochen, nicht unter Petersens wachsamen Augen, die von der Wand auf sie herabschauten. Das gehörte sich nicht.

Doch nun drangen weltliche Interessen ein. So wie die Eigentümer sich einmischen und auf ihrem Recht bestehen konnten, hatte auch in der Kapelle das Geld gesprochen. Bestimmt war das eine heikle Angelegenheit, dachte Freytag, das Geld der Kirche. Nicht zuletzt, weil es so vielen ihrer Anhänger fehlte.

Freytag klopfte seine Pfeife aus und erhob sich seufzend. Er beschloss, sich auf sein Glück zu verlassen, vielleicht stand es ja dem Sturköpfigen bei. Er tappte durch den Kies, folgte seiner eigenen Spur, den Abdrücken und Fußstapfen, die seinen Weg gekreuzt hatten, und bahnte sich mit dem Stock seinen Weg.

Als er schließlich mit der Erleichterung des Begnadigten in die Freiheit taumelte, verblüfft über den Bewegungsspielraum, tat er ein paar tiefe Atemzüge. Dann eilte er hinüber zu den Gehegen.

Zimmer des Staatssekretärs, Apostolischer Palast,
Rom, 2. Februar 1903

»Haben Sie jemals in einem Salzstock gearbeitet, Signor Pacelli?«

Direktor Pacelli würdigte die Frage des Staatssekretärs keiner Antwort; er fingerte an seinen Manschetten herum.

»Dann wüssten Sie es besser und kämen nicht mit solch unqualifizierten Anmerkungen«, fuhr Rampolla fort. »Sie begreifen doch wohl, dass der Vatikan sich auf so etwas nicht einlassen kann. Ich hoffe, Sie behelligen mich künftig nicht mehr mit solchem Unsinn. Haben Sie verstanden? Wenn Sie mich dann entschuldigen würden – ich habe zu tun.«

Pacelli zögerte, die Türklinke zu betätigen und in das Wartezimmer hinauszutreten. Als drücke er sich davor, das Gemurmel aus dem Sekretariat hereinzulassen – als drücke er sich vor allem auch davor, wieder einmal mit gesenktem Kopf zum Geklapper der erhabenen Schreibmaschinen durch die freskenbemalten Gänge zu eilen.

Rampolla schaute ihn über seine Brille hinweg an.

»Ist noch was?«

Pacellis Stimme klang gepresst, als er sich umdrehte.

»Es scheint immer schwieriger zu werden, Investitionsmöglichkeiten zu finden, die dem Heiligen Stuhl genehm sind«, sagte er. »Seit diese Angelegenheit auf dem Schreibtisch des Staatssekretärs gelandet ist …«

Rampolla nahm die Brille ab und legte sie auf den Tisch. Seine Stimme war sanft, die Züge um seinen Mund ernst.

»Seine Heiligkeit ist ein alter Mann. Ich schütze ihn davor, dass man ihn ausnutzt. Da gilt es, umsichtig zu sein.«

»Die Bank hat sein Vertrauen niemals missbraucht, Eure Eminenz. Der Heilige Vater hat nie irgendwelche Einwände gehabt. Der Vatikan hat kaum noch Geld. All die wohltätigen Zwecke, die Unterstützung der Presse und nicht zuletzt die Garde – das kostet … Ohne Geschäfte läuft das nicht.«

»Ich glaube, dass ich bestens über die Situation Bescheid weiß …«

»Der Heilige Stuhl kann es sich nicht leisten, es allzu genau zu nehmen. Ihre Weigerung, die jährliche Kompensation durch den Staat entgegenzunehmen, kommt Sie teuer zu stehen. Sie müssen sich von Almosen zu Almosen hangeln, milden Gaben von Pilgern und Touristen, einzelnen Schenkungen. Über den Peterspfennig kommt nicht genug herein. Es ist wichtig, dass wir die Kassenschränke füllen.«

»Der Papst kann unmöglich vor der Regierung einknicken. Das müssen Sie doch einsehen, es ist politisch unmöglich. Ich brauche sicher nicht darauf hinzuweisen, wessen Interessen Sie vertreten sollen, wenn Sie mit Ihren Freunden in den Ministerien sprechen?«

Pacellis Schritte hatten etwas Eifriges, als er jetzt auf den Schreibtisch zu ging.

»Aber gerade deshalb sind die Geschäfte ja so wichtig, Eure Eminenz«, sagte er. »Wenn wir den Überschuss frei investieren dürften, könnten wir die Zerwürfnisse zwischen Staat und Vatikan überbrücken. Das Geld des Vatikans ist wichtig für Rom. Je mehr Anteile der Vatikan an der italienischen Wirtschaft hat, desto mehr müssen die Politiker auf Sie hören … ob sie wollen oder nicht. Es geht um das Überleben der Kirche in einer feindlichen Umgebung. Es ist der einzige Weg. Niemand will, dass der Papst Rom verlassen muss.«

»Genugtuung werden wir kaum dadurch erreichen, dass wir der Habgier nachgeben oder uns dem Druck der Regierung beugen. Wir müssen die Kirche mit den Arbeitern wiedervereinigen, sie mit dem einfachen Volk versöhnen. Wir können nicht die Augen vor dem Elend verschließen, das die Industrialisierung mit sich bringt. Wir müssen der Profitgier widerstehen.«

»Die Lösung liegt nicht darin, sich den neuen sozialen Bewegungen anzunähern. Nur durch die Anerkennung des Materialismus können Sie Ihre Machtposition sichern. Sie sollten Ihren Vorteil daraus ziehen, solange es geht, statt zuzusehen, wie sich Ihr Einfluss marginalisiert.«

»Ich muss mich nicht von einem Spieler, einem Zinsnehmer darüber belehren lassen, wie ich mich um die Angelegenheiten des Heiligen Stuhls zu kümmern habe, Signor Pacelli«, sagte Rampolla. »Die diplomatische Isolation schadet uns. Man weigert sich in Rom, die Situation des Heiligen Vaters zu diskutieren. Sie behandeln uns, als wären wir unfähig, eine verschwindende Macht. Aber der Materialismus ist der Kirche unwürdig. Wir gehen ungern mit ihm um und behutsam, wie der Igel mit den Zecken. Er ist gewiss nichts, was wir begrüßen. Das sollten Sie immer bedenken. Es gibt Grenzen bei dem, womit wir in Verbindung gebracht werden möchten. Wir würden als noch geschwächter wahrgenommen werden, wenn wir der Gottlosigkeit nachgäben. Wir müssen unsere moralische Autorität wiederherstellen, nur so können wir unsere Position auf dem internationalen Spielfeld wieder behaupten. Unsere Macht speist sich nicht aus dem Materiellen, sondern beruht auf den ewigen, unfehlbaren Werten. Für einen Bankier ist das vielleicht schwer zu verstehen, aber es gibt tatsächlich Dinge, die sich über den Leib erheben, Signor Pacelli. Unsere Macht speist sich aus ewigen Werten, sie ist nicht weltlich, sondern moralisch. Solange man sie nicht in den Schmutz zieht …«

Pacelli sah gehetzt aus, als er sich über den Tisch beugte.

»Ihnen fehlen die Waffen, Eure Eminenz«, sagte er, »Bajonette, Armeen und Kriegsschiffe, da drückt der Schuh. Nicht moralische Macht fehlt Ihnen, Ihnen fehlen Fabriken, Land, finanzielle Institutionen, das, was am schwersten ins Gewicht fällt.«

»Nur weil Sie im Palast ein- und ausgehen, wie es Ihnen gefällt, brauchen Sie nicht zu denken, Sie wären hier auf der Bank«, erwiderte Rampolla und faltete die Hände auf dem Tisch. »Es gibt Dinge, die sind nicht käuflich. Sie täten gut daran, sich das zu merken. Ihre Angewohnheit, in Anwesenheit des Papstes sitzen zu bleiben, scheint Ihnen zu Kopfe gestiegen zu sein. Seien Sie vorsichtig, Signor Pacelli …«

Der Staatssekretär setzte die Brille auf und senkte den Blick auf den Schreibtisch. Ohne von seinen Papieren aufzusehen, murmelte er: »Wir wollen ja nicht, dass Sie vom Stuhl rutschen.«

Freytag löste ein Billet und betrat den Tiergarten durch das schmiedeeiserne Tor. Auf dem Weg zum Pavillon kam er an einem Verkäufer mit grellbunten Ballons vorbei, gleich neben dem Stand mit Eis und gekühlten Getränken, die in der Wärme beschlugen. Und obwohl ihn der Hals kratzte, eilte er weiter, ohne sich mit einem Glas Limonade zu erfrischen. Aus irgendeinem Grund hatten sie verabredet, sich mitten im Park zu treffen, an dem kleinen Gebäude, das ursprünglich als Frühstückszimmer für die Monarchen gedacht war.

Er sah ihn schon von Weitem: eine kleine Papiertüte in der Hand und eine Ledermappe unter dem Arm, in Sommeranzug und Strohhut mit steifer Krempe – ein echter Girardi-Hut. Freytag musste zugeben, dass dieser dem Esperantisten gut stand; er sah aus wie ein Opernstar, wie er so die Zebras betrachtete, die auf der Parkwiese grasten.

»Entschuldigen Sie die Verspätung, ich habe mich wohl verirrt.«

Signori hob die Augenbraue.

»In Gedanken.«

Signori streckte ihm die Tüte entgegen.

»Pistazien?«

Es war ein strahlender Tag. Die Sonne schien. Freytag fühlte sich immer durstiger auf ihrem Spaziergang zwischen Gehegen und Käfigen, begleitet vom Tütengeraschel – die Nüsse waren auch noch gesalzen. Fasane und Pfauen folgten ihnen auf ihrem Weg, denn sie hinterließen eine Spur von Schalen.

»Haben Sie an das signierte Exemplar gedacht?«

Freytag kramte in seiner Tasche.

»Mit Widmung und allem«, sagte er und überreichte ihm das Buch. »Genau wie Sie es wollten. ›Die Entscheidung‹. Es ist eines seiner schlechteren. Ein Melodram.«

»Und das Manuskript?«

»Ja, natürlich, das hätte ich beinahe vergessen!«

Erneut steckte Freytag die Hand in die Tasche und zog Frau Webers Abschrift heraus. Signori begann sofort in den abgegriffenen Seiten zu blättern. Er sah sie durch wie ein Auktionsbesucher.

»Keine Anmerkungen? Sie haben doch wohl keine weiteren Exemplare?«

»Es ist das Einzige. Ich habe keinen Grund gesehen, irgendwelche Änderungen vorzunehmen. Sie sagten ja, ich solle es herauszögern …«

Signori betrachtete ihn abwägend.

»Keine Neuigkeiten vom Verfasser? Er hat es sich nicht anders überlegt?«

»Er scheint fest entschlossen, den Wahnsinn voranzutreiben.«

»Das habe ich befürchtet.«

Signori warf eine Handvoll Nüsse durch das Gitter: Das brachte Leben ins Affenhaus. Die Primaten schwangen sich vom Sprungturm und fingen an zu kreischen. Sie zankten sich, klauten sich gegenseitig die Beute und rüttelten an den Stäben.

»Glauben Sie, dass wir vom Affen abstammen, Herr Freytag?«

»Eher nicht. Wobei man versucht ist, es zu glauben, wenn man sieht, wie sie alles an sich raffen.«

Bei den Schafen stellte Signori fest: »Die sind leicht zu lenken. Alle folgen der Herde. Haben Sie mal einen Hund gehabt? Hunde haben einen unverdient schlechten Ruf. Einen treueren Freund kann man lange suchen. Für ihr Herrchen gehen sie in den Tod. Ein guter Hütehund kann eine ganze Herde im Zaum halten. Wenn nötig, schnappt er ein wenig nach ihren Waden und fängt die Verlorenen wieder ein. Der Hirte verlässt sich auf ihn. Aber ein Hund hält die Herde nicht nur zusammen. Er beschützt sie auch. Vor den Raubtieren. In Transsylvanien, in den

Bergen, Herr Freytag, haben die Schafhirten besonders große und mutige Hunde. Sie verteidigen die Schafe gegen die Wölfe. Mir scheint, wir sind genau solche Hunde. Sie sind weiß, wussten Sie das? Vollkommen makellos. Weiß wie Schnee.«

Während sie zu dem leichten Anstieg, den Bäumen, dem Wäldchen gingen, hatte Freytag das Gefühl, als wären sie die ganze Zeit genau dorthin unterwegs gewesen. Als wäre die ganze lange Wanderung – vorbei an den Nilpferden, dem Tapir und den Flamingos mit ihren stolzen Strohhalmbeinen – nur ein Vorwand gewesen. Vielleicht hatte er es aber auch schon im Labyrinth kommen sehen – ein Teil von ihm hatte zwischen den Hecken auf immer verloren gehen wollen. Jetzt hätte er sich am liebsten zu den Straußen gesellt und den Kopf in den Sand gesteckt.

Nachdem sie den Hügel hinaufgekeucht waren und Freytag sein Jackett ausgezogen hatte – er fand es auf einmal sehr schwül –, kamen sie zu einer Bank mit Blick auf das Wolfgehege. Er ahnte, was jetzt kommen würde. Ein Instinkt sagte ihm, dass er es nicht hören wollte. Er empfand den brennenden Wunsch davonzurennen, den Hügel hinabzustürzen. Aber etwas brachte ihn dazu, sich in das Unvermeidliche zu fügen.

Sie ließen sich auf der Bank nieder. Signori zog sein goldenes Etui sowie eine ungeöffnete Zigarettenschachtel aus der Tasche, und Freytag strich mit den Händen über sein Jackett, das er sich auf den Schoß gelegt hatte.

Ein einsamer Wolf strich am Gitter entlang. Das Tier hielt den Kopf gesenkt und den Schwanz zwischen den Beinen, es lief hin und her, als folge es einer vorbestimmten Bahn, ausgetreten und sich bis in die Unendlichkeit wiederholend.

»Es sind schöne Tiere«, sagte Signori und riss die Zigarettenschachtel auf. »Kraftvoll. Verführerisch. Aber gefährlich. Und sehen sie dem besten Freund des Menschen nicht verblüffend ähnlich? Die Art, wie sie sich bewegen, wenn sie sich mit den Hinterbeinen kratzen, wie sie ihre Glieder strecken, wenn sie gelegen haben, der Glanz ihres Fells. Aber der Schein trügt. Genau wie die Humanisten in ihren Schafsgewändern sind sie gefährlicher, als sie aussehen.«

Während Signori die Zigaretten in sein Etui umfüllte, begann er seine Geschichte, eine Anekdote aus seiner Kindheit. Als kleiner Junge verbrachte er die Sommer in den Dolomiten, erzählte er, bei Verwandten. Einer der Buben im Dorf hatte einen Hund, der halb Wolf, halb Schäferhund war. »Der zutraulichste kleine Welpe, den Sie sich vorstellen können.« Groß war er. Verspielt. Und mit dem weichsten Fell, das er je gestreichelt hatte, weicher noch als Kaschmir. Doch als er im darauffolgenden Sommer wiederkam, war der Hund nicht mehr da. Man hatte ihm hinter dem Haus einen Genickschuss verpasst. Er hatte sein Herrchen angefallen. Eines Tages hatte er ihn ohne Vorwarnung gebissen. In den Arm wohl, es konnte auch das Bein gewesen sein, er erinnerte sich nicht genau.

»Wie furchtbar … Wie hieß er denn?«

»Ich habe die ganze Nacht geweint. Als Kind versteht man das ja nicht. Dass es so das Beste war. Ein einzelner Wolf kann eine ganze Herde vernichten. Sie lassen halb aufgefressene Kadaver zurück. Ein schrecklicher Anblick.«

Freytag konnte plötzlich nicht mehr richtig schlucken. Sein Mund war trocken; die Zunge klebte ihm am Gaumen.

»Verzeihen Sie, Herr Signori. Ich muss jetzt gehen. Ich fühle mich nicht gut …«

»Manchmal muss der Hirte einen Wolf erschießen, um die Schafe zu retten, seine Herde zu schützen. Da hilft alles nichts.«

»Ich bin in letzter Zeit etwas kränklich gewesen …«

»Verstehen Sie, was ich sage, Herr Freytag?«

»Ich will es nicht glauben.«

»Ich möchte, dass Sie einen Brief schreiben. Das ist alles. Einen Abschiedsbrief. Wie man ihn schreibt, wenn einem das Leben zu schwer wird.«

»Das kann ich unmöglich tun! So etwas würde mir niemals einfallen.«

»Sie schreiben wie er. Oder noch besser«, sagte Signori und verzog die Mundwinkel: »So wie alle *glauben*, dass er schreibt. Der Skandal ist übermächtig geworden. Die Schande. Er wählt den einzigen Ausweg. Feige. Wie so viele Ästheten vor ihm. Er wird von der Welle mitgerissen, der Untergangsstimmung.«

»Das können wir nicht tun!«

»Jetzt seien Sie doch nicht so naiv!«

Signori zerdrückte die leere Zigarettenpackung in der Faust und warf sie auf den Boden.

»Was haben Sie denn gedacht, worauf die Schmutzkampagne hinauslaufen würde?«, fragte er. »Sie haben es doch die ganze Zeit gewusst. Sie haben sich für eine Seite entschieden. Manchmal heiligt der Zweck die Mittel. Diese umstürzlerischen Kräfte müssen niedergeschlagen werden. Wenn nötig mit der Faust. Wäre er Jude, wie die meisten anderen Ästheten, dann wäre es etwas anderes gewesen. Aber er ist Katholik, einer von uns, und deshalb lässt er uns keine Wahl. Nun schauen Sie doch nicht so betroffen drein. Sie erweisen ihm letzten Endes noch einen Dienst. Er wird unsterblich. Schriftsteller sterben am besten jung; wenn nicht, sollten sie möglichst eines tragischen Todes sterben – wenn sie die richtige Einstellung haben. Selbstzerstörung hinterlässt immer ein Gefühl des nicht Vollendeten. Dessen, was hätte sein können. So kann die Nachwelt für immer über die ungeschriebenen Meisterwerke spekulieren, über alles, was der Welt vorenthalten blieb, und ihn für immer so im Gedächtnis behalten, wie er in seinen besten Momenten war. Seine Werke werden in Höhen gehoben werden, die sie nicht verdienen. Ein leuchtender Nachruf. Eben dafür bringen sich so viele um. Es ist die äußerste Form der Eitelkeit, der Selbstbeweihräucherung. Ach ja! Das hätte ich fast vergessen …«

Signori zog ein Dokument aus der Ledermappe. Mit einer feierlichen Geste überreichte er Freytag die Urkunde.

»Nur damit Sie wissen, mit wem Sie es zu tun haben.«

Da waren sie, schwarz auf weiß, auf steifem Papier, mit kardinalroten Stempeln: die päpstlichen Schlüssel samt Schild und Tiara.

»Man legt großen Wert auf Ihren Einsatz, Herr Freytag. An höchster Stelle. Die Bewegung ist Ihnen sehr dankbar.«

In der Hand hielt er ein offizielles Dankschreiben. Unterzeichnet von einem Signor Cesare. *Umberto Cesare*, las er, *Sodalitium Pianum*. Das war ja eine fromme Bruderschaft. Das würde er sich merken, dachte Freytag, das würde er im Gedächtnis bewahren.

»Natürlich können Sie das nicht behalten, aber ich dachte, es würde Sie freuen, dass Ihr Einsatz nicht unbemerkt bleibt.«

Freytag gab ihm das Schriftstück zurück. Er wollte gar nichts davon wissen.

»Es geht um die Sache mit dem Veto, nicht wahr? Während des Konklaves?«

»Darauf kann ich Ihnen leider nicht antworten. Selbst wenn ich es wüsste. Das verstehen Sie sicher. Damit müssen Sie Ihr Gehirn nicht belasten.«

»Und all das nur, um zu vertuschen, dass Kardinal Rampolla Freimaurer ist?«

»Freimaurer? Rampolla?« Signori gluckste wie ein Huhn. »Wie kommen Sie denn auf solche Ideen?«

»Deshalb hat doch der Kaiser sein Veto eingelegt ...«

Signori zündete sich eine Zigarette an. Er verschränkte die Arme vor der Brust und schaute in die Ferne, zu den Baumkronen hinauf, paffte.

Manche würden meinen, es hätte mit der Sprache zu tun gehabt, sagte er. Kardinal Jan Puzyna sei ja Pole, aus Krakau, und ja, der sei es gewesen, der das Veto des Kaisers überbracht habe, das wisse er vielleicht? Russisch, polnisch, all das ... das seien heikle Dinge. Die Sprache, auch die der Liturgie, stelle in gewisser Weise die Heimat dar, die sie alle in sich trügen, woher sie auch kämen. Man stelle sich vor, nach Hause zu kommen, und die Sprache wäre eine andere geworden ... Gut möglich, dass das dahintersteckte, es sei nicht unwahrscheinlich. Andere meinten, es hätte weniger mit Russland als vielmehr mit Frankreich und Deutschland zu tun. »Er ist ein Anhänger der Franzosen, verstehen Sie, der alte Kardinal.« Sie lebten in unruhigen Zeiten, behauptete Signori, und das schon seit einer ganzen Weile, Freytag möge sich nur erinnern: Schon damals hätten manche befürchtet, ein Krieg stünde unmittelbar bevor. Er selbst allerdings glaube eher, dass es sich um einen Groll privater Natur gehandelt habe. Kardinal Rampolla hätte dem Thronfolger in seiner Funktion als Kardinalstaatssekretär ein kirchliches Begräbnis verweigert. Das sei ganz schön unverschämt gewesen.

Signori entließ eine ägyptische Rauchwolke.

Nein, nicht nur er vermute, dass dies der wahre Grund gewesen sei, da gebe es wahrlich noch andere. Aber es sei nun einmal Selbstmord gewesen. Wie auch immer, der Kaiser hätte ihm das nicht verziehen.

Freytag sah den blauen Rauchschwaden nach, wie sie zu den Zweigen aufstiegen, in den Himmel, sich in nichts auflösten.

»Was spielt das noch für eine Rolle?«, fragte er. »In ein paar Tagen ist ohnehin alles vorbei.«

»Wie meinen Sie das?« Signori musste ein Lächeln unterdrücken. »Mein lieber Freytag«, kicherte er, »Sie verblüffen mich. Sie glauben doch nicht an diesen Unsinn?«

»Der Vatikan scheint die Bedrohung jedenfalls ernst zu nehmen, sie sei die Strafe für unsere Sünden. Also kommen Sie jetzt nicht daher und sagen, die Leute hätten keine Angst.«

»Aber das müssen Sie doch verstehen! Es wäre doch dumm gewesen, eine solche Chance zu vertun. Ein Papst muss den Leuten geben, was sie erwarten. Das ist die Pflicht des Heiligen Vaters – und die Pflicht der Menge ist es, sich leiten zu lassen. Es ist eine großartige Gelegenheit, die Leute dazu zu bringen, über die Vergänglichkeit nachzudenken und über die Notwendigkeit, die alten Bräuche zu respektieren, ein gutes und frommes Leben zu führen. Jetzt strömen die Abtrünnigen nur so in die Kirchen, aus Angst und weil sie einsehen, dass sie fehlgeleitet worden sind. Was nützen einem Marx und Nietzsche, wenn der Tod vor der Tür steht? Wenn die bekehrten Sünder am Morgen danach erwachen und sehen, dass die Sonne immer noch im Osten aufgeht und die Vögel immer noch zwitschern, dann werden sie selig sein: Ihre Gebete sind erhört worden – Gottes Gnade kennt keine Grenzen.«

Freytag musste erst einmal verdauen, was er da hörte.

»Sie wollen sagen, der Vatikan hat das mit dem Giftgas nur erfunden? Er steckt hinter den angeblichen Forschungsergebnissen?«

Signori entschlüpfte ein Lachen. Sein Gesicht verzerrte sich, Freytag fand ihn plötzlich abstoßend – die markanten Reißzähne waren ihm zuvor nie aufgefallen.

»Herr Freytag, Sie fangen doch wohl nicht an, paranoid zu werden? Wobei das eine glänzende Idee gewesen wäre. Wirklich großartig. Schade, dass wir nicht eher darauf gekommen sind … Sie sind begabt für diese Art von Arbeit, Herr Freytag, Sie haben richtig Talent!«

»Ich verstehe das einfach nicht. Was an diesem Roman ist so gefährlich? Es sind doch nur Phantasien.«

»Lassen Sie es mich so ausdrücken: Ihr Freund, der Autor, ist – ob nur durch Spekulationen oder durch gezielte Hinweise – der Wahrheit zu nahe gekommen … mehr kann ich dazu nicht sagen. Zu Ihrem eigenen Besten.«

»Wollen Sie damit sagen, es ist wahr?«

»Nein, überhaupt nicht. Natürlich stimmt es nicht. Aber es hätte so sein können. Die Unwahrheit scheint oft wahrer als die Wahrheit. Deshalb ist sie so gefährlich. Denn nicht mit Hilfe der Wahrheit lenkt man das Volk. Die Werke der Phantasie sind viel mächtiger als die bloßen Tatsachen, denn sie sprechen die Menschen auf eine Weise an, wie es Tatsachenberichte nicht vermögen. Sie wirken auf unser Gefühl, auf das Kind in uns, eben den Teil, der die Augen vor dem Notwendigen verschließt. Die Leute glauben eher an Phantasien als an die Wirklichkeit. Das sollten doch Sie, wenn überhaupt jemand, wissen, der Sie Ihr Leben dem buchstäblichen Wahn gewidmet haben. Die Lüge spricht alle Sinne zugleich an, nicht nur den Intellekt. Der Mehrzahl der Leser erscheint das Ausgedachte wie eine höhere Wahrheit, die äußerste Wahrheit, könnte man sagen, denn sie ist frei von der Last des Intellekts – des Bewusstseins, das einem den Rücken beugt; sie lenkt ab von der unausweichlichen Vergänglichkeit und allem, womit man sich nur so schwer abfinden kann, von den Mühsalen des Lebens, der Ungewissheit des Daseins, ja, nennen Sie es, wie Sie wollen – und sie bietet den Empfindungen einen trügerischen Ausweg. Die Menschen leugnen ständig die Wirklichkeit zugunsten eines Wahns, denn das ist viel einfacher. Nur dadurch ist uns das Leben möglich, denke ich, es ist das, was uns zu Menschen macht. Eine Menge Leute, die sich nie für die Dinge interessieren würden, von denen der Autor da schreibt, liest mit Vergnügen seine Bücher. Und eben darin liegt die Gefahr: in der Ungezwungenheit, mit der die Botschaft vermittelt wird, in der leichten Verdaulichkeit. Durch seinen geschickten Trick – den Blick von der unüberschaubaren Masse zu lösen, den Fokus auf ein Individuum zu richten, jemanden aus Fleisch und Blut – gelingt dem Autor etwas, was andere Intellektuelle nicht vermögen. Das Schicksal eines einzelnen Menschen, auch wenn es erfunden ist – oder vielleicht sogar gerade dann –, beeinflusst sie mehr als der Zustand der Gesellschaft, der gesichtslosen Masse. Das Wort ist ein ausgezeichnetes Werkzeug. In den Händen eines Meisters wie Barsch ist es eine lebensbedrohliche Waffe. Dichter sind Sirenen, die ihre Lieder den Menschen in die Ohren wispern, sie verheißen ihnen Einsichten, die nur sie besitzen. Ihre Worte verlocken den Leser, sich aufs offene Meer zu wagen. Sehr gefährlich.«

»Ich tue es nicht«, sagte Freytag und verschränkte die Arme vor der Brust. »Auf gar keinen Fall.«

»Sie müssen es aber tun. Niemand sonst kann das übernehmen. Er adressiert den Brief an Sie. Seinen vertrauten Freund, den Lektor. An wen sonst? Er will, dass Sie das Manuskript vernichten. Der große Autor möchte vermeiden, dass es unvollständig herauskommt, Perfektionist, der er nun einmal ist. Als alter Freund und Ratgeber ist es natürlich Ihre Pflicht, seinem Wunsch zu entsprechen. Wie wollen Sie denn sonst erklären, was Sie mit dem Manuskript getan haben?«

»Meine Überzeugung verbietet es mir.«

»Ich wusste, dass Sie das sagen würden. Aber Sie werden es tun.«

»Auf gar keinen Fall.«

Er hörte, wie Signori seine Pistazien knackte. Plötzlich erinnerte er ihn an ein Nagetier mit Rattenschwanz.

»Sie glauben doch nicht, ich würde Ihnen eine so heikle Aufgabe anvertrauen, wenn ich mich nicht zuvor darüber kundig gemacht hätte, ob Sie dazu in der Lage sind? Sie werden es tun. Weil Sie es wollen. Sie wollen es schon so lange … Geben Sie es doch endlich zu! Tief in Ihrem Innern wissen Sie, dass Sie es wollen. Ein modernes Werk … es würde sein Œuvre verschandeln …«

Freytag räusperte sich, sein Kragen fühlte sich plötzlich viel zu eng an.

»Aber wie?«

»Die Umstände spielen uns in die Hände. Noch einmal hat das wechselnde Schauspiel am Himmelszelt uns eine Gelegenheit geschenkt. Diesmal in Form eines geschwänzten Kometen. Im Lärm, in der Ausgelassenheit und im Chaos, wird es sich ergeben. Alle werden zum Himmel aufschauen, die Köpfe im Nacken; Schwindel wird die Leute ergreifen. Auf allen Balkonen und Dachterrassen wird es ein gefährliches Gedränge geben. Sehr gefährlich. Ein Unfall passiert so schnell. Wie soll man unterscheiden zwischen den Selbstmördern, den Furchtsamen – von den Leichtsinnigen und Betrunkenen gar nicht zu reden – und jenen, denen ein bisschen auf die Sprünge geholfen wird mit einem freundschaftlichen Stoß in den Rücken? Das wird nicht leicht für die Ordnungshüter. Wahrhaftig nicht. Ein erklärender Brief ist da sicherlich hilfreich. Er trägt dazu bei, dass die Angelegenheit auf dem richtigen Stapel landet. Man wird dankbar sein für eine solche Unterstützung, da bin ich mir sicher. Vor allem, wenn es sich um eine so bekannte Persönlichkeit handelt. All die Gerüchte. Da ist es gut, wenn man auf etwas verweisen kann. Dass zugleich ein verirrter Feuerwerkskörper in seinem Haus in St. Wolfgang einschlägt, ist dabei ein so unglücklicher wie merkwürdiger Zufall. Aber was soll man machen, wenn alle Papiere und Hinterlassenschaften, die Klarheit bringen könnten, in Rauch aufgegangen sind?«

»Sie scheinen an alles gedacht zu haben.«

»Wenn ich Sie jetzt gleich verlasse, ist dies das letzte Mal, dass wir uns gesehen haben. Wir können uns nie wieder treffen. Verstehen Sie? Es ist zu riskant. Wenn etwas auffliegt, darf es keine Hinweise auf eine Verbindung zwischen uns geben. Ich bitte Sie, keinen Kontakt mit mir zu suchen. Wenn wir wider Erwarten aufeinanderstoßen, kennen wir uns nicht. Ich schicke in Kürze jemanden vorbei, der den Brief abholt.« Signori klatschte Freytag auf den Oberschenkel, dass dieser zusammenschreckte. »Sehen Sie zu, dass Sie ihn dann fertig haben.«

Signori stand auf und rückte seinen Strohhut zurecht. Mit zusammengekniffenen Augen nahm er einen letzten Zug von der Zigarette und warf sie dann zu Boden.

Die Vereinigung würde seinen Einsatz für die gute Sache nicht vergessen, meinte er und stieß den Rauch aus den Nasenlöchern.

»Schauen Sie nicht so niedergeschlagen drein«, fügte er hinzu. »Sie haben nichts zu befürchten. Wir haben ein wachsames Auge auf Sie. Wir kümmern uns um unsere Leute. Vor allem um Eingeweihte wie Sie. Wir wollen ja nicht, dass Ihnen etwas zustößt.«

Nachlässig trat er mit seinen Kalbslederschuhen die Glut des Zigarettenstummels aus.

Seine Schritte entfernten sich, bis sie nur noch in Freytags Innerem nachhallten. Noch lange blieb er auf der Bank sitzen wie gelähmt, neben der vergessenen Nusstüte, dem weggeworfenen Zigarettenpäckchen und dem schwelenden Stummel.

Der Himmel verdunkelte sich, es begann leicht zu nieseln. Sollte Pater Anton wirklich sein heiliges Gelübde gebrochen haben? Er konnte es einfach nicht glauben. Nicht einmal für Seine Heiligkeit, den Papst. Und waren seine eigenen finsteren Triebe so offensichtlich? Wie hatte Signori seine innersten Gedanken erraten können, diese Absichten, die er nicht einmal vor sich selbst je richtig zugegeben hatte?

Ein kleines Kind kam mit seiner Mutter zu dem Gehege. Das Mädchen hielt einen Ballon in der Hand. Als die Mutter Freytags Blick begegnete, packte sie es beim Arm und eilte davon.

Der Ballon stieg in den Himmel.

Er verfolgte das kleine Luftschiff mit den Augen, wie es gegen die Zweige stieß und vor dem Protestgeheul des Mädchens zusammenzuckte, schaukelte und neue Wege suchte, bis es schließlich mit einem dumpfen Knall in der Baumkrone zerplatzte, eine schmerzende Klanglosigkeit, die anhielt und sich bis in seinen Fuß fortzupflanzen schien.

Dann bückte er sich mit einer Grimasse und hob das Zigarettenpaket auf. In der Brusttasche suchte er nach der Visitenkarte, die er bei Signori daheim eingesteckt hatte. Mit zitternden Fingern stopfte er sie in die Verpackung.

In der Straßenbahn schien ihm, als sähen die Leute ihn vorwurfsvoll an. Als schürzten sie die Lippen und betrachteten ihn abschätzig.

Er schaute zu Boden, in den Schmutz … Jetzt wusste er, dass es kein Zurück gab. Hatte er sich angesichts des Abgrunds nicht selbst an den Altar geklammert wie eine arme Seele, aus Angst vor dem Fall? Schon lange hatte er die Grenze überschritten. Jetzt hielt er sich an der Lehne des Vordersitzes fest. Im freien Fall, hinab in die Finsternis. Es gab nur einen Weg. Er war geworden, was er befürchtet hatte und was er am meisten verabscheute.

Alexandria, Ägypten, 17. Mai 1902

An Herrn Mekidis Tisch im neu eröffneten Hotel Metropol saßen zwei weitgereiste Gäste.

Die Augäpfel des Baumwollexporteurs hoben sich von den strahlend weißen Jacken des Personals ab; sie hatten eher die Farbe hartgekochten Eigelbs. Als er sein Portweinglas auf dem Tisch abstellte, schienen zarte Löwenzahnsamen im Licht aufzuwirbeln, das durch das Fenster fiel.

»Welche Verbindung haben Sie zu der Bank, Herr Signori?«

Signori riss seinen Blick vom Kellner los und schielte kurz zu Pacelli hinüber, ehe er seinen alten Geschäftspartner anlächelte.

»Sagen wir, ich habe Interessen an der Bank …«

Herr Mekidis nickte nachdenklich; der Hohlraum in seinem Hemdkragen schien unendlich tief.

»Wir kennen einander schon seit Kindertagen«, beeilte Pacelli sich hinzuzufügen. »Seine Kontakte in die Region sind für unsere Bank unschätzbar wertvoll. Wir sind viel zu spät dran. Unser Konkurrent, Commerciale, hat sich bereits in Tunis etabliert.«

»Kindheitsfreunde also …«

Pacelli sah sich in dem Lokal um: goldgeschmückte Säulen, Marmor, weltgewandte Menschen.

»Ich muss sagen, ich bin positiv überrascht. Herr Signori hat mir viel Gutes über die Stadt berichtet, aber einen so kosmopolitischen und wohlhabenden Ort hatte ich dennoch nicht erwartet. Auch der Besuch auf der Baumwollbörse hat mich sehr beeindruckt. Ich dachte, die Hochzeit der Stadt wäre längst vorüber?«

»Alexandria ist nicht wie der Rest des Landes. Wir gehören zum Mittelmeer, Herr Pacelli, nicht zu Ägypten. Doch von unserem früheren Glanz sind wir noch weit entfernt.«

»Sagen Sie das nicht. Die Rue de Rosette ist eine Straße, die sich mit ihresgleichen in Europa messen kann. Und dann die Straßenbahnen …«

»Nicht zuletzt, was das intellektuelle Niveau angeht, meinte ich«, sagte Mekidis und berührte mit den Lippen den Rand seines Glases. »Kulturell sieht es eher schlecht aus. Selbst die Intellektuellen, die kosmopolitischen Nomaden unbestimmter Staatsangehörigkeit, die Genießer, die seit Neuestem hierherkommen – nicht einmal die scheinen die klassischen Texte gelesen zu haben. Doch was das Weltliche angeht … selbstverständlich. Unter britischer Flagge sind die Geschäfte aufgeblüht. Es wurden enorme Verbesserungen durchgeführt; die Straßen, das Abwassersystem … Dennoch stinkt es weiterhin. Und die Straßenbahn hat es schon immer gegeben, seit ich denken kann, schon in meiner Kindheit. Es ist offenbar die älteste auf dem Kontinent. Sind Sie historisch interessiert?«

Pacelli schüttelte den Kopf. Er hob die Handflächen in die Luft.

»In zwei Jahren könnte ich mir vorstellen, dass wir eine Filiale hier in der Hafenstadt haben«, sagte er, »vielleicht auch in Kairo. Das ist ein wichtiges Finanzzentrum in der Region. Und Sie würden uns mit Ihren Kontakten helfen?«

Herr Mekidis klopfte mit der Zigarette gegen seine Armlehne. Die Haut über seinen Knöcheln war dünn, fast pergamenten.

»Die Baumwolle ist das Zentrum der Wirtschaft«, sagte er leise, »wie Alexandria das Zentrum des Landes ist …«

»Es gibt niemanden, den Herr Mekidis nicht kennt«, warf Signori ein, ohne die Augen von dem Kellner zu wenden, dem dunkelhäutigen jungen Mann, den er während des gesamten Gesprächs mit halb geschlossenen Augen beobachtete.

Mekidis breitete die Arme aus.

»Er ist *der* Baumwollexporteur des Landes«, fuhr Signori fort. »Meine Familie macht seit Generationen Geschäfte mit Mekidis & Söhnen. Sie haben die feinste Meterware, die sich auftreiben lässt. Nichts reicht an den ägyptischen Baumwollstoff heran.«

»Die Herstellung macht nur einen kleinen Teil des Unternehmens aus. Wir handeln vor allem mit Rohware. Da liegt das größte Volumen. Aber eigentlich sehe ich mich als Mann der Feder. Was mein Vater nie besonders zu schätzen wusste.«

»Herr Mekidis ist so etwas wie ein Dichter …«, murmelte Signori und blickte ihn zerstreut an. »Sie haben doch sogar etwas veröffentlicht?«

»Nur bescheidene Aufzeichnungen … die Geschäfte sind etwas, was ich geerbt habe, ein notwendiges Übel. Aber es ist nicht allzu belastend. Wir haben einen natürlichen Vorteil. Nirgendwo sonst hat die Baumwolle so lange Fasern. Wussten Sie eigentlich, Herr Pacelli, dass Teile der Baumwolle zur Papierherstellung verwendet werden?«

»Nein, das wusste ich nicht«, lächelte Pacelli und kramte in seiner Innentasche. »Faszinierend.«

»Sogar bei der Herstellung von Geldscheinen …«

»Wie passend!«

»Zigarette?«

Mekidis streckte ein Päckchen über den Tisch.

»Eine lokale Marke, *Ramleh*. Nicht was Sie gewöhnt sind, fürchte ich.«

»Das ist nett. Ich scheine meine eigenen in der Aufregung vergessen zu haben.«

»Aber ich muss Sie warnen. Sie machen süchtig.«

»Darf ich?« Signori beugte sich vor. »Ich habe Geschmack daran gefunden.«

»Sie riechen anders«, bemerkte Pacelli und hielt sich die Zigarette unter die Nase.

»Warte, bis du probiert hast, Ernesto. Sie schmecken noch ekelhafter, als sie riechen.«

»Nur am Anfang«, sagte Mekidis sanft. »Später kann man nicht mehr von ihnen lassen.«

»Unten im Hafen, bei der Baumwollabfertigung …«, Pacelli steckte sich zögernd die Zigarette zwischen die Lippen, »… da habe ich einen besonderen Geruch wahrgenommen, süß, aber stechend, gar nicht unangenehm, aus den Baracken der Arbeiter …«

Herr Mekidis verzog den Mund. Er suchte Signoris Blick, aber der zog gierig an seiner Zigarette und blinzelte durch den Rauch.

»Meinen Sie das Haschisch?«

Pacelli musste husten.

»Das war also Haschisch?«

»Ein sehr lukrativer Markt. Aber kaum etwas für eine Bank Ihres Ranges, nicht wahr?«

»Natürlich nicht … Baumwolle dagegen«, sagte Pacelli und räusperte sich, »das könnte etwas sein, worin die Bank investieren könnte. Wenn ich es recht verstehe, befinden Sie sich gerade in einer Expansionsphase. Die Bank könnte Ihnen durch die Bereitstellung von Kapital behilflich sein. Gegen einen Anteil am Geschäft, natürlich.«

Das Zigarettenpapier knisterte.

»Ihr Angebot überrascht mich …«

Mekidis runzelte die Stirn und schaute aus dem Fenster: die Strandpromenade, vorbeispazierende Leinenanzüge, Sonnenschirme, Palmen, die sich in der grauen Meeresbrise wiegten, Wellen, die hereinbrachen und über den Kai spülten. Er sog unhörbar an dem Zigarettenstummel. Stieß den Rauch aus.

»Sie schmecken wirklich furchtbar«, murmelte Pacelli und rückte seine Krawatte zurecht. Unter seinen Armen zeichneten sich dunkle Flecken ab.

Mekidis drehte sich langsam zu ihm um. Seine Pupillen waren im Glanz des Meeres zu kleinen Rosinen zusammengeschrumpft.

»Sie befinden sich auf einer Art Odyssee, wenn ich das richtig verstehe?«

»Einer Kartierung von Möglichkeiten für die Bank, sich entlang der nordafrikanischen Küste zu etablieren, könnte man sagen … Die vielen italienischen Kolonien sind natürlich interessant für die Bank, ebenso wie die alten Handelsstädte.«

»Um diese Jahreszeit kann es hier ganz schön stürmisch werden. *Khamsin*, oder *Scirocco*, wie Sie das nennen, der kann ganz plötzlich auftreten.«

»Die See macht mich immer krank, fürchte ich. Ich bin eine Landratte, vertrage keinen Wellengang.«

»Ich denke, man sollte die Götter auf so einer gefährlichen Segeltour nicht reizen. Man will ja niemandem ein Auge ausstechen.«

»Wie meinen Sie das?«

»Der Vater kann sehr aufgebracht sein … Da kann es ordentlich schaukeln. Nicht zu reden von den Nachbeben; die sind immer am schlimmsten.«

Pacelli sah seinen Gastgeber verständnislos an.

»Sind Sie nicht mit der ›Poseidon‹ gekommen?«, seufzte dieser. »Dem Meeresgott?«

Signori schien mit einem Mal hellwach.

»Auch wenn wir auf eine Reihe Einäugiger gestoßen sind«, sagte er, »so waren wir doch darauf bedacht, niemandem ein Auge auszustechen. In unserer Position ist eine gewisse Vorsicht natürlich angebracht.«

»Was meinen Sie damit?«

»Auch Geld kann bekanntlich blind machen …«

»Ich verstehe nicht …«

Signori beugte sich zu Pacelli hinüber, flüsterte.

Wer?

»Als Heimat der Zyklopen wird im Allgemeinen Sizilien betrachtet«, fuhr Mekidis fort. »Wenn ich nicht falsch informiert bin, kommt der Staatssekretär von der Insel? Die Mühsal der Träger kann Ihnen nicht entgangen sein. Die Ballen wiegen mehr, als man sich vorstellen kann. Ich habe wohl gemerkt, dass

Sie sich das genau angesehen haben, Herr Signori … Ja, ich lege Wert darauf, Ihnen zu zeigen, wie es hier zugeht, vor allem in Anbetracht der Haltung, die der Vatikan in der Frage der Arbeitsbedingungen einnimmt …«

»Sie spielen auf die Enzyklika *Rerum Novarum* an?«

»Darüber wurde in den Zeitungen eine Menge geschrieben. Unter den Italienern vor Ort hat das große Diskussionen ausgelöst. Wir sind viele, die hier von der billigen Arbeitskraft leben, Herr Pacelli. Das ist die Voraussetzung für unsere Geschäfte. Wir wollen uns ja nicht mit jemandem verbünden, der uns dann einen Stock in die Speichen schiebt. Das können, glaube ich, auch Sie verstehen …«

»Was meinen Sie damit? Inwiefern?«

»Es ist harte Arbeit, das Baumwollgewerbe. Das ist für Sie kein Hindernis?«

Signori zuckte die Schultern, breitete die Arme aus und schaute Pacelli an.

»Das ist kein Hindernis«, hustete Pacelli. »Ich versichere es Ihnen. Nicht im Geringsten.«

Die gelben Augäpfel verengten sich unter den Lidern.

»Wenn der Direktor dafür bürgt …« Herr Mekidis lehnte sich mit seinem Glas im Korbstuhl zurück. Er erhob es zu einem Toast. »… dann werde ich den Vorschlag der Bank in Erwägung ziehen.«

Eine größere Gesellschaft kam herein. Angeführt vom Ober kamen sie angeregt plaudernd an ihrem Tisch vorbei, wie eine Horde Theaterbesucher.

Pacelli nutzte den Lärm, um erneut mit Signori zu flüstern.

»Bitte verzeihen Sie«, sagte Pacelli anschließend verlegen. »Ich wusste nicht, worauf Sie eben hinauswollten. Herr Signori ist der Belesenere von uns.«

»Keine Ursache, Herr Pacelli. Nicht einmal Schriftsteller scheinen heutzutage noch ihren Homer zu kennen. Obwohl er so faszinierend ist. Mit ihm begann gewissermaßen alles. Sein Werk ist die Grundlage zahlreicher Erkenntnisse …«

Pacelli sah gelangweilt aus. Er zog eine Grimasse und betrachtete angeekelt die Zigarette.

»… wussten Sie, dass Apollodoros selbst aus Alexandria stammte? Er schrieb unter anderem einen glänzenden Kommentar über das homerische Schiffsverzeichnis. Heute scheint die gängige Auffassung zu sein, dass Homer dieses gar nicht verfasst hat. Aber ich bin mir da nicht so sicher. Es ist die ewige Frage: War Homer wirklich der Autor oder nur der Lektor? Oder gar beides? Die meisten halten es für unwahrscheinlich, dass er die ›Ilias‹ geschrieben hat. Aber ich weiß nicht. Es gibt so offensichtliche Ähnlichkeiten zwischen ihr und der ›Odyssee‹, nicht zuletzt stilistisch. Aber auch das fällt ja in den Aufgabenbereich eines Lektors – den Ton beizubehalten. So etwas kann man nie wirklich wissen …«

Eine Dame, die offenbar zu der Gesellschaft gehörte, die sich unmittelbar hinter ihnen niedergelassen hatte, trippelte in einer Art ausrangierter Gardine über den Marmor. Auf dem Kopf trug sie ein turbanähnliches Gebilde, ein Wirrwarr aus Stoff, von dessen Ziernadel sich wie aus einem Springbrunnen eine Kaskade von Straußenfedern ergoss.

Signori stieß Pacelli mit dem Ellbogen in die Seite. Der Bankdirektor sah sich plötzlich hellwach um.

Der Rauch blieb ihm im Halse stecken, und er hustete. Er blies die Backen auf, puterrot im Gesicht. Als müsse er ein Lachen unterdrücken. Oder ein Weinen.

»Und wie war Tripolis?«

Der Mönch hatte aus dem Lukasevangelium gepredigt: *Und wie ihr wollt, dass euch die Leute tun sollen, so tut ihnen auch!*

Auf dem Heimweg von der Kirche wurde Freytag das Antlitz Pater Antons nicht los. Es war vollkommen bleich gewesen, als er aus dem Beichtstuhl trat. Während des Bekenntnisses war der Klosterbruder ungewöhnlich still gewesen, als wäre er hinter dem Gitter eingeschlafen – wären da nicht seine schnellen Atemzüge gewesen. Es gab Dinge, die er nicht gebeichtet hatte, obwohl der Mönch darauf beharrte, er bräuchte vor dem Herrn nichts zu verbergen, seine Gnade wäre unendlich. Das meiste hatte er erzählt, aber nicht alles. Es gebe Dinge, hatte er erwidert, von denen selbst der Allmächtige nichts wissen wolle.

Diesmal war er es gewesen, der die Hände des Mönches in die seinen nahm und sie liebevoll drückte, bevor er ging. Der Pater musste ihm nachgesehen haben, als er mit schweren Schritten zur Tür ging: Wie er, wie immer, am Opferstock innehielt, in den Taschen kramte und fast, aus alter Gewohnheit, eine Spende abgegeben hätte – aber dann hatte er es sich anders überlegt.

Vor dem Tor in der Barnabitengasse hob er die Klappe des Briefkastens. Eine weitere Postkarte war gekommen. Von der Fotografie zu schließen aus Neapel. Aufgenommen aus einem Fischerboot, wie ihm schien, an einem ungewöhnlich windstillen Tag. Vielleicht aber auch von einer Brücke aus. Über den Wolken türmte sich der Vesuv. Unten, im Schatten des Berges, schmiegten sich die Häuser bis zur schimmernden Bucht hinunter an den Hang. Ein klassischer Blick. Sie hätten vor, dort eine Weile zu bleiben, las er, sich auszuruhen. Die Aussicht sei hinreißend. Sie hätte wieder Lust bekommen, zu sticken. Ob er so nett wäre, ihr zuzuschicken, was sie begonnen hatte?

Na, schönen Dank auch! Aus irgendeinem Grund wunderte er sich nicht einmal über das Ansinnen seiner Frau.

Ebenso wie er sich nicht im Geringsten darüber wunderte, dass jemand in seiner Wohnung gewesen war. Er regte sich darüber auch nicht besonders auf – er hatte es nicht anders erwartet. Das wurde ihm klar, als er über die Mäntel stieg, die im Flur auf einem Haufen lagen. Gründe gab es genug, und auch die Aussicht, etwas zu finden. Freytag lächelte, als er eintrat und den Anblick bewunderte: Seine Wohnung sah jetzt genauso chaotisch aus wie Georgs, es war ein einnehmendes Bild: all die Meisterwerke, die auf dem Boden verteilt dalagen, eine verwitterte Landschaft der Unsterblichkeit. Und seine Hoffnung hatte sich ebenfalls erfüllt: Es war ihnen gelungen, das Schloss der Truhe aufzubrechen.

Freytag saß auf den Dielen und sortierte die Schmöker nach Wert in verschiedene Stapel. Es erinnerte ihn an die jährliche Inventur der Archivexemplare im Verlag. Er betrachtete die Rücken und streichelte sie, als wollte er sie nach der unsanften Behandlung beruhigen. Er blätterte und erinnerte sich: die Gerüche. Es war gewissermaßen sein Leben, was er in Händen hielt. Jedes Buch markierte einen Meilenstein, ein Ausrufezeichen in seinem ungeschriebenen Tagebuch, seinem eigenen *journal intime.* Dann fing er an zu rechnen und die Summe zu überschlagen. Ihm wurde ganz schwindlig von den Zahlen.

Auf dem Boden der Truhe, unter »Wilhelm Meisters Lehrjahre«, fand er etwas Hartes und Schweres, das in ein Wachstuch eingewickelt war. Es hallte metallisch, als er dagegen stieß.

Wie sich herausstellte, war es die alte Militärpistole seines Bruders aus dem Krieg gegen Sardinien-Piemont, in Novara, außerhalb von Mailand. Im Jahr 1849. Wenn er sich richtig erinnerte, hatte der Papst seine Truppen zurückgezogen, um nicht mit Österreich aneinanderzugeraten. Aus irgendeinem Grund erfüllte ihn das mit Zufriedenheit.

Hatten sie die Pistole wirklich übersehen?

Seine Frau hatte ihm stets verboten, sie in der Wohnung aufzubewahren – sie mache ihr Gänsehaut. Und nun hatte sie all die Jahre auf dem Dachboden gelegen, zusammen mit all diesen Bänden. Er fuhr mit den Fingern über den geriffelten Kolben: Sein Bruder hatte mit dieser Waffe einen Italiener erschossen, hatte er behauptet, unter Führung des uralten Generals Radetzky.

Wegen einer Beinverletzung war er anschließend auf Heimaturlaub geschickt worden und in sein Elternhaus zurückgekehrt, um sich dort zu kurieren. Freytag erinnerte sich, wie er hinkend nach Hause gekommen war: Die Mutter hatte geweint, der Vater die Branntweingläser herausgeholt. Er selbst musste noch ein Kind gewesen sein, ging noch in die Volksschule, wenn überhaupt. Die Italiener seien schlechte Soldaten, hatte sein Bruder behauptet, daran konnte er sich gut erinnern; die Österreicher dagegen seien bekannt für ihren Mut.

Nachts hatte er sich manchmal hinausgeschlichen, um zwischen den Fliegen die Waffe zu berühren – sein Bruder bewahrte sie unter einem losen Bodenbrett auf dem Abtritt auf. Wie aus dem Nichts fiel ihm plötzlich wieder ein, wo er den Schlüssel zur Truhe versteckt hatte: Wo sonst?

Freytag erhob sich mühsam; er stützte sich auf die Truhe. Dann ging er zum Spiegel und setzte sich die Mündung an die Schläfe. Sterne blitzten an den Rändern seines Gesichtsfeldes auf, das Metall war eiskalt an der Bibelblatthaut: *klick.* So einfach – so ein einfältiger Gesichtsausdruck. Ein Ausdruck für Artilleristen.

Er schlug die Waffe wieder in das Tuch ein und legte sie sorgfältig zurück.

Wieder musste er an das Manuskript denken. Das tat er in letzter Zeit oft. Es ließ ihm keine Ruhe. Je mehr er darüber nachdachte, desto mehr gefiel es ihm. Barsch hatte recht gehabt. Es war ein wichtiges Buch, wirklich glänzend, vielleicht war es sogar das Beste von allen – das wahrhaftigste.

Er ging zum Regal und fuhr mit dem Finger die Rücken entlang. Barschs gesammelte Werke, ihre Nachkommen. Die Bücher: seine Enkelkinder. Der Autor hatte viel genommen, dachte er, mehr, als er ihm angeboten hatte. Geradezu an sich gerafft hatte er alles, schamlos. Aber hatte er ihm nicht zugleich auch gegeben, was er sonst nie hätte bekommen können?

Stets hatte er gedacht, Barsch bekäme alles geschenkt. Dass er sich einfach hinsetzte und losschriebe, vollkommen unbekümmert um seine Unlesbarkeit, mit einer Geschichte, die in einer gottgeschenkten Eingebung bereits vollendet zu ihm kam, die er nur aufstoßen musste, wie einen Rülpser – dass er sein Talent deshalb nicht verdiente. Er schien so unachtsam damit umzugehen, so schlampig, und doch hatte er Erfolg; das, was alle suchten, aber so wenige fanden. Das neue Wissen um die Schwierigkeiten des Mannes, um seine Hingabe an die Berufung, trotz seines Gebrechens, seine Unbeugsamkeit beschämten ihn. Er erinnerte sich, wie er sich erdreistet hatte, zu fragen; eine Frage, die so blauäugig klang, als käme sie von einem Kind. Eine unverschämte Frage geradezu: »Wie kommen Sie auf Ihre Geschichten?«

Er sei nie auf irgendetwas gekommen, noch nie in seinem Leben, hatte Barsch versichert. Dennoch schrieb er. Er schrieb in der Jagd auf sie – ein ewiges Suchen, hatte er behauptet – im Streben nach der Geschichte. So blieb er dabei, über Tage, Monate, Jahre sogar, entgegen besseren Wissens. Und eines Tages, nach viel Schinderei, nach Haareraufen, Angst und Verzweiflung, war er schließlich zu seiner eigenen nie versiegenden Verwunderung fertig. Erst im Nachhinein, am Schluss, nach dem letzten Punkt, wenn das Suchen endlich ein Ende hatte, war sie da: die fertige Geschichte. Erst dann begriff er, wovon sie eigentlich handelte, worum es die ganze Zeit gegangen war. Diese

Geschichte, von der er nicht wusste, woher sie kam. Eine Geschichte, die von vornherein da gewesen sein musste, die nur darauf gewartet hatte, entdeckt zu werden.

Und hier setzte die nächste Arbeit ein, das Ringen mit den Worten. Die Suche war die Geschichte: Die Geschichte war die Suche. Es sei wirklich nichts, was er sich ausgedacht hätte.

Der Cheflektor hatte recht gehabt – er hatte es nie begriffen. Und genau das war sein Problem. Er begriff nie etwas, ehe es zu spät war.

Freytag schleppte sich die Treppe hinauf. Er dachte an den Erzherzog, während er schnaufte, den Kronprinzen, der sich in seinem Jagdschloss in Mayerling eine Kugel in den Kopf geschossen hatte. Was trieb einen Thronfolger, einen Mann, der alles hatte, dazu, sich umzubringen? Er hatte ihn einmal im Sperl gesehen, in voller Uniform; er hatte einen etwas glasigen Blick gehabt, dieser Thronerbe, etwas Gebrochenes. Vielleicht war er all der Bälle müde, müde, all die Hände zu küssen. Vielleicht war er auch all die Ränke leid – vielleicht wollte er einfach nur seine Ruhe.

Freytag holte ein paarmal tief Luft und drehte dann mit unsicheren Händen die Flamme der Öllampe hoch: Das Vorhängeschloss baumelte flügellahm und verstümmelt an der Tür. Hier waren Arme mit schwellenden Adern gespannt worden, dachte er, und ein Stiernacken hatte vermutlich geglüht. Der Bolzenschneider hatte gesprochen.

Sie waren gründlich gewesen. Hatten alle Kartons durchwühlt: Dort lag das Teeservice in kindischen Scherben, der Porzellanhund mit Macke im Ohr, das Kissen mit dem Pilzomelett, der Kopfkissenbezug (mit Fußabdruck, Größe fünfundvierzig mindestens) sowie die Gardinen; seine alten vergilbten Aufzeichnungen aus der Studienzeit und die Kasperlefiguren seiner Frau, die sie als Kind einmal gesammelt hatte. Und – da lag auch der Schlüssel zur Truhe, lang und kalt, mit abgenutztem Bart, braun und rostig, mit rundem Schlüsselkopf, zierlich und verspielt unter dem losen Brett, genau dort, wo er ihn hingelegt hatte, um ihn ja nicht zu verlieren.

Sich selbst fand er mit dem Gesicht im Staub liegend. Er war platt auf die Nase gefallen. Das Glas war kaputtgegangen, stellte er fest, als er sich bückte und das Porträt an die Wand lehnte. Aber sonst war er wohlbehalten. Er hatte sich nicht geschnitten. Weder in die Stirn noch in die Lippen.

»›Die Memoiren des Feldschers‹?«

Selbstverständlich besäße er eine Reihe von Skalpellen, sagte Georg, aber er verstünde nicht ganz. Außerdem hätte er keine Zeit – nicht für irgendwas Ausgedachtes.

»Ich will ja auch nicht, dass du es liest«, sagte Freytag. Natürlich sei es ein gutes Buch, eines seiner besten. Aber darum ginge es jetzt nicht. Er kenne niemand anderen mit so sicheren Händen, mit dem richtigen Griff. Es bedürfe nämlich großer Sorgfalt, Präzision, Geschmeidigkeit, gespitzter Bleistifte. Und nicht zuletzt: Vertrauens.

Georg ging in die Kochecke hinüber. Er zog ein paar Schubladen heraus, klagte dabei über seinen Rücken. Es gefiele ihm nicht, murmelte er, während er mit den Töpfen klapperte. Nicht im Geringsten. Es sei sicher gesetzeswidrig, und es konnte einem schlecht ergehen dabei; so etwas bliebe selten ungestraft. Er mache sich Sorgen um seinen Freund, murmelte er weiter, was eigentlich mit ihm los sei in letzter Zeit. Schon lange hätten sie keine Partie mehr gespielt, er erkenne ihn gar nicht wieder, er hätte da etwas im Blick, einen gehetzten Ausdruck.

Dann schleppte er sich mit einer Rolle unter dem Arm zurück. Butterbrotpapier? Daran hätte er nicht gedacht.

Georg zog sich seinen Arbeitskittel über und zündete die Lampe an. Er sog an dem Bleistift. Dann knickte er im Schein der Lampe das Titelblatt um, hantierte mit dem Vergrößerungsglas wie ein Philatelist und knisterte mit dem Papier. Es sei eine chaotische Signatur, behauptete er. Aber sympathisch. Geradezu kühn. Er verstünde etwas davon, von Graphologie. Großzügig, in egozentrischer Richtung. Mit einer Andeutung von Frustration – ein etwas bemühtes Ende. Da müsse man fest aufdrücken mit dem Stift. Um Arkaden ging es und Girlanden: eine zersplitterte Harmonie. Eine gerissene Winkelbindung.

Wie lange wollte er denn noch auf das Blatt starren?

»Wie soll ich arbeiten, wenn du mir über die Schulter guckst, Hermann?«

Freytag legte sich mitten in der Unordnung auf das Bett. Er würde nur ein wenig die Augen zumachen, nicht schlafen.

Jetzt macht er den Rücken krumm, dachte er, der Faktor. In Gedanken folgte er der Bleistiftspitze, den Schnörkeln in ihrer vorherbestimmten Bahn; eine stete Verfolgungsjagd.

Er erwachte davon, dass Georg ihn am Arm zog: Zeit zum Aufstehen! Wusste er eigentlich, dass er schnarchte?

War er denn schon fertig?

Es hätte ihn viel Papier gekostet, behauptete Georg, während der Freund seine Baumstämme zerlegte. Ob er wüsste, wie spät es sei? Hier. Genau, worum er ihn gebeten habe. Ein leeres Blatt. Und ganz unten die Unterschrift. War es gut so?

»Du bist ein richtiger Freund«, sagte Freytag. »Der Einzige.«

Was hätte er denn nur vor? Er mache doch keine Dummheiten?

Im Gegenteil, erwiderte Freytag, es sei das Klügste, was er seit Langem getan hätte. Es sei für die gute Sache. Eine Petitesse, mochte man meinen, aber dennoch sehr wichtig. Ein Schulterklopfen – wie er es selbst nie bekommen habe.

»Brillant«, sagte er und bewunderte das Wirrwarr, »wirklich ausgezeichnet.«

Das fand Georg offenbar nicht. Aber es musste genügen. Wie auch immer, er begriff nicht, was das alles sollte. Aber er solle auf sich aufpassen. Hatte er gehört? Mit wem sollte er sonst Schach spielen?

»Hermann!«

Widerstrebend drehte Freytag sich in der Tür um.

Das tauge nichts, meinte Georg. Er wolle es zurück. Freytag schüttelte den Kopf: Es sei wichtig.

»Her damit!«

»Sonst?«

Das wolle er nicht wirklich wissen …

Erneut krümmte der Freund den Rücken; er kratzte sich am Kopf. »Zu langsam …«, murmelte er, »zu steif … leblos.«

Dann setzte er sich mit einem Mal in seinem Stuhl auf, machte sich gerade, schob das Kinn vor und streckte den Brustkorb nach vorn. Und mit einer angestrengten Nonchalance, wie ein Adelsmann, der seinen Erbhof verpfändet, kritzelte er die Unterschrift hin.

»So«, sagte Georg. Jetzt sei sie wirklich gut.

»Ein Erdbeben, bitte.«

»Bitte, was?«

»Ein *Tremblement de terre*. Das ist das Neueste. Ein Cocktail.«

»Haben wir nicht.«

»Dann einen Absinth. Mit Zucker.«

Herr Klaus zog die Augenbraue hoch.

»Sie führen dieses Getränk doch noch?«

Ja, natürlich, sagte der Oberkellner, es verkaufe sich nur nicht mehr so gut. Herr Freytag wisse doch, welche Auswirkungen man diesem Getränk zuspreche?

Ja, ja. Er wolle den Teufelstrunk, wiederholte Freytag. Einen, der ordentlich betäubte. Kein einheimisches Plagiat.

»Selbstverständlich.«

Freytag nahm sich Zeit. Der Löffel wippte in seiner Hand; Wasser sickerte durch den Zucker, bis sich der Smaragd im Takt der Tropfen in Opal verwandelte. Anschließend nahm er die Tüte mit dem Pulver, das er von Dr. Brockhaus in den Bergen gegen die Schmerzen bekommen hatte. Es schäumte grünlich. Wie

Gischt, dachte Freytag, wie der Speichel rasender Meeresgötter. Du hast einen Stachel im Herzen, Freytag – einen Rosendorn.

Der Geschmack erinnerte ihn an die letzte Mahlzeit bei Barsch, an deren Bitterkeit: gegrillter Fenchel mit Parmesan; oder an die Lakritzpastillen, die er auf der Zugfahrt nach Hause gelutscht hatte. Sie hatten zwischen den Zähnen geklebt, er meinte es noch immer zu spüren.

Müde stützte er den Arm auf den Marmortisch, legte den Kopf in die Hand. Er sog an seinem Zigarillo und empfand eine angenehme Taubheit, das Pochen in seinem Fuß ließ nach.

Es kostete ihn einige Anstrengung, den Arm zu heben und nach einem zweiten Glas zu verlangen. Er fühlte sich wie ein Poseur, als er in der Luft herumfuchtelte, oder wie einer der hohläugigen Künstler mit entleertem Blick, die so fleißig auf den Leinwänden verewigt wurden.

»Noch einen, Herr Klaus, wenn ich bitten darf. Aber keinen Zucker oder Wasser dieses Mal, ich nehme ihn als Aperitif.«

»Muss das wirklich sein? Sie sehen recht mitgenommen aus.«

Wie hatte er so blöd sein können? Nur weil Intruistino Rositas Augen mit den Sternen um die Wette gefunkelt hatten …

Mit einer Grimasse stürzte er den Aperitif herunter. Er war so bitter, dass er husten musste.

Bald wurden ihm die Lider schwer. Dann rutschte er nach vorn, langsam, ein erstaunlich kurzes Stück, aber dennoch unendlich, und stieß mit der Stirn gegen etwas Hartes, Festes.

»Aufwachen … Herr Lektor Freytag … aufwachen …«

»Paolo, Paolo, Paolo … Ich schlafe nicht, Paolo.«

Er sei müde, sagte Freytag und blinzelte, aber es sei eine hellwache Müdigkeit: Er denke. Ob Paolo so freundlich wäre, ihm noch ein Glas Absinth zu bringen? Er wolle gern dahin zurück, wo er gerade gewesen sei.

Paolo runzelte die Stirn, wie es einem Piccolo eigentlich nicht zustand.

»Herr Klaus hat mir verboten, Ihnen noch mehr davon zu

geben«, sagte er. »Sie sind eingenickt. Beinahe hätten Sie mit Ihrem Zigarillo die *Reichspost* in Brand gesteckt. Sie haben im Schlaf geschrien.«

Erst wollte er den Jungen zurechtweisen, ihn über Respekt vor dem Alter belehren, aber etwas in den Augen des Jungen machte, dass er sich schämte.

»Herr Klaus hat recht, Paolo. Es tut weh, etwas zuzugeben, was man nicht einmal sich selbst eingestehen möchte.« Er machte Anstalten, sich zu erheben, sank aber gleich wieder auf den Stuhl zurück. »Verstehst du. Es ist so leicht, sich zu betrügen. Das muss man zugeben, bevor es zu spät ist. Merk dir das, Paolo, ich möchte, dass du dir das merkst. Sei dir deiner Sache niemals zu gewiss. Ich gehe jetzt.«

»Möchten Sie, dass ich Ihnen eine Droschke bestelle?«

»Nicht nötig, mein Lieber. Die frische Luft wird mir guttun.«

»Hier entlang, Herr Freytag«, sagte Paolo und hakte ihn unter. »Vergessen Sie Ihren Stock nicht.«

Es kam ihm vor, als verginge die Zeit jetzt langsamer, als bewegte auch sie sich hinkend vorwärts und wäre aus dem Takt geraten. Kurz dachte er an die Stammgäste, die ihn beobachteten, an Frau Herzog, die hinter der Theke beleidigt ein Stück Zucker zwischen den Zähnen zermalmte, aber diese Bilder lösten sich gleich wieder auf. Es machte ihm nichts mehr aus. Er war dankbar, dass Paolo ihn stützte.

»Herr Lektor Freytag …«

Mühsam drehte er sich in der Tür um.

»Paolo?«, sagte er lächelnd.

»Erinnern Sie sich, dass Sie mich gebeten haben, zu schauen, ob jemand Sie verfolgt?«

»Ich weiß, Paolino. Ein Mann in schwarzem Regenmantel?«

»Er sieht gefährlich aus.«

»Ach was. Ich habe mit ihm zu Abend gegessen. Eine ausgezeichnete Mahlzeit, übrigens. Er hat reichlich vom Rinderbraten genommen. Und er behauptet, er heiße Amoroso.«

»Amoroso? Mit so einem Nacken?«

»Nur ein etymologischer Sarkasmus, mein lieber Freund. Kein Grund zur Sorge.«

Freytag fuhr dem Jungen durchs Haar und trat in die Dunkelheit hinaus. Wie ein Blinder tastete er sich mit dem Stock durch die Nacht.

Eben noch war er an der Oper gewesen, dann in der Nähe der Peterskirche, nicht weit von dem Antiquariat in der Goldschmidgasse, und jetzt – er kniff die Augen zusammen – jetzt schien er … schwer zu sagen. Vielleicht nur ein paar Straßen vom Café Central in der Herrengasse entfernt, er meinte, den Geruch wässrigen Kaffees zu vernehmen. Aber sicher war er sich nicht. Es fiel ihm schwer, in der Dunkelheit die Fassaden auszumachen.

Seine Augen waren von einer feuchten Binde verschleiert; die Geräusche der Nacht flossen zu einem konturlosen Echo ineinander, eine Art widerhallende Taubheit, als befände er sich unter Wasser, hielte in der Badewanne die Luft an, stieße sich mit dem Stock vom Grund eines Flussbettes ab – nur die Nase hatte ihn nicht im Stich gelassen.

Er war schon eine Weile durch die Gassen des Ersten Bezirks getaumelt, als er mit einem Schornsteinfeger zusammenstieß. Er bemerkte ihn erst, als es zu spät war. Nur sein Riechorgan hatte ihm angekündigt, dass sich etwas näherte: der Geruch nach eingefressenen Pfeifenköpfen.

»Passen Sie doch auf! Sind Sie denn blind, Mann?«

»Mein Freund, warte, mein Freund«, rief Freytag und hob die Hand. »Verzeihen Sie.«

»Was wollen Sie?«

»Sie kennen sich doch mit Rauch aus? Ruß und Rauch, Schornsteinen, Sie als Fegermeister. Sie sind doch kein Lehrling mehr?«

»Lehrling? Gehen Sie nach Hause, schlafen, Sie Saufbold.«

Das sei sicher kein schlechter Rat, erwiderte Freytag. Es sei nur eben so, dass er ein ganz schreckliches Kopfkissen habe. Schon lange habe er nicht mehr geschlafen. Vielleicht müsse er für immer auf einem Rosshaarkissen ruhen. Er würde doch jetzt nicht einfach gehen? Konnte er einem armen Mann nicht ein paar Minuten schenken? Er hätte nur eine einfache Frage.

»Was wollen Sie denn so dringend wissen? Wissen Sie eigentlich, wie spät es ist!«

»Ich habe eine Theorie, wissen Sie, über den Rauch. In letzter Zeit habe ich viel über Rauch nachgedacht.«

Ob er sich in aller Bescheidenheit nach der berufsmäßigen Einschätzung des Schornsteinfegers von Rauch erkundigen dürfe? Würde er, als Schornsteinfegermeister, nicht zustimmen, dass es mehr oder weniger schmutzigen Rauch gäbe?

»Rauch ist Rauch. Was spielt das für eine Rolle? Und das um diese Uhrzeit.«

Aber einem Schornsteinfeger konnte die Farbe des Rauches doch nicht einfach egal sein? Das sei doch wichtig! Wichtiger, als er ahne …

»Kohlenrauch ist immer schmutzig. Aber wenn Sie an Holz denken, deutet schwarzer Rauch auf schlechte Verbrennung hin«, erklärte der Schornsteinfeger ungeduldig. »Er riecht schlecht, stinkt. Das liegt oft daran, dass man schlechtes Brennholz verwendet, also feuchtes. Weißer Rauch dagegen ist im Grunde nur verdampfendes Wasser. Sonst nichts. Man kann am Rauch sehen, wie sauber ein Schornstein ist. War's das?«

»Sie finden also, der schwarze Rauch ist schmutziger, nicht wahr?«

Das finde er auf jeden Fall. Aber jetzt müsse er wirklich weiter.

»Sehen Sie, und ich möchte behaupten, dass Sie damit völlig unrecht haben.«

Er sei nämlich zu der Einsicht gekommen, nun ja, nicht ohne die Hilfe von Absinth, das gebe er gern zu, aber dennoch; es habe seine Vermutungen eigentlich nur bestätigt. Er wolle dem Fegermeister ein Geheimnis verraten. Denn dieser fürchte sich doch nicht vor Männern in schwarzen Regenmänteln?

»Regenmäntel? Wovon reden Sie denn da, alter Mann?«

Er stellte sich dicht neben ihn. Der Schornsteinfeger zuckte zurück und wedelte mit der Hand vor seinem Mund, wie er es von einem Schornsteinfeger nicht erwartet hätte. Der weiße Rauch sei in Wirklichkeit der schmutzigste von allen, flüsterte Freytag. Zumindest in Rom. Ob er schon mal von der Sixtinischen Kapelle gehört hätte?

»Geh nach Hause und schlaf dich aus, Alter, du stinkst!«

Nur noch eine letzte Frage: Ob der Fegermeister bitte so freundlich wäre, ihm den Weg zur Ringstraße zu erklären? Oder etwas anderes, was in der Nähe läge, wo er sich auskannte. Vielleicht der Michaelerplatz? Er hätte das Gefühl, er befände sich nicht allzu weit von der Kirche entfernt. Er fürchte, er hätte sich im Dunkeln verlaufen.

»Wollen Sie mich verarschen? Wir stehen doch mitten auf dem Markt. Die Kirche ist direkt hinter Ihnen!«

Freytag stützte sich mit dem Arm an der Michaelerkirche ab. Er beneidete die Mumien in der Krypta, die auf ihren Betten aus Spinnennetzen und uralten Knochen ruhten. Zu gern hätte er sich zu ihnen gesellt. Mit oder ohne Kopfkissen. Aber er wusste, dass er nicht würde schlafen können.

Eine Weile saß er so auf der Kirchentreppe und sah die Schatten vorüberziehen, Liebespaare, Untreue – und diejenigen, deren taumelnder Gang von betrunkener Sorte war. Schließlich wurde er etwas klarer im Kopf: Er musste mit Signori reden.

Jetzt war sein Kompass wieder ausgerichtet. Er suchte die Paradestraße auf und stolperte zwischen den Platanen entlang. Das hier musste endlich ein Ende haben. Es war doch Wahnsinn, sicher konnten sie über die Sache reden. Vielleicht in der Bibliothek. Im kubanischen Rauch.

Der Messinglöwe zog eine Fratze; der Eisenring in seiner Hand schien kalt und feindlich. Das Geräusch dumpf und fern.

Es war der Bedienstete, der ihm öffnete. Er ließ sich dabei ganz schön Zeit.

»Wir verbitten uns Bettelbesuche. Hauen Sie ab.«

»Sie irren sich. Mein Name ist Freytag, *Lektor* Freytag. Ich muss dringend mit Dr. Signori spreche.«

»Machen Sie, dass Sie hier wegkommen!«

»Ich war vor einiger Zeit hier zum Abendessen. Der Kutscher hat mich nach Hause gefahren. Können Sie sich nicht an mich erinnern?«

»Sie müssen sich irren.«

»Es ist wichtig. Ich bin mit einem Manuskript hier gewesen.«

»Zum letzten Mal: Ich bitte Sie, sich zu entfernen.«

Der Bedienstete warf einen Blick auf die Straße.

Stand da jemand im Dunkeln? Vielleicht hatte er es sich nur eingebildet.

Als er sich wieder umdrehte, hatte der Lakai bereits die Tür zugeworfen.

Er klopfte. Wahrscheinlich hatte er auch geschrien. Das hätte zumindest erklärt, weshalb das geschmackvoll gekleidete Paar ihn so anschaute, das auf dem Trottoir vorüberging. Er fragte sich, ob man es ihm ansah – das Unmoralische.

Im Park, wo er vor nicht allzu langer Zeit mit Signori spazieren gegangen war, bemerkte er eine Bewegung in den Bäumen. Er blinzelte mit den Augen, konnte das wirklich sein? Die Leute hatten sich Nester in den Baumkronen gebaut. Einen Moment überlegte er, sich ihnen im Nieselregen anzuschließen. Sich zwischen den Zweigen aufzuplustern. *Rrrruuu, ruuuu, krutt, krutt.*

Freytag wanderte ziellos umher. Er kam am Beethovendenkmal vorbei, überquerte den Schwarzenbergplatz – die Gleise; Droschken, die klapperten – und weiter zum Naschmarkt, wo er auf der anderen Seite des Wienflusses die Sezessionsgebäude mit ihren goldenen Laubkugeln erahnen konnte – den Beginn der merkwürdigen Bauwerke, die auftauchten, wo man es am wenigsten ahnte und hoffte.

Seine Schritte führten ihn am Fluss entlang. Bald befand er sich in den alten Gassen und auf den Bettlerwegen, nicht weit von dort, wo er wohnte, und doch in einer anderen Welt, irgendwo in den niederen Teilen der Mariahilfer und der Gumpendorfer Straße: im Magdalenengrund – Rattenloch, wie es wegen all der Nager genannt wurde, die in der Nähe des stinkenden Wienflusses gediehen.

Hier wohnten die Armen und Ausgestoßenen, die meisten von ihnen anständige Menschen, ehrbare Mitbürger, die sich durchschlugen, so gut sie konnten, fern der Paläste auf der Ringstraße. Während er sich zwischen den Fußgängerbrücken und gewundenen Treppen verlor, konnte er gar nicht genug bekommen von dem furchtbaren Gestank; er sog ihn ein wie eine frische Frühlingsbrise: Die Gassen waren von einem Anstand geprägt, der den parfümierten Salons vollkommen abging.

Schritt für Schritt holte ihn die Müdigkeit ein. Er war verblüfft, dass seine Füße ihn getragen hatten, dass er den ganzen langen Weg zu Fuß zurückgelegt hatte.

Warum bist du nicht schlafen gegangen, Freytag?

Er stützte sich schwer auf den Stock. Dann ging er Richtung Mariahilfer Straße – wenn er diese befahrene Straße nur bald erreicht hätte, dann würde er den Heimweg schon finden. Er hoffte, auf dem Weg nicht den Straßenjungen zum Opfer zu fallen, den Halbstarken, von denen er in der *Reichspost* gelesen und vor denen Lothar ihn gewarnt hatte. Denn ihm schien, als verfolge ihn jemand, er hörte Schritte losgelöster Schatten.

Immer näher kamen sie, bis sie in seinem Kopf widerzuhallen schienen. Schließlich, bei Haydn, als er endlich die erleuchtete Straße gefunden hatte und fast angekommen war, nur noch wenige wacklige Schritte von der Mariahilfer Kirche und dem steinernen Gewölbe entfernt, das ihn in Sicherheit führte, lehnte er sich erschöpft gegen das Geländer und sank zu Füßen des Komponisten zusammen. Ein Schatten türmte sich vor ihm auf. Er sah ein Paar enormer Galoschen, mindestens Größe fünfundvierzig, die unter dem Rand eines schwarzen Regenmantels hervorlugten.

»Sie haben sich ja ganz schön Zeit gelassen …«

Tripolitanien, Mai 1902

Das Einfallstor zur Sahara erwachte.

Auf dem Achterdeck des italienischen Frachtschiffes »Poseidon« standen zwei Kindheitsfreunde und sahen die Sonne über der Bucht von Tripolis aufgehen. Vor einem blutroten Himmel zeichneten sich über den türkischen Vierteln die Umrisse der Minarette ab; wie ein Waldbrand kletterte die Morgendämmerung die Terrassen der Hänge hinauf und tauchte die weiß gekalkten Fassaden in brennende Glut. Bald würde die Wärme in die Stadt drängen und zum Klang der Gebetsrufer die Gerüche, den Lärm und das geschäftige Treiben zum Leben erwecken. Noch aber war es beißend kalt.

»Was für ein gottvergessenes Land …«

Tagelang waren sie durch die Gassen der Souks gewandert und hatten sich das lokale Handwerk angeschaut. Sie hatten Vertreter der unterschiedlichsten Gewerbe getroffen. Doch das einzig Erbauliche, was sie gefunden hatten, waren die Basare gewesen: die seltsamen Waren der Karawanen, diese Spuren uralter Handelswege durch die Sahara – einer Straße, die schon immer dieselbe gewesen war und die sich doch ständig veränderte. Zum Klang der durchdringenden, schneidenden Willkommensrufe der Frauen hatten sie Kamele durch die Straßen laufen sehen, in weiße Laken gehüllte Berber; und sie hatten die geduckten Blicke der Messerschleifer gespürt. Der Konsul als Repräsentant der Regierung hatte sich mit seinem Taschentuch den Nacken getrocknet und mit dem Strohhut Luft zugefächelt; er hatte durchaus nicht auf der faulen Haut gelegen. Sogar auf einer Straußenfarm waren sie gewesen, über die sie sich später in der Hotelbar vor Lachen unter den Deckenventilatoren krümmten. Wahrscheinlich wurden sie bei alledem von der Polizei überwacht, den aufmerksamen Schatten des Sultans.

Die Jagd nach möglichem Profit hatte sich als vergeblich erwiesen. Der kleine Teil des Handels, der überhaupt von Wert war, wurde von Juden und Maltesern kontrolliert. Hier gab es fast gar keine Landsleute, abgesehen von den Reedereien: Fast die Hälfte der italienischen Kolonie bestand aus Seeleuten und Fischern.

Bald verschlechterte sich die Sicht. Sand stach ihnen in die Augen. Als sie die Wellenbrecher umrundet hatten, mussten sie sich an der Reling festhalten, um das Schlingern zu parieren. Für einen Moment hörte man weit unten die Schiffsschraube rotieren, bis das Heck wieder im Wasser aufschlug.

»Der Kapitän befürchtet starken Seegang«, sagte Signori und zog den Mantel enger um sich. »Wir sollten in die Kajüte hinuntergehen. Es sind die warmen Wüstenwinde, die über das Meer hereinkommen; wenn sie auf das Wasser treffen, kann es ganz schön schaukeln.«

»Das hat mir gerade noch gefehlt …«

»Wir können nur hoffen, dass sie die Fracht ordentlich vertäut haben. Nicht, dass sie sich verschiebt.«

Pacelli stieß einen gequälten Seufzer aus. Er heftete den Blick fest auf den immer weniger erkennbaren Horizont: Ein dunkler, rötlicher Fleck türmte sich drohend am Himmel auf. Unterhalb der Zitadelle lagen Schiffe vor Anker, man konnte die Laternen erkennen, die im Morgenlicht allmählich erstarben, im Wüstenstaub – eine Erinnerung an erloschene Hoffnungen, an die Sterne, die so klar über dem Meer von Sand geleuchtet hatten, als sie in der künftigen Provinz ankamen.

Der Postdampfer, der ausnahmsweise einmal pünktlich war, kreuzte die Spur von Schaum, die sie hinter sich zurückließen, und kämpfte sich durch die Fluten.

»Nichts als Sand, Feigen und Datteln – überall diese Datteln …«

»Alexandria ist etwas ganz anderes«, tröstete ihn Signori. »Ich versichere dir, dort ist es zivilisiert, kosmopolitisch.«

Pacelli schüttelte den Kopf. Er klaubte sich den Sand aus dem Mund, blinzelte.

»Palmen und Schafherden … Glauben sie wirklich, dass wir darein investieren wollen? Missernten, Wüstensand … Kein Wunder, dass noch keine andere Macht sich das unter den Nagel gerissen hat …«

»Du darfst nicht vergessen, dass dies ein Einsatz für die Nation ist«, sagte Signori. »Außerdem stellen sie ausgezeichnete Seide her …«

Das Schiff schlingerte. Jetzt rollten sie auf offener See, das Deck neigte sich ein wenig nach Backbord. Pacelli sah blass aus. Er blies die Backen auf und rülpste in seine Hand.

»Lieber springe ich ins Meer, als dass ich auch nur eine Lira in diese gottlose, unfruchtbare Erde investiere«, sagte er verbissen. »Die Araber haben doch rein gar nichts zustande gebracht.«

»Da wird die Regierung aber nicht erfreut sein …«

»Was für ein Elend …«

Pacelli stützte sich breitbeinig und mit durchgedrückten Armen auf das Geländer. Er schluckte mehrmals. Spuckte auf das Deck.

»Schade«, sagte Signori. »Sie verkaufen hervorragende Straußenfedern …«

Pacelli wedelte abwehrend mit der Hand. Als müsse er gleich lachen. Oder weinen.

»Hör auf …«

»Vielleicht wäre ein Frühstück jetzt das Richtige?«

Da übergab sich der Bankdirektor.

Es hört sich an wie Schneckenhäuser, dachte Freytag und sah vom Küchentisch auf: Wagenräder, die während der Fastenzeit über feuchte Klosterstraßen rollen – Weinbergschnecken, die darunter zerbrechen.

Herr Amoroso saß im Regenmantel in Freytags Ohrensessel und ließ die Knöchel knacken. Freytag versuchte noch einmal nachzuvollziehen, wie sie hier gelandet waren. Hatte der Stiernackige ihn wirklich die Treppe hinaufgetragen? Wie war er durch das Tor gekommen? Jedenfalls hatte er eine Menge Fragen gestellt.

»Haben Sie niemanden, der nach Ihnen schaut? Nachts draußen herumzustreunen, und das in solchem Zustand... Die Nachbarn – irgendwer muss sich doch um Sie kümmern?«

Er hatte grimmig geklungen, der Herr Amoroso, vollkommen lieblos, als er ihn auf den Stuhl herunterdrückte. Er sollte den Abschiedsbrief formulieren. Hier und jetzt. Im Schein der Küchenlampe.

Freytags Proteste hatten ihm nichts genützt. Er brauche Zeit, um die richtigen Worte zu finden, hatte er eingewendet. Er sei noch in der Entwurfsphase. Ob Amoroso denn nicht begreife, dass es genau das war, womit er sich beschäftigte? Er musste sich beschmutzen, Mutlosigkeit und Finsternis durchlaufen und sich mit der Verzweiflung anfreunden. So etwas konnte man in seinem Zustand gar nicht schreiben. Um die Verwirrung zu erklären, die totale Niedergeschlagenheit, brauchte es einen düsteren, aber klaren Kopf. Sie würden es zur rechten Zeit bekommen, weder früher noch später. Erstmal müsse er seinen Rausch ausschlafen. Außerdem habe er vorher noch eine Menge zu erledigen, was die Nächsten und Liebsten angehe. Dinge, um die man sich vor dem bevorstehenden Untergang kümmern musste.

Das müsse er später erledigen, hatte der Mann im Regenmantel gesagt. Wenn er erst das Schreiben verfasst hätte, hätte er alle Zeit der Welt …

Für wie dumm halten Sie mich eigentlich?

Freytag griff erneut nach dem Stift. Die Worte kamen leichter als gedacht. Das Papier wellte sich. Er schrieb mit ruhiger Hand. Er konnte sich nicht erinnern, dass seine Hand je so deprimierend folgsam gewesen wäre.

Er sei in die Irre geleitet worden, schrieb er, auf Abwege gekommen; er hätte einem unverzeihlichen Verlangen nachgegeben, man hätte ihn geradezu verführt. Und so sei er geworden, wovor er sich am meisten gefürchtet habe. Die Schande sei zu groß. Jetzt bleibe nur noch das Ende, nur so könne er die Dinge wieder ins Lot bringen. Er begrüße es; die letzte Ruhe, den Frieden. Alle hinterlassenen Texte sollten verbrannt werden, dies sei sein letzter Wille. Er könne mit all den Mängeln und Beweisen seiner Unzulänglichkeit nicht leben. Freytag sei sein einziger Freund. Er vertraue ihm. Ob er ihm je verzeihen könne?

Es war ein Brief, an dem er in gewisser Weise im Kopf schon viel zu lang gefeilt hatte. Jetzt lag er vor ihm. Freytag schnäuzte sich und las noch einmal durch, was er geschrieben hatte. Es war wirklich ein glänzendes Schlusswort. Die Brust schnürte sich ihm zusammen, wenn er an die Reaktionen dachte.

»Lassen Sie mich mal sehen.«

Bald wird es hell, dachte Freytag und schaute aus dem Fenster. Bald erwacht die Stadt, und alles geht weiter, als wäre nichts geschehen.

»Ausgezeichnet«, sagte Amoroso nach einer Weile. »Niemand wird an seiner Aufrichtigkeit zweifeln.«

»Wären Sie so freundlich, jetzt zu gehen, Herr Amoroso. Ich bin müde und muss schlafen. Ich fühle mich nicht gut.«

»Noch nicht.«

Amoroso verschwand im Schlafzimmer und kehrte mit der Schreibmaschine zurück. Er stellte sie auf den Tisch und reichte ihm ein leeres Blatt – mit wohlbekannter Signatur.

Freytag rieb sich die Augen. Er sah Barschs Feder vor sich, die Kringel, die sie in der Luft vollzog, ehe die Spitze mit einer schmerzhaften Anstrengung, wie wenn man eine Eiterblase aufsticht, auf das Papier niederging. Es war eine gute Fälschung, dachte er. Nicht einmal der Autor hätte so ein formvollendetes Wirrwarr zustande gebracht. Mit Tintenklecksen und allem. Aber Georgs war noch besser.

»Jetzt schreiben Sie das mit der Maschine ab.«

Natürlich, dachte Freytag, die schlimmsten Briefe werden immer mit Maschine geschrieben.

Er fühle sich unsäglich müde, wandte er kraftlos ein, außerstande, noch irgendetwas zu tun, als müsse er jeden Moment umkippen. Er sei an den Apparat nicht gewöhnt.

»Nun machen Sie schon.«

»Es kann eine Weile dauern.«

»Wir haben alle Zeit der Welt, Herr Freytag …«

Er gab sorgfältig acht, sich nicht zu vertippen. Er hatte nur einen Versuch. *Klick, klick, klonk … Pling!*

Als er fertig war, sank er über dem Küchentisch zusammen – ohne mit der Stirn die Tasten zu berühren. Das Letzte, was er hörte, war, wie Amoroso das Papier aus der Maschine zog. Dann schlief er ein.

Während er sich ein Bad einließ, nutzte Freytag die Zeit, sein Porträt in Zeitungspapier einzuschlagen. Er dachte sogar daran, ein paar lose Glasscherben hineinzulegen, und versetzte dem Rahmen auch ein paar kräftige Schläge mit Lothars Nudelholz, wo er schon einmal dabei war.

Jetzt pfiff der Teekessel.

Lange lag er in der Badewanne, schlürfte Tee und dachte nach, bis ihm kalt wurde. Nein, er konnte nicht hier herumliegen und sich drücken! Er hatte noch eine Menge zu tun.

Widerwillig erhob er sich aus der Wanne. Der Kopf schmerzte noch immer vom Kater. Im Mund hatte er einen faden Geschmack.

Nachdem er sich den Bart gestutzt, die Haare gekämmt und sein bestes Rasierwasser aufgelegt hatte, fühlte er sich ein wenig besser. Er zog seinen Festtagsanzug an: Weste, Fliege, die enganliegenden Hosen, die Hosenträger, die sich wie immer sträubten, das Jackett und die Lackschuhe. Seine Finger waren noch immer schrumplig wie die eines fahrenden Fischhändlers, als er sich die Handschuhe überzog.

Im Spiegel sah ihm ein Fremder entgegen: ein pensionierter Kontrabassist mit Magenkatarrh, hohlwangig, aber sauber; das Perlmutttaschentuch glänzte in der Brusttasche. Dann schlang er sich den Seidenschal um den Hals.

Freytag lehnte sich aus dem Fenster und hielt nach dem Regenmantel Ausschau. Der Mann hatte einen Nacken wie ein Zugtier. Doch Herr Amoroso war nirgends zu sehen – nicht im Schatten, nicht unter den Ulmen.

Jetzt fuhr die Droschke vor. Sie war pünktlich, das war ein gutes Zeichen. Er sah sich ein letztes Mal in seiner Wohnung um, dann holte er tief Luft und schloss die Tür. *Adieu,* dachte er, *es hat mich sehr gefreut.*

Die Leute hatten gar keine Ahnung, was die Literatur für eine Schlepperei bedeutete, dachte Freytag, als er mit dem Porträt unter dem Arm die Treppe hinunterging. Bücher waren belastend, ganz einfach. Man gewöhnte sich nie daran. Man sollte nach Kraftprotzen annoncieren, dachte er weiter und öffnete das Tor. Solche mit albernen Schnurrbärten. Umzugsmänner, Pflasterer.

Der Kutscher sah stark aus. Kurz, aber kräftig. Er hatte Adern auf seiner Stirn.

»Wären Sie wohl so freundlich, mir mit dem Gepäck zu helfen?«

»Die Pferde …«

»Ich kann die Zügel so lange halten. Sie werden natürlich dafür bezahlt.«

»Gott bewahre. Wie viele Gepäckstücke?«

»Nur eins. Zweiter Stock. Steht gleich vor der Tür. Es ist offen. Sie können einfach reingehen.«

Der Kutscher fluchte, als er wieder durch das Tor trat. Es sei doch kein Ochsenkarren, was er da führe, murrte er. Was denn da überhaupt drin sei? Er hievte die Truhe in die Gepäckluke. Goldbarren etwa?

»So ähnlich.«

»Das muss ja ein Vermögen sein …«

So schlimm sei es doch auch wieder nicht? Es sei die Sache jedenfalls wert.

Freytag versprach ihm ein ordentliches Trinkgeld.

Der Kutscher wischte sich die Stirn.

»Das Bild auch?«

»Das behalte ich lieber bei mir. Ich habe ein wenig Angst darum.«

Während sie auf der Mariahilfer Straße dahinklapperten, dachte er an Frau Weinheber. Die Concierge hatte versucht, ihm mit dem Besen den Zutritt zu verweigern, dieser Zankteufel: »Feine Bekannte haben Sie da!« Dabei hatte sie ihn noch böser angestarrt als sonst. Er konnte gerade noch sein Gespräch mit der Droschkenzentrale beenden, ehe sie ihn mit einer weiteren Suada überfiel: Das sei doch wirklich nicht normal! Männer, die allein lebten, ohne Frauen. Unanständig sei das, jawohl! Sie hätte ganz genau gehört, was sie trieben. Aber das würde sie weiß Gott nicht zulassen – nee, nee – nicht in diesem Haus! Mit ihren Wurstfingern hatte sie vor seinem Gesicht herumgewedelt. – Gott allein mochte wissen, was in seiner Wohnung sonst noch vor sich ging. All die merkwürdigen Männer, die sich draußen herumdrückten, die unter den Ulmen standen und rauchten. Ja, er brauche gar nicht so zu schauen, sie führe er nicht hinters Licht, sie wisse ganz genau, was sie unter ihren Regenmänteln trieben … Kein Wunder, dass Frau Freytag weggelaufen sei, hatte sie die Stirn gehabt zu sagen, bei den ganzen perversen Ästheten, mit denen der Lektor sich umgab. Die hätten doch ihr Leben lang kein ordentliches Tagwerk verrichtet. Ein Wunder, dass seine Frau es überhaupt so lange mit ihm ausgehalten hätte.

»Es fehlt nur, dass Sie diesen Autor mitbringen. Der ist hier überhaupt nicht willkommen. Haben Sie das verstanden!«

Freytag hatte sich ihre Kommentare verbeten; er schätze es nicht, wenn man schlecht über seine Freunde rede. Frau Weinheber wisse offenbar nicht, was sie sage; Barsch sei ein ehrbarer Mann, an den Behauptungen sei nichts dran, es seien bloß üble Gerüchte, die falsche Freunde über ihn verbreitet hätten. Er glaube so etwas nicht von ihm. Selbst wenn er es mit eigenen Augen gesehen hätte, wäre er sich seiner Sache doch nicht sicher. So groß sei sein Vertrauen in ihn, hatte er zu ihr gesagt …

»Kein Rauch ohne Feuer, Herr Freytag …« Außerdem hätte sie ihn noch nie gemocht, hatte sie tatsächlich die Frechheit zu sagen, für ihren Geschmack schriebe er viel zu gekünstelt …

Ihr Gesicht, dachte er, und lächelte in der Kutsche vor sich hin, war unbezahlbar gewesen:

»Sie sollten seine Füße küssen, Frau Weinheber, wenn Sie jemals die Ehre hätten, das zu tun. Das allerdings bezweifle ich stark. Begehrte Autoren wie er geben sich nämlich selten mit alten Weibern ab, die nichts Besseres im Sinn haben, als Lügen zu verbreiten.«

»Was für eine Unverschämtheit!«

Wohlwollend hatte er ihr vorgeschlagen, sich sofort in ihre Wohnung zu trollen, um sich dem zu widmen, was unfreundliche Xanthippen im Schutze ihrer vier Wände zu tun pflegten. Ja, sie könne dieses Wort ruhig im Synonym-Wörterbuch nachschlagen, wenn sie nicht wisse, was das bedeute; unter ›zänkische Alte‹ oder ›ungebildete Concierge‹. Und er denke gar nicht daran, seine Miete zu bezahlen, hatte er ihr noch hinterhergerufen, das könne sie komplett vergessen! Eher müsse er selbst dafür bezahlt werden, dass er es all die Jahre in ihrer Nähe ausgehalten hätte!

Das Klappern wurde langsamer. Bald hielten die Pferde schnaubend vor der Adresse in der Goldschmidgasse an.

Freytag steckte den Kopf aus dem Fenster.

»Die Truhe?«

Der Kutscher schenkte ihm einen müden Blick.

»Es lohnt sich«, wiederholte Freytag.

Auf dem Postamt war es merkwürdig leer. Der Beamte blätterte zerstreut in der *Kronen Zeitung*, als Freytag an die Scheibe klopfte.

»Dreimal Porto, bitte. Zwei lokale und eins fürs Ausland: Italien.«

»Der Komet, der Komet, der Komet. Sie schreiben über nichts anderes mehr … Ist das alles?«

»Ich nehme noch einen Stapel Briefumschläge. Wo sind denn die ganzen Leute?«

»Die bereiten sich wohl auf morgen vor, mein Herr. Das wird eine lange Nacht. Niemand weiß, was passieren kann. Die meisten haben ihre Briefe schon früher abgeschickt. Jetzt ist es vielleicht schon zu spät.«

Freytag lächelte sanft.

»Sie werden sehen, übermorgen sitzen Sie auch wieder hier.«

»Da haben Sie sicherlich recht«, sagte der Mann und schlug erneut seine Zeitung auf. »Leider.«

Er befand sich auf der Postgasse, wo der Kutscher ihn nach der kurzen Strecke von der Goldschmidgasse abgesetzt hatte. Er brauchte nur über eine Querstraße zu gehen und am Handelsministerium vorbei, und schon stand er vor der schmalen, wohlbekannten Fassade.

Vor dem Beichtstuhl hatte sich eine Schlange gebildet.

Hier sind sie also alle, dachte Freytag und sah sich um, all die Leute, die sonst zur Post gehen.

Er lehnte das Porträt gegen die Bank und setzte sich auf seinen Platz neben den Psalmbüchern; es würde eine Weile dauern, ehe er mit dem Pater würde sprechen können. Du hättest dir ein Gummiband besorgen sollen, dachte er und zog sein Portemonnaie heraus, das sich beulte wie nie zuvor. Er warf einen Blick über die Schulter und zählte die Scheine: Es war eine ansehnliche Summe.

Erst hatte er Gleichmut bewahrt, der Antiquitätenhändler, geblättert, mit der Zunge geschnalzt; dann hatte er immer öfter die Augenbrauen hochgezogen und sich an der Nase gekratzt – schließlich stand er mit offenem Mund da und schüttelte den Kopf.

»Das ist wirklich keine schlechte Sammlung. Sollten Sie die nicht lieber versteigern?«

»Morgen ist es bereits zu spät.«

»Ich gehe schließlich ein Risiko ein. Stellen Sie sich vor, die Unglücksraben haben recht… Wie auch immer, wenn Sie ein schnelles Geschäft machen wollen, sind das ganz andere Summen.«

»Ich nehme, was ich kriegen kann.«

Jetzt hob Freytag die oberste Lage ab und stopfte sie zurück ins Portemonnaie. Das würde vollauf genügen, auch für all die Strudel und Kaffeekännchen; reichlich und mit nachträglichem Trinkgeld. Der »Werther« hatte recht lange gereicht, aber eben nicht für alles. Die restlichen Scheine legte er in drei ordentlichen Stapeln neben sich auf die Bank: Zuerst teilte er den ersten in der Mitte und legte eine Hälfte zur Seite. Dann teilte er den Rest in zwei gleich große Bündel. Doch dann überlegte er es sich anders und erhöhte den einen zulasten des anderen. Perfekt. Ach – er hatte den Cheflektor vergessen. Er nahm von beiden Stapeln gleich viel für den Verlag, und steckte es in die Hosentasche. Dann legte er die übrigen Bündel sorgfältig in die Umschläge.

Gewisse Dinge ändern sich nie, dachte er. Der Kleber schmeckte immer noch gleich. Wie viele Umschläge hatte er in seinem Leben nicht angeleckt, mit fransigen Lippen, nicht zuletzt in seinen jungen Jahren, im Dezember, wenn alle Weihnachtsgeschichten an die Freunde des Verlags verschickt werden mussten?

Er steckte die Umschläge in die rechte Jackentasche, damit er wusste, wo er sie hatte. Anschließend nahm er drei neue Kuverts aus der Packung.

Wo hatte er nur den Stift hingelegt?

Die eine Adresse schrieb sich von selbst. Das hätte gerade noch gefehlt! Bei der zweiten musste er ein bisschen überlegen. Vor allem mit der Hausnummer hatte er Probleme. Doch dann war auch das erledigt. Die dritte Adresse war denkbar einfach: *Poste restante.*

Die beschrifteten Kuverts landeten in der linken Tasche, zusammen mit der Zigarettenschachtel und der Visitenkarte.

Anschließend betete er.

Er bat um Vergebung. Für all das Unverzeihliche. Für seine Sünden. Für Georg. Für Barsch. Für das, was er tun und was er nicht tun würde: für das, was er getan hatte.

Du solltest dich mit Georg treffen, dachte er nach dem Beten. Mit wem soll man sonst auf den Untergang warten, wenn nicht mit seinem besten Freund?

Aber er traute sich nicht. Georg durchschaute ihn immer, er las in ihm, wie er es auch am Schachbrett tat. Und dann würde er ins Wanken geraten. Sie hatten verabredet, sich den Kometen gemeinsam anzusehen; er würde ihn anrufen müssen. Das war das Mindeste, was er tun konnte.

Die Zeit wurde knapp. Er bekreuzigte sich, stand auf und klemmte sich das Porträt unter den Arm. Auf dem Weg nach draußen warf er einen Blick zu den Beichtstühlen hinüber – die Seelsorger hatten dieser Tage viel zu tun. Dann ging er hinaus. Wie schön, einmal wieder die Beine zu strecken.

Verständnislos sah der Cheflektor ihn an.

»Meine Frau hat es auch nie gemocht, Herr Schlink. Sie hat behauptet, es sähe mir nicht besonders ähnlich …«

»Ach was. Es gleicht Ihnen aufs Haar, Herr Freytag. Ein bisschen jünger, natürlich, aber der gleiche besonnene Blick. Allerdings scheint das Glas kaputtgegangen zu sein … Haben Sie das gar nicht bemerkt?«

Freytag beugte sich über das Porträt. Er kratzte sich den Bart. Während Schlink mit der Schere die Schnur aufschnitt und das Zeitungspapier entfernte, konnte Freytag ein leises Lächeln nicht unterdrücken.

Er habe keine Ahnung, wie das passiert wäre. Der Kutscher müsse es fallen gelassen haben.

»Fuhrmänner …«, brummte Schlink. »Aber nichts, was man nicht reparieren könnte.«

»Es ist wirklich ärgerlich.« Auch der Rahmen müsse ausgetauscht werden, meinte Freytag und strich vorsichtig mit dem Finger über die Spuren, die das Nudelholz hinterlassen hatte.

»Darum kümmere ich mich natürlich. Darum müssen Sie sich keine Sorgen machen, Herr Freytag.«

»Ist es nicht besser, ich lasse es selbst reparieren? Sie haben sicher wichtigere Dinge zu tun.«

Schlink winkte ab.

Das käme gar nicht infrage. Er würde sich darum kümmern, sobald er Zeit hätte. Nach den Festlichkeiten. Vorher würde es leider nichts.

Dafür habe er vollstes Verständnis, versicherte Freytag und kramte in seiner Hosentasche. Er solle nur nicht zu lange damit warten.

»Unsere Galerie ist ohne Sie nicht komplett, Herr Freytag …«

»Die Hälfte des Honorars«, sagte Freytag, »so, wie Sie es gewünscht haben.«

Die Scheine segelten auf den Schreibtisch – zerknüllte Ablassbriefe. Sie legten sich über die Ablehnungsschreiben.

Schlink sah ihn misstrauisch an.

»Hat Barsch sich denn entschieden? Ich habe nichts mehr von ihm gehört.«

»Ich habe für ihn getan, was ich konnte. In Zukunft muss er allein zurechtkommen. Dies ist der letzte Auftrag meines Lebens, und den sehe ich hiermit beendet.«

Ja, das sei wirklich nicht schön, sagte der Cheflektor. Aber er sei genötigt und gezwungen. Jeder Heller sei willkommen.

»Ich mache mir nichts aus Geld, Herr Schlink, es führt nur zu einer Menge Elend.«

»Nicht zuletzt, wenn es versiegt«, seufzte Schlink. »Wie schlimm ist es denn?«

Bestenfalls würden sie das Jahr noch überstehen. Wenn Barsch sie nicht herausriss … alles hing von diesem Buch ab.

Freytag schüttelte bedauernd den Kopf.

»Ich bitte wirklich um Entschuldigung für mein Verhalten, Herr Schlink.«

Er sei in letzter Zeit nicht mehr er selbst gewesen. Er hätte nur an sich gedacht. Wie ein verwöhntes Kind. Sein Stolz sei verletzt worden, und das sei doch das Einzige, was einem im Alter bliebe. Aber jetzt hätte er auch das geschluckt – möglicherweise zu spät.

»Ich bin zu dem Schluss gekommen, dass die Kunst das Wichtigste ist – das Werk – und nicht der Lektor. Ich habe mich mit dem Neuen versöhnt.«

»Und das Manuskript?«

»Sie können es quasi als abgegeben betrachten.«

Schlink schnäuzte sich in sein Taschentuch. Er sei gerührt, meinte er und tupfte sich den Riecher, dass der Kollege ihn verstehe. Natürlich wäre es ihm am liebsten gewesen, das Manuskript wäre bearbeitet worden wie immer, das könne Freytag ihm glauben. Aber er habe keine andere Wahl. Die Lage verlange nach harten Maßnahmen.

Das hätte auch er schließlich eingesehen, erwiderte Freytag. Aber er hege trotz allem gute Hoffnungen für das Buch. Er zweifle nicht daran, dass es Barschs größter Erfolg werden könne. Einer, der den Verlag zu retten vermochte.

»Wir werden Sie vermissen …«

»Unsinn. Ich werde ja bei Ihnen bleiben, an der Wand.«

Schlink drückte seine Schulter. Seine Nase glänzte.

»Sollen wir nicht in den Konferenzraum gehen und es zur Probe aufhängen? Dann können Sie sich selbst einen Platz aussuchen.«

Auf dem Judenplatz standen bereits die Zugpferde und warfen die Köpfe hin und her. Zu seiner eigenen Verwunderung kletterte Freytag ohne weitere Umstände auf den Kutschbock und setzte sich neben den Fahrer, der nicht weniger verwundert von seiner Zeitung aufblickte.

»Es macht Ihnen doch nichts aus, mein Herr? Hier oben wollte ich schon immer mal sitzen.«

»Um Gottes willen …«

»Zigarillo?«

Freytag reichte ihm das Etui. Dann legte er einen Arm um den Kutscher und flüsterte: »Wissen Sie vielleicht ein paar Kollegen, die sich was dazuverdienen wollen …«

Nachdem er sein Anliegen erläutert hatte, hob Freytag die Hand und zeigte in südöstliche Richtung.

»Zum Sperl!«, rief er, »via Barnabitengasse!«

Und dann ging es los. Mit Wind im Bart. Er musste seinen Hut festhalten.

Während sie durch das Getümmel auf dem Michaelerplatz klapperten, nicht weit entfernt vom Central, schweiften seine Gedanken erneut zum Cheflektor. Vielleicht war er zu hart zu seinem Kollegen gewesen. Er versuchte ja nur, den Verlag zu schützen, all die noch nicht erschienenen Werke: die Zukunft. War ein sterbender Buchverlag nicht doch das Schlimmste, was der Schönen Literatur passieren konnte? Lektoren kamen und gingen, doch der Verlag blieb bestehen. Was wäre das denn für ein Lektor, der seinen Verlag überlebte … Er hätte den Cheflektor für seine Umsicht loben sollen, seinen Mut, unbequeme Entscheidungen zu treffen. Es war schließlich genau das, was man von einem Mann in seiner Position erwartete. Herr Petersen wäre stolz auf ihn gewesen.

Da würde er also hängen – Freytag paffte auf dem Kutschbock seinen Zigarillo – neben seinem alten Chef Petersen; mit Bergblick über der Manuskriptgruppe thronend.

»Ein bisschen mehr nach rechts … nach links … nein, doch nach rechts …«

»Wie wollen Sie's haben?«

»Da! So ist es perfekt!«

Er fragte sich, ob man es ihm ansehen würde: ob er den Kopf hängen lassen würde.

»Mokka, wie immer?«

»Heute nicht, Herr Klaus.«

»Aber auch keinen Absinth, oder? Sie sehen immer noch ein bisschen mitgenommen aus.«

Nein, er wolle keinen Absinth. Aber gern einen Mariloman. Ob er vielleicht zusehen könne, dass Frau Herzog nicht mit dem Cognac geizte?

»Aber selbstverständlich.«

»Übrigens, Herr Klaus, welches ist Ihrer Meinung nach das beste Hotel?«

»In Wien? Da gibt es viele gute. Das Bristol ist ausgezeichnet, das Sacher natürlich auch und, nicht zu vergessen, das Imperial.«

»Welches würden Sie nehmen?«

»Das Imperial, keine Frage.«

»Das dachte ich mir.«

Freytag stand auf und ging zum Zeitungstisch. Einen Augenblick stand er mit der *Reichspost* da und wog die Ausgabe in der

Hand – dann warf er sie zurück. Stattdessen nahm er die *Kronen Zeitung* und ging zu seinem Tisch zurück. NUR NOCH ZWEI TAGE BIS ZUM ENDE, lautete die Überschrift auf der ersten Seite. Er blätterte zerstreut. Es war wirklich eine schlechte Zeitung. Aber er fand ein gewisses Vergnügen an den Karikaturen. Vor allem das Bild eines Sultans, der dasaß und vor Angst vor dem Kometen schlotterte, ließ ihn glucksen vor Lachen. Er musste an Lothar denken und bedauerte es zutiefst, dass er nicht mehr mit ihm hatte sprechen können.

Freytag warf einen Blick auf die Uhr an den Paneelen. Sie hatten sie endlich repariert. Sie zeigte sogar die richtige Zeit an. Dann zog er seine Taschenuhr heraus und begab sich an die Theke.

»Spielen Sie Schach, Frau Herzog?«

Das fiele ihr im Traum nicht ein, meinte die Kassiererin, die wie immer vor der Vitrine mit dem Likör stand und die süßen Kostbarkeiten bewachte.

Es sei ein schwieriges Spiel, sagte Freytag. Man müsse die Züge des Gegners voraussehen. Darin sei er nie besonders gut gewesen. Aber er habe noch Hoffnung. Er hätte da ein paar kühne Züge im Blick. Immerhin sei er bei einem Meister in die Lehre gegangen. Tatsächlich hätte er schon einen Angriff mit der Dame gestartet. Jetzt müsse er sie decken. Er vermute, dass er ein paar heiße Ohren verpasst bekäme, wenn der Gegner erst merkte, was er vorhatte. Ja, er hätte keinerlei Aussicht, zu gewinnen, das hielte er für undenkbar. Aber ein Remis, das würde er vielleicht erreichen. Wenn er Glück hätte. Das könne auch einem unterlegenen Gegner ab und an gelingen.

Freytag öffnete sein Portemonnaie.

»Für die ganzen Strudel …«

»Das ist viel zu viel, Herr Freytag«, murmelte die Kassiererin, während sie die Scheine zählte.

»Frau Herzog serviert den besten Mohnstrudel. Sie kann es als eine Art Vorschuss betrachten. Sie haben doch hier irgendwo auch ein Schachbrett? Ich meine, mal eines gesehen zu haben …«

»Drüben bei den Billardtischen.«

»Ich bräuchte jemanden, der mit mir spielt. Meinen Sie, der kleine Paolo könnte heute ein bisschen früher Schluss machen?«

Hier gebe es doch genügend passende Gegner, meinte die Kassiererin und legte den Kopf schief, Männer in seinem eigenen Alter.

»Frau Herzog«, sagte er sanft. »Bei allem Respekt, ich suche einen würdigen Gegner, einen mit Verstand. Im Übrigen bin ich mir sicher, ich könnte noch etwas auf das Strudelkonto drauflegen. Das ist dann auch schon egal.«

Sie zuckte die Achseln. Sie würden wohl auch mal ohne den Piccolo zurechtkommen, sagte sie und stopfte die Scheine in die Kasse. Ihm zuliebe.

»Wirklich ein schönes Kleid, das Sie heute anhaben, Frau Herzog. Hatte ich das schon gesagt? Es war das Erste, was ich dachte, als ich hereinkam. Frau Herzog sieht noch schicker aus als sonst, habe ich gedacht.«

In der Telefonkabine stand ihm das Bild wieder vor Augen. Ein riesiges Insekt mit großen leblosen Augen, das mit ein paar flatternden Tentakeln wedelte; wie es mit seinem breiten Rüssel gegen die Fensterscheibe schlug. Es hatte eine Weile gedauert, bis er begriff, was er dort sah. Es war Lothar mit seiner Gasmaske gewesen; er war dabei, die Fensterritzen mit alten Stofflappen abzudichten. Da war er selber bereits auf dem Weg von dort weg gewesen.

»Heute Abend.«

Er hatte vorgehabt, an die Tür zu klopfen. Zu schauen, wie es dem Nachbarn ging. Es gab viele, die er bedenken musste. Aber auch unter dem Türspalt schauten Stofflappen hervor: Lothar hatte die Tür bereits fest verschlossen. Er hatte das Kuvert mit dem Geld unter die Fußmatte gelegt, das dickere der beiden dünneren. Dann hatte er über die Türklinke gestreichelt und war zurück zu seiner Droschke gegangen.

»Ja, mit Badewanne.«

Als er auf die Straße trat, hatte er Lothar im Fenster stehen sehen. Freytag zeigte auf die untere Ecke des Fensters; der Nachbar hatte eine kleine Lücke vergessen. Dann winkte er und ging. Lothar winkte zurück, als wäre es das letzte Mal. Hinter seiner Gasmaske hatte er traurig ausgesehen, der Arme, als er ihn zurückließ, mit seiner Atemnot und seinen Flaschen voller Luft.

»Schmidt. Mit dt am Ende.«

Als er den Hörer eingehängt hatte, suchte er die Visitenkarte heraus und rief Signori an.

»Wen darf ich melden?«

»Cesare«, sagte Freytag, »Signor Cesare.«

»Einen Moment, bitte.«

Jemand hatte das Schachbrett bereits in Beschlag genommen, stellte Freytag nach dem Gespräch fest. Das war ärgerlich. Er verwarf den Gedanken an eine Partie Domino, das war ihm schon immer als äußerst trauriges und unsinniges Spiel erschienen; und er hatte wahrlich nicht vor, sich mit Spielkarten abzugeben.

Als er vom Telefon zurückkam, saß Paolo schon an seinem Tisch. Er hatte die Schachfiguren bereits aufgestellt; wirklich ein vorausschauender Piccolo. Freytag suchte in seiner Tasche nach dem dünnsten Kuvert. Dann legte er es neben das Spielbrett.

»Was ist das?«

»Das bekommst du, wenn du gewinnst, Paolo.«

»Und wenn ich verliere?«

Daran hatte er gar nicht gedacht.

»Dann spielen wir einfach noch mal!«

Der Junge war nicht schlecht. Mit etwas Übung würde er richtig gut werden. Eine echte Herausforderung.

Es war still geworden im Hörer. Signori klang außer Atem ... Du weißt zu viel, Freytag, dachte er, während er mechanisch seine Züge tat. Im Grunde hatte er ihn schon gekannt, als er letzte Hand an das Manuskript legte: den Preis, den er würde zahlen müssen. Niemals würden sie ihn davonkommen lassen. Aber immerhin gab es jetzt keinen Grund mehr, den Wolf zu erschießen; der Schaden war bereits angerichtet. Die Hütehunde dagegen … Eigentlich hatte er es schon viel früher begriffen, lange bevor er es vor sich selbst zugeben wollte. Es musste in den Sternen gestanden haben; durch brennende Himmelskörper auf dem Weg zur Erde hatte es sich angekündigt. Wie immer war der Untergang vorherbestimmt.

»*À la bonne heure!*«

»Habe ich gewonnen?«

»Natürlich, mein Junge. Das ist für dich«, sagte Freytag und gab ihm den Umschlag.

»Sie haben absichtlich verloren, Herr Freytag …«

Unsinn. Er sei einfach nicht besser, sagte er und legte eine Hand auf sein Herz. In seinem ganzen Leben hätte er noch keine Partie gewonnen.

»Was ist da drin?«

»Nur ein kleiner Groschen.«

Mit eifrigen Fingern öffnete Paolo das Kuvert und schlug die Hand vor den Mund.

»Tu damit, was du willst«, sagte Freytag. »Kauf dir Zuckerwatte, iss kandierte Äpfel, was auch immer. Solange es dazu beiträgt, dein Lächeln zu erhalten. Kümmere dich nicht darum, was richtig ist. Es gibt so vieles, was man nicht sollte. Mach das einfach nicht, dann bin ich schon froh.«

»Danke, Herr Lektor Freytag. Aber … warum?«

»Das heißt natürlich, dass du mir einen Gefallen schuldest.«

»Aber natürlich, was immer Sie wollen, Herr Freytag! Ich tue, was Sie von mir verlangen.«

»Du bist ein guter Junge, Paolino.«

»Oh, das ist aber ein dicker Umschlag …«

»Der ist aber nicht für dich«, sagte Freytag und hob einen Zeigefinger. »Der ist für einen Freund. Meinen besten Freund.

Er braucht es. Ich will, dass du es ihm gibst. Aber nicht vor übermorgen, nach dem Kometen. Pass gut darauf auf. Du musst es in deiner Weste bei dir tragen. Verstehst du? Unter deinem Kopfkissen verstecken.«

»Sie können sich auf mich verlassen.«

»Ich weiß, Paolo«, sagte Freytag und strich dem Jungen über die Wange. »Es gibt viel Falschheit auf dieser Welt. Man vertut sich so leicht. Aber nicht bei diesen Augen. Und ich werde es nachprüfen, weißt du. Ich weiß genau, wie viel da drin ist. Hier hast du Namen und Adresse. Verlier den Zettel nicht. Und noch etwas. Ich muss eine Weile verreisen. Und ich brauche deine Hilfe.«

Freytag schaute über seine Schulter.

»Komm näher … du weißt doch, wo ich wohne? Weißt du noch, wie man ein Papierschiffchen faltet?«

Der Junge nickte, während Freytag ihm seine Instruktionen gab; er runzelte die Stirn, seine Augen glänzten.

»Werden Sie denn lange weg sein?«

»Ich weiß nicht, wann ich wiederkomme.«

»Aber Sie kommen doch zurück?

»Du wirst doch wohl nicht weinen?«

»Nein.«

»Das dachte ich mir. Du bist ja schließlich kein Baby mehr? Und jetzt lauf, damit ich in Ruhe meinen Mariloman trinken kann.«

Freytag schielte auf seine Taschenuhr. Er schaute aus dem Fenster und zündete sich einen Zigarillo an. Die Dunkelheit war hereingebrochen.

Jetzt ist keiner mehr sicher, dachte er, und stieß den Rauch aus.

Zur vereinbarten Zeit fuhr eine Droschke vor. Freytag schlürfte rasch den letzten Rest des Mariloman in sich hinein, griff nach Hut und Stock und stand auf. In der Tür drehte er sich noch einmal um. Während er sich die Handschuhe anzog, warf er einen letzten Blick in das Café: sein Platz am Fenster, die Blumentapete, die Glasglocke mit dem Gebäck – Klein-Paolo. Dann klopfte er mit den Knöcheln auf den Zylinder, setzte diesen mit der Würde eines Bestattungsunternehmers auf und ging hinaus.

Freytag zog die Vorhänge zu. Im Halbdunkel der Droschke überlegte er, wie sie es wohl erklären wollten. Vielleicht hatten sie aber auch gar kein Bedürfnis danach. Einsame alte Männer entschliefen jeden Tag, den Gott werden ließ, in ihren Wohnungen mit oder ohne Badewanne. Dazu brauchte es keinen Grund. Vielleicht war er vor Trauer gestorben, an gebrochenem Herzen, wegen all der Postkarten … Vielleicht hatte er die Sache auch selbst in die Hand genommen …

Sie waren wirklich Amateure, dachte er. Der Brief hätte genau anders herum verschickt werden müssen: Der Autor stürzte sich dem Untergang entgegen, warf sich in seiner Verzweiflung über die Balustrade – aus Kummer über den Verlust des Vaters, seines Lektors. Ein Lehrjunge, der sein Garnknäuel im Labyrinth des Schreibens verloren hatte. *Das* wäre glaubhaft gewesen. Sie wären sie beide auf die einfachste Art und Weise los gewesen und hätten den Lektor gleich mit aus dem Weg geräumt gehabt.

Jetzt klopfte der Kutscher das Signal.

Er sah es vor sich: Zwei Droschken standen dicht nebeneinander an einer Straßenkreuzung im Schatten einer zerbrochenen Straßenlaterne. Eine dritte klapperte heran. Unmerklich öffneten sich die Türen. Das Spektakel nahm seinen Lauf.

Es war wie bei den Gauklern am Graben, dachte er und fasste mit dem Handschuh nach dem Türknauf, wie bei den Schwindlern mit den Hütchen, wo man nie wissen konnte, unter welchem sich die Münze verbarg. Er holte tief Luft und stieß die Tür auf, kletterte ins Dunkel, stolperte durch den Wagen, zur anderen Seite hinaus und in den nächsten hinein. Dann, auf ein verabredetes Zeichen hin, einen Pfiff, ausgelöst durch ein Klopfen mit dem Spazierstock, ging es in rasender Fahrt in die entgegengesetzte Richtung davon. Peitschen knallten durch die Luft. Es war wie in einem Abenteuerroman: Marquis stürmten über gepflasterte Straßen, Kuriere, verschmähte Liebhaber, Spione. Er stieß sich den Kopf. Verlor den Hut. Hielt sich mit den Händen an der Wand fest. Er hörte das Quietschen der Straßenbahnen, Bremsen, Autohupen. Schließlich, nach vielen blauen Flecken, wurden sie endlich langsamer. Ein sanftmütiges Klappern, ehrwürdig. Dann blieben sie stehen.

Der Portier öffnete die Droschkentür. Freytag stieg an der Treppe aus. Ein wenig schwankend, durchgerüttelt. Er zog den Frack zurecht und blinzelte ins Licht.

»Bitte sehr«, sagte er und reichte dem Kutscher sein Geld. »Sie waren großartig. Denken Sie daran, es zu teilen.«

Der Kutscher legte die Hand an die Melone und zwinkerte ihm zu: »Selbstverständlich. Wenn Sie mich noch einmal brauchen: Stets zu Diensten!«

»Willkommen im Hotel Imperial, gnädiger Herr«, sagte der Portier und schlug die Türen auf. »Kein Gepäck?«

Dann betraten sie den Palast, gingen die Treppen hinauf, die kardinalroten Stufen, geblendet von den Spiegelungen des Kristalls; hier stiegen Prinzen ab, das Haus war bekannt für seine Diskretion.

Freytag klopfte mit dem Spazierstock an der Rezeption.

»Ich habe ein Zimmer reserviert«, sagte er.

»Wie war der Name?«

»Schmidt. Mit dt am Ende.«

»Das ist richtig. Ein Einzelzimmer. Für eine Nacht?«

»Mit Wanne.«

»Ich hoffe, Sie fühlen sich wohl bei uns, Herr Schmidt. Wenn Sie noch irgendwelche Wünsche haben, sagen Sie es nur.«

»Ich bräuchte eine Schreibmaschine.«

»Natürlich. Aufs Zimmer? Wir kümmern uns darum.«

»Haben Sie Kamillentee?«
»Ich glaube schon.«
»Und ein Schälchen Katharinen-Pflaumen.«

Freytag zog den Morgenmantel enger um sich und trat ans Fenster. Er schaute in den Himmel. Über den Hausdächern flogen Wolken. Zum Verdruss vieler. Manche hatten den Kometen bereits gesehen, hatte er gelesen – mit dem Fernglas, von Anhöhen, Heißluftballons, Observatorien aus: in den Wolkenlücken, an sternklaren Abenden. Man hatte dabei Okulare mit fünfunddreißig-, vierundfünfzig-, ja sogar fünfundsiebzigfacher Vergrößerung verwendet. Manche Observatorien, wie etwa Wiens nagelneues Urania, schafften angeblich bis zu siebenhundertfache Vergrößerungen. Unter den richtigen Voraussetzungen, wie er gelesen hatte. Er aß ein paar Katharinen-Pflaumen. Es hatte offenbar mit der Reinheit der Luft zu tun, oder eher mit deren Mangel. Das klang nicht gerade vielversprechend, dachte er und kaute halbherzig. Nicht in Wien. Nicht in diesen Tagen.

Die Meinungen gingen weit auseinander. Über die Schönheit des Schauspiels. Ob der Schweif des Kometen wirklich über sie hinwegfegen würde oder nicht.

Seit Wochen hatte man dies erörtert, vor allem die Sache mit dem Schweif. Wie es schien, hing es von einer ganzen Reihe von Umständen ab: Ob der Schleier des Schweifes sich geradlinig entwickelte, wie lang er war, ob sich die Bahn des Kometen vor der Sonne erstreckte oder dahinter. Heute Nacht würde der Komet der Erde jedenfalls näher kommen als je zuvor. Irgendwann in den frühen Morgenstunden würden sie sich in der dünnen Materie des lang gestreckten Schweifes befinden – möglicherweise. Es war ein großes Streitthema zwischen den Observatorien gewesen. Die Prognosen waren daher mit Vorsicht zu genießen.

Der Schweif war angeblich ungewöhnlich lang, hundertneunzig Monddiameter; er würde es mit der Milchstraße aufnehmen können, wenn die Wettergötter günstig gestimmt wären.

Das mag glauben, wer will, dachte Freytag.

Doch anscheinend hatte es nicht nur mit dem Wetter zu tun, sondern auch mit dem Abstand zur Sonne. Das war sehr verwirrend. Er sog an den Pflaumenkernen. In Russland, hörte man in Berichten aus St. Petersburg, in den ländlichen Gegenden, seien die Bauern sich ihrer Sache sehr sicher – ihre mühsame Arbeit auf dem Feld hätten sie deshalb bereits niedergelegt. Sie nützte ja niemandem mehr: Sie würden ohnehin sterben. In Archangelsk hatte man offenbar besondere weiße Gewänder angefertigt, die man zum Untergang tragen wollte. Das war klug gehandelt, dachte Freytag. Man musste jede Gelegenheit ergreifen, sich festlich zu kleiden und die müden Glieder einmal auszuruhen. Es musste harte Arbeit sein, auf dem Feld. Vor allem in Russland, dachte er weiter und spuckte einen Kern in seine Hand. Er stellte sich vor, dass der Boden dort besonders schwer zu bearbeiten war – hart und voller Steine.

Hier zu Hause musste man sich wohl auf den reinsten Karneval einstellen. Die Ordnungskräfte hatten ihre Erlaubnis für zahlreiche Veranstaltungen im Zeichen des Tanzes und Vergnügens gegeben. Bälle würden abgehalten werden. Konzerte. Der Prater würde voller berauschter Menschen sein. Noch mehr als sonst. Na, das konnte er sich vorstellen …

Jetzt klopfte es endlich an die Tür.

»Ihr Frühstück, mein Herr«, sagte der Kellner und kam mit dem Wagen herein; ein Scheppern, dass einem das Wasser im Munde zusammenlief. »Frisch gebackene Kipfel, Melange und hartgekochte Eier. Und ein Stück Gugelhupf mit Marillenmarmelade, ganz wie von Ihnen gewünscht.«

Der Kellner nahm die Münze und verbeugte sich.

Nach dem Frühstück, das er in aller Ruhe einnahm, setzte Freytag sich an den Schreibtisch und probierte die Tastatur aus. Sie war vorbildlich schwergängig. Er konnte gut verstehen, warum die Underwood-Maschinen bei den Schreibern so beliebt waren. Man musste wirklich meinen, was man schrieb, es gab keinen Platz für Zweifel.

Schließlich war er so weit.

Freytag leckte einen Finger an und entfaltete das Papier. Ausgezeichnet, dachte er und betrachtete die Unterschrift: wirklich ausgezeichnet. Er steckte das Papier in die Maschine. Vorsichtig, als beabsichtige er, sein Testament zu schreiben. Dann tippte er mit den Zeigefingern.

Er schrieb ein Lob auf Wort und Text. Wie entzückt er von dem Werk wäre, den ungewöhnlichen Formulierungen. Es hat mir Vergnügen bereitet, es zu lesen, schrieb er, machen Sie weiter so, lassen Sie Ihren Träumen nichts im Weg stehen: Niemand weiß, was die Zukunft bringt. Mit den herzlichsten Grüßen, dachte er. Dann strich er es im Kopf durch und ersetzte es durch die besten Grüße. Um sich schließlich doch für die herzlichsten zu entscheiden.

Anschließend zog er den Umschlag mit der Adresse heraus. Er gab acht, dass die Blätter im richtigen Kuvert landeten. Dann leckte er den Klebefalz an und drückte zuletzt noch mit dem Daumen eine Briefmarke darauf – auf den kaiserlichen Koteletten landete ein wenig Marillenmarmelade.

»Schauen Sie nicht so beleidigt drein, Eure Hoheit«, sagte er, »es ist die allerbeste Sorte!«

Gegen zwölf Uhr ging er die Treppe hinunter. An der Rezeption blieb er stehen.

»Können Sie den hier bitte in den Kasten werfen? Es ist wichtig, dass er heute noch rausgeht.«

»Selbstverständlich, der Herr.«

»Ich würde mir gern einen Regenschirm borgen. Ich möchte ein bisschen frische Luft schnappen.«

Freytag schloss sich der Prozession unter den Platanen an.

Mit dem Regenschirm über dem Kopf flanierte er als einer in der Menge, nahezu unsichtbar. Hier würden sie ihn niemals finden. Nach einer Weile kam es ihm vor, als triebe er in einem Strom, einer trägen Masse, die ihn dem Unausweichlichen zuführte. Etwas Düsteres lag in der Luft. Etwas Klebriges. Eine Anspannung. Er kam an mehreren Menschen vorbei, die bereits angeheitert waren. Sie hielten sich beim Gehen im Arm und johlten wie Studenten, umklammerten Flaschenhälse, die Hüte in den Nacken geschoben. Sie würden das ganze Spektakel wohl verpassen, während der Explosionen ihren Rausch auf einer Bank ausschlafen, ohne etwas von der Ankunft des Kometen und von all den Freudenfeuern mitzubekommen. Ohne Schuhe würden sie aufwachen, dachte er, mit leerem Portemonnaie und dröhnendem Schädel – zum Himmel würden sie aufschauen, mit verlorenem Blick. Womöglich würden sie sich übergeben.

Auf halber Strecke zwischen Oper und Kunsthistorischem Museum, etwa auf der Höhe von Goethe, nahm der Regen zu, und er drehte sich um und ging zurück ins Hotel. Er sehnte sich nach einer Pfeife: Er hatte in seinem Kopf noch eine Menge zu sortieren.

Freytag ließ sich auf einem Sessel in der Bar nieder, neben einem Bücherregal mit Lederbänden, und bestellte eine Kanne Kamillentee. Er stopfte seine Pfeife. Die Bar war um diese Uhrzeit spärlich besucht; abgesehen von ein paar Herren, die sich unter einem Porträt in Öl von Prinz Fürstenberg lauthals unterhielten, war er der einzige Gast. Während er auf den Tee wartete und an seiner Pfeife sog, streckte er sich nach einem Buch im Regal. Es war ein Instinkt – er fühlte sich nackt ohne ein Buch vor der Nase. Mit einem Schmöker im Schoß war man niemals ganz allein.

Es zeigte sich, dass die Seiten vollkommen blank waren: Es war ohne Inhalt. Das war merkwürdig. Er streckte sich nach einem weiteren, doch dieses war ebenso leer. Das war womöglich noch seltsamer.

Ein Folgeband vielleicht, dachte er, ein Bericht über Gedächtnisverlust in zwei Bänden, zwei schönen Bänden sogar; sie hatten hübsche Lederdeckel und die beste Fadenheftung. Vermutlich waren es alles Attrappen, das ganze Regal. Solche wie die Buchbinder sie als Muster in der Hoffnung herstellten, der Verlag würde gerade sie für die neueste Buchreihe auswählen. Er saß in einem der Schneeblindheit gewidmeten Lesesaal. Hier also landeten die ungeschriebenen Geschichten ... Es war eine lobenswerte Bibliothek, eine wichtige, aber er fand sie auch unheilverheißend: diese vielen entleerten Seiten. Jetzt war wirklich nicht der richtige Augenblick, das Gedächtnis zu verlieren.

Cesare, dachte er und paffte. Daran erinnerte er sich auf jeden Fall, Signor Cesare. Das hätte auch noch gefehlt. Sogleich riss er einen Papierstreifen aus dem Buch und machte sich Notizen. Dann zog er die Zigarettenschachtel aus der Hosentasche. Er drehte und wendete sie: Ramleh. Sie stank wirklich furchtbar. Ein trügerischer, tückischer Geruch: der Geruch falscher Freunde. Orlando? Nein. Bertrando? Kaum ...

Konnten sie nicht etwas leiser sein, da drüben! Er konnte sich selbst nicht denken hören. Was brüllten sie denn so herum?

»Dieses Weib frisst mir noch die Haare vom Kopf. Und was für ein Temperament sie hat!«

»Aber was für Beine!«

Alberto? Jetzt war er nah dran ...

»Sie kostet mich ein Vermögen, die alte Mähre. Es wird Zeit, dass sie etwas dafür tut.«

»Wirklich ein verrücktes Frauenzimmer! Sie schlägt grundlos mit den Hinterbeinen aus. Die wird sich nicht halten. Sie ist noch nie gern Eisenbahn gefahren. Das Gerüttel wird sie ganz fertigmachen. Wirklich! Sie hat keine echte weibliche Eitelkeit. Nicht wie das ungarische Wunder.«

Lamberto ...

»Was verlangt ihr auch von einer Dreijährigen!«

»Jedenfalls nicht, dass sie Passgänger ist! Dafür ist das Geläuf dort zu schwer. Sie wird auf der Zielgeraden einbrechen.«

Der Name wollte ihm einfach nicht einfallen. Er stand auf und starrte die Männer am Tisch ärgerlich an. Sie schienen keine Notiz von ihm zu nehmen, als er zum Telefon an der Rezeption hinüberging.

Er musste sich auf die Lippe beißen, als er die heisere Stimme am anderen Ende der Leitung hörte: das Nebelhorn. Er sah vor sich, wie Georg allein in seiner Wohnung saß. Mit Schachbrett und Pflaumenschnaps. Vielleicht hatte er sogar aufgeräumt.

»Mir geht es gut. Ja, sicher … Vielleicht komme ich etwas später, mir ist etwas dazwischengekommen, ich weiß nicht, ob ich überhaupt kommen kann. Ob ich das erklären kann? Ich muss zu einem Fest, bei Barsch. Es ist wichtig, hat mit der Arbeit zu tun. So ist das in der Verlagswelt. Sie machen einen ganz schönen Aufstand wegen dieses Manuskripts. Die Zukunft des Verlags scheint davon abzuhängen … ja, ein sehr dünner Faden … Wenn ich nicht mehr komme, mach dir keine Sorgen. Du brauchst nicht zu mir zu kommen und Steinchen zu werfen … ja, das wäre blöd … das stimmt … bleib nicht zu lange auf …«

Umberto!, dachte er und legte auf: Sodalitium Pianum. Er schrieb es gleich auf den Papierstreifen.

Wo hatte er nur die Zigarettenschachtel gelassen?

Womit können wir den Herrn denn heute verwöhnen?«

»Mit einem Festmahl, Monsieur. In meinem Alter weiß man nie, wie viele Abendessen einem noch bleiben.«

»Dann sind Sie hier goldrichtig. Darf ich Ihnen Hummer vorschlagen, *Homard à l'Américaine?* Das ist heute Abend der Renner. Sie möchten lieber Gänseleber vorweg? Nein? Die Hechtklößchen sind auch ausgezeichnet, das Kalbsbries kann ich ebenfalls empfehlen. Und die Kalbsnierchen in Cognac-Sauce, ahhh ... *for-mi-dable!* Und anschließend vielleicht Ente in Rotwein-Sauce?«

Das klänge alles gut, sagte Freytag, aber er hätte lieber etwas Reelles. Er wüsste nicht so recht, worauf er eigentlich Lust hätte.

»Hirschbraten in Madeira-Sauce? Mit Johannisbeergelée und eingelegten Birnen?«

»Ein Schnitzel. Haben Sie das?«

»Ich glaube schon. Obwohl ...«

»Dann nehme ich das. Und dazu ein Bier. Mit einer ordentlichen Blume, wenn ich bitten darf. Eine, die in der Nase kitzelt, am liebsten ein hiesiges.«

Der Ober seufzte. Das könne eine Weile dauern, mit dem Klopfen ...

»Wünscht der Herr sonst noch etwas?«

»Ein Glas Sekt, bitte. Den besten des Hauses. Ich fühle mich ein wenig nostalgisch. Heute ist mein Hochzeitstag. Der vierzigste.«

»Den schenken wir leider nicht glasweise aus.«

»Eine Flasche geht auch. Und bringen Sie bitte zwei Gläser, Kristallgläser.«

»Andere haben wir nicht«, sagte der Ober und verzog das Gesicht. »Erwarten Sie noch jemanden?«

»Nein, das will ich nicht hoffen.«

Das Schnitzel schmeckte vorzüglich, die Franzosen brauchten sich wirklich nicht zu schämen. Es war mürbe und die Panade nicht zu hart. Der Kartoffelsalat ließ ihn an seine alte Mutter denken, ein nostalgischer Geschmack.

In den letzten Stunden unter den Kronleuchtern im Hotelrestaurant, zwischen den Wandbehängen, deren Falten ihm zunehmend mutlos erschienen, den Blumenarrangements und dem Silberbesteck, dachte Freytag darüber nach, was man eigentlich hinterließ. Wenn man jung war, begriff man das nicht, dachte er. Das Leben ging so schnell vorbei, man drehte sich um, und schon stand man da, in seiner letzten Sackgasse.

Was für ein Narr er doch gewesen war ... Er hatte ihn davor bewahren wollen, alles niederzureißen, wofür sie gelebt und was sie erreicht hatten. Wie hatte er nur so dumm sein können? Aber jetzt würde er alles wiedergutmachen, er war bereit, die Konsequenzen zu tragen. Ein Vater kann sein Kind nicht im Stich lassen ... Er tat es für ihn, den Sohn, für seinen Nachruf. Es war eine Gottesgabe: Der Autor Boris Barsch würde aus dem Leben scheiden, unbefleckt und unantastbar – doch Bernhard Bumelschröder, der ruhelose Mann mit dem widerspenstigen Haar, würde weiterleben. Es war, wie es sein sollte.

In der Gewissheit, dass sein Einsatz nicht vergebens gewesen war, würde er ruhig schlafen. Als es auf das Dessert zuging, wurde es lebhaft an den Tischen. Die distinguierten Gäste legten eine Ausgelassenheit an den Tag, wie man sie sich während der Vorspeisen noch kaum hätte vorstellen können. Das Gemurmel machte sorglosen Ausrufen und üblen Anekdoten Platz. Die Herren liebkosten ihre Zigarren, die Damen kicherten hinter ihren Servietten.

Freytag unterdrückte ein Aufstoßen; das Schokoladensoufflé war wirklich sehr mächtig. Der Sekt kribbelte ihm im

Magen. Er fühlte sich schwindlig von den ganzen Bläschen. Der Strom war offenbar starken Schwankungen ausgesetzt. Aber sicher war er sich da nicht. Es konnte genauso gut das Gewissen sein, das ihn einholte. Wie auch immer, es hatte ordentlich geschwankt.

Er hatte sich an diesem Bild festgeklammert: Sie standen auf der Rückseite der Kirche, im Säulengang unmittelbar am Wasser und blickten auf den Wolfgangsee hinaus. Er dachte an Venedig, die Lagune, *Laguna Veneta,* all die Gondeln. Es war einer von Barschs vielen Versuchen gewesen, sich zu rechtfertigen. Als müsste er ihn um Verzeihung bitten …

»Meine Bücher sind meine Kinder, Herr Lektor Freytag. Sie sind gewissermaßen alles, was ich habe. Ich würde alles für sie tun. Sie sind es, an die ich denke, ihre Zukunft und wie es ihnen wohl ergehen wird. Ich will nicht, dass Sie schlecht von mir denken. Man liebt alle seine Kinder, auch die ungehorsamen. Vielleicht liebt man diese sogar am meisten. Und irgendwie sind es doch auch Ihre Kinder.«

»Na ja, ich weiß nicht …«

»Sie wissen genau, dass es so ist.«

»Enkelkinder vielleicht. Wenn überhaupt.«

»Wenn dieses Buch, dieser Bastard, so viel Anstoß erregen wird … Ich bin bereit, die Konsequenzen zu tragen. Sollen sie mich doch steinigen. Ich würde in den Tod gehen dafür.«

»So weit wird es hoffentlich nicht kommen …«

Barsch hatte sich zu ihm umgedreht, sein Gesicht leuchtete in den Lichtreflexen des Wassers in erschütternder Aufrichtigkeit: »Ein Vater kann sein Kind nicht im Stich lassen.«

»Kein Grund, sentimental zu werden, Herr Barsch. Sie werden weitere schreiben. Noch viele.«

»Das ist es ja gerade. Ich habe nur noch so wenige vor mir. Vielleicht gar keins. Vielleicht ist dies meine letzte Chance. Ich kann nicht warten.«

»Unsinn, so alt sind Sie doch noch gar nicht …«

Da hatte Barsch seine Wange gestreichelt, etwas oberhalb seines Bartes.

»Aber Sie sind nicht mehr der Jüngste, Herr Freytag… Ich werde nur noch zur Hälfte leben, wenn Sie nicht mehr da sind. Mit all den Worten, die mir im Kopf herumschwirren. Bernhard Bummelschröder wird noch da sein, aber Barsch nicht, nie wieder. Ich habe viele Jahre davor gezittert, was werden wird, wenn dieser Tag kommt. Doch zum Glück habe ich etwas Neues bekommen, wofür ich leben kann, ein Geschenk des Himmels. Jemand da oben hat ein Einsehen gehabt. Ich werde zurechtkommen. Andere werden den Staffelstab übernehmen.«

Ein paar Gäste hingen am Flügel herum, aufgedunsen und verzweifelt bestrebt, ihrer Munterkeit Ausdruck zu verleihen. Eine Dame hatte bereits ein paar hohe Töne ausgestoßen. Freytag tupfte sich die Mundwinkel mit der Serviette und griff nach seinem Stock.

Es wurde Zeit, zum Ende zu kommen.

Ungeduldige Feuerwerkskörper zerbarsten am Abendhimmel.

Überall im Ersten Bezirk waren Musik und Gebrüll zu hören. Liebespaare standen in den Treppenaufgängen und kicherten; an einer Stelle liebte sich ein Paar so lautstark, dass Freytag errötete und die Augen niederschlug. Er folgte der Ringstraße so lange wie möglich, um die Gassen zu meiden. Hin und wieder warf er einen Blick über die Schulter.

Als er an der Oper vorbeiging und gerade auf den Albrechtplatz einbiegen wollte, kam ihm vom Kaisergarten her ein wogendes Flammenmeer entgegen; es war die große Fackelpolonaise auf dem Weg zum Stadtpark, wo sie die Ankunft des Kometen erleben wollten. Die Stimmung war ausgelassen. Den Fackelträgern schienen der bedeckte Himmel und die schlimmen Aussichten nichts auszumachen.

Aus den hohen Fenstern der Hofburg drangen Walzertakte auf die Augustinerstraße. Hinter den Scheiben drehte und wirbelte es herum. Das Gelächter klang wie Kristall. Wehmütig erschien ihm der Walzer, gefärbt von Todessehnsucht.

Als er an der Adresse anlangte, die nur wenige Steinwürfe vom Central entfernt lag, entleerte ein gutgelaunter Mann gerade an der Hauswand seine Blase. Aus den geöffneten Fenstern hoch oben drang erwartungsvolles Gemurmel, ebenso vom Balkon, den Balustradenfiguren.

Er zögerte lange, ehe er ins Haus ging.

Ein streitendes jüngeres Paar stand im Treppenhaus. Die Frau stieß Schimpfwörter aus, dass es nur so schäumte, dem Mann hing das Haar tief in die Stirn, er stützte sich mit einem Arm an der Wand ab und sog im Mundwinkel an seiner Zigarette; sie sahen aus, als wollten sie ungestört sein.

Schließlich stieg er zusammen mit den Parfümierten und Unwissenden in den Aufzug.

Im Schutze einer Madame mit seltsamem Hut huschte er hinein. Das Gebilde, das sie in einem kecken Winkel auf dem Kopf trug, erinnerte an einen neapolitanischen Kopfschmuck, der diesem Tag zu Ehren mit einem goldenen Stern verziert war – einer riesigen Medaille, versehen mit einem Schweif aus geripptem starrem Seidenband, das ihm die Augen ausgestochen hätte, hätte er seine Brille nicht aufgehabt.

Als er eintrat, stimmte die kleine Kapelle gerade einen Walzer an. Die Hitze schlug ihm förmlich entgegen, die Fenster waren beschlagen. Champagnerkorken flogen in die Luft. Lüsterne Handschuhe fummelten an geschnürten Taillen –Unterröcke schwebten über das Parkett.

Ein Mann bewegte sich wie eine Dampfwalze über die Tanzfläche. Zu seiner Verwunderung erkannte er Herrn Wulff. Der Verlagseigentümer hatte eine schweißglänzende Stirn und kaute an einer Zigarre, offenbar unbekümmert um Schmerbauch wie Finanzen. Nachdem er eine Unmenge Gäste passiert hatte – endlose Entschuldigungen und ungehörte Bitten um Verzeihung sowie Champagnerflecken auf dem Jackett – ja, er zog sich sogar eine Brandwunde an der Hand zu –, fand er ihn endlich neben einer Palme, gebeugt über eine junge Dame mit flackerndem Blick und bis unters Kinn hochgeschnürtem Busen. Ein Fernglas baumelte vor seiner Brust.

»Herr F.! Was macht die Toilettenlektüre?«

»Ich muss unter vier Augen mit Ihnen reden, Herr Trebitsch. Können wir irgendwo hingehen, wo wir ungestört sind?«

»Kann das nicht warten? Sehen Sie nicht, dass ich gerade mit dieser begabten schönen Dame beschäftigt bin? Wie hießen Sie noch mal?«

Wieder erinnerte er ihn an einen Schulwachtmeister, ein schreckliches Geschwenke mit dem Kopf: Wo war sie nur hin?

Auf dem Weg in den Flur kamen sie an einem gutaussehenden jungen Mann vorbei. Freytag drehte sich um und kniff die Augen zusammen. Er strich sich über den Bart.

»Ich hoffe, es ist wichtig, Herr Freytag«, sagte Trebitsch, als sie einen stillen Ort gefunden hatten – nicht weit von der Toilette. »Ich glaube, die Nymphe war von mir angetan. Also, worum geht es? Lassen Sie mich raten. Sie haben ein Manuskript geschrieben? Herr Schlink hat ausgeplaudert, Sie arbeiteten an einem Roman.«

»Ich bin kein Autor, Herr Trebitsch. Es hat lange gedauert, bis ich das eingesehen habe. Aber so ist es.«

»Sagen Sie bloß … Worum geht es dann?«

»Ich möchte, dass Sie das hier an sich nehmen.«

»Nein danke, ich rauche nicht.«

»Falls jemandem heute Abend etwas Ungewöhnliches zustößt. Sie täten klug daran, gut darauf aufzupassen.«

»Eine leere Zigarettenschachtel? Haben Sie getrunken?«

»Es wird die Auflagen in den Himmel schießen lassen … Aber es gibt sicher auch andere, die interessiert sind. Ich dachte, das Dromedar wäre der Richtige für einen Skandal dieses Ausmaßes. Aber wenn Sie es nicht haben wollen …«

»Das Dromedar?«

Trebitsch roch an der Schachtel.

»Puh, wie das stinkt! Wie geht es Ihnen eigentlich? Sie sehen etwas kränklich aus.«

Er überlegte, Erasmus zu zitieren, den alten Philologen, so wie er sich an seine Worte aus dem Studium erinnerte. Worte, die an Luther gerichtet gewesen waren, etwa dahingehend, dass man das Gute nicht zusammen mit dem Bösen zerstören möge, aber es gelang ihm nicht, es herauszubringen. Es war auch egal. Er machte sich keine Illusionen, dass der Zeitungsmann als Humanist ihn verstanden hätte.

Trebitsch schüttelte den Kopf.

»Sie machen mir Sorgen… Sollten Sie nicht lieber nach Hause fahren und sich hinlegen? Ich habe da etwas, das Sie vor dem Einschlafen lesen könnten.«

Trebitsch zog die Zeitschrift aus der Jacke. So musste er sie auch auf die Zeitungstische geschmuggelt haben.

»Es ist ein Themenheft. Heute herausgekommen. Über die Heimatlosigkeit, von der wir gesprochen haben. Sie können es ja auf der Toilette lesen.«

Witzbold…

Freytag kämpfte sich mit den Ellenbogen zur Bibliothek durch. Auf der Tanzfläche war es womöglich noch voller geworden. Während er den *Kometen* einsteckte, stieß er mit einem schönhaarigen Mann zusammen. Ihm blieb regelrecht die Luft weg.

»Verzeihung…«

Sogleich zog sich der Mann die Gasmaske über den Kopf und verschwand im Getümmel. Er kam ihm irgendwie bekannt vor.

Freytag schnappte nach Luft. Gab es denn wirklich keinen Anstand mehr? Er sah sich um und schüttelte den Kopf.

»Hier stehen Sie und sehen ganz elend aus!«

»Herr Schlink…«

»Ich hätte nicht gedacht, Sie hier zu treffen. Sie pflegen ja gemeinhin nicht am Gesellschaftsleben teilzunehmen.«

Die Leute unterhielten sich. Schlugen sich auf die Schultern, lachten.

»Sie vergessen doch nicht, das Porträt neu rahmen zu lassen, Herr Schlink? Es ist wichtig.«

Auf der Sitzgruppe in der Ecke schien eine Art Gesellschaftsspiel gespielt zu werden. Der Qualm lag schwer über dem Tisch. Einer rauchte sogar Wasserpfeife. Kein Wunder, dass die Leute mit Gasmasken herumliefen.

»Traumdeutung«, sagte Herr Schlink und beugte sich zu ihm hinüber. »Es ist wirklich komisch, was die Leute sich im Schlaf zusammenphantasieren. Vielleicht sollten Sie Ihre Luftschlösser mal untersuchen?«

»Ich möchte der Stimmung keinen Dämpfer verpassen ...«

Drüben bei der Bowle-Schüssel, neben den Durstigen und Begeisterten, war ein Herr vor dem Bücherregal zusammengesunken, er schlummerte mit dem Kopf an die ledergebundenen Lexika gelehnt: Herr Butterweck sah aus, als schliefe er traumlos. Freytag brachte es nicht übers Herz, ihn zu wecken.

»Sie haben Barsch nicht zufällig irgendwo gesehen?«

»Doch, ich glaube schon ...«

Schlink stieß ihm mit dem Ellenbogen in die Seite.

»Da!« Er deutete mit der Hand durch das Zimmer. »Ist sie nicht großartig? *Quelle femme ...*«

Drüben am Kamin stand Tante Olga, flankiert von jungen Bewunderern. Sie schienen in eine heftige Diskussion verwickelt. Die Männer wedelten mit den Händen. Tante Olga zog zufrieden an ihrer Zigarette.

»Kommen Sie, wir gehen rüber«, sagte Schlink mit der heiseren Stimme eines Mannes, der sich anschickt, einen Sumpf zu durchqueren.

»Ich glaube, ich gehe lieber raus und schnappe frische Luft.«

Der Cheflektor richtete sich auf und zog seine Fliege zurecht.

»Seien Sie nicht so schüchtern, Herr Freytag. Überlassen Sie mir das Gespräch. Wir kennen einander.«

Freytag zuckte mit den Schultern.

Schlink zog an seinem Frack wie ein Hofmeister und spreizte die Finger, als sie hinübergingen, sein Gang hatte etwas Storchenhaftes, arrogant und doch zögernd. Als sie ankamen, benahm er sich zu Freytags Verwunderung tatsächlich wie ein echter Stelzvogel. Mehrfach hielt er mitten im Schritt inne, ein Bein in der Luft, und nickte – wahrscheinlich wegen ihres Schielens, sicherlich aber, weil sie ihn nicht recht zur Kenntnis nehmen wollte – abwechselnd mit dem Kopf und verbeugte sich, als könne er sich nicht entscheiden, ob er sich wie ein Kammerdiener zurückziehen oder ihre Hand küssen sollte. Schließlich schien ein saphirblaues Auge hinter den Wimpern an ihnen hängen zu bleiben.

»Darf ich vorstellen, Tante Olga; mein alter Kollege …«

»Herr Freytag! Was für ein Zufall!«

»Ich wusste nicht, dass Sie sich kennen …«

»Wie schade, dass Sie neulich schon so früh gegangen sind«, sagte Tante Olga. »Sie haben unsere kleine Beate sehr beeindruckt, müssen Sie wissen.«

»Die Schauspielerin ist aber auch wirklich entzückend.«

»Nicht wahr?«

»Genauso wie Sie, Tante Olga«, schmeichelte Herr Schlink und rang die Hände. »Sie sind bezaubernd wie eh und je …«

Tante Olga schenkte dem Cheflektor einen schielenden Blick durch den Rauch, wobei sie an ihrem Zigarettenmundstück sog. Ein Auge schien ihn zu ermahnen, es ja nicht zu wagen, ihr die Hand zu küssen, das andere blickte starr auf seine Nase.

»Kennen wir uns?« Dann legte sie den Arm um Freytag. »Wie gut, dass Sie gekommen sind. Wir haben über Balzac gesprochen, genauer gesagt über das ›Chef-d'œuvre inconnu‹. Die Frage scheint zu sein, ob der gute Balzac seiner Zeit voraus war und ahnte, welche Entwicklung die Malerei nehmen würde. Was glauben Sie, Herr Lektor Freytag, der Sie doch vertraut sind mit dem geschriebenen Wort?«

Es sei lange her, dass er es gelesen hätte …

»Aber Sie erinnern sich doch? Der Maler arbeitet jahrelang an seinem Meisterwerk, heimlich, und das Porträt, das er am Ende seinen Lehrlingen zeigt …«

»Ja, an *das* müssen Sie sich doch erinnern …«, fiel Schlink ein, offensichtlich in der Sorge, vergessen zu werden.

Doch, er erinnere sich, sagte Freytag, natürlich täte er das. Aber wenn man so viel läse …

»Das Porträt«, sagte plötzlich ein Bürschchen, das trotz seines rasierten Schädels aussah, als wäre es eben aus dem Bett gekommen, und steckte seine Nase auf der anderen Seite der Salonière hervor. »Das Meisterwerk, Herr Lektor Freytag, das ist doch kein Misslingen, das meint er doch nicht, der Autor? *Au contraire* hat der Maler die Porträtkunst zu ungeahnten Höhen erhoben, nicht wahr?«

Wenn er sich richtig erinnere, sei es wohl um das Unerreichbare gegangen, erwiderte Freytag, um die Unmöglichkeit, einen Menschen auf der Leinwand wirklich abzubilden. Das Streben nach dem Unmöglichen verblende, es treibe einen in den Abgrund.

»Ganz richtig!«, rief der Mann neben ihm aus, ein Herr, der in Freytags Augen höchst alltäglich aussah, trotz seines Ehrenplatzes; wäre da nicht seine ungesunde Gesichtsfarbe gewesen. »Eine absolut glänzende Analyse. Da siehst du's, Oskar«, fuhr er fort und drohte dem frisch Aufgewachten mit dem Finger, »das ist es, was ich die ganze Zeit sage. Dieses ganze Gerede über den Impressionismus, das Abstrakte und wie das alles heißt, das ist alles im Nachhinein konstruiert. Es war nie die Absicht des Autors.«

»Unsinn! Du verstehst das nicht, dabei ist es doch offensichtlich: Balzac verhöhnt die Schüler des Malers, er spottet der gängigen Auffassung. Sie wissen nicht, was sie da eigentlich sehen, das Porträt ist genauso vollendet, wie der alte Meister behauptet. Sie vermögen nicht mit offenen Augen zu sehen, sie sind verblendet von der vorherrschenden Meinung, der geltenden Vorstellung, wie bildliche Darstellungen zu sein haben. Der Autor rechnet mit der Beschränktheit ab, dass du das nicht begreifst!«

»Ganz genau«, sagte Schlink und schnippte mit den Fingern. »*Voilà!*«

»Dann weißt du also besser über die Absichten des Autors Bescheid als der Literaturprofessor? Entschuldige, wenn ich da lache! Können Sie ihm nicht erklären, Professor Freytag, wie unrecht er hat …«

Bilder seien ja nun nicht gerade seine Domäne, sagte Freytag, aber ihm scheine bei aller Bescheidenheit, pensionierter Verlagslektor, der er war – kein Professor –, dass das Porträt als Misslingen gemeint war, und zwar ein äußerst tragisches. Es stellte ja, soweit er sich erinnere, gar nichts dar, und – sie möchten ihn entschuldigen, wenn er unrecht hätte, alt und vergesslich, wie er langsam wurde – man konnte wohl nur einen Fuß darauf erkennen. Und ein Fuß sei ja wohl kaum ein Porträt.

»Sagen Sie das nicht …«, murmelte Schlink. »Sagen Sie das nicht …«

»Was macht denn Ihrer Meinung nach ein Porträt aus, Herr Freytag?«, fragte Tante Olga.

Darüber gebe es ja wohl keinen Zweifel, meinte er, ein Porträt sei einfach das Bild einer Person. Die Gesichtszüge seien wohl das Mindeste, was man da verlangen könne.

»Tja …«

»Wie ein Spiegel, eingefrorene Wirklichkeit?«

Das war wieder der frisch erwachte Grünschnabel.

»Ganz genau«, sagte Freytag. Besser hätte er es auch nicht sagen können.

»Genau deshalb male ich keine Porträts mehr!«, rief sein Nebenmann mit der ungesunden Gesichtsfarbe. »Die Leute mögen es nicht, den Spiegel vorgehalten zu bekommen. Sie sind einfach nie zufrieden.«

»Weil du immer versuchst, ihren Charakter wiederzugeben!«, fauchte der andere. »Und das geht eben nicht.«

»Meine Porträts ähneln wenigstens dem Motiv! Dein Spiegel gehört dagegen in den Prater, Oskar, ins Spiegelkabinett. Es verzerrt den Porträtierten zu etwas Groteskem.«

»Amateur!«

Tante Olga schlug an ihr Glas.

»Jungs …«

Sein Nebenmann kratzte sich an der Nase, der frisch Erwachte räusperte sich. Schlink entschied sich, vorwurfsvoll die Stirn zu runzeln.

»Nur indem man sich vom Äußeren distanziert«, fuhr der frisch Erwachte hinzu, »vom Offensichtlichen, nur wenn man zu dem durchdringt, was sich hinter der Oberfläche verbirgt, kann man als Künstler das wahre Wesen des Menschen einfangen.«

Dem könne er zumindest teilweise zustimmen, meinte Freytag. Es könne sich das eine oder andere hinter einem Abbild verbergen, wichtige Dinge sogar. Doch er glaube, dass es geradezu unmöglich sei, dies mit dem Pinsel einzufangen.

»Doch, es geht, wenn man Mut, Talent und die Fähigkeit hat, sich über die Grenzen hinauszubewegen. Wenn man nicht die Kunstakademie besucht hat.«

»Oskar …«

»Es gab mal eine Zeit, da wurden Totenschädel auf der Rückseite von Porträts abgebildet«, fiel sein Nebenmann ein. »So viel zum Thema ›unter die Haut dringen‹!«

Schlinks Lachen ließ an ein Krankenhaus denken. Plötzlich wurde es still, sogar das Ensemble hielt den Atem an. Der Cheflektor bekam eine rote Nase.

»Aber literarische Porträts, Herr Freytag?«, fragte Tante Olga und aschte mit ihrer Zigarette in Schlinks Richtung.

»Ja, sehen Sie, das ist etwas anderes.« In der Literatur spiele das Aussehen keine große Rolle, das Äußere; auch wenn man es natürlich beschreiben könne, es könne schon vieles aussagen, aber eben nicht alles. Die Literatur halte sich an die Befindlichkeit des Menschen, das Leben. Das sei ihr Mittel, um die großen

Fragen abzuhandeln, das Innere des Menschen zu beschreiben. Dies sei ein unerschöpfliches Motiv, das einzige, im Grunde genommen.

Hier begnügte Schlink sich damit, zu nicken und die Augen zu schließen.

»Jedes Porträt verbirgt etwas«, meinte der frisch Erwachte. »Die meisten, die alltäglichen, verbergen das Wesentliche: die Person. Gerade weil man so viel Wert auf die bildliche Ähnlichkeit legt. Es gelingt ihnen nicht, beim ersten Ansehen zu dem vorzudringen, was man nicht sieht. Es ist diese Unfähigkeit, zu erkennen, eine Art Blindheit. Wir verstecken uns alle hinter Masken. Gute Porträts, die wirklich etwas wert sind, betonen das Verborgene, die menschliche Natur, genau wie Sie es beschrieben haben, Herr Freytag: das, was das Innerste des Motivs ausmacht. Nur wenige Menschen wagen es, in sich hineinzuschauen, aus Angst vor dem, was sie zu sehen bekommen. Deshalb ist ein unzufriedener Porträtierter nichts, was man fürchten müsste, im Gegenteil; es ist die größte Bestätigung, dass es einem gelungen ist, ein echtes Abbild zu schaffen, ein wirklich wahres. Solche Porträts sind die Aufgabe eines Malers, sonst könnten wir uns auch mit Fotografie begnügen. Und dafür braucht es keine Künstler.«

Ganz so einfach sei diese nun auch wieder nicht, meinte Freytag. Er habe auf seine alten Tage selbst ein bisschen mit Fotografie experimentiert. Es sei schwierig, all die Details im Dunkeln, die Feinheiten …

»Ich muss dir recht geben, Oskar«, sagte Tante Olga. »Liegt nicht genau in den Aspekten unseres Aussehens, die wir nicht mögen und die wir zu verbergen suchen, das, was uns wirklich ausmacht? Was dem Bild Echtheit verleiht, was uns definiert. Genau das ist es doch, was interessant ist.«

»Bravo!«

Der frisch Erwachte lächelte den Cheflektor schief an. Dann wandte er sich wieder an die Salonière.

»Tante Olga, wenn alle Ihr Kunstverständnis hätten …«

»Es ist eine grausame Kunstform, Sie werden mich nie dazu bringen, Ihnen Modell zu sitzen, Oskar. Da hilft alles Jammern nichts.«

»Sie haben nichts zu befürchten, Tante Olga. Es würde das schönste Porträt, das ich je gemalt habe. Das wahrste.«

»Mit Schmeicheleien erreichen Sie auch nichts, mein lieber Kokoschka. Ich mag Sie lieber so, wie Sie sind, entzückend grässlich. Wie auch immer – ist Balzac nicht vollkommen passé?«

Aber ja doch, vollkommen passé, versicherte Schlink, vollkommen passé … Freytag schüttelte den Kopf. Er entschuldigte sich und ging auf den Balkon.

Dort sog er die frische Luft ein und lehnte sich über die Brüstung: Die Pflastersteine glänzten im Licht der Straßenlaternen. Er ließ die Schultergelenke knacken, hob den Blick und schaute über die Stadt. Auf den Dächern waren Menschen zu sehen, festlich gekleidet oder im Nachthemd; er sah Droschken durch die Straßen und Gassen klappern, Straßenbahnen, die ihren vorgegebenen knisternden Routen folgten sowie die vielen armen Sünder, die zur Kirche gingen und mit eitlen Hoffnungen ihr mikroskopisches Leben lebten. Alle würden sie eines Tages vergessen, unsichtbar, als hätten sie nie gelebt.

Eine Stimme ließ ihn zusammenzucken.

»Sie sind trotzdem gekommen, Herr Freytag. Sie ahnen gar nicht, wie mich das freut.«

»Ich war ein Narr, Herr Barsch«, sagte Freytag und spürte, wie ihm die Abendbrise die Augenwinkel zusammenzog. »Können Sie mir jemals verzeihen?«

»Ich wusste, dass Sie zur Vernunft kommen würden. Das wurde aber auch höchste Zeit; wir haben noch so viel zu tun.«

Er sah die Kirchturmspitzen, die Schornsteine, die Explosionen am Himmel; Gold und Silber, das sich zwischen den Wolken auflöste, alle Farben des Regenbogens, erleuchtete Fenster – ja, er meinte, dort hinten sogar das Riesenrad schimmern zu sehen: Lichter, die sich im Kreise drehten.

»Hätten Sie ernst gemacht, Herr Barsch, hätten Sie auch ohne meine Hilfe weitergemacht?«

»Natürlich nicht. Wie hätte das gehen sollen? Sie sollten das doch am besten wissen. Aber ich wusste, dass Sie mich nicht im Stich lassen würden. Bowle?«

»Das habe ich befürchtet«, sagte Freytag und nahm das Glas entgegen. »Ich habe ihn gesehen«, er nippte am Punsch. »Den Jungen. Es stört mich nicht, das wollte ich Ihnen nur sagen.«

»Wir mussten im Dorf diskret sein. Es ist ein kleiner Ort. Da ist man nicht so verständnisvoll wie in der großen Stadt.«

»Wer frei von Sünden ist, der werfe den ersten Stein ….«

»Ihnen entgeht aber auch wirklich nichts, Herr Freytag. Wahrscheinlich sind Sie gerade deshalb so ein guter Lektor. Verraten Sie mir, wie Sie darauf gekommen sind. War es das Buch? Ach, da ist er ja schon. Komm her, mein Junge. Hab keine Angst.«

Der Junge lächelte scheu. Er nickte, zeigte ein Wiedererkennen.

»Der junge Werther«, sagte Freytag. »Angenehm.«

Er hatte noch einen schwachen Händedruck, der Junge, klebrig, kindlich. So einen hatte er schon mal gefühlt. Ein Schauer lief ihm über den Rücken.

»Kennt ihr euch?«

»Wir haben uns im Café kennengelernt«, sagte Freytag und bemühte sich, das Glas still zu halten.

»Natürlich. Lassen Sie mich raten: *Tarte au chocolat*?«

»Doboschtorte.«

»Er mag den Balkon nicht, der Arme. Er findet ihn unheimlich. Können Sie sich das vorstellen? Dabei ist er in den Bergen aufgewachsen.«

Ganz in der Nähe wurde ein Feuerwerkskörper gezündet. Ein ohrenbetäubender Knall.

Freytag warf einen Blick über die Schulter. Schwankend wandte er sich an den Jungen, hielt sich am Geländer fest: »Das ist klug von dir, mein Lieber. Man kann gar nicht vorsichtig genug sein.«

»Er ist immer klug«, sagte Barsch. »Er hat wirklich Talent. Meinen Sie, Schreiben ist erblich?«

»Da bin ich mir ganz sicher.«

»In meinem Alter ist es wirklich eine große Freude, wenn man erfährt, dass man Vater ist«, sagte Barsch und legte seinen Arm um den Jungen. »Dass man einen Sohn hat. Jemanden, der den Staffelstab übernimmt. Seine Mutter ist der Grund dafür, dass ich in St. Wolfgang gelandet bin. Die verbotene Liebe … mein Roman ›Der welkende Obstgarten‹, aber das wissen Sie ja alles schon. Dass Sie das herausgefunden haben!«

»Es ist ja auch eines Ihrer Besten.«

Barsch schaute ins Leere. Er schien etwas zu suchen, im dunkler werdenden Abend.

»Was hatte sie denn für eine Wahl …«, murmelte er halb zu sich selbst und schüttelte den Kopf. »In ihrem Alter schwanger zu werden, noch dazu von einem Taugenichts, einem jüngeren Mann mit Schriftstellerambitionen. Kein Wunder, dass sie den Jungen nicht ermuntert hat, seinen Träumen nachzugehen …«

Er nippte an der Bowle, richtete seinen Bluthundblick auf den Sohn und fuhr fort: »Ich wünschte nur, sie hätte mir davon erzählt. All die verlorenen Jahre …«

Dann zuckte er zusammen: Die Rastlosigkeit war wieder da.

»Übrigens hat er gerade eine Erzählung beendet. Die ist gar nicht schlecht. Mögen Sie vielleicht mal ein Auge darauf werfen? Sie haben bestimmt einen guten Rat für ihn, einen jungen Mann mit schriftstellerischen Ambitionen?«

Freytag setzte an, die Bowle hinunterzuspülen, aber seine Hand spielte nicht mit.

»Was ist los? Sie sind ja ganz blass! Warum sagen Sie denn nichts?«

»Lernen Sie Esperanto, junger Mann«, brachte Freytag heraus. »Das ist der beste Rat, den ich Ihnen geben kann.«

»Da siehst du's. Hör nur auf den Herrn Lektor, das habe ich auch immer getan. Glauben Sie, das ist die Zukunft, Herr Freytag? Dass man Bücher in der internationalen Sprache schreibt?«

»Kaum. Aber es ist ein ausgezeichnetes Mittel, um junge Damen kennenzulernen.«

Der Junge errötete; um seine Mundwinkel zuckte es.

»Da siehst du's, mein Sohn! Ich sag doch, er ist voller guter Ratschläge.«

Vielleicht könne er ja nächste Woche mal damit vorbeikommen, sagte der Junge leise. Er müsse erst noch ein bisschen daran arbeiten. Sie sei noch nicht so gut …

»Unsinn!«, rief Barsch und verschüttete einen Schluck Bowle. »Sie ist glänzend, mein Sohn. Mit der Zeit kommen die Geschichten schon noch. Du bist jung. Man muss erst mal etwas erleben.«

»Tu das, mein Lieber. Aber frage sicherheitshalber erst im Sperl nach mir. Ich weiß nicht, ob ich dann noch da bin.«

»Sie haben doch nicht vor, zu verreisen, Herr Freytag? Wir haben noch so viel zu tun.«

Das hätte er schon lange einmal tun sollen. St. Petersburg hätte er gern gesehen. Jetzt sei es zu spät, fürchte er, jetzt, da der Untergang nahe sei.

Barsch klopfte ihm auf den Rücken.

»Genau. Der war gut!«

Freytag räusperte sich und stellte sein Glas ab. Auf dem Geländer, wie er dachte, aber genauso gut konnte es auch heruntergefallen sein.

»Wenn Sie mich jetzt bitte entschuldigen wollen; es ist Zeit, mich zurückzuziehen.«

»Warten Sie! Sie können doch jetzt noch nicht gehen?« Er hörte ihn noch rufen: »Sie verpassen ja den Abschiedstoast! Herr Lektor Freytag …!«

Im Salon dröhnte ihm das Tröten in den Ohren. Jetzt hatten die Herren ihre Jacketts abgelegt. Es wurde Zeit für die Tanzspiele: den Galopp. Das fehlte noch …

Im Aufzug schnappte Freytag nach Luft. Während er hinuntersauste, wurde er den Blick des Jungen nicht los: der stolze Sohn. Seine Augen hatten geleuchtet. Er hatte bestimmt Talent, er hatte die richtigen Pupillen. Noch unerfahren – aber das Unglück hatte ihn schon gezeichnet. Und das war ein unerschöpflicher Quell. Jetzt musste er sich damit anfreunden, es in sein Herz schließen, wenn er ein guter Autor werden wollte. Was hatten sie sich nur dabei gedacht, wie konnten sie ihn Werther nennen?

Als er aus dem Fahrstuhl trat, hörte er Schritte, die sich von oben näherten. Er eilte hinaus und stieg in die Droschke.

Freytag zog die Gardinen zu. Er hätte schwören können, dass eine andere Droschke ihnen folgte. Sicher war er nicht der Einzige, der zum Vergnügungspark wollte. Er schluckte.

Der Mann, der gleich nach ihm aus der Tür getreten war, hatte eine Gasmaske aufgehabt … Es musste der gewesen sein, mit dem er zusammengestoßen war. Für einen kurzen Moment hatte er sich im Getümmel auf ihn stürzen wollen: Er meinte, den Schatten eines Tangobärtchens zu erkennen, als dieser sich die Gasmaske übers Gesicht zog. Wie mit einem Tuschestift gezeichnet.

In den Gärten des Vatikans, Rom, 29. April 1902

Im päpstlichen Park schritt ein ehrwürdiges Trio auf dem Kiesweg einher. Der Duft von Oleander und Azaleen lag schwer in der Luft; Vogelgezwitscher, ein Hauch von Mottenpulver. In der Ferne konnte man durch die Gewölbebogen die Michelangelo-Kuppel erkennen, die sich gegen den Himmel abzeichnete.

Das Keuchen Leos III. legte sich über das Plätschern der Barockbrunnen. Mit Hilfe des Staatssekretärs tastete der Heilige Vater sich langsam zu der kleinen Bank unter dem Baum vor, unter dessen runder Krone er sich im Nachmittagsschatten gern ausruhte. Kardinal Rampollas Gesichtszüge waren wie gewöhnlich von tiefem Ernst und sizilianischem Schmerz gezeichnet. Er ging zur Rechten des Papstes und stützte ihn unter dem Arm. Doch in sein selbstgewisses Antlitz hatte sich auch eine Spur von Rastlosigkeit oder Ärger geschlichen: die Ungeduld des erstgeborenen Sohnes, der den altersschwachen Vater schon allzu oft auf dessen letztem Spaziergang begleitet hat.

Auf der anderen Seite des Heiligen Vaters, der linken, ging ein fröhlicher Mann; der Unterschied zwischen ihm und dem Staatssekretär hätte größer nicht sein können: Während Rampollas Schläfen wie Ebenholz unter der Kalotte glänzten, glichen die seinen ungeputztem Silber; wo Rampollas Stimme weich und berechnend war, war seine warm und herzlich; während man in Rampollas Latein die besten Hochschulen erkannte, war das seine geprägt von den Lektionen des Dorfpriesters; während Rampollas Schritte von den Korridoren des Palastes geformt waren, ahnte man in seinen noch die weiten Schulwege der Kindheit – und während der Staatssekretär die Manieren eines weltgewandten Diplomaten an den Tag legte, war das Auftreten des Patriarchen von Venedig das eines Dorfpfarrers.

Rampolla faltete die päpstliche Soutane unter die ausgemergelten Beine des Heiligen Vaters. Dann legte er ihm den Arm um den Rücken, sodass dieser sich auf die Bank sinken lassen konnte. Der Stellvertreter Gottes auf Erden lächelte und klopfte mit der Hand auf den Platz neben sich: dieser war für Kardinal Sarto bestimmt. Der Staatssekretär musste stehen. Im Duft des Erkältungssalbeis.

Kardinal Sarto setzte sich und hob etwas vom Boden auf.

»Was für ein seltsames Blatt«, sagte er und roch daran. »Es riecht scharf. Minze, Eukalyptus.«

»Äther …«, murmelte Rampolla leise vor sich hin.

»*Cinnamonum glanduliferum,* Kampferbaum«, sagte Leo. »Es wirkt Wunder für meine Lungen. Es stammt vom Himalaya, vom Dach der Welt. Man kann die hohe Luft geradezu riechen, finden Sie nicht?«

Sarto nickte.

»Es fühlt sich an wie Leder«, sagte er und fuhr mit dem Daumen über das Blatt. »Und die Farbe erinnert an Leber.«

»Sie wechselt im Einklang mit den Jahreszeiten, von Grün zu Braun zu Purpur. Der Baum kann über tausend Jahre alt werden.«

Der Staatssekretär machte keine Anstalten, sich an dem Gespräch zu beteiligen. Die Hände auf dem Rücken stand er daneben und sah aus, als sehne er sich an seinen Schreibtisch zurück, in die Welt. Er wippte auf seinen Sohlen.

Während des ausgedehnten Spaziergangs mit den vielen Ruhepausen hatte er mehrmals versucht, die aktuellen Fragen zur Sprache zu bringen, Politik, Diplomatie, all das, womit man sich in seiner Stellung beschäftigte. Doch der heitere Kardinal hatte nur freundlich genickt und keinerlei Interesse für die Anliegen des Staatssekretärs gezeigt. Er war mit seiner Aufmerksamkeit ganz bei dem neunzigjährigen Papst – bei nichts

Weltlichem oder Unwichtigem. Sarto hatte die wertvollen Marmorstatuen und Säulen gar nicht beachtet. Dagegen hatte er ein erstaunliches Interesse für den Nutzgarten gezeigt. Die Tomaten, den Rucola und nicht zuletzt die Artischocken hatte er sehr gelobt und den Gärtner freudig begrüßt. Zu Rampollas Verwunderung hatte er auch lang und ausführlich über Kirchenmusik gesprochen, die Gregorianischen Gesänge, von denen er meinte, dass sie zu sehr vernachlässigt würden. Ebenso hatte er betont, wie wichtig es sei, die Messe zu lesen; er bemühe sich sehr, dies auch weiterhin zu tun, trotz seines hohen Amtes. Und die Kinder natürlich, die lieben kleinen Seelen, auch sie sollten das Abendmahl empfangen. Er hatte aus einem der Brunnen getrunken und dabei die Hände gewölbt wie ein Schafhirte. Und er hatte in den Himmel geblickt, um Ausschau nach Falken zu halten.

Als die beiden älteren Herren einen Moment schwiegen, sah Rampolla seine Chance gekommen. Er beugte sich vor.

»Sind Sie zufällig verwandt mit dem berühmten Renaissance-Maler del Sarto von Florenz?«

Der Patriarch lächelte mild. Seine Hände ruhten fromm in seinem Schoß.

»Nicht, dass ich wüsste. In meiner Familie gibt es vor allem Bauern. Und es soll auch mal einen Schneider gegeben haben.«

Dann nahm das Gespräch wieder eine unvorhergesehene Wendung. Jetzt sprach der Vertreter Christi und Patriarch von Venedig über die Tauben auf dem Markusplatz und die Auswirkungen des Vogeldrecks auf die Denkmäler.

Schließlich wurde es Zeit für Sarto, sich zu verabschieden – er hatte einen Zug, den er nicht verpassen durfte. Er erhob sich mit einer Leichtigkeit, die seine siebzig Jahre vergessen ließ, und küsste dem Papst zum Abschied die Hand. Seine Augen glänzten vor Ehrerbietung.

»Müssen Sie schon gehen?«

»Ich muss, Eure Heiligkeit. Ich werde zu Hause erwartet.«

»Kommen Sie uns bald wieder besuchen. Versprechen Sie mir das.«

»Kardinal Sarto hat bestimmt viel zu tun, Eure Heiligkeit«, mischte Rampolla sich ein. Auch er schien das Bedürfnis zu haben, sich zu bewegen. »Ihr Sekretär hat sicher viele Aufgaben, die auf Sie warten?«

»Ich bin nie lange fort. Ich wohne mit meinen Schwestern zusammen.«

»Ach so.«

»Wie reizend!«

»Sie verwöhnen mich …«

Der Heilige Vater erinnerte an eine Kasperlefigur, als er Sartos Hände ergriff: die zu große Soutane, die riesigen Ohren und die große Nase, das Lächeln, das wie mit einem Messer in das magere Gesicht geschnitten wirkte, seine grelle Stimme.

»Ich wünschte, ich könnte Sie begleiten, Kardinal Sarto«, seufzte er. »Nie wieder werde ich die Tauben vom Markusplatz auffliegen sehen. Mein Leben ist diesen Mauern geweiht.«

»Es muss eine schwere Bürde sein, Eure Heiligkeit. Ich weiß nicht, ob ich stark genug dafür wäre. Ich könnte gar nicht woanders leben als in meinem geliebten Venedig.«

»Nicht einmal in Rom?«

»Sind Sie in der Stadt des Wassers geboren?«, fragte Rampolla.

»In einem kleinen Dorf ein paar Kilometer außerhalb, in Riese. Mein Vater war dort Briefträger.«

»Verstehe«, sagte Rampolla. »Gute Reise …«

»Gott segne Sie.«

Nachdem der Patriarch den Weg hinunter verschwunden war, ließ sich der Staatssekretär auf der Bank nieder. Ein Pfau stolzierte an ihnen vorbei, sein Schwanz schleifte über den Kies. Leo fingerte an einem Kampferblatt.

»Ist Sarto nicht ein reizender Mensch?«, sagte er und roch an dem lanzettförmigen Blatt.

»Er ist charismatisch, bodenständig.«

»Er wird weit kommen, Sie werden schon sehen.«

»Mmmh …«

Rampolla schielte auf seine Taschenuhr. Er räusperte sich.

»Wir müssen langsam zurück, Eure Heiligkeit. Sie sehen ein wenig müde aus.«

Leos Blick flackerte.

»Ich muss doch nichts mehr erledigen?«, fragte er und führte die Hand an den Mund. »Ich habe doch nichts vergessen?«

»Machen Sie sich keine Sorgen, Eure Heiligkeit. Ich kümmere mich um Ihre Aufgaben.«

»Was würde ich nur ohne Sie anfangen …«

Rampolla half Leo auf. Einen Moment stand der Papst mit offenem Mund da und schwankte, griff nach Rampollas Arm.

»Hier entlang, Eure Heiligkeit.«

»Mir war grade ein bisschen schwindlig. Sind Sie sicher, dass ich nichts vergessen habe?«

Halbwegs den Hügel hinunter, bei der Pinie, blieb Leo stehen und wandte sich erneut an den Staatssekretär.

»Er hat viel erreicht als Patriarch von Venedig. Er hat die Ausgaben fest im Griff.«

»Ich dachte, er kümmere sich vor allem um Kirchenmusik«, sagte Rampolla mit einer Andeutung von Sarkasmus in der Stimme.

»Wer weiß, vielleicht zieht er eines Tages in die päpstlichen Gemächer hier ein …«

Rampolla gelang es nicht, seine Verblüffung zu verbergen.

»Der Schneider?«

»Es wird jemand gebraucht, der gut haushalten kann.«

Der Staatssekretär strich Leo fürsorglich über die Hand. Seine Stimme klang beschützend.

»Sarto ist kein Staatsmann. Er spricht nicht einmal Französisch. Er ist kaum ein Kandidat für den Heiligen Stuhl, Eure Heiligkeit.«

»Er spricht Latein.«

»Wie ein Bauer.«

»Vielleicht haben Sie recht ...«

Rampolla legte den Arm um den alten Mann. Dann setzten sie ihren Weg langsam fort.

»Bergauf war es wohl ein bisschen anstrengend für Sie, Eure Heiligkeit. Ich werde dem Kammerdiener sagen, er soll Ihr Bett aufschlagen.«

Rampolla grinste, als sie sich langsam dem Gartentor näherten. Hinter dem Rücken des Papstes schüttelte er den Kopf und verdrehte die Augen. Er lachte.

Das Glücksrad drehte sich um seine Achse. Zuckerwatte klebte in der Nacht. Während die Schlange langsam kürzer wurde und er seiner Luftfahrt immer näher kam, dachte Freytag an den kommenden Tag. Wenn der Komet vorübergezogen wäre und die Kopfschmerzen sich gelegt hätten, würde alles weitergehen wie bisher. Die Briefträger würden mit müden Knien zwischen leeren Flaschen im Rinnstein und Resten von Feuerwerkskörpern ihre gewohnte Runde drehen und ihre Briefe in dieselben Kästen werfen wie immer, Briefe, die sie zuvor im Schutze der Dunkelheit sortiert hätten und die sowohl gute wie schlechte Nachrichten enthielten.

In der Barnabitengasse würde wahrscheinlich kein schicksalsschwerer Abschiedsbrief an die Adresse Lektor Hermann Freytags geliefert werden, weder mit noch ohne wohlbekannte Unterschrift. Der Mann mit der roten Mütze, der nach dem Lärm, der ihn die Nacht nicht hatte schlafen lassen, müde sein würde, nach all der Musik und den Explosionen am Himmel, den betrunkenen Liedern – vielleicht hatte er sich selbst von den Festlichkeiten mitreißen lassen –, würde keinen düsteren Brief einwerfen müssen, wo er sonst die vielen Postkarten einwarf. Denn der würde nicht abgeschickt worden sein. Dennoch war es ein gefährlicher Brief, und Freytag wollte auf Nummer sicher gehen.

Sobald der Mann mit seiner Tasche und der Mütze auf dem Kopf verschwunden wäre, würde sich flink ein Schatten aus dem Dunkel der Kellertreppe lösen. Eine unschuldige Hand, geschickt und vertraut mit dem Ausschenken von Wasserkaraffen, würde im Briefkasten nach dem Umschlag angeln. Wenn trotz allem ein schwarzer Regenmantel im Schutze der Ulmen ungeduldig auf das Verschwinden des Briefträgers wartete, so würde er doch keinerlei Verdacht schöpfen. Längst wäre der Junge durch die Hintertür verschwunden, bevor die gierigen Finger in den Kasten langten.

Und schon bald wäre er in den Gassen im Magdalenengrund verschwunden; am Fluss würde das Briefpapier in Flammen aufgehen – ein brennendes Papierschiffchen triebe auf dem Wasser. Wahrscheinlich wäre es bloß eine Rechnung, ein braunes, steifes Kuvert mit dem Emblem des Kaiserlichen Elektrizitätswerks. Es musste nichts mit dem Autor zu tun haben. Der war jetzt unantastbar.

In der Blindengasse dagegen, in der Nähe der Irrenanstalt, würde ein Brief seinen rechtmäßigen Empfänger erreichen. Intruistino Rosita würde auf ihrem Bett sitzen und mit ihren zarten Fingern den Umschlag aufreißen. Sie würde die Hand vor den Mund schlagen und in ein Schmetterlingslachen ausbrechen, das bis in die Gärten der Anstalt zu hören wäre: Balsam für die geplagten Seelen. Sie würde ihren Augen nicht trauen: Ihr Vorbild, einer der größten Schriftsteller des Landes, hatte sich tatsächlich die Zeit genommen, ihre Gedichte zu lesen und ihr einen Brief zu schreiben, noch dazu einen herzlichen, mit der berühmten fahrigen Unterschrift und allem. Sicher würde sie mit dem Brief in der Hand zu ihrem Amerikaner laufen und dem Orthopäden glücklich um den Hals fallen.

Ein weiterer Brief würde in einem weniger ansehnlichen Stadtteil, in Ottakring, ankommen, ein trübsinniger, handgeschriebener, auf zerknittertem Papier: das Original. Ein alter Freund würde einen Brief lesen, einen Abschiedsbrief, identisch mit dem für den Lektor bestimmten. In seiner unordentlichen Wohnung sitzend, darauf gefasst, mit niemandem mehr zu reden, eine Flasche Pflaumenschnaps vor sich auf dem Tisch, würde er die Worte wieder und wieder lesen, um sie zu begreifen – und dann würde es an seine Tür klopfen. Ein Junge mit unschuldigen Augen würde davor stehen. Dieser würde ihm einen weiteren Umschlag überbringen, einen prall gefüllten, und mit einer Papiertüte voll Mohnstrudel und Pralinen winken. Sie würden eine Partie Schach spielen. So, wie er selbst es sich gewünscht hätte. Später, wenn der Junge gegangen wäre – er würde ihm durchs Haar fahren, da war er sich sicher –, würde der Freund sich auf das ungemachte Bett setzen und mit offenem Mund die Scheine zählen. Er hoffte, dass er seinen Fensterplatz im Café einnehmen würde, wie er ihn gebeten hatte. Er musste mal ein bisschen rauskommen. Freytag wollte, dass sie ihre Schachpartien fortführten. Der Freund würde auf unerwarteten Widerstand treffen, Paolino war ein helles Bürschchen. Mit der Zeit würde er zu einem gefährlichen Gegner.

Noch ein paar Tage, vielleicht auch sehr viel später, würde eine ältere Dame in einem teuren Kleid das Postkontor in Neapel aufsuchen, um ihre Briefe abzuholen. In einem von ihnen würde sie eine zerknitterte Postkarte finden, auf der ein Riesenrad abgebildet war, das bis in die Wolken ragte, im Hintergrund ein Heißluftballon: ein Gruß zu ihrem Hochzeitstag. Ihr Stickzeug dagegen würde sie nicht bekommen.

Und im Kontor am Judenplatz, dachte Freytag, würde ein Nagel in die Wand geschlagen, gleich neben Petersen. Ein Porträt würde ausgepackt, von seinem braunen Papier befreit, um hinter dem Glas einen beschämten Blick zu enthüllen. Ein Porträt, das man neu gerahmt hätte und hinter dem man beim Aufschneiden ein heiß ersehntes Manuskript entdecken würde: unzählige Manuskriptseiten, die zu Boden fielen. Und da waren sie alle, die Änderungen, mit Rotstift festgehalten. Herr Wirst musste sie nur noch einfügen. Man würde ein Loblied auf ihn singen, vermutete der Lektor, man würde mit Champagner auf ihn anstoßen. Vielleicht würde auch die eine oder andere Träne vergossen: Es war das letzte Buch des Autors – Barsch würde nichts mehr schreiben. Dennoch würde der Verlag ordentlich verdienen. Vergessene Titel würden wieder gedruckt, seine gesammelten Werke würde man herausgeben, und sie würden sich verkaufen wie nie zuvor, dessen war er sich ganz sicher. Und das Wichtigste von allem: Das neue Werk des beliebten Autors, das von solcher Geheimnistuerei umgeben gewesen war, wäre wie ein Geschenk von oben. »Der falsche Freund« würde ihr größter Erfolg, das Buch, das den Autor Boris Barsch unsterblich machte.

Nicht zuletzt, da die *Neue Freie Presse* ungewöhnlich interessanten Lesestoff zu bieten hätte. Leute, die sie normalerweise selbst mit der Zange nicht anfassten, würden sich am Zeitungstisch um sie reißen. Die Druckerpressen würden heißlaufen. Unter dem Pseudonym Dromedar würden die seltsamen Wendungen geschildert, die der Veröffentlichung dieses Romans vorausgegangen waren. Es wäre eine haarsträubende Geschichte, die der Journalist dank einer stinkenden ägyptischen Zigarettenschachtel aufgedeckt hätte, welche eine Visitenkarte sowie einen Papierschnipsel mit einem italienisch klingenden Namen und den lateinischen Worten Sodalitium Pianum enthielt. Diese Andeutungen einer Spur würden ihm keine Ruhe gelassen haben, nach jener unglückseligen Nacht, in der Barschs langjähriger Lektor aus dem Leben geschieden war. Da würden Namen genannt und Prominente verdächtigt – ein Erdbeben, dessen Wellen bis nach Rom zu spüren sein würden. Doch er machte sich keine falschen Hoffnungen; nur Bruchstücke der Wahrheit würden ans Licht kommen, wenn überhaupt.

Vielleicht war es letztlich sogar besser so. Jemand würde seinen Kopf hinhalten müssen – vielleicht Signori, vielleicht jemand anderes –, aber die Verantwortlichen würden wieder einmal davonkommen. Doch es würde sie zumindest erschüttern: Für die Kirche stand eine Menge auf dem Spiel.

Ein paar angeheiterte Passagiere entkorkten in der Warteschlange schon einmal ihre Sektflaschen. In der Wolkendecke zeigten sich Lücken.

Endlich war es so weit. Freytag zeigte sein Billet. Doch der Betreiber des Riesenrads versperrte ihm brüsk den Weg.

»Sie warten!«

»Aber es ist doch noch Platz in der Kabine…«

»Sie sind nicht der Einzige, der einen Blick auf den Kometen erhaschen möchte, mein Herr«, sagte der Mann und streckte ein paar Finger in die Luft. »Wir müssen die Kabinen ordentlich voll machen.«

Der Betreiber winkte die fröhliche Gruppe heran, die ihm am nächsten stand, und ließ sie einsteigen. Einer von ihnen, ein mageres Bürschchen, drehte sich um und streckte Freytag frech die Zunge heraus.

Es dauerte nicht lange, bis die nächste Kabine am Boden hielt.

»Bitte sehr. Jetzt dürfen Sie einsteigen, mein Herr. Viel Vergnügen wünsche ich Ihnen.«

Na, vielen Dank auch…

Das Warten hatte sich gelohnt. Er war der Erste in der Kabine und setzte sich ganz hinten in die Ecke an den ausklappbaren Tisch – den Platz, auf dem er auch an jenem Tag mit seiner Frau gesessen hatte, vor genau einem Jahr.

Es dauerte einen Moment, bis er kam. Freytag nahm ihn aus dem Augenwinkel wahr; er klirrte mit den Gläsern. Dann wurde die Tür von außen verriegelt. Jetzt gab es kein Zurück mehr.

Während die Kabine sich in Bewegung setzte, sah er durch das Fenster, wie das Tangobärtchen dem Betreiber ein paar Scheine zusteckte – aus seiner Manteltasche schaute eine Gasmaske hervor. In der Schlange herrschte Aufregung. Amoroso stritt sich mit den zu kurz Gekommenen: Wie konnte es sein, dass eine Kabine fast leer blieb. Sein Nacken glühte.

Freytag vernahm die Klänge einer traurigen Geige, gerade als sie aufstiegen, ein Windstoß durch den Fensterspalt. Irgendwo draußen, zwischen all den betrunkenen Menschen, traktierte ein zwergenhafter Mann sein Instrument, stampfte mit löchrigen Schuhen den Takt.

Und dann wurde es still.

Bald befanden sie sich an einem Ort hoch über der Erde. Er hielt jetzt ein Sektglas in der Hand.

»Auf den Kometen!«

Es klang wie Sternschnuppen, dachte er, als sie mit den Kristallgläsern anstießen, ein Himmelskörper, der vom Himmel fiel und auf dem Boden eines Cafés zerschellte …

Signori leerte sein Glas. Er hatte wässrige Augen, die Fliege saß schief. Als er schließlich das Wort ergriff, klang er müde.

»Sie mussten ihn überreden, den Papstthron zu besteigen, Herr Freytag. Der Patriarch beugte sich nur ungern dem Willen Gottes. Das Erste, was er tat, als er an der Macht war, war, den Einfluss der weltlichen Kräfte zu bannen.«

Pius sei wütend über das Veto gewesen, behauptete Signori, er sei ein undankbarer und widerwilliger Papst … Wenn dem Heiligen Vater klar werden würde, durch welche Einflüsse er tatsächlich an die Macht gekommen war … wie der heilige Augenblick durch Geld besudelt wurde, noch dazu durch das des Heiligen Stuhls, und dass unter anderem dessen Anleihen an die Bank, sein Anteil an Krediteinrichtungen, der ja durch den Peterspfennig, die Almosen und Beiträge der Gläubigen finanziert wurde, dass sie es war, die ihm die Tiara erkauft hatte: die Barmherzigkeit seiner Anhänger, und dass sie auf diese Weise den Staatssekretär aus dem Weg geräumt und ausgerechnet ihn, den Briefträgersohn, gewählt hatten – ihn, den es nie nach dem Thron verlangt hatte … Köpfe würden da rollen. Viele würde es teuer zu stehen kommen. Viel teurer, als er sich ausmalen könne. Nicht zuletzt, weil sie ihre Anlagen in der Bank in den letzten Jahren erhöht hätten … Es hatte sich nämlich herausgestellt, dass Pius ein strenger Diener Gottes war, ein ungewöhnlich harter Papst …

»Das wird einen Tumult im Affenhaus geben …«

Signori betrachtete ihn verwirrt. Einen Moment sah es aus, als wollte er etwas sagen, doch dann wurde sein Blick schläfrig. Träge zog er das Etui heraus.

»Zigarette?«

Freytag verneinte.

»Es schmeckt aber auch immer schlechter …« Signori zog eine Grimasse und lehnte die Stirn an die Scheibe. »Man kann die Gondeln unten sehen, die Kanäle, Klein-Venedig … Er wird sein geliebtes Venedig nie wiedersehen. Das scheint er nicht zu verwinden … Ich begreife nicht, wie Sie das tun konnten …«

Sein Gesicht war verzerrt, wie zur Grimasse erstarrt, eine Wachsfigur.

»Ich habe Ihnen vertraut, Herr Freytag. Warum haben Sie das getan?«, wiederholte er.

»Sie haben doch nicht im Ernst geglaubt, ich ließe ihn den Preis für meine Dummheit bezahlen?«

»Ich hatte geglaubt, Sie wären mit unserer Arbeit einverstanden, könnten sich über Ihr Gewissen hinwegsetzen. Sie haben sich verleiten lassen. Sie müssen sich über die Konsequenzen doch im Klaren gewesen sein.«

»Ich bin mit dem Stock im Dunkeln getappt, Herr Signori. Deshalb habe ich Ihre Hand ergriffen. Aber ich hätte nie gedacht, dass die Habgier bis in den Palast des Papstes reicht.«

»Sie müssen aber doch gleich begriffen haben, was an dem Manuskript so gefährlich war!«

»Ich habe nur seine Schwächen gesehen und dass es ein modernes Werk war«, erwiderte Freytag und griff in seine Jacke. »Eine Berufskrankheit … Ich habe nicht vermocht, den Blick von der Interpunktion zu lösen. Ich war blind, kurzsichtig wie ein Maulwurf. Ich habe nicht gesehen, was ich nicht sehen wollte: die Profitgier.«

»Die Kirche kann es sich leider nicht leisten, nur auf Gottes Vorsehung zu bauen, Herr Freytag. Um zu überleben, ist sie auf Spekulationen angewiesen. Wenn Rampolla an die Macht gekommen wäre, hätte er uns alle ins Verderben geführt. Pius wird auf dem eingeschlagenen Weg bleiben, verlassen Sie sich darauf. Auch wenn das Unternehmen jetzt alles verkörpert, was er verachtet. Über die Folgen möchte ich gar nicht nachdenken; nicht zuletzt, weil offenbar der Druck, den die Bank, *seine Bank*, auf die italienische Regierung ausübt, bald zu einem Krieg gegen den Sultan führen wird, zu einer Besetzung Tripolitaniens … damit möchte der Papst ungern in Verbindung gebracht werden. Doch er ist machtlos. Als der Kirchenstaat unterging und das Papsttum seinen weltlichen Einfluss verlor, verging auch sein Reichtum. Der Materialismus war der einzige Ausweg. Nur indem die Kirche sich der Mittel des Kapitalismus bedient, der Börse, wenn Sie so wollen, kann sie sich der Ewigkeit versichern. Die Mächtigen der Kirche waren gezwungen, sich der Regeln der neuen Welt zu bedienen. Genau wie alle anderen müssen sie sich mit dem versöhnen, was sie immer verachtet haben, der Verweltlichung. Das gilt auch für Pius, den Frommen.«

Signori blickte zur Erde hinunter und seufzte.

»Sie können sich gar nicht vorstellen, was Sie da angerichtet haben …«

Freytag zog ein Heft aus seiner Jacke, legte es auf den Schoß und strich geistesabwesend über den Umschlag.

»Warum Barsch?«

Signori rieb sich die Augen.

»Was spielt das jetzt noch für eine Rolle?«, fragte er.

»Was haben Sie zu verlieren? Herr Amoroso wird schon dafür sorgen, dass ich die Wahrheit mit ins Grab nehme.«

Ein merkwürdiger Laut entfuhr Signori, ein Räuspern oder Hohnlachen – oder Schluchzen.

»Amoroso?«

»Ich habe keine Angst mehr vor ihm. Wir kennen uns inzwischen ja ganz gut, kann man sagen.«

»Herr Freytag, Amoroso würde keiner Fliege etwas tun. Er ist wie ein Bär. Vor dem jungen Herrn Schultz müssen Sie sich in Acht nehmen. Er ist sehr launisch.«

Nachdenklich zog Signori an der Zigarette.

»Es schmerzt mich wirklich«, sagte er heiser, ohne den Rauch wieder auszustoßen. »Ich habe Sie gemocht, Herr Freytag. In gewisser Weise sind Sie mit der Zeit immer besser geworden.«

»*Cxar pli bone estus, se tiel volus Dio, suferi pro bonfarado, ol pro malbonfarado.*«

Der Esperantist sah ihn verständnislos an.

»Sie kennen doch wohl den Petrusbrief, *dotoro* Signori?« Seine Lippen bewegten sich lautlos, vergeblich schien er in der Nacht nach Worten zu suchen. Freytag glaubte nicht, dass Signori darauf eine Antwort finden würde. Doch der lächelte grimmig.

»Denn es ist besser, wenn es Gottes Wille ist, dass ihr um guter Taten willen leidet als um böser ...«

»Sie schulden mir die Wahrheit, Herr Signori.«

»Die Wahrheit? Wer ist schon im Besitz der Wahrheit, Herr Freytag? Tatsache ist, dass er schon die Rückfahrkarte in sein geliebtes Venedig gekauft hatte ... Der gute Pius hat eine Schwäche, wissen Sie.« Er stieß den Rauch aus. »Ein Laster, eine sehr unpassende Angewohnheit. Er ist gewiss nicht der Erste, im Laufe der Jahrhunderte haben die Päpste bekanntlich allerlei Laster gepflegt. Sarto ist ein begeisterter Freizeitleser, Herr Freytag. Er gibt sich den Lügen hin – den Romanen. Wie eine umgekehrte scheinheilige Madame Bovary träumt er sich durch die Lektüre fort. Er sehnt sich nach seinem alten Dasein zurück, einem einfachen und bescheidenen Leben. Seine Mutter war Analphabetin. Wussten Sie das? Und er ist Papst geworden ... Das also ist die Wahrheit.«

Signori hustete. Dann zog er erneut an der Zigarette.

Sie hätten auf dem Postkontor in Rom einen Brief abgefangen, sagte er, das sei richtig. Einen an den Autor adressierten Brief, an Barsch. Auch das sei eine Tatsache. Der alte Staatssekretär müsse ihn geschickt haben. Denn Rampolla giere noch immer nach der Macht, spekuliere wohl auf eine Chance, wenn Pius nicht mehr da wäre. Er müsse etwas aufgeschnappt, zwei und zwei zusammengezählt haben. Der Kardinal habe noch immer einflussreiche Freunde. Und im Vatikan hätten auch die Wände Ohren … Es sei ein Brief direkt aus der Bibliothek des Vatikans gewesen. Ja, dort verbringe der Staatssekretär seinen Lebensabend. Er hätte es nie verwunden, übergangen worden zu sein. Wahrscheinlich gäbe es noch mehr Briefe. Es müsse sie einfach geben.

»Bibliothekar …« Freytag nippte an seinem Glas. »Es gibt wirklich Schlimmeres. Aber warum ausgerechnet Barsch?«

»Machen Sie sich doch nicht immer so klein, Herr Lektor! Der Heilige Vater hat all Ihre Bücher gelesen. Er freut sich jedes Mal auf das nächste. Barsch ist sein Lieblingsautor. Er hält seinen Stil für unübertroffen.«

Freytag kratzte sich an der Nase.

»Ich kann mir schwer vorstellen, dass der Papst sich für dieses Buch interessiert«, sagte er und räusperte sich in seine Faust. »Selbst wenn er Barschs Bücher so sehr schätzt, wie Sie behaupten. Er wird es weglegen. Es ist zu kränkend.«

»Sie vergessen, dass auch der Heilige Vater mal ein gewöhnlicher Mann war. Pius ist nicht weltfremd. Er wurde nicht im Apostolischen Palast geboren, er hat noch nicht einmal die richtigen theologischen Schulen besucht. Über viele Jahre ist Sarto einfach nur Pfarrer einer kleinen Gemeinde gewesen. Die anstößigen Partien, all die Vorwürfe gegen die Kirche bestätigen nur, was er schon weiß. Die Kirche verschließt ihre Augen, Herr Freytag, aber sie kann durchaus sehen. Sie ist eine weitläufige Organisation. Da kommt einiges vor. Die Geschmacklosigkeiten, so gewagt, so phantastisch sie dem Autor selber erscheinen mögen, bewirken genau das Gegenteil: Gerade sie verleihen der Botschaft einen aufrichtigen Klang, und nicht zuletzt vermitteln sie, dass sich da jemand auskennt, weiß, wie die Dinge stehen. Er wird es nicht aus der Hand legen können. Dafür hat Rampolla gesorgt. Die Botschaft wird ankommen. Alles andere ist leider Wunschdenken.«

»Wenn Barsch das geahnt hätte ...«

»Es geht wohl um eine Art Ausgleich, denke ich. Es ist sicher nicht leicht, Gottes Stellvertreter auf Erden zu sein. Nicht einmal Rom darf er verlassen. Er ist ein Gefangener seiner Heiligkeit, das sind seine Mauern. Wir gewöhnlichen Leser, solche wie Sie und ich, wenn Sie erlauben, lesen, um uns etwas Höherem zu nähern, Hintergründe zu verstehen, um den Blick über unser unbedeutendes kleines Leben hinaus zu erheben. Der Heilige Vater dagegen liest, um die Bodenhaftung zu behalten, um mit all dem in Verbindung zu bleiben, was er verloren hat. Er scheint eine Vorliebe für das Schmutzige zu haben, die dunklen Seiten des Menschen, das wirkliche Leben. Intellektuelle Werke und philosophische Auslegungen interessieren ihn nicht, und er macht sich auch nichts aus den Berichten der Gelehrten. Er liest natürlich seine Bibel, die Heiligen Schriften, aber wenn er sich entspannen will, liest er Belletristik. Vor allem Barsch. Vielleicht, weil sie etwas gemeinsam haben: mangelnde Bildung ... Volkstümlichkeit ...«

»Aber warum geht der Bibliothekar nicht einfach an die Presse?«

»Kardinal Rampolla ist ein vorsichtiger Mann, ein listiger alter Fuchs. Ein Roman ist ein Roman, nichts weiter. Harmlos und lebensgefährlich zugleich. Journalisten dagegen lassen sich nicht lenken, sie wollen zuverlässige Quellen für das, was sie schreiben. Überall stecken sie ihre Nasen hinein. Auch das Dromedar ... Herr Schultz hat Sie gesehen ...«

»Das Tangobärtchen ...« Freytag wühlte in seiner Hosentasche. »Ich musste mich natürlich versichern, dass Barsch nichts geschieht, wenn ich fort bin«, sagte er dann und zog seinen Rosenkranz heraus.

»Jetzt ist es ohnehin zu spät ... Es war jedenfalls dumm von Ihnen, ihn aufzusuchen. Sie konnten sich doch denken, dass wir das Fest überwachen würden?«

Freytag schaute auf den *Kometen* in seinem Schoß. Er fingerte an dem Rosenkranz herum, trommelte auf dem Umschlag.

»Pius lässt sich nicht von Zeitungsartikeln oder Gerüchten beeinflussen. Er steht über solchen Dingen«, fuhr Signori fort. »Aber wenn man einen Roman liest, Herr Freytag, bequem zurückgelehnt, vielleicht auf dem Rücken liegend, rein zum Vergnügen – da ist man sehr empfänglich ...«

Freytag hörte nur mit halbem Ohr zu. Geistesabwesend schlang er sich den Rosenkranz um das Handgelenk.

Das meiste hatte er schon einmal gehört: Wir lesen, um etwas über uns selbst zu erfahren ... Er füllte deshalb selbst die Lücken: Durch den Autor erfährt der Leser, dass das, was für andere wahr ist, auch für ihn gilt: die einzige Wahrheit. Indem Barsch seine eigene Geschichte erzählte, als wäre sie die eines anderen, die des falschen Freundes, erzählte er unweigerlich auch die aller anderen, als würde sie ihm allein gehören, und doch auch wieder nicht. Und so erzählte er auch Pius' Geschichte, als hätte er sie nur für ihn geschrieben. Das war es, was der Staatssekretär begriffen hatte. Rampolla hatte Barsch mit Details versorgt, die dem Erfundenen Glaubwürdigkeit verliehen, mit Requisiten, und nicht zuletzt mit der Idee, doch für die Wahrheit stand der Autor ganz alleine ein. Alles war darin enthalten, erklärte Signori, wenn auch in verdeckter Form: die Mächte, die im Verborgenen wirkten, wie jeder nur ein Teil in einem großen Spiel war, nur eine geschnitzte Schachfigur auf dem Brett – und nicht zuletzt der Gutgläubige und Fehlgeleitete, der Lächerliche ...

»Hören Sie mir überhaupt zu? Was fummeln Sie denn da die ganze Zeit herum?«

Freytag hielt die Zeitschrift hoch und zuckte mit den Achseln: *Der Komet.*

»Aber warum sitze ich hier und erkläre Ihnen das alles«, murmelte Signori. Er nahm einen Schluck direkt aus der Flasche. »Sie sind doch der Experte.«

Dann rauchte er schweigend vor sich hin und schaute abwesend in die Nacht. Er schien fest entschlossen, die Flasche allein zu leeren.

»Schön, all die Freudenfeuer und Raketen ...«, fuhr er mit einem schiefen Lächeln fort, das an die lebensmüden Gesichter im Central erinnerte. »Jetzt können wir nur hoffen, dass dieser Komet dem ganzen Elend ein Ende bereitet ...«

Freytag hielt den Atem an. Er gab einen Laut von sich, wie die Spieler, die am Cafétisch ihre Tarotkarten traktieren, das Blatt, das unter dem Daumen vibriert – ein kitzelnder Fächer.

Er schlug den *Kometen* auf. Trebitsch hatte die Seite mit einem Eselsohr markiert: *Die Geschichte über F.s ruhelose Tage und Nächte,* las er und blinzelte in der Dunkelheit, *Verfasser unbekannt.*

Als Herr F. eines Morgens erwachte, stellte er fest, dass er in einem klebrigen Netz gefangen war, aus dem er nie wieder würde entkommen können.

Freytag räusperte sich und hob das Kristallglas, doch der Sekt rann ihm aus den Mundwinkeln und tropfte auf sein Hemd. Die Explosionen am Himmel prallten gegen sein Trommelfell und verwandelten sich in ein anhaltendes Pfeifen.

Er umklammerte das Kreuz.

Draußen vor dem Fenster zogen träge ein paar Schleppkähne die Donau hinunter; mit ihren wehmütigen Laternen schienen sie ihm Zeichen zu geben. Er schaute auf die Perlenkette der Straßenlaternen und dachte an all die einsamen Menschen hinter den erleuchteten Fenstern – die auf Freunde warteten, welche niemals kommen würden.

Er versuchte sich einzureden, er hätte Höhenangst, dass dies der Grund dafür wäre, dass sich sein Kragen so eng anfühlte. Das Kreuz grub sich in seine Handfläche.

In der Ferne ahnte er über den Dächern die Sterne. Sie glänzten am Himmelszelt um die Wette, unendlich in ihrer Vielfalt. Es würde sie ewig geben, dachte er. Wie die Fische im Meer, wie die Vögel am Himmel, wie den Klatschmohn auf den Wiesen seiner Kindheit.

Mein herzlicher Dank gilt folgenden Personen, die mir bei der Arbeit an diesem Roman sehr geholfen haben: meinen Wegweisern Sigrid Combüchen und Lars-Håkan Svensson, meinem Verleger Håkan Bravinger und meinem Lektor Peter Karlsson.

Dank auch an Axel Carlberg und Göran Hägg für ihre Hinweise und Auskünfte über die katholische Kirche und den Vatikan. Sachliche Fehler sind hier jedoch meine eigenen und nicht die irgendeines anderen.

Und nicht zuletzt: Dank an meine geliebte Anette für all ihre Unterstützung.

H. B. N.
Malmö, Januar 2009